MICHELLE RAVEN

Ghostwalker

Die Spur der Katze

Die Romane von Michelle Raven bei LYX:

Ghostwalker-Reihe (Romantic Fantasy):
1. Ghostwalker. Die Spur der Katze
2. Ghostwalker. Pfad der Träume
3. Ghostwalker. Auf lautlosen Schwingen
4. Ghostwalker. Fluch der Wahrheit
5. Ghostwalker. Ruf der Erinnerung
6. Ghostwalker. Tag der Rache

Hunter-Reihe (Romantic Thrill):
1. Vertraute Gefahr
2. Riskante Nähe
3. Gefährliche Vergangenheit
4. Trügerisches Spiel

TURT/LE-Reihe (Romantic Thrill):
1. TURT/LE. Gefährlicher Einsatz
2. TURT/LE. Riskantes Manöver (*erscheint Mai 2013*)

Dyson-Dilogie (Romantic Thrill):
1. Eine unheilvolle Begegnung (*erscheint März 2013*)

Weitere Romane der Autorin sind bei LYX in Vorbereitung.

Michelle Raven

GHOST WALKER

DIE SPUR DER KATZE

Roman

LYX EGMONT

Originalausgabe Juli 2009 bei LYX
verlegt durch EGMONT Verlagsgesellschaften mbH,
Gertrudenstr. 30–36, 50667 Köln

3. Auflage
Redaktion: Katharina Kramp
Satz: Greiner & Reichel, Köln
Druck: CPI – Clausen & Bosse, Leck
ISBN 978-3-8025-8222-6
www.egmont-lyx.de

1

Außerhalb von Mariposa, Kalifornien

Marisa sah von ihrem Buch auf, als Angus sich von seinem Platz zu ihren Füßen erhob und zur Tür lief. Die Nase witternd in die Luft gestreckt lehnte er sich an das Holz und grollte tief in der Kehle. Normalerweise ließ sich der alte Bloodhound durch nichts im Schlaf stören und reagierte äußerst empfindlich, wenn er sich bewegen sollte. Was konnte interessant genug sein, dass er so radikal mit seinen lieb gewonnenen Gewohnheiten brach? Das Grollen wurde lauter, stumpfe Krallen kratzten an der Tür.

„Angus, lass das!" Das Holz war ihr egal, aber erst neulich hatte sie mit ihm wegen einer ausgerissenen Kralle zum Tierarzt fahren müssen. Es gab vermutlich nichts Schlimmeres als einen leidenden Bloodhound – außer vielleicht die Arztrechnung.

Angus blickte sie mit seinen triefenden Augen an, bevor er sich umdrehte und seine Tätigkeit wieder aufnahm. Diesmal begleitet von einem ohrenbetäubenden Bellen, das zwischen Winseln und Jaulen wechselte. Marisa legte das Buch beiseite und presste sich beide Hände auf die Ohren.

„Angus, bist du wohl ruhig!"

Er drehte den Kopf zu ihr, ließ sich aber in seinem Konzert nicht stören. Im Gegenteil: kratzen, bellen, schnüffeln, winseln, jaulen wechselten sich in schneller Reihenfolge ab. Was um Himmels willen hatte dieser Köter?

Mit einem tiefen Seufzer erhob sich Marisa und baute sich vor Angus auf. Die Augen auf sie gerichtet stieß er ein markerschütterndes Heulen aus. Sie zuckte erschrocken zusammen. Das hatte der Hund noch nie getan, seit sie ihn vor beinahe drei Monaten von ihrem Großonkel geerbt hatte. Wieder einmal fragte sie sich, wieso Juan Pérèz den Bloodhound gerade ihr anvertraut hatte. Sie hatte nie ein Tier besessen, nicht einmal ein Kaninchen, und dafür gab es gute Gründe. Aber eines Tages war ein Brief angekommen, in dem stand, dass Juan verstorben wäre und sie auserkoren hatte, sich um Angus zu kümmern. Es wäre gelogen zu sagen, sie hätte Luftsprünge vollführt, aber sie hatte es nicht über sich gebracht, den Hund im Tierheim zu lassen, wo er nach kurzer Zeit eingeschläfert worden wäre.

Deshalb stand sie nun hier und fragte sich, in welcher Hautfalte der Ausschalter versteckt war. Sie beugte sich zu ihm hinunter und legte ihre Hand auf seinen massigen Kopf. „Ist ja gut, mein Junge, ganz ruhig." Genauso gut konnte sie mit einem der ausgestopften Tiere in Jack's Superstore reden, so wenig reagierte Angus auf sie. „Komm mit, du bekommst auch ein Leckerli, wenn du brav bist." Normalerweise rannte der Hund sie fast über den Haufen, wenn sie Futter erwähnte, doch diesmal starrte er nur die Tür an, das Fell in seinem Nacken gesträubt.

Also gut, dann eben mit Gewalt. Marisa griff nach seinem Halsband und versuchte, ihn von der Tür wegzuziehen. Angus bewegte seine über fünfzig Kilogramm keinen Millimeter. Beinahe hatte sie den Eindruck, er würde die Augenbraue hochziehen und sich fragen, was sie da eigentlich versuchte. Marisa verdrehte die Augen. Jetzt fing sie schon an, einem Tier menschliche Eigenschaften anzudichten, es wurde eindeutig Zeit, den Spuk zu beenden und ins Bett zu gehen.

„Angus, wenn du jetzt nicht …" Ein lautes Poltern auf der Veranda ließ sie verstummen. Ihr Blick wanderte zur Tür, als könnte sie durch das massive Holz erkennen, was das Geräusch verursacht hatte. Angus stand neben ihr, sein gesamter Körper angespannt, die langen Ohren zur Seite gedreht, die Nase witternd erhoben. Irgendetwas schien auf der Veranda zu sein.

Furcht rieselte durch ihren Körper, während sie angestrengt lauschte. Es war totenstill. Anstatt mit dem Hund zu schimpfen, hätte sie sich vielleicht fragen sollen, weshalb er einen solchen Lärm veranstaltete. Erschrocken zuckte Marisa zusammen, als Angus erneut laut bellte. Eine Hand auf ihr hämmerndes Herz gepresst, versuchte sie, ihn zu beruhigen, damit sie etwas hören konnte. Sollte jemand versuchen einzubrechen, wurde er sicher von dem Radau abgeschreckt. Aber warum hörte der Hund dann nicht irgendwann auf zu bellen? Im Gegenteil, die Muskeln in seinem kräftigen Körper spannten sich an, als wartete er nur darauf, sich auf seine Beute stürzen zu können.

Wieder einmal wurde ihr bewusst, wie einsam sie wohnte, auch wenn es nur wenige Meilen bis Mariposa waren. Die wenigen Nachbarn lebten weit verstreut und würden es nicht merken, wenn ihr etwas zustieße. Marisa richtete sich energisch auf. Sie hatte es so gewollt und brauchte die Einsamkeit und Ruhe, die sie hier fand. Es war ihr nur wichtig gewesen, so weit von allem, was in New York geschehen war, fortzukommen, wie es nur irgend ging. Und das hatte sie erreicht, sie lebte jetzt tatsächlich in Kalifornien am Ende der Welt. Vielleicht kam es ihr auch nur so vor, weil sie ein anderes Leben gewohnt war. Die Hektik in der Redaktion, die Aufregung, immer neuen Informationen nachzuspüren – und natürlich Ben. Mühsam schüttelte sie diesen Gedanken ab. Sie wollte und konnte nicht über diesen elenden, verlogenen …

Ein erneutes Heulen von Angus brachte sie in die Gegenwart zurück. Sie musste unbedingt etwas unternehmen, doch was? Wenn sie die Polizei vergebens holte, würden ihre Nachbarn sie für eine hysterische Großstädterin halten. Außerdem hatte sie nach ihrer unliebsamen Erfahrung mit Ben ihre eigene Meinung über Gesetzeshüter. Und sie konnte durchaus auf sich alleine aufpassen, schließlich hatte sie ihr ganzes Leben in New York gewohnt.

Sie trat zum Fenster, schob vorsichtig den Vorhang zur Seite und blickte auf die Veranda. Im fahlen Lichtschein war niemand zu sehen. Marisa wollte sich gerade abwenden, als sie eine Bewegung in der dunkelsten Ecke der Veranda wahrnahm. Von der Größe ausgehend konnte es nur ein Tier sein, das sich dort verkroch. Oder ein Kind. Der Gedanke setzte sie wirkungsvoll in Bewegung. Ihre Hand zitterte, als sie in der Kommodenschublade nach der Schreckschusspistole suchte, die sie für solche Fälle dort aufbewahrte. Sie trat zur Tür und schob ihre Hand unter Angus' Halsband. Sollte dort draußen jemand herumlungern, würde sie ihn loslassen, aber sie wollte nicht, dass er in einen Kampf mit einem Tier geriet oder, noch schlimmer, ein Kind anfiel.

Sie atmete noch einmal tief durch und öffnete rasch die Tür. Es gelang ihr kaum, den Bloodhound zu bändigen, der sofort zu der Ecke stürzen wollte, in der sie vorher die Bewegung gesehen hatte. Marisa stemmte die Füße auf den Boden, trotzdem rutschte sie mit den Hausschuhen über die glatten Holzdielen und hatte Mühe, die Schreckschusspistole nicht zu verlieren. Etwas Helles stach auf dem dunkelbraunen Holz hervor, vermutlich das, was sie vom Fenster aus gesehen hatte. Die Nase auf dem Boden zog Angus sie hinter sich her. Nach einigen Schritten blieb er abrupt stehen und knurrte. Das Geräusch drang ihr durch Mark und Bein, mühsam drängte sie das Unbehagen zurück.

Erneut schnüffelte Angus auf dem Boden, dann drehte er seinen Kopf zu ihr und sah sie augenscheinlich verwirrt an, so als habe er die Spur, die ihn gerade noch so aufgeregt hatte, mit einem Mal verloren. Marisa nutzte die Gelegenheit und schob sich vor ihn. Vorsichtig näherte sie sich der Ecke und entdeckte auf dem Boden dunkle Flecken. Bemüht, nicht hineinzutreten, solange sie nicht wusste, was zum Teufel hier eigentlich vorging, stieg sie darüber. Da sich das, was dort kauerte, nicht bewegte und auch keine Anstalten machte, sie anzugreifen, ging Marisa in die Hocke, um es besser sehen zu können, hielt sich aber weit genug entfernt, um im Notfall aufspringen zu können.

Entsetzt keuchte sie auf. Es war ein Mensch, der dort zusammengekrümmt lag, der Lichtschein aus dem Fenster traf auf die nackte Haut eines Arms. Marisa vergaß die Vorsicht und kniete sich neben ihn. Sie streckte die Hand aus, zögerte dann aber. Was, wenn er tot war? Ein Zittern lief durch ihren Körper, als sie sich daran erinnerte, wie sich ein Toter anfühlte. Niemals würde sie das vergessen. Die Haut noch warm, aber bereits von der Blässe des Todes gezeichnet, die Glieder verrenkt … Hier in der Gegend gibt es keine Morde – und schon gar nicht auf deiner Veranda, also reiß dich zusammen, Pérèz, ermahnte sie sich. Leichter gesagt, als getan.

Am liebsten wäre sie ins Haus geflüchtet, doch sie konnte diesen armen Menschen nicht einfach hier liegen lassen. Erneut erschauderte sie, diesmal vor Kälte. Zögernd legte Marisa ihre Hand auf den Arm und atmete erleichtert auf, als sie eine leichte Bewegung spürte. Sie setzte sich auf die Hacken zurück. Was sollte sie jetzt tun? Ihn mit Decken wärmen und einen Arzt rufen? Oder die Polizei? Marisa verzog den Mund. Nein, ganz sicher keine Polizei, wenn sie es vermeiden konnte. Also musste sie irgendwie versuchen, ihn zu wecken, damit er nach Hause gehen konnte.

Marisa berührte seine Schulter und rüttelte ihn sanft. „Hallo? Wachen Sie auf!“ Ein tiefes Stöhnen ertönte, Muskeln zuckten unter ihrer Hand. Eindeutig ein Mann, auch wenn sie bisher nur den Arm sah und der Rest von ihm im Dunklen verborgen lag. Etwas stieß sie von hinten an. Einem Herzinfarkt nahe, ruckte sie herum. Angus! Sie schob seine Schnauze beiseite. „Geh zurück ins Haus, ich komme gleich."

Wie immer dachte der Bloodhound erst einmal über den Befehl nach, bevor er sich zurückzog und neben der Tür auf den Boden legte. Ausnahmsweise war ihr sein Ungehorsam recht, sie fühlte sich beschützter, wenn er in der Nähe war. Widerstrebend wandte sie sich wieder dem Mann und damit dem drängenderen Problem zu. Die Lippen zusammengepresst ließ sie ihre Hand über seine Schulter dorthin gleiten, wo der Kopf sein musste. Bartstoppeln kratzten über ihre Fingerspitzen, geleiteten sie zu seinem Gesicht. Diesmal war sie etwas weniger sanft, als sie seine Wange tätschelte. „Wachen Sie auf!"

Der Mann drehte sich so schnell um, dass sie nicht mehr reagieren konnte, das Gleichgewicht verlor und auf ihrem Hinterteil landete. Ungläubig starrte sie ihn an, wie er im Lichtschein vor ihr lag. Er war völlig und komplett nackt. Und als wäre das nicht schlimm genug, bedeckten blutende Wunden seinen Körper. Marisa betrachtete ihre Hand, mit der sie ihn berührt hatte, und erkannte unbehaglich, dass sie blutig war. Rasch wischte sie sie an ihrer Hose ab, was die Sache aber auch nicht besser machte. Was sollte sie tun? Der Mann brauchte Hilfe, soviel war klar. Mühsam rappelte sie sich auf und legte ihm erneut die Hand auf die Wange.

„Können Sie mich hören?"

Ein Stöhnen, die Augenlider zitterten.

„Genau, sehen Sie mich an. Sie sind in Sicherheit." Jedenfalls hoffte sie das. Wer immer ihm das angetan hatte, konnte durchaus noch in der Nähe sein. „Sie müssen mir ein wenig helfen, alleine bekomme ich Sie nicht ins Haus." Sie strich über seine Wange, als er nicht reagierte. „Nicht wieder einschlafen, bleiben Sie bei mir."

Langsam öffneten sich seine Augen, und er sah sie direkt an.

Marisas Herz setzte für einen Moment aus. Es kam ihr vor, als würde sie in die Seele eines Tieres blicken, wild, ungebändigt und zum Töten bereit. Marisa unterdrückte ein Zittern und ärgerte sich über ihre lächerliche Reaktion. Es lag sicher nur am ungewöhnlichen Aussehen seiner Augen, die von dichten schwarzen Wimpern umrandet waren und ein wenig schräg standen, die äußeren Augenwinkel höher als die inneren. In der Dunkelheit konnte sie die Farbe nicht richtig erkennen, doch sie schienen hell zu sein, die Pupillen nur kleine Punkte, umgeben von der riesigen Iris, die das Weiße fast verdrängte. Beängstigend. Faszinierend. Aber das war bestimmt nur eine durch das schwache Licht auf der Veranda bedingte Täuschung. Im Haus würde sie sehen, dass seine Augen ganz normal waren. Im Moment hatte sie ohnehin andere Sorgen: Irgendwie musste sie ihn ins Haus bringen, möglichst ohne dass sie beide dabei auf die Nase fielen. Denn wenn sie noch länger zögerte, war er entweder erfroren oder verblutet.

„Können Sie aufstehen?"

Schweigend sah er sie so lange mit diesen seltsamen Augen an, bis sie glaubte, dass er vielleicht gar nicht sprechen konnte. „Ja." Seine Antwort klang wie ein tiefes Grollen, das eher aus seiner Kehle als aus seinem Mund zu kommen schien.

Marisa bemühte sich, ihren Mund wieder zu schließen und einen klaren Gedanken zu fassen. „Ähm … gut, sehr gut." Ihr Blick glitt an seinem Körper hinab. Er war schlank, aber an den richtigen Stellen muskulös und sicher um einiges größer als sie. Hoffentlich konnte er wirklich gehen, sonst würde sie ihn nie ins Haus bekommen. „Ich werde meinen Arm um Sie legen, und Sie stützen sich auf meine Schultern, okay? So sollten wir Sie hochbekommen."

Ein knappes Nicken war seine einzige Antwort.

Er schien nicht sonderlich gesprächig zu sein, aber das war

Marisa nur recht, so konnte sie sich ganz darauf konzentrieren, ihn so schnell wie möglich wieder fit zu kriegen, damit er weiterziehen konnte. Marisa schob ihren Arm um seinen Rücken und half ihm, sich aufzusetzen. Sein schweres Atmen zeigte, dass ihm die Bewegung wehtat. Seine Rippen hoben sich unter ihrer Hand, die Muskeln in seinem Brustkorb spannten sich an, als er seinen Arm um ihre Schultern legte. Schwer stützte er sich auf sie, während er langsam auf die Füße kam.

Angus hatte sich auch erhoben und sah ihnen mit schräg gelegtem Kopf entgegen. So etwas hatte er vermutlich auch noch nicht gesehen. Schritt für Schritt bewegten sie sich auf die Tür zu, wobei der Mann von Sekunde zu Sekunde schwerer zu werden schien. Er strauchelte, und Marisa schaffte es gerade noch, ihn vor einem Sturz zu bewahren. Ihre Wange lag an seiner mit Schweiß und Blut bedeckten Brust, während ihr freier Arm sich automatisch um seine Taille geschlungen hatte. Wundervoll, jetzt standen sie hier wie ein betrunkenes Liebespaar, und sie wusste nicht, wie sie ihn aufrecht halten sollte, wenn sie sich von ihm löste. Er würde schon ein wenig mithelfen müssen.

„Alles in Ordnung?" Marisa verzog den Mund. Sehr intelligente Frage. Sein schwerer Atem und die Art, wie er sie als Kleiderständer benutzte, zeigten deutlich, dass er *nicht* in Ordnung war. Und Kleiderständer war vermutlich auch der falsche Ausdruck, zumal er gar keine Kleidung trug.

Es war nicht unbedingt ein angenehmes Gefühl, so dicht an einen nackten Unbekannten gepresst zu sein, dessen Blut gerade ihr Lieblingsgammeloutfit durchtränkte. Sie musste etwas tun, wenn sie ihn heute noch loswerden wollte, und das möglichst, bevor ihr Rücken durchbrach. In Ermangelung einer besseren Idee kniff sie ihn kräftig in die Kehrseite.

Sein Körper zuckte gegen ihren, sein Kopf hob sich abrupt, ein Geräusch fast wie ein Fauchen entfuhr ihm. Marisa versuchte, sich von ihm zu lösen, doch sein Arm schlang sich fester um ihren Nacken. Ihr wurde bewusst, wie groß und kräftig er war und wie einfach er sie überwältigen konnte, wenn er es sich in den Kopf setzte. Ein scharfes Bellen erinnerte sie daran, dass Angus sich noch in der Nähe aufhielt. Sie war also nicht völlig schutzlos.

„Lassen Sie los, sonst hetze ich den Hund auf Sie."

Der Körper des Mannes versteifte sich, sein Griff lockerte sich. Gut, immerhin schien er jetzt wach genug zu sein, dass sie den Rest des Weges zurücklegen konnten. Marisa löste sich von ihm, bis er sich nur noch auf ihre Schulter stützte. „Okay, noch ein paar Meter, dann können Sie sich ausruhen." Sie spürte eine Berührung an ihrem Knie. „Angus, ins Haus!" Nach kurzem Zögern klackten seine Krallen über das Holz in Richtung Tür. Wunderbar, eine Sorge weniger.

Der kalte Wind ließ sie frösteln, obwohl sie durch die Aufregung und Anstrengung erhitzt war. Seltsamerweise strahlte der Fremde trotz seiner Nacktheit eine Wärme ab, die durch ihre Kleidung drang. Marisa biss sich auf die Lippe. Sie hoffte inständig, dass er nicht ernsthaft krank war, denn sonst konnte sie ihn nicht guten Gewissens vor die Tür setzen, sobald er dazu in der Lage war. Sie mochte keine Fremden – eigentlich niemanden –, aber trotzdem war sie gerade dabei, einen sehr seltsamen nackten Mann durch ihre Haustür zu bugsieren. Aber sein erschreckender Zustand ließ ihr keine Wahl. Außerdem machten sich Tote nicht gut im Lebenslauf, wie sie in New York bereits hatte feststellen müssen.

Marisa schnitt eine Grimasse, als ihr klar wurde, dass sie ihr Bett würde hergeben müssen. Eine sehr unangenehme Vorstellung. Aber es half nichts, sie hatte kein Gästezimmer und verfügte nicht mal über ein Klappbett oder eine Luftmatratze. Mit letzter Kraft schleppte sie den Mann ins Schlafzimmer. Ursprünglich war die Idee gewesen, ihn langsam und vorsichtig ins Bett zu legen, doch beim letzten Schritt ließ er sich einfach nach vorne fallen und zog sie mit sich. Sein Oberkörper lag halb auf ihr und drohte, ihr die Luft abzuschnüren. Mühsam rutschte Marisa unter ihm hervor und landete schmerzhaft auf dem Boden. „Autsch." Für einen Moment lehnte sie sich an das hölzerne Bettgestell und versuchte, wieder zu Atem zu kommen.

Schließlich rappelte sie sich auf. Der Mann lag bäuchlings quer über dem Bett, die Beine ragten heraus. Das konnte nicht wirklich bequem sein. Marisa schloss für einen Moment die Augen, bevor sie mit der Arbeit begann, den Mann so zu drehen, dass er vernünftig im Bett lag. Schließlich trat sie zurück. Okay, das wäre geschafft. Ängstlich wartete Marisa darauf, dass er die Augen öffnete, doch sie blieben geschlossen. Ein Blick auf die klaffende Wunde unter seinem Schulterblatt überzeugte sie davon, dass sie besser gleich mit dem Verarzten beginnen sollte.

Schnell holte sie eine Schüssel voll lauwarmem Wasser und den Verbandskasten und kehrte damit ins Schlafzimmer zurück. Der Mann schien sich nicht bewegt zu haben. Für einen winzigen Moment dachte sie, er wäre tot, doch dann sah sie das langsame Heben und Senken seines Brustkorbs. Unentschlossen, wo sie beginnen sollte, stellte Marisa die Schüssel auf den Nachttisch, zog die Latexhandschuhe über, tauchte einen Waschlappen ins Wasser und begann, die Haut um die Verletzung herum zu waschen. Übelkeit stieg in ihr auf, als sie die tiefe Wunde sah. Was konnte das für eine Waffe gewesen sein? Es war weder eine Schusswunde, noch sah es nach einem Messerangriff aus. Eher als hätte ihn ein Tier angefallen … Nein, das konnte nicht sein, dann wäre er nicht nackt. Vielleicht war er irgendwo gestürzt und hatte sich an Felsen verletzt? Aber auch dann verstand sie nicht, warum er keine Kleidung trug und wie er auf ihre Veranda gekommen war. Sie würde ihn fragen, sobald er zu sich kam, jetzt sollte sie sich darauf konzentrieren, ihn zu verbinden.

Methodisch reinigte sie die Wunden, desinfizierte sie und verband sie notdürftig. Sie war nicht darauf vorbereitet, einen Mann auf ihrer Veranda zu finden, der wie angestochen blutete und ihren gesamten Vorrat an Verbandsmaterial aufbrauchen würde, aber schließlich waren alle Wunden versorgt, die sie in seiner jetzigen Lage erreichen konnte. Sie richtete sich auf und rieb sich über ihren Rücken, der von der gebückten Haltung schmerzte. Nachdenklich betrachtete sie den Fremden. Wie sollte sie ihn umdrehen, ohne die Wunden wieder aufzureißen und ihm womöglich noch weitere Schmerzen zuzufügen? Sie würde einfach vorsichtig sein müssen, denn schließlich konnte sie ihn nicht liegen lassen und hoffen, dass er nicht aus einer verdeckten Wunde verblutete.

Marisa trat auf die andere Seite des Bettes, packte seine Schulter und die Hüfte und zog, einen Fuß gegen die Bettkante gestemmt, mit aller Kraft. Erst passierte gar nichts, dann rollte sein Körper schließlich herum, wobei sie allerdings erneut auf dem Boden landete. Leise fluchend kam sie wieder auf die Füße und erstarrte. Nicht, dass sie nicht wusste, wie ein nackter Mann aussah. Aber dieser war schon ein besonders gelungenes Exemplar. Die breiten Schultern reichten beinahe von einer Bettseite zur anderen, der behaarte Oberkörper war kräftig, die schmale Hüfte ging in lange muskulöse Beine über. Marisa weigerte sich, das, was dazwischenlag, näher in Augenschein zu nehmen. Es reichte, wenn sie aus den Augenwinkeln den Streifen dunkelblonder Haare sah, der von der Brust abwärts verlief. Nach einem tiefen Atemzug konzentrierte sie sich wieder auf ihre Aufgabe. Glücklicherweise hatte er auf der Vorderseite nur eine Wunde am Oberarm und eine kleinere über den Rippen. Dafür würde ihr Verbandszeug gerade noch ausreichen.

Es bereitete ihr mehr Sorgen, dass er nicht wieder aufwachte. Vielleicht hatte er zu viel Blut verloren und lag nun im Koma.

Nein, eigentlich war keine der Wunden so ernst, dass er dadurch verbluten konnte. Allerdings glaubte sie auch nicht mehr, dass er betrunken war, denn er roch nicht nach Alkohol. Eine Gehirnerschütterung oder sogar ein Schädelbruch wären auch eine Möglichkeit. Zögernd schob Marisa ihre Hände in seine Haare und tastete seinen Kopf ab. Die dunkelblonden Strähnen waren seltsam weich, fast als würde sie Fell berühren. Marisa verzog den Mund. Sie war eindeutig übermüdet. Sorgfältig forschte sie nach Beulen oder offenen Wunden, fand aber nichts.

Erleichtert trat sie zurück. Gut, das schien nicht der Grund für seine tiefe Bewusstlosigkeit zu sein. Also wohl doch Drogen. Vermutlich würde sie einfach warten müssen, bis er seinen Rausch ausgeschlafen hatte. Sie würde seine übrigen Wunden verbinden und ihm dann den Rest der Nacht Zeit geben, sich zu erholen. Wenn er morgen nicht aufwachte, würde sie wohl oder übel einen Arzt und die Polizei informieren müssen. Sicher wurde er auch schon vermisst, von seiner Frau oder Freundin … Marisa schüttelte den Gedanken ab. Das war nicht ihr Problem, sondern seines. Sollte er denen erklären, warum er nackt draußen herumlief und was passiert war. Mit inzwischen routinierten Bewegungen säuberte sie die Armwunde und desinfizierte sie. Auch diese Verletzung wirkte eher wie eine Risswunde und nicht wie ein Messerstich. Nun, er würde ihr hoffentlich morgen erklären können, was passiert war. Andererseits, vermutlich wäre es besser, wenn er einfach verschwand, ohne dass sie irgendetwas über ihn wusste. Schon jetzt spürte sie, wie sich die Reporterin in ihr zu regen begann.

Nein, diesmal würde sie ihre Neugier unterdrücken und sich nicht in Schwierigkeiten bringen. Außerdem war sie sich fast sicher, dass sie nicht wissen wollte, was der Fremde hier getrieben hatte. Leben und leben lassen, das war ihre neue Devise. Sie hatte genug damit zu tun, sich selbst über Wasser zu halten, sie konnte sich nicht auch noch um die Probleme anderer kümmern. Erst recht wenn es sich um einen Mann handelte. Einen kräftigen, gut aussehenden Mann. Die Erinnerung an Ben wirkte wie eine kalte Dusche. Es gab zwei feste Regeln in ihrem neuen Leben: keine Schlagzeilen und keine Männer. Beide waren erstaunlich leicht einzuhalten gewesen, zumindest bis heute Abend.

Heftiger als nötig wickelte Marisa den Verband um den Oberarm und befestigte ihn mit einem Klebestreifen. Die kleinere Rippenwunde war schnell versorgt, sodass Marisa sich kurz darauf aufrichtete, die Handschuhe auszog und einen Schritt zurücktrat. Ihr Rücken knackte protestierend und ein scharfer Schmerz breitete sich aus. Marisa unterdrückte gerade noch ein Stöhnen und presste ihre Fäuste in den unteren Rücken. Natürlich musste ihr nach der Anstrengung und dem gebückten Stehen der Ischiasnerv wieder Probleme bereiten, sie hätte es sich denken können. Andererseits hatte sie nicht wirklich eine Wahl gehabt, oder?

Bemüht, keine falsche Bewegung zu machen, ging sie zum Schrank und zog ein Laken und eine Decke hervor. Sie legte beides über den Fremden und steckte die Enden zwischen Bettkante und Matratze. Dann ging sie vorsichtig in die Hocke und hob ihr eigenes Bettzeug vom Boden auf. Angus zog es gerne vom Bett, eine dumme Angewohnheit, für die sie ihn schon oft – vergeblich – ausgeschimpft hatte. Aber diesmal war sie ihm dankbar dafür, denn dadurch lag es jetzt nicht vollgeblutet unter dem Fremden. Müde schleppte sie sich ins Wohnzimmer und blieb einen Moment lang unschlüssig stehen. Okay, als Erstes ein Drink, dann eine heiße Dusche, und danach würde sie versuchen, es sich im Sessel so bequem wie möglich zu machen. Was im Grunde unmöglich war, besonders wenn ihr Rücken sich jetzt schon meldete, aber sie würde es zumindest versuchen.

Ihre Hand zitterte, als sie den Whiskey eingoss, der Flaschenhals klickte ans Glas. Marisa verzog den Mund. Fast wie eine Alkoholikerin vor dem ersten Schluck. Sie schloss die Augen und trank das Glas in einem Zug aus. Der Whiskey brannte in ihrer Kehle und entflammte kurz darauf ihren Magen. Automatisch unterdrückte sie den Drang, zu husten. Ja, richtig, eine Säuferin, die nicht mal einen kleinen Schluck vertrug.

In der ersten Zeit nach dem schrecklichen Vorfall in New York hatte sie versucht, durch den Alkohol alles zu vergessen, doch es war genau daran gescheitert. Davon abgesehen war ihr schnell klar geworden, dass es mehr brauchte als nur Hochprozentiges, um die Gedanken zu unterdrücken, die immer wieder durch ihren Kopf gingen, bis sie glaubte, schreien zu müssen. Es hatte auch nicht geholfen, hierherzukommen und ihr bisheriges Leben abzustreifen. Die Vergangenheit war in ihr, etwas, das sie mit sich herumtragen würde, solange sie lebte.

Marisa schnaubte. Und jetzt hatte sie nicht nur einen sabbernden alten Hund, sondern auch noch einen nackten verletzten Mann am Hals. Wundervoll, mit ihrem Leben ging es eindeutig aufwärts. Noch eine unangenehme Nebenwirkung des Whiskeys: Man versank im Selbstmitleid. Fester als nötig stellte sie das Glas auf den Tisch zurück. Es wurde Zeit für die Dusche, sie fühlte sich schmutzig, physisch und psychisch erschöpft. Angus öffnete ein Auge, als sie an ihm vorbeiging.

„Pass gut auf, okay? Nicht, dass wir noch weitere ungeladene Gäste bekommen."

Sie beschloss, sein zuckendes Ohr als Zeichen der Zustimmung zu nehmen, griff sich ihr Nachthemd und verschwand im Bad. Zum ersten Mal, seit sie hier eingezogen war, schloss sie die Tür ab. So schnell wie möglich entledigte sie sich der blutigen, verschmutzten Kleidung und stopfte sie in einen Müllbeutel. Es tat ihr weh, ihre Lieblingssachen wegzuwerfen, aber sie würde sie sowieso nicht mehr anziehen können. Und wollen. Damals in New York war ihre Kleidung als Beweismittel konfisziert worden, ohne dass sie es hätte verhindern können. Keine Erfahrung, die sie wiederholen wollte. Marisa erkannte, dass sie erneut in die Vergangenheit zurückfiel, und riss sich aus ihren Gedanken. Duschen, dann schlafen. Rasch trat sie in die Duschkabine und drehte das heiße Wasser auf.

Viel zu früh musste sie die Oase der Ruhe jedoch wieder verlassen, denn für lange Körperpflege fehlte ihr die Ruhe. Als sie sich das Nachthemd über den Kopf gezogen hatte und automatisch zum Fön greifen wollte, fiel ihr Blick in den kleinen Spiegel über dem Waschbecken. Erschrocken hielt sie inne. Die Dusche mochte das Blut von ihrer Haut und aus ihrem schwarzen langen Haar gewaschen haben, doch der Schreck über die unerwartete Begegnung mit dem Fremden war ihr immer noch deutlich anzusehen. Ihre dunklen Augen sahen ihr aus einem unnatürlich blassen Gesicht entgegen, und es lag ein angespannter Zug um ihre Lippen.

Marisa ließ den Fön wieder sinken. Irgendwie fühlte sie sich plötzlich zu müde, sich das Haar zu trocknen. Außerdem war das Ding so laut, und der Gedanke, dass sie dann nicht hören konnte, was im Haus passierte, machte sie nervös. Sie lauschte auf Geräusche aus den anderen Zimmern, doch es war immer noch ruhig. Sehr gut, sie hatte wirklich keine Kraft mehr, sich um irgendwelche größeren oder kleineren Probleme zu kümmern.

Sie drehte den Schlüssel herum und stieß die Badezimmertür auf. Die Hand am Lichtschalter hielt sie inne. Irgendetwas stimmte nicht. Behutsam schob sie den Kopf vor und sah um die Ecke. Nichts. Es war immer noch still im Haus, beinahe zu still. Sie tappte barfuß durch den kleinen Flur und warf einen Blick ins Schlafzimmer. Der Mann lag so da, wie sie ihn verlassen hatte. Dann waren es wohl nur ihre angespannten Nerven, die ihr einen Streich spielten. Beruhigt schaltete sie das Licht aus und ging ins Wohnzimmer.

Angus hatte es sich neben ihrem Sessel bequem gemacht und den Kopf auf die Vorderpfoten gelegt. Als eine Holzbohle unter ihrem Fuß quietschte, hob er ein Augenlid, blinzelte sie verschlafen an und schloss es wieder. Kopfschüttelnd rückte Marisa den Fußhocker zurecht und schüttelte ihr Kissen aus. Mit einem unterdrückten Stöhnen sank sie in den Sessel, breitete die Decke über sich und versuchte, eine halbwegs bequeme Stellung zu finden. Schließlich gab sie seufzend auf und löschte das Licht. Mit Angus' leichtem Schnarchen als Geräuschkulisse schlief sie kurz darauf ein.

2

Nein. Nein! Er musste weg, bevor er … Schmerzen, alles schmerzte. Er musste es aufhalten, sonst würde er verraten, was sie all die Jahre beschützt hatten. Doch der Drang war stark, beinahe übermächtig. Seine angespannten Muskeln zitterten, kühle Luft strich über seine feuchte Haut. Er wollte hinaus, in die Nacht. Etwas war um seinen Körper geschlungen, hinderte ihn daran, sich zu bewegen. Furcht ließ ihn erstarren. Fesseln? Keine Erinnerung … Doch, sanfte Hände, ein schwarzer Wasserfall. Ein süßer Geruch … warme Haut. Eine samtige Stimme, die ihn aufforderte, ihr zu folgen. Ein weicher Körper, der sich an seinem rieb. Seine Finger ertasteten eine Matratze. Ein Bett. Wo war die Frau, hatten sie …? Unmöglich. Stoff rieb über seine Haut. Nackt. Ein scharfer Stich fuhr durch seinen Oberarm, als er ihn bewegte. Ein Gebiss blitzte auf, Zähne gruben sich in sein Fleisch. Gewalt, nicht Leidenschaft. Alles erfassende Wut. Bowen war nicht mehr hier, eine Falle. Keine Chance, wenn er versagte. Raus, sofort. Verstecken, bis sie ihn nicht mehr suchten. Ein Lichtschein im Fenster. Wärme. Der Geruch … weg, schnell! Etwas grub sich in seine Seite. Zu spät …

Ohne Vorwarnung war Marisa hellwach, das Herz hämmerte in ihrer Brust, während sie versuchte, sich darüber klar zu werden, was sie aufgeweckt hatte. Ein dumpfes Grollen ertönte direkt vor ihrem Sessel. Angus! Erleichtert ließ sie sich wieder zurückfallen. Sie hatte schon gedacht … Marisa erstarrte. Der Hund würde sie nicht ohne Grund mitten in der Nacht wecken. Vielleicht spürte er eine Gefahr. Lautlos schob sie die Decke beiseite und setzte die Füße auf den Boden. Mit der Hand tastete sie nach Angus. Sein Grollen stoppte, als sie seinen Kopf berührte. Sie tätschelte ihn kurz, dann erhob sie sich. Bemüht, flach zu atmen und keinen Laut zu verursachen, tastete sie sich durch das Zimmer. Wenn jemand an der Tür gewesen wäre, hätte Angus längst gebellt, also musste seine Erregung durch etwas anderes verursacht worden sein. Und der einzige Grund, den sie sich vorstellen konnte, befand sich im Schlafzimmer. Lauschend blieb sie im Flur stehen. Jetzt hörte sie es auch, das Laken raschelte, ein Stöhnen ertönte. Hoffentlich riss er sich nicht die Wunden wieder auf, wenn er sich zu sehr bewegte.

Rasch betrat Marisa den Raum und tastete nach dem Lichtschalter. Das Licht flammte auf und beleuchtete das Bett. Sie hatte richtig vermutet, der Fremde bewegte sich unruhig, Schweiß schimmerte auf seiner Haut. Wenn er so weitermachte, würde er sich wehtun, soviel war sicher. Irgendwie musste sie ihn dazu bringen, sich wieder zu beruhigen. Seine Augenbrauen waren zusammengeschoben, der Mund verzerrt. Um ihn nicht zu erschrecken, beugte Marisa sich über ihn und berührte leicht seine Schulter. Ein stechender Schmerz an ihrem Arm ließ sie zurücktaumeln, doch bevor sie überhaupt realisiert hatte, was geschehen war, schlang sich bereits eine Hand um ihre Taille und zog sie in das Bett. In einer Mischung aus Entsetzen und Verwirrung starrte sie zu dem Mann hoch, der sich über ihr aufgestützt hatte und dabei weiterhin ihr Handgelenk festhielt. Seine seltsamen Augen waren offen, die Pupille beinahe vollständig von der Iris verschluckt. Er blickte ihr nicht ins Gesicht, sondern sah auf etwas neben ihr herunter. Marisa folgte seinem Blick und keuchte auf. Über ihren Unterarm zogen sich vier blutende Striemen, die sofort höllisch zu schmerzen begannen, sobald sie sie entdeckte.

Er hatte sie angegriffen! Sie wusste nicht, wie und womit er die Verletzung verursacht hatte, aber sie würde nicht abwarten, bis er wieder auf sie losging. Mit aller Kraft versuchte sie, ihn wegzustoßen und sich unter ihm herauszurollen, doch er bewegte sich keinen Zentimeter. Stattdessen senkte er den Kopf. Marisa öffnete den Mund, um zu schreien, doch es kam kein Ton heraus, als sie sah, wie seine Zunge über die Striemen strich. Schock lähmte sie, wie erstarrt beobachtete sie, wie er eine blutende Wunde nach der anderen leckte. Ein merkwürdiges Gefühl durchzuckte sie, sie war sich nicht sicher, ob es Entsetzen oder Faszination war. Die Zunge war rau und kitzelte ihre empfindliche Haut.

Schließlich hob er den Kopf und sah ihr direkt in die Augen. Einige Tropfen Blut bedeckten seine Lippe. Seine Zungenspitze glitt darüber und verschwand wieder im Mund. Marisa verspürte das Verlangen, in Ohnmacht zu fallen, doch ihr Körper tat ihr den Gefallen nicht. Der Kerl musste wahnsinnig sein! Vielleicht war er ein irrer Kannibale, der seine Opfer aufaß, nachdem er sie zerstückelt hatte. Oder er hielt sich für einen Vampir und ernährte sich von Blut!

Mühsam versuchte Marisa, ihre Hysterie zu verdrängen. Viel wahrscheinlicher war, dass der Mann einfach nicht wusste, was er tat. Vielleicht gab es irgendwelche Drogen, die derartige Halluzinationen verursachten. Es konnte gut sein, dass er sich morgen nicht mehr an das erinnerte, was er getan hatte. Eines war aber ganz sicher: Sie musste sofort hier raus, bevor er noch auf andere merkwürdige Ideen kam, die ihr mehr als nur ein paar Kratzer bescheren würden. Probehalber drückte sie gegen seine Brust, doch er bewegte sich nicht. Sie wollte ihn nicht noch mehr gegen sich aufbringen, aber sie musste sich befreien.

„Lassen Sie mich los, sofort!"

Ihre Stimme schien ihn zu erschrecken, seine Augen zogen

sich zu Schlitzen zusammen, seine Nasenflügel blähten sich. Atemlos wartete Marisa auf eine Antwort, eine Bewegung, irgendetwas. Schließlich ging ein Ruck durch seinen Körper, er blinzelte, dann sah er sie an. Seltsam, seine Pupillen schienen sich in den wenigen Sekunden verändert zu haben, sie hatten jetzt beinahe eine normale Größe. Nur seine seltsam bernsteinfarbene Iris schien immer noch das Weiß zu verschlucken.

Vielleicht half es, wenn er gegen die Wirkung der Droge ankämpfte. Nun, er würde selber damit zurechtkommen müssen, sie wollte einfach nur zurück in ihr Bett … nein, da war sie bereits … zurück in ihren äußerst unbequemen Sessel, damit sie wenigstens noch ein paar Stunden Schlaf bekam. Morgen früh würde sie sehen, ob sie ihm irgendwie helfen konnte, wenn er bis dahin noch nicht von selbst wieder in die Realität zurückgekehrt war. Als sie diesmal versuchte aufzustehen, hinderte er sie nicht daran. Ihre Beine gaben nach, doch nach ein paar wackeligen Schritten hatte sie sich wieder unter Kontrolle.

In der Tür drehte sie sich noch einmal um. Der Fremde hatte sich ins Kissen zurückfallen lassen, und seine Augen waren wieder geschlossen. Rasch zog sie die Tür hinter sich zu und lehnte sich an die Wand. Was war da drin geschehen? Es war so blitzschnell gegangen, dass sie nicht sagen konnte, wie er sie überhaupt verletzt hatte. Und dann seine Zunge … irgendwie hatte sie nicht normal ausgesehen. Zu lang und irgendwie dünn. Gänsehaut überzog ihre Arme. Besser nicht darüber nachdenken, sicher hatte sie sich alles nur eingebildet. Die Erschöpfung spielte ihr einen Streich. Morgen würde sie feststellen, dass der Fremde ein ganz normaler Mann war, nur ein wenig nackter als diejenigen, die sie sonst zu Gesicht bekam. Kopfschüttelnd richtete sie sich auf. Darüber wollte sie erst gar nicht nachdenken, denn sonst … Zu spät, sein Anblick stand schon wieder deutlich vor ihren Augen. Der kräftige Körperbau, die straffen Muskeln in Armen und Beinen, die schlanke Hüfte und … *Mierda!* Nein, darüber würde sie wirklich nicht nachdenken. Er war ein Mann, stand anscheinend unter Drogen und verhielt sich sehr merkwürdig. Ganz zu schweigen davon, dass er sie sogar verletzt hatte. Anstatt also absurden Schwärmereien nachzuhängen, sollte sie lieber nachsehen, ob sie ihre Wunde verbinden musste. Für einen Moment dachte sie darüber nach, die Tür zum Schlafzimmer zu verschließen, entschied sich jedoch dagegen. Der Fremde war stark genug, sie aufzubrechen, wenn er es wollte. Nein, sie würde sich darauf verlassen, dass Angus sie warnte, falls der Kerl noch einmal auf dumme Gedanken kam.

Sie ging ins Bad, schaltete das Licht an und schloss die Tür hinter sich. Doch als sie den Blick auf ihren Arm senkte, ließ sie sich fassungslos auf den Toilettensitz sinken. Was zum …? Die vier Striemen waren noch deutlich zu sehen, aber sie bluteten nicht mehr und schienen bereits den Heilungsprozess begonnen zu haben. Wie war das möglich? Sie hatte genau gesehen, wie das Blut daraus hervorgequollen war und dann … hatte der Fremde darübergeleckt. Vielleicht bewirkten die Drogen, die er intus hatte, eine schnellere Heilung? Genau genommen spürte sie auch keine Schmerzen mehr im Arm, seit seine Zunge sie berührt hatte. Sehr praktisch, so ein persönlicher Betäubungsmittelspender.

Marisa presste die Hand vor den Mund, als ein hysterisches Kichern hervorzusprudeln drohte. Genug! Wenn sie jetzt nicht endlich etwas Schlaf bekam, war sie morgen zu nichts mehr zu gebrauchen. Sie musste sich nur ausruhen – dann würde sie auch nicht mehr Dinge sehen, die es gar nicht gab. Und falls doch, würde sie den Fremden vor die Tür setzen. Seltsame Männer waren das Letzte, was sie im Moment gebrauchen konnte.

Nach einem weiteren verwunderten Blick auf ihren Arm stemmte Marisa sich hoch und wusch sich die Hände. Den Impuls, die Wunde zu waschen, unterdrückte sie. Was auch immer der Fremde gemacht hatte, es schien zu helfen, und das sollte sie nutzen. Ohne noch einmal in den Spiegel zu sehen, der ihr sowieso nur tiefe Augenringe und Falten zeigen würde, kehrte sie ins Wohnzimmer zurück und sah auf Angus hinunter, der sich anscheinend von dem ganzen Aufruhr nicht hatte stören lassen, sondern wieder eingeschlafen war. Der macht es richtig, dachte sie mit einem schiefen Lächeln und rieb sich müde die Schläfen. Bett, sofort. Ohne weitere irrsinnige oder dämliche Gedanken. Einfach nur schlafen. Sie schob ihre Beine auf den Fußhocker und zog die Decke über sich. Ihr Rücken protestierte, als sie sich zurücksinken ließ, doch darauf konnte sie keine Rücksicht nehmen. Morgen würde sie dann wieder in ihrem Bett schlafen und konnte alles andere vergessen. Morgen …

Marisa erwachte, als etwas Feuchtes ihre Hand berührte. Schlaftrunken setzte sie sich auf. Was war jetzt wieder los? Irgendwelche Notfälle, um die sie sich noch nicht gekümmert hatte? Sie blinzelte, bis sie die Augen mehr als nur einen Millimeter aufbekam. Etwas stieß an ihr Bein, erst sanft, dann immer drängender. Mit einem Stöhnen sank sie in den Sessel zurück. Angus. Eine seiner schlechteren Angewohnheiten war, dass er morgens Futter wollte und sich draußen erleichtern musste. Nicht unbedingt in dieser Reihenfolge. Sie war kein Frühaufsteher, aber normalerweise bekam sie es hin, die Tür für ihn zu öffnen und die Fleischbrocken in seinen Napf zu füllen, während er draußen beschäftigt war. Danach konnte sie bei Bedarf wieder ins Bett schlüpfen, während Angus zufrieden auf dem Teppich vor ihrem Sessel döste. Erneut ein Stupsen, begleitet von einem klagenden Wimmern.

„Okay, okay, ich komme schon.“ Marisa stöhnte auf, als sich ihre Rückenmuskulatur schmerzhaft zusammenzog. Anscheinend wurde es wieder Zeit für eine Sitzung bei ihrer Physiotherapeutin. Wo sie dafür bezahlen durfte, für ihre ungesunde Lebensweise beschimpft zu werden. Ja, natürlich sollte sie regelmäßig Sport treiben, und natürlich sollte sie auch nicht schwer heben, und wenn dann nur aus den Beinen heraus. Und wie sollte sie das bitte machen, wenn ein halbtoter Mann auf ihrer Veranda lag und sie ihn irgendwie ins Haus schaffen musste?

Der Gedanke an den Fremden, der immer noch in ihrem Schlafzimmer lag, ließ Marisa schlucken. Sie musste nach ihm sehen, das wusste sie. Aber erst musste sie sich um den Hund kümmern, sonst würde Angus' Sabber nicht nur ihre Hand, sondern auch den Sessel und den Boden einsauen. Sie stemmte sich mühsam hoch und schlurfte zur Tür. Sowie sie sie einen Spalt geöffnet hatte, schoss Angus hindurch. Der Herr hatte es eindeutig eilig, ein Zeichen dafür, dass es bereits ziemlich spät sein musste. Sie könnte natürlich auch die Sonne als Indiz nehmen, die bereits auf dem Weg in Richtung Süden war. Marisa lehnte sich gegen den Türrahmen und schloss die Augen. Tief atmete sie ein und genoss die saubere Luft.

Sie hatte sich immer noch nicht daran gewöhnt, dass es in Mariposa mitten am Tag so still war. Kein Vergleich zu New York City, wo es Tag und Nacht dröhnte und lärmte. Diesen Frieden hatte sie gesucht, als sie vor zehn Monaten mitten in der Nacht aus ihrem alten Leben geflohen war. Vermutlich hätte sie auch irgendwo an der Ostküste so einen Platz gefunden, aber sie zog es vor, einen ganzen Kontinent zwischen die Ereignisse und sich selbst zu legen. Sie hatte kurz darüber nachgedacht, nach Kanada oder sogar Alaska zu gehen, aber das war ihr dann doch ein wenig extrem vorgekommen. Die Gegend hier war schon in Ordnung – zumindest solange nicht spät abends irgendwelche nackten Verletzten auftauchten. Was zugegebenermaßen eher selten passierte.

Innerlich aufseufzend gestand sie sich ein, dass sie nur Zeit zu schinden versuchte, um eine erneute Begegnung mit dem Fremden hinauszuzögern. Dabei sollte sie sich eigentlich beeilen, um ihn schneller loszuwerden. Und das wollte sie unbedingt. Marisa ignorierte die beharrliche Stimme in ihrem Kopf, die ein ‚oder?' an die Aussage hängen wollte, und stieß sich vom Türrahmen ab. Zuerst würde sie sich anziehen und etwas frisch machen und danach konnte sie sich dann um den Patienten kümmern, der hoffentlich inzwischen seinen Rausch ausgeschlafen hatte. Marisa drehte sich um und stieß einen erschreckten Schrei aus. Die Hand auf das Herz gepresst starrte sie den Fremden an, der seelenruhig in ihrem Wohnzimmer stand und sie beobachtete. Ihr Blick glitt für einen Sekundenbruchteil nach unten. Nackt, natürlich.

„Ich wollte Sie nicht erschrecken." Seine Stimme schien nicht mehr ganz so kratzig zu sein wie am Abend, aber sie war immer noch tief genug, um in ihrem Körper zu vibrieren.

„Und deshalb haben Sie sich so an mich herangeschlichen?" Marisa räusperte sich, als sie merkte, wie atemlos ihre Frage klang.

„Deshalb habe ich Sie nicht angesprochen, während Sie in Gedanken weit weg waren."

Immerhin schien er heute klarer zu denken als gestern. „Wie fühlen Sie sich?"

Ihr Blick folgte seiner Hand, die über seine Brust strich. „Etwas desorientiert, hungrig, und ein paar Muskeln schmerzen."

Seine Bewegung war geschmeidig, beinahe hypnotisch. Marisa blinzelte einige Male, um den Bann zu brechen. „Erinnern Sie sich daran, was gestern passiert ist?"

„Sie haben mich gefunden."

Ungeduldig fuchtelte Marisa mit der Hand. „Das weiß ich. Ich meinte, davor."

Ein Schatten glitt über sein Gesicht, sein Mund presste sich zu einem Strich zusammen. „Ich wurde angegriffen. Ein Betäubungspfeil, damit ich mich nicht wehren konnte."

Ungläubig starrte Marisa ihn an. „Ein Pfeil? Warum sollte jemand so etwas benutzen? Normalerweise bekommt man einen Knüppel über den Kopf oder wird gleich erschossen." Der Mann kam langsam auf sie zu. Er schien sich seiner Nacktheit überhaupt nicht bewusst. Marisa zwang sich, in seine Augen zu sehen. „Äh … wie wäre es, wenn Sie erst mal wieder ins Bett gehen und mir dann sagen, wen ich anrufen kann, damit er Sie abholt und Ihnen auch gleich etwas zum Anziehen mitbringt?"

Dicht vor ihr blieb er stehen. Hitze schien in Wellen von ihm auszugehen, jedenfalls wurde ihr eindeutig zu warm in seiner Nähe. „Sehen Sie runter."

„Wie bitte?" Was ihre Empörung zum Ausdruck bringen sollte, klang schwach.

Seine Hand legte sich um ihren Nacken und zwang ihren Blick hinunter. „Sehen Sie den Einstich? Dort hat mich der Betäubungspfeil getroffen."

Sie sah einen roten Punkt an seiner Hüfte, der alles Mögliche bedeuten konnte. Aber es gelang ihr nicht, sich darauf zu konzentrieren, denn es gab da noch etwas anderes, das ihre Aufmerksamkeit fesselte. Marisa versuchte, genug Speichel zu sammeln, um antworten zu können.

„Wie … äh … wie Sie meinen." Ihr Kopf schnappte hoch, als er ihren Nacken freigab. „Wäre es möglich, dass Sie mir ein wenig Freiraum lassen? Ich mag es nicht, wenn ich eingeengt werde."

„Natürlich." Sofort trat er einige Schritte zurück.

Marisa verschränkte die Arme über der Brust, da sie ahnte, wie leicht er durch das dünne Nachthemd ihre Reaktion auf seine Nähe erkennen konnte. Nein, nur die automatische Reaktion ihres Körpers, nicht ihre eigene Entscheidung. Genau. Und wenn sie sich das oft genug sagte, würde sie es vielleicht auch glauben.

„Danke." Ihren Blick hielt sie konsequent auf seinem Gesicht. „Sie wurden also betäubt und angegriffen. Wie sind Sie entkommen?"

„Die Betäubung war zu niedrig angesetzt. Ich bin geflüchtet und …" Er hob die Hände. „… hier gelandet, wie es aussieht."

„Auf meiner Veranda, um genau zu sein. Angus hat sie bemerkt."

Seine Augen schienen sich unmerklich zu verändern. „Angus? Ihr Mann?"

„Mein Hund. Der jeden Moment wieder da sein müsste."

Der Fremde verzog seinen Mund. „Ich sollte mich wohl besser zurückziehen."

„Sie brauchen keine Angst zu haben, er ist harmlos." Warum sagte sie ihm das? Sie hatte Angus erwähnt, damit er nicht auf die Idee kam, er könnte sie leicht überwältigen. Und nun sah es fast so aus, als wollte sie ihn schützen. Unglaublich. „Außer natürlich, wenn seine Herrin angegriffen wird." Sofern er nicht gerade schlief – aber das musste sie dem Unbekannten ja wirklich nicht auf die Nase binden.

Einer seiner Mundwinkel hob sich. „Natürlich." Er drehte sich um und ging in Richtung Schlafzimmer.

Marisa bemühte sich, nicht auf sein knackiges Hinterteil zu starren. „Wissen Sie noch, wo Sie Ihre Kleidung gelassen haben?"

Der Mann sah über seine Schulter zurück. „Ja, aber da kann ich nicht wieder hin."

„Das verstehe ich, aber vielleicht könnte ich …" Weiter kam sie nicht, denn er war mit wenigen Schritten bei ihr und umfasste ihre Handgelenke.

„Nein. Gehen Sie nicht dorthin. Es ist zu gefährlich. Haben Sie mich verstanden?“

„J…ja, natürlich. Wie sollte ich auch, ich weiß ja gar nicht, wo Sie waren.“

Seine Schultern entspannten sich. „Stimmt.“ Er lockerte seinen Griff, ließ sie jedoch nicht los. „Ich möchte nicht, dass Sie verletzt werden.“

Das klang irgendwie nett, wenn auch auf eine etwas altmodische Weise. Ihre Haut prickelte, als sein Blick an ihr hinunterglitt.

„Gut, wenn Sie jetzt …“ Weiter kam sie nicht.

„Woher haben Sie das?“

Das? Meinte er ihre im Nachthemd deutlich sichtbaren Brustwarzen? Hitze stieg in ihre Wangen. „Was?“

Er hob ihren Arm an. „Das.“

Verdutzt starrte sie auf ihren Unterarm, über den sich immer noch deutlich sichtbar die Kratzer zogen. Sie hatte gar nicht mehr daran gedacht, es sogar für den Teil eines merkwürdigen Traumes gehalten. „Das waren Sie letzte Nacht. Sie schienen einen Albtraum zu haben, ich habe versucht, Sie zu wecken, und da …“ Sie zuckte mit den Schultern. Ihr Versuch, die Sache herunterzuspielen, misslang.

Die Augenbrauen zusammengeschoben starrte er auf die Striemen. Schließlich fuhr er mit dem Finger darüber. „Das tut mir leid. Tut es weh?“

„Nein, nicht mehr. Sie haben …“ Hilflos brach sie ab. Wie sollte sie erklären, dass er in seinem Wahn darübergeleckt hatte?

„Was?“ Als sie nicht antwortete, verstärkte er seinen Griff. „Habe ich etwas getan?“

Zögernd nickte Marisa. „Sie haben … die Wunden geleckt.“

Seine Augen schlossen sich, die Nasenflügel zitterten. Oh verdammt, hoffentlich regte ihn das nicht zu sehr auf. Sicher musste es ziemlich widerlich sein zu wissen, dass man das Blut einer fremden Person aufgeleckt hatte. Sie legte ihre Hand auf seine. „Es ist kein Problem, Sie standen unter dem Einfluss der Betäubung und wussten nicht, was Sie taten. Ich habe keine Krankheiten oder so, falls Sie sich darum Sorgen machen." Sie sah auf ihre Hände hinunter und bemerkte dabei, dass sich eine recht deutliche Erektion bei ihm abzeichnete. Abrupt hob sie den Blick und sah direkt in seine Augen. Vorher hatten sie beinahe normal gewirkt, doch nun schien die bernsteinfarbene Iris wieder das Weiß zu verdrängen, die Pupillen waren zu kleinen Punkten zusammengezogen. Verdammt, wie machte er das? Faszination und Entsetzen kämpfen in ihr miteinander und ließen sie stocksteif stehen bleiben.

„Das war meine geringste Sorge." Seine leise Stimme glich einem dumpfen Grollen.

Marisa versuchte, ihre Hand zu befreien, doch er hielt sie mühelos fest. Atemlos sah sie zu, wie er den Kopf senkte und einen Kuss auf ihre Wunden hauchte. Seltsam schwindelig verspürte Marisa den unbändigen Wunsch, ihre Finger durch seine Haare gleiten zu lassen … Ein Ruck lief durch ihren Körper. Sie war wahnsinnig, diesen Fremden so dicht an sich herankommen zu lassen. Er war ein Mann, er war nackt, und er hatte einen beachtlichen Ständer. Nichts, was sie in ihrem Leben wollte oder brauchte. Oder zumindest außerhalb der batteriebetriebenen Version. Sie trat einen Schritt zurück und befreite damit ihre Hand. Der Fremde schien den Wink zu verstehen, denn auch er zog sich zurück und sah sie abwartend an.

„Zeigen Sie mir Ihre Zunge."

Ihr Befehl schien ihn zu überraschen, seine Augenbrauen hoben sich. „Warum?"

„Weil ich etwas überprüfen will."

„Der Betäubungspfeil war …"

„… in Ihrer Hüfte, ja danke, das habe ich gesehen. Zunge raus."

Erst sah es aus, als wollte er noch einmal ablenken, doch dann schloss er die Augen. Als er sie wieder öffnete, waren die Veränderungen verschwunden. Er schob seine Zunge heraus.

Völlig normal. Sie musste wirklich unter Halluzinationen leiden, oder die Furcht und die Schmerzen hatten sie verwirrt.

„Zufrieden?"

„Ich dachte …" Marisa schüttelte den Kopf. Warum sollte sie ihm erklären, was sie glaubte, gesehen zu haben? Sie würde ihm Frühstück machen, etwas zum Anziehen besorgen und ihn dann aus dem Haus werfen. Ende der Geschichte.

Seine Finger strichen über ihre Wange, ein seltsames Gefühl, weich und fellig. Er zog die Hand zurück, bevor sie es genauer ergründen konnte. „Glauben Sie nie, was Sie sehen. Lassen Sie sich von Ihren Sinnen leiten."

Mit offenem Mund starrte Marisa ihm nach, als er ins Schlafzimmer zurückkehrte und die Tür hinter sich schloss.

Coyle ließ sich erschöpft auf das Bett sinken. Es kostete zu viel Kraft, die ganze Zeit so zu tun, als wäre alles in Ordnung. Als wäre *er* in Ordnung. Vor allem sollte er sich daran erinnern, dass es für jemanden wie seine unfreiwillige Gastgeberin nicht normal war, sich in Gegenwart eines nackten Menschen aufzuhalten oder von ihm berührt zu werden. Auch wenn er gespürt hatte, wie sie auf ihn reagierte … Er ballte die Hände auf seinen Oberschenkeln zu Fäusten.

Es war gefährlich, sich ablenken zu lassen. Vor allem nachdem er gemerkt hatte, wozu sie fähig waren. Bowens Entführer war regelrecht zerfetzt worden, und damit hatte er seine einzige Spur zu dem Jugendlichen verloren. Coyle schloss die Augen. Zu spät. Seit Tagen folgte er der Fährte, nur um in einer Sackgasse zu landen. Er würde den Jungen nie finden. Wie sollte er Amira das beibringen? Sie hatte sich auf ihn verlassen, geglaubt, dass er ihren Sohn zurückbringen könnte. Und er war so dicht dran gewesen. Nur um festzustellen, dass es sich um eine Falle handelte.

Wäre das Betäubungsmittel nur einen Tick höher dosiert gewesen, wäre er nun auch in der Gewalt der Entführer. Er war stärker als Bowen, doch gegen Drogen oder Folter wäre auch er letztlich machtlos. Das Schicksal so vieler hing davon ab, dass er den Jungen befreite, und es durfte niemand mehr in die Hände dieser Verbrecher fallen. Doch wie sollte er das bewerkstelligen? Sie wussten nun, dass er hinter ihnen her war, sie kannten ihn und würden nach ihm Ausschau halten. Ein dumpfes Grollen stieg in seiner Kehle auf, das er sofort unterdrückte. Er musste sich besser unter Kontrolle halten, besonders in Gegenwart der Frau. Die Betäubungsmittel hatten seine Selbstkontrolle untergraben, dafür waren die Wunden an ihrem Arm ein schrecklicher Beweis. Und anscheinend hatte er sie sogar geleckt, was auf keinen Fall hätte passieren dürfen. Kein Wunder, dass sie ihn so misstrauisch ansah. Nie hätte er ihr zu nahe kommen dürfen, schon gar nicht in seinem derzeitigen instabilen Zustand. Er war eine Gefahr für sie, genauso wie sie für ihn. Am besten holte er seine Kleidung aus dem Versteck und versuchte dann, eine neue Spur von Bowen zu finden. Was nachts allerdings sicherer wäre. Doch wo sollte er sich so lange verstecken?

Ein Klopfen ertönte an der Tür. „Wie sieht es aus, haben Sie Hunger?"

Wie auf Befehl knurrte sein Magen so laut, dass sie es sicher auf der anderen Seite der Tür hören konnte. „Ja, sehr großen."

„Dann kommen Sie in die Küche." Sie zögerte. „Verhüllt, wenn möglich."

Coyles Mundwinkel hob sich. Wie es schien, brauchte er sich

erst später Gedanken über sein weiteres Vorgehen zu machen, für die nächste Zeit hatte er noch einen Unterschlupf. „Natürlich. Ich bin sofort da."

Mit einem Ruck zog er das Laken vom Bett und band es sich um die Hüfte. Er zuckte zusammen, als seine Finger dabei über den Verband um seine Rippen strichen. Es wurde Zeit, sich um seine Verletzungen zu kümmern, doch zuerst brauchte er Nahrung, um wieder zu Kräften zu kommen. Coyle prüfte noch einmal, ob das Laken auch alles verhüllte, was seine Gastgeberin aus der Fassung bringen könnte, und ob es fest saß, bevor er die Tür öffnete.

Der Duft von Kaffee führte ihn zielsicher in die Küche. Obwohl es eher so aussah, als wäre eine Vorratskammer umgebaut worden, sodass ein alter Herd, ein noch älterer Kühlschrank und ein Spülbecken hineinpassten. Zwei Hängeschränke beherbergten vermutlich Geschirr und Vorräte, während sich an die gegenüberliegende Wand ein Klapptisch lehnte, der mit zwei Gedecken schon überfüllt wirkte. Zwei Hocker standen darunter. Coyle bemühte sich, einen Anfall von Platzangst zu überwinden, während er beobachtete, wie die Frau sich reckte, um eine Packung vom oberen Regalbrett zu nehmen, und ihr hochrutschendes Shirt dabei einen Streifen Haut offenbarte. Der Drang, diese Stelle genauer zu erkunden, war beinahe übermächtig.

Mit Mühe lehnte Coyle sich scheinbar locker an den Türrahmen. „Wie heißen Sie?"

Die Packung rutschte ihr aus der Hand und streifte die Herdkante, bevor er sie kurz über dem Boden auffing. Er verzog das Gesicht, als die Wunden gegen die schnelle Bewegung schmerzhaft protestierten.

Die Frau wirbelte zu ihm herum, eine Hand auf ihre Brust gepresst. „Haben Sie mich erschreckt! Ich habe Sie nicht kommen gehört."

Coyle deutete auf seine nackten Füße. „Schwer, damit Lärm zu machen. Aber ich hätte meine Anwesenheit ankündigen sollen. Es tut mir leid." Er reichte ihr die Packung.

„Ihre Reflexe haben anscheinend nicht unter den Verletzungen gelitten." Während sie sprach, drückte sie die Packung unbewusst an ihre Brust, als versuchte sie, Abstand von ihm zu gewinnen, was in dem kleinen Raum kaum möglich war.

Coyle trat trotzdem einen Schritt zurück, sodass er nun wieder am Türrahmen lehnte. „Nein, aber ich fürchte, meine Wunden haben unter meinen Reflexen gelitten."

„Oh." Ihre Schneidezähne gruben sich in die Unterlippe. „Soll ich sie mir nachher noch einmal ansehen?"

„Das ist nicht nötig."

Eine Mischung aus Schuldbewusstsein und Erleichterung malte sich auf ihrem Gesicht ab. „Wie Sie meinen." Sie drehte sich wieder zum Schrank um. „Was möchten Sie essen? Viel habe ich nicht da, aber Sie können zwischen Cornflakes und Müsli wählen."

Glücklicherweise konnte sie die Grimasse nicht sehen, die er zog. Es war undankbar von ihm, auch noch ein vernünftiges Frühstück zu erwarten. „Das ist mir im Grunde egal. Der Kaffee riecht gut." Aber sie roch noch besser. Ein leichter frischer Duft mit erdigen Nuancen, der ihn wünschen ließ, gründlicher an ihr schnuppern zu können.

„Das liegt daran, dass es frisch gemahlener Kaffee ist." Sie drehte sich wieder um. „Setzen Sie sich, es wird hier zu eng, wenn zwei Leute stehen."

Gehorsam ließ er sich vorsichtig auf dem Hocker nieder, nicht sicher, ob er sein Gewicht tragen würde. Während sie ihm eine Tasse Kaffee eingoss, ließ Coyle seinen Blick erneut über seine Retterin gleiten. Ihre unförmige Freizeitkleidung verdeckte ihren Körper, aber er meinte, sich an schlanke Formen erinnern zu können, die er berührt hatte. Ihre schwarzen Haare trug sie in einem langen geflochtenen Zopf, streng aus dem Gesicht zurückgekämmt. Sie harmonierten mit ihrer gebräunten Hautfarbe und den dunkelbraunen Augen. Die Lippen unter der leicht gebogenen Nase waren voll und luden dazu ein … Ertappt zuckte er zusammen, als sie ihn direkt ansah. „Danke." Der Kaffee duftete tatsächlich verführerisch. Er schloss die Augen, als er den ersten Schluck genoss.

„Sie können auch Milch …" Ihre raue Stimme strich über ihn. Gänsehaut überzog seinen Körper, seine Muskeln spannten sich an. „Geht es Ihnen nicht gut?"

Coyle zwang sich dazu, die Augen wieder zu öffnen. Die Frau hatte sich zu ihm hinuntergebeugt und betrachtete ihn besorgt.

„Der Kaffee ist perfekt." Er unterdrückte ein Grinsen, als ihr Blick sich auf seinen Mund senkte. Dann erinnerte er sich, weshalb er hier saß. „Sie haben mir noch nicht geantwortet."

Verwirrt sah sie ihn an. „Worauf?"

„Wie Sie heißen."

Aus irgendeinem Grund pressten sich ihre Lippen zusammen, und ihre vorher freundliche Haltung wurde feindselig. Anscheinend hatte er einen wunden Punkt getroffen. Er konnte sich zwar nicht vorstellen, warum eine einfache Frage nach etwas so Neutralem wie ihrem Namen eine solche Reaktion hervorrief, aber es war so.

„Warum wollen Sie das wissen?"

Stachelig wie ein Kaktus.

„Ich versuche, höfliche Konversation zu betreiben. Sie kennenzulernen."

„Lassen Sie es, es führt zu nichts."

Coyle hob die Augenbrauen. „Sie haben mir geholfen, als ich mich in einer heiklen Situation befand. Ich möchte doch einfach nur wissen, wem ich dafür danken kann."

Die Linie ihres Mundes wurde etwas weicher. „Das brauchen Sie nicht." Ihre Hand schloss sich um das Ende ihres Zopfes.

„Und wenn ich es möchte?"

Sie verdrehte die Augen. „Dann sagen Sie danke, und gut ist es."

„Undgutistes? Das ist aber ein seltsamer Name."

Ihre Mundwinkel begannen zu zucken, was er als gutes Zeichen wertete. „Sie sind ziemlich nervtötend. Und ich wüsste nicht, dass Sie mir Ihren Namen schon verraten hätten."

„Coyle."

Sie musterte ihn und nickte schließlich. „Ungewöhnlich, aber er passt zu Ihnen."

„Danke."

Seine trockene Bemerkung brachte sie zum Grinsen. „Gern geschehen. Würden Sie mir eine Frage beantworten?"

Coyles Muskeln spannten sich an. Bloß nicht wieder so eine Frage wie nach seiner Zunge. „Eventuell."

„Cornflakes oder Müsli?"

Sein Stöhnen war nur halb gespielt.

Nach dem Frühstück, das schweigend, aber in entspannter Atmosphäre ablief, lehnte sie sein Angebot, ihr beim Abwasch zu helfen, ab und schickte ihn stattdessen zurück ins Bett. Coyle gehorchte. Nicht, weil er sich noch weiter ausruhen musste, wie sie scheinbar annahm, sondern weil er die Zeit brauchte, sich um seine Wunden zu kümmern und zu überlegen, wie er weiter vorgehen sollte.

Sowie er die Tür hinter sich schloss, warf er das Laken aufs Bett. Er setzte sich auf die Bettkante und begann, den Verband um seinen Oberarm zu entfernen. Der Anblick der tiefen Bisswunde fachte erneut seine Wut an. Wer waren die Angreifer gewesen? Hunde sicher nicht, sie hatten nicht gebellt, wie sie es sonst immer taten, wenn sie ihn rochen. Wölfe? Aber er hatte noch nie welche gesehen, die auf Menschenbefehle hörten. Egal, wer sie waren, er musste davon ausgehen, dass sie seinen Geruch jetzt kannten und ihn leicht aufspüren konnten. Wenn sie schlau waren, würden sie der Spur folgen, die sie direkt hierherführte. Der Gedanke, dass seine unfreiwillige Retterin durch ihn in Gefahr sein könnte, verstärkte seinen Groll. Wenn er verschwand, musste er eine deutliche Fährte hinterlassen, die jedem sofort klarmachen würde, dass er weitergezogen war.

Coyle hob den Arm und begann, über die Wunde zu lecken. Wie immer beruhigte ihn diese Tätigkeit und ermöglichte es ihm, seine Gedanken zu ordnen. Für die anderen Verletzungen würde er hier nichts tun können, aber er hatte keine Zeit, dafür nach Hause zurückzukehren. Sie würden von selbst heilen müssen. Coyle stand auf und ging zum Kleiderschrank, der in der Ecke des Schlafzimmers stand. Mit einem Hauch von schlechtem Gewissen öffnete er die Türen und begann, die Kleidung durchzugehen, die sich darin befand. Vielleicht hatte ein früherer Freund seiner Gastgeberin irgendetwas zurückgelassen, das er sich borgen konnte. Er atmete tief ein, als ihm ihr Geruch entgegenströmte. Hm, viel besser als der Kaffee. Etwas wie Hunger wühlte in seinem Magen, sein Mund wurde trocken. Mit den Fingern strich er über die Kleider und gab schließlich dem Impuls nach, seine Wange an einem weichen Vliespulli zu reiben. Die Augen geschlossen, brummte er tief in der Kehle. *Gut*.

Sein Kopf ruckte hoch, als lautes Bellen an seine Ohren drang. Gänsehaut überzog seinen Körper, seine Nackenhaare sträubten sich. Vermutlich der Hund seiner Retterin. Doch warum sollte er auf einmal anschlagen, wenn er sich vorher die ganze Zeit still verhalten hatte? Es kam jemand. Durch die geschlossene Tür konnte er die Stimme der Frau hören, die dem Hund befahl, mit dem Getöse aufzuhören. Ein kurzes Grinsen huschte über sein Gesicht. Sie mochte also keine Hunde, anscheinend hatten sie da etwas gemeinsam. Seine Belustigung erlosch so schnell, wie sie gekommen war, als er ihr Gespräch mit dem Besucher belauschte, der sich als Polizist identifizierte. Coyles Blick glitt zum Fenster. Er musste sofort verschwinden.

3

Marisa starrte die Polizeimarke an, die der Uniformierte ihr unter die Nase hielt. Warum konnte sie nicht die Augen schließen und dann wäre er einfach verschwunden? Allerdings hatte das beim letzten Mal auch schon nicht funktioniert, es wäre also sinnlos, es zu versuchen. Nicht bereit, ihren Unwillen zu verbergen, blickte sie schließlich auf. „Scheint echt zu sein."

Der Polizist, Harry Markov stand auf dem Schild an seinem Uniformhemd, lief bei ihrer Bemerkung rot an. „Natürlich ist sie echt!" Wütend schob er das Etui zurück an seinen Hosenbund. „Sind Sie jetzt bereit, uns ein paar Fragen zu beantworten?"

„Uns?" Marisa versuchte, an ihm vorbeizuschauen, was bei seinem Körperumfang nicht so einfach war.

Erneut schien sie etwas Falsches gesagt zu haben. Sie bemühte sich, ihr zufriedenes Grinsen nicht zu zeigen, als Markovs Lippen immer dünner wurden. 2:0 für sie!

„Mein Kollege untersucht gerade Ihre Veranda."

Ihre Belustigung verschwand innerhalb eines Sekundenbruchteils. „Was? Warum sollte er das tun?"

Diesmal war dem Polizisten die Zufriedenheit anzusehen. „Weil hier in der Nähe ein Verbrechen begangen wurde und wir eine Spur bis zu Ihrem Haus verfolgt haben."

„Ein Verbrechen? Ist jemand verletzt?" Ein klammes Gefühl breitete sich in ihr aus.

„Das könnte man so sagen. Der Typ ist mausetot, wurde regelrecht zerfleischt, um genau zu sein."

Marisa bemühte sich, die Panik nicht zu zeigen, die in ihr aufstieg. „Danke für die anschauliche Schilderung."

Für einen kurzen Augenblick wirkte Markov verlegen, dann räusperte er sich. „Jedenfalls haben wir eine Blutspur und Abdrücke bis zu Ihrem Haus verfolgt. Haben Sie letzte Nacht irgendetwas Ungewöhnliches bemerkt?" Während er sprach, versuchte er, an ihr vorbei ins Haus zu sehen.

Wie zufällig zog Marisa die Tür noch weiter zu, bis nur noch ein kleiner Spalt offen stand, den sie mit ihrem Körper verdeckte. „Nein." Sie befeuchtete ihre trockenen Lippen mit der Zunge. „Wer wurde getötet?"

„Harry, komm her, das musst du dir ansehen." Die Stimme des Kollegen klang aufgeregt.

„Entschuldigen Sie mich für einen Moment." Markov bewegte sich erstaunlich schnell für sein Gewicht. Wahrscheinlich war er froh, dass endlich einmal etwas los war und er ein richtiges Verbrechen untersuchen konnte.

Marisa verzog den Mund. Vielleicht war sie aber auch einfach nur zu zynisch. Sie kannte den Polizisten nicht, und sie wollte ihn auch nicht kennenlernen, aber vermutlich sollte sie ihm zugestehen, dass er seine Arbeit gut machte, solange das Gegenteil nicht bewiesen war. Wobei sie wieder bei ihrem Problem war: Eine Spur führte vom Schauplatz eines Mordes bis zu ihrem Haus. Das konnte nur bedeuten, dass Coyle irgendwie darin verwickelt war. Warum hatte er ihr nichts davon gesagt? Wäre er nur ein Zeuge gewesen, hätte er ihr doch bestimmt von dem Mord erzählt, sowie er das Bewusstsein wiedererlangt hatte. Aber er hatte nichts gesagt, keinen Ton. Stattdessen war er nackt durch ihr Haus spaziert, als könne er kein Wässerchen trüben. Zu gern wäre sie jetzt ins Schlafzimmer gestürmt und hätte ihn zur Rede gestellt, aber das musste warten, bis sie Laurel und Hardy wieder losgeworden war.

Markov hockte neben seinem wesentlich dünneren Kollegen und untersuchte etwas auf dem Boden in der Ecke der Veranda. Natürlich wusste Marisa genau, was sie dort gefunden hatten, schließlich hatte sie die Blutflecke nachts auch bemerkt. Es war Coyles Blut, nicht das des Opfers, doch das konnten die Polizisten natürlich nicht wissen.

Ein dumpfes Grollen zeigte ihr, dass Angus noch hinter der Tür stand und sein Territorium verteidigte. Es war beinahe lustig gewesen, zu beobachten, wie der Bloodhound auf die Männer losgegangen war, nachdem sie es gewagt hatten, aus dem Polizeiwagen auszusteigen. Notgedrungen hatte sie ihn ins Haus gezerrt und dafür gesorgt, dass er die Polizisten nicht zum Frühstück verspeiste. Obwohl ihr das gefallen hätte.

Markov erhob sich und kam zu ihr zurück, seine Miene hochoffiziell. „Ma'am, auf Ihrer Veranda befinden sich Flecke, die wir für Blut halten. Können Sie mir sagen, wie sie dort hingekommen sind?"

Marisa verschränkte die Arme vor der Brust. „Nein, keine Ahnung." Es zahlte sich eben doch aus, dass sie als Reporterin das Bluffen perfektioniert hatte.

„Sie haben tatsächlich nichts gesehen oder gehört?"

Marisa knabberte an ihrer Unterlippe. „Es könnte sein, dass Angus nachts etwas gehört hat."

„Ihr Mann?"

Es gelang ihr gerade noch rechtzeitig, die Grimasse aufzuhalten. „Der Hund, der Sie nicht aus dem Wagen lassen wollte."

Markovs Gesicht färbte sich wieder rötlich. „Ah ja. Er hat also etwas gehört? Was denn?"

Diesmal verdrehte Marisa wirklich die Augen. „Woher soll ich das wissen? Er hat gebellt und an der Tür gekratzt. Irgendwann hat er sich beruhigt und sich wieder hingelegt." Nachdem sie den verletzten Mann ins Haus geschafft hatte.

„Und Sie haben nicht nachgesehen, was ihn so unruhig gemacht hat?"

Marisa hob die Schultern. „Ich bin davon ausgegangen, dass er ein Tier gehört hat. Er mag keine anderen Tiere."

„Und Menschen wohl auch nicht."

„Nicht unbedingt."

Der andere Polizist, Morton Ledbetter stand auf seinem Schild, gesellte sich zu ihnen. Er war lang und hager, sein kantiges Gesicht von zahllosen Falten durchzogen. „Können wir einen Moment hereinkommen?"

„Warum?" Marisa klang nicht besonders gastfreundlich, aber das war ihr egal.

Ledbetter starrte sie grimmig an. Vermutlich half ihm dieser Blick sonst weiter, an ihr prallte er wirkungslos ab. „Wir würden uns gern umsehen, um sicherzustellen, dass Ihnen keine Gefahr von dem Mörder droht."

„Und Sie glauben, er ist in meinem Haus? Das ist so klein, darin könnte sich niemand verstecken, ohne dass ich es bemerke." Und sie wusste genau, wer sich zurzeit darin aufhielt.

„Wie dem auch sei …"

„Nein."

„Hören Sie, Miss, dieser Kerl ist gefährlich. Sein Opfer wurde übel zugerichtet …"

Marisa unterbrach ihn. „Danke, das hat mir Ihr Kollege schon berichtet. Mehr Details brauche ich wirklich nicht." Sie holte tief Luft. „Sofern Sie keinen Durchsuchungsbefehl haben, muss ich Sie nicht hereinlassen. Haben Sie einen?" Der wütende Blick, den Markov und Ledbetter austauschten, sagte alles. „Nun, dann wünsche ich Ihnen viel Erfolg bei der Suche nach dem Mörder."

Ledbetter trat dicht an sie heran. „Glauben Sie, das ist ein Spaß? Jemand oder etwas hat einen Mann fast zerrissen, haben

Sie keine Angst, dass der Mörder sich hier in Ihrer Nähe herumtreibt?“

Marisa trat einen Schritt zurück und hob ihr Kinn. Sie würde sich ganz sicher nicht von ihm einschüchtern oder überreden lassen. „Doch, natürlich ist mir nicht wohl bei dem Gedanken. Und ich hoffe, Sie finden den Täter schnell. Aber ich verstehe nicht, warum Sie dazu mein Haus durchsuchen wollen.“

Die Polizisten sahen sich an. Diesmal versuchte es Markov wieder. „Die Spuren, die wir verfolgt haben, waren von einem Raubtier. Es könnte sein, dass es verletzt ist und sich irgendwo verkrochen hat. Sie sagten ja selbst, Ihr Hund hätte nachts angeschlagen. Können Sie mit hundertprozentiger Sicherheit wissen, ob es sich nicht im oder in der Nähe des Hauses aufhält?“

Nun ja, was war schon jemals hundertprozentig sicher? Vielleicht sollte Coyle mit den Polizisten reden, er musste etwas mit der Geschichte zu tun haben. Für den Mörder hielt sie ihn nicht, denn er hatte Wunden davongetragen, die nach Tierbissen aussahen. Davon abgesehen hatten die Polizisten anscheinend nur eine Spur von einem Tier gefunden, nicht Coyles. Sie waren wohl keine besonders guten Spurenleser. Nein, sie konnte sie nicht in ihr Haus lassen, sie würden Coyle sofort für den Mörder halten. Erschrocken zuckte sie zusammen, als aus dem Innern des Hauses ein dumpfer Knall ertönte.

Wie auf Befehl zogen Markov und Ledbetter ihre Pistolen. „Gehen Sie zur Seite, Ma'am, wir haben den dringenden Verdacht, dass sich der Täter in Ihrem Haus aufhält und nehmen daher das Recht in Anspruch, es auch ohne Durchsuchungsbefehl zu betreten.“

Marisa wollte protestieren, doch Markov schob sie einfach zur Seite und verschwand im Haus, dicht gefolgt von seinem Kollegen. Sie zögerte nur einen Moment, bis sie ihnen folgte. Wie sollte sie ihnen die Anwesenheit von Coyle erklären? Ein weiteres Krachen ertönte. Es schien aus ihrem Schlafzimmer zu kommen. Mit erhobenen Waffen bewegten sich die beiden Polizisten durchs Wohnzimmer und dann in den Flur. Marisa blieb keine Zeit, sich darüber zu wundern, dass ihr Bettzeug nicht mehr auf dem Sessel lag, denn Ledbetter stieß ohne weiteres Zögern die Tür zum Schlafzimmer auf. Auf der Schwelle blieb Marisa verblüfft stehen, während die Polizisten den Raum durchsuchten. Ungläubig sah sie sich um.

Das Bett war ordentlich gemacht, die blutigen Laken verschwunden. Das Fenster war weit geöffnet, vermutlich hatte der Wind es zugeschlagen und damit das Geräusch verursacht. Vor allem aber fehlte Coyle. Der Raum schien seltsam leer und farblos ohne ihn, als hätte er nie existiert. Aber er musste irgendwo sein, schließlich war er nicht an ihnen vorbei gekommen. Angus schob sich an ihr vorbei und lief in den Raum, die Nase dicht am Boden.

Auch im Bad und in der Küche war alles sauber und ordentlich, kein Blutfleck in Sicht. Auf dem Küchentisch stand nur ein Gedeck, der zweite Hocker war ordentlich daruntergeschoben. Als hätte sie alleine gefrühstückt. Der Druck auf ihrer Brust nahm zu. Wo zum Teufel war Coyle? Langsam löste sie ihre verkrampfte Hand vom Türgriff und trat zurück. Dicht gefolgt auf die Erleichterung, dass die Polizisten ihn nicht entdeckt hatten, stieg heiße Wut in ihr auf. Sie hatte sich seinetwegen ihren Rücken ruiniert, auf ihr Bett verzichtet, kaum geschlafen – und das war der Dank? Dass er einfach so verschwand, ohne sich zu verabschieden! Auch wenn es vielleicht die beste Lösung war, sie war noch nicht bereit, das anzuerkennen.

Ungeduldig wartete sie darauf, dass die beiden Polizisten ihren Rundgang beendeten.

„Hier ist nichts."

Marisa hob die Augenbrauen. Tatsächlich, Sherlock!

Ledbetter ließ sich von ihrem Blick nicht beirren. „Aber Sie sollten darüber nachdenken, sich bessere Schlösser einzubauen. Diese hier würden nicht mal ein Kind abhalten."

„Wie Sie gesehen haben, gibt es hier nicht viel zu stehlen."

Ledbetters Gesichtsausdruck wurde noch grimmiger. „Das gab es bei dem Toten auch nicht."

Okay, der Punkt ging an ihn. „Ich werde darüber nachdenken."

Er nickte knapp. „Gut. Wenn Sie noch etwas sehen oder hören, das irgendetwas mit dem Mord zu tun haben könnte, rufen Sie uns an." Er hielt ihr eine Visitenkarte hin.

Marisa nahm die Karte und steckte sie in die hintere Hosentasche. Vermutlich würde sie sie erst nach der nächsten Wäsche in der Maschine wiederfinden. „Können Sie mir sagen, wer das Opfer war?"

„Ted Genry. Kannten Sie ihn?"

Marisa schüttelte den Kopf. „Nein. Ich hoffe, Sie fassen den Mörder bald."

„Wir bemühen uns." Während Markov zum Wagen zurückging, drehte Ledbetter sich noch einmal zu ihr um. „Und wenn Sie rausgehen, achten Sie auf wilde Tiere, es könnte wirklich sein, dass sich hier welche herumtreiben, die gefährlich sind."

Marisa nickte und beobachtete, wie die Polizisten ins Auto stiegen und losfuhren, bevor sie die Tür schloss. Seltsam, sie lebte nun schon seit etlichen Monaten in diesem Haus, doch jetzt kam es ihr plötzlich leer vor. So als fehlte etwas, das vorher da gewesen war. Sie war eine Idiotin. Coyle war ein fremder und sehr seltsamer Mann, der gerade einmal ein paar Stunden hier gewesen war und noch dazu die meiste Zeit unter irgendeiner Droge – er nannte sie Betäubungsmittel – gestanden hatte. Er konnte gar keine Lücke hinterlassen, weil er nicht hierher gehörte. Wahrscheinlich war er bereits auf halbem Weg dorthin, wo er hergekommen war, ohne auch nur einen einzigen Gedanken an sie zu verschwenden. Warum sollte er auch? Er hatte jetzt vermutlich andere Probleme, zum Beispiel, wie er seiner Frau beibringen sollte, woher die Verletzungen kamen und wo er die Nacht verbracht hatte. Der merkwürdige Schmerz in ihrer Brust verschärfte sich.

Ihre Hände ballten sich zu Fäusten, während sie zum Schlafzimmer zurückkehrte. Sie trat zum offenen Fenster, vor dem Angus schnuppernd die Nase in die Höhe hielt, und blickte hinaus. Wie erwartet sah sie nichts außer den Büschen, die nach wenigen Metern in dichten Wald übergingen. Die Lippen zu einem dünnen Strich zusammengepresst schloss sie das Fenster mit einem Ruck. Wenn Coyle zurückkommen wollte, müsste er schon an die Tür klopfen, sie würde sich nicht noch einmal von ihm überrumpeln lassen. Allerdings sagte ihr das hohle Gefühl in der Brust etwas anderes: Sie würde ihn nie wiedersehen.

Was tat er noch hier? Unruhig suchte Coyle auf dem Ast eine bessere Position. Er hatte seine Spuren im Haus so gut wie möglich beseitigt, bevor er es verließ. Es war ihm unangenehm gewesen, seine Retterin mit den Polizisten allein zu lassen, aber er konnte nicht riskieren, zu sehr aufzufallen. Außerdem war es für sie vermutlich auch besser, nicht mit ihm in Verbindung gebracht zu werden. Sie hatte schon genug für ihn getan. Wenn er geblieben wäre, hätte er sie unweigerlich mit in die Sache hineingezogen. Sein schlechtes Gewissen war wohl auch der Grund dafür, dass er jetzt immer noch hier saß und das Haus beobachtete, anstatt nach Bowen zu suchen. Was wiederum zu noch heftigeren Gewissensbissen führte.

Coyle verzog den Mund. Glücklicherweise war es ihm gelungen, seine Kleidung aus dem Versteck zu holen, ohne dabei gesehen zu werden. Damit hatte er bessere Möglichkeiten, unauffällig mehr über Bowens Entführer herauszufinden. Denn diesmal würde es nicht reichen, Bowens Spur zu folgen – in der Stadt waren die anderen klar im Vorteil.

Die Polizei ermittelte zwar, aber sie würde nicht herausfinden, was in dem Haus passiert war. Spätestens in ein paar Tagen würden sie aufgeben und den Mord als ungeklärten Todesfall zu den Akten legen. Und sie würden nichts über Bowen wissen. Es war zu gefährlich, eine Behörde einzuschalten und darauf zu hoffen, dass sie ihn fanden. Denn selbst wenn sie ihn entdeckten, war das sein Todesurteil. Coyle lehnte seinen Kopf an den Stamm und versuchte, eine Möglichkeit zu finden, wie er weiter vorgehen sollte, während er gleichzeitig das Haus im Auge behielt.

Die Sonne sank immer tiefer, die Luft wurde kühler. Die tagaktiven Vögel verstummten nach und nach, nachtaktive Tiere kamen aus ihren Bauten und begannen mit der Futtersuche. Coyle war sich der Natur um ihn herum bewusst. Er folgte dem natürlichen Rhythmus und wurde so sehr ein Teil der Umgebung, dass er beinahe die Bewegung an der Vorderseite des Hauses übersah.

Rasch erhob er sich und durchdrang das Dämmerlicht mit seinen Augen. Seine Ohren schnappten schließlich ein verräterisches Geräusch auf. Resigniert setzte er sich zurück. Der Hund. Natürlich, Hunde konnten ja nicht alleine für sich sorgen. Sie brauchten für alles einen Menschen und ließen sich sogar vorschreiben, wann sie pinkeln durften. Doch dann registrierte er, dass der große Bloodhound nicht allein war. Die Frau war bei ihm, und die beiden entfernten sich rasch vom Haus.

Coyle folgte dem Ast bis zum Stamm und sprang leichtfüßig zu Boden. Kaum spürte er den federnden Waldboden unter den Füßen, rannte er geduckt los. Er blieb immer ein gutes Stück neben den beiden und achtete darauf, nicht zu nahe zu kommen, während er ihnen folgte. Die Frau würde ihn nicht sehen können, es war beinahe dunkel und er war zu gut angepasst. Der

Hund dagegen witterte ihn vielleicht, und Coyle hatte keine Lust auf eine weitere Begegnung mit ihm.

Die Augen zusammengekniffen blieb er am Rand einer Lichtung stehen. Was zum Teufel machte die Frau da eigentlich? Am Morgen hatte sie erfahren, dass jemand in der Gegend ermordet worden war und sich der Killer noch hier herumtreiben könnte, und sie machte mit ihrem Faltenhund einen ausgedehnten Abendspaziergang! Sicher, mit Hund war sie vielleicht etwas geschützter als ganz allein, aber mal ehrlich, der Köter interessierte sich doch nur für das, was er auf dem Boden erschnuppern konnte, nicht dafür, was um ihn herum passierte. Wenn er wollte, konnte er jederzeit neben ihm auftauchen und ihn ausschalten, bevor Angus überhaupt registrierte, dass er da war.

Coyle erstarrte, als ihm plötzlich klar wurde, was die beiden dort trieben. Sie folgten der Spur, die er in der Nacht auf seiner Flucht hinterlassen hatte. Damit würden sie direkt am Tatort landen. Es grenzte sowieso an ein Wunder, dass die Mörder seiner Spur nicht gleich gefolgt waren. Wenn das sogar der Polizei gelungen war … Vielleicht waren sie zu sehr damit beschäftigt gewesen, ihre eigenen Spuren zu verwischen, oder mussten erst dafür sorgen, dass Bowen verschwand. Aber was immer der Grund dafür gewesen sein mochte, es war keine Garantie, dass sie von ihm abgelassen hatten. Im Gegenteil. Coyle war fast sicher, dass sie bald zurück sein würden, um ihn zu suchen und dass sie auch jeden anderen gnadenlos verfolgen würden, der etwas über seinen Verbleib wissen könnte. Sein Nackenhaar sträubte sich, als könnte er jetzt schon ihre Nähe spüren.

Wenn Angus weiter so an der Leine zog, würde sie gewaltigen Muskelkater bekommen, ganz zu schweigen von den Schulterschmerzen, die sich bereits jetzt bemerkbar machten. Sie ging nicht, sie bewegte sich im Laufschritt und versuchte, nicht über irgendetwas zu stolpern, das im Dämmerlicht kaum noch zu erkennen war. Nach einer Weile hatte sie es aufgegeben, Angus dazu zu überreden, langsamer zu gehen oder umzudrehen. Wenn der Bloodhound einmal einen Geruch in seiner Nase hatte, war er durch nichts mehr aufzuhalten. Schon gar nicht von so einem unwichtigen Menschen, der doch eigentlich nur dazu diente, die Dosen zu öffnen und ihn gelegentlich hinter dem Ohr zu kraulen. Marisa wünschte sich, sie wäre im Haus geblieben und hätte sich nicht von Angus zu einem Abendspaziergang überreden lassen, der damit endete, dass sie der Spur folgten, die Coyle in der Nacht hinterlassen hatte. Eigentlich hatte sie sich ohnehin nur erweichen lassen, weil ihr das Haus so leer und tot vorgekommen war, seit er …

Energisch wies Marisa diesen Gedanken von sich. Nein, sie konnte ihn gar nicht vermissen, er war nur so kurz im Haus gewesen und die meiste Zeit davon bewusstlos. Außerdem war er ein Mann, und diese Tatsache allein sollte reichen, sich zu freuen, ihn so schnell wieder losgeworden zu sein. Warum tat sie es dann nicht, sondern grübelte schon den ganzen Tag darüber nach, anstatt endlich den Artikel zu schreiben, den sie bald abgeben musste? Ihre Miene hellte sich auf. Natürlich, das war es! Er gab ihr Rätsel auf, und ihr Reporterinstinkt drängte sie dazu herauszufinden, was mit ihm nicht stimmte. Zufrieden, eine logische, rationale Erklärung gefunden zu haben, beschloss sie, Angus endlich zu zeigen, wer hier das Sagen hatte.

„Stopp! Verdammter Köter!"

Er blieb so abrupt stehen, dass sie beinahe in ihn hineinlief. Im letzten Moment konnte sie ihre Vorwärtsbewegung stoppen. Sie schluckte ihre Flüche hinunter, als sie sah, dass er steif wie ein Brett war, die Haare im Nacken und auf dem Rücken in einer Linie aufgerichtet, während er irgendetwas vor ihnen anstarrte. Marisa blinzelte in die beinahe vollständige Dunkelheit, konnte aber nichts erkennen. „Was hast du denn Angus? Ist da ein Hase?“ Automatisch hatte sie die Stimme gesenkt, sodass sie nicht weiter als bis zu den Ohren des Hundes drang. Unbehagen kroch ihre Glieder hinauf. Hoffentlich war es tatsächlich nur irgendein Beutetier, das für den alten Bloodhound unwiderstehlich war. Ihr Instinkt sagte ihr allerdings etwas anderes. Sie spürte eine Gefahr auf sich zukommen, etwas, dem sie nichts entgegenzusetzen hatte. Nicht einmal die Schreckschusspistole hatte sie bei sich, weil sie angenommen hatte, dass sie nur kurz draußen bleiben würden. Ein schwerwiegender Fehler, wie sie in diesem Moment erkannte.

Wie konnte sie so blöd sein, aus dem Haus zu gehen und der Spur zu einem Ort zu folgen, an dem ein Mord geschehen war, ohne an eine Waffe zu denken? Natürlich hatte sie Angus bei sich, aber wenn sogar Coyle nur knapp davongekommen war, dann drohte ihr erst recht Gefahr. Ihr Herz klopfte hart, und Schweiß ließ das T-Shirt unangenehm auf ihrer Haut kleben. Sie zog an Angus' Leine, doch der Hund bewegte sich keinen Millimeter, als wäre er mit dem Boden verwachsen.

„Angus, komm endlich, wir müssen zurück.“

Als Antwort stieß er ein tiefes Grollen aus, das die Haare in ihrem Nacken senkrecht stehen ließ. Verdammt, der Hund würde sicher nicht freiwillig mitkommen, und sie konnte sich auch nicht dazu durchringen, ihn hier zu lassen und alleine zum Haus zurückzulaufen. Sie sah sich um. Bei Tag hätte sie wahrscheinlich darüber gelacht, doch im Moment fühlte sie sich, als wäre sie meilenweit von einem sicheren Ort entfernt, als wäre sie umzingelt und würde langsam eingekreist. Lächerlich, hier war niemand, nur sie und der dumme Hund. „Angus …“

Weiter kam sie nicht, denn ohne Vorwarnung sprang er vorwärts und zog sie einfach mit sich. Ihre Hand war in der Schlaufe der Leine gefangen, deshalb blieb ihr nichts anderes übrig, als hinter Angus her zu stolpern und zu versuchen, nicht über irgendwelche Grasbüschel zu straucheln oder in Löcher zu treten und sich den Fuß zu verknacksen. Sie grub die Hacken in den weichen Boden, doch Angus ließ sich dadurch nicht beirren. Ihr fehlte eindeutig ein Anker, den sie auswerfen konnte, um seine fünfzig Kilogramm Kampfgewicht aufzuhalten. Dornenranken schlugen gegen ihre nackten Arme und ließen sie fluchen. Angus hielt genau auf den Wald zu und würde sie dort hineinschleppen, wenn sie ihn nicht bald zum Stehen brachte. Der Gedanke, im Dunkeln im Wald herumzuirren, den sie schon tagsüber ungern betrat, gab ihr neue Kraft. Mit allem, was sie hatte, lehnte sie sich zurück und zog an der Leine. Und tatsächlich: Der Hund blieb stehen! Starr wie eine Statue stand er da, jeder Muskel in seinem Körper angespannt, die Nase witternd erhoben.

Der Angriff kam von einer ganz anderen Seite. Ein lautes Fauchen erklang dicht neben ihr, so unerwartet, dass sie vor Schreck zurücksprang. Angus reagierte sofort. Sein wütendes Bellen zerriss die Stille der Nacht, und er warf sich in Richtung des Angreifers. Schmerz zuckte durch Marisas Rücken, als die Leine sich spannte. Ihr Schultergelenk fühlte sich an, als würde es jeden Moment herausspringen. Durch Angus' Bewegung verlor sie das Gleichgewicht und stürzte zu Boden. Jede Zelle ihres Gehirns schrie, sie solle sofort aufspringen und so schnell wie möglich verschwinden, doch ihr Körper schien nicht darauf reagieren zu wollen. Benommen setzte sie sich auf und sah direkt in Raubtieraugen.

Ein Ruck lief durch ihren Körper, und das Adrenalin, das ihr ins Blut schoss, ließ sie diesmal so hastig aufstehen, dass sie sich in Angus' Leine verhedderte und gleich wieder auf dem Boden landete. Über dem lauten Hämmern ihres Herzens hörte sie sein tiefes Knurren. Die Leine war zum Äußersten gespannt, während der Bloodhound zwischen Marisa und dem Raubtier stand. Froh über seinen Schutz überlegte sie, wie sie am besten reagieren sollte. Geordneter Rückzug war immer eine gute Idee, vor allem, wenn man nicht genau wusste, womit man es zu tun hatte.

Marisa kniff ihre Augen zusammen, um besser sehen zu können. Raubkatzen kannte sie bisher nur aus dem Zoo oder aus Tierdokumentationen im Fernsehen, und es war zu dunkel, um viel mehr auszumachen als weißes Fell um Maul und Nase, hochgezogene Lefzen und nach hinten gelegte Ohren. Was immer es war, es schien aufgebracht zu sein, auch wenn es sich immer noch nicht bewegt hatte. Die beim Nationalpark angestellten Ranger hatten vor einigen Tagen erzählt, dass hin und wieder ein Puma in die Nähe der Stadt kam, also konnte es sich durchaus um einen handeln. Wenn sie sich richtig erinnerte, sollten Pumas allerdings eher scheu sein und besonders in Gegenwart von Hunden immer den Rückzug antreten.

Warum also saß dieser Puma noch hier und starrte sie an, als überlege er, ob sie ihm schmecken würde? Eindeutig Zeit, so schnell wie möglich zu verschwinden. Langsam kniete Marisa sich hin und griff nach Angus' Halsband. Der Puma verfolgte ihre Bewegung mit den Augen und richtete sich auf. Marisas schweißnasse Finger krallten sich um das Halsband und zogen daran. Angus wandte sich zu ihr um und sah sie irritiert an. Zumindest kam es ihr so vor.

„Komm, Angus, wir gehen." Ihre Stimme war nur ein Hauch, trotzdem schien er sie zu hören. Ein weiterer Blick zu dem Raubtier zeigte ihr, dass es sie ebenfalls gehört hatte, denn die Ohren waren jetzt in ihre Richtung gedreht. Seine Lefzen senkten sich, und er wirkte mit einem Mal nicht mehr ganz so angriffslustig.

Langsam richtete Marisa sich auf, Leine und Halsband weiterhin fest im Griff. „Angus, bei Fuß." Gut, diesmal klang sie energischer, so als wüsste sie, was sie tat. Kam es ihr nur so vor oder lachte der Puma über sie? Sein Mund stand offen, die großen spitzen Reißzähne ragten heraus. Vielleicht spürte er auch schon, wie sich seine Zähne in ihr Fleisch bohrten und … Stopp! Die Realität war schon schlimm genug, es war nicht sinnvoll, jetzt auch noch irgendwelche grausamen Fantasien heraufzubeschwören. Marisa trat vorsichtig einen Schritt zurück und zog Angus mit sich. Überraschenderweise schien der Hund sich nicht wirklich gegen ihren Wunsch zu wehren. Sie legte ihre Hand auf seinen Kopf und führte ihn einige Schritte zurück in Richtung ihres Hauses. Als er endlich ohne jeden Widerstand vor ihr hertrottete, atmete sie erleichtert auf. Gerade noch einmal entkommen. Zumindest wusste sie nun, dass sie im Dunkeln nie wieder weiter als bis zu ihrem Auto gehen würde.

Als Marisa noch einmal zurückblickte, konnte sie den Puma nicht mehr sehen, hatte aber das Gefühl, dass er sie noch immer beobachtete. Unsinn, sicher war er längst wieder in den Wald geflüchtet, und das Kribbeln in ihrem Nacken rührte nur von der überstandenen Gefahr her.

Wenige Minuten später schloss sie mit einem erleichterten Aufatmen die Haustür hinter sich und lehnte sich dagegen. Nie wieder. Das Blut rauschte in ihren Ohren, ihre Beine gaben nach, und sie rutschte langsam an der Tür abwärts, bis sie auf dem Boden saß. Krallen klickten über den Holzboden, dann bohrte sich Angus' feuchte Nase in ihren Hals. Sie fühlte sich zu kraftlos, um ihn wegzuschieben. „Sitz, Angus."

Erstaunlicherweise gehorchte er, ließ seine Körpermassen zu Boden sacken und legte seinen Kopf auf ihr Bein. Ein tiefer Seufzer wehte ihr den Hundeatem ins Gesicht, als sie die Hand auf seinen Kopf legte und ihn hinter seinem Ohr zu kraulen begann. Ausnahmsweise sah sie darüber hinweg, denn sie war dankbar, Angus warm neben sich zu spüren. „Du warst heute sehr mutig, Angus, dumm, aber mutig." Ein Augenlid hob sich, und er sah zu ihr auf. „Beim nächsten Mal drehen wir aber lieber gleich wieder um, ja? Ich weiß nicht, ob der Puma – oder was immer es auch war – uns noch einmal einfach so weggehen lässt."

Andererseits hatte er nicht so ausgesehen, als würde er es darauf anlegen, sie anzugreifen. Eher als wollte er sie warnen, noch einen Schritt weiter zu machen. Waren sie unbeabsichtigt in sein Revier eingedrungen, als Angus plötzlich loslief und sie mit sich zog? Aber er schien von der anderen Seite gekommen zu sein, sie hatte ihn erst bemerkt, als er höchstens drei Meter von ihr entfernt war. Wie kam es, dass Angus die Gefahrenquelle in der anderen Richtung vermutet hatte? Normalerweise war seine Nase untrüglich. Der Bloodhound hatte sich erst zwischen sie und den Puma geschoben, als es aussah, als wolle das Raubtier sie angreifen.

Marisa schüttelte sich. Jetzt noch sah sie die Augen des Tieres vor sich, spürte die Präsenz und Intelligenz, die Kraft, die in dem schlanken Körper steckte … Ein leises Poltern auf der Veranda drang in ihre Gedanken. Abrupt setzte sie sich auf, ihr Herzschlag beschleunigte sich. Angus hatte den Kopf gehoben und starrte nun auf die Tür.

Oh nein, nicht schon wieder!

Marisa rappelte sich auf und folgte unsicher seinem Blick. Was sollte sie tun? Sie hätte sich nach den nächtlichen Erlebnissen eine Waffe besorgen sollen, statt den Tag damit zu verbringen, über Coyle nachzugrübeln. *Dumm.* Die Polizisten hatten sie gewarnt, dass der oder die Mörder den Weg zu ihr finden könnten, aber sie hatte nichts getan, um sich zu schützen. Erneut knackte draußen der Holzboden, ein schleifendes Geräusch ertönte.

Entschlossen richtete Marisa sich auf. Sie war hier nicht völlig abgeschnitten, zur Not würde sie die Polizei rufen, irgendwo musste noch Ledbetters Visitenkarte herumliegen. Sie sah sich im Zimmer um und verfluchte gerade ihre Unordnung, als ihr auf einmal bewusst wurde, dass Angus noch keinen Laut von sich gegeben hatte. So als wüsste er, wer dort auf der Veranda war.

4

Wie am Vorabend schob Marisa vorsichtig die Gardine beiseite, um auf die Veranda zu blicken. Auch diesmal war nichts zu sehen. Nicht schon wieder das gleiche Spiel, noch einmal würden ihre Nerven das nicht mitmachen! Mit einem tiefen Seufzer holte sie die Schreckschusspistole aus der Kommode und stellte sich neben die Tür. Konnte der Puma ihr bis hierher gefolgt sein? Unsinn, was hätte er davon? Vermutlich war er froh gewesen, als sie freiwillig den Rückzug antraten, hatte sein Bein an der Stelle gehoben, wo sie gelegen hatte, und war dann triumphierend in den Wald zurückgekehrt.

Aber was hatte dann die Geräusche auf ihrer Veranda verursacht? Ein Eichhörnchen oder ein Stinktier? Allerdings musste es schon ein ziemlich schweres Tier sein, um die Holzbretter zum Knarren zu bringen. Okay, genug Zeit geschunden, sie konnte hier stehen bleiben, bis ihre Haare grau waren, oder sie konnte etwas unternehmen. Sie schaltete das Licht auf der Veranda ein, umfasste Angus' Halsband und öffnete vorsichtig die Tür. Da der Bloodhound nur ein leises Knurren ausstieß, warteten vermutlich keine Mörder auf sie, trotzdem suchte sie mit den Augen jeden Winkel ab, bevor sie auf die Veranda trat. Die Nacht um sie herum war still – zu still. Es war, als hielte alles angespannt den Atem an, in Erwartung dessen, was kommen würde.

Marisa verzog den Mund. Den Satz sollte sie sich für den nächsten Artikel merken, den sie für die Nationalparkzeitung schrieb. Die Leser wären sicher begeistert von so viel Atmosphäre und Nervenkitzel – solange sie diese Situation nicht selber erleben mussten. Dann würden sie merken, dass es nicht so prickelnd war, alleine im Dunkeln zu stehen und den Nachtgeräuschen zu lauschen, während sich möglicherweise ein Mörder in der Gegend herumtrieb. Aber eigentlich sollte der doch schon längst verschwunden sein, nachdem ihm die Polizei bereits auf den Fersen war. Oder? Es gab keinen vernünftigen Grund, sich hier noch herumzutreiben und sie zu Tode zu erschrecken. Marisas Nackenhaare richteten sich auf. Aber handelte dieser Mörder rational, wenn es stimmte, was Markov und Ledbetter ihr erzählt hatten? Jemand, der einen Menschen zerfleischte, würde vielleicht auch auf die Idee kommen, sich gleich ein neues Opfer zu suchen, schließlich würde niemand erwarten, dass er so schnell erneut zuschlug.

Oder der Mörder suchte etwas ganz anderes – oder vielmehr jemand anderen – und glaubte, ihn hier zu finden. Marisa erstarrte. Coyle. Wenn die Polizisten seiner Spur hierher gefolgt waren, dann konnte das auch der Täter. Vor allem, wenn er wusste, dass Coyle am Tatort irgendetwas gesehen hatte, ihn vielleicht sogar beschreiben konnte. Oh verdammt, warum hatte er sie da nur mit hineingezogen? Sie wollte nicht in solch eine Sache verwickelt werden und schon gar nicht direkt zwischen einem Mörder und seiner Beute stehen. Vielleicht sollte sie ein Schild an die Tür hängen, überlegte sie lakonisch. *Er ist nicht mehr hier*. Aber wer sagte, dass der Täter lesen konnte?

Unschlüssig blieb sie in der Türöffnung stehen, während das Licht aus dem Zimmer hinter ihr über das verwitterte Holz der Veranda fiel. Gerade als sie ins Haus zurücktreten wollte, schlang sich etwas um ihre Taille und zog sie zurück. Marisa stieß einen erschrockenen Schrei aus, der von einer Hand, die sich über ihren Mund legte, abrupt abgeschnitten wurde. Nach einer Schrecksekunde begann sie zu strampeln und sich gegen den Griff zu wehren, doch es war nutzlos. Das Blut rauschte in ihren

Ohren, wie aus weiter Ferne hörte sie Angus' tiefes Knurren. Warum tat der Köter nichts, um ihr zu helfen?

„Halt endlich still, ich will dich nicht verletzen."

Marisa erstarrte, als sie die Stimme erkannte. Das Herz hämmerte gegen ihre Rippen, verzweifelt versuchte sie, durch die Nase genug Luft zu bekommen, da ihr Mund immer noch von seiner Hand bedeckt wurde. Als sie sich nicht mehr rührte, löste er sich von ihr, sie war frei. Nachdem sie ein paarmal tief durchgeatmet hatte, wirbelte sie herum. Mit dem Finger stach sie in Coyles Brust. „Was zum Teufel sollte das? Ich habe beinahe einen Herzinfarkt bekommen und …"

„Geht das auch etwas leiser?"

Marisa sah buchstäblich rot vor Wut. „Leiser? Sie kommen hier einfach so herein und …" Weiter kam sie nicht, denn Coyle zog sie unvermittelt an sich. Etwas wie ein elektrischer Schlag zuckte durch ihren Körper, ihr Herz flatterte, ihre Atmung setzte aus. Marisa sah direkt in seine Augen, sie fühlte sich wie hypnotisiert. Ohne zu zwinkern ruhte sein Blick auf ihr, sie konnte spüren, wie sein Körper sich anspannte, seine Erregung drückte in ihren Bauch. Entsetzt, gleichzeitig aber auch seltsam fasziniert bemerkte sie, wie sich seine Pupillen zusammenzogen und die Iris größer zu werden schien. Nein, das musste sie sich einbilden, so etwas war gar nicht möglich. Und wenn überhaupt würden sich Pupillen weiten, wenn jemand erregt war. Zumindest war das bisher ihre Erfahrung gewesen. Andererseits hatte sie auch nie mit jemandem wie Coyle …

Heftig schob sie ihn von sich oder versuchte es zumindest, doch er bewegte sich nur wenige Zentimeter, und das auch nur, weil er es zuließ. Wut stieg in Marisa auf. Warum fühlte sie sich in seiner Gegenwart so wehrlos? Er schaffte es jedes Mal, dass sie ihr Gleichgewicht und ihre Ruhe verlor, und das war etwas, das sie sich nicht leisten konnte. Ihre Welt hing an einem dünnen Faden, nur ein kleiner Ruck in die falsche Richtung, und sie würde abstürzen. Verzweifelt baute sie ihren inneren Verteidigungswall wieder auf, den er so mühelos ins Wanken brachte, wenn er ihr zu nahe kam. Anscheinend spürte Coyle, in welcher Verfassung sie sich befand, denn er trat ebenso lautlos zurück, wie er aufgetaucht war.

Seine Stimme war beinahe tonlos, als er schließlich sprach. „Ich habe dein Haus beobachtet, um sicherzustellen, dass die Mörder meiner Spur nicht gefolgt sind und dich hier entdecken." Ein Muskel zuckte in seinem Kiefer.

Die Mörder? Also wusste Coyle doch etwas von dem Verbrechen! „Warum sollten sie das tun?"

„Weil sie mich suchen. Sie können nicht zulassen, dass ich entkomme."

„Warum nicht?" Sie versuchte, ihre Stimme ruhig zu halten, doch es gelang ihr nur bedingt.

Coyle sah sie einen Moment lang schweigend an. „Weil sie bei mir versagt haben. Und weil sie wissen, dass ich hinter ihrem Auftraggeber her bin."

Marisa hielt den Atem an. „Du weißt, wer das ist?"

Zorn verdunkelte seine Augen und verzerrte seine Gesichtszüge. „Noch nicht, aber ich werde es herausfinden."

Ja, sie konnte sich vorstellen, dass ihm das gelang. „Dann wünsche ich dir viel Glück dabei." Jetzt erst fiel ihr auf, dass er nicht mehr nackt war. „Wo hast du eigentlich die Kleidung her?" Die Jeans sah aus, als wäre sie ein Teil von ihm, genauso wie das schwarze T-Shirt. „Die Sachen gehören dir", sagte sie verwundert. Sie streckte ihre Hand aus und fuhr über seine Rippen. „Warum haben sie keine Löcher und Blutflecken?"

Coyle sah sie nur schweigend an.

Sie zog die Augenbrauen zusammen. „Du warst nackt, als du überfallen wurdest. Hast du dich im Haus des Opfers aufgehalten? Hat der Mann dich mit seiner Frau erwischt und seine Hunde auf dich gehetzt?" Wie kam es, dass diese Vorstellung sie störte?

Coyle schien ihre These zu amüsieren. „Wenn es so wäre, hätte er mich gar nicht gesehen. Nein, ich war zur falschen Zeit am falschen Ort."

„Nackt?"

Er ignorierte ihre Zwischenfrage. „Sie waren gerade dabei, den Mann umzubringen, als ich dazukam. Der Betäubungspfeil hat mich erwischt, und ich konnte gerade noch entkommen. Ich hätte ihn nicht mehr retten können, es war zu spät." Er schien mehr zu sich selbst zu sprechen.

Marisa krampfte ihre Finger in den Ärmel ihres Pullovers, um nicht der Versuchung zu erliegen, Coyle tröstend zu berühren. Das war verrückt! Warum sollte es sie interessieren, wie er sich fühlte? Er hatte ihr ruhiges Dasein einfach so durcheinandergewirbelt, ohne sich darum zu kümmern, was er anrichtete. Sie sollte ihn fortschicken und so schnell wie möglich zu ihrem normalen Leben zurückkehren. Doch sie tat es nicht. „Warum hast du nicht mit der Polizei geredet?"

Coyle zog die Augenbraue hoch. „Vielleicht habe ich das."

Überrascht sah sie ihn an. „Wirklich? Ich hatte den Eindruck, du wärst aus meinem Fenster geklettert, um ihnen aus dem Weg zu gehen."

„Das auch, vor allem aber, damit du deswegen nicht in Schwierigkeiten gerätst. Es macht sich nie gut, wenn man einem Tatverdächtigen Unterschlupf gewährt."

„Bist du das?"

„Spuren von mir sind in der Nähe des Tatorts gefunden worden. Ich könnte mir vorstellen, dass die Polizisten sehr gerne mit mir reden würden, wenn sie die Gelegenheit dazu hätten."

Marisa schlang die Arme um den Oberkörper, um sich zu

wärmen. „Vielleicht solltest du das tun. Schließlich wurde ein Unschuldiger …“

„Stopp!“ Coyles Stimme nahm einen scharfen Klang an. „Es wurde jemand ermordet, ja. Aber Ted Genry war ganz sicher kein Unschuldiger, ganz im Gegenteil. Wenn ich ihn vorher erwischt hätte …“ Die letzten Worte grollten in seiner Kehle, sein Körper war angespannt, seine Augen nur noch schräge Schlitze.

Vorsichtig trat Marisa einen Schritt zurück, dann noch einen. Irgendetwas stimmte nicht mit diesem Mann, und es machte sie nervös, dass sie nicht wusste, was es war. Es schien, als würden sich seine Gesichtszüge verschieben, was eigentlich gar nicht möglich sein sollte. Zumindest hatte sie so etwas noch nie erlebt. Ihre Ferse landete mit einem dumpfen Klacken an der Wand hinter ihr. Das Geräusch schien Coyle aus seiner merkwürdigen Stimmung zu reißen. Er schüttelte den Kopf, als würde er aus einem Traum erwachen. Seine Augen wirkten halbwegs normal, als er sie wieder anblickte, oder vielleicht hatte sie sich nur an den Anblick gewöhnt.

„Du hast doch keine Angst vor mir?“

Marisa hob ihr Kinn. „Sollte ich das?“

Unerwartet spielte ein kleines Lächeln um seine Mundwinkel. „Ja, vermutlich.“ Der Humor erlosch in seinen Augen. „Ich bin momentan keine gute Gesellschaft.“

Momentan? Sie konnte sich nicht vorstellen, dass er das jemals war – und für sie schon gar nicht. „Was machst du dann noch hier, wenn du das selber weißt?“

Er verzog den Mund. „Das habe ich mich auch schon gefragt.“

„Na dann, da ist die Tür.“ Marisa machte einen Schritt darauf zu, um sie für Coyle zu öffnen, wurde aber von ihm abgefangen. Seine warme Hand brannte durch ihr T-Shirt.

„Ich bin zurückgekommen, um dafür zu sorgen, dass dir nichts passiert, und das werde ich auch tun.“

Wütend zog Marisa ihren Arm aus seinem Griff. „Ich kann sehr gut alleine auf mich aufpassen!"

„Ja, das habe ich gesehen." Seine Stimme klang mild, was sie nur noch mehr aufbrachte.

„Gesehen, wann?" Sie erbleichte, als ihr klar wurde, wovon er sprach. „Du warst da draußen und hast mich beobachtet? Ist Angus etwa hinter dir hergerannt?"

„Nein, das war die Spur der anderen."

„Der and…" Marisa stockte. „Die Mörder waren in der Nähe?"

„Ja."

„Wie kannst du das wissen? Und wenn es so war, warum hast du nichts getan? Du hättest mich zumindest warnen können!"

„Weil sie dann gewusst hätten, dass ich noch hier bin. Und weil mir etwas an dir liegt."

Marisa starrte ihn mit offenem Mund an. Mit einem ungeduldigen Laut drehte Coyle sich um und sah durch einen Spalt ihrer Gardine. „Ist es so schwer zu glauben, dass ich dich mögen könnte?"

„Du kennst mich nicht mal!"

Coyle sah über die Schulter zu ihr zurück. „Ich weiß genug, um mir eine Meinung zu bilden. Aber wir haben jetzt keine Zeit für diese Diskussion, Tatsache ist, dass die Mörder jeden Moment hier auftauchen können."

„Woher weißt du das?"

„Instinkt."

Bei jedem anderen Menschen hätte sie über die Antwort gelacht, aber sie konnte in seinen Augen sehen, dass er völlig davon überzeugt war. Und das Schlimmste war, sie glaubte ihm. Wütend rieb sie über die Gänsehaut auf ihren Armen.

„Wir sollten so schnell wie möglich von hier verschwinden."

„Wir? Ich lebe hier! Ich kann nicht einfach abhauen, ohne jemanden darüber zu informieren. Ich sollte die Polizei rufen, damit sie die Mörder verhaften, erschießen oder was auch immer. Dann sind wir sie los und können zum Alltag zurückkehren."

Coyle trat vom Fenster zurück. „Die Polizisten werden sie nicht finden."

„Warum nicht? Dafür sind sie doch ausgebildet."

Ein schiefes Lächeln hob seinen Mundwinkel. „Diese Mörder sind anders. Wenn sie merken, dass jemand hinter ihnen her ist, werden sie verschwinden."

Marisa runzelte die Stirn. „Dann sind wir sie wenigstens los."

„Nein, sie würden wiederkommen, wenn du es nicht erwartest. Sie haben ihren Auftrag nicht erfüllt, solange ich noch lebe."

„Sie wollen dich auch töten?"

„Höchstwahrscheinlich, ja."

„Warum warst du überhaupt dort?"

„Ich wollte etwas zurückholen, was dein ehrenwerter Nachbar gestohlen hat. Und das werde ich auch, aber erst, wenn ich weiß, dass du in Sicherheit bist." Coyle trat näher und strich über ihre Wange. „Pack ein paar Sachen, nicht zu viel, damit du nicht beim Laufen behindert wirst."

Marisa zuckte verspätet zurück. „Fass mich nicht an! Und wenn du glaubst, dass ich einfach so mitkomme, dann …"

„Es ist deine einzige Chance. Wenn du hier bleibst, töten sie dich."

Wieder diese Gewissheit in seiner Stimme, die es ihr kalt den Rücken hinunterlaufen ließ. Was sollte sie tun? Sie kannte Coyle nicht, es wäre Irrsinn, mit ihm zu gehen. Ledbetter, genau, das war die Lösung. Marisa ging zum Telefon und nahm den Hörer ab.

Bevor sie wählen konnte, schlang sich Coyles Hand um ihr Handgelenk. „Wen willst du anrufen?"

„Detective Ledbetter, er hat gesagt, er kommt sofort, wenn ich anrufe."

„Das mag sein, aber er wird dir nicht helfen können." Als er ihren zweifelnden Gesichtsausdruck sah, seufzte er. „Vertrau mir, ich bin momentan der Einzige, der dich beschützen kann."

Vertrauen. Sie hatte sich abgewöhnt, anderen Menschen zu trauen, nachdem sich alle gegen sie gewandt hatten, als sie Unterstützung am nötigsten gebraucht hätte. Nein, sie vertraute niemandem, schon gar nicht jemandem, den sie gerade erst unter äußerst merkwürdigen Umständen kennengelernt hatte. Und der eindeutig etwas vor ihr zurückhielt.

„Nein."

Sie zog eine verknitterte Visitenkarte aus der Hosentasche und begann, eine Nummer zu wählen. Das konnte Coyle nicht zulassen. Je mehr Menschen in die Sache hineingezogen wurden, desto schwieriger würde die Situation zu kontrollieren sein. Nicht, dass er überhaupt etwas unter Kontrolle hatte.

„Hör zu, du wirst ihn damit in Gefahr bringen", versuchte er, sie zu überzeugen. „Ich glaube nicht, dass die Mörder davor zurückschrecken würden, auch Unbeteiligte zu töten, wenn sie ihnen im Weg sind." Er konnte sehen, dass er zu ihr durchdrang, ihr Finger verharrte zögernd über den Tasten.

„Aber wenn du eine Spur hinterlassen würdest, der die Mörder dann folgen, würden sie sich doch nicht mehr mit mir abgeben."

Coyle hasste es, ihre Hoffnung zu zerstören, aber es musste sein. „Wahrscheinlicher ist, dass sie alle Zeugen beseitigen."

„Aber ich habe doch gar nichts gesehen!"

„Doch, mich."

„Aber das …"

Coyles Kopf ruckte herum, als er ein leises Geräusch wahrnahm. Rasch schlang er seine Arme um sie und presste seine Hand auf ihren Mund. Fast tonlos sprach er in ihr Ohr. „Sie sind da, wir haben keine Zeit mehr. Geh ins Schlafzimmer." Er ließ sie los und schob sie in Richtung Flur.

„Woher weißt du das?" Glücklicherweise hielt sie ihre Stimme leise, trotzdem konnte es sein, dass seine Feinde sie hörten.

Wortlos deutete er auf Angus, der stocksteif vor der Tür stand und tief in seiner Kehle grollte. Erleichtert atmete er auf, als sie ohne ein weiteres Wort aus dem Wohnzimmer schlich. Auf dem Weg griff sie sich ein Paar Turnschuhe. Leise schloss Coyle die Schlafzimmertür hinter ihnen und drückte ihr eine dunkle Jacke in die Hand, die er von der Garderobe genommen hatte. Er wartete, bis seine Augen sich an die Dunkelheit im Raum gewöhnten.

„Was machen wir jetzt?" Sie setzte sich auf die Bettkante und zog ihre Schuhe an.

„Wir klettern durch das Fenster und verschwinden."

„Wäre es nicht sicherer, im Haus zu bleiben? Sie können nicht hier hinein und …"

Coyle unterbrach sie. „Wenn sie es wollen, kommen sie herein. Sofern du nicht gerade ein paar echte Waffen hier hast und damit auch umgehen kannst, sollten wir so schnell wie möglich verschwinden."

Sie stand auf und zog die Jacke über. „Aber Angus …"

„Ihm wird nichts geschehen. Sie haben keinerlei Interesse an ihm." Jedenfalls hoffte er das. „Wenn wir Glück haben, wird er sie so lange ablenken, bis wir entkommen sind." Er nahm ihren Arm und führte sie zum Fenster. „Ich glaube, jetzt wäre der geeignete Zeitpunkt, dass du mir deinen Namen sagst."

Einen Moment lang zögerte sie. „Marisa."

„Okay, Marisa, ich springe zuerst und fange dich dann auf. Ab jetzt kein Wort mehr." Coyle fühlte ihr zögerndes Nicken und strich noch einmal über ihre Hand, bevor er das Fenster so leise wie möglich öffnete. Witternd hob er die Nase und atmete auf, als er keinen fremden Geruch wahrnehmen konnte. Er kletterte auf die Fensterbank und sah, dass Marisa es ihm gleichtat. Er nahm ihre Hände und drückte sie, bevor er sich behände aus dem Fenster schwang und lautlos auf der weichen Erde landete. Nachdem er sich noch einmal umgesehen hatte, schnalzte er leise mit der Zunge und hoffte, dass Marisa sein Zeichen hören würde. Und es sich nicht noch einmal anders überlegte. Jede Sekunde war kostbar, wenn sie den Mördern entkommen wollten. Es würde nicht lange dauern, bis sie ihre Spur aufnahmen und ihnen folgten. Mit Marisa hatte er kaum eine Chance, doch er war nicht bereit, sie dem sicheren Tod zu überlassen.

Sie richtete sich am Fenster in eine gebückte Haltung auf und sprang direkt in seine Arme. Die Wucht ihres Zusammenpralls ließ ihn wanken, doch es gelang ihm, sie beide auf den Füßen zu halten und vor allem keinerlei Geräusch dabei zu verursachen. Coyle zuckte automatisch zusammen, als der Hund im Haus laut zu bellen begann. Hastig nahm er Marisas Hand und zog sie mit sich in den Schutz der Bäume. Wenn sie Glück hatten, würde Angus die Mörder eine Zeit lang ablenken und aufhalten. Vor allem sollte der Lärm die raschelnden Blätter und das Knacken von Zweigen unter Marisas Schuhen verdecken.

Ihre Verfolger würden vermutlich dennoch keine Mühe haben, ihnen zu folgen, denn ihr Gehör war mindestens so gut entwickelt wie seines. Sicherer wäre es, in einer Stadt unterzutauchen, wo der Lärm ihre Schritte übertönen würde, doch Marisas Haus lag zu weit außerhalb, und ihr Auto stand in der Einfahrt, wo die Mörder auf sie lauerten. Also konnten sie nur versuchen, schneller und vor allem schlauer zu sein als ihre Gegner.

Während das Gebell hinter ihnen immer leiser wurde und die Geräusche des Waldes sie schließlich überdeckten, ließ Coyle Marisas Hand keine Sekunde los. Er wusste, dass sie es nicht gewöhnt war, im Dunkeln durch den Wald zu laufen, und dass ihre Sicht stark eingeschränkt war. Um nicht zu sagen, sie war vermutlich blind wie ein Maulwurf, wenn er ihre lautlosen Flüche richtig deutete. Trotz der ernsten Situation musste er grinsen. Zu schade, dass er ihr nicht in Ruhe das Leben im Wald näherbringen konnte, es würde sicher Spaß machen. Rasch schüttelte er den Gedanken ab. Jetzt war keine Zeit, der seltsamen Anziehung nachzugeben, die Marisa auf ihn ausübte, seit er sie zum ersten Mal gesehen hatte. Und nicht nur das. Es war auch gefährlich, zu einem anderen Zeitpunkt etwas mit ihr anzufangen. Er sollte sich immer vor Augen halten, was passierte, wenn sie Kontakte außerhalb ihrer Gruppe unterhielten. Bowen war ein lebhaftes Beispiel dafür.

Konsequent unterdrückte Coyle das Schuldgefühl, den Jugendlichen im Stich gelassen zu haben. Es war wichtiger, den Verfolgern zu entkommen, denn wenn sie ihn auch töteten, wäre Bowen unwiderruflich verloren. Und am Ende auch seine Familie und Freunde. Das konnte er nicht zulassen, egal, was es ihn kostete.

Die Zähne fest zusammengebissen beschleunigte er seinen Schritt. Marisa stolperte hinter ihm her, protestierte aber nicht. Coyle ignorierte die Wärme, die sie in ihm auslöste, und konzentrierte sich nur noch darauf, den Stockton Creek zu finden, der sich ein paar hundert Meter hinter Marisas Haus entlangschlängelte. Wenn sie Glück hatten, könnten sie dort ihre Verfolger abschütteln oder zumindest soweit irritieren, dass sie einen kleinen Vorsprung gewannen. Und sie würden jeden Vorteil brauchen, denn die Mörder waren wesentlich schneller als er und vor allem als Marisa.

Grimmig bahnte er sich einen Weg durch das Unterholz, bis er das Ufer erreichte. Silbern glitzerte das Mondlicht auf dem schmalen Band des Flusses etwa einen Meter unter ihm. Für einen kurzen Moment zögerte Coyle, dann lief er zielstrebig in das kalte Wasser. Hinter sich hörte er einen unterdrückten Aufschrei und ein plätscherndes Geräusch. Rasch wandte er sich zu Marisa, der das Wasser bis zum Bauch ging.

Sie funkelte ihn wütend an. „Eine kleine Warnung wäre nett gewesen!“ Glücklicherweise hielt sie ihre Stimme leise.

Ein unfreiwilliges Grinsen spielte um seine Mundwinkel. Sie sah einfach zum Anbeißen aus, so nass und wütend. Da er ahnte, dass sie die Komik der Situation nicht zu schätzen wusste, bemühte er sich, ein entschuldigendes Gesicht aufzusetzen. „Tut mir leid, ich hatte vergessen, dass du nicht so gut siehst.“

„Was vor allem daran liegt, dass ich ständig nur dein breites Kreuz im Blickfeld habe.“

Coyle unterdrückte rasch ein zufriedenes Schnurren tief in seiner Kehle. Dafür war jetzt keine Zeit, und vor allem konnte er sich keine Ablenkung leisten. Wenn sie in Sicherheit waren, würde er noch genug Gelegenheit dazu haben. Er drückte sanft ihre Hand. „Lass uns weitergehen, vielleicht können wir im Fluss unsere Spur verwischen.“

Marisa nickte knapp und setzte sich hinter ihm in Bewegung. Nachdem sie sich auf die Strömung eingestellt hatte, ließ auch das verräterische Plätschern nach. Lautlos schoben sie sich vorwärts, immer darauf bedacht, nicht auf den glitschigen Steinen auf dem Grund des Flusses auszurutschen. Als Coyle glaubte, den Verfolgern die Aufgabe ausreichend erschwert zu haben, führte er Marisa zum gegenüberliegenden Ufer und kletterte die Böschung hinauf. Oben angekommen streckte er ihr die Hand entgegen und half ihr beim Aufstieg. Erschöpft sank sie unter den Bäumen auf den Boden und atmete keuchend ein und aus.

Schließlich sah sie zu ihm auf. „Ich hoffe wirklich, das war der einzige Fluss – wo auch immer wir hingehen.“

„Magst du kein Wasser?“

Marisa verzog das Gesicht. „Nur in meiner Dusche. Und ein nächtliches Bad im Fluss ist nicht gerade meine Vorstellung von Spaß."

Coyle unterdrückte ein Lachen. Wieder eine Gemeinsamkeit zwischen ihnen. „Das kann ich verstehen." Er sah dorthin zurück, wo sie hergekommen waren. „Wir müssen weiter."

„Ich dachte, wir hätten sie durch unser Bad abgehängt."

„Vielleicht kurzzeitig, aber wenn sie gut sind, werden sie unsere Spur bald wieder finden. Ich möchte nicht riskieren, dann noch hier zu sein."

Marisa nickte unglücklich. „Wo gehen wir überhaupt hin?"

„Am besten versuchen wir, einen Bogen zur Stadt zu schlagen. Wenn uns das nicht gelingt, müssen wir weiter in die Wildnis, zu unserem Lager."

„Was für ein Lager? Zeltet ihr …?" Sie brach ab, als Coyle seinen Finger auf ihre Lippen legte.

„Später."

„In Ordnung, aber dann will ich endlich eine Erklärung." Sie stand mühsam auf, die vollgesogene Jeans klebte an ihren Beinen. „Und zwar eine vernünftige, die ich auch glauben kann."

„Natürlich." Coyle wandte sich ab, bevor sie seinen Gesichtsausdruck sehen konnte. Tatsache war, dass es keine Erklärung gab, die sie ihm glauben würde. Was er an ihrer Stelle auch nicht tun würde, wenn er ehrlich war. Vielleicht würde es ihm gelingen, sie in der Stadt in Sicherheit zu bringen und dann zu verschwinden, bevor er sie noch weiter in Gefahr brachte. Der Gedanke versetzte ihm einen Stich, doch er schob sein Unbehagen rasch beiseite, bevor er sich wieder zu Marisa umdrehte. „Fertig?"

„Wenn es sein muss."

Ihre Fähigkeit, seine Stimmung immer wieder zu heben, war erstaunlich. Unter anderen Umständen hätte er sie wirklich gern näher kennengelernt. Sein Körper spannte sich an, als er sich daran erinnerte, wie er sie berührt hatte. Noch näher, sollte er wohl sagen. Viel näher. Doch das würde nie geschehen, auch wenn er es noch so sehr bedauerte. Kopfschüttelnd wandte er sich um und führte Marisa durch das dichte Gestrüpp, das am Ufer wuchs und in lichteren Wald überging. Bisher war es bergab gegangen, doch jetzt mussten sie den Hügel auf der gegenüberliegenden Seite erklimmen, der über Mariposa aufragte. Allerdings wuchsen ihre Chancen, je länger sie sich in dichterer Vegetation aufhielten, die sich zur Hügelkuppe hin deutlich lichtete, deshalb lief er schräg den Hang hinauf. Auch wenn er sich bemühte, einen Weg zu finden, der für Marisa im Dunkeln gut zu bewältigen wäre, stolperte sie immer öfter und konnte sich mehrmals erst im letzten Moment abfangen. Ihr Keuchen klang viel zu laut in seinen Ohren, aber er konnte sie kaum auffordern, nicht mehr zu atmen. Er sollte froh sein, dass sie bisher so gut mithielt, es konnte nicht einfach sein, einem Fremden zu vertrauen und im Dunkeln vor unsichtbaren Verfolgern zu fliehen.

Unvermittelt bekam Coyle einen Schlag in den Rücken und rutschte auf dem sandigen Untergrund aus. Automatisch rollte er sich ab und zog Marisa mit sich, die gegen ihn gefallen war. Er versuchte, ihren Körper mit seinem zu schützen, doch das war nicht so einfach. Steine und Zweige stachen durch seine Kleidung, rissen seine Wunden wieder auf. Schließlich kamen sie einige Meter weiter unten unsanft an einem Baumstamm zum Liegen. Einen Moment lang versuchte Coyle, wieder zu Atem zu kommen und in seinen Körper hineinzuhorchen, ob er irgendwelche schlimmeren Verletzungen davongetragen hatte. Da das anscheinend nicht der Fall war, hob er versuchsweise seinen Kopf. Ein Stöhnen erklang dicht an seinem Ohr. Marisa!

5

Marisa schlug die Augen auf und sah nichts als Schwärze. Ein Stöhnen drang über ihre Lippen, als sie langsam all die schmerzenden Stellen an ihrem Körper registrierte. Irgendetwas drückte auf ihren Brustkorb und hinderte sie daran durchzuatmen. Ihre Lunge drohte zu bersten, Panik stieg in ihr auf. Was war passiert? Wieso …? Das Gewicht über ihr bewegte sich, endlich strömte wieder Sauerstoff in ihre Lunge. Gierig atmete Marisa einige Sekunden nur ein, bevor ihr klar wurde, dass es Coyle gewesen war, der auf ihr gelegen hatte. Nun wanderten seine Hände über ihren Körper, was Gefühle in ihr auslöste, über die sie lieber nicht nachdenken wollte. Schon gar nicht, wenn sie hier auf dem Waldboden lag und ihr jeder Knochen im Leib wehtat.

„Marisa?“ Seine raue Stimme klang angespannt.

Sie benetzte ihre Lippen, brachte jedoch nur ein heiseres Krächzen heraus.

„Sag etwas. Bist du irgendwo verletzt?“

„Ich glaube … nicht. Nur … etwas außer … Atem.“

Seine Finger legten sich um ihr Gesicht. Sie spürte eine leichte Berührung an ihren Wangenknochen. „Das ist meine Schuld, ich bin auf dir gelandet.“

„Das habe ich … gemerkt.“

Marisa versuchte, sich aufzusetzen, doch er drückte sie sanft zurück. „Nein, bleib noch einen Moment liegen, bis du wieder genug Luft bekommst.“

Nur zu gern gehorchte sie. Ihr Herz hämmerte in ihrer Brust, aber ob es von der Anstrengung kam, dem Schreck des Sturzes oder Coyles Nähe, konnte sie nicht sagen. Wahrscheinlich von allem etwas. Auch wenn ihr alles wehtat, bemerkte sie trotzdem den Druck von Coyles Oberschenkel an ihrer Hüfte, die solide Stärke seines Oberkörpers, das Spiel seiner Finger auf ihrer Haut und in ihren Haaren. Unruhig bewegte sie sich, ihre Finger krampften sich in sein T-Shirt. Als sein Daumen flüchtig über ihre Unterlippe strich, gab sie einen verlangenden Laut von sich. Peinlich berührt wollte sie sich von ihm wegdrehen, doch er hielt sie ohne Anstrengung fest. Mit weit aufgerissen Augen sah sie, wie er seinen Kopf zu ihr hinunterneigte. In der Dunkelheit konnte sie seinen Gesichtsausdruck nicht erkennen, doch sie spürte seinen Atem auf ihren Lippen.

„Ich dachte, dir wäre etwas passiert, als du gegen mich gefallen bist. Das war …" Er brach ab und sie hörte ihn hart schlucken.

Bevor sie etwas sagen konnte, hatte er die Lücke zwischen ihnen geschlossen. Zuerst berührten seine Lippen ihre so sanft, dass sie es kaum spürte, doch dann küsste er sie mit einer Leidenschaft, die ihr den Atem verschlug. Für einen Moment war sie wie erstarrt, bevor sie ihre Arme um ihn schlang und ihn dichter an sich zog. Coyle reagierte mit einem zufriedenen Brummen auf ihren Enthusiasmus und drang mit seiner Zunge in ihren Mund ein. Marisa konnte nur noch ein verzweifeltes Stöhnen herausbringen, dann wurde sie derart von ihren Gefühlen überwältigt, dass sie nicht mehr wusste, wo oben und unten war. Oder wie es kam, dass sich ihre Fingernägel innerhalb kürzester Zeit in seinen nackten Rücken bohrten, während sein Oberschenkel sich rhythmisch gegen ihre Mitte presste. Das war Wahnsinn, doch zugleich auch so natürlich und … unvermeidlich, dass sie es nicht schaffte, sich aus ihrer Erregung zu lösen. So gelang ihr nur ein schwacher Protest, als Coyle sich von ihr wegrollte und schwer atmend auf die Füße kam.

„So gern ich das hier auch fortführen würde …" Er brach ab

und atmete tief durch. „… müssen wir leider weiter, wenn wir nicht von den Mördern erwischt werden wollen."

Wie hatte sie vergessen können, dass sie verfolgt wurden! Marisa setzte sich abrupt auf und unterdrückte ein Stöhnen, als Schmerz durch ihren Rücken fuhr. Froh über die Dunkelheit, die die heiße Röte verbarg, die in ihren Wangen aufstieg, richtete sie ihre Kleidung. Zitternd in einer verspäteten Reaktion auf den Sturz hatte sie Mühe, auf die Füße zu kommen. Sofort war Coyle da und stützte sie, bis sie sicher auf dem abschüssigen Gelände stand.

„Geht es?"

„Ja." Marisa presste es durch ihre zusammengebissenen Zähne hindurch. Was blieb ihr auch anderes übrig? Sie konnte schlecht hier stehen bleiben und warten, bis sie von den Verfolgern eingeholt wurde. Trotzdem wünschte sie sich nichts mehr, als einfach in ihr weiches Bett fallen zu können und die Decke über den Kopf zu ziehen. Oder dort mit Coyle weiterzumachen, wo sie aufgehört hatten. Ärger über ihre Schwäche kam in ihr auf und verdüsterte ihre ohnehin schon schlechte Laune. „Tut mir leid, dass ich dich mitgerissen habe, ich bin über irgendetwas gestolpert und habe das Gleichgewicht verloren."

„Kein Problem, ist ja nichts passiert."

Hörte sie ein Lächeln in seiner Stimme? Sie wollte sich darüber aufregen, doch ihr fehlte die Energie dazu. Außerdem wurde sie von seinen Fingern abgelenkt, die um ihren Nacken lagen und ihn sanft massierten. Ein Zittern lief durch ihren Körper. Wenn schon diese kleine unschuldige Berührung reichte, um ihre Erregung erneut zu entfachen …

„Gehen wir."

Marisa wusste nicht, ob sie erleichtert oder enttäuscht sein sollte, als er sie schließlich losließ. Da beide Reaktionen irrational waren – wie eigentlich schon ihr ganzes Verhalten, seit sie

Coyle auf ihrer Veranda gefunden hatte –, dachte sie nicht länger darüber nach und begann stattdessen, den Hang wieder hinaufzuklettern. Wie zuvor nahm Coyle ihre Hand und führte sie durch den stockdunklen Wald. Sie hatte keine Ahnung, wie er überhaupt etwas sehen konnte, aber er schien sich spielend leicht zurechtzufinden, während sie nur hinter ihm herstolpern konnte. Da er sowohl ein dunkles T-Shirt als auch eine schwarze Jeans trug, würde sie ihm ohne diese Verbindung nie folgen können. Nach wenigen Metern wäre er für sie unsichtbar, und sie würde alleine im Wald zurückbleiben. Diese Vorstellung veranlasste sie dazu, schneller zu laufen und Coyles Hand festzuhalten, als hinge ihr Leben davon ab. Und das tat es ja auch. Wenn sie vorher gewusst hätte, was passieren würde, hätte sie Coyle dann auf ihrer Veranda liegen lassen? Oder doch gleich die Polizei geholt? Allein der Gedanke, was mit Coyle geschehen wäre, wenn sie ihn nicht ins Haus geholt und versorgt hätte oder wenn er möglicherweise verhaftet worden wäre, löste Übelkeit bei ihr aus. Auch wenn es noch so merkwürdig klang, sie würde wieder genauso handeln.

Ein lang gezogener hoher Schrei ertönte, der Marisa das Blut in den Adern gefrieren ließ. Abrupt blieb sie stehen, prallte aber trotzdem gegen Coyles Rücken. Er hatte den Kopf in den Nacken gelegt und sah zu den Baumwipfeln hinauf. Seine Muskeln waren angespannt, es schien so, als hätte er sogar aufgehört zu atmen.

Schließlich hielt Marisa es nicht mehr aus und schob ihren Mund an sein Ohr. „Was war das?"

Einen langen Augenblick schien es, als wollte er nicht antworten, doch dann löste sich seine Anspannung, und er drehte sich zu ihr um. „Ein Adler."

Marisa wusste zwar, dass es in der Gegend welche geben sollte, hatte aber bisher noch keinen gesehen, geschweige denn gehört. „Ich dachte, die wären tagaktiv."

„Das sind sie auch.“ Coyle sah noch einmal hoch, dann nickte er. „Wir sollten uns beeilen.“

Und was hatten sie bisher getan? Ein Sonntagsspaziergang war es jedenfalls nicht gewesen. Aber sie behielt diesen Gedanken klugerweise für sich. Der Moment der Ruhe war vorbei, und sie lief in noch schnellerem Tempo als vorher hinter Coyle her. Immer wieder stolperte sie über Baumwurzeln oder niedrige Pflanzen, die sie in der Dunkelheit nicht sah, doch Coyle zog sie wieder hoch. Es war, als könnte er spüren, dass ihre Verfolger ihnen auf den Fersen waren und näher kamen. Doch wie sollte das gehen? Es war stockduster, und sie selber machte zu viel Krach, um darüber noch jemand anderen zu hören. In diesem Augenblick erkannte sie, dass sie Coyle nur aufhielt und er viel schneller vorwärts kommen würde, wenn er sie nicht hinter sich herziehen müsste. Warum tat er es trotzdem, wenn Mörder hinter ihm her waren und er ganz sicher sterben würde, wenn sie ihn erwischten? Sie hätte ihn gerne danach gefragt, doch sie war nicht lebensmüde genug, ihn auf diesen Umstand hinzuweisen. Vielleicht später, wenn sie in Sicherheit waren. Obwohl sie sich momentan nicht vorstellen konnte, wie sie sich jemals wieder sicher fühlen sollte.

Coyle schien ihre Angst zu spüren, denn er drückte beruhigend ihre Hand. Woher konnte er wissen, wie sie sich fühlte, wenn er sich nicht mal zu ihr umdrehte? Aber auch das hatte keine Bedeutung, denn sie spürte, wie ihre Kraft langsam schwand. Das bisschen Kondition, das sie besaß, war längst aufgebraucht, jetzt trieb nur noch pures Adrenalin sie weiter. Aber auch das würde irgendwann abgebaut sein, und dann konnte sie nicht mehr weiterlaufen.

„Noch ein kleines Stück, wir sind gleich oben auf dem Kamm und von dort aus geht es abwärts in die Stadt.“

Jetzt konnte er also auch noch Gedanken lesen. Keine besonders angenehme Vorstellung. „Gut.“ Marisa mobilisierte ihre letzten Reserven und kam schließlich tatsächlich auf dem Hügel an. Mariposa lag still im Tal, die Lichter der Häuser leuchteten einladend. Endlich, gleich waren sie in Sicherheit! Sie wollte hinunterlaufen, doch Coyle hielt sie am Arm fest. Irritiert drehte sie sich zu ihm um. „Worauf wartest du noch?“

Er strich mit einer Hand durch sein Haar und blickte in das von Hügelketten eingeschlossene Tal. „Ich habe das Gefühl, als würden wir direkt in eine Falle laufen, wenn wir den Wald verlassen.“

„Aber da unten gibt es Menschen, jemanden, der uns helfen kann.“

„Ja, vielleicht.“

Marisa hörte das „aber“ in seiner Antwort. „Ganz bestimmt. Wir können zur Polizei gehen oder zu einem meiner Kollegen vom National Park Service.“

Coyle sah sie einen Moment an, dann nickte er. „Ich werde dich in Sicherheit bringen.“

Irgendwie hatte sie den Eindruck, dass er darunter etwas ganz anderes verstand als sie, doch bevor sie ihn darauf ansprechen konnte, zog er sie bereits wieder an der Hand hinter sich her. Unruhig sah sie immer wieder hinter sich, als sie den Schutz der Bäume verließen und die nur spärlich bewachsene Hügelflanke in Richtung Mariposa herunterliefen.

Unvermittelt schwenkte Coyle nach rechts ab und hielt schließlich in der Deckung eines Baumes an. „Von hier aus sind es höchstens noch zweihundert Meter bis zum nächsten Haus. Ich möchte, dass du dorthin läufst.“

„Ich? Und was tust du? Wir können doch einfach zusammen …“

Coyle schüttelte bereits den Kopf. „Ich kann nicht mitkommen.“

„Warum nicht?"

„Weil ich von der Polizei verdächtigt werde, etwas mit dem Mord zu tun zu haben. Und weil ich keine Papiere habe. Sie würden mich verhaften, und du wärst weiter in Gefahr."

Marisa biss auf ihre Lippe. „Aber wenn die Mörder dich erwischen …"

Coyle legte seine Hände auf ihre Schultern. „Das werden sie nicht. Ich werde sie von dir wegführen und dann verschwinden." Er sah über ihre Schulter. „Wir haben keine Zeit für weitere Diskussionen. Lauf." Als sie ihn weiterhin nur ansah, schob er sie unsanft von sich. „Lauf!"

Ein lautes Knacken einige Meter entfernt ließ sie herumwirbeln und den Berg hinunterlaufen, so schnell sie konnte. Sie wollte Coyle nicht allein lassen, aber noch weniger wollte sie getötet werden. Allein die Beschreibung des Polizisten, wie das Opfer ausgesehen hatte, weckte in ihr den Wunsch, diesen Kerlen niemals zu begegnen. Sie würde in einem der Häuser Hilfe rufen und dann jemanden dorthin schicken, wo sie sich von Coyle getrennt hatte. Die Vorstellung, dass er vielleicht in diesem Moment schon von den Verfolgern eingeholt worden war und um sein Leben kämpfte, ließ sie langsamer werden. Schwer atmend blieb sie stehen und schaute sich um, konnte jedoch nur mondbeschienene Gräser und vereinzelte Büsche und Bäume erkennen. Es sah so friedlich aus, als wäre ihre Flucht nichts weiter als ein Albtraum gewesen. Ihr Herz hämmerte in ihrer Brust, ihr lauter Atem übertönte jedes Geräusch.

Langsam setzte sie sich wieder in Bewegung, jeder Schritt fiel ihr schwerer als der vorherige. Als wäre ihre gesamte Energie verbraucht, seit Coyle nicht mehr bei ihr war. Seine Kraft und Ausdauer waren ihr Motor gewesen, seine Überzeugung, das Richtige zu tun, ihr Antrieb. Jetzt war da nichts mehr, nur noch Leere und eine unbestimmte Furcht. Verärgert über sich selbst mobilisierte Marisa noch einmal all ihre Kräfte. Sie würde Hilfe holen, und wenn es das Letzte war, was sie tat. Rechts vor sich konnte sie bereits den schwach beleuchteten Sportplatz sehen, der um diese Zeit menschenleer war. Nur noch etwa fünfzig Meter und … Ein lautes Fauchen zerriss die Stille. Marisa stolperte und fiel auf die Knie. Was war das? Wurde Coyle von Tieren angegriffen, vielleicht von dem Puma, den sie gesehen hatte? Wie sollte Coyle ihm entkommen, vor allem wenn er durch seine Verletzungen geschwächt war? Waren das Bewegungen, die sie vor den Umrissen der Bäume sah, oder bildete sie sich das nur ein? Hastig rappelte sie sich wieder auf und wollte weiterlaufen, als sie einen Schatten auf sich zukommen sah. Wie erstarrt blieb sie stehen, nicht fähig, auch nur einen Muskel zu rühren. Im letzten Moment erinnerte sie sich an ihre Schreckschusspistole. Sie griff in ihre Jackentasche, nur um festzustellen, dass sie das Ding irgendwo verloren haben musste. Verdammt!

Die Gewissheit, dass sie sterben würde, wenn sie hier stehen blieb, löste ihre Starre und trieb sie schließlich vorwärts. Es war, als könnte sie den Blick ihres Verfolgers im Nacken spüren. Den Hauch seines Atems, bevor er zuschlug. Etwas zischte an ihr vorbei, dann ertönte ein lang gezogener Schrei. Marisa zuckte zusammen und sprang verspätet zur Seite. Der Adler! Verwirrt sah sie dem großen Schatten hinterher. Sie konnte sich nicht erklären, was er von ihr wollte, sie hatte noch nie davon gehört, dass Adler ohne Grund Menschen angriffen. Aber jetzt blieb ihr keine Zeit, darüber nachzudenken, sie musste endlich Hilfe finden. So schnell sie konnte lief sie in Richtung Zivilisation, nur um nach wenigen Metern erneut dem Vogel auszuweichen, der ihr den Weg abschnitt. Nach zwei weiteren Manövern hätte sie schwören können, dass der Adler sie daran hindern wollte, zur Stadt zu kommen. Oder ihr einen anderen Weg zeigen wollte. Aber das konnte nicht sein. Oder?

Versuchsweise lief sie in Richtung Sportplatz, und tatsächlich kreiste der Adler über ihr, ohne sie weiter zu behelligen. Trieb er nur ein Spielchen mit ihr? Jetzt wünschte sie sich, sie hätte sich, seit sie für den National Park Service arbeitete, etwas mehr für die verschiedenen Tierarten interessiert, die hier heimisch waren. Marisa überquerte die schmale Straße, die um den Sportplatz herum in den Ort führte. Natürlich war gerade jetzt kein Auto in Sicht, und auch sonst war es totenstill. Als sie die Straße entlanglaufen wollte, schnitt ihr der Adler wieder den Weg ab, also rutschte sie den kleinen Abhang hinunter und landete auf dem unebenen Sandweg, der das Grün der Sportstätte umgab. Diesem folgte sie in Richtung der Gebäude. Es brannte nur eine schwache Laterne neben den Häusern, der Rest des Sportplatzes lag im Dunkeln. Verzweiflung darüber, dass dieser Umweg nur kostbare Zeit verschlang, kam in Marisa auf. Irgendwie musste sie an dem Adler vorbei in den Ortskern kommen.

Sie war gerade am ersten Gebäude vorbei, als sie einen Geländewagen daneben stehen sah. „Ist hier jemand?“ Keine Antwort. „Ich brauche dringend Hilfe!“

Es war zwecklos, niemand hörte sie. Vielleicht hatte einer der Jugendlichen zu viel getrunken, sich von einem Freund mitnehmen lassen und seinen Wagen hier gelassen. Ohne große Erwartung ging sie zur Fahrertür und zog am Griff. Überrascht wich sie zurück, als die Tür aufschwang. Unglaublich, wie sorglos die Leute heutzutage mit ihren Wertsachen umgingen. Marisa sah sich noch einmal um, bevor sie sich in den Wagen beugte, um nach einem Autotelefon oder einer Waffe zu suchen. Sie konnte nichts von beidem entdecken, dafür aber den Schlüssel, der in der Zündung steckte, als wollte er sie dazu auffordern, ihn umzudrehen. Ein dumpfer Laut über ihr ließ sie erschreckt zusammenzucken. Schuldbewusst richtete sie sich auf – und stand Auge in Auge dem Adler gegenüber, der auf dem Wagendach gelandet war. Für einen Moment sahen sie sich stumm an, dann senkte der große Vogel den Kopf, so als nicke er ihr zu. Während Marisa sich noch fragte, ob sie sich das nur eingebildet hatte, stieß er einen gellenden Schrei aus und flog davon.

So schnell wie möglich schwang sie sich in den Wagen und schlug die Tür zu. Entschlossen drehte sie den Schlüssel und atmete auf, als der Motor ansprang. Glücklicherweise handelte es sich um ein Automatikgetriebe, sodass sie sich nicht mit einer ungewohnten Gangschaltung herumzuplagen brauchte. Mit zitternden Händen legte sie den Rückwärtsgang ein und gab vorsichtig Gas. Langsam fuhr der schwere Wagen zurück, der Motor erschien ihr furchtbar laut in der abendlichen Stille. Sie fürchtete, jeden Moment den Besitzer aus dem Gebäude laufen zu sehen, doch nichts geschah. Nach einem letzten Rundblick fuhr sie an dem Gebäude vorbei auf die Straße und wandte sich dann zum Waldrand, wo sie Coyle zuletzt gesehen hatte. Nach einigen Metern verließ sie die Straße und fuhr querfeldein. Die Dunkelheit wurde dichter, bis sie außer schwarzen Schemen nichts mehr erkennen konnte. Mit einer ungeduldigen Bewegung schaltete sie die Scheinwerfer an, was allerdings nur dazu führte, dass sie außerhalb der hellen Lichtkegel noch weniger sehen konnte als vorher. *Coyle, wo bist du?*

Weit vorgelehnt starrte sie durch die Windschutzscheibe. Ihre Fingerknöchel färbten sich weiß vor Anspannung. Bei jedem Stoß fürchtete sie, dass das Auto liegen bleiben oder sich festfahren könnte. Ängstlich sah sie auf den Benzinstand und atmete ein wenig auf. Zumindest darüber brauchte sie sich im Moment keine Sorgen zu machen. Wenn sie doch bloß endlich Coyle finden würde! Je länger sie dafür brauchte, desto größer war die Wahrscheinlichkeit, dass die Mörder ihn zuerst fanden. Sie fühlte mit jeder Faser ihres Körpers, dass er sie dringend brauchte, und sie stocherte hier wie eine Blinde im Dunkeln herum! Ihre Zähne gruben sich in ihre Unterlippe, als der Jeep auf tiefem Sand zur Seite rutschte. Im letzten Moment konnte sie ihn auf festeres Gelände zurückbugsieren. Schweiß bildete sich auf ihrer Stirn und lief unangenehm über ihren Rücken. Mit dem Ellbogen bediente sie den Schalter, der das Fenster hinunterfahren ließ.

Die kühle Nachtluft strich angenehm über ihr erhitztes Gesicht. Sie versuchte, etwas über dem Motorengeräusch zu hören, doch es war unmöglich. Kurz entschlossen schaltete sie den Motor aus und lauschte auf die Nachtgeräusche. Für einen Moment herrschte eine beinahe unheimliche Stille, dann begannen die Grillen zu zirpen, es raschelte im nahen Gebüsch, eine Eule rief. Aber nichts deutete darauf hin, dass ein Mensch in der Nähe war, der um sein Leben kämpfte. Was sollte sie nur machen, wenn sie Coyle nicht bald fand? War es sinnvoller, wenn sie in den Ort fuhr und die Polizei holte? Mit mehreren Leuten konnten sie die Gegend sicher besser durchkämmen, als wenn sie es alleine versuchte. Aber irgendetwas sagte ihr, dass es dann schon zu spät für Coyle sein würde.

Als sie die Augen schloss, sah sie sein Gesicht vor sich, seine seltsam schräg stehenden Augen, die angehobenen Mundwinkel, als würde er sich über etwas amüsieren. Mit einem tiefen Seufzer griff sie wieder zum Schlüssel. Wenn sie hier weiter herumstand, würde sie ihn nie finden. Vielleicht … Sie zuckte zusammen, als ein Schatten auf sie zukam. Automatisch duckte sie sich, obwohl sie von Glas und Metall geschützt war. Im letzten Moment zog der Adler hoch und stieß einen durchdringenden Schrei aus. Marisas Herz begann zu hämmern, ihre Finger glitten wie von selbst zurück zum Zündschloss. Wahrscheinlich war es Wahnsinn, aber sie würde die realistische und vernünftige Journalistin in sich ausschalten und gegen jede Vernunft darauf setzen, dass der Adler sie zu Coyle führen konnte. Hörte man nicht immer wieder, dass Delphine ertrinkende Menschen retteten? Vielleicht galt das Gleiche für Adler und verfolgte oder verletzte Menschen. Marisa schüttelte den Kopf. Die Aufregung hatte ihr anscheinend nicht gutgetan, anders konnte sie sich dermaßen abstruse Gedanken nicht erklären.

Noch einmal flog der Adler durch das Scheinwerferlicht, dann verschwand er wieder im Dunkel der Bäume. Behutsam lenkte Marisa den Jeep über das unebene Gelände und wich so gut es ging allen Hindernissen aus. Sie verzog den Mund, als ein Zweig über den Lack kratzte. Wem immer das Auto gehören mochte, würde nicht sehr glücklich über ihre Spritztour sein, soviel war sicher. Die Vorstellung, dadurch wieder mit der Polizei in Berührung zu kommen, verstärkte ihr Unbehagen. Aber das war im Moment unwichtig, es zählte nur, Coyle zu finden und sie beide in Sicherheit zu bringen. Marisa ließ das Fenster bis auf einen kleinen Spalt wieder hochfahren und verriegelte die Türen, damit niemand sie überraschen konnte. Inzwischen war sie auf dem Kamm angekommen, den sie vorher zu Fuß überwunden hatten. Von Coyle war nichts zu sehen, vermutlich war er in die andere Richtung gelaufen. Abwärts würde sie in der Dunkelheit nicht fahren können, weil die Gefahr zu groß war, dass sie in ein unsichtbares Hindernis fuhr und stecken blieb.

Sollte sie hupen? Sicher würde Coyle sie hören, doch was brachte das, wenn sie damit auch die Mörder anlockte? Andererseits hatten sie sicher bereits das Motorengeräusch gehört und würden sowieso früher oder später hier auftauchen. Wo war der verdammte Adler abgeblieben? Erst war er nicht abzuschütteln und jetzt, wo sie ihn brauchte … Ein weiterer Schrei des Adlers übertönte das Motorengeräusch. Entweder konnte das Vieh Gedanken lesen oder es hatte ein unübertroffenes Timing. Marisa versuchte, sich zu orientieren, und fuhr dann langsam weiter in die Richtung, aus der der Ruf gekommen war. Angestrengt starrte sie in die Finsternis jenseits ihrer Scheinwerfer. Bewegte sich dort etwas zwischen den Bäumen? Frustriert hieb sie mit der Hand auf das Lenkrad, als es ihr nicht gelang, etwas zu erkennen. Was sie hier trieb, war reine Zeitverschwendung – Zeit, die Coyle vielleicht nicht hatte. Wenn sie wenigstens Angus dabei hätte, der mit seiner feinen Nase Coyles Spur sicher hätte aufnehmen können. Aber allein war sie im Dunkeln und ohne entsprechende Ausrüstung völlig nutzlos. Sie würde zurückfahren und mit der Polizei oder wem auch immer zurückkommen müssen.

Sie brachte den Geländewagen zum Stehen und legte den Rückwärtsgang ein. Vorsichtig rollte sie zurück, bis sie den Wagen in der richtigen Position zum Wenden hatte. Gerade als sie ihren Kopf wieder nach vorne wandte, flog der Adler so dicht über ihre Scheibe hinweg, dass sie deutlich hellere Bänder in den Schwanzfedern erkennen konnte. Einen Augenblick lang sah sie ihm hinterher, während er abdrehte und sich in immer größer werdenden Kreisen in die Höhe schraubte, bis sie nur noch seine winzige Silhouette vor der Scheibe des Vollmonds sehen konnte. Was würde sie dafür geben, jetzt an seiner Stelle zu sein, einfach alles hinter sich lassen zu können und sich in der Weite der Nacht zu verlieren.

Ein lautes Krachen ertönte, gefolgt von einem dumpfen Geräusch, der Wagen schaukelte wild hin und her. Erschrocken riss Marisa den Kopf zur Beifahrertür herum, von wo der Lärm gekommen war, und starrte direkt in Coyles Augen. Ihre Erleichterung wandelte sich in Entsetzen, als sie das Blut auf seinem Gesicht und das zerfetzte T-Shirt sah. Er rutschte an der Beifahrerseite herab und verschwand aus ihrer Sicht. Ein lautes Fauchen ertönte ganz in der Nähe. Was war das? Marisa fummelte an dem Knopf herum, der die Tür öffnen sollte, brauchte aber drei Versuche, bis sie ihn endlich oben hatte. Sie lehnte sich über die Mittelkonsole und öffnete die Beifahrertür.

„Coyle, steig ein!“ Sein Arm erschien in der Öffnung, die Hand war aufgekratzt und blutig. Mit Mühe unterdrückte Marisa ihre Angst und lehnte sich weiter vor, um Coyle in den Wagen zu ziehen. Allerdings erwies sich das aus dieser Position als unmöglich. Er war zu schwer und der Wagen zu hoch. „Coyle!“

Sein Kopf erschien über dem Sitz. „Du solltest dich in Sicherheit bringen! Fahr zurück!“ Damit fiel er nach hinten.

Coyle! Sie musste irgendetwas tun, doch sie konnte nicht aussteigen, wenn sie nicht wollte, dass die Mörder sie erwischten. Aber sie würde nicht zulassen, dass sie Coyle töteten! Hektisch blickte sie sich im Wagen um, irgendetwas musste es doch geben, das sich als Waffe eignete. Als sie nichts fand, rutschte sie kurzentschlossen auf den Beifahrersitz und beugte sich zu Coyle hinunter, der halb unter dem Wagen lag. Irgendwie musste sie ihn ins Fahrzeug bekommen, damit sie die Tür wieder schließen konnte. Wenn sie ihn von der Veranda ganz bis ins Schlafzimmer hatte bugsieren können, dann sollte es doch wohl möglich sein, ihn einen Meter weit nach oben und ins Auto zu ziehen, oder? Marisa holte tief Luft, schob ihre Hände unter seine Achseln und zog so fest sie konnte. Coyle gab einen schmerzerfüllten Laut von sich, bewegte sich aber kaum.

„Nun komm schon, ohne deine Mitarbeit kann ich dir nicht helfen.“

„Du sollst …“

Sie griff nach seinem T-Shirt und zog ihn zu sich heran, sodass ihre Nasen sich fast berührten. „Ich werde nicht ohne dich gehen, habe ich mich klar ausgedrückt?“

Etwas blitzte in Coyles Augen auf, dann presste er die Lippen aufeinander und zog sich am Türrahmen hoch. Beherzt griff Marisa nach seinem Hosenbund und zerrte daran so fest sie konnte. Mit vereinten Kräften gelang es ihnen, Coyle so weit in den Wagen zu ziehen, dass nur noch seine Beine herausragten. Marisa wollte sich gerade darum kümmern, als sie zwei leuchtende Punkte in nur wenigen Metern Entfernung sah. Sie erstarrte. Was war das?

Coyle hob den Kopf, als er ihre Stille bemerkte. Mit einem Fluch zog er die Beine in den Wagen, doch es war bereits zu spät, scharfe Zähne bohrten sich in Jeans und Fleisch und rissen mit einer Kraft daran, der er nichts mehr entgegenzusetzen hatte. Langsam, fast in Zeitlupe rutschte er vom Sitz.

6

Marisa schrie auf, als ihre Hand von Coyles Hosenbund rutschte und er aus dem Jeep fiel. *Nein!* Ohne über die Konsequenzen nachzudenken, kletterte sie über die Mittelkonsole und sprang ihm hinterher. Von ihrer Aktion überrascht ließ der Angreifer einen Moment von Coyle ab und starrte Marisa an. Im schwachen Licht konnte sie nur einen dunklen Umriss, katzenartige Augen und riesige Reißzähne sehen. Wo waren die Verfolger geblieben? Konnte Coyle auf seiner Flucht vor den Verfolgern in die Fänge einer Raubkatze geraten sein? Aber das war jetzt egal, es musste ihr irgendwie gelingen, die tödliche Bedrohung abzuwenden. Am ganzen Körper zitternd trat sie vor Coyle, der sich nicht rührte. Sie breitete die Arme aus und machte eine abrupte Bewegung. Dazu schrie sie, so laut sie konnte.

„Kusch, verschwinde! Hier gibt es nichts für dich, ich werde ihn dir nicht überlassen.“ Hinter sich hörte sie ein Stöhnen, doch sie hielt ihren Blick weiterhin auf das Raubtier gerichtet, das Zentimeter für Zentimeter näher rückte. „Coyle, es wäre gut, wenn du endlich in den Wagen steigst.“ Sie hob ihre Stimme wieder und wedelte noch stärker mit den Armen. „Stopp!“ Hatte sie nicht irgendwo gelesen, dass Raubkatzen normalerweise scheu waren und sich davon beeindrucken ließen, wenn ihre Beute sich wehrte? Oder machten Bären das? Verdammt noch mal, sie war ein Stadtkind, woher hätte sie wissen sollen, dass sie jemals in eine solche Situation kommen würde?

Sie spürte eine Bewegung hinter sich und hoffte, dass es Coyle war, der endlich in den Jeep kletterte. Vorsichtig wich sie ein

Stück zurück, doch die Raubkatze setzte sofort nach. Ein tiefes Grollen stieg aus ihrer Kehle, bei dem Marisas Herz beinahe stehen blieb. Die Möglichkeit, dass sie hier sterben könnte, wurde plötzlich schrecklich real.

Unbemerkt hatte sich ihr die Raubkatze so weit genähert, dass sie beinahe ihren heißen Atem spüren konnte. Marisas Muskeln spannten sich an, als ihr klar wurde, dass sie nicht schnell genug in den Wagen springen konnte. Besonders, wenn Coyle noch halb aus der Tür hing. Sie traute sich nicht, einen Blick über ihre Schulter zu werfen, weil sie ahnte, dass ihr Gegner diesen Moment nutzen würde, um anzugreifen. „Coyle, rutsch durch." Sie konnte nur hoffen, dass er in der Verfassung dazu war, sonst war sie verloren.

Etwas Kühles berührte ihre Fingerspitzen. Erschrocken zuckte sie zusammen, bevor sie erkannte, dass es ein leichter metallischer Gegenstand war, den Coyle ihr reichte. Sie hob die Hand. Es war ein Baseballschläger. Ein Gewehr wäre ihr lieber gewesen, aber sie war froh, überhaupt irgendetwas zu haben, mit dem sie sich zur Wehr setzen konnte. Fest sah sie dem Raubtier in die Augen und bemühte sich, ihre Furcht nicht zu zeigen. Eine Veränderung des Motorengeräuschs zeigte ihr, dass Coyle den Vorwärtsgang eingelegt hatte. Gut, wenn sie es jetzt noch irgendwie schaffte …

Mit einem erstickten Aufschrei stolperte sie zurück, als das Tier angriff. Es war schon fast über ihr, als Marisa mit dem Schläger ausholte. Sie legte so viel Kraft wie möglich in den Schlag und traf ihren Gegner im Kopfbereich. Ein dumpfer Laut ertönte, als sie auf Knochen traf, dicht gefolgt von einem lauten Fauchen. Eine Pranke schoss vor, Krallen kratzten über ihren Arm und hinterließen blutige Striemen. Viel zu spät sprang Marisa zurück und fiel direkt in den Wagen.

Coyle schien auf diese Gelegenheit gewartet zu haben, denn

er gab sofort Gas. Geistesgegenwärtig hielt Marisa sich am Türrahmen fest, um nicht hinausgeschleudert zu werden, als sie in viel zu hohem Tempo über den unebenen Boden fuhren.

„Schließ die Tür!“ Coyles Stimme war bei dem Röhren des Motors kaum zu verstehen.

Einfacher gesagt als getan, die schwere Tür war außerhalb ihrer Reichweite und sie konnte sich nicht herauslehnen, weil sie sonst hinausfallen würde. Durch das Fenster konnte sie einen dunklen Schatten sehen, der neben dem Wagen herlief. Das Vieh war immer noch da! Mit zitternden Fingern legte sie den Sicherheitsgurt an und lehnte sich dann so weit nach draußen, wie sie es wagte. Steine spritzten hoch und schlugen an das Fußblech und die Tür. Marisa legte ihre Hände um den Haltegriff und zog so fest sie konnte. Zugleich schwenkte Coyle nach links und die Tür fiel zu. Erleichtert atmete Marisa durch und schloss für einen winzigen Moment die Augen.

„Verriegle die Tür, damit sie nicht hereinkönnen.“

Obwohl Marisa sich fragte, wie ein Tier eine Autotür aufbekommen sollte, tat sie wortlos, was Coyle ihr sagte. Ihr fehlte die Energie, sich zu unterhalten oder mehr zu tun, als die Augen offen zu halten. Ein kurzer Seitenblick zeigte ihr, dass Coyle konzentriert durch die Windschutzscheibe starrte und seine frühere Schwäche überwunden zu haben schien. Blut glänzte dunkel auf seinem Gesicht und vermischte sich mit seinem Schweiß. Er musste höllische Schmerzen haben, trotzdem ließ er sich nichts anmerken, sondern konzentrierte sich darauf, sie sicher den Hügel hinunterzubekommen.

Abrupt richtete Marisa sich auf und betrachtete die Landschaft aufmerksamer. „Wo willst du hin? Zur Stadt geht es in die andere Richtung.“ Sie deutete hinter sich.

„Ich weiß. Wir fahren nicht in die Stadt.“

„Warum nicht?“ Irgendwie hatte sie das Gefühl, einen wichtigen Punkt verpasst zu haben. „Dort kann man uns helfen. Und außerdem muss ich den Wagen zurückbringen."

Coyle warf ihr einen kurzen Blick zu. „Wenn wir die Verfolger abgehängt haben und an einer Stadt vorbeikommen, rufst du den Besitzer an und sagst ihm, dass es etwas länger dauert."

Marisa spürte Hitze in ihre Wangen steigen. „Ich weiß doch nicht, wer das ist! Der Wagen stand auf dem Sportplatz und der Schlüssel steckte, also …" Sie brach ab und rieb über ihre Stirn. „Daran ist nur der blöde Vogel schuld, wenn er nicht …"

„Der was?"

„Ein Adler. Ich hatte das Gefühl, er wollte nicht, dass ich in den Ort laufe und hat mich stattdessen zum Sportplatz dirigiert." Auf seinen Blick hin hob sie das Kinn. „Ja, ich weiß, das hört sich irre an. Wahrscheinlich habe ich es mir auch nur eingebildet. Hauptsache ist ja auch, dass ich mit dem Jeep die Möglichkeit hatte, dir zu helfen."

„Wofür ich dir dankbar bin."

„Immerhin etwas." Marisa verschränkte ihre Arme über der Brust, um im nächsten Moment unterdrückt aufzuschreien.

„Was ist? Hast du jemanden gesehen?"

Vorsichtig schob Marisa den Ärmel ihrer Jacke hoch und zuckte zusammen, als der Stoff über eine schmerzende Stelle rieb. Im von den Anzeigen nur schwach beleuchteten Wageninnern konnte sie blutende Striemen erkennen, die sich über die Länge ihres Unterarms zogen. Erst als sie die Wunde sah, setzten die brennenden Schmerzen richtig ein.

Coyle legte seine Hand sanft auf ihre. „Wenn wir sie endgültig abgehängt haben, sehe ich mir deine Verletzung an. Kannst du so lange durchhalten?"

„Natürlich, das ist ja nur ein Kratzer." Mehrere lange hässliche Kratzer, die höllisch wehtaten. Aber das würde sie ihm nicht sagen, sie würde sich wie ein Jammerlappen vorkommen, denn es war gar nichts im Vergleich zu den Verletzungen, die Coyle erlitten hatte. Besorgt sah sie ihn an. „Wie geht es dir? Soll ich fahren?“

Coyle schüttelte den Kopf. „Jetzt noch nicht. Sowie wir weit genug weg sind, tauschen wir.“

„Geht es dir so schlecht?“ Marisa grub die Zähne in die Unterlippe, als sie ihn von der Seite betrachtete.

„Ich werd’s überleben.“ Er sah sie kurz an. „Wenn wir auf eine Straße kommen, musst du übernehmen, weil ich keinen Führerschein habe.“

„Du meinst, du hast ihn nicht dabei.“

„Nein, ich besitze keinen.“

Stirnrunzelnd betrachtete sie ihn. „Willst du mich auf den Arm nehmen? Wo lebst du denn? Auf dem Mars?“

Seine Augen blieben auf die Wildnis vor ihnen gerichtet, als er so leise antwortete, dass sie ihn kaum verstand. „Da, wo ich lebe, brauchen wir keine Autos.“

Als Marisa erkannte, dass er das ernst meinte, stieg Hitze in ihre Wangen. „Es tut mir leid, ich hätte nicht …“

Coyle unterbrach sie. „Kein Problem.“

Marisa unterdrückte den Impuls, ihn zu berühren, und räusperte sich stattdessen. „Wo hast du dann so gut fahren gelernt?“

Coyle hob eine Schulter und zuckte zusammen. „Ich dachte mir, es wäre sinnvoll, ein Auto bedienen zu können, wenn wir einmal eines benötigen.“

„Wir?“

Der Wagen fuhr durch eine versteckte Bodenwelle und schoss wieder heraus. Mit einem Fluch bremste Coyle ab, seine Finger umklammerten das Lenkrad. „Können wir das Gespräch verschieben, bis wir aus dem Wald heraus sind?“

„Natürlich.“ Marisa presste die Lippen aufeinander und hielt sich für den Rest der wilden Fahrt so fest, wie sie konnte.

Coyle spürte, wie seine Kraft langsam nachließ und Schwärze auf ihn zu kroch. Mit zusammengebissenen Zähnen kämpfte er gegen die Bewusstlosigkeit. Auch wenn sie ihre Verfolger vermutlich lange hinter sich gelassen hatten, konnte er sich keine Schwäche leisten. Er musste Marisa in Sicherheit bringen und vor allem konnte er nicht zulassen, dass sie ihn in irgendeine Stadt und dann vielleicht auch noch in ein Krankenhaus brachte. Langsam rollte der Jeep aus. Eigentlich hätte er jetzt aussteigen und prüfen müssen, ob die Luft rein war, doch er konnte sich nicht rühren. Es kostete sogar fast zu viel Mühe, den Schlüssel herumzudrehen und den Motor auszuschalten. In der einkehrenden Stille legte er seine Arme über das Lenkrad und lehnte seine Stirn dagegen. Nur einen winzigen Moment Ruhe, dann …

Irgendetwas berührte sein Gesicht, seine Arme und Beine, seine nackte Brust. Er spürte die Falten seines hochgeschobenen T-Shirts unter dem Kinn.

Was …? Coyle versuchte, sich aufzusetzen, wurde jedoch von sanften Händen zurückgedrückt.

„Bleib ganz ruhig liegen, ich kümmere mich um dich." Eine weibliche Stimme, die irgendetwas in ihm zum Klingen brachte.

Mühsam öffnete er ein Auge und starrte in die Dunkelheit des Waldes. *Zu Hause*. Sowie dieser Gedanke durch seinen Kopf schoss, kamen die Erinnerungen zurück. Nein, das war falsch. Erneut strich etwas über sein Gesicht. Der Schmerz ließ ihn zusammenzucken.

„Entschuldige, ich muss die Wunden verbinden, damit du nicht noch mehr Blut verlierst." Er konnte ihre besorgte Miene sehen, als sie sich über ihn beugte. *Marisa*. Verdammt, was war passiert? Wenn die Verfolger ihrer Spur gefolgt waren, könnten sie schon wieder in der Nähe sein. Coyle gelang es, seine Hand zur Kooperation zu bewegen und Marisas Handgelenk zu umklammern. Er fühlte, wie sie zusammenzuckte, ihre Augen weiteten sich erschrocken.

„Wie lange war ich bewusstlos?"

„Ein paar Minuten. Ich wollte es dir bequemer machen, aber du warst zu schwer, deshalb habe ich den Sitz nur nach hinten gekippt." Im schwachen Licht der Innenbeleuchtung konnte er sehen, dass ihre Haare wild um ihr Gesicht hingen, Kratzer zogen sich über ihre Wange. Jede Faser seines Körpers schrie danach, seine Hand in ihre langen Strähnen zu wickeln, ihr Gesicht zu sich heranzuziehen und sie zu küssen, bis sie beide atemlos waren. Doch das wäre eine ganz schlechte Idee.

„Wir müssen weiter, hier sind wir nicht sicher." Klang seine Stimme wirklich so rau?

„Glaubst du, die Mörder sind noch hinter uns her?"

„Ich bin mir sogar sicher. Sie können nicht aufgeben, bevor sie uns ausgeschaltet haben."

Marisa schauderte sichtbar. „Schaffst du es rüberzurutschen, damit ich fahren kann?"

Coyle nickte knapp und versuchte, seine Gliedmaßen zu sortieren. Es war erstaunlich schwierig, sich die wenigen Zentimeter bis zum Beifahrersitz zu bewegen, wahrscheinlich lag es am Blutverlust. Marisa half ihm, seine Beine über die Mittelkonsole zu heben, dann rutschte sie in den Fahrersitz und schloss die Tür.

„Kannst du dich anschnallen?"

Coyle sah sie einen Moment an und gehorchte dann wortlos, als er erkannte, dass sie es ernst meinte. Sein Mundwinkel hob sich. Da wurden sie von Mördern verfolgt, bluteten aus unzähligen Wunden – und sie dachte an so etwas Profanes wie den Sicherheitsgurt! Sie kontrollierte, ob er ihrer Anweisung gefolgt war, dann startete sie den Motor und fuhr los. Die Konzentration auf ihrem Gesicht, ihre Zungenspitze, die kurz zu sehen war, lösten etwas in seinem Innern aus, das ihn erschreckte. Er hatte nichts dagegen, sich von Marisa sexuell angezogen zu fühlen, aber das hier war anders. Irgendwie … mehr.

Nein, es lag sicher nur daran, dass er sie mochte, ihre unverstellte Art, die Bereitschaft, ihm zu helfen, obwohl sie ihn überhaupt nicht kannte, der Mut, den sie auf der Flucht bewiesen hatte. Er hatte riesiges Glück gehabt, gerade auf ihrer Veranda gelandet zu sein und nicht bei einem der Nachbarn, die sicher sofort die Polizei gerufen hätten. Genau, er war ihr nur dankbar und fühlte sich sexuell zu ihr hingezogen, und das verwechselte er jetzt mit etwas anderem. Etwas, das ihm eine höllische Angst bereitete und nicht sein durfte.

„Lebst du noch?"

Marisas Frage riss ihn aus seinen Gedanken. „Wie bitte?"

„Ich wollte nur wissen, ob du noch bei Bewusstsein bist. Du hast so still dort gesessen, dass ich nicht mal gesehen habe, ob du noch atmest." Sie warf ihm einen kurzen Blick zu, bevor sie ihre Augen wieder nach vorne richtete. „Du kannst dich wieder anziehen."

Diesmal gestattete er sich ein Grinsen. Es war ihm völlig entfallen, dass sein T-Shirt noch nach oben geschoben war. Er war daran gewöhnt, auch in der kalten Nachtluft unbekleidet herumzulaufen, und fror nur in Ausnahmefällen. Aber das konnte Marisa nicht wissen. Sie durfte es nicht wissen. Eigentlich müsste er sie in der nächsten Stadt absetzen, damit sie ihr Leben fortsetzen konnte, doch etwas in ihm sträubte sich dagegen. Und dabei hatte er noch nicht berücksichtigt, dass ihr weiterhin Gefahr drohen könnte, wenn die Mörder ihre Spur aufnahmen. Nein, es wäre besser, sie bei sich zu behalten, bis er ihre Verfolger ausgeschaltet hatte. Obwohl es auch sein konnte, dass sie ihn zuerst erwischten. Vorhin wäre es ihnen fast gelungen. Ein Grollen bildete sich in seiner Kehle, das er gerade noch zurückdrängte. Er würde diese Frau mit seinem Leben beschützen, wenn es sein musste.

„Da ist die Straße!" Die Erleichterung war ihrer Stimme deutlich anzuhören. Sie ließ den Jeep ausrollen und wandte sich ihm zu. „Wohin jetzt?"

„Fahr ein Stück in Richtung Midpines und nimm dann die nächste unbefestigte Straße, die links abgeht."

Entgeistert starrte Marisa ihn an. „Was?"

„Wenn wir auf der Straße fahren, werden sie uns früher oder später anhalten, weil wir in einem gestohlenen Wagen sitzen. Ich halte es für besser, erst ein ganzes Stück von unseren Verfolgern entfernt zu sein, bevor wir uns zeigen."

Es sah aus, als wollte Marisa dagegen protestieren, doch dann biss sie nur auf ihre Lippe und nickte unglücklich. „Was glaubst du, wie lange sie uns noch folgen können?"

Sehr, sehr lange, aber das sagte er ihr lieber nicht, sie war sowieso schon verängstigt genug. Vor allem konnte er sich nicht leisten, von der Polizei aufgegriffen zu werden. Vermutlich würde er dann in irgendeinem Gefängnis verrotten, weil er keine Papiere hatte. Aber wichtiger war, dass er davon ausgehen musste, dass die Mörder wussten, wo er lebte. Damit war seine Familie in Gefahr, und das konnte er nicht zulassen. Er musste sie warnen und dafür sorgen, dass die Killer ausgeschaltet wurden. Leider konnte er so lange keine Rücksicht auf Marisa nehmen, denn seine Prioritäten waren klar: Sein ganzes Erwachsenenleben hatte er dafür gesorgt, dass seine Familie in Sicherheit war, er konnte und wollte jetzt nicht damit aufhören. Und auch um Bowen musste er sich kümmern, die Verfolger waren seine letzte Spur zu dem Jugendlichen. Seine Fingerknochen knackten, so fest presste er sie zusammen. Mühsam entspannte er seine Muskeln und versuchte, seine Ruhe wiederzufinden.

„Coyle?"

„Ich fürchte, sie werden sich nicht so einfach abschütteln lassen.“ Er schob die Tür auf und starrte in die dunklen Schatten der Bäume.

„Aber wir müssen doch mit dem Auto viel schneller gewesen sein! Es sei denn, sie hatten irgendwo einen Wagen versteckt und sind uns damit gefolgt.“

„Ich glaube nicht, dass sie fahren können. Aber es könnte sie natürlich derjenige, der ihnen den Auftrag erteilt hat, unterwegs eingesammelt haben und uns gefolgt sein.“

Verwirrt sah Marisa ihn an. „Warum sollten sie nicht fahren können?“

„Hast du schon mal Raubtiere mit Führerschein gesehen?“ Ohne Pause fuhr er fort. „Lass uns weiterfahren.“

„Du glaubst doch wohl nicht, dass ich nach dieser Bemerkung einen Meter weiterfahre, bevor du mir nicht endlich erklärt hast, was hier vorgeht.“ Ihre Stimme wurde mit jedem Wort lauter.

„Was willst du wissen?“ Unruhig sah Coyle sich um. Er verstand Marisas Bedürfnis zu erfahren, was vorging, aber sie hatten im Moment keine Zeit dafür.

„Was meinst du mit Raubtiere? Redest du von dem Vieh, das dich angegriffen hat?“

Coyle bemühte sich, keine Miene zu verziehen, als er sich zu Marisa umdrehte. „Es sind Leoparden. Genau genommen ein schwarzer Panther und ein Leopard.“

„Bist du sicher? Die gibt es hier doch überhaupt nicht, oder?“

„Zumindest nicht in freier Wildbahn. Trotzdem waren es welche, und wir müssen zusehen, dass wir eine größere Entfernung zwischen uns und sie bringen.“ Coyle zog die Tür wieder zu.

„Sie müssen aus irgendeinem Zoo entkommen sein, aber hier in der Nähe ist meines Wissens gar keiner.“ Marisa biss auf ihre Unterlippe. „Ich verstehe das alles nicht. Waren das diejenigen, die dich gestern angegriffen haben?“

„Ja, ich nehme es an." Er konnte sehen, dass Marisa schon die ganze Zeit darüber nachdachte und versuchte, das Erlebte mit dem in Einklang zu bringen, was sie als Realität ansah. Sie würde scheitern, soviel war klar.

„Warum sollten sie einen meiner Nachbarn töten und hinter dir her sein? Es sind Tiere, ich kann mir nicht vorstellen, dass sie so gezielt vorgehen. Dazu müssten sie über höhere Denkprozesse verfügen."

„Das tun sie." Coyle vermied es, sie anzusehen, damit sie in seinen Augen nicht erkannte, was er dachte. „Wie hätten sie uns sonst finden können?"

Marisa schauderte sichtbar. „Als ich dem … Leoparden in die Augen gesehen habe, hatte ich das Gefühl, dass er ganz genau weiß, was er tut und warum." Coyle blieb stumm. Ihre Augenbrauen schoben sich zusammen. „Moment mal, du sagtest eben, sie hätten den Auftrag, meinen Nachbarn zu töten und alle Zeugen zu beseitigen. Wie sollte jemand Wildtieren solch einen Befehl geben können und sie dann auch noch dazu bringen, ihn auszuführen?"

Verdammt, er hätte sich denken können, dass sie die Ungereimtheiten in seiner Geschichte sofort bemerken würde. Es grenzte sowieso an ein Wunder, dass sie ihm so weit gefolgt war und erst jetzt Fragen stellte. Doch er konnte ihr keine Antworten geben, zumindest keine, die sie ihm glauben würde, und er hatte jetzt keine Zeit für längere Erklärungen samt Demonstration. Der Gedanke, wie sie reagieren würde, lag schwer in seinem Magen. Er konnte nicht zulassen, dass sie in Panik geriet und weglief oder in eine der nächsten Städte fuhr. Und das nicht nur, damit sie ihn nicht verriet, sondern vor allem zu ihrem eigenen Schutz. Sie war nicht sicher, solange er die Verfolger nicht unschädlich gemacht und den Auftraggeber gefunden hatte. So hob er nur die Schultern.

„Du hast gesehen, wozu sie fähig sind." Er fühlte sich schlecht, als er sah, wie sie wieder zu zittern begann, als sie die schrecklichen Momente noch einmal durchlebte. Auch wenn er sich sagte, dass es nur zu ihrem Besten geschah, würde er versuchen müssen, das alles irgendwie wiedergutzumachen, wenn die Gefahr vorüber war.

Sie hob das Kinn. „Ja, das habe ich. Aber du hast mir immer noch nicht gesagt, warum du überhaupt in Mariposa warst."

Verdammt, diesen Moment hatte er gefürchtet. Sein erster Impuls war, ihr nichts zu erzählen, doch er wusste, dass sie sich damit nicht zufriedengeben würde. Und nach allem, was sie für ihn getan hatte, stand es ihr zu, die Wahrheit zu erfahren. Zumindest einen Teil davon. „Bowen – der Sohn einer Bekannten – wurde entführt, und ich bin seiner Spur bis zu deinem Nachbarn gefolgt. Doch ich kam zu spät, Genry war tot und Bowen verschwunden."

Erschrocken blickte Marisa ihn an. „Das ist ja furchtbar! Warum habt ihr nicht die Polizei eingeschaltet?" Als er nichts sagte, fuhr sie fort. „Vor allem, nachdem du einen Mord mitansehen musstest und selber verletzt wurdest. Dem armen Jungen kann doch etwas Schlimmes zugestoßen sein!"

Coyle sah sie lange an, bevor er antwortete. „Das erzähle ich dir später. Zuerst müssen wir hier weg."

Marisas Augen brannten vor Anstrengung, und es gelang ihr nur mühsam, in der Dunkelheit die unebene Sandpiste zu erkennen. Seit Stunden fuhren sie schweigend durch die Nacht, nur unterbrochen von Coyles kurzen Anweisungen, welche der immer gleich aussehenden Pisten sie nehmen sollte. Woher er überhaupt wusste, wohin sie fuhren, war ihr ein Rätsel. Außerhalb des schwachen Scheinwerferlichts umgab sie nur schwarze Nacht. Sie konnte nicht einmal sagen, ob die Gegend noch bewaldet war, sie wusste nur, dass es hügeliger wurde und der Zustand der Straße immer schlechter. Vielleicht hätten sie die letzte Abzweigung lieber nicht nehmen und stattdessen ein Stück auf dem Highway 41 zurücklegen sollen. Aber ihre Abneigung gegen die Polizei hatte sie dazu bewogen, Coyles Anweisungen zu folgen, anstatt auf die Vernunft zu hören. Wenn sie erzählten, dass sie verfolgt wurden, und ihre Verletzungen zeigten, würde man ihnen glauben. Oder? Sie konnte das Geschehene ja selbst nicht fassen, wie konnte sie erwarten, dass es jemand anders tat, der nicht in die Augen des Raubtiers gestarrt und seine Krallen gespürt hatte? Im besten Fall würde sie wegen Autodiebstahls verhaftet werden, und was mit Coyle geschehen würde, mochte sie sich gar nicht vorstellen.

Andererseits könnten sie bei der Gelegenheit die Entführung melden und dafür sorgen, dass jemand den Jungen suchte. Warum tat Coyle alles, um der Polizei aus dem Weg zu gehen? Hatte er etwas mit der Sache zu tun? Nein, dann wäre er nicht verletzt worden und sie würden nicht von den Leoparden gejagt werden. Ein Schauder lief über ihren Rücken, als sie sich an den Angriff der Raubkatze erinnerte. Das konnte doch alles nicht wahr sein, wahrscheinlich schlief sie und wachte bald aus diesem Albtraum wieder auf. Oder auch nicht.

Ein Piepsen riss sie aus ihren Gedanken. Erschreckt sah sie auf das Armaturenbrett und stöhnte unterdrückt auf. Wie befürchtet blinkte die Tankanzeige und der Zeiger stand auf leer. Ganz toll, genau das, was sie jetzt brauchten. Warum hatte sie nicht daran gedacht zu tanken?

„Was ist?“ Coyles Stimme drang durch ihre Selbstvorwürfe.

„Kein Benzin mehr. Wir müssen eine Tankstelle finden.“ Aber ihr war klar, dass sie es vermutlich nicht schaffen würden. Sie waren meilenweit vom Highway entfernt, und selbst wenn sie bis dorthin kamen, würde bestimmt nicht gerade eine Tankstelle auf sie warten. Andererseits hatte sie sowieso kein Geld dabei und Coyle vermutlich auch nicht. Vielleicht würde irgendjemand anhalten und sie mitnehmen, obwohl auch das unwahrscheinlich war, mitten in der Nacht und so wie sie aussahen. Marisa sah angewidert auf ihre feuchte, schmutzige und zerrissene Kleidung hinunter.

„Okay, fahr den Wagen von der Piste." Coyles Stimme klang so ruhig, als würde er über das Wetter reden.

Irritiert blickte Marisa ihn an. „Was meinst du damit? Noch haben wir ein wenig Benzin, wir können noch ein paar Meilen weiterfahren."

„Das ist nicht nötig. Wenn wir querfeldein laufen, kommen wir schneller an, als wenn wir auf dem Highway stehen bleiben."

„Ankommen – wo?"

„Bei meinen Leuten. Sie werden uns helfen."

Irgendetwas an dieser Aussage klang nicht ganz richtig, aber sie konnte nicht genau sagen, was es war. „Dann lebst du ganz in der Nähe?"

Ein seltsames Lächeln huschte über sein Gesicht. „Ein paar Meilen sind es schon noch."

Marisa wollte fragen wie viele, biss sich aber stattdessen auf die Lippe. Was brachte es zu wissen, wie lange sie noch unterwegs sein würden, wenn es kaum eine andere Möglichkeit gab, in die Zivilisation zurückzukommen? Vorsichtig lenkte sie den Jeep an den Wegrand und bemühte sich, den tiefen Schlaglöchern und fast unsichtbaren Felsen auszuweichen. Es würde teuer genug werden, dem Besitzer die bereits entstandenen Schäden zu ersetzen. Mit einem tiefen Atemzug stellte sie den Automatikhebel auf „Parken" und zog die Handbremse an. Die Stille nach dem Ausschalten des Motors war erdrückend.

Sie setzte sich gerade auf, als ihr ein Gedanke kam. Ruckartig drehte sie sich zu Coyle um. „Was ist mit den Verfolgern? Wenn sie uns angreifen, während wir zu Fuß unterwegs sind …"

Coyle legte seine Hand auf ihre. „Sie werden einige Zeit brauchen, hier anzukommen. Bis dahin sind wir längst weg."

„Ja, aber …" Marisa verstummte, als sich Coyles Mund sanft auf ihre Lippen legte. Wärme floss durch ihren Körper und ein Kribbeln breitete sich darin aus, das die Verspannung löste. Viel zu schnell zog er sich jedoch wieder zurück. Kühle Luft strich über ihre feuchten Lippen.

„Es wird dir nichts geschehen, ich verspreche es."

Stumm sah Marisa ihn an. Ihr Herz klopfte wild. Ob er wusste, dass die Gefahr nicht nur von den Verfolgern ausging, sondern auch von ihm selbst? Er würde sie nicht körperlich verletzen, da war sie sich sicher. Aber schon jetzt hatte er es geschafft, dass sie sich etwas aus ihm machte. Und mit jeder weiteren Berührung, jedem Kuss rutschte sie tiefer in ein Gefühlschaos, das sie nach Bens Verrat eigentlich um jeden Preis hatte vermeiden wollen. Genauso wie Situationen, in denen sie in Gefahr geriet und etwas mit der Polizei zu tun bekam. Das alles hatte sich in Luft aufgelöst, seit Coyle so plötzlich auf ihrer Veranda aufgetaucht war. Unglaublich, war das wirklich erst gestern gewesen?

Coyles große Hände rahmten ihr Gesicht ein, er blickte tief in ihre Augen. „Vertraust du mir?"

Wortlos nickte sie, ihre Stimmbänder hoffnungslos von den Gefühlen gelähmt, gegen die sie vergeblich kämpfte.

Langsam zog er sich zurück, und sofort vermisste sie seine Nähe und Wärme. „Gut. Nimm dir den Erste-Hilfe-Kasten und alles, was du sonst noch für brauchbar hältst." Noch während er es sagte, zog er schon das Handschuhfach auf und wühlte darin herum. Als er bemerkte, dass sie immer noch starr im Sitz saß, blickte er auf. „Wir werden alles ersetzen, was wir nehmen. Das ist ein Notfall, der Besitzer wird es verstehen."

Marisa war sich da nicht so sicher, aber sie suchte trotzdem alles zusammen, was ihr sinnvoll erschien. Viel fand sie nicht, da der Besitzer den Wagen scheinbar lieber mit Fast-Food-Verpackungen zuschüttete, als etwas Vernünftiges mitzunehmen. Immerhin fand sie eine Flasche Wasser, die unter den Sitz gerollt war, und einige Schokoriegel. Erst jetzt wurde ihr bewusst, wie hungrig und durstig sie war. Sie nahm einen großen Schluck und reichte die Flasche dann mit einem tiefen Seufzer an Coyle weiter. Nachdem er getrunken hatte, steckte er die Flasche in die Tüte, in der er die Vorräte verstaut hatte.

„Okay, hast du alles?"

„Ich denke schon." Sie öffnete ihre Tür und stieg aus. Die kühle Nachtluft strich über ihre feuchte Kleidung und brachte sie zum Zittern. Was würde sie jetzt für ihren warmen kuscheligen Hausanzug geben oder für einen bequemen Sessel vor einem Kamin. Da sie beides nicht haben konnte, schlug sie die Tür zu und ging um den Jeep herum, um Coyle beim Aussteigen zu helfen. Hoffentlich konnte er mit seinen Verletzungen überhaupt laufen. Sie hatte ihn zwar notdürftig verbunden, aber gegen die Schmerzen hatte sie nichts im Erste-Hilfe-Kasten gefunden. Erleichtert atmete sie auf, als er sich selbstständig aus dem Wagen schwang und nicht so wirkte, als würde er jeden Moment zusammenbrechen. Gut. Denn sie konnte definitiv nur noch sich selbst durch den Wald tragen. Und selbst da war sie sich nicht so sicher, denn eine bleierne Müdigkeit zog ihre Glieder nach unten, und in ihrem Kopf herrschte eine seltsame Leere. Jeder Gedanke kostete unglaubliche Kraft.

Sie zuckte zusammen, als Coyle die Beifahrertür zuwarf. Rasch hob sie den Erste-Hilfe-Kasten wieder auf, den sie vor Schreck fallen gelassen hatte.

„Bereit?" Seine Stimme wehte durch die Dunkelheit zu ihr und umhüllte sie wie eine schützende Decke.

„Ja." Nach einer letzten flüchtigen Berührung wandte er sich um und marschierte los. In einer Hand hielt er die Tüte, in der anderen den Baseballschläger. Anscheinend rechnete er mit Ärger, auch wenn er so sorglos tat. Dieser Gedanke bewirkte, dass sie ihm schnell folgte.

Er legte ein Tempo vor, das am Tag und in ausgeruhtem Zustand kein Problem für sie gewesen wäre, doch jetzt stolperte sie mehr oder weniger hinter ihm her und hatte Mühe, weder hinzufallen, noch ihn aus den Augen zu verlieren. Immerhin schien er zu merken, wann sie nicht mehr mitkam, denn ab und zu verringerte er sein Tempo und ging erst weiter, wenn sie wieder dicht hinter ihm war. Marisa wusste nicht, wie lange sie so durch die Wildnis liefen, in ihrer Erschöpfung schaffte sie es nur noch, einen Fuß vor den anderen zu setzen, bis selbst das irgendwann nicht mehr funktionierte. Anstatt einen weiteren Schritt zu machen, fiel sie stumm vornüber und landete auf dem weichen Waldboden. Schwärze hüllte sie ein.

7

Coyle wirbelte herum, als er den Aufprall hörte. Sein Herz setzte für einen Moment aus, als er Marisa am Boden liegen sah. Rasch kniete er sich neben sie und legte seine Hand auf ihren Rücken. „Marisa?"

Sie rührte sich nicht, aber er spürte ihren regelmäßigen Herzschlag und hörte ihre tiefen gleichmäßigen Atemzüge. Erleichterung breitete sich in ihm aus, und ein warmes Gefühl durchströmte ihn. Marisa musste durch die Aufregung und den anstrengenden Marsch völlig erschöpft sein. Er hatte schon vorher bemerkt, wie dickköpfig sie war, aber dass sie so weit gehen würde, einfach zusammenzuklappen, statt eine Pause einzulegen, hätte er nicht erwartet.

Es wurde Zeit, einen sicheren Platz zu finden, wo sie sich ausruhen konnten. Coyle hob Marisa hoch. Zuerst würde er sie wegbringen und dann zurückkehren und ihr Gepäck holen. Oder vielmehr die Sachen des unbekannten Jeepbesitzers. Vermutlich sollte er sich schuldig fühlen, aber er war einfach nur froh, dass Marisa den Wagen gefunden hatte. Über ihre Geschichte mit dem Adler musste er noch einmal nachdenken. Er hatte einen Verdacht, wer dahinterstecken könnte, war sich aber nicht sicher. Auf jeden Fall war es eine interessante Entwicklung, die er beobachten würde, sowie er Bowen gefunden hatte und die Situation geklärt war.

Doch zuerst musste er entscheiden, was er mit Marisa machen sollte. Er würde sie in seinem Zustand nicht auf einen Baum bekommen, während sie schlief. Außerdem brauchte er einen

Platz, wo er sich um ihre Verletzungen kümmern konnte. Nach einer Weile fand er eine mit Moos bewachsene Stelle am Fuße einer riesigen Sequoia, die von Farnen und niedrigen Büschen verdeckt war. Natürlich würden die Verfolger sie mit ihrem Geruchssinn sofort finden, doch er ging davon aus, dass sie wieder unterwegs sein würden, bevor die Leoparden eintrafen. In wenigen Stunden würde die Sonne aufgehen, und sie würden sicher schneller vorankommen, vor allem weil Marisa dann sehen konnte, wohin sie trat. Vorsichtig legte er sie auf das Mooskissen, zog sein T-Shirt aus und schob es unter ihren Kopf. Nachdem er sicher war, dass sie es bequem hatte, holte er das Gepäck. Den Baseballschläger legte er neben das improvisierte Bett und setzte sich.

Eine Weile lauschte er nur ihren tiefen Atemzügen, dann begann er, ihren Ärmel aufzukrempeln, um sich die darunterliegende Wunde anzusehen. Er schnitt eine Grimasse, als er die tiefen Krallenspuren sah, die sich über ihren Unterarm zogen. Die Tatsache, dass er selbst sie im Schlaf ebenso verletzt hatte, behagte ihm nicht. Wie hatte er so die Kontrolle verlieren können? Aber es zeigte wieder einmal, warum sie in relativer Isolation lebten und andere Menschen möglichst mieden. Wenn er eine Wahl gehabt hätte, wäre er Marisa nie so nahegekommen. Ein tiefer Stich des Bedauerns durchzuckte ihn bei der Vorstellung, sie nie kennengelernt zu haben, ihren Mut, ihre Unabhängigkeit und ihren Humor, ihre weiche Haut und verführerischen Lippen …

Coyle biss die Zähne zusammen und konzentrierte sich darauf, die blutverkrusteten Striemen mit Wasser zu säubern. Da im Erste-Hilfe-Kasten nichts zum Desinfizieren der Wunde zu finden war, beugte er sich vor und leckte über die Verletzungen. Als er ein Stöhnen hörte, richtete er sich schnell wieder auf und wischte mit dem Handrücken über seinen Mund.

Marisas Augen öffneten sich, Verwirrung stand in ihnen,

dicht gefolgt von Angst und schließlich Erleichterung, als sie ihn erkannte. „Coyle."

„Ich bin hier, es ist alles in Ordnung."

Sie befeuchtete ihre Lippen. „Wo sind wir?"

„Noch im Wald. Du bist vor Müdigkeit umgekippt, deshalb dachte ich, wir könnten eine Pause gut gebrauchen."

„Es tut mir leid, ich werde gleich ..." Ein schmerzhafter Aufschrei entfuhr ihr, als sie versuchte, sich aufzurichten.

Coyle legte seine Hand auf ihre Schulter und drückte sie zurück. „Wo bist du verletzt?" Seine Stimme klang vor Sorge rau, aber das war ihm egal. Hatte er eine Wunde übersehen?

Marisa stieß ein Zischen aus. Ihre Hände waren zu Fäusten geballt. „Es ist nur ... mein Rücken. Ich habe öfter Probleme damit, und die letzten zwei Tage waren nicht gerade ... erholsam." Sie versuchte, sich zu drehen, gab es jedoch schnell wieder auf. „Ich fürchte, ich komme nicht wieder hoch."

Coyle schob seine Hände unter ihren Körper und drehte sie vorsichtig auf den Bauch.

Marisa stöhnte dumpf. „Was tust du da?"

Schweigend schob Coyle ihre Jacke samt T-Shirt hoch und begann, sanft über ihren nackten Rücken zu streichen. Er fühlte deutlich, wie sich Marisas Muskeln unter seinen Händen versteiften. „Versuch, dich zu entspannen." Damit begann er, an einer besonders verspannten Stelle vorsichtig zu massieren, und spürte kurz darauf, wie Marisa seinen Berührungen nachgab und die Muskeln sich lockerten. Mit einem befriedigten Schnurren in der Kehle bewegte Coyle seine Hände knetend über ihre weiche Haut.

Marisa wusste nicht, wie Coyle es machte, aber sie fühlte sich schon nach kürzester Zeit wie Gelee. Seine warmen Hände glitten von einer schmerzenden Stelle zur nächsten und lösten die Verspannungen. Woher wusste er, wo genau er ansetzen musste? Aber sie war zu träge, ihn danach zu fragen. Hauptsache, er hörte nicht damit auf. Ihre Augen schlossen sich wie von selbst, während sie seine Berührungen genoss. Wärme kroch durch ihren Körper und sammelte sich überall dort, wo Coyle sie berührte. Mit seinem Talent konnte er einen Massagesalon aufmachen, er würde sich vor Aufträgen nicht retten können. Und vermutlich vor Heiratsanträgen. Der Gedanke riss sie aus der träumerischen Stimmung. Ihre Laune verdüsterte sich.

Coyle schien es zu bemerken, denn er hielt inne und beugte sich vor. „Was ist?"

Marisa schüttelte nur stumm den Kopf, sie würde ihm sicher nichts von ihrer albernen und völlig unbegründeten Eifersucht erzählen. Erschrocken riss sie die Augen auf, als er ihren Oberkörper leicht anhob und ihr die Jacke und das T-Shirt auszog. Er schob beides unter ihren Kopf und ließ sie dann sanft wieder herunter. Sie atmete scharf ein, als sich ihre nackten Brüste in weiches Moos pressten. Bevor sie dagegen protestieren konnte, begann er wieder mit der magischen Massage, und sie vergaß alles andere. Diesmal ließ er sich viel Zeit und widmete sich den empfindlichsten Stellen mit einer Hingabe, die sie schaudern ließ. Es fühlte sich beinahe an, als hätte er einen Fellhandschuh übergezogen, aber wo sollte er den herhaben? Marisa fühlte sich zu träge, um nachzusehen, was genau er dort tat. Es war ihr auch egal, solange er bloß nicht aufhörte. Wie lange war es her, dass sie sich so entspannt und frei gefühlt hatte? Sie konnte sich nicht mehr erinnern.

Erregung prickelte durch ihren Körper, als Coyle sich über sie kniete und sie seine Wärme dicht an ihrem Rücken spürte. „Tut es dir noch irgendwo weh?" Seine raue Frage sandte einen Schauder durch ihren Körper. Ihre harten Brustwarzen pressten sich in das Moos.

„Ü…überall." Ihre Worte wurden durch den Stoff ihres T-Shirts gedämpft, doch Coyle schien sie gehört zu haben.

Sie spürte die Erschütterungen seines Lachens, wo seine Beine ihre Hüfte berührten. „Dann werde ich wohl etwas dagegen tun müssen."

„Ja, bitte." Es war beinahe peinlich, wie begierig sie klang.

Coyle ließ sich nicht lange bitten, sondern streichelte und massierte sie weiter. Marisa keuchte auf, als etwas Hartes über ihre empfindliche Haut kratzte, ohne sie zu verletzen. Ein Zittern lief durch ihren Körper, und sie presste ihr Gesicht dichter in ihr T-Shirt.

„Gut?"

Sie nickte heftig und holte tief Luft. Seine Wärme kam näher, bis er mit seinem nackten Oberkörper über ihren Rücken glitt. Sein Atem strich über ihren Nacken, seine Lippen berührten ihr Ohr. Marisa zuckte zusammen, als er sanft in die Ohrmuschel biss. Sie presste sich unruhig tiefer in das Moos, um den Schmerz in ihrem Innern zu lindern, die Leere zu füllen. Was natürlich nicht funktionierte, denn das, was sie haben wollte, war über ihr und trieb sie langsam aber sicher in den Wahnsinn. Coyles Zunge glitt über ihre Ohrmuschel hinunter zum Ohrläppchen, und er sog es in seinen Mund. Marisa ballte ihre Hände zu Fäusten, um die Folter zu ertragen. Coyle zog eine feuchte Spur an ihrem Hals entlang, um dann sanft in ihren Nacken zu beißen. Spitze Zähne bohrten sich in ihre Haut und ließen sie laut aufschreien.

Sofort ließ Coyle sie los und hob den Kopf. „Habe ich dir wehgetan?"

„N…nein." Marisas Zähne klapperten aufeinander, weil ihr seine Wärme fehlte. Mühsam stützte sie sich auf ihre Ellbogen und hob ihren Oberkörper an, bis er wieder Coyles berührte. „Es war nur … unerwartet."

„Gut oder schlecht?"

Anstelle einer Antwort rieb sie ihren Rücken an seiner Brust und bot ihm ihren Nacken an. Sie fühlte Coyles tiefes Einatmen, bevor er Küsse auf ihren Nacken und ihre Schultern regnen ließ. Das war nett, aber sie wollte eindeutig mehr. Erneut drückte sie sich gegen ihn, diesmal weniger sanft. Etwas in Coyles Brust vibrierte mit einem tiefen Brummen. Dann ließ er seine Hand über ihre Rippen aufwärts gleiten, bis sie dicht unter ihrer Brust lag. Marisa hielt den Atem an, doch seine Finger berührten nicht ihre schmerzende Brustspitze, wie sie es erwartet hatte. Stattdessen strich seine andere Hand über ihren Arm und ihre Schulter, bis seine Finger ihre Halskuhle erreichten. Was auch immer er vorhatte, sollte er bald machen, bevor sie vor Anspannung starb. Sie versuchte, ihren Körper so zu bewegen, dass seine Hand endlich über ihrer Brust lag, doch er bewegte sich einfach mit ihr. Frustriert stieß sie ein Knurren aus, das sie selbst überraschte.

Coyle verharrte stockstill über ihr. Sie befürchtete schon fast, dass er sich zurückziehen würde, doch nach einigen Sekunden schob er seine Hüfte vor, sodass sie seine Erektion fühlen konnte. Atemlos presste sie sich dichter an ihn und verfluchte die Tatsache, dass sie beide noch Hosen trugen.

Coyles Atem drang stoßweise an ihr Ohr, seine Hand spannte sich fester um ihre Rippen. „Du spielst mit dem Feuer."

„Und?" Marisa konnte nicht glauben, dass sie das gesagt hatte, doch selbst wenn sie es hätte zurücknehmen wollen, kam sie nicht mehr dazu.

Coyle wickelte ihre Haarsträhnen um seine Hand und senkte seine Zähne in ihren Nacken, während sich seine Finger gleichzeitig um ihre Brustspitze schlossen. Pure Erregung schoss durch Marisas Körper und ließ sie beinahe die Kontrolle verlieren. Schwer atmend rieb sie sich an seiner Erektion, ihre Hand krallte sich in seinen Hosenbund. Ein Grollen stieg aus Coyles Kehle auf, das sie noch mehr erregte. Seine Finger spielten mit ihren Brüsten, etwas Weiches strich darüber, dann kratzte etwas ganz leicht. An ihrem übersensiblen Rücken spürte sie seine Brusthaare und seine harten Brustwarzen. Sein Dreitagebart kratzte über ihren Nacken, dicht gefolgt von seinen Zähnen, die sich fast schmerzhaft in ihre Haut bohrten. Seine Hüfte bewegte sich im Takt mit seinen Fingern, immer wieder rieb er über ihren pochenden Eingang, bis sie mit einem heiseren Schrei kam.

Sofort wurden Coyles Berührungen sanfter, vorsichtig ließ er sie zu Boden gleiten und stützte sich über ihr ab, um sie nicht mit seinem Gewicht zu erdrücken. Während immer wieder Erschütterungen durch ihren Körper liefen, leckte er über die Stellen, an denen er sie gebissen hatte. Sein Schaft pochte schmerzhaft und er konnte nicht verhindern, dass er immer wieder ihren Eingang suchte. Coyle legte seine Stirn an Marisas Haare und schloss die Augen. Himmel, was hatte er sich dabei gedacht, so über sie herzufallen? Es hätte nicht viel gefehlt und er hätte sie wie ein Tier von hinten genommen. Ihre Nähe war für ihn gefährlich, er verlor zu schnell seine Beherrschung. Vermutlich sollte er sie in Zukunft auf Abstand halten, auch wenn er sich fragte, wie er das anstellen sollte, wenn ihn schon der Gedanke schmerzte, sich jetzt von ihr zu lösen.

Erst als sie seufzend Atem holte, rollte er sich schließlich zur Seite und setzte sich neben sie. Verlangend betrachtete er ihr Gesicht, auf dem noch ein Schimmer ihrer Erregung lag. Schließlich schlug sie ihre Augen auf und sah ihn direkt an. Der Moment zog sich hin, bis er es nicht mehr aushielt. „Wie geht es dir?"

Langsam setzte Marisa sich auf, sie schien vergessen zu haben, dass ihr Oberkörper nackt war. Coyles Blick senkte sich wie von selbst auf ihre Brüste. „Der Rücken ist wieder wie neu." Ihre Stimme klang belegt.

Coyles Augen ruckten hoch. Als er sah, dass ihre Mundwinkel sich nach oben bogen, sackte er erleichtert zusammen. Erst jetzt erkannte er, wie groß seine Befürchtung gewesen war, dass sie ihm die Verführung übel nehmen könnte. „Das freut mich."

„Wo hast du gelernt, so zu massieren?"

„In meiner Familie sind wir alle gut mit den Händen." Als er ihren Gesichtsausdruck sah, musste er lachen. „Ich bezog mich nur auf Massage, an dem anderen warst du schuld."

„Wie bitte?"

Coyle beugte sich zu ihr vor, bis er beinahe ihr Gesicht berührte. Ihre Augen weiteten sich alarmiert. „Deine Haut war so weich und warm, ich konnte mich nicht zurückhalten. Ich musste dich schmecken." Ihre Wangen röteten sich, und ihre Brustwarzen zogen sich zusammen. Coyle schluckte hart und versuchte, sie nicht anzustarren. Es wurde eindeutig Zeit, die Sache mit dem Abstand in die Tat umzusetzen. „Und wenn du nicht möchtest, dass ich noch ganz andere Stellen an dir koste, solltest du dir lieber etwas anziehen."

Mit einem erstickten Aufschrei riss sie ihr T-Shirt an sich und hielt es vor ihre Brüste. „Ich dachte, du könntest mich in der Dunkelheit nicht sehen!"

„Hatte ich nicht erwähnt, dass ich eine sehr gute Nachtsicht besitze?"

Marisa verzog den Mund. „Das musst du wohl praktischerweise vergessen haben."

Mit einem Finger strich Coyle über ihre Wange. „Ich finde dich wunderschön, ich wüsste nicht, warum du dich für deinen Körper schämen solltest."

Marisa sah ihn mit großen Augen an, dann zog sie mit einem Ruck das T-Shirt über ihren Kopf. „Also hatte die Dunkelheit doch etwas Gutes." Sie murmelte es so leise, dass er sie kaum verstand.

„Ich hätte dich auch bei hellem Sonnenschein schön gefunden."

Wütend sah sie ihn an. „Sag jetzt nicht, du hörst auch noch gut."

„Sehr gut sogar. Und riechen kann ich dich auch."

„Na toll." Nach der ganzen Anstrengung und ohne die Möglichkeit zu duschen, roch sie bestimmt nicht gerade angenehm. Milde ausgedrückt.

Coyles Atem strich über ihr Ohr. „Du duftest zum Anbeißen."

Seine raue Stimme sandte einen heißen Schauder über ihren Rücken. Fast wie von selbst lehnte ihr Körper sich in seine Richtung. Erst im letzten Moment schaltete sich ihr Verstand wieder ein, und sie löste sich abrupt von ihm. Mit Mühe stemmte sie sich in die Höhe und testete, ob sie ihren Rücken wieder ausreichend bewegen konnte. Erstaunlicherweise fühlte er sich besser an als seit langer Zeit. „Danke für die Massage. Sie scheint geholfen zu haben."

Marisa konnte es in der Dunkelheit nicht richtig sehen, glaubte aber, seine Zähne aufblitzen zu sehen. „Jederzeit wieder."

Hastig drehte sie sich von ihm weg, damit er die Röte nicht sah, die in ihre Wangen stieg. Die Vorstellung, noch öfter seine Berührungen zu fühlen, war alles andere als unangenehm. Aber das ging nicht, schließlich wusste sie so gut wie nichts über Coyle, und in wenigen Stunden würde sie sich vermutlich für immer von ihm verabschieden und ihn nie wiedersehen. Es beunruhigte sie, dass sie bei dem Gedanken einen bedauernden Stich verspürte. Erschrocken zuckte sie zusammen, als Coyle eine Hand auf ihre Schulter legte. Wie schaffte der Kerl es nur immer, sich so lautlos zu bewegen?

„Wir sollten weitergehen, wenn du dich dazu in der Lage fühlst." Der Humor war aus seiner Stimme gewichen.

„Was glaubst du, wie viel Vorsprung wir noch haben?"

Coyle blickte in das grüne Dickicht. „Eine, vielleicht zwei Stunden.“ Er ließ seine Hand an ihrem Arm hinabgleiten und drückte beruhigend ihre Hand, als er ihr Zittern spürte. „Das reicht, wenn wir nicht trödeln.“

„Okay.“ Erstaunlich, dass sie ihm blind vertraute. Hastig zog sie die Jacke über, die Coyle ihr reichte, und nahm dann den Erste-Hilfe-Kasten in Empfang. „Oh, ich wollte mir eigentlich noch einmal deine Wunden ansehen …“

„Mir geht es gut. Die Verbände halten noch.“

Marisa wollte widersprechen, doch sie presste nur ihre Lippen aufeinander. Es war klar, dass Coyle so schnell wie möglich aufbrechen wollte, um keine Zeit mehr zu verlieren. Peinlich berührt, dass sie sich, anstatt ihn zu verarzten, nur um ihr eigenes Vergnügen gekümmert hatte, drehte sie sich um und wartete darauf, dass Coyle vorausging.

„Es war ebenso für mich wie für dich.“ Seine leise Stimme klang samtig.

„Wie bitte?“

Coyle sah sie nicht an. „Ich brauchte die Berührung genauso wie du, um mich zu vergewissern, dass es dir gut geht.“ Damit ging er an ihr vorbei und ließ ihren kleinen Zufluchtsort hinter sich.

Mit offenem Mund starrte Marisa ihm nach, bevor sie sich in Bewegung setzte und hinter ihm herlief, um ihn in der Dunkelheit nicht aus den Augen zu verlieren.

„Habt ihr sie?“ Henry Stammheimer blickte auf die ausgedörrte Landschaft vor seinem Fenster und bemühte sich, seine Wut unter Kontrolle zu halten. War er denn nur von inkompetenten Idioten umgeben? Wie schwer konnte es sein, zwei unbewaffnete Menschen zu überwältigen und zu ihm zu bringen?

Der Ärger hatte schon mit Ted Genry angefangen. Ursprünglich war es ihm wie ein Geschenk des Himmels erschienen, dass sein alter Studienfreund sich bei ihm gemeldet und behauptet hatte, er wüsste, wo ganz besondere Pumas lebten, und wäre bereit, ihm ein Exemplar für die Forschung zu besorgen.

Natürlich hatte Stammheimer sofort zugegriffen, solch eine Gelegenheit konnte er sich nicht entgehen lassen, zumal er schon seit Jahren unentdeckte Spezies erforschte. Doch dann war der Kontakt abgebrochen, und Henry hatte sich gezwungen gesehen, Gowan damit zu beauftragen, das zugesicherte Exemplar zu ihm zu bringen. Wenn Ted glaubte, dass er ihn nach dem ganzen Ärger jetzt noch bezahlen würde, hatte er sich getäuscht. Sollte er ihn doch verklagen, wenn ihm das nicht passte.

Gowan ließ sich am anderen Ende der Leitung Zeit mit seiner Antwort. „Sie haben in Mariposa einen Jeep gestohlen. Wir haben ihn verlassen mitten im Nirgendwo zwischen Midpines und Bear Valley gefunden. Von dort aus sind sie zu Fuß weiter, ich schätze, sie haben etwa eine Stunde Vorsprung."

„Wie kann das sein? Ich dachte, Ihre Viecher wären die schnellsten, die es gibt?" Stammheimer wandte sich vom Fenster ab und begann, im Zimmer auf und ab zu gehen.

„Leoparden sind auf kurzen Strecken die schnellsten Raubkatzen, aber der Vorteil verliert sich, wenn sie jemanden durch halb Kalifornien jagen sollen, *Doktor*. Besonders, wenn ich in der Nähe bleiben muss, um sie nicht zu verlieren."

Henry runzelte die Stirn. Gowan klang herablassend, fast beleidigend. Das konnte er nicht dulden, wenn er nicht wollte, dass seine ganze Planung zusammenbrach. Dummerweise benötigte er den Großwildjäger noch, denn niemand sonst verfügte über so viel Erfahrung im Einfangen von Großkatzen. „Sorgen Sie dafür, dass die Flüchtigen sich nicht in einer Stadt verkriechen und mit anderen Leuten darüber reden, was sie gesehen haben."

„Seltsamerweise scheinen sie das nicht vorzuhaben, denn sie

hätten längst die Gelegenheit dazu gehabt. Stattdessen ziehen sie sich tiefer in den Wald zurück."

Ein Lächeln kroch langsam über Henrys Gesicht. Er hatte geglaubt, auf das eine Exemplar angewiesen zu sein, weil Ted sich weigerte, ihm zu sagen, wo er weitere finden konnte. Doch vielleicht war das gar nicht mehr nötig. „Er will zurück zu seinen Leuten. Hören Sie gut zu, ich sage Ihnen, was Sie jetzt tun werden."

Coyle veränderte sich. Im Dunkeln war es ihr nicht aufgefallen, aber seit die ersten Sonnenstrahlen das Blätterdach über ihnen durchdrangen, war es offensichtlich. Je dichter und urtümlicher der Wald wurde, desto wohler schien er sich zu fühlen. Immer öfter verschmolz er fast mit der Landschaft, seine Bewegungen wurden weicher, weniger menschlich. Manchmal hob er den Kopf und lauschte auf etwas, das nur er hören konnte. Auch wenn es wundervoll anzusehen war, wie die Sonne Reflexe auf seine dunkelblonden Haare warf, war es trotzdem unheimlich, wie er sich immer weiter von ihr entfernte. Nicht körperlich, sondern geistig. Sie wusste weder, was er dachte, noch, wohin er sie brachte.

Schließlich hielt sie es nicht mehr aus. „Sind wir bald da?" Marisa verzog den Mund, denn diese Frage klang wie die eines quengelnden Kindes.

Coyle blieb stehen und sah über seine Schulter zurück. Bildete sie sich das ein oder standen seine Augen deutlich schräger als vorher? Er blinzelte sie an, als würde er sich erst jetzt daran erinnern, dass sie überhaupt existierte. Kein besonders angenehmes Gefühl, vor allem nach dem, was vorhin zwischen ihnen passiert war. Während Marisa ihn anstarrte, schienen sich seine Gesichtszüge zu verschieben. Unwillkürlich trat sie einen Schritt zurück.

„Es wird noch etwas dauern. Brauchst du eine Pause?“ Er bemerkte ihre Reaktion und ließ die Hand wieder sinken. „Marisa? Was hast du?“

„Wie machst du das?“ Ihre Stimme zitterte.

„Was?“

Sie deutete auf sein Gesicht. „Deine Gesichtszüge verändern sich ständig.“

Etwas blitzte in seinen Augen auf, dann hatte er sich wieder unter Kontrolle. „Das liegt am Licht.“

Das hätte sie vielleicht geglaubt, wenn es ihr nicht schon in ihrem Haus aufgefallen wäre. Irgendetwas Seltsames ging hier vor, aber ganz offensichtlich wollte Coyle ihr nichts darüber erzählen. Enttäuschung breitete sich in ihr aus, dicht gefolgt von Wut. Sie hatte ihn in ihr Haus aufgenommen, ihn verarztet und war ihm sogar in die Wildnis gefolgt, doch er schien es nicht für nötig zu halten, ihr die Wahrheit zu sagen. Ganz zu schweigen davon, wie er sie in der Nacht berührt hatte! Nur weil es möglich war, dass die Mörder noch hinter ihnen waren, verzichtete sie auf eine Antwort und schwor sich, ihn zum Reden zu zwingen, sobald sie in Sicherheit waren. Mit einem wütenden Blick schob sie sich an Coyle vorbei.

„Marisa.“

Die sanfte Art, mit der er ihren Namen sagte, ließ Marisa beinahe schwach werden, doch ihr Ärger war noch nicht verraucht. Sie schob ihr Kinn vor und ging weiter, ohne zu reagieren. Coyles Hand schlang sich um ihren Arm und brachte sie zum Stehen. Seine Wärme drang durch den Ärmel ihrer Jacke und löste ein Verlangen in ihr aus, das sie schockierte. Nicht weil sie an Sex dachte, sondern weil sie sich wünschte, von ihm umarmt und einfach nur gehalten zu werden. Sie biss hart auf ihre Unterlippe und hielt sich so steif, wie es ihr möglich war.

Coyle trat vor sie, legte seinen Zeigefinger unter ihr Kinn und hob es an, damit sie ihm in die Augen sehen musste. „Ich weiß, dass es nicht fair dir gegenüber ist, aber ich kann dir im Moment noch nicht alles erzählen. Kannst du mir noch ein wenig länger vertrauen und warten, bis wir bei meinen Leuten sind?“

Unsicher sah Marisa ihn an, aber sie konnte keine Spur von Betrug in seinem Gesichtsausdruck entdecken. Nur Wärme schien darin zu liegen und ein vages Unbehagen, das sie sich nicht erklären konnte. Es fiel ihr schwer, überhaupt irgendjemandem zu vertrauen, erst recht, wenn sie ihn erst wenige Tage kannte und eindeutig etwas Seltsames vor sich ging. Vielleicht lag es daran, dass sie Coyle schon nackt und hilflos gesehen hatte, aber sie nickte schließlich zögernd.

„Danke.“ Er beugte sich vor und strich flüchtig mit seinen Lippen über ihre.

Bevor sie darauf reagieren konnte, hatte er sich schon wieder umgewandt und folgte weiter einem unsichtbaren Pfad durch den Wald. Verärgert darüber, dass sie sich immer wieder von seinen unvorhersehbaren Handlungen aus dem Gleichgewicht bringen ließ, eilte sie ihm nach. Sie würde sich ab sofort nicht mehr von ihm verunsichern lassen, egal, was er sagte oder tat.

Während ihrer Arbeit als Journalistin hatte sie so viel erlebt, dass sie eigentlich von nichts mehr überrascht sein sollte. Es zeugte davon, wie weit sie sich von ihrem früheren Leben entfernt hatte, dass ihr jetzt die Selbstsicherheit fehlte. Und es half auch nicht wirklich, dass sie durch eine ihr unbekannte Gegend einem ungewissen Ort entgegenrannte. Eigentlich sollte sie jetzt in ihrem Haus sitzen und über dem Artikel für die Nationalparkzeitung brüten, Angus zu ihren Füßen … Abrupt blieb sie stehen.

Coyle schien zu spüren, dass sie ihm nicht mehr folgte, denn er hielt inne und drehte sich zu ihr um. „Was hast du?“ Unausgesprochen schwang ein „jetzt schon wieder“ in seiner Frage mit.

Sie verschränkte ihre Arme vor der Brust. „Mir fiel gerade ein, dass ich meinen Artikel für die Zeitung des National Park Service gar nicht beendet habe, und ich sollte ihn morgen abgeben."

„Sie werden sicher Verständnis dafür haben, wenn du ihnen sagst, dass es einen Notfall gab und …"

Marisa unterbrach ihn. „Ja, das verstehen sie möglicherweise, wenn ich sie gleich darüber informiere. Nicht, wenn ich tagelang abtauche und nicht erreichbar bin."

„Vielleicht bist du ja pünktlich wieder zurück."

„Glaubst du?"

Coyle trat näher und blickte forschend in ihr Gesicht. „Was bedrückt dich wirklich?"

Wie konnte er das wissen? Tatsächlich schien die Arbeit eher zweitranging. Es wäre ihr zwar unangenehm, den Artikel nicht pünktlich abzuliefern, aber sie wusste, dass sie die Sache hinterher regeln konnte. Sie stieß verärgert den Atem aus und sah zur Seite.

„Angus." Mit der Hand fuhr sie durch ihre zerzausten Haare. „Mein Onkel hat ihn mir vererbt und darauf vertraut, dass ich gut für ihn sorge. Und bei der erstbesten Gelegenheit lasse ich ihn alleine im Haus zurück, noch dazu in der Gefahr, von Mördern verletzt oder sogar getötet zu werden. Ich muss wissen, dass es ihm gut geht, und jemanden bitten, für ihn zu sorgen, bis ich wieder zurück bin."

„Ich weiß. Deshalb gehen wir zu einem Ort, an dem du telefonieren oder mailen kannst."

„Oh." Marisa blinzelte ihn überrascht an. „Tun wir das?"

Ein Lächeln hob seine Mundwinkel. „Ja. Es ist zwar ein kleiner Umweg, aber nach all dem, was ich dir schon zugemutet habe, finde ich es wichtig, dass du alles regeln kannst, wozu du durch unseren überstürzten Aufbruch nicht gekommen bist."

„Worauf warten wir dann noch?“ Auf ihre ungeduldige Armbewegung hin drehte Coyle sich wieder um, aber sie sah trotzdem noch das Aufblitzen seiner Zähne. Er fand das also lustig, ja? Eigentlich hatte sie versucht, ihn durch ihre schroffe Art etwas auf Abstand zu halten, aber es schien nicht zu wirken. Verdammt.

8

Coyle mochte es, wenn Marisa ihre Krallen ausfuhr. Zwischendurch hatte er den Eindruck gehabt, sie hätte resigniert und ihren Willen verloren, doch jetzt loderte das Feuer wieder, das ihn so zu ihr hinzog. Gut so, sie würde es brauchen, bei dem, was ihr noch bevorstand. Er verzog den Mund. Wenn er könnte, würde er es ihr ersparen, aber er ahnte, dass er nicht um eine Erklärung herumkommen würde. Bei jedem anderen hätte er sich nicht an sein Wort gehalten, doch bei Marisa konnte er das nicht. Weil sie sein Leben gerettet hatte. Und weil er aus irgendeinem Grund wusste, dass sein Geheimnis bei ihr sicher war. Außerdem ertrug er es nicht, sie anzulügen. Und er log auch nicht, was die modernen Kommunikationsmittel anging, die er ihr versprochen hatte. Denn er würde mit ihr tatsächlich die Station am äußeren Rand ihres Gebiets aufsuchen, um zu überprüfen, ob alles in Ordnung war. Wenn er ihr damit außerdem ermöglichen konnte, ihre Angelegenheiten in Mariposa zu regeln, umso besser.

Mit Absicht aktivierte er den Überwachungssensor, der jeden fremden Eindringling sofort an die Station meldete, obwohl er ihn leicht hätte umgehen können. So würde der Diensthabende vorbereitet sein, wenn sie ankamen. Coyle biss die Zähne aufeinander. Es war ihm immer noch ein Rätsel, wie es dem Entführer gelungen war, in ihr Gebiet einzudringen und ungesehen zu Bowen zu gelangen. Sie hatten ihn erst bemerkt, als er mit dem Jugendlichen bereits wieder außerhalb ihrer Grenzen gewesen war. Natürlich war Coyle ihnen sofort gefolgt, doch der Vorsprung war zu groß gewesen, um sie noch einzuholen. An der Straße waren sie dann in einen Wagen gestiegen und hatten ihn abgehängt. Kostbare Zeit war verstrichen, bis sie die Adresse des Halters ermitteln konnten, und als er schließlich dort ankam, kämpfte der Mann gerade vergeblich gegen die Leoparden. Bowens Geruch zeugte davon, dass er im Haus war oder gewesen sein musste, aber bevor Coyle nach weiteren Hinweisen suchen konnte, traf ihn der Betäubungspfeil, und die Mörder waren auch über ihn hergefallen. Er konnte von Glück sagen, dass sie nach einer Weile von ihm abgelassen hatten. Vielleicht hatten sie geglaubt, er wäre ausreichend betäubt und sie könnten bei ihm weitermachen, sobald Genry endgültig erledigt war. Oder sie hatten erst Bowen weggeschafft …

Coyle spürte, wie ihn bei der Erinnerung wieder Wut und Hilflosigkeit überkamen. Ein dumpfes Grollen stieg in seiner Kehle auf, das er rasch unterdrückte. Es musste ihm gelingen, die Spur zu Bowen wieder aufzunehmen, sowohl um den Jungen zu retten, als auch um seine Familie zu schützen. Denn wenn erst einmal herauskam, was sie versteckten, würden sie gejagt werden, bis sie entweder alle gefangen oder ausgerottet waren. Das konnte er nicht zulassen. Es waren schon zu viele umgekommen, ihre Zahl wurde stetig geringer. Irgendwann würden sie aussterben, einfach verschwinden, als hätten sie nie existiert. Seine Fingernägel bohrten sich schmerzhaft in seine Handflächen und machten ihm bewusst, dass er seine Gefühle unter Kontrolle bringen musste, bevor Marisa etwas bemerkte.

Als er schließlich bei der Station ankam, wartete er, bis Marisa zu ihm aufschloss. „Warte hier einen Moment, ich werde alles vorbereiten.“

Neugierig blickte sie auf die verwitterte Hütte. „Was ist das?“

Amüsiert zupfte er an ihren Haaren. „Die Möglichkeit, mit deinen Freunden Kontakt aufzunehmen.“

Skeptisch sah sie genauer hin. „Wirklich? Es sieht nicht so

aus, als wäre hier irgendetwas aus dem zwanzigsten Jahrhundert, geschweige denn dem einundzwanzigsten."

„Lass dich überraschen." Er ließ seine Hand an ihrem Arm hinabgleiten und drückte sanft ihre Finger. „Ich bin gleich wieder da." Ein seltsamer Widerwille ergriff von ihm Besitz, sie allein zu lassen, wenn auch nur für ein paar Minuten. Wie konnte das sein? Sie würde schließlich nicht einfach gehen, und er blieb ihr nah genug, um sie notfalls zu schützen.

Von seinen Gefühlen verwirrt, drehte er sich rasch um und strebte auf die Hütte zu. Wie erwartet quietschte die Tür, als er sie öffnete. Ein einfacher, aber effektiver Schutzmechanismus, durch den sie nie überrascht werden konnten. Coyle wartete einige Sekunden, bis sich seine Augen an das Dämmerlicht im Raum gewöhnt hatten.

„Wer ist sie?"

Die Stimme kam von rechts, und Coyle fluchte stumm, als er Keira erkannte. Musste ausgerechnet sie heute Dienst haben? „Jemand, der mir geholfen hat. Wir brauchen das Satellitentelefon."

Keira trat aus der dunklen Ecke und die durch das winzige Fenster einfallenden Lichtstrahlen brachten ihre gebräunte Haut zum Leuchten.

Coyle sah ihr fest in die Augen. „Zieh dir bitte etwas an, sie ist es nicht gewöhnt, dass Leute in ihrer Umgebung nackt herumlaufen."

„Und warum sollte ich mich deshalb verstellen?"

Ärger ließ seine Stimme härter klingen. „Das war keine Bitte, Keira."

Ihre vollen Lippen pressten sich zusammen, und sie sah aus, als wollte sie weiter mit ihm streiten. Doch anscheinend erkannte sie, dass er es ernst meinte. Normalerweise ließ er ihr einiges durchgehen, weil sie die Schwester seines besten Freundes war, aber wenn es um die Sicherheit der Gruppe ging, verstand er keinen Spaß. Keira öffnete eine Truhe und holte Kleidung hervor, die sie mit abrupten Bewegungen anzog, die ihren Ärger verrieten. Schließlich drehte sie sich wieder zu ihm um. „Besser so?"

„Ja." Coyle nickte ihr zu. „Lass alle anderen Geräte versteckt und hol nur das Telefon."

„Okay."

„Danke. Und wenn wir wieder gehen, informiere alle verfügbaren Wächter, dass wir zwei Verfolger hinter uns haben."

Keira hob beide Augenbrauen. „Denkst du, das hätten wir noch nicht bemerkt?" Sie zeigte ihre Zähne. „Was sollen wir mit ihnen machen, sie beseitigen?"

„Nein, ich will sie lebend. Sie sind vielleicht die einzige Spur zu Bowen, die wir noch haben."

Sofort verzerrte Wut ihr Gesicht. „Ich werde persönlich dafür sorgen, dass sie nicht entkommen."

„Passt auf euch auf, es sind Mörder, sie haben Bowens Entführer getötet und mich auch fast erwischt." Zweimal.

Keiras Blick wanderte besorgt über ihn. „So siehst du auch aus." Sie berührte mit ihren Fingerspitzen die Wunde an seinem Kopf. „Genau deshalb haben wir uns nie mit denen da draußen abgegeben." Ihre Stimme sank zu einem Flüstern herab. „Es ist einfach zu gefährlich."

„Wir hatten keine andere Möglichkeit, nachdem Bowen entführt wurde, das weißt du."

Keira nickte widerwillig. „Was glaubst du, wo die Leoparden herkommen?"

„Genau das müssen wir herausfinden. Irgendetwas an ihnen war …" Coyle fuhr herum, als die Tür mit einem lauten Quietschen aufschwang. Ein Messer tauchte in Keiras Hand auf.

Marisa sah mit großen Augen von Coyle zu der messerschwingenden Amazone, die sie mit kaum verhüllter Abneigung anblitzte. Ihre Jeans war abgewetzt und ihr T-Shirt wirkte, als hätte es schon bessere Tage gesehen. Trotzdem war sie mit ihrer glatten braunen Haut und ihrem goldblonden Haar die schönste Frau, die Marisa je gesehen hatte, wie sie sich mit einem Anflug von Neid eingestehen musste. Es half auch nicht, dass Coyles Hand in einer vertrauten Geste auf dem Arm der Frau lag. Hatte er sie etwa zu seiner Geliebten oder sogar seiner Ehefrau geführt? „Ich weiß, ich sollte draußen warten, aber irgendwie hatte ich das Gefühl, als wären Blicke auf mich gerichtet, als wäre ich umzingelt." Verlegen hob sie die Schultern. Die Augen der Frau verengten sich zu wachsamen Schlitzen, und auf Coyles Nicken hin verließ sie ohne ein Wort die Hütte.

Marisa sah ihr nach. „Hallo, wie nett, Sie kennenzulernen." Sie murmelte es vor sich hin, doch sie hatte nicht bedacht, wie gut Coyle hörte.

Ein leichtes Lächeln huschte über sein Gesicht. „Du wirst Keira noch öfter sehen, wenn wir erst mal angekommen sind. Jetzt hat sie etwas zu tun."

„Sind alle deine Freunde so … freundlich?"

„Einige. Sie reagieren grundsätzlich vorsichtig auf Fremde, und das mit gutem Grund. Wenn sie dich kennenlernen, werden sie dich mögen."

Marisa war davon nicht so überzeugt, schwieg aber. Suchend sah sie sich in dem spärlich möblierten Raum um. „Sagtest du nicht, hier wäre ein Telefon?"

„Ja." Skeptisch beobachtete sie, wie Coyle zu einem alten Sideboard ging und mit den Fingern über das seitliche Brett fuhr.

„Falls du die Schubladen suchst, sie sind vorne."

Coyle grinste sie an, was eine seltsame Wärme in ihr auslöste. Verdammt, wie machte er das nur immer? Er sah aus, als wäre er unter einen Lastwagen geraten, und trotzdem fühlte sie sich zu ihm hingezogen. Nein, das stimmte nicht. Sie fand ihn unglaublich *heiß*. Marisa schluckte trocken und wandte den Blick ab.

„Hier, dein Telefon."

Ungläubig starrte sie ihn an. „Woher hast du das so schnell?"

„Das wird wohl mein Geheimnis bleiben. Möchtest du nun telefonieren oder nicht?" Er hielt ihr das Gerät hin, das einem modernen Handy ähnelte, abgesehen von einer etwas längeren Antenne.

Marisa riss es ihm aus der Hand und starrte verwirrt darauf. „Was genau ist das?"

„Ein Satellitentelefon. Mit einem normalen würdest du hier keine Verbindung bekommen."

„Ah, okay. Und wie funktioniert es?" Sie hob eine Hand, bevor Coyle antworten konnte. „Und sag jetzt nicht, über Satellit."

Coyle grinste. „Das hatte ich nicht vor." Er trat näher an sie heran und umschloss ihre Hand mit seiner. „Ich bereite es vor, sodass du nur noch die Nummer eintippen musst."

„Das wäre nett." Interessiert beobachtete sie, wie er zuerst einen Code eingab, bevor er einige weitere Knöpfe drückte. Sie kam mit einem PC und normalen technischen Geräten zurecht, aber alleine hätte sie das Telefon ohne eine Anleitung sicher nicht zum Laufen gebracht. Schließlich hielt er ihr das Gerät wieder hin. Im Display blinkte ein Sternchen.

„Jetzt kannst du anrufen."

„Danke."

Mit verschränkten Armen lehnte er sich an die Wand. Es war klar, dass er die Hütte nicht verlassen würde, um ihr ein wenig Privatsphäre zu geben. Unter normalen Bedingungen hätte sie darauf bestanden, aber im Moment war es ihr ganz recht, wenn er in der Nähe blieb. Vermutlich waren die Blicke, die sie draußen auf sich gerichtet geglaubt hatte, nur Einbildung gewesen, aber sie würde kein Risiko eingehen. Einen Moment starrte sie ausdruckslos vor sich hin, bis sie sich wieder an Kates Telefonnummer erinnern konnte und sie eintippte. Kate war die Einzige, zu der sie näheren Kontakt pflegte, obwohl sie sie noch nicht Freundin nennen würde. Sicher würde sie nach Angus sehen und ihn mit nach Hause nehmen, wenn Marisa sie darum bat. Im Gegensatz zu ihr selbst mochte Kate nämlich Hunde. Das Freizeichen des Telefons machte ihr wieder bewusst, wie weit sie die letzten sechzehn Stunden von ihrem normalen Leben entfernt gewesen war. Keine Telefone oder Computer, kein Kühlschrank oder warme Mahlzeiten. Sie hatten zwar zwischendurch die Snacks aus dem Jeep gegessen, aber sie spürte inzwischen deutlichen Hunger. Wie auf Kommando knurrte ihr Magen. Ihr Blick flog zu Coyle, der sie amüsiert beobachtete.

Es dauerte ein paar Sekunden, bis Marisa realisierte, dass Kate sich am anderen Ende der Leitung gemeldet hatte. „Hallo, Kate, hier ist Marisa."

Ein erstickter Ausruf ertönte. „Gott sei Dank, dass du dich meldest, ich habe schon überall nach dir gesucht!"

Marisas Herz begann zu hämmern. „Warum?"

„Weil die Polizei nach dir sucht. Sie wollten dich noch einmal befragen und haben dich nicht angetroffen. Dafür sah dein Haus aus, als hätte jemand eingebrochen. Das Fenster war eingeschlagen."

„Oh Gott. Was ist mit Angus?" Die Vorstellung, dass ihm etwas geschehen sein könnte, schnürte ihr die Kehle zu.

„Er lief aufgeregt draußen herum. Immer wieder ist er zum Fluss runter, um dann wieder zurückzukommen." Kate atmete tief ein. „Wir hatten schon Angst, du wärest vielleicht ertrunken. Oder verschleppt worden. Oder ermordet. Oder …"

„Danke, ich kann es mir vorstellen." Marisa schnitt eine Grimasse. Sie hatte nicht erwartet, dass jemand sie so schnell vermissen würde – abgesehen von Angus. „Mir geht es gut, ich musste nur schnell aufbrechen, eine dringende persönliche Angelegenheit. Wärest du so nett, dich um Angus zu kümmern, bis ich wieder da bin?"

„Natürlich. Ich habe ihn schon mit nach Hause genommen. Die Polizei will allerdings dringend mit dir sprechen."

„Das muss warten, bis ich wieder da bin."

Kates Stimme nahm einen merkwürdigen Klang an. „Willst du denn gar nicht wissen, ob etwas gestohlen wurde?"

Marisa zuckte zusammen. Richtig, wenn sie nicht bereits wüsste, wer in ihr Haus eingebrochen war, hätte sie darüber zumindest nachdenken müssen. „Ich habe nicht wirklich viel, das sich zu stehlen lohnt. Eigentlich nur den Laptop." Der Gedanke, dass darauf ihr halbfertiger Artikel abgespeichert war und sie sich weder den Verlust des Geräts noch den ihrer Arbeit leisten konnte, sandte einen verspäteten Schreck durch ihren Körper. „Sag mir bitte, dass er noch da ist."

„Ich glaube, ja. Die Polizisten konnten nichts feststellen, sie warten darauf, dass du dir den Schaden ansiehst und ihnen sagst, ob etwas fehlt."

Marisa sah Coyle an, der sie besorgt musterte. Schließlich seufzte sie. „Es wird noch ein paar Tage dauern, bis ich wieder zurück bin. Könntest du bitte der Polizei Bescheid geben und den Laptop mit zu dir nach Hause nehmen, bis ich das Fenster reparieren lassen kann? Und es wäre auch nett, wenn du beim National Park Service Bescheid sagst, dass ich den Artikel so schnell nachliefere, wie es geht."

Kate schwieg ein paar Sekunden. „Kein Problem. Aber ich mache mir wirklich Sorgen um dich, es sieht dir nicht ähnlich, einfach so zu verschwinden, schon gar nicht ohne dein

Auto. Wenn du nicht frei reden kannst, dann gib mir irgendein Zeichen, dass du festgehalten wirst."

Marisa fühlte ein Lachen in sich aufsteigen. „Das ist nicht nötig, ich bin wirklich aus freiem Willen hier und mich bedroht auch niemand. Ich bin abgeholt worden, deshalb steht der Wagen noch vor der Tür." Gut, es war nicht unbedingt ihre Auffassung von Spaß, mitten in der Nacht durch den Wald gehetzt zu werden, aber jetzt, wo sie wieder etwas sehen konnte und sie in der Nähe von Coyles Leuten zu sein schienen, erwachte langsam Marisas Neugier. Sie konnte es kaum erwarten, endlich Coyles Geschichte zu hören.

„Das beruhigt mich", meinte Kate, doch sie klang immer noch besorgt. „Mit dem Mord vor ein paar Tagen, dem Einbruch bei dir und dem Diebstahl eines Jeeps sind in letzter Zeit einige sehr merkwürdige Dinge in Mariposa geschehen. Du weißt, dass du jederzeit mit mir sprechen kannst, wenn irgendetwas ist, oder?"

Unerwartet schossen Marisa Tränen in die Augen. Hastig drehte sie sich von Coyle weg, damit er sie nicht sah. „Ja, vielen Dank für deine Hilfe. Ich melde mich bei dir, wenn ich wieder in Mariposa bin." Damit beendete sie das Gespräch und ließ das Telefon sinken.

„Alles geregelt?" Coyles Stimme erklang so dicht hinter ihr, dass sie erschrocken herumwirbelte. Wieder einmal hatte er sich an sie herangeschlichen, ohne dass es ihr aufgefallen war.

Hart blies sie ihren Atem aus. „Ja. Anscheinend sind die Verfolger in mein Haus eingebrochen, aber glücklicherweise haben sie Angus nichts getan. Kate – ich kenne sie von meiner Arbeit – hat ihn mit zu sich nach Hause genommen." Ihre Stimme wurde leiser. „Ich hätte es mir nicht verziehen, wenn ihm etwas passiert wäre. Es ist meine Aufgabe, auf ihn aufzupassen und dafür zu sorgen, dass es ihm gut geht. Stattdessen bin ich abgehauen, obwohl ich wusste, dass Mörder vor der Tür stehen."

Coyle legte seine Hände auf ihre Schultern und hielt ihren Blick fest. „Wenn jemand daran Schuld hat, dann ich. Ich weiß, dass es ein Wagnis war, aber ich habe darauf gesetzt, dass sie uns sofort folgen würden, wenn sie merken, dass wir nicht im Haus sind." Sein Mundwinkel hob sich. „Außerdem sind es Katzen."

Verwirrt strich Marisa eine Haarsträhne aus ihrem Gesicht. „Was hat das damit zu tun?"

„Du weißt doch, wenn möglich machen sie einen großen Bogen um Hunde."

„Also der Puma neulich sah mir nicht besonders ängstlich aus, im Gegenteil, ich hatte das Gefühl, er lacht über Angus und mich." Grübchen bildeten sich in Coyles Wangen. „Ja, genau so", beschwerte sie sich und zeigte anklagend mit dem Zeigefinger auf ihn. „Du lachst auch immer über mich."

Coyle fing ihren Finger ein und hauchte einen Kuss darauf, der Hitze in Marisa aufsteigen ließ. „Das würde ich nie wagen. Vor allem nicht, nachdem ich gesehen habe, was du mit einem Baseballschläger anrichten kannst."

Verlegen zuckte Marisa bei der Erinnerung an ihre erste Begegnung mit den Leoparden mit den Schultern. „Ich war im Universitätsteam."

„Beeindruckend." Er hob beide Hände, als Marisa ihn boxen wollte. „Das war ernst gemeint."

Misstrauisch sah sie ihn an und nickte dann. „Danke." Ein Lächeln spielte um ihre Mundwinkel. „Das Einzige, was ich wirklich gut konnte, war draufhauen."

Coyle lachte. „Das habe ich gesehen."

Marisa wurde ernst. „Was machen wir jetzt?"

Der Humor wich auch aus Coyles Augen, als er seine Hand ausstreckte. „Wenn du mir das Telefon gibst, können wir gleich weitergehen. Je eher wir ankommen, desto besser."

Zögernd reichte sie ihm das Telefon. Nur ungern ließ sie dieses Symbol der Zivilisation los. „Wohin gehen wir genau?"

Coyle setzte an, etwas zu sagen, schüttelte dann aber den Kopf. „Es ist besser, wenn ich es dir zeige. Du würdest mir sowieso nicht glauben, wenn ich es dir erzähle."

Mit dieser mehr als rätselhaften Antwort verstaute er das Gerät wieder dort, wo er es hervorgeholt hatte, bevor er zur Tür ging und sich noch einmal zu ihr umdrehte. „Bereit?"

Nein, nicht wirklich, dachte Marisa. Aber was blieb ihr anderes übrig, als ihm zu folgen? Sie konnte nicht mal annähernd sagen, wo sie sich im Moment befand. Und die Journalistin in ihr wollte endlich wissen, was hier vorging. Zumindest war ihr diese Begründung für ihre Bereitschaft, Coyle zu folgen, lieber als die Möglichkeit, dass sie sich einfach nur zu ihm hingezogen fühlte und mehr Zeit in seiner Nähe verbringen wollte. Als hätte sie nicht schon einmal schmerzhaft lernen müssen, dass nur weil sie etwas empfand, es umgekehrt nicht genauso sein musste. Coyle fühlte sich körperlich zu ihr hingezogen, das war recht offensichtlich, doch das bedeutete nicht automatisch, dass sie sich auf ihn verlassen konnte. Auch wenn er zurückgekommen war, um sie vor den Mördern zu beschützen und sie hinter sich hergeschleppt hatte, obwohl er alleine viel schneller vorwärtsgekommen wäre. Er hatte sogar sein Leben riskiert, damit sie entkommen konnte. Marisa runzelte die Stirn. Warum hatte er das getan?

„Du kannst noch länger da stehen und grübeln oder mit mir kommen und in einer halben Stunde vor einer warmen Mahlzeit sitzen." Coyles Stimme brach in ihre Gedanken.

Sie blinzelte mehrmals, um ihre trockenen Augen zu befeuchten, und straffte ihren Rücken. „Ich komme."

Coyle trat aus der Hütte, aber Marisa sah ihn noch lächeln. Verdammter Kerl!

Bowens Sinne erwachten zuerst. Er konnte seinen eigenen Angstschweiß riechen, überlagert vom Geruch technischer Geräte und von etwas, das er nicht einordnen konnte. Es erinnerte ihn an seinen heimlichen Ausflug in die Stadt, wegen dem seine Mutter ihn beinahe für den Rest seines Lebens unter Hausarrest gestellt hätte. Beim Gedanken an sie fuhr ein scharfer Stich durch sein Herz, und er biss auf seine Lippe, um nicht laut aufzustöhnen. Tränen sammelten sich hinter seinen geschlossenen Augenlidern. Er wollte seine Hand heben, doch irgendetwas war um sein Handgelenk geschlungen und hielt ihn fest. Furcht durchdrang seine Betäubung und schärfte seine Sinne. Etwas piepte leise, fast tonlos, irgendwo rauschte Wasser durch eine Leitung. Er erstarrte, als er das Atmen hörte. Es war jemand im Zimmer mit ihm, ein Stück entfernt, aber nah genug, dass er das Rascheln von Kleidung wahrnehmen konnte. Ein Luftzug strich über seine Haut und machte ihm bewusst, dass er nackt war. Unwillkürlich entfuhr ihm ein Wimmern, das ihn zugleich beschämte und wütend machte.

„Gut, du bist endlich wach. Ich hatte schon fast befürchtet, dass das Mittel zu stark für deinen Metabolismus gewesen wäre." Mit jedem Wort kam die Stimme näher, als sich der unbekannte Mann durch das Zimmer auf ihn zu bewegte.

Helligkeit sickerte durch seine Augenlider und verursachte einen stechenden Schmerz in seinem Kopf. Bowen wollte sich wieder in sein Inneres zurückziehen, ausblenden, was um ihn herum geschah, doch es funktionierte nicht. Sein Magen krampfte sich vor Angst und Hunger zusammen, seine Kehle war ausgetrocknet, und das Schlucken tat weh. Das Rascheln erklang diesmal direkt neben ihm, ein Luftzug strich über seinen Oberkörper. Seine angespannten Muskeln begannen zu zittern. Ohne Vorwarnung riss etwas an seinem Handrücken. Bowens Augen flogen auf.

Er blinzelte, bis seine Sicht weniger verschwommen war. Der untersetzte Mann vor ihm trug einen weißen Kittel, eine Brille saß auf der knollenförmigen Nase in einem ebenso runden Gesicht. Ein ordentlicher Seitenscheitel teilte die von grauen Strähnen durchzogenen mittelbraunen Haare. Was auch immer Bowen erwartet hatte, es war nicht dieser harmlos aussehende, bestimmt fünfzigjährige Mann. Vor allem war es nicht der Mann, dem er im Wald gefolgt war.

„Ich dachte schon, du würdest versuchen, dich vor mir zu verstecken." Selbst die Stimme klang angenehm, fast beruhigend.

„Was …" Bowen leckte über seine trockenen Lippen. „… was ist passiert? Wo bin ich?"

Der Mann lächelte ihn an. „Du wurdest entführt und bist jetzt in meinem Haus."

Entführt? Er konnte sich nur noch daran erinnern, wie er dem Tourist heimlich gefolgt war und ein wenig mit ihm gespielt hatte. Doch dann war Bowen in einem unaufmerksamen Moment von ihm betäubt worden. Immer wieder war er gewarnt worden, Fremden nicht zu nahe zu kommen und sofort Bescheid zu sagen, wenn er jemanden sah, der nicht in ihr Gebiet gehörte. Doch er hatte die Warnungen ignoriert und sich stattdessen in diese Lage manövriert.

Seine Mutter würde enttäuscht von ihm sein. Aber was viel schlimmer war, sie würde sich furchtbare Sorgen machen, wenn er nicht schnellstens wieder nach Hause kam. Bowen wollte sich aufsetzen, konnte aber nur den Kopf heben. Was er sah, ließ ihn erschreckt aufkeuchen. Er war tatsächlich völlig nackt, ein Lederriemen war über seine Brust gespannt, weitere um seine Hand- und Fußgelenke gebunden, mit denen er an das Bettgestell gefesselt war. Panik rieselte durch ihn und ließ seine Stimme höher als normal klingen. „Binden Sie mich los!"

„Ich fürchte, das kann ich nicht tun." Es klang nicht sonderlich bedauernd.

„Warum nicht?" Bowen hasste es, so hilflos zu sein. Er war fast erwachsen, sicher würde ein Mann irgendetwas tun, um aus dieser Situation zu entkommen. Nur was? Die Erwachsenen hatten mit ihm und den anderen Jugendlichen einige Kampftechniken geübt, doch wie sollte er sie anwenden, wenn er festgebunden war wie ein Opferlamm? Die Vorstellung, was der Kittelträger mit ihm tun würde, verursachte ihm eine Gänsehaut am ganzen Körper. Ein hilfloses Grollen wollte sich aus seiner Kehle lösen, doch er schluckte es herunter. Egal was auch passierte, er durfte nicht die Beherrschung verlieren.

„Weil du dann versuchen würdest wegzulaufen, und das kann ich nicht zulassen." Der Mann sprach immer noch in einem lockeren Plauderton, der kein bisschen zu der Situation passte, in der sie sich befanden. Ganz zu schweigen von seinen Worten.

„Was wollen Sie von mir?" Bowen konnte das Zittern in seiner Stimme nicht unterdrücken, was ihn nur noch wütender machte. Seine Hände ballten sich zu Fäusten. Zu gern hätte er dem Mann das freundliche Lächeln aus dem Gesicht gekratzt, aber seine Fesseln gaben keinen Millimeter nach.

„Du, mein Junge, bist mein Weg zum Ruhm." Aufgeregt beugte er sich vor und strich mit einem behandschuhten Finger über Bowens Wange. „Ich werde der Erste sein, der deine Art erforscht und die Ergebnisse publiziert. Alle, die vorher über mich gelacht haben, werden zugeben müssen, dass ich recht hatte." Sein Lächeln verbreiterte sich. „Ganz zu schweigen von dem vielen Geld, das ich damit verdienen werde."

Seine Worte ließen Bowens schlimmste Befürchtungen Wirklichkeit werden. Sein Leben lang hatten Coyle und die anderen davor gewarnt, dass dies passieren könnte, doch er hatte geglaubt, es sei nur eine Taktik, um sie in der Nähe ihres Lagers zu halten. Vermutlich war es das auch gewesen, doch jetzt erkannte er, wie real die Gefahr war. Und nicht nur für ihn, sondern für alle anderen auch. Wenn er versagte, würde sich das auch auf seine Familie auswirken, und das konnte er nicht zulassen. Egal, was geschah, es musste ihm gelingen, sich zurückzuhalten.

„Ich weiß nicht, wer Sie sind oder was Sie vorhaben, aber ich hoffe, es ist Ihnen klar, dass es strafbar ist, Menschen einfach zu entführen und für Experimente zu benutzen."

Ein fröhliches Lachen antwortete ihm. „Aber das ist ja das Geniale, ich kann machen, was ich will, niemand außerhalb deines Clans weiß, dass du überhaupt existierst." Der Mann tätschelte Bowens Schulter. „Und nenn mich ruhig Henry, wir werden uns noch viel näher kommen, bevor es vorbei ist."

9

Das Loch kam aus dem Nichts. Im einen Moment lief Marisa hinter Coyle her, ihre Gedanken zugegebenermaßen meilenweit weg, im nächsten trat sie in ein Loch, das unter Gestrüpp verborgen gewesen war, und verlor das Gleichgewicht. Mit einem dumpfen Geräusch prallte sie auf dem Boden auf, die Luft wurde aus ihrer Lunge gepresst. Für einen Augenblick blieb sie regungslos liegen, während sie versuchte, wieder zu Atem zu kommen.

„Marisa?“ Coyles Stimme war durch das Rauschen in ihren Ohren kaum zu verstehen. Vorsichtig drehte er sie auf den Rücken, als sie nicht reagierte. Mit besorgtem Gesichtsausdruck beugte er sich über sie, seine Hand strich über ihre Wange.

Marisa hatte das Gefühl, dass ihre Augen hervorquollen, während ihre Lunge vor Sauerstoffmangel brannte. Obwohl sie nicht sprechen konnte, schien Coyle ihr Problem zu verstehen, er half ihr in eine sitzende Position und berührte sanft ihren Rücken. Es war, als hätte sich etwas in ihrem Innern verschoben, das nun ihre Lunge blockierte. Panik stieg in ihr hoch, was die Blockade verstärkte. Sie würde ersticken!

Ihre Finger gruben sich in Coyles Arme, flehend sah sie ihn an, während Tränen über ihre Wangen liefen. Seine Hand legte sich um ihren Hinterkopf, die andere stützte weiterhin ihren Oberkörper. Sein Gesicht näherte sich ihrem. Was hatte er vor? Instinktiv versuchte sie, rückwärts auszuweichen, doch Coyle schlang ein Bein um ihre Hüfte und verankerte sie wirkungsvoll auf der Stelle.

„Vertrau mir." Damit beugte er sich noch weiter vor und legte seine Lippen auf ihre. Er wollte sie küssen, während sie gerade erstickte? „Öffne den Mund, Kätzchen, sonst kann ich dir nicht helfen."

Es war ein Zeichen ihres Vertrauens, dass sie seinem Befehl Folge leistete. Coyles Atem strömte in ihren Mund und löste einen dumpfen Schmerz aus. Sie versuchte, aus seinen Armen zu entkommen, doch sein Griff verstärkte sich.

„Atme, verdammt noch mal!" Seine raue Stimme vibrierte in ihr.

Was dachte er, was sie die ganze Zeit versuchte? Als wenn sie es lustig fände, ohne Sauerstoff zu existieren!

Noch einmal blies er seinen Atem in sie und massierte gleichzeitig ihren Rücken. Marisa spürte, wie sich etwas in ihr löste und ihre Lunge sich wieder ausbreitete. Ein schmerzerfüllter Laut entkam ihr, als der Sauerstoff ihre Lungenflügel erreichte. Auch wenn sie noch so gierig nach Luft schnappte, waren nur flache Atemzüge möglich, wenn sie nicht vor Schmerz vergehen wollte.

„Ruhig, ganz ruhig. Atme möglichst gleichmäßig, dann geht es gleich wieder."

Marisa schwankte zwischen Ärger über seine überflüssigen Vorschläge und Dankbarkeit, ihn so nah bei sich zu haben, seine beruhigenden Hände auf ihrem Körper zu spüren. Erst jetzt merkte sie, dass sich ihre Fingernägel immer noch in seine Haut bohrten. Nur mühsam entkrampfte sie ihre Hände und zog sie zurück. Sie erwartete, dass Coyle sich wieder erheben würde, nachdem die Krise vorbei war, doch er hielt sie weiterhin fest umschlungen und wippte beruhigend mit ihr vor und zurück. Er drückte Küsse in ihre Haare, und seine Finger strichen über ihren Nacken. Ein Schauder lief durch seinen Körper, und er presste sie enger an sich.

Für einen Moment genoss sie seine Nähe, das Gefühl seines

harten Körpers an ihrem, bevor sie sich etwas von ihm löste. „Du … erdrückst mich."

Coyle hob den Kopf und sah sie aus geröteten Augen an. Mit einem Ruck zog er sich zurück. „Entschuldige, ich …" Er schluckte sichtbar. „Du hast mir einen Schrecken eingejagt."

Marisa schnitt eine Grimasse. „Ich mir auch." Sie holte tief Atem, auch wenn es immer noch schmerzte. „Jetzt weiß ich erst, wie selbstverständlich wir es hinnehmen, dass wir atmen, und wie schnell es vorbei sein kann."

„Wahrscheinlich bist du so unglücklich gelandet, dass dein Rippengelenk kurzfristig blockiert war."

„Danke, dass du so schnell reagiert hast. Ohne dich …"

Coyle legte seine Finger auf ihre Lippen. „Ich hätte alles für dich getan." Geschmeidig erhob er sich und hielt ihr seine Hände hin. „Kannst du aufstehen?"

Marisa nickte und versuchte es, aber sie stand so unsicher, dass Coyle sie weiterhin festhielt, sie dann kurzentschlossen zu einem umgekippten Baumstamm führte und ihr half, sich hinzusetzen. „Du brauchst eine Pause."

„Haben wir denn Zeit dafür?"

Sein Blick wanderte in die Richtung, aus der sie gekommen waren. Während sie ihn beobachtete, veränderten sich seine Gesichtszüge, seine Augenwinkel schienen außen höher zu sein als vorher, die Wangenknochen ausgeprägter. Ihr Herz hämmerte, ihre Kehle war wie zugeschnürt. Sie hob die Hand, um Coyles Gesicht zu berühren, doch sie traute sich nicht. Der Moment verging, als er seltsam geschlitzte Pupillen inmitten einer großen grüngoldenen Iris auf sie richtete. „Bleib hier und ruh dich einen Moment aus, ich muss etwas überprüfen." Selbst seine Stimme hatte sich verändert, sie war tiefer, rauer als vorher.

„Coyle …"

Seine Fingerspitzen fuhren federleicht über ihre Wange.

„Später. Warte auf mich, ja?“ Er stellte den Erste-Hilfe-Kasten neben sie und lehnte den Baseballschläger an den Baumstamm.

„Natürlich, wo sollte ich auch hin?“

Coyle nickte knapp und verschmolz mit der Vegetation. Es war fast, als würde er sich in Luft auflösen, aber das konnte nicht sein. Anstatt auf dem Baumstamm sitzen zu bleiben, ging Marisa dorthin, wo Coyle verschwunden war. Im weichen Boden war ein Abdruck seines Schuhs zu sehen, und sie kämpfte einen Moment lang gegen das Bedürfnis, ihm zu folgen. Ohne seine Nähe fühlte sie sich einsam und angreifbar. Aber war es wirklich nur die bedrohliche Situation, die sie so unruhig machte?

Marisa seufzte. Sie würde Coyle vermissen, so viel stand fest. Er war unerwartet in ihr Leben geplatzt und hatte es ordentlich durcheinandergewirbelt, doch jetzt konnte sie sich nicht mehr vorstellen, es ohne ihn weiterzuführen. Unwillig schüttelte sie den Kopf. *Oh nein, nein, nein.* Sie würde sich nicht wieder emotional an einen Mann binden, nur um hinterher erkennen zu müssen, dass er sie nur benutzt hatte und ihre Gefühle nicht wert gewesen war. Auch wenn Coyle sexy und freundlich und lustig und stark war, sie konnte es sich nicht leisten, sich in ihn zu verlieben. Wahrscheinlich sollte sie so schnell wie möglich nach Hause zurückkehren, wenn die Angelegenheit geklärt war. Ein leiser Stich des Bedauerns durchfuhr sie. Sie würde seine Küsse und Berührungen vermissen …

Marisas Kopf fuhr herum, als es neben ihr im Gebüsch raschelte. Stocksteif blieb sie stehen und lauschte angestrengt, doch das Geräusch kam nicht wieder. Wahrscheinlich war es ein kleines Tier gewesen, das jetzt in seinem Bau verschwunden war. Dennoch ging sie schnell zum Baum zurück und holte den Baseballschläger, dessen Gewicht beruhigend in ihrer Hand lag.

Es raschelte erneut, und ihr Nacken begann zu prickeln. Wie schon zuvor bei der Hütte hatte sie mit einem Mal das Gefühl, nicht allein zu sein. Nervös drehte sie sich um und versuchte, die Vegetation mit den Augen zu durchdringen, aber sie konnte nichts entdecken. Sicher bildete sie sich nur ein, dass irgendjemand sie beobachtete. Coyle hätte sie doch bestimmt nicht allein gelassen, wenn er glaubte, dass ihr hier eine Gefahr drohte. Sie musste nur Ruhe bewahren und darauf warten, dass er zurückkam. Dann würde er sie mit zu sich nach Hause nehmen und sie würde etwas zu essen bekommen und später vielleicht noch ein bequemes Bett. Oder?

Das ungute Gefühl wollte einfach nicht weichen, und Marisa wurde bewusst, dass sie den Baseballschläger fest umklammert hielt. Hatte ihre Mutter ihr nicht immer vorausgesagt, dass ihre Neugier ihr eines Tages zum Verhängnis werden würde? Sie konnte wirklich nur hoffen, dass sich diese Vorhersage nicht bewahrheiten würde.

Wie immer überschwemmte sie der Kummer, wenn sie daran dachte, dass Carina Pérèz viel zu früh gestorben war. Marisa hatte gerade ihren ersten Job bei der Zeitung bekommen, als ihre Mutter an Krebs gestorben war. Es war ein Schock gewesen, genau wie die Tatsache, dass ihr Vater nicht viel Zeit verloren hatte, sich eine neue Frau zu suchen und weitere Nachkommen zu produzieren. Sie hatte ihm diesen Vertrauensbruch nie verziehen und seitdem kaum noch Kontakt zu ihm.

Aus dem Augenwinkel nahm Marisa neben sich eine Bewegung wahr, und alle anderen Gedanken waren auf der Stelle vergessen. Sie wirbelte herum und hielt den Baseballschläger schlagbereit in die Höhe. Ihr Herz setzte aus, als sie direkt in goldene Augen sah. Spitze weiße Zähne hoben sich hell von schwarzem Fell ab, und es wirkte auf Marisa, als freute sich der Panther schon darauf, sie in Stücke zu reißen.

Ihre feuchten Finger krampften sich enger um den Griff des Schlägers. Der Panther kam langsam näher, seine großen Pranken verursachten auf dem Waldboden kein Geräusch. Im durch die Baumkronen sickernden Sonnenlicht konnte sie erkennen, dass sein Fell gar nicht schwarz war, sondern dunkelbraun mit kaum sichtbaren dunkleren Rosetten wie bei einem Leoparden. Mit einer Autoscheibe oder einem Zaun zwischen ihnen hätte sie das Tier wunderschön gefunden.

Ihre Haut prickelte unter der permanenten Aufmerksamkeit der Katze. Bisher hatte sie nicht einmal geblinzelt. Als wäre sie einzig und allein auf Marisa konzentriert. Coyle, wenn du in der Nähe bist, wäre jetzt ein großartiger Zeitpunkt aufzutauchen!, fuhr es Marisa durch den Kopf, und als hätte er sie gehört, knackte ein Zweig hinter ihr. Marisa drehte sich, ohne den Panther aus den Augen zu lassen, bis sie aus den Augenwinkeln sehen konnte, was hinter ihr geschah. Panik überschwemmte sie, als sie erkannte, dass es nicht Coyle war, wie sie gehofft hatte, sondern der zweite Leopard. Dieser hatte eine hellere Grundfarbe und deutlich sichtbare Rosetten – neben dem genauso tödlich aussehenden Gebiss. Wie sollte sie zwei Raubtiere in Schach halten? Wenn es ihnen gelang, sie in die Zange zu nehmen, war sie so gut wie tot.

Marisa richtete sich auf und nahm Kampfhaltung ein. Sie weigerte sich, einfach aufzugeben, ohne den Raubtieren wenigstens eine harte Gegenwehr geliefert zu haben. Mit zusammengebissenen Zähnen wartete sie auf den Angriff. Gleichzeitig bewegte sie sich so, dass sie beide Leoparden sehen konnte.

Die Muskeln deutlich unter dem seidigen Fell sichtbar kamen die Tiere näher und nahmen sie in die Zange. Intelligenz leuchtete aus ihren goldenen Augen, lag in der ruhigen Art, mit der sie sie verfolgten. Es war klar, dass ihre Jagdstrategie durchdacht war und erfolgreich enden würde. Marisa schluckte. Irgendwie musste es ihr gelingen, sie abzulenken und in einem geeigneten Moment zu verschwinden. Da ihr nichts Besseres einfiel, ließ sie einen lauten Kampfschrei los, wie sie ihn im Selbstverteidigungskurs gelernt hatte, und ging zum Angriff über.

Ihr erster Schlag traf den überraschten Panther an der Schulter. Er fauchte und enthüllte dabei das gewaltige Gebiss. Der andere Leopard stimmte mit ein und setzte zum Sprung auf sie an. Marisa wirbelte zu ihm herum und versuchte einen weiteren Schlag zu platzieren, doch er war auf sie vorbereitet und hieb mit seiner Pranke auf das Metall. Der Schläger fiel aus ihren plötzlich kraftlosen Fingern, das Kribbeln schoss bis in ihre Arme. Mit einem verzweifelten Laut stolperte sie rückwärts auf das Gebüsch zu. Ohne eine Möglichkeit, sich zu verteidigen, war sie der Attacke wehrlos ausgeliefert. Nach einem letzten Blick auf die angreifenden Leoparden schwang sie herum und lief los. Sie wusste, dass sie ihnen nicht entkommen konnte, dazu waren sie viel zu schnell, aber ihr Überlebenstrieb setzte ein und trieb sie vorwärts. Sie würde nicht einfach stehen bleiben und sich töten lassen.

Mit aller Kraft, die sie noch in sich hatte, rannte sie über den federnden Waldboden und hatte trotzdem das Gefühl, nicht vom Fleck zu kommen. Sie schlug sich durch Büsche, wich Bäumen aus und sprang über abgebrochene Äste, die auf dem Boden ein Hindernis bildeten, doch ihre Schuhspitze blieb an einem davon hängen und der Schwung katapultierte sie vorwärts. Wenigstens landete sie diesmal weicher und atmete keuchend ein. Sie rollte sich herum und erstarrte. Die Leoparden waren nur noch zwei Meter von ihr entfernt, ihre Muskeln angespannt, die Mäuler aufgerissen. Vielleicht fauchten sie, doch Marisa konnte es über dem lauten Klopfen ihres Herzens nicht hören. Es war, als hätte die Welt außerhalb ihres Körpers aufgehört zu existieren. Der Leopard setzte zum Sprung an, und Marisa hob abwehrend die Hände.

Ohne Vorwarnung schoss von der Seite ein heller Körper heran und kollidierte in der Luft mit dem Leoparden. Zuerst dachte sie, es wäre Coyle, doch dann erkannte sie, dass es etwas anderes war, das in einem Knäuel mit der Raubkatze zu Boden stürzte. Bevor sie darüber nachdenken konnte, kamen weitere Tiere aus dem Gebüsch um sie herum und liefen auf den schwarzen Panther zu. Pumas, wenn sie sich nicht täuschte. Doch warum sollten sie die Leoparden angreifen? Und wo kamen sie plötzlich her? Dann erkannte Marisa, dass dies ihre Gelegenheit war zu entkommen. Sie richtete sie sich auf und rannte los. Hinter sich konnte sie lautes Fauchen hören und dumpfe Geräusche, als würden muskulöse Körper aufeinandertreffen.

Ihre Beine zitterten so stark, dass sie kaum vorwärtskam, ihre Lunge brannte wie Feuer. Sie wusste nicht einmal, in welche Richtung sie lief. Das einzig Sinnvolle war, sich irgendwo zu verstecken und auf Coyle zu warten, der hoffentlich irgendwann wieder zurückkommen würde. Wenn nicht, wusste sie nicht, was sie tun sollte. Andererseits hätte sie dann vermutlich viel Zeit, sich etwas zu überlegen. Mit einem verzweifelten Schluchzer warf sie sich vor einer mittelgroßen Sequoia auf die Knie, deren Inneres hohl war. Der Eingang war gerade so breit, dass sie sich hineinquetschen konnte. Marisa zog ihre Beine an den Oberkörper, schlang die Arme darum und legte ihren Kopf auf die Knie.

Eigentlich sollten die Stille und der Schutz beruhigend wirken, doch sie konnte nicht aufhören zu zittern. Schweiß ließ die Kleidung an ihrer Haut kleben, ihre Haare hingen ihr wirr ins Gesicht, doch ihr fehlte die Kraft, sie zur Seite zu schieben. Ein Schauder schüttelte sie, als sie sich daran erinnerte, wie nah sie daran gewesen war zu sterben. Sie vergrub das Gesicht in ihren Armen und versuchte, sich irgendwie wieder in den Griff zu bekommen. Aber das war unmöglich, immer wieder durchlebte sie die schrecklichen Momente, und die Furcht hielt sie weiterhin fest im Griff. Nicht nur um sich selbst hatte sie Angst, sondern auch um Coyle. Was sollte sie tun, wenn er irgendwo verletzt lag? Sie sollte ihn suchen, doch so sehr sie es auch versuchte, sie konnte sich nicht bewegen. Wie erstarrt saß sie im Baumstamm, während die Zeit unendlich langsam verrann. Eisige Kälte erfasste ihren Körper.

Coyle schlüpfte so schnell wie möglich in seine Kleidung, während der Geruch von Marisas Angst schwer in der Luft lag. Er hatte die Furcht in ihren Augen gesehen, als die Leoparden sie angriffen, die Panik, mit der sie geflohen war. Stumm verfluchte er sich. Er hätte sie nicht alleine lassen dürfen, ohne Schutz und schon gar nicht ohne eine Erklärung. Ungeduldig band er sich die Schuhe zu und sah nicht zu Finn hinüber, der auf ihn wartete. Er deutete auf die beiden überwältigten Leoparden. „Nehmt sie mit ins Lager und bewacht sie gut, ich komme mit Marisa gleich nach."

Als er kurz darauf aufsah, war sein Freund bereits verschwunden, wie er es erwartet hatte. Coyle konnte sich auch ohne viele Worte auf ihn verlassen. Wenn er selbst unterwegs war, fungierte Finn als sein Stellvertreter und hielt die Gruppe zusammen. Seine ruhige und durchdachte Art wurde von allen geschätzt und seine Autorität respektiert. Manchmal hätte Coyle ihm einen Teil seiner Aufgaben gern nicht nur sporadisch übergeben, sondern ganz, doch dazu war sein eigenes Pflichtgefühl zu stark. Außerdem schätzte Finn seine Unabhängigkeit zu sehr. Kopfschüttelnd konzentrierte Coyle sich wieder auf die Gegenwart. Im Moment war etwas anderes wichtig.

Rasch folgte er Marisas Geruchsspur zu einem hohlen Baumstamm. Sein Herz zog sich zusammen, als er sie zusammengekauert im Innern entdeckte. Ihre flachen Atemzüge waren deutlich zu hören, genauso wie das Klappern ihrer Zähne. Coyle hockte sich hin und streckte seine Hand aus. „Marisa?"

Ihre Augen öffneten sich, und sie blickte ihn mit leerem Gesichtsausdruck an.

Coyle berührte vorsichtig ihre Hand. Sie war eiskalt. „Ich bin es, Coyle. Kannst du da herauskommen, Marisa?"

Als sie seinen Namen hörte, kam etwas Leben in ihre Augen. Sie hob ihren Kopf und stützte das Kinn auf ihre Knie. „Coyle?"

„Ja, mein Kätzchen. Es ist alles in Ordnung, es wird dir niemand mehr etwas tun."

„D…da waren … Leoparden." Ihre Zähne schlugen beim Sprechen aufeinander. „U…und Pu…mas. Glaube ich. Sie haben … g…gegeneinander … ge…kämpft."

Coyle legte seine Handflächen um Marisas Gesicht und versuchte, sie etwas zu wärmen. „Ich weiß, wir haben gesiegt, die Leoparden sind gefangen."

„Wir?"

Ein Lächeln spielte um seine Mundwinkel. „Die Guten." Er ließ sie los und bewegte sich ein Stück zurück. „Wenn du jetzt rauskommst, bringe ich dich ins Lager, wo du dich aufwärmen und ausruhen kannst."

„Das hast du vorhin auch schon gesagt, und sieh dir an, wo ich gelandet bin." Ihre Stimme hatte an Festigkeit gewonnen, sie schien den Schock ein wenig überwunden zu haben.

„Diesmal stimmt es wirklich." Erleichtert atmete er auf, als Marisa seine Hände ergriff und sich aus dem Baumstamm helfen ließ. Als sie endlich vor ihm stand, schlang er seine Arme um sie und zog sie dicht an sich. Er musste sie berühren und sich vergewissern, dass es ihr wirklich gut ging. Zufrieden brummte er in der Kehle, als Marisas Arme sich um seine Hüfte schoben und sie ihren Kopf an seine Schulter legte. Ihr Zittern ließ nach einigen Minuten nach, die Wärme seines Körpers schien ihr zu helfen. Die Vorstellung, wie nahe er daran gewesen war, sie für immer zu verlieren, weckte den Wunsch in ihm, sie noch enger an sich zu ziehen. „Es tut mir leid." Seine Stimme war rau, kaum zu verstehen.

„Was?" Marisas gemurmelte Frage vibrierte in ihm.

„Dass sie dich angegriffen haben. So war das nicht geplant, als ich dich allein gelassen habe. Wir wollten die Leoparden fangen, aber nicht so."

Marisas Körper versteifte sich, dann hob sie den Kopf und starrte ihn ungläubig an. „Ich war der Köder?" Ärger und Verletztheit waren deutlich in ihrem Gesicht zu erkennen.

Erschöpft schüttelte Coyle den Kopf. „Nein, natürlich nicht. Eigentlich sollten sie *mir* folgen, deshalb habe ich dich verlassen." Beruhigend strich er über ihre Arme. „Ich hätte dich nie wissentlich in Gefahr gebracht, das musst du mir glauben." Mit angehaltenem Atem beobachtete er die widersprüchlichen Gefühle, die sich in Marisas Gesichtszügen spiegelten. Schließlich gewann Irritation, dicht gefolgt von Ärger.

„Und du glaubst, das macht es besser?" Sie trat zurück und verschränkte die Arme über der Brust.

„Marisa …"

„Nein, spar dir deine Ausflüchte." Sie stach mit einem Finger in seine Brust. „Ich habe mir furchtbare Sorgen um dich gemacht und hatte Angst, du würdest nie wieder kommen, weil dich die Bestien getötet haben. Und du willst mir erzählen, dass du dich *freiwillig* in Gefahr gebracht hast? Ich könnte dich …"

Weiter kam sie nicht, denn Coyle fing ihre Hand ein und zog sie mit einem Ruck wieder an sich. „Mir war es wichtiger, dass es dir gut geht. Ich wusste, dass meine Freunde in der Nähe sind, deshalb war das Risiko kalkulierbar."

„Freunde?" Marisa sah sich um. „Wo sind sie? Ich habe nur Pumas gesehen."

„Die meinte ich." Coyle senkte seinen Kopf zu ihrem. „Und wir mögen den Namen Berglöwe lieber." Damit küsste er sie, bis sich die Furcht, sie zu verlieren, in ihm gelegt hatte. Zuerst waren ihre Lippen kalt, doch sie erwärmten sich schnell, und Marisas Körper schmolz geradezu an seinem. Bevor er völlig den Kopf verlor, riss Coyle sich von ihr los und hielt sie ein Stück von sich entfernt. „Wollen wir gehen?“

Marisa wirkte benommen, ihre geröteten Lippen bebten. Ausnahmsweise war sie sprachlos, wahrscheinlich sollte er sie öfter küssen. Coyle unterdrückte das Verlangen, sie wieder an sich zu ziehen, ergriff stattdessen ihre Hand und führte sie zum Lager.

10

Marisa spürte Coyles Selbstzufriedenheit und sein kaum unterdrücktes Verlangen, aber sie war zu müde, im Moment etwas dagegen zu unternehmen. Sollte er doch denken, dass er gewonnen hatte, sie würde ihm schon das Gegenteil beweisen. Es war unglaublich, wie schnell er es immer schaffte, sie abzulenken, wenn er seinen Körper einsetzte. Eigentlich eine unfaire Taktik, aber sie brachte nicht den Willen auf, sich dagegen zu wehren. Schließlich hatte sie ja auch etwas davon. Marisa verdrehte die Augen und strich ihre Haare aus dem Gesicht. So wie sie aussehen und riechen musste, war es ein Wunder, dass Coyle ihr überhaupt noch nahe kommen mochte. Andererseits hielt sein Zustand sie auch nicht davon ab, ihn anziehend zu finden.

„Wir sind da."

Marisa trat neben ihn und sah sich um. Es war nirgends eine Siedlung zu erkennen. Nur noch mehr Bäume und Sträucher. „Wo?"

Ein merkwürdiges Lächeln flog über sein Gesicht. „Zu Hause."

„Geht es dir gut?" Sie legte ihre Hand auf seine Stirn.

Coyle fing ihre Hand ein und hauchte einen Kuss darauf. „Ja. Ich werde dir gleich alles erklären, lass uns nur erst richtig ankommen."

Marisa verkniff sich, danach zu fragen, wo er ankommen wollte, wenn da nichts war, und nickte stattdessen nur. Langsam machte sie sich Sorgen, dass Coyle doch schwerer verletzt worden war, als sie gedacht hatte. Mit einer Kopfwunde war nicht zu spaßen.

Auf einer schmalen Lichtung blieb Marisa abrupt stehen. Ungläubig beobachtete sie, wie sich eine immer größere Gruppe von Berglöwen ansammelte. Coyle ließ sich davon nicht beirren, sondern ging einfach weiter auf sie zu. Marisa griff nach seinem Arm und zog ihn zurück. „Bist du verrückt? Sie werden uns töten!"

Coyle sah sie ruhig an. „Nein, das werden sie nicht. Das ist meine Familie."

Entgeistert starrte sie ihn an. „Willst du mir erzählen, dass du so etwas wie Mogli oder Tarzan bist?" Sein Lachen löste in ihr den Wunsch aus, ihm den Baseballschläger über den Kopf zu ziehen. Dummerweise hatte sie ihn im Kampf mit den Leoparden verloren. Ihre Hände ballten sich zu Fäusten.

Als er ihren Gesichtsausdruck sah, wurde er ernst. „Ich bin nicht von wilden Tieren aufgezogen worden, wenn du das meinst. Gib mir ein wenig Zeit, und ich erkläre dir alles." Ein seltsamer Ausdruck lag in seinen Augen. „Auch wenn es dir vermutlich äußerst merkwürdig vorkommen wird."

Marisa zögerte, aber schließlich siegte ihre Neugier. „Okay. Versuch, mich zu überzeugen."

Coyle neigte den Kopf. „Danke."

Sie fand es seltsam, wie ruhig die Berglöwen waren. Sie standen einfach nur da und starrten sie an, als warteten sie auf etwas. Marisa fiel auf, dass es nur erwachsene Tiere waren, sie sah keine Jungtiere. Schon bald bildete sich ein Kreis um sie, es gab keinen Fluchtweg mehr. Wenn Coyle sich irrte, saßen sie in der Falle. Furcht breitete sich in ihr aus. Auch wenn die Pumas sie vor den Leoparden beschützt hatten, waren es doch Raubtiere.

Coyle drückte beruhigend ihre Hand, bevor er sich den Tieren zuwandte. „Danke für eure Hilfe. Ich muss erst noch etwas mit Marisa besprechen, danach komme ich zu euch."

Auch wenn Marisa sich nicht vorstellen konnte, wie die Berglöwen ihn verstehen sollten, zogen sie sich ein Stück zurück und es entstand eine schmale Gasse. Bildete sie sich das nur ein oder waren etliche feindselige Blicke auf sie gerichtet? Sie konnte nur hoffen, dass Coyle wusste, was er tat. Es schien so, denn nach einem kurzen Neigen seines Kopfes führte er Marisa wieder ein Stück in den Wald hinein.

„Huh, *das* war merkwürdig."

Coyle lachte leise. „Dabei hast du noch gar nichts gesehen."

Sie wusste nicht, ob sie wirklich mehr sehen wollte. „Kam es mir nur so vor, oder waren sie nicht gerade glücklich, dass du mich mitgebracht hast?"

Er drehte sich zu ihr um und betrachtete sie neugierig. „Wie hast du das erkannt? Nicht viele würden aus dem Gesichtsausdruck eines Berglöwen seine Stimmung ablesen können."

Marisa hob die Schultern. „Keine Ahnung. Also habe ich recht?"

„Ja. Wir sind Fremden gegenüber sehr vorsichtig. Besonders nachdem gerade ein Fremder Bowen entführt hat und uns die Leoparden hierher gefolgt sind." Coyle nahm wieder ihre Hand. „Es hat nichts mit dir persönlich zu tun. Wenn sie dich erst mal kennenlernen, werden sie dich mögen."

Dessen war sie sich nicht so sicher, doch etwas anderes interessierte sie viel mehr. „Wo ist denn deine Freundin geblieben?"

„Welche?"

Marisa zog eine Augenbraue hoch. „Hast du mehrere? Die in der Hütte vorhin."

„Ach, du meinst Keira. Vermutlich läuft sie hier irgendwo rum."

Heimlich atmete Marisa auf. Es hörte sich nicht so an, als würde Coyle mehr in Keira sehen als eine Freundin oder Schwester. Um sich abzulenken, fragte sie einfach weiter. „Ist Keira neben dir der einzige Mensch hier, oder gibt es noch andere?"

Wieder ein ominöser Blick von Coyle, bevor er weiterging. „Das erzähle ich dir später, erst möchte ich dir etwas zeigen."

„Hoffentlich bald, ich sterbe fast vor Neugier." Coyles Lachen zeigte ihr, dass er sie gehört hatte, obwohl sie es nur vor sich hin geflüstert hatte. Verdammt noch mal, sie sollte sich inzwischen an sein gutes Gehör gewöhnt haben.

„Da sind wir schon." Coyle drehte sich mit einem Lächeln zu ihr um.

„Wo sind wir?"

„Bei meinem Haus."

Marisa drehte sich einmal um die eigene Achse, konnte aber nichts erkennen. „Wo ist es?"

Coyle grinste zufrieden. „Wenn du es nicht entdeckst, wird es auch niemand anders tun." Als er sah, dass sie ungeduldig wurde, deutete er nach oben. „Siehst du die drei dicht zusammenstehenden Bäume, deren Äste sich kreuzen?"

Marisa folgte seinem Blick und entdeckte schließlich, was er meinte. „Ja."

„Etwa auf fünf Metern Höhe, dort wo die Äste und Zweige besonders dicht sind."

Entgeistert starrte Marisa Coyle an. „Sag nicht, du hast ein Baumhaus."

„Hättest du eine Höhle vorgezogen?"

„Nein, nicht unbedingt. Aber ich dachte eher an so etwas wie die Hütte vorhin. Oder ein richtiges Haus."

Coyle sah sie ernst an. „Damit kann ich nicht dienen. Warte hier, ich werfe dir die Leiter herunter." Damit ließ er sie einfach stehen.

Ungläubig sah Marisa ihm hinterher. Eine Leiter herunterwerfen? Coyle verschwand hinter den Bäumen, und es kehrte Totenstille ein. Unruhig blickte Marisa sich um. Es behagte ihr nicht, hier so allein herumzustehen, und davon abgesehen wollte sie wissen, wie Coyle hinaufgelangte. Kurz entschlossen folgte sie ihm um den Baum herum. Coyle war nicht mehr zu sehen, dafür bewegten sich in einigen Metern Höhe die Zweige. Marisa glaubte, kurz etwas Helles zu sehen, doch es war sofort wieder verschwunden. Für einen Moment herrschte völlige Stille.

„Coyle?" Ihr Ruf war beinahe ein Flüstern.

„Vorsicht, Leiter kommt."

Überrascht, seine Stimme über sich zu hören, trat sie zurück und sah, wie sich eine Strickleiter auf dem Weg nach unten entfaltete. Nicht gerade ihre Vorstellung von Komfort, aber vermutlich immer noch besser, als den Baum hinaufklettern zu müssen. Und sie wollte wirklich wissen, wie Coyle wohnte. Entschlossen ergriff sie die Seile und stellte ihren Fuß auf die unterste Sprosse, doch bereits nach ein paar weiteren musste sie sich festklammern, weil die Leiter heftig zu schwingen begann. Sie wusste schon, warum sie so etwas im Sportunterricht immer gehasst hatte. Mit zusammengebissenen Zähnen kämpfte sie sich hinauf, bis sie bei einer hölzernen Plattform ankam.

Coyles Kopf tauchte über ihr auf. „Soll ich dir helfen?"

Hätte sie noch so etwas wie Stolz besessen, hätte sie ablehnen müssen, doch so grunzte sie nur ihre Zustimmung. Coyle fasste unter ihre Arme und hob sie einfach hinauf. Wie ein gestrandeter Fisch lag sie auf dem Holzboden und schnappte nach Luft. Schließlich drehte sie sich auf den Rücken und starrte in das Blätterdach.

Coyles Gesicht tauchte über ihr auf. „Alles in Ordnung?" Sanft strich er die Haare aus ihrer Stirn.

„Ja." Mühsam stützte Marisa sich auf ihre Ellbogen und sah sich um. Auf drei Seiten war sie umgeben von Zweigen und Blättern, wie in einem schützenden Kokon. Hinter Coyle verbreiterte sich die Plattform zu einer überdachten Veranda komplett mit hölzernem Liegestuhl und in der anderen Ecke etwas, das wie ein flacher Sitzsack aussah. Es war eine richtige Hütte, gehalten von den starken Ästen der drei Bäume. „Wow. Du hast hier eine eigene kleine Welt, wo du deine Ruhe hast und dich niemand stören kann, wenn du es nicht willst."

Lächelnd half er ihr auf. „Ganz genau. Auch wenn es größtenteils um Sicherheit geht, wollte ich mich wohlfühlen." Er hielt ihr die Tür zur Hütte auf. „Komm herein."

Neugierig trat Marisa in den Raum und hatte sofort das Gefühl, weiterhin im Wald zu sein. Efeu hing von hölzernen Deckenbalken an den Wänden herab, die Luft roch frisch. Es gab nur wenige Möbel, aber auch sie waren aus Holz und die Polster in Naturfarben gehalten. Der runde Esstisch bot gerade genug Platz für zwei Personen und im Hintergrund war eine kleine Einbauküche zu sehen. Viel brauchte Coyle wahrscheinlich nicht, wenn er hier alleine wohnte. Sofern er das tat.

„Du lebst hier alleine?"

„Ja. Im Grunde sind wir alle Einzelgänger, nur die engsten Familienmitglieder leben zusammen."

Coyle öffnete eine weitere Tür, hinter der Treppenstufen zu einer höheren Ebene führten. Ein riesiges Bett nahm fast den gesamten Raum ein. Marisa wünschte, sie könnte sich einfach darauffallen lassen und schlafen, doch das musste warten, bis Coyle ihr alles erklärt hatte. Noch einmal würde sie sich nicht vertrösten lassen. So betrachtete sie stattdessen den wunderschön geschnitzten Kleiderschrank und den gemütlichen Sessel, der in der Ecke des Zimmers stand.

Mit den Fingerspitzen strich sie über das Holz. „Wo bekommst du diese schönen Möbel her?"

„Ich baue sie entweder selber oder beauftrage einen meiner Freunde, der ein echtes Talent dafür hat."

„Das sehe ich." Marisa wandte sich zu Coyle um. „Du steckst voller Überraschungen."

„Und du kennst nicht mal die Hälfte." Er hob die Hand, bevor sie etwas sagen konnte. „Erst zeige ich dir das Haus, dann besorge ich uns etwas zu essen und dann reden wir, okay?"

Ihr knurrender Magen antwortete für sie, aber sie zögerte. „Wenn es geht, würde ich mich auch erst noch ein wenig frisch machen."

„Natürlich." Coyle schob eine versteckte Schiebetür auf. „Hier ist das Bad."

Auch dieser Raum war bis auf die Sanitärobjekte ganz in Holz gehalten. Farne wuchsen an jedem freien Platz und gaben dem Raum Frische. Unter der Decke war ein Behälter angebracht, von dem Rohre zu Dusche, Waschbecken und Toilette führten.

„Was ist das, ein Wasserspeicher?"

„Genau. Ich sammele das Regenwasser und verwende es im Bad."

„Sehr ökologisch."

Coyle zuckte mit den Schultern. „Das Wasser ist da, warum sollte ich es nicht nutzen?" Aus einem Schrank holte er ein frisches Handtuch. „Hier. Komm einfach runter, wenn du fertig bist."

„Danke." Marisa wartete, bis Coyle die Tür hinter sich geschlossen hatte, bevor sie sich auf das Waschbecken lehnte und in den Spiegel sah. „Oh." Sie sah aus wie die Überlebende einer Explosion. Ihre verkletteten Haare hingen wirr in ihr verdrecktes Gesicht, ihre Augen waren blutunterlaufen. Blutverkrustete Kratzer zierten ihre Wange und ihr Kinn. „Wundervoll." Kein Wunder, dass die Berglöwen sie misstrauisch angesehen hatten. Und dieser Gedanke war so absurd, dass sie ernsthaft darüber nachdenken sollte, sich einweisen zu lassen.

Mit eckigen Bewegungen zog sie die verdorbene Jacke aus und streifte sich das T-Shirt über den Kopf. Wenigstens war ihr Oberkörper etwas geschützt gewesen, wenn man von den Kratzern absah, die sich über ihren Arm zogen. Verdutzt sah sie die Wunde an. Es waren nur noch rote Streifen zu sehen, wieder war die Verletzung innerhalb kürzester Zeit geheilt. Wie war das geschehen? Im Jeep hatte sie keine Zeit gefunden, sich darum zu kümmern, und auch später im Wald … Sie stockte, als ihr einfiel, wie sie umgefallen und erst wieder aufgewacht war, als sie eine Berührung spürte. Hatte Coyle ihre Wunden versorgt, während sie geschlafen hatte? Die Erinnerung daran, wie er in ihrem Schlafzimmer über die Striemen geleckt hatte, sandte Wärme durch ihren Körper. Eigentlich sollte sie es widerlich finden, doch irgendwie … Kopfschüttelnd drehte Marisa den Wasserhahn auf. Egal, was er getan hatte, sie war dankbar, dass nichts entzündet war.

Als das Wasser auch nach längerer Zeit noch kalt blieb, suchte Marisa den Warmwasserhahn, fand jedoch keinen. Schulterzuckend gab sie sich mit dem kalten Wasser zufrieden, alles war besser, als weiterhin schmutzig herumzulaufen. Sie fand ein kleines Stück Seife und schäumte ihre Hände ein. Ein himmlischer Pflanzengeruch stieg auf. Marisa atmete tief ein und lächelte. Sie musste unbedingt daran denken, Coyle nach den Inhaltsstoffen zu fragen, bevor sie wieder nach Hause ging. Ihre Hände verharrten in der Luft, und sie starrte sich im Spiegel an. Natürlich wollte sie zurück nach Mariposa, aber sie konnte sich nicht vorstellen, Coyle nie wieder zu sehen. Verdammt, sie machte es schon wieder kompliziert. Warum konnte sie nicht alles so nehmen, wie es kam?

Mit mehr Kraft als nötig schrubbte Marisa ihre Hände, bis sie alle Spuren ihrer Flucht durch die Wildnis beseitigt hatte. Bei ihrem Gesicht war sie etwas vorsichtiger, um die Seife von den Kratzern fernzuhalten, doch nach einiger Zeit bemerkte sie, dass der Schaum nicht brannte, sondern im Gegenteil die Schmerzen linderte. Vielleicht sollte sie Coyle überreden, die Seife auf den Markt zu bringen, sie würde eindeutig ein Hit werden.

Nachdem sie sich auch noch die Haare gewaschen und die Zähne mit der verpackten Zahnbürste geputzt hatte, die sie im Schrank fand, fühlte sie sich erfrischt und war bereit, Coyle erneut gegenüberzutreten. Allerdings mochte sie ihre schmutzigen Sachen nicht wieder anziehen und wickelte sich stattdessen in ein großes Handtuch, das von ihren Brüsten bis zur Mitte ihrer Oberschenkel reichte. Vielleicht konnte sie sich von Coyle etwas zum Anziehen leihen, bis sie ihre Kleidung gewaschen hatte.

Marisa trat aus dem Badezimmer und blieb wie angewurzelt stehen, als sie Coyle auf dem Bett sitzen sah.

„Ich habe dir frische Kleidung und eine Bürste mitgebracht." Er deutete auf ein kleines Bündel neben sich.

„Kannst du jetzt auch noch Gedanken lesen?" Gierig streckte Marisa ihre Hände danach aus. „Vielen Dank, genau das habe ich mir gewünscht."

Sie drückte die Sachen an ihre Brust und kehrte ins Badezimmer zurück. Rasch schlüpfte sie in die weite Stoffhose und den eng anliegenden weichen Pulli. Der tiefe Ausschnitt zeigte den Ansatz ihrer Brüste, aber das war ihr egal, solange sie noch halbwegs dezent gekleidet war. Es dauerte eine Weile, bis sie sämtliche Knoten aus ihren Haaren gebürstet hatte, doch als sie das Bad verließ, saß Coyle immer noch genauso da wie vorher. Sein Blick glitt über sie und blieb an ihrem Ausschnitt hängen. Marisa unterdrückte den Impuls, den Stoff höher zu ziehen, und warf Coyle stattdessen die Bürste zu. Er fing sie, ohne hinzusehen.

„Passt alles?"

„Ja, danke. Wem gehören die Sachen?"

Coyle lehnte sich auf seine Ellbogen zurück. „Meiner Schwester, sie hat ungefähr deine Größe."

„Du hast eine Schwester?"

„Ja, wundert dich das?" Sein Blick hob sich zu ihren Augen.

„Nein, ich hatte nur noch nicht darüber nachgedacht. Lebt sie auch hier?"

Ein Schatten zog über Coyles Gesicht. „Hin und wieder."

„Dann richte ihr bitte meinen Dank für die Kleidung aus."

Coyle neigte den Kopf. „Das werde ich. Du lernst sie aber später auch noch kennen."

„Gut." Marisa betrachtete seine entspannte Pose. „Was tust du eigentlich noch hier oben, wolltest du uns nicht etwas zu essen besorgen?"

Coyle grinste sie an. „Das habe ich. Meine Schwester hatte zufällig noch etwas über."

„Wie praktisch."

„Ja." Er wurde ernst. „Wir sind hier immer füreinander da, egal, was passiert."

Marisa schluckte um den unerwarteten Kloß in ihrem Hals herum. „Das ist schön."

„Wir müssen uns aufeinander verlassen können, wenn wir überleben wollen. Deshalb bringen wir auch so gut wie nie Außenstehende in unser Lager."

„Warum hast du mich dann mitgenommen?" Sie setzte sich neben ihn auf das Bett.

Coyle beugte sich vor und drehte eine ihrer Haarsträhnen um seinen Finger. „Weil du mich gerettet hast. Und ich nicht zulassen konnte, dass dir etwas geschieht. Und …" Er brach ab und senkte den Blick.

„Und?"

„Ich wollte, dass du weißt, wer ich wirklich bin, schätze ich. Auch wenn es sein kann, dass du schreiend davonläufst, wenn du die Wahrheit erfährst."

Marisa hob sein Kinn an, damit er ihr in die Augen sah. „Das glaube ich nicht. Wenn ich immer noch bei dir bin, trotz all der Dinge, die vorgefallen sind, werde ich jetzt sicher nicht kneifen."

Sie strich über seine Wange. „Auch wenn du mir langsam Angst machst."

„Das will ich nicht." Coyle fing ihre Hand ein und hauchte einen Kuss darauf. „Ich möchte dich nur darauf vorbereiten, dass du etwas sehen wirst, das du noch nie erlebt hast."

Marisa gelang ein schwaches Lächeln. „Also davon gab es in letzter Zeit einiges."

Coyle erhob sich geschmeidig. „Lass uns essen."

„Essen?" Marisa starrte ihn ungläubig an. „Wie kannst du mir erst so etwas sagen und dann denken, ich würde nicht sofort wissen wollen, was los ist?"

Coyle sah sie lange an und nickte dann. „Gut. Aber ich möchte dich um eines bitten."

„Was?"

„Was immer auch passiert, verlass die Hütte nicht ohne mich, okay?"

Zögernd nickte Marisa. „Sofern du nicht versuchst, mich umzubringen oder so etwas, werde ich hierbleiben."

„Eher würde ich selbst sterben als zuzulassen, dass dir etwas geschieht." Er hielt ihr die Hand entgegen. „Setz dich am besten dort drüben auf den Stuhl."

Marisa ließ sich von ihm hochhelfen und folgte seiner Bitte. Das Herz hämmerte in ihrer Brust, und ihre Handflächen wurden feucht, während sie Coyle beobachtete. Was immer es auch war, das er ihr sagen wollte, musste so schlimm sein, dass er befürchtete, sie würde flüchten.

„Bereit?"

Marisa nickte stumm. Nein, sie konnte sich nicht vorstellen, dass Coyle irgendetwas machen könnte, was sie verjagen würde.

Coyle stellte sich vor sie und zog sein T-Shirt über den Kopf. Mit offenem Mund sah sie zu, wie er es auf das Bett warf und den Knopf seiner Hose öffnete.

Endlich fand sie ihre Sprache wieder. „Uh, ich glaube nicht, dass das noch ein Geheimnis für mich ist."

Coyle lachte. „Warte es ab."

„Im Ernst, ich habe schon Männer nackt gesehen – dich eingeschlossen – und hatte bereits Sex. Kannst du mir nicht einfach erzählen, was so Besonderes an dir ist?"

Während sie sprach, wanderte ihr Blick gierig über seinen Körper. Generell würde sie ihn gerne noch einmal nackt sehen, aber zuerst wollte sie endlich wissen, was zum Teufel hier vorging. Und Coyle lenkte sie davon ab, wenn er sich auszog.

„Wenn ich es dir nur sagen würde, würdest du es mir nicht glauben, deshalb zeige ich es dir." Seine Stimme war rauer geworden. „Vertrau mir bitte."

Okay, okay. Wenn er sich unbedingt dazu ausziehen wollte, warum sollte es sie stören. Immerhin hatte sie so die Gelegenheit, ihn ausgiebig zu bewundern. Ihre Hände klammerten sich um die Armlehnen des Stuhls, damit sie nicht in Versuchung geriet, über seine verlockende Haut zu streichen. Oder ihm dabei zu helfen, die Hose etwas schneller herunterzuziehen. Schließlich stand er nackt vor ihr, seine Erregung deutlich sichtbar. Marisa schluckte hart und ließ ihren Blick wieder zu seinen Augen wandern. Auch wenn es ihr schwerfiel.

Coyle hielt ihren Blick fest. „Hab keine Angst."

Bevor sie antworten konnte, begannen die Veränderungen. Seine Augen wurden schräger, die Iris verschluckte das Weiß. Die Wangenknochen stachen hervor, die Nase wurde breiter. Marisa wollte aufspringen, doch Coyles Blick hielt sie zurück. Sie hatte sich nicht getäuscht, es waren keine lichtbedingten Phänomene gewesen. Gleichzeitig wurden seine Hände zu Tatzen, helles Fell bedeckte seine Haut. Coyle fiel zu Boden, während sein Körper sich immer weiter veränderte. Schließlich blieb er still liegen, den Blick immer noch auf sie gerichtet.

Coyle hatte sich in einen Berglöwen verwandelt!

Marisa konnte es nicht fassen. So etwas konnte es nicht geben, es war biologisch gar nicht möglich. Doch sie hatte es mit eigenen Augen gesehen, es war real. Ihr Herz raste, Fluchtinstinkt breitete sich in ihr aus, doch ihr Körper war wie gelähmt. Es blieb ihr nichts anderes übrig als zuzusehen, wie der Berglöwe sich erhob. Seine Pfoten verursachten kein Geräusch auf dem Holzboden, als er langsam auf sie zukam.

Marisa fühlte sich von seinem Blick wie hypnotisiert, sie konnte sich keinen Millimeter bewegen. Dicht vor ihr blieb er schließlich stehen, den Kopf schräg gelegt, als wollte er ihre Stimmung überprüfen. Vermutlich hörte er ihren viel zu schnellen Atem, witterte ihre Furcht, doch Marisa konnte die automatische Reaktion nicht unterdrücken. Ihre Finger zitterten, als es ihr endlich gelang, sie von den Armlehnen zu lösen. Vorsichtig streckte sie ihre Hand nach Coyles Kopf aus und hielt den Atem an, als er noch näher kam. Es war auf eine Angst einflößende Art faszinierend zu sehen, wie geschmeidig er sich bewegte, wie die Muskeln unter dem Fell deutlich hervortraten. Als er seinen Kopf auf eindeutig katzenhafte Weise unter ihre Hand schob, lachte Marisa atemlos. Fast wie von selbst strichen ihre Finger über das weiche Fell. Es war ein herrliches Gefühl, so eine gewaltige Raubkatze berühren zu können, die intelligenten goldenen Augen und die dunklen Fellzeichnungen an der Stirn und um die helle Schnauze herum aus der Nähe zu betrachten. Die großen Ohren waren aufmerksam in ihre Richtung gedreht, und ein Schnurren erklang aus seiner Kehle, als sie ihn zu kraulen begann.

Seine Augen schlossen sich halb, er legte seinen Kopf auf ihren Oberschenkel und atmete tief aus. Marisa beugte sich zu ihm herunter und rieb ihre Wange an seiner Stirn. Das weiche Fell verursachte auf ihrer Haut ein seltsames Kribbeln. Erschreckt zuckte sie zusammen, als seine raue Zunge über ihren

Hals leckte. Als Coyle sich zurückbewegen wollte, schlang sie ihre Arme um seinen Hals und schmiegte sich an ihn. Sie wollte nicht, dass er dachte, sie hätte noch Angst vor ihm oder würde ihn zurückweisen. Die Augen geschlossen atmete sie tief seinen unverwechselbaren Geruch ein.

„Du bist wunderschön."

Als Antwort vibrierte ein weiteres Schnurren durch seinen Körper, und seine Zunge glitt tiefer in ihren Ausschnitt. Marisas Finger gruben sich in sein Fell, während sie sich dichter an Coyle drängte. Verlangen stieg in ihr auf, das sie zittern ließ. Es war doch nicht möglich, dass ein Berglöwe so etwas in ihr auslöste, oder? Aber anscheinend war es so, oder vielmehr die Tatsache, dass es Coyle war, der in diesem Körper steckte. Er hatte es immer wieder geschafft, sie so weit zu bringen, alles außer dem Wunsch, sich ihm hinzugeben, zu vergessen. Es wäre unnatürlich, wenn es in seiner jetzigen Form nicht so wäre. Coyle hob den Kopf und stützte seine Pfote neben ihrem Bein auf den Stuhl, während er sich auf seine Hinterbeine stellte. Marisa sank tiefer in das Polster zurück und beobachtete mit wild klopfendem Herzen, wie sich Coyle über sie lehnte. Ein tiefes Brummen stieg in seiner Kehle auf, sein Blick lag glitzernd auf ihr.

Wie als Antwort darauf zogen sich ihre Brustwarzen zusammen und waren durch den eng anliegenden Pulli deutlich sichtbar. Unter ihren Händen lief ein Zittern durch Coyles Körper, sein Mund öffnete sich und sie konnte die spitzen Reißzähne sehen. Obwohl sie fast befürchtete, dass er sie beißen würde, schaffte sie es nicht, ihn aufzuhalten, als er sich langsam vorbeugte. Seine Zunge glitt über den Ansatz ihrer Brust und entlockte ihr ein heiseres Stöhnen. Sie wollte ihre Beine zusammenpressen, um ihre Gefühle unter Kontrolle zu halten, doch das war nicht möglich, da Coyle sich dazwischen befand. Mit seinem Kopf rieb er über ihre Brust und schob dabei den Ausschnitt des Pullis zur Seite. Als das Fell ihre empfindliche Brustwarze berührte, fuhren Schockwellen durch ihren Körper, ihre inneren Muskeln zogen sich zusammen. Ihre Hände ballten sich in seinem Fell zu Fäusten, ihre Augen schlossen sich. Ohne Vorwarnung fuhr seine raue Zunge über ihren Nippel, und sie versank im Strudel ihres Höhepunktes.

Mit brennenden Wangen öffnete sie ihre Augen, nachdem die Wellen abgeebbt waren. Coyles Berglöwenaugen sahen zufrieden auf sie hinunter, es sah aus, als wäre sein Maul zu einem Lächeln verzogen. Marisa räusperte sich, bis sie sicher war, einen Ton herauszubringen. „Das war … ungewöhnlich. Wir sollten reden."

11

Widerwillig zog sich Coyle von Marisa zurück, sein ganzer Körper schmerzte vor Verlangen. In Berglöwengestalt fiel ihm die Kontrolle seiner Impulse noch schwerer als in Menschengestalt. Wenn ihm etwas Spaß machte oder gefiel, dann nahm er es sich einfach. *Reden*. Marisa hatte recht, es war schon lange ein Gespräch fällig. Er sprang mit einem geschmeidigen Satz auf das Bett und legte sich hin. Diesmal dauerte die Verwandlung nur wenige Sekunden, aber er blieb danach liegen und schloss die Augen, um seine Kraft zu sammeln.

„Coyle?" Marisas Fingerspitzen fuhren über seine feuchte Wange. „Geht es dir nicht gut?"

Mühsam öffnete er seinen Mund. „Es geht gleich wieder, ich muss mich nur etwas erholen."

Er spürte, wie sie sich neben ihn setzte, ihre Hüfte berührte seine Rippen. „Ist das immer so anstrengend für dich?" Ihre Haare kitzelten seine Brust, als sie sich über ihn beugte.

Trotz seiner Erschöpfung zog sein Körper sich bei der Berührung vor Verlangen zusammen. „Nur wenn ich zu oft an einem Tag die Gestalt wechsele, kurz davor Blut verloren und nicht viel gegessen habe."

Marisa setzte sich ruckartig auf. „Daran habe ich gar nicht mehr gedacht! Ich sollte dich verarzten, dir etwas zu essen holen und dich dann ins Bett stecken, anstatt …" Sie brach abrupt ab.

Seine Augen öffneten sich einen Spalt. Ihre Wangen waren immer noch gerötet, ihre Brüste hoben und senkten sich unter ihren schnellen Atemzügen. Was für ein verführerischer Anblick, besonders da er sich noch genau daran erinnerte, wie sich ihre Brustwarze unter seiner Zunge angefühlt hatte. Wie sie sich an ihn geklammert hatte, als sie kam, obwohl er ein Berglöwe war. „Anstatt was?"

Mit der Hand machte sie eine flatternde Bewegung. „Du weißt, was ich meine."

Coyles Blick blieb auf ihren Oberkörper gerichtet. „Mich abzulenken?" Rasch fing er ihre Hand ein, bevor sie ihm einen Klaps versetzen konnte. „He, was soll das?"

„Ich war jedenfalls nicht diejenige, die ihre Zunge dort hatte, wo sie nicht hingehört!" Marisas Wangen wurden noch roter.

Coyle schlang seinen Arm um ihre Hüfte, bevor sie aufstehen konnte. „Ich fand sie dort genau richtig." Er zog sie zu sich heran und senkte die Stimme. „Ich kann mir auch vorstellen, sie noch an ganz anderen Stellen einzusetzen."

Marisa sah ihn mit einer Spur Verzweiflung an. „Wollten wir nicht eigentlich reden?"

„Das tun wir doch schon die ganze Zeit." Coyle zog sie herunter, bis sie neben ihm lag. Er unterdrückte ein zufriedenes Schnurren, als sie ihren Kopf auf seine unverletzte Schulter bettete und ihren Arm über seinen Bauch schob.

Wenn sie seine unübersehbare Erektion bemerkte, ließ sie es sich nicht anmerken. „Ich dachte eher daran, wie du das machst."

Coyle ließ seinen Finger über ihre Schulter wandern und strich über ihr Schlüsselbein. „Es ist ganz einfach ..." Ihre Brustwarzen waren unter dem Stoff wieder deutlich sichtbar. „... du bist so leicht zu verführen, ich brauche dich nur zu berühren."

„D...das stimmt gar nicht." Ihre Fingernägel kratzten über seine Bauchmuskeln, als sich ihre Hand zur Faust ballte. „Außerdem spreche ich von deiner Verwandlung."

„Hm." Langsam, fast unmerklich schob Coyle den Ausschnitt

über ihre Schulter und am Arm herunter. Von seiner Position aus hatte er einen wunderbaren Blick auf den blassen Hügel ihrer Brust. Sein Penis zuckte, die Hoden spannten sich schmerzhaft an.

„Coyle?"

„Was?"

„Hörst du mir überhaupt zu?" Sie drehte seinen Kopf so, dass er ihr in die Augen sehen musste. Besorgnis schwang in ihrer Stimme mit. „Wenn es dir nicht gut geht, dann stehe ich auf und lasse dich schlafen."

Coyle hielt sie an sich gedrückt, als sie Anstalten machte, das Bett zu verlassen. „Es geht mir gut, ich kann mich nur gerade nicht auf ein ernsthaftes Gespräch konzentrieren. Könnten wir das auf nachher verschieben, vielleicht beim Essen?"

Marisa blickte ihn forschend an, dann nickte sie und ließ ihren Kopf wieder auf seine Schulter sinken. „In Ordnung." Ihre Hand glitt seine Rippen hinauf und kam über seinem Herzen zum Liegen. „Brauchst du eine Decke?"

„Warum?" War das seine Stimme, die so fremd klang?

„Ich dachte, es wird dir vielleicht kalt, weil du nichts anhast."

„Nein, mir ist warm genug." Welch eine Untertreibung, eigentlich verbrannte er geradezu.

Marisa rieb mit ihrer Wange über seine Schulter und drückte einen Kuss darauf. „Gut, ich mag das Gefühl deiner Haut an meiner."

Wollte sie ihn absichtlich wahnsinnig machen oder wusste sie nicht, was sie ihm antat? Sie konnte seine Erektion überhaupt nicht übersehen haben, also wollte sie wohl ein wenig spielen. Das war ihm recht, solange er am Ende den Preis bekam. Er würde ihr das weitere Vorgehen überlassen und sehen, wohin sie ihn führte und ob sie so sinnlich war, wie er glaubte. Trotzdem konnte er es nicht lassen, ihren Pulli noch ein Stück weiter herunterzuschieben, bis der dunkle Rand ihrer Brustwarze zu sehen war.

Mit einem Seufzer schmiegte Marisa sich enger an ihn, was ihre Brust fast aus dem Ausschnitt quellen ließ. Wunderschön. Er konnte die Wärme ihrer Haut an seinen Rippen spüren. Ihr Atem strich über seine Brusthaare, seine Nippel zogen sich zusammen. Gequält schloss er die Augen. Wenn er weiterhin zusehen musste, welche Auswirkungen sie auf seinen Körper hatte, würde er die Beherrschung verlieren.

Das Problem war allerdings, dass er so noch viel mehr fühlte. Ihren schnellen Herzschlag und die raschen Atemzüge, ihre Finger, die über seine Haut strichen und sich langsam seiner Brustwarze näherten. Ihr Bein, das sich über seine Oberschenkel schob und gefährlich nah an seiner Erektion stoppte. Warum hatte er ihr bloß die Kleidung mitgebracht? Sonst wäre sie jetzt nur mit einem Handtuch bekleidet, aus dem er sie mit einem Ruck hätte auswickeln können. Stattdessen rieb der Stoff der Hose frustrierend über seine nackte Haut. Die Zähne fest zusammengebissen bemühte Coyle sich, weiterhin nur ihre Schulter sanft zu streicheln.

Er zuckte zusammen, als ihre Fingerspitze über seinen Nippel strich. Flüchtig, fast wie ein Hauch. Das Herz hämmerte gegen seine Rippen, ein Umstand, der ihr sicher nicht entging. Mit einer winzigen Bewegung befreite er ihre Brust endgültig aus dem Pulli, sodass sich ihre Brustwarze hart und heiß in seine Haut bohrte. Ah ja, schon besser. Vorsichtig öffnete er die Augen und unterdrückte gerade noch ein Stöhnen, als er ihre weiche Fülle auf seiner dunkleren Haut sah. Er wollte sie berühren, in den Mund nehmen und daran saugen, bis Marisa zum Höhepunkt kam, aber er tat nichts dergleichen. Zufrieden nahm er den Schauder wahr, der durch ihren Körper lief, spürte, wie sich ihre Finger fester um seinen Nippel schlossen, ihre Mitte sich enger an seine Hüfte presste. Marisas Lippen strichen über sein Schlüsselbein, mit der Zunge leckte sie eine Spur über seine Brust und umrundete seine Brustwarze. Mit Mühe hielt er seine Hüfte auf der Matratze und verkrallte sich mit der freien Hand im Bettlaken. Das war es, mehr konnte er nicht ertragen.

Bevor er jedoch irgendetwas tun konnte, erstarrte Marisa über ihm und begann, sich von ihm wegzubewegen. Coyle verstärkte seinen Griff an ihrer Schulter. „Was hast du?“ Seine Stimme glich einem Knurren.

Marisa drehte den Kopf zur Seite und legte ihren Arm über ihre Brüste. „Es tut mir leid, ich wollte mich dir nicht aufdrängen. Du bist erschöpft und verletzt, das verstehe ich.“

„Ich habe keine Ahnung, wovon du redest.“ Wenn er ein wenig unfreundlich klang, konnte er es auch nicht ändern. Seine Weichteile schmerzten vor unterdrücktem Verlangen, und der Berglöwe in ihm wollte Marisa endlich unter sich haben und sich in ihr vergraben.

„Genau das ist das Problem.“ Sie atmete zitternd ein. „Ich scheine nicht neben dir liegen zu können, ohne dich berühren zu wollen. Und von dir berührt zu werden.“ Ihre Stimme wurde leiser. „Es ist offensichtlich, dass du das im Moment nicht möchtest, so steif wie du daliegst, also werde ich am besten aufstehen und dich in Ruhe lassen.“

Coyle stieß einen Laut aus, der halb Lachen, halb Schnauben war. Ohne ein Wort nahm er ihre Hand und legte sie auf seine Erektion. Er spürte ihre Überraschung an ihrem scharfen Einatmen und der Art, wie sich ihre Finger reflexartig um seinen Schaft schlossen. „Fühlt sich das für dich an, als würde ich nicht von dir berührt werden wollen? Schlaf und Erholung sind momentan das absolut Letzte, was ich will.“ Er schob seine Hand unter ihren Arm und umfasste ihre nackte Brust. „Ich wollte dir die Initiative überlassen, damit du dich nicht von mir genötigt fühlst, weil ich meine Finger anscheinend auch nicht von dir lassen kann."

Marisa stützte sich auf ihren Ellbogen und sah ihn an. „Dann werden wir wohl etwas dagegen unternehmen müssen." Ihre dunklen Augen funkelten erregt, ihre vollen Lippen waren zu einem Lächeln verzogen.

„Unbedingt." Er stieß die Luft aus seinen Lungen, als Marisa sich über ihn schob, bis sein Penis direkt an ihrem Eingang lag. Er konnte ihre feuchte Hitze spüren, während er sich damit ablenkte, in ihren Ausschnitt zu schauen. Wie von selbst legten sich seine Hände auf ihren Po und pressten sie enger an sich.

„Ist dir das offensiv genug?"

„Noch lange nicht." Er grinste sie an. „Da musst du dich schon ein wenig mehr anstrengen."

„Okay." Sie richtete sich auf und zog mit einem Ruck den Pullover über ihren Kopf. Mit den Händen schüttelte sie ihre Haarmähne aus, sodass sich einzelne schwarze Strähnen über ihre Brüste legten.

Coyles Mund wurde trocken, als er die vorwitzig herausschauenden Brustwarzen sah. Um der Versuchung zu widerstehen, strich er stattdessen über ihre Oberschenkel, die auf beiden Seiten seine Hüfte einrahmten.

Marisa legte ihre Hände auf seine Brust und beugte sich vor. Zuerst berührte ihr Mund seinen nur zögernd, doch schon nach wenigen Sekunden gab es kein Halten mehr. Mit Lippen, Zungen und Zähnen fielen sie übereinander her, und der Kuss dehnte sich aus, bis sie beide keine Luft mehr bekamen. Schwer atmend trennten sie sich und sahen sich einen Moment stumm an. Marisas Zunge strich über ihre geschwollenen Lippen. „Hm, ich glaube, ich könnte dich mit Haut und Haaren aufessen."

Coyle hob eine Augenbraue. „Was hindert dich daran?"

Ihre Augen verdunkelten sich, die Haut spannte sich über

ihren Wangenknochen. „Du hast es so gewollt.“ Damit beugte sie sich wieder über ihn und biss in sein Ohrläppchen.

Ein Grollen entrang sich Coyles Brust, und er spürte, wie er sich zu verändern begann. Während er noch dagegen ankämpfte, leckte Marisa eine Spur seinen Hals hinunter. Ihre Hände glitten über seinen Brustkorb und fanden die harten Nippel. Mit neckenden Bissen rutschte sie tiefer, ihre Brüste streiften dabei seinen Bauch. Schließlich wand sich ihre Zunge um seine Brustwarze, kratzten ihre Zähne darüber. Coyle konnte es nicht mehr ertragen, passiv zu sein. Es ging völlig gegen seine Natur. Marisa war ihm von Anfang an unter die Haut gegangen, sowohl durch ihre starke mitfühlende Art, als auch durch ihre sanften Berührungen und das in ihr lodernde Feuer, das immer ausbrach, sobald er ihr nahe kam. Er wollte sie, alles an ihr, und zwar sofort.

Gerade noch war sie dabei, sich über Coyles salzige Haut einen Weg nach unten zu lecken, als sich plötzlich starke Hände um ihre Arme schlossen und sie einfach nach oben zogen.

„He!“ Der Protest erstarb auf ihrer Zunge, als sich ein heißer Mund gierig um ihre Brustwarze schloss, während sich wie von Geisterhand der Verschluss ihrer geliehenen Hose öffnete. Marisa legte den Kopf in den Nacken und hielt sich an dem hölzernen Kopfteil des Bettes fest, als Coyles warme Hände in die Hose glitten und sich um ihren nackten Po legten. Sie stöhnte tief in ihrer Kehle. Wenn er so weitermachte, würde sie bereits nach wenigen Sekunden wieder vor einem Orgasmus stehen. Nicht, dass ihr das nicht gefiel, aber diesmal wollte sie, dass Coyle auch etwas davon hatte. Doch seine Hände schoben bereits die Hose samt ihrem Slip herunter, so weit es in ihrer knienden Position möglich war. Seine rauen Handflächen fuhren dabei an den Außenseiten ihrer Oberschenkel entlang und ließen sie erneut schaudern. Wie war es möglich, dass sie bei ihm so empfänglich für die kleinste Berührung war? Sie kannte ihn erst zwei Tage! Aber ihrem Körper war das völlig egal, er nahm sich, was er haben wollte, ohne Rücksicht auf Verluste, wie zum Beispiel ihren Stolz oder ihr Urteilsvermögen.

Während seine Zunge zur anderen Brustwarze wechselte, strichen seine Finger an ihren Oberschenkeln hinauf – diesmal auf der Innenseite. Je näher er ihrer empfindlichen Mitte kam, desto fester umklammerte sie die Holzstäbe. Hemmungslos senkte sie ihren Oberkörper, damit Coyle einen noch besseren Zugang zu ihren Brüsten hatte. Das nutzte er sofort aus und sog daran, bis sie vor Sehnsucht zitterte. Etwas Weiches strich über ihr Bein, und sie schloss ihre Augen, als sie erkannte, dass es Fell war. Marisa stöhnte erregt auf. Anscheinend konnte Coyle auch nur Teile von sich verwandeln, denn der Rest von ihm war eindeutig Mensch. Gut, bis auf die Zunge, die wieder so rau war wie vorhin, als …

Jeder Gedanke entfloh ihr, als er über ihre Mitte strich. Sie versuchte, die Beine zusammenzupressen, aber das war nicht möglich, weil Coyles Hüfte dazwischen war. Spitze Zähne schabten vorsichtig über ihre Brustwarze, während gleichzeitig Finger ihre Falten teilten und weiches Fell federleicht über ihre Klitoris strich. Alles in ihr krampfte sich zusammen, und der Orgasmus entrang ihr einen heiseren Schrei.

Ihr fehlte die Kraft, sich noch aufrecht zu halten, und sie sank auf Coyle nieder. Starke Arme schlangen sich um ihre Taille und pressten sie an seine heiße Haut. Sein harter Schaft drückte in ihren Bauch und machte ihr bewusst, dass sie ihn wieder zurückgelassen hatte. „Verdammt."

Ein Lachen rumpelte durch seine Brust. „Ich hätte eher an so etwas wie ‚wundervoll' gedacht."

Marisa hob den Kopf und zog strafend an seinen Brusthaaren. „Du schummelst, und das weißt du ganz genau!"

Goldene Augen lächelten sie schelmisch an. „Inwiefern schummele ich? Eigentlich dachte ich, du wärest zu einem befriedigenden Ergebnis gekommen."

Mühsam bezwang sie den Drang, frustriert aufzustöhnen. Anscheinend konnte sie mit Coyle nicht vernünftig reden, wenn er in dieser Stimmung war. Wie es aussah, war seine Katze zum Spielen herausgekommen und ließ sich nicht so einfach wieder vertreiben. Nicht, dass sie das vorhatte, dafür genoss sie seine Aufmerksamkeiten viel zu sehr. Sie wünschte nur, er würde nicht so … gelassen bleiben und über den Dingen stehen, während sie sich vor Verlangen wand. Es ließ in ihr ein Gefühl von Einseitigkeit aufkommen.

Coyles Finger massierten sanft ihren Nacken. „Was hast du?" Seine Stimme war ernst geworden. Aufmerksam sah er sie an.

Plötzlich kam sie sich kindisch vor, weil sie sich beschwerte, einen aufmerksamen Liebhaber zu haben, der sie bereits dreimal zum Orgasmus gebracht hatte, ohne sich selbst etwas zu nehmen. Sie senkte verlegen den Kopf.

„Hey, ich habe dich nur ein wenig aufgezogen, das nimmst du mir doch nicht übel, oder?" Liebevoll hob er ihr Kinn an und sah ihr in die Augen.

Ihr Herz pochte schmerzhaft, als sie die Wärme in seinen schräg gestellten Goldaugen wahrnahm. „Nein, natürlich nicht. Es ist nur …" Sie brach ab, unfähig, ihre irrationalen Gefühle zu erklären.

„Ja?"

Marisa biss auf ihre Lippe. „Es ist für mich ungewöhnlich, jemanden so nahe an mich heranzulassen. Ich bin es nicht gewöhnt, so von meinem Körper und meinen Gefühlen beherrscht zu werden und noch dazu einen Mann zu finden, der mich anscheinend gerne berührt und alles dafür tut, dass ich …" Sie brach ab und errötete.

Anstelle einer Antwort zog er ihren Kopf zu sich herunter und küsste sie sanft, was in seltsamem Widerspruch zu der gewaltigen Erektion stand, die in ihren Bauch drückte. Nach einer Weile beendete er den Kuss und sah sie mit verdunkelten Augen an. „Das Vergnügen ist ganz auf meiner Seite. Und ich kann wirklich nicht verstehen, was mit den Männern in deiner Umgebung los ist, wenn sie dich nicht berühren wollen." Seine Hand strich über ihre Schulter, den Arm hinunter und umfasste ihre Brust. „Deine Haut ist so weich und empfindlich." Sein Blick glitt zu ihrer Brustwarze, die sich bereits wieder aufgerichtet hatte. „Du bist so empfänglich für jede Berührung, dass ich mich kaum beherrschen kann." Mit dem Daumen strich er federleicht über die Brustwarze und entlockte Marisa damit ein Keuchen, als sich ihr Inneres zusammenzog. Coyle lächelte leicht, während gleichzeitig Verlangen seine Züge schärfte. „Ich kann mir nichts Schöneres vorstellen, als mich ganz tief in dir zu vergraben und mit dir zusammen den Höhepunkt zu erleben."

Marisa begann, unkontrolliert zu zittern. „W…warum tust du es dann nicht?"

Coyles Mundwinkel verzog sich. „Weil ich nicht weiß, ob ich dann jemals wieder damit aufhören kann."

„Und wäre das so schlimm?" Atemlos wartete sie auf seine Antwort.

Völlig ernst sah er sie an. „Wenn du wieder in deine Welt zurückkehren möchtest, ja."

Ihr Herz schmerzte, während Tränen ihren Blick verschleierten. Sie hätte daran denken sollen, dass dies nur eine kurze Auszeit in ihrem Leben sein würde und sie Coyle wieder verlassen musste, bevor sie sich an seine Berührungen und seine Anwesenheit gewöhnte. Aber dafür war es zu spät. Jetzt blieb ihr nichts anderes übrig, als ihre Zeit hier zu genießen, so lange sie es noch konnte. Und Coyle vielleicht ein wenig von dem zurückzugeben, was er ihr geschenkt hatte. „Du weißt, dass ich das irgendwann muss."

Etwas in seinem Gesicht veränderte sich, wurde katzenartiger. „Ja."

Marisa holte tief Luft. „Möchtest du, dass wir uns wieder anziehen und versuchen zu vergessen, was passiert ist?"

Coyle zögerte einen Moment. „Nein." Seine Finger spannten sich um ihre Brustwarze. „Selbst wenn ich es wollte, könnte ich nicht mehr vergessen, wie du dich anfühlst, wie du riechst, welche Geräusche du von dir gibst, wenn du erregt bist. Du bist mir unter die Haut gekrochen, und ich weiß nicht, ob ich dich dort wieder herausbekomme."

„Coyle." Ihre Stimme versagte. Sie beugte sich über ihn und küsste ihn mit all den Gefühlen, die in ihr tobten. Seine Arme schlangen sich um sie und zogen sie so fest an ihn, dass sie kaum noch Luft bekam. Aber das war ihr egal, Hauptsache, sie konnte ihn spüren.

Coyle rollte sich mit ihr herum, sodass er auf ihr lag und sein Gewicht sie in die Matratze drückte. Mit einer raschen Bewegung zog er ihr die Hose ganz aus. Sein Schaft glitt wie von selbst zwischen ihre Beine und stieß gegen ihren Eingang. Marisa schlang ihre Beine um seine Hüfte und öffnete sich für ihn. Dicht an ihrem Ohr stieß er ein Knurren aus, das ihre Erregung noch steigerte. Wenn das überhaupt möglich war. Jede Faser in ihrem Körper sehnte sich nach ihm, die Erregung ließ sich kaum noch aushalten. Ihre Fingernägel bohrten sich in seinen Rücken, als seine raue Zunge über ihre Ohrmuschel fuhr.

„Komm zu mir." War das wirklich sie, die so verlangend nach mehr flehte? Wo war ihr kühler Kopf geblieben, ihre Vernunft? Anscheinend verschwunden, zusammen mit jeder Zurückhaltung.

„Sieh mich an."

Gehorsam öffnete sie ihre Augen und begegnete Coyles goldenem Blick. Der Berglöwe war wieder sehr dicht unter der Oberfläche, bereit, jederzeit hervorzubrechen. Was sie früher vielleicht schockiert oder verängstigt hätte, erregte sie jetzt. Dieser einzigartige Mann konnte sein Verlangen nach ihr kaum zügeln, warum sollte sie da bedauern, was sie gerade tat?

Anscheinend fand er in ihrem Gesicht die Antwort, die er gesucht hatte, denn er hob seine Hüfte, positionierte die Spitze seines Penis vor ihrem Eingang und begann damit, sie sanft schaukelnd zu füllen. Marisas Augen weiteten sich, als sie das heiße Gleiten in sich spürte. Es gab keine Hindernisse, keine unangenehme Enge oder Schmerzen, Coyles Schaft glitt einfach in sie, als wäre er für sie geschaffen. Seine Augen waren purer Berglöwe, als er ganz in ihr war. Er senkte den Kopf, und sie sah, dass sich auch seine Zähne verändert hatten. Marisa legte ihre Hände um sein Gesicht und hauchte Küsse auf seine Wangen, die geschlossenen Augenlider, das kantige Kinn, bevor sie ihn sanft küsste. Es fühlte sich seltsam an, aber auch erregend neu. Mit der Zunge erkundete sie seine spitzen Reißzähne und spürte, wie er zu zittern begann. Langsam hob er seine Hüfte an und zog sich wieder aus ihr zurück. Marisa stieß einen protestierenden Laut aus und schlang ihre Beine enger um ihn. Doch sie hätte nicht fürchten müssen, dass er sie verließ, denn er schob sich gleich wieder in sie, diesmal mit mehr Kraft. Für einen Moment blieb Marisa die Luft weg, dann schnappte sie keuchend nach Atem.

„Habe ich dir wehgetan?“ Coyles raue Stimme vibrierte in ihr.

„Nein, im Gegenteil. Das war unbeschreiblich.“ Ihre Augen schlossen sich. „Bitte noch mal.“

Coyle schien ihre Wünsche erfüllen zu wollen. Ohne ihr Zeit zu lassen, sich vom ersten Schock zu erholen, wiederholte er die Bewegung. Nur dass er diesmal die Hüfte ein wenig dabei drehte und ihr einen Schrei entlockte. Hilflos fuhr sie mit den Fingernägeln über seinen Rücken und hob ihm ihre Hüfte entgegen, um ihm noch näher zu kommen. Ein süßer Schmerz breitete sich in ihr aus, den sie nicht alleine lindern konnte. Ein tiefes Knurren drang dicht an ihrem Ohr aus seiner Kehle. Mit den Zähnen knabberte er an ihrem Hals und leckte anschließend mit seiner rauen Zunge über die schmerzenden Stellen. Ihre Haut begann zu prickeln, und Wärme breitete sich rasend schnell in ihrem Körper aus. Seine Brusthaare strichen über ihre empfindlichen Brustwarzen und brachten sie fast an den Rand ihrer Beherrschung. Gierig bot sie Coyle ihre Kehle an und stöhnte tief auf, als er mit den Zähnen die Haut über ihrem Puls kratzte.

Abrupt hob er den Kopf und richtete seinen Oberkörper über ihr auf. Marisa wollte ihn wieder auf sich ziehen, doch er rührte sich keinen Zentimeter. Sein Gesicht war schmerzverzerrt, seine Augen geschlossen.

„Coyle?"

Ein Schauder lief durch seinen Körper. „Warte einen Moment."

„Warum?"

Seine Augen öffneten sich und enthüllten eine Wildheit, die sie erschreckte und zugleich erregte. „Weil ich versuche, mich zu … beherrschen."

„Aber das sollst du doch gar nicht."

Ein fast unmenschlicher Laut kam über seine Lippen. „Doch, das muss ich, wenn ich mit dir schlafen will, ohne mich zu verwandeln."

„Tust du das sonst immer?"

Coyle neigte den Kopf. „Ich weiß nicht, ob ich jetzt darüber reden möchte."

„Du warst es, der eine Pause einlegen wollte, nicht ich." Zur Bekräftigung bewegte sie ihre Hüfte und nahm ihn noch tiefer in sich auf. Gleichzeitig stöhnten sie auf. Coyles Nasenflügel blähten sich, seine Armmuskeln verkrampften sich. Marisa ließ ihre Hände über seine Brust gleiten. „Liebe mich. Jetzt.“

Sein Kopf fiel nach vorne und sein Mund stürzte sich auf ihre Brustwarze. Gleichzeitig zog er sich aus ihr zurück und rammte sich wieder in sie. Fieberhaft strichen ihre Hände über ihn, überall wo sie ihn erreichen konnte. Seine feuchte heiße Haut rieb sich an ihrer und fachte ihre Erregung weiter an. Als sie dachte, dass sie es unmöglich noch eine Sekunde länger aushalten konnte, hob Coyle ihre Beine über seine Schultern und drang noch tiefer in sie ein. Seine Finger strichen über ihre Klitoris und entlockten ihr einen weiteren Schrei. Ihre Muskeln zitterten vor Anstrengung, während er sie immer höher hinauf trug. Ihr Untergang war besiegelt, als er mit der anderen Hand ihre Brustwarze reizte und ihr gleichzeitig in den Hals biss, während er sich mit einem mächtigen Stoß in ihr vergrub. Marisa erstarrte und zersprang in tausend Stücke.

Coyle hämmerte in sie hinein, während er sie von einem Gipfel zum nächsten jagte. Mit einem lauten Fauchen gab er sich schließlich seinem Orgasmus hin und sank erschöpft auf sie. Marisa vergrub eine Hand in Coyles Haaren, mit der anderen strich sie über seinen Rücken. Sie hätte vieles erwartet, aber sicher nicht, dass sie die unglaublichste sexuelle Erfahrung in einem Baumhaus haben würde, mit einem Mann, der zur Hälfte ein Berglöwe war. Aber sie bereute keine einzige Sekunde davon, ganz im Gegenteil.

12

Der Junge war verdammt widerstandsfähig. Henry Stammheimer hätte ihn dafür bewundern können, wenn es nicht seine Forschungen behindern würde. Immerhin hatte er bereits Blut- und Zelluntersuchungen machen können, was auch schon interessante Ergebnisse gebracht hatte. Ohne einen schlagkräftigen visuellen Beweis der Existenz solcher Lebewesen würden diese jedoch nicht anerkannt werden. Anormale Genreihen konnten auch durch seltene Krankheiten hervorgerufen werden und mussten nicht zwangsläufig der Nachweis einer neuen Spezies sein.

Mit grimmig verzogenem Mund befestigte Stammheimer die Elektroden an der Brust des Jungen. Es machte ihm keinen Spaß, jemandem Schmerzen zuzufügen, aber die Zeit lief ihm davon, und alle seine bisherigen Versuche hatten zu keiner erkennbaren Reaktion geführt. Er konnte deutlich den hasserfüllten Blick des Jugendlichen auf sich fühlen, aber das war nicht zu ändern.

„Je eher du mir das gibst, was ich haben will, desto schneller ist die Sache vorbei."

„Ich weiß nicht, wovon Sie reden."

Das war alles, was dieser sture Kerl jemals zu ihm sagte. Henry bezwang den Wunsch, irgendetwas an die Wand zu werfen, und stellte sich stattdessen hinter das kleine Pult, das den Stromfluss regelte. „Ganz wie du willst."

Er sah über seine Lesebrille hinweg auf den an das Bett gebundenen etwa sechzehnjährigen Jungen. Sein Körper war bereits kräftig und auf der Schwelle zum Mann. Henry unterdrückte jeden Anflug von Mitleid und schaltete den Stromgenerator an. Ein leises Summen erfüllte den Raum. Bevor er weiter darüber nachdenken konnte, drehte er die beiden Knöpfe auf.

Der Körper des Versuchsobjekts begann zu zucken, die grüngoldenen Augen sahen ihn anklagend an. Trotzdem kam kein Laut über seine Lippen, und es gab keine sichtbaren Veränderungen. Verdammt. Wenn er wenigstens herausfinden würde, was die Wandlung auslöste, dann hätte er den Reiz so lange erhöhen können, bis der Junge ihm nichts mehr entgegenzusetzen hatte. Bisher reagierte er aber weder auf Hunger und Durst noch auf diverse Schmerzstimuli.

Langsam erhöhte Henry die Stromspannung, bis der Körper des Jungen unkontrolliert zitterte und sich von der Matratze hob. Blut lief aus einem seiner Mundwinkel, und die Augen drehten sich nach hinten, bis fast nur noch das Weiße zu sehen war. Sofort schaltete Henry den Generator aus und lief rasch zur Liege. Als er die Elektroden abzog, wurden auf der Haut zwei rote Kreise sichtbar, an denen der Strom in den Körper eingedrungen war. Mit einem Stethoskop kontrollierte er den Herzschlag und atmete erleichtert auf, als er erkannte, dass sein Versuchsobjekt noch lebte.

Stirnrunzelnd betrachtete er das Blut, das inzwischen auf die Matratze tropfte. Wahrscheinlich hatte der Junge sich nur auf die Zunge gebissen, aber er musste es trotzdem kontrollieren, um sicherzustellen, dass er nicht erstickte. Mit seinen behandschuhten Fingerspitzen zog er am Kinn, doch der Mund blieb fest geschlossen. Ungeduldig versuchte Henry es noch einmal mit mehr Kraft, hatte aber wieder keinen Erfolg. Schließlich hielt er die Nase des Jugendlichen zu, während er mit der anderen Hand weiterhin versuchte, den Mund aufzubekommen. Irgendwann würde er schließlich atmen müssen.

Was dann passierte, geschah so schnell, dass Henry nicht mehr reagieren konnte. Ohne Vorwarnung schnappte der Junge zu, spitze Zähne bohrten sich in seinen Arm. Ein dumpfes Grollen stieg aus seiner Kehle, die Augen blickten ihn direkt an. Mit Verspätung riss Henry sich los und taumelte zurück. Schmerz schoss durch seinen Arm, auf seinem Ärmel bildeten sich erste Blutspuren.

Als er wieder aufblickte, lag der Junge still da, Augen und Mund geschlossen. Nichts deutete mehr auf die Veränderungen hin, die gerade noch so offensichtlich gewesen waren. Henry legte seine Hand über seinen Arm und eilte zu der Kamera, die jede Bewegung des Versuchsobjekts aufzeichnete. Aufgeregt spulte er zurück und beugte sich angespannt vor, als er das Band abspielte. Ohne Ton konnte er beobachten, wie er selbst die Elektroden anlegte und sich dann aus dem Bereich der Kamera entfernte. Der Jugendliche lag regungslos auf der Liege, bis er plötzlich zu zucken begann. Henry hielt den Atem an, als er zu dem Moment kam, der einen Durchbruch in seiner Arbeit bedeuten konnte. Fluchend erkannte er jedoch, dass auf dem Film nur sein eigener bekittelter Rücken zu sehen war. Der Körper des Jungen war nur bis zur Mitte der Brust sichtbar.

Wut durchströmte ihn. Er war so nah dran gewesen, wenigstens einen winzigen Schritt vorwärtszukommen. Stattdessen hatte er es versaut. Entschlossen schaltete er die Kamera wieder an. Noch einmal würde er den gleichen Fehler nicht machen – und jetzt wusste er immerhin, wie er das Versuchsobjekt dazu bringen konnte, sein wahres Gesicht zu zeigen.

Der Blick des Jungen fiel auf Henrys blutigen Ärmel, und es war ihm deutlich anzumerken, wie zufrieden er mit sich war.

„Du denkst, du hast gewonnen, aber das war nur der Anfang.“ Henry kramte in einer Schublade nach der Schachtel mit dem Verbandszeug. „Sowie ich hier fertig bin, werden wir die Sache noch einmal wiederholen. Und diesmal werde ich keine Rücksicht auf dich nehmen.“ Mit ruckartigen Bewegungen schob er seinen Ärmel hoch und atmete zischend ein, als er die tiefen Wunden sah. Vermutlich sollte er sie erst desinfizieren, aber das musste warten, bis er hier fertig war. Ein Verband würde fürs Erste reichen. Gerade als er mit einer Klemme das Ende der Mullbinde feststeckte, ertönte die Türklingel. Henry sah abrupt auf. Er erwartete niemanden, und nur eine Handvoll Leute wusste, wo er lebte. Unschlüssig, ob er das Klingeln ignorieren sollte, ging er zur Gegensprechanlage, die er sich im Kellerraum hatte installieren lassen. Auf dem kleinen Display zeigte die Kamera eine bekannte Gestalt, die sich gerade wieder zum Klingelknopf beugte. „Oh verdammt.“

Isabel blickte zu der kleinen Kamera hoch, die direkt auf sie gerichtet war. Ihr Vater musste da sein, schließlich stand sein Wagen vor der Tür. Sie verzog den Mund. Wahrscheinlich war er wieder in seine Arbeit vertieft und hörte die Klingel nicht. Natürlich hätte sie sich anmelden müssen, aber sie hatte verhindern wollen, dass er sie abwies. Es waren Schulferien, und sie hielt es einfach nicht mehr aus in Los Angeles. Zu laut, zu versmogt, zu viele Menschen. Also war sie bei der ersten Gelegenheit in die Einöde zu ihrem Vater geflohen. Ihre Schultern sanken herab, und sie lehnte sich mit dem Rücken gegen die Hauswand. Er musste einfach da sein, sonst wusste sie nicht, was sie machen sollte.

Als sie hörte, wie mehrere Riegel zurückgeschoben wurden, atmete sie erleichtert auf. Gott sei Dank, er war da. Isabel richtete sich auf und nahm den Rucksack wieder in die Hand, den sie auf dem Holzboden abgestellt hatte. Die Tür schwang auf, und ihr Vater trat hinaus. Er sah aus wie immer, wenn man von seinem geröteten, schweißbedeckten Gesicht absah. Und wie immer löste sein Anblick die unterschiedlichsten Gefühle in ihr aus, Liebe und Schmerz, aber auch Ablehnung und Wut. Wenn er nicht so von seiner Arbeit besessen gewesen wäre, hätte ihre Mutter sich vielleicht nicht von ihm scheiden lassen. Sie hielt still, als Henry sie umarmte und einen Kuss auf ihre Wange drückte.

„Hallo, mein Schatz. Was tust du denn hier?"

Isabel bezwang den Impuls, über ihre nun feuchte Wange zu streichen, und ballte stattdessen die Hände zu Fäusten, während sie einen Schritt zurücktrat. „Hallo, Dad. Ich habe Ferien und dachte, ich besuche dich mal."

Henry sah sich suchend um. „Wo ist deine Mutter?"

„In L. A., sie muss arbeiten."

Die buschigen Brauen senkten sich über seine Augen, eine Falte erschien auf seiner Stirn. „Wie bist du dann hierhergekommen?"

„Kann ich nicht erst mal reinkommen? Ich bin ziemlich durstig."

„Lenk nicht ab, junge Dame! Also?"

Isabel unterdrückte gerade noch einen tiefen Seufzer. „Mit dem Bus."

Henry strich mit einer Bewegung, die sie nur zu gut kannte, über seine graubraunen Haare. „Hier hält im Umkreis von fünfzehn Meilen kein Bus."

„Von der Stadt aus bin ich per Anhalter gefahren und dann von der Straße zu Fuß hierher."

„Herrgott, Kind, du weißt doch, wie gefährlich so etwas ist! Ich hätte erwartet, dass du vernünftiger bist." Ihr Vater fuchtelte mit den Armen in der Luft. „Dir hätte sonst was passieren können, und wir hätten es vielleicht nie erfahren!"

„Mir ist aber nichts passiert." Die trotzige Bemerkung schlüpfte ihr automatisch heraus, denn natürlich war ihr klar, dass ihre Aktion nicht ganz ungefährlich gewesen war. Aber sie hatte einfach nur noch daran denken können wegzukommen, alles andere war zweitrangig gewesen. Bevor ihr Vater sich weiter aufregen konnte, legte sie beschwichtigend ihre Hand auf seinen Arm. „Der Postbote hat mich mitgenommen, ich wäre nie bei einem Fremden mitgefahren."

Etwas besänftigt zog Henry seinen Arm zurück. „Dann ist es ja gut. Aber es erklärt immer noch nicht, warum du mich nicht vorher angerufen hast. Dann hätte ich dir sagen können, dass es gerade kein guter Zeitpunkt ist und ..."

Isabel unterbrach ihn. „Genau deshalb habe ich nicht angerufen." Flehentlich sah sie ihn an. „Bitte, Dad, ich brauche nach dem ganzen Stress in der Schule eine Abwechslung. Lass mich hierbleiben, ich werde dir auch nicht im Weg sein." Als ihr Vater nur ein nichtssagendes Grunzen von sich gab, versuchte sie es mit einem Lächeln. „Wenn du willst, kann ich dir auch ein wenig helfen."

Wie erwartet zog Henry ein entsetztes Gesicht. „Nein!" Ruhiger fuhr er fort. „Nein danke, Schatz. Das ist doch uninteressant für dich." Er stieß einen tiefen Seufzer aus. „Also gut, du darfst bleiben. Aber beschwer dich hinterher nicht, dass es dir hier zu langweilig ist."

„Das werde ich nicht." Sie hob ihren Rucksack auf. „Ich habe jede Menge zu lesen dabei." Aber eigentlich wollte sie nur in die wüste Landschaft starren und gar nichts tun oder denken oder fühlen.

„Komm, gehen wir ins Haus. Ich kann mein Experiment nicht so lange allein lassen."

„Natürlich." Isabel wollte seinen Arm nehmen, zuckte aber zurück. „Oh, du blutest!"

Henry sah auf die Flecken auf seinem Hemd herunter und zuckte mit den Schultern. „Das ist nichts, nur ein Kratzer. Ich war gerade dabei, ihn zu verbinden, als du geklingelt hast."

„Warum hast du denn nichts gesagt?“ Sie zog ihn hinter sich ins Haus. „Ich helfe dir, alleine bekommst du das nie hin.“

„Nein, lass mal, es ...“

Isabel ließ ihn nicht ausreden. „Irgendwer muss sich ja um dich kümmern, und wo ich schon mal da bin, werde ich das übernehmen.“

Ein Lächeln glitt über Henrys Gesicht. „Wenn du etwas tun willst, wie wäre es, wenn du uns etwas zu essen machst, während ich meinen Arm verbinde? Langsam werde ich wirklich hungrig.“

Sie wusste, dass ihr Vater ständig vergaß zu essen, wenn er mit seiner Arbeit beschäftigt war, aber diesmal hatte sie die Vermutung, dass er sie nur ablenken wollte. „Auf was hast du Appetit?“

Henry schnitt eine Grimasse. „Ich fürchte, wir sollten eher danach gehen, was überhaupt noch da ist. Mir ist alles recht, Hauptsache ich habe wieder etwas im Magen.“ Er strich über ihr Haar. „Danke, mein Schatz.“

Isabel duckte sich unter seiner Hand weg. Sie hatte es mit zwölf schon nicht mehr gemocht, wenn er ihre Haare verwuschelte, und jetzt war sie immerhin schon fast siebzehn. „Morgen bist du dann aber dran mit Kochen.“

„Okay.“ Henry wandte sich in Richtung seines Arbeitszimmers. „Du weißt ja, wo das Gästezimmer ist, wenn du dich erst noch ein wenig frisch machen oder ausruhen willst.“

„Danke“, seufzte Isabel erleichtert. Eine kurze kalte Dusche wäre herrlich, um den Staub der Reise wegzuspülen, aber erst wollte sie sehen, was Essbares im Haus war. Ein Blick in den Kühlschrank zeigte, dass Henry nicht übertrieben hatte – er war beinahe leer. Sie setzte sich an den Tisch und machte eine Liste, was sie in nächster Zeit alles benötigen würden. Der Supermarkt in Henderson erklärte sich am Telefon bereit, die Einkäufe gegen einen saftigen Aufpreis zu liefern. Isabel machte sich darüber keine Sorgen. Ihr Vater hatte genug Geld, und sie wusste, wie sehr er es hasste, einkaufen zu gehen. Eigentlich hasste er alles, was ihn von seiner ach so wertvollen Arbeit abhielt.

Nachdem sie ihre wenigen Kleidungsstücke ausgepackt und geduscht hatte, verließ sie das Gästezimmer wieder in Richtung Küche. Vermutlich sollte sie ihren Vater schon mal vorwarnen, dass es bald etwas zu essen gab, damit er sich nicht wieder zu sehr in seine Arbeit vertiefte. Hoffentlich hatte er wenigstens seinen Arm ordentlich verbunden, denn selbst so etwas Notwendiges vergaß er oft genug. Mit einem Seufzer ging sie zu seinem Büro und klopfte an die Tür. Sie wusste es besser, als sie ohne Erlaubnis zu öffnen, deshalb rief sie: „Dad, kommst du bald zum Essen?" Das war zwar noch nicht fertig, aber er kam ja auch nie sofort, wenn er gerufen wurde.

Sie presste ihr Ohr an das Holz, konnte aber nichts hören. „Dad?" Als immer noch keine Antwort kam, klopfte sie ungeduldig. „Dad!" Nichts. Kein Geräusch drang aus dem Zimmer. In Erwartung eines Donnerwetters drückte sie die Klinke hinunter und schob den Kopf vorsichtig durch den Türspalt. Zu ihrer Überraschung war das Zimmer leer. Merkwürdig, sie hatte doch gesehen, wie er vorhin hineingegangen war. Hoffentlich war sein Arm nicht doch schlimmer verletzt, als sie geglaubt hatte, und ihr Vater lag jetzt irgendwo bewusstlos. Furcht packte sie, das stille Haus kam ihr plötzlich unheimlich vor. Rasch lief sie aus dem Büro und blieb vor der Treppe stehen. „Dad?" Ihr Ruf hallte durch das Haus, aber es kam keine Reaktion.

Immer zwei Stufen auf einmal nehmend hetzte sie die Treppe hinauf und durchsuchte alle Zimmer – vergeblich. Ihr Vater konnte doch nicht einfach verschwunden sein! Sicher hätte er ihr Bescheid gesagt, wenn er weggegangen wäre, und außerdem stand sein Wagen noch vor der Garage. Wo konnte er also sein?

Isabel durchsuchte auch den unteren Teil des Hauses und

sogar den kleinen Keller, aber auch dort war er nicht. Dafür überfiel sie dort unten ein so heftiger Kopfschmerz, dass sie beinahe in die Knie ging. Halb blind stolperte sie die Treppe wieder hinauf, riss die Haustür auf und lief in die heiße Wüstensonne hinaus. Das grelle Licht schmerzte in ihren Augen, aber der Druck in ihrem Kopf ließ nach. Isabel lehnte sich gegen die äußere Umrandung der Veranda und atmete tief durch. Seltsam, normalerweise verstärkten sich die Schmerzen durch Helligkeit, doch diesmal schienen sie abzuflauen, nachdem sie das Gebäude verlassen hatte.

Schon in Los Angeles hatten sie heftige Kopfschmerzen geplagt, aber eine Untersuchung beim Arzt war ohne Befund geblieben. Er vermutete eine schwere Migräne, die schubweise kam und gegen die nur absolute Ruhe half – die sie hier zu finden hoffte. Isabel atmete tief die frische Luft ein. Sie war frei von Smog und den Geräuschen von Millionen von Menschen, Autos und Flugzeugen. Zumindest war nichts davon zu bemerken, dass Las Vegas und die umliegenden Städte gar nicht mal so weit entfernt lagen.

Ihre Augen flogen auf, als Motorengeräusch an ihre Ohren drang. In der Ferne konnte sie eine Staubfahne sehen, die sich auf sie zu bewegte. Das musste der Lieferwagen vom Supermarkt sein. Rasch lief sie ins Haus zurück, um Geld zu holen. Ohne zu klopfen öffnete sie die Tür zum Arbeitszimmer, weil ihr Vater sein Portemonnaie immer in der Schreibtischschublade aufbewahrte. Oder zumindest hatte er das, als er noch bei ihnen in Los Angeles wohnte. Abrupt blieb sie stehen. Ihr Vater saß hinter dem Schreibtisch und sah sie ungehalten an.

„Seit wann klopfst du nicht mehr an, Isabel?"

„Entschuldige, ich habe gerade erst das ganze Haus nach dir abgesucht, und du warst nicht aufzufinden. Wo warst du denn?"

Henry hielt seinen verbundenen Arm hoch. „Die Wunde versorgen und dann war ich noch kurz draußen. Was wolltest du denn?"

„Ich wollte nach Geld suchen." Irgendetwas stimmte an der Geschichte ihres Vaters nicht, das spürte sie. Wäre er irgendwo in der Nähe gewesen, hätte er ihre Rufe hören müssen.

Henrys Augenbrauen schossen in die Höhe. „Geld? Und das konnte nicht warten, bis ich dir welches geben kann?"

„Nein, weil die Lieferung vom Supermarkt gleich da ist und ich sie irgendwie bezahlen muss." Sie hob die Schultern. „Ich habe nicht so viel Geld dabei."

„Lieferung vom Supermarkt?"

„Ich habe Lebensmittel bestellt und sie liefern lassen, es war nichts mehr im Kühlschrank."

Henry sah aus, als wollte er dazu noch etwas sagen, doch in dem Moment klingelte es an der Tür. Mit einem Seufzer zog er sein Portemonnaie heraus und reichte es über den Tisch. „Beim nächsten Mal fragst du mich bitte vorher."

„Okay." Erleichtert nahm Isabel die Geldbörse entgegen und verließ das Büro. Ihr Vater war erstaunlich gelassen geblieben, sie hatte mehr Ärger erwartet.

„Und Isabel …"

Sie drehte sich langsam zur offenen Bürotür zurück. „Ja?"

„Du erinnerst dich doch noch an die alten Regeln mein Arbeitszimmer betreffend?" Stumm nickte sie. „Gut, dann betritt es bitte nicht wieder ohne meine Erlaubnis."

„Natürlich." Damit schloss sie die Tür leise hinter sich und ging zur Haustür. Es hatte sich also nichts geändert. Warum war sie deswegen enttäuscht, es hätte ihr klar sein müssen. Und doch tat es immer noch weh.

Nachdem sie die Lebensmittel entgegengenommen und den Lieferanten bezahlt hatte, schob sie zwei Pizzas in den Ofen und begann damit, die Küche aufzuräumen.

Bowen fixierte den roten Punkt an der Kamera, damit er nicht vergaß, dass jede seiner Bewegungen aufgezeichnet wurde. Sein Kiefer schmerzte, weil er ihn fest zusammenpresste, um nicht die Schreie herauszulassen, die sich in seiner Kehle stauten. Seine Muskeln zitterten immer noch unkontrolliert, Schweiß klebte auf seiner Haut und kühlte ihn in der Klimaanlagenluft aus. Was aber noch mehr schmerzte, war der Drang, sich zu verwandeln. Er wusste nicht, wie lange er die Folterungen noch aushalten konnte, ohne seiner Natur zu folgen. Vermutlich nicht mehr besonders lange, auch wenn er sich davor fürchtete, was dann passieren würde. Selbst wenn er die Fesseln abstreifen konnte, würde er in dem Raum gefangen sein, da der Entführer immer darauf achtete, die Tür verschlossen zu halten, und Fenster gab es keine. Davon abgesehen würde er damit dem Folterer seine Verwandlung zeigen, und das durfte nicht geschehen.

Bowen wandte den Kopf zur Tür, wo ihn eine weitere kleine Kamera überwachte. Es musste ihm gelingen, den Drang zu beherrschen und auf eine Gelegenheit zu warten, bei der er in Menschenform fliehen konnte. Oder vielleicht würde der Rat einen Suchtrupp losschicken, der ihn befreite. Aber die Wahrscheinlichkeit war eher gering, schließlich hatte niemand mitbekommen, dass er entführt wurde. Sie dachten vermutlich, er wäre freiwillig gegangen. Vor allem konnte er inzwischen Hunderte von Meilen weit weg sein, und so weit entfernten sich nur wenige vom Lager. Es konnte durchaus sein, dass er hier alleine sterben würde, ohne seine Mutter oder seine Freunde noch einmal wiederzusehen. Bowen ballte die Hände zu Fäusten, konnte aber die Träne nicht aufhalten, die über seine Wange glitt.

13

Coyle rollte sich von Marisa herunter und legte sich neben sie. Ihre Augen waren geschlossen, aber er spürte, dass sie wach war. „Habe ich dir wehgetan?"

Marisas Lider flogen auf, und sie sah ihn direkt an. Ein amüsiertes Lächeln spielte um ihre Lippen. „Nur da, wo du es auch solltest." Ihre Finger strichen liebevoll über seine Wange. „Es war unglaublich, ich habe eine solche Intensität noch nie vorher erlebt."

Coyle küsste ihre Handinnenfläche. „Für mich war es auch neu. Deshalb bin ich auch nicht sicher, ob ich nicht zu rau war."

„Du hast noch nie mit einem Menschen Sex gehabt?"

„Nur mit Wandlern wie ich es bin. Wir bemühen uns, jeden Kontakt zu normalen Menschen zu meiden." Aus gutem Grund. Doch darüber mochte er gerade nicht nachdenken.

„Trotzdem sind wir jetzt hier." Marisas Finger verschränkten sich mit seinen.

„Ja."

„Ich bin neugierig." Ihre Wangen röteten sich. „Wenn ihr …" Ihr Finger machte eine kreisende Bewegung. „… seid ihr dann in Berglöwen- oder in Menschenform?"

Coyle spürte, wie er bereits wieder hart wurde. „Das hängt ganz von der Stimmung ab." Seine Stimme senkte sich, als er mit dem Finger über ihr Schlüsselbein fuhr. „Wenn wir uns viel Zeit lassen und unseren Partner mit Händen, Lippen und Zunge erkunden wollen, machen wir das als Menschen, wenn wir ganz dringend Erleichterung brauchen, bietet sich die Löwenform an." Ihre Haut war so weich, dass er sich zurückhalten musste, sie nicht wieder zu lecken. „Manchmal gibt es auch Mischformen, oder die Stimmung wandelt sich während des Akts." Er rückte ein wenig von ihr ab, damit sie nicht seine wachsende Erektion bemerkte.

„Aber bei einem reinen Menschen würde das nicht passieren?" Neugier leuchtete aus ihren Augen.

„Zumindest würden wir versuchen, es zu verhindern, aber wie du gesehen hast, ist das ziemlich schwer, wenn wir erregt sind."

„Ich hab's gemerkt." Ein feines Zittern lief durch ihren Körper.

„Es hat dich nicht abgestoßen?"

Marisa sah ihn an, als hielte sie ihn für nicht besonders intelligent. „Was für eine blöde Frage. Es war faszinierend und exotisch. Nur falls du dich fragst: Normalerweise bin ich nicht so einfach zu stimulieren. Bei dir reicht es schon fast, wenn du mich mit deinen goldenen Augen ansiehst." Sie stöhnte auf, als sein Finger ihre Brustwarze umrundete. „Hör lieber auf, sonst …"

„Sonst was?" Es verwunderte Coyle immer wieder, welche Zufriedenheit er verspürte, wenn er mit Marisa zusammen war. Als würde irgendetwas in seinem Innern verstummen, das ihn sonst unruhig machte.

„Sonst falle ich gleich wieder über dich her." Ihre Hand wanderte nach unten und umfasste seinen Penis.

„Das wäre natürlich eine Idee, aber ich dachte, wir wollten auch noch etwas essen. Und reden."

Ihre Augen weiteten sich plötzlich, und sie setzte sich ruckartig auf.

„Was?" Coyle sprang auf und sah sich im Zimmer nach einer Bedrohung um. Als er keine fand, kehrte sein Blick zu Marisa zurück, die mit einem glasigen Gesichtsausdruck auf seine Erektion starrte. Nachdem er kontrolliert hatte, dass er nicht ungeplant gerade an der Stelle Berglöwe war, atmete er tief durch. „Was hast du?“ Soweit er wusste, sahen Menschenmänner nicht anders aus als er. Gut, wahrscheinlich hatten sie keine dunklen Striche unter den Hoden, aber er konnte sich nicht vorstellen, dass Marisa so etwas schockieren würde.

„Hast du …“ Sie leckte nervös über ihre Lippen. „Hast du ein Kondom benutzt?“

Erleichtert sackte er auf das Bett zurück. „Nein.“

„Was ist, wenn ich jetzt schwanger bin?“ Marisa verschränkte schützend ihre Arme über ihrem Bauch.

„Das ist nicht möglich.“ Beruhigend strich er über ihre Schulter. „Aber ich hätte vorher mit dir darüber reden sollen, es tut mir leid.“

„Warum ist es nicht möglich? Können Menschen und … Wandler nicht …“ Sah er so etwas wie Enttäuschung in ihrem Blick? Nein, er musste sich täuschen, sicher war sie erleichtert.

„Kinder bekommen? Doch, natürlich. Aber wir benutzen Kondome nur, wenn die Partnerin gerade in ihrer fruchtbaren Phase ist. Und das bist du nicht.“

„Woher weißt du das?“

„Ich kann es riechen.“ Er konnte sehen, dass der Gedanke daran Marisa verstörte. „Vielleicht hätten wir wirklich erst über alles reden sollen.“

Sie strich ihre Haare aus dem Gesicht. „Nein, ich muss mich nur daran gewöhnen, das ist alles.“ Forschend sah sie ihn an. „Ich kann darauf vertrauen, dass du mir die Wahrheit sagst, oder?“

„Ja. Ich wünsche mir ganz sicher nicht, dass du von mir schwanger wirst.“

„Oh.“ Es war deutlich, dass er sie mit seinen Worten verletzt hatte. Bevor sie sich abwenden konnte, schlang er seine Arme um sie.

Seine Lippen strichen über ihr Ohr. „Es liegt nicht an dir,

sondern daran, dass es für Menschenfrauen nicht ungefährlich ist, unsere Kinder zu bekommen. Manchmal ist es tödlich."

Marisas Körper entspannte sich etwas. „Das ist traurig. Was passiert, wenn einer eurer Männer sich in eine Menschenfrau verliebt? Leben die beiden dann kinderlos?"

„Manche. Andere nehmen das Risiko auf sich."

„Und dann?"

Coyle presste seine Zähne zusammen. „Wenn die Frauen Glück haben, überleben sie die Geburt. Wenn es Komplikationen gibt, sterben sie manchmal."

„Warum gehen sie nicht für die Geburt in ein Krankenhaus?"

Für einen Moment schloss er die Augen, bevor er Marisa direkt anblickte. „Weil unsere Kinder als Berglöwen zur Welt kommen."

„Oh." Coyle sah, dass es ihr schwerfiel, die Information zu verdauen.

„Ganz davon abgesehen, dass wir uns erst zwei Tage kennen und du in den nächsten Tagen nach Mariposa zurückkehrst, würde ich meine Partnerin nie solch einer Gefahr aussetzen wollen. Oder der Entscheidung, niemals eigene Kinder zu bekommen." Ein Muskel zuckte in seiner Wange, als er die Zähne zusammenpresste.

„Ich verstehe." Der Glanz der Leidenschaft war aus Marisas Augen gewichen. „Vielleicht sollten wir jetzt essen. Ich nehme an, du willst dich auch noch mit deinen Freunden treffen."

Coyle neigte den Kopf. „Ja, wir müssen die beiden Gefangenen befragen. Ich hoffe, sie können mir sagen, wer sie beauftragt hat und wo Bowen jetzt ist."

Marisa sah ihn verwirrt an. „Sprechen Berglöwen und Leoparden die gleiche Sprache?"

„Nicht wirklich, auch wenn sie entfernt miteinander verwandt sind. Ich habe zum ersten Mal etwas mit ihnen zu tun."

„Wie willst du dann mit ihnen reden?"

Coyle sah sie einen Moment lang an, bevor er antwortete. „Erinnerst du dich, dass ich sagte, sie hätten einen Auftrag?"

„Ja."

„Meiner Meinung nach sind die Leoparden ebenfalls Wandler. Sie riechen nicht wie reine Tiere. Allerdings weiß ich nicht, wo sie herkommen oder ob sie in der Lage sind, sich in Menschen zu verwandeln."

Marisas Augen hatten sich geweitet. „Du meinst, es gibt noch andere Arten, nicht nur Berglöwen?"

„Ich habe gehört, dass es sie gibt, hatte aber bisher nie direkt mit anderen Arten zu tun. Die anderen Gruppen leben wahrscheinlich genauso zurückgezogen wie wir, um sich zu schützen. Im Yellowstone gab es eine größere Gruppe von Wölfen, doch ihre Mitglieder wurden im Laufe der Zeit abgeschlachtet. Nur wenige konnten fliehen." Er strich über seine Haare. „Auch wenn es sich bei den Leoparden um Wandler handelt, ist diese Tierart hier eindeutig nicht heimisch."

Marisa schlang ihre Arme um sich, um das Zittern zu unterdrücken, das ihren Körper erfasste. „Sie haben einen Mann zerfleischt und uns angegriffen. Wie können sie das tun, wenn sie auch Wandler sind?"

„Wer sagt, dass wir alle gut sein müssen? Wie in jeder Gesellschaft gibt es auch bei uns Verbrecher, Psychopathen und sonstigen Abschaum. Und dann sind da noch diejenigen, die nicht damit zurechtkommen, was sie sind, und sich ganz ihrer tierischen Seite zuwenden." Coyle spürte den bitteren Geschmack der Erinnerung auf seiner Zunge. „Manche beschränken sich darauf, ihrer Art entsprechend zu leben, andere gehen darüber hinaus und jagen alles, was ihnen über den Weg läuft. Die Legenden über Werwölfe sind vermutlich genau so entstanden: einzelne Individuen, die sich nicht mehr unter Kontrolle hatten."

„Das ist schlimm. Meinst du, das ist mit den Leoparden passiert?“

Coyle schwang die Beine aus dem Bett. „Das werde ich jetzt herausfinden.“ Er konnte Marisas Blick auf seinem Rücken fühlen.

„Was ist mit dem Essen?“

„Iss doch schon mal, ich komme später dazu. Ich möchte die anderen nicht noch länger warten lassen.“ Als es hinter ihm still blieb, drehte er sich zu ihr um. Ihr Gesichtsausdruck war nicht zu deuten. „Was ist?“

„Ich hätte dich nicht so lange aufhalten sollen. Das war selbstsüchtig von mir.“

Coyle lehnte sich zu ihr herüber und küsste sie sanft auf die Lippen. „Nein, von mir. Ich hätte mich sowieso nicht auf irgendetwas anderes konzentrieren können, weil ich nur daran denken konnte, deine weiche Haut zu kosten.“ Er küsste sie noch einmal und machte sich dann mit einem tiefen bedauernden Knurren von ihr los. Es kostete ihn Kraft, die Leidenschaft niederzukämpfen, die erneut in ihm aufstieg. Aber er hatte seine Pflichten viel zu lange vernachlässigt, und das konnte er sich in der derzeitigen Situation nicht leisten. „Entschuldige. Ich werde mich beeilen.“

Marisa nickte. „Ich werde so lange etwas Schlaf nachholen, wenn du nichts dagegen hast.“

Coyle lächelte. „Warum sollte ich? Fühl dich ganz wie zu Hause.“ Um nicht noch einmal in Versuchung zu kommen, ihren verführerischen Körper zu berühren, drehte er sich abrupt um, hob seine Kleidung vom Boden auf und streifte sie über. Als er sich wieder zum Bett umwandte, war Marisa bereits eingeschlafen. Gleichmäßig hoben und senkten Atemzüge ihre Brust. Unvermittelt nahm ihm ein Gefühl von Zärtlichkeit den Atem.

Was gäbe er darum, Marisa immer so in seinem Bett zu sehen und sein Leben mit ihr zu teilen! Aber das war nicht möglich, und er tat gut daran, sich nicht zu sehr an sie zu gewöhnen. Sein Kätzchen würde schon in wenigen Tagen wieder in ihre Welt zurückkehren, das war nicht zu ändern. Er hatte es von Anfang an gewusst, warum tat es dann trotzdem so weh? Weil er sich nicht an seine eigenen Regeln gehalten hatte, darum. Bemüht, Marisa nicht zu wecken, zog er die Bettdecke über ihren nackten Körper, damit sie nicht fror. Ohne sich noch einmal umzusehen verließ er den Raum.

Mit einem Satz sprang er vom Baum und kam federnd auf. Er verzog den Mund, als seine Wunden wieder zu pochen begannen. Vielleicht hätte er sich doch etwas vorsichtiger bewegen sollen. Rasch ging er auf den Felsvorsprung zu, wo die Leoparden hingebracht worden waren. Jedenfalls nahm er das an, denn es war die einzige sinnvolle Lösung. Ein tiefer Atemzug brachte die Gewissheit, dass sich die beiden Gefangenen in der Nähe befanden. Genauso wie die Wächter. Und Bowens Mutter. *Verdammt*.

Ein Schatten kam unter einem Baum hervor und trat ihm in den Weg. Finn sah ihn wachsam an, dann breitete sich langsam ein Grinsen in seinem Gesicht aus. „Mein Freund, du kommst ziemlich spät, aber wie ich sehe, musstest du dich erst ein wenig austoben."

Coyle schnitt eine Grimasse. Er hätte daran denken sollen, dass die feinen Nasen seiner Freunde sofort riechen würden, was er in der letzten Stunde getrieben hatte. „Hallo, Finn, schön dich zu sehen." Seine blonden Haare waren etwas dunkler als die seiner Schwester Keira, aber im Gesicht war die Verwandtschaft unverkennbar. Dafür waren ihre Charaktere grundverschieden: Finn war stets ruhig und bedacht, während Keira nur nach ihren Gefühlen handelte, was sie bereits öfter in Schwierigkeiten gebracht hatte.

„Irgendeine Spur von Bowen?"

Stumm schüttelte Coyle den Kopf. „Sein Entführer wurde von den beiden Leoparden getötet, bevor ich ihn befragen konnte. Fast hätten sie mich auch erwischt. Glücklicherweise waren sie wohl mit Genry noch nicht fertig und dachten, sie könnten mich später erledigen."

„Und wo kommt die Frau ins Spiel?" Finn war ernst geworden. „Niemand ist begeistert, dass du eine Fremde mitgebracht hast. Vor allem nach Bowens Entführung."

„Marisa hat mir mehr als einmal das Leben gerettet. Die Mörder haben meine Spur bis zu ihrem Haus verfolgt und hätten sie umgebracht, wenn ich sie nicht dort herausgeholt hätte." Frustriert strich Coyle durch sein Haar. „Ich wollte sie eigentlich in Mariposa zurücklassen, aber sie kam mit einem Jeep zurück, als mich die Leoparden gerade zerfleischen wollten. Ich schulde ihr etwas, Finn."

Sein Freund neigte den Kopf. „Wie reagiert sie darauf, was wir sind?"

Coyle musste lächeln. „Überraschend positiv. Du wirst sie mögen, sie ist stark und loyal. Ich vertraue ihr."

Finn legte seine Hand auf Coyles Schulter. „Das reicht mir vorerst. Komm, lass uns sehen, was die Gefangenen zu sagen haben. Bisher fauchen und knurren sie nur und tun so, als wären sie Tiere."

Coyle folgte seinem Freund über den schmalen Pfad zum Abgrund. Die Leoparden waren in einer Höhle untergebracht, deren Eingang mit Eisengittern gesichert war. Eigentlich war es nur ein tieferes Loch im Felsen, keine richtige Höhle. Es war gerade so groß, dass zwei Männer darin Platz hatten – oder eben zwei Leoparden. Die beiden Gefangenen sahen mitgenommen aus, auf ihrem Fell glänzten dunkle Flecken, wo das Blut aus ihren Wunden sickerte. Normalerweise hätten sie jeden Feind medizinisch versorgt, aber es war klar, dass die Leoparden das nicht ohne Kampf zulassen würden. Und für Mörder, die noch dazu mit Bowens Entführer zusammenarbeiteten, würde keiner der Berglöwenmenschen seine Gesundheit riskieren. Coyle drehte ihnen den Rücken zu und wandte sich an Bowens Mutter. „Amira."

Verzweiflung stand deutlich sichtbar in ihren hellgrauen Augen, als sie zu ihm trat. Coyle umarmte sie und schloss die Augen, als er das Zittern ihres normalerweise so kraftvollen Körpers spürte. „Es tut mir leid, ich habe ihn noch nicht gefunden. Aber das werde ich, ich verspreche es dir." Mit jeder Faser seines Körpers hoffte er, dass er dieses Versprechen einhalten konnte. Auf jeden Fall würde er weitersuchen, solange es noch eine Spur gab, die ihn zu Bowen führen konnte.

„Danke, Coyle." Amira löste sich von ihm und sah ihn forschend an. „Du wurdest verletzt."

„Nur Kratzer. Ich hatte Hilfe von Marisa."

„Die Menschenfrau, die du mitgebracht hast?"

„Ja. Ohne sie stände ich jetzt nicht hier." Und das war die reine Wahrheit.

„Dann werde ich mich auch bei ihr bedanken." Amira trat zurück und wandte sich zum Gehen.

„Ich glaube nicht, dass sie Dank erwartet. Aber sie freut sich bestimmt über ein freundliches Gesicht."

Amira neigte den Kopf und lief rasch den Pfad entlang, der zum Lager führte.

Coyle sah ihr nach, bis sie hinter dem Felsvorsprung verschwunden war, ehe er sich den Gefangenen zuwandte. Sie blickten ihn mit glitzernden Augen an, ihre offenen Mäuler enthüllten tödliche Zähne. Als würden sie ihn verhöhnen oder über ihn lachen. Ohne sich darum zu kümmern, trat er dicht vor die Gitterstäbe. Er spürte, wie sich die anderen hinter ihn stellten, bereit, jederzeit einzugreifen, sollten die Leoparden nur eine falsche Bewegung machen. „Habt ihr schon versucht, sie zu befragen?“ Dabei wandte er seinen Blick nicht von den Gefangenen ab.

„Sagen wir es so, wir haben ihnen die Möglichkeit gegeben, sich zu äußern, aber sie haben es vorgezogen zu schweigen.“

Coyle nickte langsam. „Das dachte ich mir. Also meine Damen, wie wäre es, wenn ihr uns allen viel Zeit ersparen würdet, indem ihr eure Menschenform annehmt und mit mir redet?“ Die Art wie sich ihre Augen weiteten, war ein Beweis dafür, dass sie ihn verstanden. Gut so, denn Bowen war seit drei Tagen verschwunden, und wenn sie ihn lebend wiedersehen wollten, mussten sie ihn so schnell wie möglich befreien.

„Hallo?“

Marisas Kopf schnellte hoch, als der Ruf durch das Baumhaus schallte. Es schien ihr, als hätte Coyle sie gerade erst verlassen, aber es konnten ebenso gut Stunden vergangen sein. Sie sah sich im Zimmer um, aber es war nirgends eine Uhr zu entdecken. „Ich bin oben, einen Moment bitte.“ Ihre Stimme klang rau und fremd.

Rasch rollte sie sich aus dem Bett und stürzte sich auf die geliehene Kleidung. Unter keinen Umständen wollte sie nackt in Coyles Bett erwischt werden, in einem Zimmer, in dem es vermutlich noch nach Sex roch, zumindest für empfindliche Berglöwennasen. Nachdem sie Hose und Pulli übergestreift hatte, lief sie hastig ins Bad, um sich notdürftig zurechtzumachen. Das musste reichen, denn zu mehr blieb keine Zeit, wenn sie nicht unhöflich sein wollte. Als sie ins Schlafzimmer zurückkehrte, ließ sie ihre Schuhe stehen und ging barfuß die Treppe zum Wohnraum hinunter.

Obwohl sie kein Geräusch von sich gab, hatte sich die Frau, die mitten im Raum stand, bereits zu ihr umgedreht. Sie betrachtete Marisa von oben bis unten und lächelte schließlich. „Hallo, ich bin Amber, Coyles Schwester." Bevor Marisa etwas erwidern konnte, sprach sie schon weiter. „Tut mir leid, dass ich hier so reinplatze, aber ich war neugierig, wen mein Brüderchen mitgebracht hat. Normalerweise hält er sich von Menschen so fern wie möglich und würde nie im Leben daran denken, einen in unser Lager zu führen."

Während dieser Wortschwall über sie hereinbrach, nutzte Marisa die Zeit, Amber zu mustern. Coyles Schwester war deutlich kleiner als er und an den richtigen Stellen gerundet. Trotzdem war ihr anzusehen, dass unter ihrem eng anliegenden Kleid Muskeln steckten. Ihre Augen ähnelten Coyles, sie hatten den gleichen warmen Bernsteinton. Allerdings waren ihre rotblonden Locken eine Überraschung, und Marisa fragte sich unwillkürlich, welche Farbe wohl ihr Fell haben würde.

Amber schien ihr Schweigen anders zu deuten, denn sie verdrehte die Augen und streckte ihre Hände aus. „Es tut mir leid, so meinte ich das nicht."

Marisa musste lächeln. „Wenn es die Wahrheit ist, warum sollten Sie es nicht sagen?"

„Dann bist du nicht wütend? Coyle würde mir nämlich das Fell über die Ohren ziehen, wenn ich dich verärgere. Jedenfalls hat er vorhin gesagt, ich soll dafür sorgen, dass du dich wohlfühlst und es dir an nichts fehlt."

„Das ist nett. Aber wenn du etwas anderes zu tun hast …"

Amber winkte ab. „Aber nein, das hier ist viel aufregender." Sie sah sich um und runzelte die Stirn. „Ihr habt ja noch gar nichts gegessen!"

Marisa errötete, als sie daran dachte, was sie stattdessen getrieben hatten. „Ich wollte mich lieber erst waschen und etwas ausruhen. Und dann ist Coyle gegangen, und ich war zu müde …"

Wut überschattete Ambers Züge. „Ich hoffe, er reißt diesen

elenden Mördern die Herzen raus und verfüttert sie an …" Mühsam brachte sie sich wieder unter Kontrolle und atmete tief durch. „Allein die Vorstellung, was Coyle hätte passieren können, macht mich wahnsinnig."

Besänftigend legte Marisa ihre Hand auf Ambers Arm. „Jetzt ist er in Sicherheit, und die Leoparden sind gefangen."

„Aber er wird wieder in Gefahr geraten, sobald er von ihnen einen Hinweis darauf bekommt, wo Bowen sich aufhält." Amber sank auf einen der Stühle. „Ich wünschte, er würde das einem der anderen Männer überlassen oder wenigstens jemanden zur Unterstützung mitnehmen. Aber nein, er denkt, es wäre seine Aufgabe, und lässt nicht mit sich reden."

„Warum tut er das?"

„Das ist eine lange Geschichte." Amber strich ihre Locken hinter ihr Ohr. „Und du hast sicher Hunger, greif ruhig zu."

Marisa erkannte Ambers Ablenkung, beschloss aber, es erst einmal dabei zu belassen. Zur Not konnte sie immer noch Coyle selber fragen. Überhaupt schwirrte ihr vor lauter Fragen der Kopf, seit sie hier angekommen war. „Danke für das Essen und die Kleidung und vor allem für die Bürste."

Das Lächeln war in Ambers Gesicht zurückgekehrt. „Glaub mir, ich weiß, wie es ist, wenn sich alles verklettet hat." Sie senkte ihren Blick. „Coyle hat wirklich einen guten Blick gehabt."

„Warum?"

„Er hat die Kleidung für dich ausgesucht." Amber lachte über ihren Gesichtsausdruck. „Das hat er nicht erzählt, was?"

Unbehaglich hob Marisa die Schultern. Sie war es nicht gewöhnt, mit jemandem über persönliche Dinge zu sprechen, schon gar nicht mit einer Fremden, wenn sie auch noch so nett war. Um nicht antworten zu müssen, füllte sie sich etwas von dem Eintopf in eine Schüssel und probierte ihn. Ihre Augen weiteten sich, als der Geschmack in ihrem Mund explodierte. Sie sah auf und begegnete Ambers vergnügtem Blick. Rasch kaute sie und deutete mit dem Löffel auf die Schüssel. „Das ist richtig gut. Was ist da drin?"

Amber lächelte. „Das verrate ich dir, wenn du dich ein wenig eingewöhnt hast."

Marisa senkte den Löffel, plötzlich stieg ihr ein Kloß in den Hals. „Ich werde nicht hierbleiben. Morgen kehre ich nach Mariposa zurück."

„Oh." In diesem Moment erinnerten Ambers bernsteinfarbene Augen mehr denn je an Coyles. „Ich hatte angenommen …" Sie brach ab und wedelte mit der Hand. „Wenn das so ist, werde ich dir das Rezept einfach aufschreiben, damit du es mitnehmen kannst."

„Danke." Marisa holte tief Luft. „Wenn ich gewusst hätte, dass unser Abenteuer so ausgeht, hätte ich …" Ja, was eigentlich? Sie hatte nicht ahnen können, dass so etwas wie Coyles Welt überhaupt existierte, aber sie brannte darauf, alles zu erkunden und so viele Informationen zu sammeln wie möglich. „Vielleicht kann ich später noch einmal hierherkommen und mehr über euch erfahren."

Ambers Gesicht wurde verschlossener. „Das ist nicht möglich, du wirst uns nicht finden." Sie beugte sich vor und legte eine Hand auf Marisas Arm. „Das hat nichts mit dir zu tun, sondern ist ein Schutz gegen Entdeckung." Ihr Mund verzog sich schmerzhaft. „Was aber vermutlich auch nichts mehr bringt, jetzt, wo jemand bei uns eingedrungen ist und Bowen entführt hat. Es hält ihn ja nichts davon ab, noch einmal zu kommen."

„Außer der Tatsache, dass er tot ist."

„Was meinst du damit?"

„Wenn ich Coyle richtig verstanden habe, war der Entführer einer meiner Nachbarn. Er wurde von den Leoparden getötet."

Amber legte ihre Finger auf ihre Lippen. „Es ist nicht richtig, aber ich bin froh darüber, dass er uns nicht mehr gefährden kann."

„Er nicht, aber es könnte sein, dass er anderen davon erzählt hat. Coyle meinte, Bowen wäre nicht mehr in dem Haus gewesen. Also muss es jemanden geben, der ihn weggeschafft hat."

„Der arme Junge." Ambers Stimme zitterte. „Es ist schlimm, von den anderen getrennt zu sein. Er muss furchtbare Angst haben."

Für Marisa hörte sich das an, als hätte Amber schon einmal etwas Ähnliches erlebt, aber sie kannte sie nicht gut genug, um nachzufragen. „Vielleicht kann Coyle etwas aus den Leoparden herausbekommen." Obwohl ihr das ziemlich unwahrscheinlich vorkam, so mordlüstern, wie sie waren. Kaum vorstellbar, dass sie auch etwas Menschliches an sich haben sollten.

Marisas Blick wanderte zum Fenster, durch das sie neben Blättern auch ein Stück blauen Himmel sehen konnte. Es war so friedlich hier, und doch waren nur wenige hundert Meter entfernt zwei Mörder eingesperrt, die sie den ganzen Weg hierher verfolgt hatten und denen es beinahe gelungen wäre, sie zu töten. Hoffentlich war Coyle nicht genauso nachtragend wie sie selbst, denn dann würde er den Gefangenen langsam und schmerzhaft das Fell abziehen. Zeit für einen Themenwechsel.

„Coyle hat mich vorhin abgelenkt, aber ich würde zu gerne wissen, wie das mit dem Verwandeln funktioniert." Sie drehte sich wieder zu Amber um.

„Dazu kann ich dir gar nichts sagen. Es wurde nie erforscht, warum wir uns verwandeln können." Sie hob die Schultern. „Wir sind wohl eine Laune der Natur."

Marisa nickte. „Und passiert es automatisch, oder müsst ihr die Verwandlung aktiv vorbereiten?"

„Normalerweise können wir mit den Gedanken steuern, in welcher Form wir uns befinden, und in der bleiben wir dann auch, bis wir uns verwandeln wollen. Allerdings gibt es Momente, in denen wir weniger Kontrolle darüber haben. Meist wenn wir Schmerzen haben, betäubt sind oder stark erregt. Generell lernt man die völlige Beherrschung erst im Laufe der Jahre."

Amber hatte genau die Situationen geschildert, in denen Coyle Probleme gehabt hatte, in seiner Menschenform zu bleiben. Wahrscheinlich hätte sie in einer normalen Situation nie gemerkt, dass mit ihm etwas nicht stimmte. „Also denkt ihr ‚Berglöwe' und verwandelt euch?"

Lachend stand Amber auf. „Nein, es ist mehr …" Sie stockte, ein ferner Ausdruck trat in ihre Augen. „Das ist schwierig zu erklären. Es sind weniger Worte, als vielmehr Bilder in unserem Kopf, deshalb ist es auch in dem Sinne kein bewusster Befehl. Mehr ein Gleiten von einer Form in die andere."

Ob Amber merkte, wie sehnsüchtig ihre Worte klangen? Sie lösten in Marisa den Wunsch aus, sich auch verwandeln zu können. In Gegenwart der Wandler kam sie sich plötzlich so … eindimensional und langweilig vor.

14

Isabel schob ein Lesezeichen zwischen die Seiten und klappte das Buch zu. Einen Moment lang sah sie in den strahlend blauen Himmel und genoss das Gefühl, nichts für die Schule tun zu müssen. Stattdessen konnte sie endlich die Bücherstapel dezimieren, die mittlerweile jede Ecke in ihrem Zimmer ausfüllten. Gemeinsam mit ihrer Freundin Claire hatte sie den Club der Büchersüchtigen gegründet, und ihre regelmäßigen Treffen trugen dazu bei, dass sie noch mehr Bücher kauften als vorher.

Entschlossen stand Isabel von der Liege auf, die sie im Schatten eines Baumes aufgestellt hatte, und ging zum Haus zurück. Apropos Claire – sie hatte ihr versprochen, sie anzurufen, sobald sie angekommen war, und auch ihre Mutter wartete vermutlich auf einen Anruf. Isabel verzog den Mund. Oder auch nicht. Es konnte genauso gut sein, dass sie schon vergessen hatte, wo ihre Tochter hingefahren war. Sie meinte es nicht böse, ihre Aufmerksamkeitsspanne war einfach nur deutlich geringer als bei anderen Menschen.

Tief atmete sie die trockene Luft ein und lauschte in sich hinein. Was auch immer die Kopfschmerzen vorhin verursacht hatte, schien wieder weitestgehend verstummt zu sein. Sie ging am Haus entlang und konnte ihren Vater durch das Fenster seines Büros am Schreibtisch sitzen sehen. Es wirkte nicht so, als würde er in nächster Zeit herauskommen, um sich mit ihr zu unterhalten. Schulterzuckend wandte sie sich ab und trat durch die offenen Terrassentüren ins lichtdurchflutete Wohnzimmer. Es war eher spartanisch eingerichtet, aber gerade das gefiel ihr, es passte gut zur Umgebung. Was sicher nicht Henrys Absicht gewesen war – er hielt Inneneinrichtung und Dekoration einfach für unwichtig. Und er hatte anscheinend auch keine Frau, die sich um ihn kümmerte, sonst wäre der Kühlschrank nicht leer gewesen.

Das Telefon stand in der Aufladestation auf einer massiven Anrichte. Sie hätte natürlich auch mit ihrem Handy telefonieren können, wenn der Akku nicht wieder einmal leer gewesen wäre. Isabel nahm den Hörer und setzte sich auf die Couch. Wenn Claire in Plauderlaune war, konnte das Gespräch länger dauern. Grinsend begann sie, die Nummer einzutippen, löschte sie dann aber mit einem Seufzer wieder. Besser, sie rief zuerst ihre Mutter an, dann hatte sie es hinter sich und konnte sich danach von Claire aufheitern lassen. Rasch wählte sie die Telefonnummer ihrer Mutter und versuchte, den üblichen Magendruck zu ignorieren, während sie auf das Freizeichen wartete. Eine Minute später legte sie jedoch wieder auf. Ihre Mutter hatte wie immer keine Zeit gehabt, mit ihr zu telefonieren, und sie schnell abgewimmelt.

Unglücklich stand Isabel auf und trat zum Fenster. Die Arme um ihren Oberkörper geschlungen sah sie hinaus und ließ sich von der Weite trösten. Auch wenn sie immer versuchte, das Positive an ihrer Situation zu sehen, schmerzte es doch, von den eigenen Eltern so abgeschoben zu werden. Sie schnitt eine Grimasse. Genug des Selbstmitleids! Jetzt war es an der Zeit für eine Claire'sche Ablenkung.

Gerade als sie nach dem Telefon greifen wollte, begann es zu klingeln. Eine Hand auf ihr vor Schreck wild pochendes Herz gepresst, nahm sie es hoch und drückte die Verbindungstaste. Vielleicht war es ihre Mutter, die doch noch etwas länger mit ihr sprechen wollte. „Hier bei Henry Stammheimer."

Für einen Moment herrschte Schweigen, dann erklang unangenehmes Gelächter. „Verdammt, da hat sich der alte Kerl doch tatsächlich Gesellschaft geholt."

„Wer spricht denn da?" Isabel versuchte, ihre Stimme resolut klingen zu lassen. Früher hatte ihr Vater sich nur mit anderen Wissenschaftlern abgegeben, selten mit dem normalen Volk. Und schon gar nicht mit so einem rauen ungehobelten Typ.

„Gib mir einfach Henry, mehr brauchst du nicht zu wissen."

Unverschämt war er auch noch. „Ich …" Isabel sah hoch, als die Bürotür ihres Vaters aufflog und er herausgelaufen kam.

Sein Gesicht war gerötet, und seine buschigen Brauen schoben sich drohend zusammen. „Das ist für mich, Isabel." Er riss ihr den Hörer aus der Hand. „Wir sprechen uns später." Damit kehrte er ins Büro zurück und schlug die Tür hinter sich zu.

Unbehaglich sah Isabel ihm nach. Was war hier los? So hatte sie ihren Vater bisher noch nie gesehen. Er war zwar oft abwesend und auch abweisend gewesen, aber nie so offen feindselig wie gerade eben. Sie konnte sich nur vorstellen, dass eines seiner Experimente nicht so funktionierte wie geplant. Kurz entschlossen verließ sie das Haus und zog die Terrassentür leise hinter sich zu. Rasch lief sie am Haus entlang und duckte sich unter das Bürofenster. Durch den geöffneten Spalt konnte sie die Stimme ihres Vaters hören.

„… das geht Sie überhaupt nichts an, Gowan!" Leiser und mit einem Tonfall, den sie noch nie bei ihm gehört hatte, fuhr Henry fort. „Kümmern Sie sich nur um Ihre Aufgabe, die scheint ja schon schwierig genug für Sie zu sein." Es folgte eine längere Pause, in der sie ihren Vater aufgeregt im Zimmer auf und ab gehen hörte. „Können Sie langsam zum Ende kommen? Wissen Sie nun, wo die Gruppe ist, oder nicht?" Er brummte vor sich hin. „Es ist mir egal, was mit Ihren Leoparden passiert ist, holen Sie sich einfach neue aus Afrika. Wichtig ist nur, dass wir den Standort kennen und die Berglöwen einfangen können."

Isabel lehnte sich an die Wand und schloss die Augen. Was auch immer ihr Vater vorhatte, es konnte nichts Gutes sein. Sie war sich ziemlich sicher, dass sowohl Leoparden als auch Berglöwen zu den geschützten Arten gehörten und gar nicht eingefangen werden durften.

„Gut, sehr gut. Bauen Sie alles auf, aber weit genug entfernt, dass Sie nicht vorzeitig entdeckt werden." Henry stieß ein Grunzen aus. „Ja, ja, ich weiß, Sie haben jahrzehntelange Erfahrung damit. Ich frage mich nur, wie Ihnen dann der verdammte Berglöwe und die Frau entkommen konnten." Seine Stimme wurde gefährlich leise. „Drohen Sie mir lieber nicht, Gowan, Sie kriegen viel Geld für die Lieferung, und ich erwarte, dass Sie Ihren Teil des Handels erfüllen." Wieder entstand eine kleine Pause. „In Ordnung, ich warte dann auf Ihre Meldung, wenn Sie die ganze Gruppe gefangen haben. Es darf keiner entkommen."

Isabels Augen flogen auf, als sie die Schritte ihres Vaters auf sich zukommen hörte. Wenn er sie hier entdeckte, würde er sie zu lebenslangem Hausarrest verdonnern. So leise wie möglich zog sie sich zurück, bis sie die hintere Hausecke erreicht hatte, und lief dann los. Es war ihr egal, wohin sie rannte, sie musste nur weg. Wie sollte sie ihrem Vater in die Augen sehen, nachdem sie so etwas mit angehört hatte?

Sie konnte sich nicht erklären, was mit ihm passiert war, dass er sich an etwas beteiligte, das eindeutig nicht erlaubt war. Außer es handelte sich um eine legale Aktion. Aber warum hatte er dann so übertrieben reagiert, als sie ans Telefon gegangen war? Ihr erster Impuls war, ihn danach zu fragen, doch ihr Gefühl sagte ihr, dass es sinnlos war.

Atemlos blieb sie hinter einer Gruppe knorriger Büsche mit grünbraunen Blättern stehen und ließ sich auf einen Felsen sinken. Es war totenstill hier draußen, bis auf ein leises Rascheln der vertrockneten Blätter war kein Laut zu hören. Nur langsam drang die karge Schönheit der Landschaft in ihr Bewusstsein. Vor ihr lag eine trockene Ebene aus rotem Sand und Felsen, mit vereinzelten grünen Punkten, wo Pflanzen der feindlichen Umgebung trotzten. Zusammen mit dem blauen Himmel, der sich langsam im Westen rötlich färbte, war es ein unglaubliches Bild, das sie staunend in sich aufnahm. Sie konnte jetzt einige Wochen die Landschaft genießen. Doch wie sollte sie das tun, wenn sie sich um ihren Vater sorgte? Verdammt, warum hatte sie lauschen müssen? Manchmal war es doch besser, wenn man einige Dinge nicht wusste.

Seufzend stand Isabel auf, als die Sonne langsam hinter den Hügeln versank. Vermutlich sollte sie zum Haus zurückgehen, ihr Vater würde sie bestimmt schon suchen. Erschrocken bemerkte sie, dass im Haus sämtliche Lichter eingeschaltet waren. Also würde sie keine Schonfrist erhalten. Andererseits war es vielleicht auch nicht schlecht, die Sache hinter sich zu bringen, damit ihr Vater sich über Nacht wieder abregen konnte. Jedenfalls hoffte sie, dass er sie wegen des Vorfalls mit dem Telefon nicht gleich wieder nach Hause schickte. Das Kinn energisch vorgeschoben, legte sie die letzten Meter zum Haus zurück und öffnete die Tür. Kaum hatte sie einen Fuß ins Haus gesetzt, als ihr Vater auch schon aus seinem Büro gelaufen kam.

„Wo bist du gewesen? Ich habe dich überall gesucht!"

„Ich war draußen, du sagtest doch, du wolltest nicht gestört werden." Isabel schloss die Tür hinter sich und lehnte sich gegen das Holz.

„Nein, ich sagte, dass ich dich sprechen möchte." Henry deutete auf das Sofa. „Setz dich."

Mit einem stummen Seufzer folgte Isabel seinem Befehl. Angespannt lehnte sie sich vor, während Henry hinter dem Sessel stehen blieb und seine Hände auf die Lehne legte. Sie brauchte nicht lange zu warten.

„Ich dachte eigentlich, die Grundregeln für deinen Besuch hier wären klar: Alles, was mit meiner Arbeit zu tun hat, ist für dich tabu."

„Das weiß ich."

Henry runzelte die Stirn. „Warum bist du dann ans Telefon gegangen?"

Ärger sprudelte in Isabel hoch. „Weil ich dachte, dass es Mom wäre!"

Verwirrt strich Henry über seine Haare. „Deine Mutter ruft nie hier an, warum sollte sie es jetzt plötzlich tun?"

„Weil ich sie gerade vorher angerufen hatte und …" Isabel brach ab, weil der Kloß in ihrem Hals sie am Weitersprechen hinderte.

Henrys Miene wurde etwas sanfter. „Ich verstehe. Können wir uns darauf einigen, dass du ab sofort nicht mehr ans Telefon gehst? Wenn ein Anruf für dich kommt, gebe ich ihn sofort an dich weiter."

„Okay."

„Gut, dann wäre das ja geklärt." Henry rieb seine Hände, wie er es immer tat, wenn er eine unangenehme Sache erledigt hatte. „Dann mach dir einen schönen Abend, ich werde noch etwas arbeiten."

Auch das war keine Überraschung. Aber nachdem sie das Telefonat belauscht hatte, war sie froh, nicht so tun zu müssen, als wäre alles in Ordnung. „Ich denke, ich werde ein wenig lesen."

Henry nickte und ging zu seinem Büro zurück. Im Türrahmen drehte er sich noch einmal um. „Hat er etwas zu dir gesagt?"

„Wer?"

„Der Anrufer." In dem Wort lag eine Mischung aus Wut und Verachtung.

„Er schien erstaunt und meinte, dass du dir wohl doch noch Gesellschaft geholt hättest. Was immer er damit sagen wollte."

Henrys Gesicht lief rot an und seine Hand krampfte sich um den Türgriff. „Mistkerl.“ Isabel war sicher, dass sie das Wort nicht hören sollte. Schließlich atmete er tief durch und wandte sich ihr wieder zu. „Ignorier ihn einfach, er ist es nicht wert, auch nur einen Gedanken an ihn zu verschwenden.“

„Okay.“

Henry schien sich mit ihrer Antwort zufriedenzugeben, denn er nickte ihr zu und zog sich in sein Büro zurück.

Isabel atmete erleichtert auf, als sich die Tür hinter ihm schloss. Das war doch ganz gut gelaufen. Zum Glück ahnte ihr Vater nicht, dass sie sein Gespräch am Fenster belauscht hatte. Ein Grummeln in ihrem Magen erinnerte sie daran, dass sie seit mittags nichts mehr gegessen hatte, also machte sie sich ein Sandwich zurecht, bevor sie mit dem Telefon das Haus verließ. Henry hatte schließlich nicht gesagt, dass sie nicht damit telefonieren durfte, sondern nur, dass sie keine Gespräche für ihn annehmen sollte. Und sie brauchte jetzt dringend Claires Rat und Ablenkung. Dafür nahm sie gerne in Kauf, noch einmal mit ihrem Vater diskutieren zu müssen.

Die immer noch warme Abendluft strich sachte über ihr Gesicht und ihre Arme, als sie sich auf die Liege setzte und ins Sandwich biss. Während sie aß, sah sie in den Himmel, der nur noch Spuren des Abendrots zeigte und im Osten in einen tiefschwarzen Ton übergegangen war. Sterne funkelten über ihr, und sie konnte die schmale Sichel des Mondes erkennen, die langsam über dem Horizont aufging. Isabel genoss die Ruhe und das Gefühl, nur ein winziger Fleck im Universum zu sein. Erfüllt von dem Frieden, der sie durchströmte, schloss sie die Augen und atmete tief durch. Ihr Körper fühlte sich angenehm schwer an, und sie war zu träge, die Hand mit dem Telefon zu heben. Aber das machte nichts, sie konnte Claire immer noch etwas später anrufen, wenn sie wieder Lust hatte, sich zu bewegen.

Abrupt setzte Isabel sich auf. Ihr Herz hämmerte wild, und scharfe Schmerzen schossen durch ihren Kopf. Desorientiert sah sie sich um. Es war inzwischen völlig dunkel, die Luft war deutlich kühler geworden. Sie musste eingeschlafen sein und war erst durch die Kopfschmerzen aufgewacht. Ein Zittern schüttelte ihren Körper und verstärkte die Folter noch.

Isabel presste ihre Hände an die Schläfen, aber das half auch nicht. Taumelnd kam sie auf die Füße und stolperte zum Haus zurück. Vielleicht würde eine Dusche ihre Qual lindern, ansonsten musste sie auf die Tabletten zurückgreifen, die ihr der Arzt verschrieben hatte. Normalerweise versuchte sie, das zu umgehen, doch manchmal blieb ihr nichts anderes übrig, wenn sie nicht durchdrehen wollte.

Die Schmerzen wurden immer heftiger, je näher sie dem Haus kam. Fast blind schob sie die Haustür auf und trat in die dunkle Diele. Es herrschte Stille, die sie aber wegen des Sturms in ihrem Innern kaum wahrnahm. Der vorher rauschende Schmerz war jetzt klarer definiert, es fühlte sich fast an wie … anhaltende Schreie.

Angst stieg in ihr auf, dass sie die Attacke diesmal vielleicht nicht überstehen würde. Automatisch bewegte sie sich auf das Büro zu. Vielleicht wusste ihr Vater, was ihr helfen könnte. Ihre Hand zitterte, als sie sie nach der Klinke ausstreckte. Zum Klopfen war sie nicht mehr in der Lage, auch wenn ihr das den Zorn ihres Vaters eintragen würde. Isabel zuckte zusammen, als sich die Tür mit einem leisen Quietschen öffnete, das wie ein rostiger Nagel in ihren Schädel drang.

„Dad …“ Selbst das Flüstern bereitete ihr unglaubliche Mühe und ließ die Schmerzen auflodern. Durch den Schleier vor ihren Augen sah sie sich im Büro um, doch ihr Vater war nicht da. Sie wollte sich gerade wieder umdrehen, um ihn woanders zu suchen, als ein gewaltiger Schmerz sie in die Knie sacken ließ.

Mit einem Stöhnen vergrub sie ihren Kopf unter ihren Armen und presste ihre Stirn auf den Boden, doch auch das half nicht. Im Gegenteil, es schien eher schlimmer zu werden. Wenn das überhaupt möglich war.

Mühsam kam Isabel wieder auf die Füße und blieb schließlich schwankend stehen. Jeder Knochen in ihrem Körper schien wehzutun, selbst das Atmen bereitete ihr Schwierigkeiten. Als sie es nicht mehr aushielt, still zu stehen, bewegte sie sich so schnell sie konnte in Richtung Tür, blieb jedoch kurz darauf mit einem Ruck wieder stehen. Die Schmerzen waren plötzlich verschwunden, ohne Vorwarnung, so als wären sie nie da gewesen.

Ungläubig sah Isabel sich um. Was war gerade passiert? Vor wenigen Sekunden noch konnte sie sich kaum bewegen, und jetzt fühlte sie sich ganz normal. Als hätte jemand einen Schalter umgelegt. Wie konnte das sein? Sie richtete sich gerader auf und drehte vorsichtig den Kopf. Nichts.

Doch dann hörte sie ein seltsames Knarren, das ihr wieder bewusst machte, dass sie sich im Büro ihres Vaters befand und keine Lust hatte, ihm zu erklären, was sie hier tat, wenn er sie erwischte. Rasch wirbelte sie herum und lief zur Tür. Sie schlüpfte hinaus und zog die Tür langsam hinter sich zu, damit sie nicht quietschte. Durch den Spalt sah sie gerade noch, wie ein Teil der Wand hinter dem Schreibtisch aufschwang und ihr Vater heraustrat. Lautlos ließ sie die Tür ins Schloss fallen und rannte in die Küche. Ihr Herz schlug bis zum Hals, als ihr klar wurde, wie nah sie daran gewesen war, von Henry erwischt zu werden. Schlimmer allerdings war die Gewissheit, dass tatsächlich irgendetwas vorging, das ihr Vater vor ihr verbergen wollte.

Mit zitternden Beinen ließ Isabel sich auf den Küchenstuhl sinken. Der Migräneanfall machte ihr Angst. So schlimm war es bisher nur bei einem Schulausflug im Zoo gewesen. Sie war direkt vor den Käfigen mit Raubkatzen in Ohnmacht gefallen.

Ihr Körper hatte einfach abgeschaltet, nachdem die Schmerzen unerträglich geworden waren. Isabel setzte sich gerader auf. Auch dort waren die Schmerzen schlagartig verschwunden, aber erst nachdem sie aus dem Zoo gebracht worden war. Was geschah nur mit ihr?

Bowen schlug die Augen auf, als er hörte, wie der Riegel vorgeschoben wurde. Er war alleine. Mühsam unterdrückte er den Drang, an seinem Körper herunterzublicken, um festzustellen, welche Wunden er diesmal davongetragen hatte. Wenn er sie nicht sah, konnte er die Schmerzen besser ignorieren und dachte nicht daran, sie zu lecken, um sie schneller heilen zu lassen. Wahrscheinlich war es genau das, was der Folterer wollte: ihn dazu bringen, alles um sich herum zu vergessen und seinen Instinkten zu folgen. Irgendwann würde er Erfolg haben, wenn es Bowen nicht gelang zu entkommen. Doch so sehr er auch nach Möglichkeiten zur Flucht suchte, es schien keine zu geben. Selbst wenn es ihm gelänge, sich von den Fesseln zu befreien, würde er die Tür nicht öffnen können. Und er hatte den Verdacht, dass der Entführer jedes Mal durch die Kamera über der Tür kontrollierte, ob sein Gefangener noch gefesselt war. Er konnte ihn höchstens überwältigen, während er sich hier im Raum befand, aber die Frage war, ob er in seinem durch Hunger und Blutverlust geschwächten Zustand die Verwandlung schnell genug vollziehen konnte. Wenn er scheiterte, hätte der Folterer sein Ziel erreicht: den mit der Kamera aufgezeichneten Beweis.

Bowen atmete tief ein und erstarrte. Über seinem eigenen Geruch und denen der Geräte, Medikamente und Putzmittel um ihn herum lag der Hauch von etwas anderem. Es konnte nicht von dem Mann kommen, er roch eindeutig anders. Nein, es war etwas Unerwartetes, ein leicht süßlicher frischer Duft, der sich über ihn legte wie Balsam. *Weiblich*. Der Geruch war neu, er hatte ihn noch nicht wahrgenommen, seit er hier lag. War eine Frau gekommen und Henry deshalb so nervös? Er hatte heute mehrmals die Folterungen unterbrochen und den Raum überstürzt verlassen. Wenn es so war, konnte er das irgendwie zu seinem Vorteil nutzen? Natürlich konnte es sein, dass die Frau eingeweiht war und kein Problem damit hatte, dass hier jemand gefoltert wurde, aber was, wenn nicht? Noch einmal schnupperte er und schloss dann die Augen. Nein, es roch nach Unschuld und Jugend. Und Schmerzen. Mit Mühe unterdrückte er das Grollen in seiner Kehle. Sollte der Folterer ein Mädchen gefangen halten und ebensolchen Qualen aussetzen wie ihn, dann … konnte er nichts dagegen tun. Nur darauf hoffen, dass irgendwann ein Moment kam, an dem er zuschlagen und sich befreien konnte.

15

Nachdem Amber gegangen war, hatte Marisa sich in Coyles Haus umgesehen, die Schnitzarbeiten bewundert und noch einmal eine richtige Dusche genommen, um den Rest an Dreck und Schweiß herunterzubekommen. Dummerweise war auch das Duschwasser nicht warm geworden, aber das hatte sie in Kauf genommen. Nach dem, was sie von Coyle und auch von Amber gehört hatte, besaßen alle Berglöwenmenschen einen ausgeprägten Geruchssinn, sie wollte auf keinen Fall nach Schweiß oder Sex riechen, wenn sie Coyles Verwandte und Freunde traf.

Während ihre Haare an der Luft trockneten, blätterte Marisa in einer Naturzeitschrift, die sie auf dem Couchtisch gefunden hatte. Seltsam, dass Coyle so etwas las, sie hätte gedacht, dass er genug Natur um sich hatte und entsprechend wenig Bedürfnis, auch noch darüber zu lesen. Vor allem, wenn er vermutlich über die Berichte nur lachen konnte, weil sich ihm ein ganz anderer Einblick in die Tierwelt bot als den Reportern. Obwohl sie derzeit mehr Pflanzen und Tiere in natura sah, als ihr lieb war, genoss sie die großartigen Fotos. Bei dem Bild eines Berglöwen ertappte sie sich dabei, wie sie mit den Fingern über das Fell fuhr. Die goldenen Augen erinnerten sie an Coyle, genauso wie die leichte Hebung des Mundwinkels, als würde er sich über etwas amüsieren.

Mit einem Stöhnen klappte Marisa die Zeitschrift zu und sprang auf. Ihre Finger kribbelten vor Verlangen, ihre Erlebnisse hier im Lager aufzuschreiben, doch sie wusste, dass sie das nicht tun konnte. Sie würde damit Coyles Vertrauen verraten, und das wollte sie nicht. Außerdem konnte etwas Schriftliches in falsche Hände geraten und für die Wandler gefährlich werden. Unruhig lief sie im Wohnzimmer auf und ab, aufgewühlt von ihren Gedanken und Gefühlen. Immer wieder liefen in ihrem Kopf Szenen ihres Liebesspiels mit Coyle ab. Wie er sich angefühlt hatte, unter ihren Händen und Lippen und in ihr. Noch nie vorher war dieses Erlebnis so intensiv gewesen, fast als würden sie sich in völligem Einklang bewegen. Es fühlte sich richtig an, Coyle zu berühren, egal, ob als Mensch oder in Berglöwenform.

Marisa ließ sich in den Sessel fallen und schlug die Hände vors Gesicht. Was hatte sie sich dabei gedacht? Es war von vorneherein klar gewesen, dass sie sich in absehbarer Zeit von Coyle trennen musste. Wieso war es ihm trotzdem gelungen, sich in ihr Herz zu schleichen? Als hätte sie mit Ben nicht genug Kummer gehabt, sie hätte wirklich daraus lernen müssen. Noch vor drei Tagen war sie fest entschlossen gewesen, sich nie wieder zu verlieben, schon gar nicht, wenn die Möglichkeit bestand, dass die Beziehung nicht halten würde.

Und jetzt liebte sie einen Berglöwenmenschen, zu dem jegliche Beziehung völlig unmöglich war ... Tränen brannten hinter ihren geschlossenen Augenlidern, doch sie drängte sie zurück. Sie konnte nur die Zeit hier genießen und versuchen, so viel davon mitzunehmen, dass es für den Rest ihres Lebens reichte. Und trotzdem wäre es noch zu wenig. *Verdammt!*

Sie musste hier raus, die Wände schienen immer näher zu kommen und sie zu erdrücken. Rasch ging sie zur Tür und zog sie auf. Ein sanfter Luftzug strich durch ihr feuchtes Haar und liebkoste ihr Gesicht. Da sie Coyle versprochen hatte, auf dem Baum zu bleiben, setzte sie sich in den Schaukelstuhl und betrachtete den dichten Blätterwald um sie herum. Die sanfte Bewegung des Stuhls und das Rascheln der Blätter beruhigten sie so weit, dass sie sich wieder entspannte.

Es wunderte sie nicht, dass Coyle diesen Ort ausgesucht hatte. Er war wunderschön und so friedlich, dass sie sich fast vorstellen konnte, es würde keine andere Welt existieren. Aber es gab sie, und sie hatte sich mit der Entführung des Jugendlichen auf schreckliche Weise bemerkbar gemacht. Welchen Einfluss würde das auf die Gruppe haben? Würden sie sich noch weiter von der Zivilisation in die beinahe unendlich scheinenden Wälder des Westens zurückziehen, um jeden weiteren Kontakt zu vermeiden? Sehr wahrscheinlich. Es musste schrecklich sein, einen Teil von sich zu unterdrücken und immer darauf bedacht zu sein, nirgends aufzufallen.

Doch genau wie den Gestaltwandlern war auch ihr klar, was passieren würde, wenn herauskam, dass Wesen wie sie existierten. Sie würden gejagt und erforscht werden, und es würde viel zu lange dauern, ihnen gesetzlichen Schutz zu gewähren. Und selbst wenn, würden skrupellose Wissenschaftler trotzdem versuchen, sie auszubeuten …

Wie auch immer sie es drehte und wendete, es gab keine Chance, ganz normal mit Coyle zusammenzuleben. Marisas Herz zog sich schmerzhaft zusammen. Sie war dumm, überhaupt darüber nachzudenken, besonders wenn sie nicht wusste, ob Coyle auch nur annähernd das Gleiche empfand. Egal, wie liebevoll er sich ihr gegenüber verhielt oder wie intensiv sein Liebesspiel gewesen war. Vielleicht war das bei jemandem von seiner Art normal, wenn er Leidenschaft empfand. Das musste nichts mit Liebe zu tun haben.

Seltsamerweise war diese Vorstellung fast noch schlimmer. Von sich selbst genervt lehnte Marisa sich zurück und schloss die Augen. Wenn sie morgen oder übermorgen schon wieder den langen Fußmarsch zur Straße bewältigen musste, sollte sie sich besser ausruhen. Das konnte sich auch nur positiv auf ihre Augenringe auswirken, die sich in den letzten Tagen inflationär vergrößert hatten. Unter diesen Umständen war es eigentlich unglaublich, dass sie in Coyle ein solches Verlangen auslösen konnte. Vielleicht mochten Berglöwenmänner Augenringe … Mit diesem absurden Gedanken schlief sie ein.

Coyle sprang in langen Sätzen am Baumstamm hinauf. Vermutlich hätte er sich die Zeit nehmen sollen, sich zu verwandeln und die Leiter hinaufzuklettern, aber er konnte es kaum erwarten, Marisa wiederzusehen. Seit der Flucht aus ihrem Haus waren sie nie so lange getrennt gewesen, und er vermisste ihre Nähe, ihren Geruch, den Klang ihrer Stimme. Und vor allem ihre Berührungen. Wie hatte er in so kurzer Zeit süchtig danach werden können?

Lautlos landete er auf der Veranda und blieb bewegungslos stehen, als er Marisa dort im Mondlicht sitzen sah. Ihr regelmäßiger Atem zeigte, dass sie friedlich schlief. Einige wenige Schritte brachten ihn zu ihr. Nur mühsam widerstand er der Versuchung, sich an ihr zu reiben. Wenn sie aufwachte, würde sie sich vielleicht fürchten, wenn sie ihn in Berglöwenform sah, deshalb verwandelte er sich zurück und blieb für einen Moment auf dem kalten Holzboden liegen, um seine Kraft zu sammeln. Heute sollte er wirklich aufhören, damit er sich über Nacht regenerieren konnte. Coyle unterdrückte ein Stöhnen, als er sich aufrichtete. Vorsichtig beugte er sich über Marisa und strich sanft mit seinen Fingerspitzen über ihre Wange.

Marisa schlug die Augen auf und blickte ihn schlafumnebelt an. Als sie ihn erkannte, setzte sie sich ruckartig auf. „Oh, es ist schon dunkel. Ich muss eingeschlafen sein."

Coyle drückte sie sanft in das Polster zurück. „Es ist alles in Ordnung, ich bin gerade erst zurückgekommen."

Ihr träger Blick wanderte an seinem nackten Körper herunter. „Und ich dachte schon, du würdest da weitermachen wollen, wo wir aufgehört haben."

Heiße Lust schoss bei ihrem Angebot durch seinen Körper, sein Schaft regte sich. Es wurde eindeutig Zeit, sich daran zu erinnern, was heute Abend noch anstand, bevor er das tat, wonach es ihn so sehr verlangte. So stieß er nur ein grollendes Lachen aus und hielt Marisa auf Abstand. „So sehr es mich auch reizen würde, wir haben dafür keine Zeit."

Marisas Hände glitten über seine Brust. „Warum nicht?" Die kehlige Frage fuhr wie eine weitere Liebkosung über seine Haut.

„Weil wir eine Verabredung haben. Die anderen möchten dich kennenlernen."

Ihr zweifelnder Blick war unübersehbar. „Wirklich?"

„Ja natürlich." Gut, das war übertrieben. Neugierig waren die anderen zwar schon, aber vor allem wollten sie sehen, ob sie Marisa vertrauen konnten oder sie eine Gefahr für ihre Sicherheit darstellte. Auch wenn sie sich normalerweise auf Coyles Wort verließen, war das eine Sache, die jeder für sich selbst entscheiden musste. „Komm mit rein, sonst wird dir noch kalt."

Marisa hob eine Augenbraue. „Sagt derjenige, der nackt herumläuft." Sie ergriff seine Hand und ließ sich hochziehen.

„Ich bin es gewohnt und habe einen anderen Stoffwechsel. Es dauert wesentlich länger, bis ich friere." Coyle führte Marisa ins Haus und schaltete das Licht ein.

Nachdenklich betrachtete Marisa die Lampe. „Ihr habt hier Strom?"

„Solarzellen. Es würde auffallen, wenn wir ein Kraftwerk anzapfen."

Marisa nickte, als hätte sie nichts anderes erwartet. „Und warum duschst du dann kalt?"

Coyle hob die Schultern. „Wozu Energie verschwenden?" Er grinste sie an. „Außerdem kann ich mir das Wasser auch erhitzen, wenn ich Lust auf eine warme Dusche habe."

„Was? Warum hast du mir das nicht gesagt, bevor ich mir fast etwas abgefroren hätte?"

Coyle fing ihre Hand ein, als sie ihm einen Klaps versetzen wollte. „Woher sollte ich wissen, dass du dich schon wieder waschen willst?" Er küsste ihre Fingerknöchel. „Sag mir einfach Bescheid, dann stelle ich es dir ein."

„Ich wollte nicht mehr stinken, besonders wenn ich weiß, dass ihr so gut riechen könnt." Röte kroch in ihr Gesicht. „Es muss ja nicht jeder wissen, dass …"

„Dass wir uns geliebt haben?" Coyle zog sie an sich und sah tief in ihre Augen. „Bereust du es?"

„Nein!" Das kam so schnell und entschieden, dass er erleichtert aufatmete. „Ich behalte manche Dinge nur gerne für mich."

Coyle zog reumütig einen Mundwinkel nach oben. Gut, dass sie nicht darüber nachdachte, dass die anderen sie ganz sicher gehört hatten. „Das geht mir auch so. Allgemein sind wir eher Einzelgänger, auch wenn wir hier zusammenleben. Das liegt wohl an unseren anderen Genen. Berglöwen leben normalerweise alleine und streifen durch große Gebiete."

Marisa ließ ihre Hände über seinen Rücken gleiten, bis sie sich um seinen Po schlossen. Seine Erektion rieb sich an ihrem Bauch. Coyle ballte seine Hände zu Fäusten, um das beinahe übermächtige Bedürfnis zu unterdrücken, Marisa einfach ins Schlafzimmer zu tragen, sich mit ihr aufs Bett fallen zu lassen und sich mit einem Stoß tief in ihr zu vergraben. Das würde warten müssen, bis die Versammlung beendet war. Seine Muskeln zitterten vor Anstrengung, Marisa nicht zu berühren.

„Dir ist ja doch kalt." Ihre dunklen Augen blickten ihn besorgt an.

„Nein." Coyle wollte sich von ihr lösen, doch sie hielt ihn fest.

„Doch, du zitterst."

Coyle unterdrückte ein Stöhnen und beugte sich stattdessen

vor, bis seine Nase ihre berührte. „Kannst du dir vorstellen, wie schwer es für mich ist, nicht jeden Zentimeter deiner Haut mit meiner Zunge zu erkunden?" Marisas Augen weiteten sich, Hitze stieg in ihr Gesicht. Tief atmete er den Duft ihrer Erregung ein. Wie von selbst strichen seine Finger über ihre Brüste, die Rippen, immer tiefer, bis sie in ihre Hose glitten und dort ankamen, wo sie bereits feucht auf ihn wartete. Er teilte ihre Falten und glitt mit einem Finger in sie. Marisas scharfes Einatmen und das unwillkürliche Zusammenziehen ihrer inneren Muskeln brachten ihn an den Rand seiner Beherrschung. Sein Schaft schmerzte, als hätte er seit Jahren keine Erleichterung mehr erfahren, dabei war es erst ein paar Stunden her. Marisa klammerte sich an ihn, als würden ihre Beine sie nicht mehr tragen, ihre Fingernägel gruben sich in seine Arme.

„Coyle." Sie stieß seinen Namen atemlos aus.

Verdammt. Genau das hatte er verhindern wollen, aber es schien, als wäre er unfähig, das seinem Körper klarzumachen. „Wir haben keine Zeit."

„Es … dauert doch nicht … lange." Mit vor Erregung verschleierten Augen sah sie ihn an. „Bitte. Ich weiß nicht, woran … es liegt, aber … ich brauche dich. Jetzt. Sofort." Die letzten zwei Wörter kamen abgehackt heraus, während sie sich an seine Hand drängte und damit seinen Finger noch tiefer in sich aufnahm. Sie schloss die Augen und stöhnte rau auf.

Coyle spürte, wie sein Körper gegen seinen Verstand gewann, aber es war ihm egal. Innerhalb von Sekunden öffnete er ihre Hose, ließ sie an ihren Beinen hinuntergleiten, schob ihren Slip zur Seite und ersetzte den Finger durch seinen Schaft. Als er sie ausfüllte, schrie Marisa erstickt auf. Coyle hielt einen Moment inne, aber als sie sich an ihm rieb, verlor er endgültig die Beherrschung. Er hob sie hoch, bis sie ihre Beine um ihn schlang, und ließ sie ganz auf seinen Penis sinken. Das Gefühl war beinahe zu viel für ihn, mit aufeinandergepressten Zähnen bewegte er sich in ihr, erst langsam, dann immer schneller. Doch das war noch nicht genug. Rasch trug er Marisa zum Esstisch und ließ sie darauf nieder. Ungeduldig streifte er ihr den Pullover über den Kopf und riss an ihrem Slip, bis die Naht nachgab. Endlich. Völlig nackt lag sie vor ihm, ihr Körper leuchtend vor Verlangen. Mit einem Knurren beugte er sich über sie und leckte über ihre Brustwarze, die sich ihm entgegenreckte. Gleichzeitig glitt er tiefer in sie und hörte zufrieden ihr ersticktes Einatmen. Ein Schauder lief über ihren Körper, Gänsehaut bildete sich.

Langsam zog er sich wieder aus ihr zurück, bis er sie fast verließ, dann stieß er in sie, schneller, härter als zuvor. Marisas Hüfte hob sich ihm entgegen. Mehr Aufforderung brauchte er nicht. Mit jedem Stoß steigerte er das Tempo, während er hart an ihrer Brustwarze saugte. Unruhig bewegte Marisa sich unter ihm, trieb ihn immer weiter. Mit den Händen hob er ihre Beine an und spreizte sie für sich. Das Gefühl ihrer feuchten Enge war unglaublich. Mühsam versuchte er, sich zurückzuhalten, doch es gelang ihm nicht. Er hämmerte in sie und spürte, wie ihr gesamter Körper sich anspannte. Ihr Rücken hob sich vom Tisch, ihr Kopf fiel nach hinten. Coyle fuhr mit seinen Zähnen über ihren Nippel, während er gleichzeitig mit dem Daumen über ihre Klitoris strich. Marisa schrie auf, als der Orgasmus sie überspülte und saugte ihn mit sich. Der Höhepunkt brach mit solcher Gewalt über ihn herein, dass er Sterne sah. Fast zwanghaft vergrub er sich wieder und wieder in ihr, bis er völlig leer war. Er stützte sich auf seine Ellbogen und legte sein Gesicht an Marisas wild klopfendes Herz.

Erst Minuten später rührte er sich wieder und hob den Kopf. Marisa bot einen wundervollen Anblick mit ihrer geröteten Haut, die samtig feucht im Licht der Lampe leuchtete, ihrem schwarzen Haar, das über den Tisch ausgebreitet lag, und den dunkelroten Spitzen ihrer verlockenden Brüste. Was gäbe er darum, sie als Berglöwin zu sehen …

Als Coyle klar wurde, was er gerade gedacht hatte, richtete er sich ruckartig auf. Wie hatte er auch nur für einen Moment vergessen können, dass sie anders war als er? Auch wenn sie alles in ihm zum Klingen brachte, sollte er immer daran denken, dass sie ihn bald verlassen würde. Es machte ihm Angst, sich ihr so nah zu fühlen.

Marisa hob den Kopf. „Das war …"

Ihre Stimme brachte ihn wieder in die Gegenwart zurück. Er lächelte über ihren benebelten Gesichtsausdruck. „Ja."

„Schnell genug?"

„Etwa fünf Minuten, ich denke, das kann ich noch durchgehen lassen."

Marisa bewegte ihre Hüfte. „Und wenn es länger gedauert hätte?"

„Das wäre mir völlig egal gewesen." Er küsste sie tief und ausgiebig, bevor er sich wieder aufrichtete. „Falls du es noch nicht gemerkt hast, wenn ich mit dir zusammen bin, kann ich kaum an etwas anderes denken."

Ihre Hand strich über seine Wange und glitt über seine Brust. „Es geht mir nicht anders." Sie schüttelte den Kopf. „Ich kann das nicht verstehen, ich war immer ein Kopfmensch, auch in früheren Beziehungen habe ich mich nie so …" Marisa biss in ihre Unterlippe.

„… vollständig gefühlt?"

„Das auch, aber ich wollte eigentlich sagen: Ich habe mich nie so gehen lassen. Bin nie einfach nur meinen Gefühlen gefolgt, ohne an die Konsequenzen zu denken." Ihre Augen verdunkelten sich. „Oder doch, ich kenne die Konsequenzen, aber sie sind mir egal, wenn ich mit dir zusammen bin."

Coyle nahm ihre Hand von seiner Brust und küsste ihre Handfläche. „Ich weiß, was du meinst. Eigentlich sollte ich an die anderen denken, an Bowen und diejenigen, die ihn entführt haben. Stattdessen scheine ich dich nicht aus meinem Kopf zu kriegen."

Marisa verzog den Mund. „Vermutlich sollte ich mich jetzt dafür entschuldigen, aber irgendwie bringe ich es nicht über mich."

Lachend half Coyle ihr, sich aufzusetzen. „Nein, das brauchst du nicht, ich würde es nicht anders haben wollen." Er schlang seine Arme um ihren Rücken und zog sie dicht an sich. „Es ist lange her, dass ich mich so lebendig gefühlt habe." Das Geständnis drang rau aus seiner Kehle.

Er konnte hören, wie Marisas Atem stockte, bevor sie ihn sanft ausstieß. „Es ist ungerecht."

„Ja." Mehr konnte er dazu nicht sagen. Das Leben war eben selten fair. Er konnte nichts daran ändern, wer oder was er war, und auch wenn er normalerweise mit seiner Situation nicht haderte, waren es Momente wie dieser, die ihm klarmachten, dass er eben nicht alles haben konnte. Auch wenn er es noch so sehr wollte oder brauchte. Langsam löste er sich von ihr und sah in ihre tränenverschleierten Augen. „Wir sollten uns anziehen, die anderen warten schon auf uns."

Marisa schnitt eine Grimasse. „Sie werden wissen, was wir gerade getrieben haben, oder?"

Coyle grinste. „Ziemlich wahrscheinlich."

„Mist." Tiefe Röte überzog Marisas Wangen. „Ich wollte eigentlich einen guten Eindruck machen."

„Das wirst du." Coyle gab ihr einen schnellen Kuss, um ihren Protest aufzuhalten. „Man lernt hier schnell, sich darüber keine Gedanken mehr zu machen, schließlich gibt es noch mehr Paare, die gerade Sex hatten. Außerdem laufen viele die meiste Zeit nackt herum, und da ist es schwer, gewisse körperliche Reaktionen zu verbergen."

Mit offenem Mund starrte sie ihn an. „Willst du mir sagen, sie werden gleich alle *nackt* sein?"

Coyle hob die Schultern. „Es könnte sein, aber eigentlich gehe ich eher davon aus, dass sie etwas anhaben, weil sie wissen, dass du mitkommen wirst und so etwas nicht gewohnt bist. Aber Einzelne fühlen sich in Kleidung unwohl und vermeiden sie, wo sie nur können." Er sah sie prüfend an. „Wird dir das etwas ausmachen?"

„Also wenn alle so aussehen wie du …" Sie grinste ihn an. „… werde ich es wohl aushalten können."

Unerwartet durchfuhr ihn ein Stich Eifersucht. Er ergriff ihre Schultern und zog sie zu sich heran. „Wenn du mich nackt sehen willst, brauchst du es nur zu sagen, ich stehe jederzeit zur Verfügung."

Marisa lächelte. „Ich werde es mir merken."

Widerwillig trat Coyle einen Schritt nach hinten, um der Versuchung zu widerstehen, die Versammlung ausfallen zu lassen und Marisa stattdessen noch einmal zu lieben. „Was die anderen angeht, sie sind genauso verschieden wie es auch normale Menschen sind. Vielleicht sind wir etwas fitter, weil wir uns mehr bewegen, aber sonst gibt es dünnere und etwas molligere Formen und alles dazwischen."

Marisa nickte, bevor sie sich suchend umsah. Schließlich fand sie ihre Kleidung auf dem Boden neben dem Tisch und hob sie rasch auf. Dabei gewährte sie Coyle einen Blick auf ihr gerundetes Hinterteil, das ihn seine Hände zu Fäusten ballen ließ, um sie nicht anzufassen. Sie drehte sich um und hielt ihm ihren Slip vor die Nase. „Was soll ich jetzt tragen? Das war der einzige."

„Lass ihn einfach weg, es wird keiner merken." Hitze durchfuhr ihn bei dem Gedanken daran, dass er sie beobachten und wissen würde, dass sie nichts unter der Hose trug. „Dann komme ich beim nächsten Mal auch schneller dahin, wo ich hinwill."

Marisa stemmte die Arme in die Hüften. „Beim nächsten Mal? Wer sagt, dass es das gibt?"

„Oh doch, das wird es geben." Coyle folgte ihr, während sie vor ihm zurückwich. „Ich werde dir nachher beweisen, dass du genauso wie ich noch lange nicht genug davon hast und wir es uns nicht leisten können, eine Minute zu verschwenden." Bei seinen letzten Worten sah er, wie das Feuer in Marisas Augen erlosch. Verdammt, er hatte ihr nicht die Laune verderben wollen.

„Du hast recht." Ihre leise Zustimmung schnitt in sein Herz.

Bevor er etwas sagen konnte, wandte sie sich ab und ging zur Treppe, die sie ins Schlafzimmer brachte. Er wollte ihr nachgehen, doch sein Instinkt sagte ihm, dass sie für einen Moment allein sein musste. Es war in den letzten Tagen zu viel auf sie eingestürmt, sie hatte nie Zeit gehabt, in Ruhe nachzudenken. Er würde ihr fünf Minuten geben, damit sie sich ein wenig sammeln konnte, bevor sie sich seiner misstrauischen Familie stellen musste.

Coyle verzog den Mund. Er würde nicht zulassen, dass jemand Marisa feindselig begegnete. Sie hatte genug durchmachen müssen, und nichts davon war ihre Schuld. Wenn es nach ihr ginge, wäre sie jetzt vermutlich lieber in ihrem Haus und hätte nie etwas von ihm gehört. Dieser Gedanke traf ihn härter, als er geglaubt hatte. Abrupt wandte er sich der Truhe zu, die in einer Ecke des Raumes stand, und zog frische Kleidung heraus.

Wenn Coyle ihre geröteten Augen bemerkte, sagte er zumindest nichts dazu, wofür Marisa dankbar war. Als sie die Treppe heruntergekommen war, hatte er bereits fertig angezogen im Wohnzimmer auf sie gewartet. Nichts an ihm deutete darauf hin, dass er erst vor Kurzem unglaublichen Sex gehabt hatte, während es ihr vermutlich jeder an der Nasenspitze ansehen konnte.

Sie musste zugeben, dass Sex mit Ben zwar erfüllend gewesen

war und sie auch nichts vermisst hatte. Doch sein Liebesspiel kam ihr im Vergleich zu Coyles jetzt irgendwie schal und lieblos vor. Vermutlich war es das auch gewesen, schließlich hatte er nur mit ihr geschlafen, um an ihren Informanten heranzukommen. Die alte Bitterkeit stieg in ihr auf, bevor sie es verhindern konnte. Warum dachte sie über einen Verlierer wie Ben nach, wenn sie doch lieber die kurze Zeit, die ihr mit Coyle noch blieb, genießen sollte?

Marisa schreckte aus ihren Gedanken, als Coyle ihre Hand nahm und mit dem Fuß die Strickleiter stabilisierte. Es war schon nicht lustig gewesen, bei Tageslicht heraufzuklettern, doch jetzt, im Dunkeln, erschien sie ihr noch gefährlicher. „Bist du sicher, dass sie hält?"

Sie konnte Coyles Zähne aufblitzen sehen. „Ja. Komm, es wird dir nichts passieren."

„Das sagst du so einfach, du kannst ja auch etwas sehen."

„Würde es dir helfen, wenn ich vor dir runtergehe und dich festhalte, falls du danebentrittst?"

Zweifelnd betrachtete Marisa noch einmal die Leiter und nickte dann. „Ich glaube schon."

Wortlos schwang Coyle sich in einer eleganten Bewegung auf die schwankende Leiter und stellte sich auf die zweite Stufe. „Komm." Wieder hielt er ihr seine Hand hin, die sie dankbar ergriff, bevor sie tief durchatmete und einen Schritt ins Dunkle wagte.

Dank Coyles beruhigender Präsenz schaffte sie es hinunterzuklettern, ohne mehr als einmal abzurutschen. Als sie endlich wieder auf festem Boden stand und sich das Zittern in ihren Beinen langsam legte, atmete sie tief durch. Sie mochte gar nicht daran denken, dass sie nachher auch wieder hinaufkommen musste. „Danke."

„Ich hatte gehofft, du würdest mir mehr Gelegenheiten geben, dich zu berühren." Ein betrübter Ton lag in Coyles Stimme, der Marisa zum Lachen brachte.

„Du bist schlimm, weißt du das?"

„Ja." Kein Leugnen, keine Ausreden. Geradeheraus, wie es Coyles Art war, die ihr so gefiel.

„Hatten wir es nicht eilig?"

Coyle schien zu zögern, ein Ausdruck flog über sein Gesicht, den sie nicht deuten konnte. Schließlich nahm er wieder ihre Hand und setzte sich in Bewegung. Eine gute Nachtsicht war hier eindeutig von Vorteil. Jedenfalls deutlich besser, als ständig über jede Unebenheit im Boden zu stolpern und darauf angewiesen zu sein, dass einem jemand die Hand hielt. Obwohl sie nichts dagegen hatte, wenn Coyle das tat, im Gegenteil, es war ein schönes Gefühl, als wären sie ein normales Paar bei einem Waldspaziergang.

„Es ist wirklich schön hier."

„Deshalb haben wir uns den Platz ausgesucht. Allerdings kann es sein, dass wir bald weiterziehen müssen."

„Warum?"

„Falls Bowens Entführer jemandem gesagt hat, wo wir zu finden sind, bevor er gestorben ist."

„Aber ihr habt doch die Leoparden gefangen!" Marisa sah ihn erschrocken an. „Wie konnte ich das vergessen? Habt ihr etwas herausgefunden?"

Wut war deutlich in Coyles Stimme zu hören, als er antwortete. „Sie reden nicht. Ich weiß nicht, was sie dazu bringt, sich trotz ihrer Situation auf nichts einzulassen, aber ich werde es noch herausfinden. Morgen ist die Schonfrist vorbei."

Nervös sah Marisa ihn von der Seite her an, aber in der Dunkelheit konnte sie seinen Gesichtsausdruck nicht erkennen. „Was werdet ihr tun?"

Coyle schwieg so lange, dass sie schon dachte, er würde ihr

nicht mehr antworten. „Zumindest werden wir sie nicht kaltblütig umbringen, wie sie es mit uns vorhatten. Irgendwann werden sie Nahrung und Wasser brauchen, genauso wie eine ärztliche Versorgung. Und wir werden ihnen klarmachen, dass ihnen nichts anderes übrig bleibt, als mit uns zu reden, wenn sie jemals wieder frei sein wollen."

„Aber sie haben jemanden ermordet und müssen dafür zur Rechenschaft gezogen werden!"

Coyle presste seine Lippen zusammen. „Ja, das müssten sie, aber wer sollte es tun? Wir können sie schlecht der Polizei übergeben. Wenn herauskommt, was sie sind …" Er brach ab und schüttelte den Kopf. „Zuallererst muss ich uns schützen, alles andere ist zweitrangig."

Marisa legte ihre Hand auf seinen Arm. „Das verstehe ich. Es ist nur unfair, wenn sie einfach so davonkommen."

Ein grimmiges Lächeln spielte um seinen Mund. „Das werden sie nicht, ich verspreche es dir." Er legte seine Hand auf ihre Hüfte und zog sie an sich. „Können wir jetzt über etwas anderes reden? Ich möchte, dass du zumindest für ein paar Stunden nicht über so etwas nachdenken musst."

„Liebend gerne." Sie folgte Coyle einen auf beiden Seiten von Farnen umsäumten Pfad entlang, der sich um hoch aufragende Felsen wand. Der Weg verbreiterte sich fast unmerklich, bis er auf einem Plateau endete, von dem aus man einen eindrucksvollen Ausblick auf die Landschaft hatte. Oder zumindest würde es bei Tageslicht so sein. Jetzt sah Marisa nur dunkle Baumwipfel und in der Ferne weitere Felsen. Sie drehte sich zu Coyle um und stellte fest, dass er sie eindringlich beobachtete. „Wo sind die anderen?"

„Vermutlich schon drinnen."

Marisa sah sich um, konnte aber kein Haus oder etwas Ähnliches erkennen. „Wo drin?"

Seine Zähne blitzten kurz auf, dann nahm er wieder ihren Arm und führte sie in Richtung der Felsen. „Wir konnten schlecht eine riesige Halle für unsere Versammlungen bauen, das wäre viel zu auffällig gewesen. Also haben wir eine große Höhle ein wenig hergerichtet. Wir nennen den Hügel ‚Catamounts Rock'."

Er blieb vor den Felsen stehen und wandte sich zu ihr um. „Bleib dicht hinter mir, ich möchte dich nicht verlieren."

Bevor Marisa fragen konnte, was er damit meinte, verschwand er plötzlich. Furcht stieg in ihr auf, als sie versuchte, in der Dunkelheit irgendetwas zu erkennen.

„Worauf wartest du noch?" Seine Stimme erklang so dicht neben ihr, dass sie zusammenzuckte.

„Verdammt, musst du mich so erschrecken? Falls du dich erinnerst, ich kann im Dunkeln nichts sehen."

Coyles Hand erschien aus dem Fels und legte sich über ihre. „Halt dich an mir fest, ich führe dich, bis wir in den helleren Bereich kommen."

Jetzt erst erkannte Marisa, dass die Felswand, vor der sie stand, nur ein Vorsprung war, hinter dem ein Gang in den Berg hineinführte. Sie war froh über Coyles warme Hand, als sie in die totale Finsternis trat. So sehr sie ihre Augen auch anstrengte, sie konnte nichts erkennen, nicht einmal Coyle, obwohl er nur einen Meter vor ihr ging. Sie hatte das Gefühl, dass sich in der Dunkelheit Schatten bewegten, aber das war vermutlich nur eine Sinnestäuschung.

Als fühlte er ihre Beunruhigung, drückte Coyle sanft ihre Finger. „Wir sind gleich da."

„Gut." Marisa war es egal, wenn das Wort ihre Angst widerspiegelte. Sie hatte Dunkelheit und enge Räume noch nie gemocht, aber sie vertraute Coyle, deshalb folgte sie ihm weiter, bis sie einen Schimmer in der Ferne leuchten sah. Sie blinzelte irritiert, doch das Licht blieb und wurde sogar mit jedem Schritt heller. Schließlich kamen sie ohne Vorwarnung an einen Durchgang, hinter dem eine große Halle lag. Ungläubig sah Marisa sich um. Die Decke der Höhle war sicher fünf Meter hoch, Felsvorsprünge in verschiedenen Höhen bildeten ideale Plätze für Petroleumlampen und Fackeln, die den Raum in einen warmen Schein tauchten. Seltsam abgerundete Felsen bedeckten den Boden und bildeten einen Halbkreis um ein hell loderndes Feuer.

Das Bizarrste waren aber die sicher fünfzig Personen, die schweigend dastanden und Marisa beobachteten. Die meisten trugen Kleidung, einige wenige jedoch waren nackt.

Nur der Druck von Coyles warmer Hand hielt Marisa davon ab, sich umzudrehen und zu fliehen.

16

Coyle legte seinen Arm um Marisas Taille und führte sie zu den anderen. Wenn es nicht so kindisch gewesen wäre, hätte sie ihre Hacken in den Boden gegraben und Abstand zu den anderen gewahrt. Vielleicht lag es am flackernden Licht, aber es schien ihr, als wäre kaum jemand erfreut, sie hier zu sehen. Was sie durchaus verstehen konnte, schließlich war sie eine Fremde, die noch dazu eine mögliche Bedrohung darstellte. Als sie es nicht länger aushielt, blieb sie stehen und zupfte an Coyles Ärmel. Fragend blickte er sie an.

„Vielleicht sollte ich doch besser in deinem Haus bleiben, während ihr …“ Obwohl sie so leise sprach, wie sie konnte, hatte sie doch das Gefühl, dass jeder im Raum sie hören konnte.

Coyle beugte sich näher zu ihr, seine Lippen berührten ihr Ohr. „Ich möchte, dass sie dich kennenlernen und du sie. Du hast nichts zu befürchten.“

Theoretisch glaubte sie ihm das auch, aber praktisch war sie sich nicht so sicher. Da sie wusste, dass Coyle ihre Ängste nicht verstehen würde, hob sie ihr Kinn und zwang sich weiterzugehen. Es machte sie nervös, im Zentrum der Aufmerksamkeit zu stehen, ganz zu schweigen von dem Gefühl, *sie* wäre die Anormale. Gut, hier war sie es auch, sie gehörte nicht in diese Welt.

Sie zuckte zusammen, als Coyle zu reden begann. „Ihr habt Marisa schon heute Morgen gesehen, jetzt möchte ich sie euch richtig vorstellen.“ Sein Arm lag weiterhin um ihre Taille und gab ihr Sicherheit. „Marisa hat mir geholfen, als ich von den Leoparden verletzt wurde.“ Leises Knurren ertönte aus den

Reihen der Zuhörer, als Coyle die Mörder erwähnte. „Sie hat mich in ihrem Haus versteckt und meine Wunden behandelt, obwohl ich ein Fremder war.“ Sein Mundwinkel hob sich. „Ein nackter Fremder, um genau zu sein.“ Vereinzeltes Gelächter ertönte, während Marisa errötete. Coyles Blick tauchte in ihren, bevor er sich wieder den anderen zuwandte. „Meinetwegen hatte sie Probleme mit der Polizei, aber sie hat mich nicht verraten. Ich konnte sie nicht ungeschützt zurücklassen, als die Leoparden zu ihrem Haus kamen. Was gut war, denn sie hat mich wieder gerettet, als unsere Verfolger zu uns aufschlossen.“

Irgendwie vergaß er bei seiner Erzählung, dass das nur geschehen konnte, weil Marisa ihn auf der Flucht behindert hatte. Aber sie beschloss, das lieber nicht zu erwähnen, denn sie wollte die vereinzelten Sympathien, die sie in den Blicken spüren konnte, nicht gleich wieder verlieren.

„Ich habe sie ins Lager gebracht, weil sie weiterhin in Gefahr war, bis wir die Leoparden gefangen hatten.“

„Warum ist sie dann jetzt noch hier? Die Leoparden sind doch eingesperrt.“ Der Zwischenruf kam von einem jungen Mann, der sie hasserfüllt anstarrte.

„Wir waren die ganze Nacht unterwegs, denkst du nicht, sie hat ein wenig Ruhe verdient, bevor sie wieder nach Mariposa zurückkehrt?“ Ärger war deutlich in Coyles Stimme hörbar und auch Enttäuschung. „Ich hätte mehr von dir erwartet, Melvin.“

So zurechtgewiesen zog sich der Mann wieder in die Menge zurück. Unruhe entstand.

„Vielleicht sollte ich wirklich gehen, ich möchte dir keinen Ärger machen“, sagte Marisa unsicher.

Diesmal richtete sich Coyles wütender Blick auf sie. „Nein.“

„Coyle …“

Amber löste sich aus der Menge und trat zu ihnen. „Du bist hier willkommen, Marisa, auch wenn sich einige von uns noch daran gewöhnen müssen, dich hierzuhaben. Genauso wie sich die normalen Menschen fürchten würden, wenn sie von unserer Existenz wüssten, fühlen auch wir uns unbehaglich, wenn ein Fremder in unser Lager kommt. Das hat nichts mit dir zu tun." Sie legte ihre Arme um Marisa und drückte sie kurz, aber herzlich an sich. „Ich danke dir für alles, was du für meinen Bruder getan hast."

Marisas Kehle wurde so eng, dass es ihr nur mühsam gelang zu antworten. „Das habe ich gern getan."

Amber nickte und trat zur Seite.

„Wenn jetzt alles geklärt ist, können wir …" Coyle wurde von einem weiteren Zwischenrufer unterbrochen.

„Was ist mit Bowen?"

Auch wenn Coyle äußerlich ruhig wirkte, konnte Marisa seine Anspannung spüren. „Ich habe seine Spur bis zu dem Entführer verfolgt, doch die Leoparden haben den Kerl erwischt, bevor ich ihn befragen konnte. Bowen war nicht mehr dort, irgendjemand muss ihn weggebracht haben. Wohin kann ich nicht sagen, es gab keine weiteren Spuren." Coyle holte tief Luft. „Deshalb ist es so wichtig, dass wir die Leoparden zum Reden bringen. Sie werden uns vielleicht sagen können, wer sie beauftragt hat, den Entführer zu töten."

„Und wenn sie nicht reden?" Die Frage kam von einer kleinen, etwas molligen Frau mit hellblonden Haaren.

„Sie werden es, Amira, das verspreche ich dir. Wir werden deinen Sohn finden und zurückbringen."

Amira schlang die Arme um ihren Körper und nickte ruckartig. Furcht und Trauer standen ihr ins Gesicht geschrieben. Ihre hellgrauen Augen waren gerötet. Marisa hatte das verrückte Bedürfnis, sie zu trösten, obwohl sie sie nicht einmal kannte. Stattdessen beobachtete sie Coyle, und ihr Herz zog sich schmerzhaft zusammen, als sie erkannte, dass er sich Vorwürfe machte. Es war deutlich sichtbar, dass seine Ruhe und die Zuversicht nur gespielt waren und er sich insgeheim große Sorgen machte. Unauffällig legte Marisa ihre Hand auf seinen Rücken und strich beruhigend über seine angespannten Muskeln. Sie konnte fühlen, wie er sich langsam wieder entspannte.

„Wir sollten in nächster Zeit noch wachsamer sein als sonst und besonders darauf achten, dass die Kinder und Jugendlichen nie allein sind."

Jetzt erst fiel Marisa auf, dass in der Höhle weder Kinder noch alte Menschen waren. Die Anwesenden schienen zwischen zwanzig und etwa fünfzig Jahre alt zu sein. Ein furchtbarer Gedanke schoss Marisa durch den Kopf: Wurden die Berglöwen-Wandler womöglich nicht älter? Die Vorstellung, dass Coyle vielleicht nur noch fünfzehn Jahre leben würde, ließ sie erstarren.

Nein, er wirkte so kraftvoll und robust, er konnte nicht schon so früh sterben. Sie wollte Sicherheit haben, erkannte aber, dass jetzt nicht der richtige Zeitpunkt war, ihn danach zu fragen. Während zwischen den Wandlern eine Diskussion über das weitere Vorgehen entbrannte, trat Marisa einige Schritte zurück, um nicht im Weg zu sein.

Aufmerksam beobachtete sie Coyles Familie. Es konnte nicht schaden, wenn sie mehr über die Hierarchie innerhalb der Gruppe lernte. Sie hatte immer noch nicht ganz herausgefunden, ob Coyle so etwas wie ein Anführer war oder nur von allen respektiert wurde. Sicher würde ein Gruppenführer nicht alleine einem entführten Jugendlichen folgen und sich dabei in Gefahr bringen. Es sei denn, er hielt es für seine Pflicht.

„Das lief doch ganz gut", sagte unvermittelt eine weibliche Stimme neben ihr.

Erschrocken drehte Marisa sich um und erkannte Amber. Sie bemühte sich um ein Lächeln. „Ja, vermutlich. Wie sieht es aus, wenn es nicht gut läuft?"

„Das möchtest du nicht wissen."

„Mir haben schon die feindseligen Blicke gereicht, ganz zu schweigen von dem Kommentar des jungen Mannes." Es kam ihr vor, als könnte sie seinen hasserfüllten Blick immer noch spüren, aber das war wohl nur Einbildung.

Amber runzelte die Stirn. „Ignorier Melvin einfach, er hat einige Probleme und lässt seinen Zorn oft an anderen aus." Sie beugte sich zu Marisa vor. „Er ist übrigens ein halber Mensch, was für ihn aber eher ein Makel ist."

„Seid ihr das denn nicht alle?"

Amber sah sie irritiert an, dann lachte sie auf. „Nein, das meinte ich nicht. Er ist zur Hälfte Mensch und zur Hälfte Wandler."

„Oh." Marisa sah sich noch einmal um, konnte Melvin aber nirgends mehr entdecken. „Wie ist das passiert?"

„Auf die übliche Weise." Der Humor verließ Ambers Stimme. „Sein Vater hat sich in eine Menschenfrau verliebt und sie mit hierhergebracht. Bei Melvins Geburt ist sie gestorben."

Mitleid kam in Marisa auf. „Und jetzt kann er Menschen nicht mehr ertragen?"

Amber hob die Schultern. „Niemand weiß genau, was in ihm vorgeht, er ist ein Einzelgänger, hält sich immer abseits. Ich war erstaunt, ihn heute Abend hier zu sehen."

Auch wenn er ihr leidtat, wünschte Marisa sich, er wäre nicht erschienen. Sie war es nicht gewöhnt, so viel Hass auf sich gerichtet zu fühlen. Geringschätzung, ja, damit hatten die Polizisten in New York nicht gespart, aber das war eher etwas Kaltes gewesen, anders als diese heiße Abneigung.

„Gibt es hier Menschen? Menschen-Menschen, meine ich."

Das Lächeln kehrte in Ambers Gesicht zurück. „Zurzeit nicht. In den früheren Generationen passierte das noch häufiger." Sie blickte sich um. „Siehst du den Mann da hinten in der Ecke?"

Marisa folgte ihrer Kopfbewegung und entdeckte schließlich

einen Mann mit schwarzem Haar, gebräunter Haut und einem finsteren Gesichtsausdruck. Als würde er ihre Aufmerksamkeit spüren, drehte er den Kopf und blickte ihr direkt in die Augen. Schaudernd wandte Marisa sich wieder zu Amber um. „Ich glaube, ich weiß, wen du meinst."

„Toriks Vater war Mensch, Indianer, um genau zu sein. Vor einigen Generationen lebten wir nahe an ihren Gebieten, sie respektierten uns, und wenn sie wussten, dass wir Wandler sind, haben sie es geheim gehalten. Damals kamen Verbindungen zwischen uns häufiger vor, doch irgendwann mussten wir uns auch von ihnen zurückziehen, denn wir waren nicht mehr sicher."

Marisa versuchte, das Gehörte zu verdauen. Es war erschreckend logisch und gleichzeitig traurig, dass die Wandler gezwungen waren, sich immer tiefer in abgelegenen Gebieten zu verstecken.

„Irgendwann wurde das Wissen über uns zur Legende. Heute glauben höchstens noch die ganz Alten daran, dass wir existieren. Und das ist auch gut so."

„Aber du willst mir nicht sagen, dass Torik schon hundert ist, oder?"

Amber lachte auf. „Nein, natürlich nicht. Er ist 37, soweit ich weiß."

„Und sein Vater lebt nicht mehr?"

„Doch, er lebt noch." Amber sah sie einen Moment an und schüttelte dann den Kopf. „Es tut mir leid, ich weiß nicht, wie viel ich dir erzählen sollte. Frag am besten Coyle danach."

„Ich wollte dich nicht in Verlegenheit bringen, ich finde es faszinierend und bin furchtbar neugierig. Entschuldige."

„Wenn wir nicht so viel von eurer Welt mitkriegen würden, wäre ich sicher auch viel neugieriger. Aber wir haben die Möglichkeit, einfach hinzugehen und uns umzusehen, während du nur für kurze Zeit hier sein kannst. Ich verstehe, dass vieles für dich verwirrend sein muss."

„Ja, das ist es." Marisa atmete tief durch. „Schlimmer finde ich allerdings, was ich hier zurücklassen muss, wenn ich wieder nach Hause gehe."

Amber nickte wissend. „Es ist unfair, wenn man einen interessanten Mann findet und ihn nicht behalten kann."

Das klang, als hätte sie damit auch schon Erfahrungen gemacht, doch Marisa wollte nicht nachfragen. Der traurige Ausdruck in Ambers Augen sagte alles. Langsam wurde ihr bewusst, wie viele Opfer die Wandler bringen mussten, um hier in Ruhe leben zu können. Keine Kontakte nach außen, das bedeutete, dass sie nur in dieser kleinen Gruppe nach einem geeigneten Partner suchen konnten. Und wenn sie keinen fanden …

„Jetzt habe ich dich traurig gemacht, das wollte ich nicht." Amber berührte ihren Arm. „Ich bringe dich wohl besser zu Coyle zurück, er scheint schon ganz unruhig zu sein, weil du nicht in seiner Nähe bist."

Marisa nickte stumm. Je länger sie sich in Coyles Nähe aufhielt, desto weniger würde sie ihn verlassen wollen. Schon jetzt wusste sie nicht, wie sie es ertragen sollte, von ihm getrennt zu sein, und das machte ihr Angst.

„Wenn es dir hilft, ich habe Coyle noch nie so …" Amber schien nach einem Ausdruck zu suchen. „… aufmerksam in der Nähe einer Frau gesehen. Er sieht dich an, als wollte er dich von Kopf bis Fuß ablecken."

Hilflos begann Marisa zu lachen, während ihr Röte in die Wangen schoss. Erregung breitete sich in ihr aus, als sie daran dachte, wie Coyle genau das tat.

„Oh, oh, da hat es aber jemanden erwischt." Amber lächelte traurig. „Zu schade, dass du nicht bleiben kannst, du würdest meinem Bruder guttun."

Marisa wandte sich ab, damit Amber die Tränen in ihren Augen nicht sah. Was würde sie darum geben, mit Coyle zusammen sein zu können! Als seine Arme von hinten um ihre Taille glitten, lehnte sie sich an ihn und atmete tief seinen unverwechselbaren Duft ein. Wie schaffte er es, dass sie sich sofort behaglich fühlte, obwohl immer noch mehr oder weniger unverhohlen feindselige Blicke auf ihr lagen?

„Geht es dir gut?" Seine leise Stimme vibrierte in ihrem Innern.

„Ja." Sie spürte, wie Coyles Körper sich anspannte, als würde er ihre Lüge fühlen. Doch er sagte nichts, wahrscheinlich, weil hier nicht der richtige Ort dafür war oder weil er ihr Problem sowieso schon kannte.

Coyle wandte sich an Amber. „Danke, dass du Marisa Gesellschaft geleistet hast. Ich musste noch einige Dinge im Rat besprechen."

„Rat?"

Coyle küsste ihren Nacken. „Du willst dich doch wohl jetzt nicht über unsere Strukturen unterhalten, oder?"

Ein dumpfes Trommeln erklang und hallte von den Höhlenwänden wider. Der Rhythmus wurde schneller, dann wieder langsamer und zog Marisa innerhalb kürzester Zeit in seinen Bann. Wie von selbst wippte ihr Fuß im Takt. Ohne Vorwarnung begann eine einzelne Flöte eine Melodie, die so herzzerreißend traurig klang, dass Marisas Brust sich schmerzhaft zusammenzog.

Coyle schien ihre Reaktion zu spüren, denn er wiegte sie sanft hin und her, seine Arme um ihren Oberkörper geschlungen. Deutlich konnte sie seinen Herzschlag an ihrem Rücken fühlen, die Hitze seiner Haut durch ihre Kleidung. Seine Bartstoppeln, die an ihrem Hals entlangstrichen.

„Möchtest du tanzen?"

Marisa hob ihren Kopf und sah ihn über ihre Schulter an. „Vor den ganzen Leuten?"

„Ich glaube nicht, dass uns noch jemand beachtet. Sieh hin."

Marisa blickte sich um und erkannte, dass Coyle recht hatte. Überall bewegten sich Paare im Rhythmus der Musik. „Gerne." Sie unterdrückte einen Seufzer, als Coyle sie umdrehte und in seine Arme zog. Er begann zu tanzen, und sie erkannte, dass er es mit der gleichen natürlichen Geschmeidigkeit tat, mit der er sich auch sonst bewegte. Dagegen kam sie sich fast ungelenk vor, doch nach einigen Takten hatte sie sich seinen Schritten angepasst und konnte es genießen, ihm so nah zu sein, während die Trommeln ihren Körper zum Vibrieren brachten. „Das ist wunderschön."

Coyle küsste ihre Stirn und zog sie noch näher an sich. Seine Erektion presste sich an ihren Bauch und ließ sie wünschen, sie wären allein mit der Musik. Da es nicht so war, legte sie ihre Wange an seine Brust und genoss es, von seiner Wärme umgeben zu sein. Sein Herz schlug im Rhythmus der Trommeln und machte ihr wieder bewusst, wie nahe Coyle daran gewesen war zu sterben. Sie hätte ihn nie mehr berühren, nie mehr sein Lächeln sehen können. Ein Zittern lief durch ihren Körper.

Coyles Lippen strichen über ihr Ohr. „Was hast du?"

Marisa hob ihren Kopf und blickte in seine warmen bernsteinfarbenen Augen. „Ich habe darüber nachgedacht, dass du beinahe gestorben wärst."

Coyle verzog den Mund. „Daran erinnere ich mich eigentlich nicht so gern. Wie kommst du jetzt darauf?"

„Weil wir dann jetzt nicht hier wären, ich nicht deinen Körper an meinem spüren würde, wir nie …" Sie brach ab, als sich ihre Kehle zuschnürte.

„Wir uns nie geliebt hätten?"

Stumm nickte Marisa.

„Du kannst mir glauben, dass ich darüber auch sehr froh bin. Um nichts in der Welt hätte ich darauf verzichten wollen." Seine Lippen strichen sanft über ihre, während sich seine Arme enger um ihren Körper schlangen. „Es war unglaublich, dich an mir zu spüren, in dir zu sein und zu beobachten, wie du kommst."

Wieder lief ein Zittern durch ihren Körper, diesmal aus einem anderen Grund.

Er legte seine Wange auf ihren Scheitel. „Aber vielleicht sollten wir jetzt besser über etwas anderes reden, bevor ich vergesse, wo wir sind."

„Okay." Trotzdem fuhr sie mit den Händen unter sein T-Shirt und berührte seinen nackten Rücken.

Ein tiefes Brummen entstieg seiner Kehle. „Mach nur so weiter, dann garantiere ich für nichts."

„Okay." Marisa ließ ihre Hände, wo sie waren, und Coyle tat nichts, um sie aufzuhalten. Sie strich über seine weiche Haut, die angespannten Muskeln und seufzte innerlich auf. Es war ihr klar, dass sie sich den Abschied immer schwerer machte, aber sie konnte nichts dagegen tun. Sollte sie wirklich darauf verzichten und dann hinterher bedauern, dass sie die einmalige Gelegenheit verschwendet hatte? Nein, das würde sie nicht tun. Sie würde jetzt und hier leben und sich erst hinterher Gedanken darüber machen, wie es weitergehen sollte. Marisa hob den Kopf und leckte über Coyles Hals. Er zuckte zusammen, als hätte er einen Stromschlag bekommen. Seine Arme lockerten sich, und er trat einen Schritt zurück.

„Wenn du weitertanzen willst, musst du damit aufhören. Ich glaube nicht, dass ich noch lange durchhalte." Sein Blick glitt verlangend an ihr herunter und ließ Marisa erschauern.

Es fehlte nicht viel, und sie würde hier an Ort und Stelle zu einer Pfütze schmelzen. Es half auch nicht wirklich, dass Coyles Daumen über die Seiten ihrer Brüste strichen und dabei den

Ausschnitt des Pullovers immer mehr weiteten. Wie hypnotisiert starrte sie nach unten und tat nichts, um das Unvermeidliche zu verhindern. Sie nahm nichts mehr um sich herum wahr, sie war mit Coyle alleine in einer Blase aus warm flackernden Lichtern und herzzerreißender Musik gefangen. Ihre Finger gruben sich in sein T-Shirt, ihre Hüfte strebte seiner entgegen. Coyles Gesichtsausdruck war konzentriert, seine Berglöwenaugen waren unverwandt auf ihren Ausschnitt gerichtet. Als sie einen Luftzug an ihren Brustwarzen spürte, sah sie wieder nach unten. Die Spitzen ihrer Brüste waren aus dem Pullover befreit und reckten sich Coyles Aufmerksamkeit entgegen. Coyle legte seine Hände um ihre Brüste und strich mit den Daumen über die Nippel. Gleichzeitig begann er wieder zu tanzen, leichte Bewegungen seiner Hüfte an ihrer, die sie fast laut aufschreien ließen.

Marisa biss auf ihre Lippe, während sie versuchte, die Erregung nicht Oberhand gewinnen zu lassen. Doch Coyles Macht über ihre Gefühle war zu groß. Ihr Verlangen steigerte sich mit jeder Berührung, und sie konnte nichts dagegen tun. Wie von selbst schoben sich ihre Hände wieder unter sein T-Shirt und fuhren an seinen Rippen hinauf. Ein ersticktes Stöhnen entrang sich ihrer Kehle, das Coyle mit einem weiteren Brummen beantwortete. Sein Mund senkte sich auf ihren, und er küsste sie, als würde sein Leben davon abhängen.

Marisa presste sich an ihn, um den Schmerz in ihrem Innern zu beruhigen, aber es half nicht. Sie brauchte ihn, und zwar sofort. Mit der Kraft der Verzweiflung riss sie sich von ihm los und blieb schwer atmend vor ihm stehen. Er sah genauso erregt aus wie sie, was es ihr etwas leichter machte, gleichzeitig aber auch eine Sehnsucht in ihr auslöste, die sie kaum bändigen konnte. Sie musste hier raus.

Coyle nickte, als hätte er ihre Worte gehört, zog sanft ihren Pullover wieder über ihre Brüste und strich mit einer so liebevollen Geste über ihre Wange, dass sich Tränen in ihren Augen bildeten. Abrupt drehte er sich um und sagte ein paar Worte zu jemandem, der hinter ihm stand, bevor er ihre Hand nahm und sie in Richtung Ausgang zog. Die Luft wurde kälter, je weiter sie sich von der Höhlenmitte entfernten, doch sie fror nicht.

„Ihr wollt doch nicht schon gehen?“ Die Stimme schien aus dem Nichts zu kommen, doch dann entdeckte Marisa die Frau aus der Hütte. In ihren Augen lag Verachtung, als sie ihren Blick über Marisa gleiten ließ, bevor sie sich Coyle zuwandte.

„Doch, das hatten wir vor, Keira. Ist alles ruhig?“

Zuerst verstand Marisa seine Frage nicht, doch dann erkannte sie, dass Keira dunkle Kleidung trug, die sie fast mit den Felsen verschmelzen ließ. Anscheinend war es ihre Aufgabe, den Höhleneingang zu bewachen, während alle anderen sich vergnügten. Kein Wunder, dass ihre Laune nicht besonders gut war.

„Ja, kein Problem.“ Ihr Blick kehrte zu Marisa zurück. „Und, haben die anderen sie leben lassen?“

„Keira!“ Die Warnung in dem einen Wort war deutlich zu hören.

„Scheint so zu sein, sonst würde sie hier nicht stehen und vor Erregung fast tropfen.“ Sie zeigte die Parodie eines Lächelns. „Mir scheint, du hast deine Fähigkeiten noch nicht verloren, Coyle.“

Coyle trat so schnell vor, dass Marisa die Bewegung kaum sah. Er drängte Keira an die Wand, eine Hand an ihrer Schulter. Wut verzerrte sein Gesicht, doch seine Stimme war gefährlich leise. „Glaub nicht, dass du Narrenfreiheit hast, nur weil du Finns Schwester bist. Wenn ich noch einmal höre, dass du irgendetwas gegen Marisa sagst, werde ich dich zur Verantwortung ziehen. Habe ich mich klar ausgedrückt?“ Als sie nichts sagte, schob er sie noch einmal nicht allzu sanft gegen die Felswand. „Hast du mich verstanden?“

Etwas blitzte in ihren Augen auf, doch dann senkte sie den Blick und nickte.

„Gut." Damit ließ Coyle sie los, nahm wieder Marisas Hand und führte sie durch den schmalen Gang nach draußen.

Marisa fühlte sich wie betäubt. Was hatte sie dieser Keira getan?

Coyle schwieg, bis sie im Freien angekommen waren, und auch dort hielt er seine Stimme leise. „Es tut mir leid, Keira hatte kein Recht, dich so anzugreifen."

„Nein. Ich verstehe nur nicht, was ich ihr getan habe. Gibt es da ein Problem, von dem ich nichts weiß?"

Coyle stieß einen tiefen Seufzer aus, der für Marisa darauf hindeutete, dass sie mit ihrer Annahme nicht falsch lag. „Keira, ihr Bruder Finn und ich sind praktisch gemeinsam aufgewachsen. Na ja, eigentlich hing sie eher immer in der Nähe herum, wenn Finn und ich etwas zusammen gemacht haben, seit sie alt genug war, uns zu folgen." Er warf Marisa einen Blick von der Seite zu. „Du hättest die Streiche sehen sollen, die sie uns gespielt hat, damit wir sie beachten." Ein Lächeln hob seine Mundwinkel. „Sie war eine Pest, aber man konnte ihr einfach nicht böse sein. Ein Blick in diese großen, unschuldigen grünen Augen, und wir haben ihr alles verziehen."

„Von Unschuld habe ich da nicht mehr viel gesehen."

Wieder seufzte Coyle. „Nein, in den letzten Jahren hat sie sich verändert, ist immer unzufriedener geworden."

„Weil du sie nicht beachtet hast." Es war keine Frage. Noch offensichtlicher hätte Keira nicht zeigen können, dass sie Coyle wollte und jede Frau in seiner Nähe als Konkurrenz betrachtete.

Coyle blieb stehen und wandte sich Marisa zu. „Ich habe ihr schon vor langer Zeit erklärt, dass ich in ihr eine zweite Schwester sehe."

„Kein Wunder, dass sie so sauer ist. Und wenn sie dann

noch sieht, dass du eine ältere verbrauchte Menschenfrau vorziehst …“ Marisa verzog das Gesicht. „Du hast es geschafft, sie tut mir leid.“

Coyle zog sie an sich und küsste sie sanft. „Ich weiß nicht, wie du darauf kommst, du seist älter und verbraucht. Für mich bist du absolut perfekt. Wunderschön. Sexy.“

„Das sagst du nur, weil du mich ins Bett kriegen willst.“ Und es funktionierte, sie hatte Keiras unschönen Auftritt schon fast vergessen.

Er grinste sie an. „Da hatte ich dich doch schon. Ich dachte, wir versuchen diesmal etwas anderes.“

Marisa schlang ihre Arme um seinen Hals. „Oh, und was?“

„Ich nenne es: zurück zur Natur.“ Er löste sich von ihr und führte sie den Pfad zurück, den sie gekommen waren. „Allerdings müssen wir dafür erst einmal sämtliche Beobachter loswerden.“

Marisa sah sich um. „Was sollte denn jemand hier draußen tun?“

„Das Lager bewachen.“

Natürlich, wie hatte sie vergessen können, dass ihnen immer noch Gefahr drohte. „Kannst du sie sehen?“

„Wenn sie wollen, dass ich sie sehe, ja. Normalerweise sind sie aber so gut verborgen und so leise, dass wir an ihnen direkt vorbeigehen könnten, ohne sie zu bemerken.“ Er lachte leise. „Finn, dich habe ich gerochen, du brauchst nicht zu versuchen, dich zu verstecken.“

Marisa unterdrückte gerade noch einen Schrei, als sich direkt vor ihr ein dunkler Schatten erhob. Auch wenn sie wusste, wer es war, drängte sie sich dichter an Coyle, der beruhigend seinen Arm um sie legte. Ihre Augen weiteten sich, als sie bemerkte, dass der blonde Hüne keine Kleidung trug. Mit offenem Mund betrachtete sie ihn und zuckte zusammen, als Coyle einen Finger unter ihr Kinn legte und ihren Mund zuklappte.

„Marisa, das ist Finn. Den ich vielleicht töten muss, wenn du ihn weiterhin so anstarrst." Trockener Humor war in Coyles Stimme zu hören.

Marisa spürte Hitze in ihre Wangen steigen. „Tut mir leid, ich bin es einfach nicht gewöhnt." Sie ergriff die riesige Hand, die Finn ihr hinhielt. „Freut mich."

„Ebenfalls." Seine Stimme war tief und ein wenig rau. Er drückte vorsichtig ihre Hand und ließ sie schnell wieder los.

Jetzt erst klickte es in ihrem Gehirn. „Sie sind Keiras Bruder."

Erstaunt sah sie, wie er zusammenzuckte. „Was hat sie jetzt schon wieder angestellt?"

„Nichts, nichts. Coyle hat mir nur gerade von ihr erzählt."

„Coyle?" Finns Skepsis war deutlich sichtbar.

„Sie hat Marisa beleidigt. Ich werde das nicht weiter zulassen, Finn. Entweder Keira lernt, sich zu benehmen, oder sie wird ausgeschlossen."

Resigniert nickte Finn. „Ich weiß. Ich habe keine Ahnung, warum sie in letzter Zeit so unausstehlich ist. Ich werde noch einmal mit ihr reden."

Coyle nickte. „Danke. Wie sieht es aus, ist heute alles ruhig?"

„Ja. Die Leoparden geben jetzt endlich Ruhe, nachdem sie erkannt haben, dass sie nicht entkommen können."

Coyles Kiefer spannte sich an. „Ich gehe morgen früh wieder hin. Irgendwie müssen wir sie zum Reden bringen."

„Ich werde alles vorbereiten." Finn rieb über sein Kinn. „Melvin kam vorhin hier vorbei, er schien aufgebracht zu sein. Sei wachsam und pass vor allem auf deine Frau auf, ich habe das Gefühl, dass er etwas vorhat."

„Danke für die Warnung." Coyle ergriff wieder Marisas Hand. „Noch etwas?"

„Nein." Finn begann zu grinsen. „Geht nur noch ein Stückchen weiter, damit ich euch nicht mehr höre."

17

Coyle öffnete die Augen und lächelte, als er Marisa eng an ihn geschmiegt im Bett liegen sah. Ihre langen Haare waren über ihnen ausgebreitet und kitzelten ihn an der Nase. Träge hob er seine Hand und wickelte eine Strähne um seinen Zeigefinger.

Tief atmete er ihren Duft ein, der ihn wieder daran erinnerte, wie sie sich unter freiem Himmel geliebt hatten, schnell und sogar ein wenig rau, doch Marisa war genauso wild gewesen wie er. Coyles Mundwinkel hoben sich. Wenn nicht sogar noch wilder. Sie hatte das Konzept „Zurück zur Natur" sofort verinnerlicht und ausgebaut, bis er nahe daran gewesen war, um Gnade zu flehen.

Sein Schaft regte sich, obwohl er in den letzten zwei Tagen hinreichend Erfüllung gehabt hatte. Trotzdem schien er von Marisa nicht genug bekommen zu können, sie war in seinem Kopf und ließ sich nicht daraus vertreiben. Ihre geröteten Lippen wirkten im Schlaf weich und entspannt, über der schmalen Nase erhoben sich ihre sanft geschwungenen schwarzen Augenbrauen, die dichten Wimpern berührten ihre Wangen. Sie war wunderschön, warum erkannte sie das nicht selbst?

Wenn er mehr Zeit hätte, würde er ihr so lange zeigen, wie wunderbar er sie fand, bis sie es glauben musste. Seine Stimmung verdüsterte sich. Er würde sie gehen lassen müssen, es führte kein Weg daran vorbei. Die Frage war nur, wie er es aushalten sollte, sie nicht mehr in seiner Nähe zu haben, sie nicht mehr berühren zu können, wann er es wollte. Genauso sehr würde ihm ihr beißender Humor fehlen und die Art, wie sie alles, was geschah, innerhalb kürzester Zeit wegsteckte.

Aber er konnte sie nicht darum bitten, hier zu leben und nicht mehr in ihr altes Leben zurückzukehren, das wäre ihr gegenüber nicht fair, und sie würde so abgeschnitten von der Zivilisation nicht glücklich werden. Und er konnte nicht zu ihr nach Mariposa ziehen, weil er hier gebraucht wurde und es viel zu gefährlich wäre. Ein schmerzhafter Stich fuhr durch sein Herz. Wenn es bereits so wehtat, während sie noch neben ihm lag, wie würde er sich dann fühlen, wenn sie fort war? Coyle blickte wieder auf Marisa hinab und lauschte ihren tiefen Atemzügen. Warum hatte er nie eine Wandler-Frau getroffen, die ihm auch nur annähernd so viel bedeutete?

Als Marisa sich unruhig bewegte, zog er sie dichter an sich, und seine Finger wanderten wie von selbst über ihre nackte Schulter. Mit einem Seufzer schmiegte Marisa ihre Wange an seine Brust, ihr Atem streifte seine Brustwarze. Coyle schloss die Augen, als sich sein Verlangen drängender als vorher meldete. Mit Mühe hielt er seine Berührung leicht, um sie nicht zu wecken. Sie brauchte den Schlaf, nachdem sie sich in der Nacht noch einmal geliebt hatten. Die Erinnerung daran half ihm nicht dabei, ruhig zu bleiben, genauso wenig wie ihre Hand, die über seinen Brustkorb strich und auf seinem Herzen liegen blieb. Sie hatte schlanke Hände, die kurzen Nägel passten zu den langen eleganten Fingern. Erstaunlich, dass sie es geschafft hatte, ihn durch die Gegend zu schleppen. Es steckte offenbar mehr Kraft in ihrem Körper, als zu sehen war. Auf ihrer Hüfte prangte ein schillernder Bluterguss, der ihm wieder bewusst machte, wie verletzlich sie war, aber auch, was sie für ihn riskiert hatte. Jeder normale Mensch hätte ihn auf der Veranda liegen lassen und die Polizei gerufen. Aber nicht Marisa.

Noch immer gefror sein Blut in den Adern, wenn er daran dachte, wie sie unbewaffnet den Leoparden entgegengetreten war, um ihn zu beschützen. Sie hätte sich in Mariposa in Sicherheit bringen können, doch stattdessen hatte sie einen Wagen gestohlen, ihn gerettet und sich dabei selbst in Lebensgefahr gebracht. Die Wahrscheinlichkeit, noch einmal eine Frau wie Marisa zu finden, war so gut wie ausgeschlossen – und mit weniger würde er sich nicht zufriedengeben.

Bevor er weiter darüber nachgrübeln konnte, öffneten sich Marisas Augen. Als sie ihn sah, legte sich ein zufriedenes Lächeln auf ihre Lippen. Sie hauchte einen Kuss auf seine Brust, bevor sie den Kopf hob.

„Guten Morgen."

Coyle küsste ihre Stirn. „Hast du gut geschlafen?"

„Ich kann mich nicht erinnern, jemals so gut geschlafen zu haben. Jedenfalls in der kurzen Zeit, in der ich dazu gekommen bin."

Entspannt lehnte Coyle sich zurück. „Gut. Hast du Hunger?"

„Ich könnte einen Wolf verspeisen."

Coyle lachte. „Solange es keine Katze ist …"

„Berglöwen schmecken mir besonders gut, habe ich letzte Nacht festgestellt." Sie grinste ihn an.

Ein Knurren löste sich aus seiner Kehle, das Marisa zum Lachen brachte. Coyle rollte sich über sie und ließ sie seine Berglöwenzähne sehen. „Findest du das etwa lustig? Na warte …"

Marisa schrie auf, als Coyle an ihrem Hals zu knabbern begann. „Halt, hör auf, ich bin viel zu kaputt, um schon wieder …"

„Das hättest du dir vorher überlegen müssen, jetzt ist es zu spät. Du gehörst mir."

Marisa stellte jede Bewegung ein. „Tue ich das?"

Coyle setzte sich auf seine Hacken zurück und sah sie lange an. „Das kommt darauf an, was du möchtest."

„Ich wollte aber wissen, was du denkst." Marisa stützte sich auf ihre Ellbogen und blickte ihn erwartungsvoll an.

Verdammt, warum hatte er nicht seinen Mund gehalten?

Marisa würde gehen, und es brachte weder ihm noch ihr was, es noch schwieriger zu gestalten, als es schon war. Trotzdem schaffte er es nicht, sie anzulügen. „Wenn ich unsere ausweglose Situation und alle anderen Probleme, die sich daraus ergeben, außer Acht lasse, ja, dann gehörst du mir." Seine Augen strichen über ihren nackten Körper. „Und ich dir."

Tränen schimmerten in ihren dunklen Augen, während sie ihn ansah. „Gibt es wirklich keine Möglichkeit …?"

Coyle legte rasch einen Finger über ihre Lippen. „Willst du uns das wirklich antun, dass wir Hunderte von Meilen entfernt leben müssten und uns nur selten sehen könnten? Und das ist nicht alles: Ich könnte nur heimlich zu dir kommen, es dürfte mich niemand sehen. Und wenn du hierherkommst, müsste dich immer jemand am Waldrand abholen."

Eine Träne lief über ihre Wange. „Ich weiß es nicht. Ich weiß nur, dass mir der Gedanke, dich nie wieder zu sehen, sehr wehtut."

Coyle schloss gequält die Augen. Das war die Strafe dafür, dass er sich nicht an seine Regeln gehalten hatte und den Menschen fern geblieben war. Wenn er Marisa niemals kennengelernt hätte … hätte er das Beste in seinem Leben verpasst, und er wusste es.

„Vielleicht …" Bevor er weiterreden konnte, hörte er in einiger Entfernung Stimmen, die schnell näher kamen. Rasch schwang er seine Beine aus dem Bett und stand auf. „Da kommt jemand. Zieh dich lieber an, ich sehe nach, was los ist."

Er wartete, bis Marisa nickte, bevor er aus dem Zimmer lief. Es war noch früh am Morgen. Was konnte so Wichtiges geschehen sein, dass eine ganze Abordnung zu seinem Haus kam? Ein Blick aus der Tür zeigte ihm, dass es tatsächlich fast die halbe Gruppe war, die sich vor seinem Baum versammelte. Mit einem stummen Fluch warf er sich eine Hose und ein T-Shirt über, bevor er auf die Plattform vor seiner Hütte ging. Eine unangenehme Stille trat ein, in der seine Nackenhaare sich aufstellten.

„Was ist los? Machen die Leoparden Ärger?“ Bereits als er die Frage stellte, war ihm klar, dass das nicht das Problem war. Wäre es so, hätte Finn jemanden geschickt, der ihn holte. Das ungute Gefühl verstärkte sich, während er die Männer betrachtete. Ihre Mienen schwankten zwischen ernst, enttäuscht und verächtlich.

Schließlich trat Finn vor. „Nein. Würdest du kurz runterkommen? Wir müssen etwas besprechen.“

Finns Anwesenheit war eine Erleichterung, Coyle wusste, dass er sich auf seinen Freund verlassen konnte. „In Ordnung.“ Unter den wachsamen Augen der Männer sprang er von der Plattform hinunter und kam federnd auf. Glücklicherweise waren seine Verletzungen fast verheilt, denn er konnte sich keine Schwäche erlauben. „Kann mir jetzt jemand sagen, was hier vorgeht?“

Finn wand sich sichtbar, bevor er anscheinend entschied, das Problem direkt anzusprechen. „Es sind Fragen über Marisa aufgetaucht, die beantwortet werden müssen, um die Sicherheit der Gruppe zu gewährleisten.“

Kälte breitete sich in Coyles Körper aus. Er hätte wissen müssen, dass nicht alle Marisas Anwesenheit akzeptieren würden. Aber was auch passierte, er würde nicht zulassen, dass ihr jemand etwas tat. „Die wären?“

„Wusstest du, dass sie Journalistin ist? Enthüllungsjournalistin, sollte ich wohl sagen.“

Ein eisiger Klumpen bildete sich in seinem Magen. „Soweit ich weiß, schreibt sie Artikel für den National Park Service. Wo habt ihr diese Information her?“

„Aus dem Internet. Sie war vor etwa einem Jahr in New York in einen ziemlich großen Skandal verwickelt. Es ging um einen ihrer Informanten in einem großen Biotechnologieunternehmen, der ermordet wurde, weil sie seine Identität preisgab.“ Finn sah ihn entschuldigend an, auch wenn seiner Stimme keine Regung anzuhören war. „Anscheinend wurde sie danach von ihrer Zeitung gefeuert und hat auch keine andere Stelle mehr bekommen. Einige von uns befürchten nun, dass sie mit Bowens Entführern zusammenarbeiten könnte, um uns auszuspionieren und dann einen Artikel über unsere Existenz zu schreiben."

Coyle schwieg einen Moment, um seine Gefühle zu ordnen. „Nein, das glaube ich nicht. Woher hätte sie vorher wissen sollen, dass ich auf ihrer Veranda landen würde? Warum hätte sie mir helfen sollen?"

„Um dein Vertrauen zu gewinnen." Die Bemerkung kam aus der Menge.

Coyle schüttelte bereits den Kopf. „Nein. Sie wusste nicht, wer oder was ich war. Außerdem wollte sie in ihrem Haus bleiben, ich habe sie mehr oder weniger gezwungen, mit mir zu kommen. Sie ist mehrmals beinahe gestorben. Ich glaube nicht, dass sie geplant hatte, von Leoparden getötet zu werden."

„Aber die Gefahr bestand doch gar nicht, wenn die Leoparden nur so getan haben."

„Das fühlte sich für mich nicht so an."

Eine wütende Stimme erhob sich. „Gib wenigstens zu, dass sie dich getäuscht haben könnte. Wenn du mal genau nachdenkst, hört sich alles plausibel an. Ganz zu schweigen davon, dass sie dich die ganze Zeit davon ablenkt, weiter nach Bowen zu suchen. Wäre sie nicht hier, hättest du dich längst wieder auf die Suche gemacht."

Coyle schwieg, denn der letzte Vorwurf stimmte tatsächlich. Allerdings war es nicht Marisas Schuld, sondern seine eigene, weil er nicht die Finger von ihr lassen konnte. Gerade als er das anmerken wollte, witterte er sie. Er drehte sich um und sah sie oben auf der Plattform stehen, die Finger um das Geländer gekrampft, das Gesicht blass. Verdammt, sie hatte alles gehört, was gesagt worden war. Auch die anderen entdeckten sie jetzt. Vereinzelt war Knurren zu hören.

„Marisa." Mehr brachte er nicht heraus, denn er wollte den anderen nicht noch mehr Angriffsfläche bieten. Seine Augen weiteten sich, als er sah, dass sie die Leiter herunterfallen ließ und langsam hinabkletterte. Verdammt, wusste sie denn nicht, wie unberechenbar wütende Berglöwen sein konnten? Aber jetzt war es zu spät, denn Marisa war bereits unten angekommen und er konnte nicht mehr tun, als an ihrer Seite zu bleiben und sie im Notfall zu schützen. Aus den Augenwinkeln sah er, dass Finn sich unauffällig auf Marisas andere Seite stellte.

„Bin ich zu diesem Prozess auch zugelassen?" Sie hob ihr Kinn und sah die sie überragenden Männer entschlossen an. „Ich dachte, vielleicht würde es jemanden interessieren, was ich zu den Vorwürfen zu sagen habe." Auch wenn sie totenblass war, klang ihre Stimme fest.

Hätte er nicht solch eine Angst um sie gehabt, dann hätte Coyle ihr für ihre Haltung applaudiert. Wenn Berglöwenmenschen etwas zu schätzen wussten, dann waren es Mut und Stärke. Er bezwang den Drang, seinen Arm um sie zu legen und sie dicht an sich zu ziehen, sondern bemühte sich, seine Stimme neutral zu halten. „Natürlich darfst du etwas sagen. Und es ist kein Prozess."

Marisa sah ihn direkt an, in ihren Augen sah er, wie verletzt sie war. „Es hörte sich aber ganz so an, als sollte ich hier verurteilt werden."

„Willst du etwas sagen oder nicht?" Wieder die Stimme aus der Menge. Coyle versuchte zu erkennen, wer es war, aber der Sprecher hielt sich weiterhin verborgen.

Coyle biss die Zähne zusammen, um seine Wut im Zaum zu halten. „Ruhe! Ich denke, Marisa hat ein Recht darauf, ohne Vorverurteilungen angehört zu werden." Er wandte sich Marisa zu. „Sag, was du sagen möchtest."

„Ja, ich war Journalistin in New York und es gab einen Zwischenfall. Ich wüsste aber nicht, was das mit der Situation hier zu tun hätte. Ich habe kein Interesse daran, irgendjemandem eure Existenz zu verraten. Was hätte ich davon?“

„Geld und Ruhm? Rache an denen, die dich in New York nicht mehr haben wollten?“ Der Einwurf kam von Harmon, einem der jüngeren Männer.

Coyle bemühte sich, seine Unruhe nicht zu zeigen. Das Problem war, dass die Einwände gar nicht unbegründet waren – zumindest, wenn man Marisa nicht kannte.

Marisas Lippen färbten sich weiß, so fest presste sie sie zusammen. Ihre Hände ballten sich an ihren Seiten zu Fäusten. „Ich habe kein Interesse daran, nach New York zurückzukehren oder meinen alten Job wieder aufzunehmen. Geld wäre nett, aber ich finde es beleidigend, dass mir so etwas unterstellt wird, vor allem, wenn ein großer Denkfehler vorliegt.“

„Und welcher wäre das?“

„Nach der Sache in New York würde mir niemand mehr glauben, wenn ich nicht gleichzeitig Beweise liefere. Und die habe ich nicht.“

Wieder die Stimme aus der Gruppe. „Du weißt, wo das Lager ist. Wenn du zu den Entführern gehörst, weißt du, wo Bowen ist. Und damit habt ihr alle Beweise, die ihr braucht.“

Marisas dunkle Augen sprühten Feuer. Sie wollte einen Schritt vortreten, doch Coyle hinderte sie daran. „Ich würde niemals ein Leben auf eine solche Weise opfern, weder das eines Menschen noch das eines Tieres. Aber ich kann euch nicht zwingen, mir zu glauben oder zu vertrauen.“ Sie drehte sich zu Coyle um und sah ihn mit einem Ausdruck in den Augen an, der ihm ins Herz schnitt. „Deine Freunde haben ihr Ziel erreicht, ich werde das Lager sofort verlassen.“ Sie wandte sich ab und kletterte wieder die Leiter hoch.

Stille herrschte, während Marisa mit der schaukelnden Leiter kämpfte, die Plattform erreichte und im Haus verschwand.

Einer der Männer brach schließlich das Schweigen. „Wir können sie nicht einfach so gehen lassen! Wir müssen sie gefangen nehmen und befragen, bis sie uns die Wahrheit sagt."

Coyles Wut, die er zu unterdrücken versucht hatte, brach sich Bahn. Sein Blick richtete sich auf die Männer. „Habt ihr nicht schon genug angerichtet? Ich an Marisas Stelle würde mich fragen, ob es sich wirklich für sie gelohnt hat, mich zu retten. Das hat es nämlich nicht, im Gegenteil – sie hat so viel durchgemacht, und jetzt wollt ihr, die ihr hier auf eurem Hintern gesessen habt, euch zum Richter aufspielen und entscheiden, was mit ihr geschieht?" Coyle ließ den Berglöwen durchscheinen und zeigte sein Gebiss. „Nur über meine Leiche."

Ein paar der Männer sahen so aus, als wollten sie ihn beim Wort nehmen, doch sie entschieden sich dagegen, als Finn sich demonstrativ neben ihn stellte. Coyle war dankbar für die Unterstützung seines Freundes, doch zur Not hätte er es auch alleine mit den Hitzköpfen aufgenommen, die zu dumm waren zu erkennen, wer Freund und wer Feind war. Es hatte Marisa verletzt, so angegriffen zu werden, so viel war offensichtlich gewesen. Am liebsten hätte er sie in den Arm genommen und ihr versichert, dass er nicht so dachte, doch er wusste auch, dass ihm das als Schwäche ausgelegt worden wäre, und er brauchte jeden Fetzen Autorität, um die Aufrührer in Schach zu halten. Insgeheim atmete er erleichtert auf, als sich die Männer schließlich auf den Rückweg ins Lager machten.

„Das war nicht besonders klug." Finns tiefe Stimme riss ihn aus seinen Gedanken.

Sofort brodelte die Wut wieder hoch. „Du meinst, ich hätte sie Marisa mitnehmen lassen sollen? Was glaubst du, was sie mit ihr gemacht hätten?"

Finn schüttelte den Kopf. „Du denkst nicht mehr klar, wenn es um sie geht." Er hob die Hand, als Coyle etwas sagen wollte. „Ich rede davon, dass du dich ganz alleine vor eine Gruppe wütender Berglöwenmänner stellst und sie dann auch noch mehr oder weniger aufforderst, dich zu töten."

Coyle grinste schief. „Du warst doch da."

Finn blieb ernst. „Und wenn ich der gleichen Meinung wie die anderen gewesen wäre?"

„Bist du es?" Coyles Gegenfrage kam aggressiver heraus als geplant. Doch er nahm seine Worte nicht zurück.

„Manchmal würde ich dir gerne wie früher ein wenig Verstand einprügeln, mein Freund." Finn verschränkte die Arme über der Brust. „Um deine Frage trotzdem zu beantworten: Ich kenne Marisa nicht gut genug, um mir eine Meinung zu erlauben, deshalb neige ich dazu, deinem Urteil zu vertrauen. Du kennst sie am besten, und wenn du sagst, sie hat nichts mit den Entführern zu tun und dass du ihr dein Leben schuldest, dann glaube ich das. Die Frage ist, was machen wir jetzt mit ihr?"

Sämtliche Muskeln spannten sich in Coyles Körper an, trotzdem spürte er den Schmerz in seinem Innern. „Wir lassen sie in ihre Welt zurückkehren."

Finns Augenbrauen hoben sich. „Allein?"

„Sie würde sich schon nach zehn Metern verlaufen. Ich wollte Amber bitten, sie zur Straße zu begleiten."

„Was ist, wenn sich die anderen nicht so einfach damit zufrieden geben und sie jagen, sobald sie nicht mehr unter deinem Schutz steht?"

Coyle sah ihn ernst an. „Daran habe ich auch schon gedacht. Und deshalb möchte ich dich bitten, sie zu beschützen. Ich würde es selbst tun, aber das gäbe wohl nur noch mehr Ärger, und davon abgesehen muss ich mich um die Leoparden kümmern." Er musste nicht noch einmal erwähnen, was mit Bowen passieren würde, wenn sie nicht bald eine Spur von ihm fanden. „Du bist der Einzige, dem ich vertraue, und ich weiß, dass du Marisa so schützt, wie ich es tun würde."

Finn neigte den Kopf. „Ich werde Amber holen."

Coyle fühlte sich erleichtert, nachdem er Marisa in guten Händen wusste. „Danke."

Finn ging ein paar Schritte in Richtung Lager, drehte sich aber noch einmal um. „Weiß sie, wie viel sie dir bedeutet?" Seine Stimme war so leise, dass Coyle ihn gerade noch verstehen konnte.

„Wenn sie es nicht weiß, ist es besser, sie erfährt es nicht."

Finn schien anderer Meinung zu sein, doch er nickte nur und verschwand zwischen den Bäumen.

„Marisa."

Ihre Schultern versteiften sich, als sie Coyles Stimme hörte. Er war so leise hereingekommen, dass sie ihn erst bemerkte, als er direkt hinter ihr stand. Trotzdem drehte sie sich nicht zu ihm um, damit er nicht in ihren Augen erkennen konnte, wie verletzt sie war. Sie konnte seine Wärme spüren, sein Duft kitzelte ihre Nase. Wie konnte sie sich in so kurzer Zeit so an ihn gewöhnt haben? Anscheinend waren sämtliche Selbsterhaltungsinstinkte abgeschaltet gewesen, anders konnte sie es sich nicht erklären. Mit angehaltenem Atem wartete sie darauf, dass er sie berührte, wie er es schon so oft getan hatte, doch er rührte sich nicht. Marisa schloss die Augen, als ihr klar wurde, dass ihrer beider Schonfrist abgelaufen war. Nun gut, damit würde sie sich abfinden müssen. Heftig stieß sie den angehaltenen Atem aus und trat zur Seite.

„Ich habe Ambers Kleidung auf den Stuhl gelegt, es tut mir leid, dass ich sie nicht mehr waschen konnte." Vor allem wünschte sie sich, sie hätte nicht wieder ihre dreckigen zerfetzten Sachen anziehen müssen.

„Das wird Amber nichts ausmachen. Du hättest sie auch behal…“

„Nein.“ Ihre Ablehnung klang hart, doch sie entschuldigte sich nicht. „Danke, aber ich trage lieber meine eigenen Sachen, wenn ich nach Hause gehe.“ Jetzt kam der Moment, in dem Coyle sie hätte bitten müssen zu bleiben, in dem er ihr hätte gestehen müssen, dass er es nicht ertragen konnte, sie zu verlieren.

„Wie du willst“, sagte er nur tonlos. Es folgte eine kurze Pause. „Finn und Amber werden dich bis zur Straße begleiten.“

Marisas Kehle war wie zugeschnürt, sie brachte kaum einen Ton heraus. „Das ist nett, aber ich brauche sie nicht.“

Diesmal berührte Coyle sie, aber nur, um sie am Arm zu sich herumzuziehen und sie gleich darauf wieder loszulassen, als hätte er sich die Hand verbrannt. „Verdammt, Marisa, das war kein Vorschlag! Finn und Amber werden dafür sorgen, dass du sicher durch den Wald kommst und niemand versucht, dir etwas anzutun.“ Ein Muskel zuckte auf seiner Wange, anscheinend war er nicht so ruhig, wie sie geglaubt hatte.

„Ich hätte nicht gedacht, dass dich das noch interessiert.“

Coyle versteifte sich. „Was willst du eigentlich von mir? Natürlich möchte ich nicht, dass dir etwas geschieht, das sollte dir klar sein.“ Er stieß hart den Atem aus und fuhr dann ruhiger fort. „Warum hast du mir nicht gesagt, dass du Reporterin warst?“

Marisa verzog den Mund. „Ich wüsste nicht, dass wir je über irgendetwas anderes geredet hätten als über unser Überleben oder Sex.“

„Das stimmt n…“ Coyle brach ab, vermutlich hatte er erkannt, dass sie die Wahrheit sagte. „Trotzdem hättest du dir denken können, wie es hier aufgenommen werden würde, dass du für eine Zeitung arbeitest.“

„Gearbeitet hast – Vergangenheitsform. Und nein, ich habe mir darüber ehrlich gesagt überhaupt keine Gedanken gemacht, weil mir klar war, dass ich hier nur für kurze Zeit sein würde und es völlig irrelevant ist, was ich früher einmal gemacht habe." Sie hob abwehrend die Schultern. „Warum habt ihr überhaupt in meiner Vergangenheit herumgestochert? Ich habe euch nichts getan, im Gegenteil."

Coyles Lippen wurden schmal. „Nach der Entführung haben die Leute hier Angst. Jeder Fremde ist für sie eine mögliche Bedrohung. Ich hätte daran denken müssen, bevor ich dich herbrachte."

„Und dann hättest du was getan? Mich von den Leoparden fressen lassen?" Wütend schleuderte sie ihm die Worte entgegen, bevor sie sich umwandte und zur Tür ging.

„Du weißt, dass es nicht so ist." Coyles leise Stimme ließ sie innehalten.

Langsam drehte sie sich um. „Ich dachte, wir hätten etwas Besonderes erlebt, aber anscheinend war es das nur für mich. Es wäre nett gewesen, wenn du mir einfach gesagt hättest, dass ich hier nicht mehr erwünscht bin, und nicht gewartet hättest, bis die anderen mich verjagen." Sie sah, wie sich seine Augen veränderten, ließ sich davon aber nicht aufhalten. „Leb wohl, Coyle. Ich hoffe, ihr findet den Jungen und könnt weiter in Frieden leben." Bevor die Tränen kamen, die sie nur mühsam zurückhalten konnte, wirbelte sie herum und ging rasch zur Tür.

So sehr sie sich auch wünschte, dass Coyle sie zurückhalten würde, dass er sagen würde, wie sehr er ihr Zusammensein genossen hatte, sie wusste, er würde es nicht tun. So schloss sie nur leise die Tür hinter sich und setzte sich auf die Plattform, um auf Amber und Finn zu warten. Es würde schwer sein, ihnen nach ihrem abrupten Rauswurf noch in die Augen zu sehen, aber ihr blieb nichts anderes übrig, wenn sie nach Hause kommen wollte.

Schneller als erwartet trafen ihre beiden Begleiter ein, und Marisa kletterte schweren Herzens zum letzten Mal die Leiter hinunter. Von Coyle hatte sie weder etwas gesehen noch gehört, aber es war, als könne sie auch jetzt noch seine Anwesenheit spüren. Finn nickte ihr nur kurz schweigend zu, während Amber sie forschend ansah. Marisa glaubte, in ihren Augen eine Spur Mitleid zu sehen, und wandte den Blick ab.

„Hast du alles?"

„Da ich mit nichts außer meiner Kleidung angekommen bin, ja." Sie konnte es nicht ändern, dass ihre Stimme unfreundlich klang, die Enttäuschung saß zu tief.

Amber berührte kurz Marisas Arm. „Du hattest noch kein Frühstück, oder?"

Marisa schüttelte stumm den Kopf.

„Dann ist es ja gut, dass ich etwas zu essen für uns mitgenommen habe." Ambers Stimme nahm einen betont fröhlichen Klang an. „Es gibt ja keinen Grund, warum wir hungern sollten, nur weil mein Bruder und einige Idioten den Verstand verloren haben." Ein warnendes Fauchen erklang aus der Hütte, das Amber ein zufriedenes Grinsen entlockte. „Wollen wir?"

Erstaunt erkannte Marisa, dass doch jemand auf ihrer Seite war. Ihre Stimmung hob sich etwas. „Ja, Angus wartet sicher schon auf mich."

Diesmal ertönte ein leises Grollen von oben.

Amber hob eine Augenbraue. „Dein Freund?"

Marisas Mundwinkel zuckte. „Mein Hund."

Ambers melodiöses Lachen wehte durch die Morgenluft, als sie in schnellem Tempo losgingen.

18

Am nächsten Morgen wartete Isabel, bis sie hörte, wie im Bad ihres Vaters das Wasser in die Duschwanne prasselte, bevor sie die Treppe hinunterlief und nach einem tiefen Atemzug die Bürotür öffnete. Sie hatte schon fast befürchtet, dass er sie abschließen würde, doch er schien davon überzeugt zu sein, dass sie seinen Befehlen gehorchte. Normalerweise hätte sie das auch getan, aber das hier waren besondere Umstände. Solange sie nicht wusste, was vor sich ging, malte sie sich die schlimmsten Dinge aus und würde keine Ruhe finden.

Rasch durchquerte sie das Arbeitszimmer, bis sie vor der Wand stand, aus der sie ihren Vater gestern Abend hatte kommen sehen. Irgendwo musste es einen Mechanismus geben, der die geheime Tür öffnete. Mit den Händen fuhr sie über die Holzpaneelen, zog an dem Holzregal, das an der Wand hing, und verschob die Bücher darin, aber es passierte nichts. Wertvolle Minuten verstrichen, während sie alles ausprobierte, was sie jemals in irgendwelchen Spionagefilmen gesehen oder in Büchern gelesen hatte. Nichts. Wenn sie ihren Vater nicht mit eigenen Augen genau dort aus der Wand hätte treten sehen, hätte sie angefangen, an ihrem Verstand zu zweifeln.

Immer nervöser suchte sie nach einem Hinweis, bis sie schließlich einen Schritt zurücktrat, um systematisch und mit Verstand vorzugehen. Einen Augenblick lang schloss sie die Augen, bevor sie ihren Blick noch einmal unfokussiert über die Wand gleiten ließ. Erst jetzt fiel ihr ein Schalter auf. Mit zitternden Fingern drückte sie darauf und atmete erschrocken ein, als die Wand vor ihr zur Seite glitt und den Blick auf eine Treppe freigab. Isabel zögerte kurz, zog ihren Schuh aus und legte ihn in die Öffnung, damit die Tür nicht hinter ihr zuging, bevor sie vorsichtig die Stufen hinunterstieg.

Der Raum hier unten war gut beleuchtet und nicht wesentlich kälter als das Obergeschoss, aber er wirkte mit dem auf einem Computertisch aufgebauten Bildschirm und den Geräten, deren Funktion sie nicht erkennen konnte, steril. Beruhigt, dass hier nichts war, das ihr ungutes Gefühl erklären würde, wollte sie gerade wieder die Treppe hinaufsteigen, als sie eine unauffällige Metalltür entdeckte.

Ohne Vorwarnung überschwemmten sie Furcht, Zorn und ein scharfer Kopfschmerz und raubten ihr fast den Atem. Isabel stützte sich mit einer Hand an der Wand ab, um sich auf den Beinen zu halten. Mit wild klopfendem Herzen trat sie einen Schritt vor, dann noch einen und noch einen, bis sie direkt vor der Tür stand. Das, was sie in ihrem Kopf spürte, kam eindeutig von dort, als wären es die Gefühle von jemand anderem. Aber das war nicht möglich. Es gab hier nur ihren Vater und sie selbst. Oder?

Zögernd legte Isabel ihr Ohr an die Tür und lauschte. Es war nichts zu hören, was aber nichts heißen musste. Das Metall konnte sehr dick sein. Sie presste ihre Handflächen an die Tür und schloss die Augen, nur um sie einen Augenblick später mit einem Aufkeuchen wieder zu öffnen.

Sie spürte etwas Lebendiges auf der anderen Seite, etwas das litt. Ihr Blick glitt zu dem Riegel, der oben an der Tür angebracht war. Noch während sie die Hand danach ausstreckte, registrierte ihr Unterbewusstsein, dass etwas anders war. Regungslos blieb sie stehen und lauschte. Es war totenstill. Einige Sekunden vergingen, bevor ihr klar wurde, was das hieß: Es rauschte kein Wasser mehr durch die Rohre, die hier im Keller zusammenliefen – ihr Vater hatte seine Dusche beendet.

Nach einem letzten Blick auf die Tür rannte sie die Treppe hinauf und schlüpfte durch den Türspalt ins Büro. Sie zog ihren Schuh heraus und sah zu, wie die Wand wieder in ihre vorherige Position zurückschwang. Nachdem sie sich versichert hatte, dass alles so aussah wie vorher, zog sie ihren Schuh an und verließ hastig das Arbeitszimmer.

Glücklicherweise war ihr Vater nirgends zu sehen, sodass sie rasch in die Küche lief. Wenn Henry herunterkam, würde er sich wundern, dass noch kein Frühstück auf ihn wartete, wie sie es ihm versprochen hatte, deshalb beeilte sie sich, alles vorzubereiten. Als er wenige Minuten später auftauchte, saß sie bereits am Tisch und las in einer alten Ausgabe von *Science*, die sie im Wohnzimmer gefunden hatte. Es gelang Isabel, ihren Vater anzulächeln, während sie ihm eine Tasse Kaffee einschenkte, doch in Gedanken war sie weit weg. Sie konnte sich weder erklären, was mit ihr geschah, noch was mit ihrem Vater los war. Aber sie musste es herausfinden, wenn sie nicht verrückt werden wollte.

Bowen hatte Mühe, seine Augen zu öffnen, durch den Schlafmangel war er so erschöpft, dass ihm jede Bewegung zu viel erschien. Vermutlich sollte er schlafen, um neue Kräfte zu sammeln, aber er hatte Angst, die Kontrolle über seinen Körper aufzugeben. Was war, wenn er sich im Schlaf in einen Berglöwen verwandelte und damit dem Folterer das gab, was er wollte? Würde er ihn dann töten oder noch weitere, schmerzhaftere Experimente an ihm durchführen? Die Frage war nur, wie er durchhalten sollte. Ohne Nahrung und mit wenig Wasser würde das nicht mehr lange möglich sein. Er spürte, wie seine Energie immer mehr schwand. Genau wie sein Widerstand.

Wenn es nur um ihn ginge, hätte er vermutlich schon aufgegeben, doch es ging nicht nur um sein Leben, sondern um alle anderen Wandler, die er durch seinen Leichtsinn in Gefahr gebracht hatte. Die Scham saß tief, er wusste nicht, ob er überhaupt wieder zur Gruppe zurückkehren konnte, sollte er jemals hier herauskommen.

Sein Kopf ruckte zur Tür, als er etwas wahrnahm. Zuerst wusste er nicht, was es war, doch dann erstarrte er. Irgendjemand stand auf der anderen Seite, Bowen konnte ihn atmen hören. Automatisch hielt er seinen Atem an, bevor er erkannte, wie unsinnig das war. Wer auch immer dort auf der anderen Seite stand, war ein normaler Mensch und konnte ihn nicht hören. Als er tief Luft einsog, bemerkte er wieder den leicht süßlichen Duft, der ihm schon früher aufgefallen war. Er hatte keine Ahnung, wie viel Zeit seitdem vergangen war, aber irgendwie beruhigte es ihn, dass die Frau, die er witterte, immer noch da war. Bowen fühlte einen Teil seiner Anspannung schwinden. Ruhe durchströmte ihn. Zum ersten Mal seit seiner Entführung konnte er sich entspannen, waren Furcht und Wut kaum noch spürbar.

Bowen schloss die Augen und genoss das Gefühl. Wer immer die Frau war, wenn es nach ihm ging, konnte sie so lange bleiben, wie sie wollte. Als hätte sie ihn gehört, entfernte sie sich von der Tür, er konnte hastige Schritte hören und ein dumpfes Schlagen. Der Geruch löste sich langsam auf, und es blieb nichts zurück. Furcht, Zorn und die furchtbaren Schmerzen kehrten mit Macht zurück, und Bowen biss sich auf die Lippe, um nicht aufzustöhnen. Warum hatte sie nicht noch etwas bleiben können?

Die Zähne fest zusammengebissen marschierte Marisa hinter Amber her, die sich mit Leichtigkeit über den unebenen Boden bewegte, fast als wäre es ein gemütlicher Sonntagsspaziergang. Wahrscheinlich empfand ein Mensch, der zum Teil Berglöwe war, die Anstrengung gar nicht. Es war jedenfalls offensichtlich, dass Finn und Amber wesentlich schneller vorankämen, wenn sie nicht auf Marisa Rücksicht nehmen müssten. Zu dumm, sie konnte es nicht ändern. Und sie hätte sehr vieles lieber getan, als schon wieder durch den Wald zu rennen. Es reichte ihr eigentlich noch vom letzten Mal. Doch das würde sie nicht laut sagen, sie kam sich in Gegenwart der beiden Berglöwenmenschen sowieso wie ein Trampel vor.

Von Finn hörte sie nichts. Hätte sie nicht genau gewusst, dass er weniger als drei Meter hinter ihr ging, hätte sie gedacht, er wäre überhaupt nicht da. Marisa versuchte, die Schönheit ihrer Umgebung auszublenden, denn dann musste sie automatisch an Coyle denken, und das wollte sie nicht. Es tat zu weh, sich vorzustellen, dass ihm all ihre gemeinsamen Erlebnisse nichts bedeutet hatten. Sie verstand, dass er die Wandler schützen wollte, aber wie er an ihren Motiven zweifeln konnte, nachdem sie sich so leidenschaftlich geliebt hatten, war unakzeptabel. Und vor allem erinnerte es sie an ihre Beziehung zu Ben.

Amber drehte sich zu ihr um und sah sie besorgt an. „Alles in Ordnung?"

„Wunderbar." Marisa quetschte es aus zusammengebissenen Zähnen hervor.

Der Hauch eines Lächelns hob Ambers Mundwinkel. „Falls es dir irgendwie hilft, ich denke, dass mein Bruder einen Fehler begeht."

„Weil er mich nicht gleich umbringen lässt?" Sie sagte es ohne Überzeugung. Wenn sie eines wusste, dann dass Coyle ihr nie etwas tun würde und auch nicht wollte, dass ihr etwas geschah.

Amber verdrehte die Augen. „Ich glaube, ihr passt sehr gut zusammen – besonders was eure Starrköpfigkeit angeht."

„Ich denke nicht, dass ich im Moment mit ihm verglichen werden möchte."

„Ich weiß." Ambers Gesichtsausdruck wurde sanfter. „Es war falsch von ihm, dich auf diese Art wegzuschicken, ohne dir seine

Beweggründe zu erklären oder sich ordentlich von dir zu verabschieden."

Marisa bemühte sich, die Tränen zu unterdrücken, die schon wieder in ihren Augen aufsteigen wollten. Stumm sah sie Amber an.

Die blieb stehen und schickte Finn mit einer knappen Kopfbewegung fort. Die Schnelligkeit, mit der er ihrer unausgesprochenen Bitte nachkam, zeigte, wie wenig ihm solche Frauengespräche behagten. Besonders wenn es ausgerechnet um seinen besten Freund ging.

„Ich habe es zum ersten Mal erlebt, dass Coyle sich so in Gegenwart einer Frau verhalten hat. Als könnte er es nicht ertragen, auch nur eine Sekunde von dir getrennt zu sein. Als würdest du zu ihm gehören und als wäre deine Nähe ihm wichtiger als alles andere."

„Davon habe ich heute Morgen nichts gemerkt." Marisa hatte Mühe, die Worte durch ihre enge Kehle zu bekommen.

„Was hat er zu dir gesagt?"

„Nicht viel, hauptsächlich hat er mir Vorwürfe gemacht, dass ich ihm meinen früheren Beruf verschwiegen habe." Marisa spürte, wie die Wut wieder in ihr hochbrodelte. „Als würde ich an so etwas überhaupt denken, wenn ich von Mördern verfolgt werde und fast sterbe!" Etwas ruhiger fuhr sie fort. „Coyle muss sich vor allem um eure Sicherheit sorgen, aber ich hatte nicht erwartet, dass es ihm so leicht fallen würde, mich abzuschieben."

„Um das zu verstehen, müsstest du ihn länger kennen. Für Coyle kommt die Gruppe immer an erster Stelle, es ist für ihn wie ein Reflex. Er hat nicht erwartet, dass ihm eine Frau so nahe kommen könnte, noch dazu eine Menschenfrau. Zum ersten Mal hat er nicht das getan, was am besten für die Gruppe war, sondern das, was *er* wollte. Was ihn glücklich gemacht hat. Schon seit seiner Jugend fühlt er sich für alles verantwortlich und vergisst dabei, selbst zu leben. Ich hatte gehofft …" Amber brach ab und seufzte. „Ich könnte den anderen die Augen auskratzen, weil sie ihn wieder an sein verdammtes Pflichtgefühl erinnert haben."

Marisa versuchte, das alles zu verdauen, doch Coyles Motive waren ihr immer noch nicht klar. „Warum glaubt er, er wäre für alles verantwortlich? Ist er euer Anführer?"

„Wir haben einen gewählten Rat, der die Entscheidungen für uns trifft." Sie machte eine Handbewegung. „Aber das ist jetzt nicht wichtig. Ich möchte nur, dass du versuchst, Coyles Beweggründe ein wenig zu verstehen. Er wollte dir nicht wehtun, das liegt nicht in seiner Natur. Und du kannst sicher sein, dass es ihm im Moment genauso schlecht geht wie dir."

Marisa versuchte ein wackeliges Lächeln. „Danke, aber das hilft mir gerade auch nicht weiter. Ich wusste von Anfang an, dass die Beziehung nirgendwohin führen würde, aber das Ende hätte ich mir etwas weniger abrupt vorgestellt."

Amber nickte. „Das verstehe ich. Es tut mir leid."

„Danke." Und jetzt hatte Amber es auch noch geschafft, dass es ihr leidtat, sie nicht näher kennenlernen zu können.

Als hätte er gespürt, dass das Gespräch beendet war, trat Finn kurz darauf aus dem Unterholz. „Können wir weitergehen?" Es war offensichtlich, dass er so schnell wie möglich zum Lager zurückwollte.

„Ich möchte euch wirklich nicht weiter aufhalten. Sagt mir einfach, in welche Richtung ich gehen muss und …", begann Marisa, doch Finn unterbrach sie wütend.

„Glaubst du, wir würden dich hier schutzlos herumirren lassen? Coyle zieht mir das Fell ab, wenn dir etwas zustößt."

Marisa konnte sich nicht erklären, warum ihr Herz bei dieser Bemerkung für einen Moment etwas leichter wurde. „Dafür will ich natürlich nicht verantwortlich sein."

Finn stieß ein Brummen aus, das sie als Zustimmung deutete, und gab Amber ein Zeichen, wieder voranzugehen.

Etwa zwei Stunden später konnte Marisa die ersten Autos hören. Die Straße musste ganz in der Nähe sein. Noch vorgestern hätte sie sich nicht vorstellen können, einmal ungern aus der Wildnis in die Zivilisation zurückzukehren. Doch es war so – am liebsten wäre sie umgekehrt und in die Ruhe und Schönheit des Waldes geflüchtet. Amber schien ihr Zögern zu spüren, denn sie drehte sich zu ihr um. Marisa straffte die Schultern und schob ihr Kinn vor. Noch einmal würde sie ihre Schwäche nicht zeigen. Coyle hatte seine Entscheidung getroffen, und sie würde das akzeptieren. Auch wenn sie ihm dafür gerne ordentlich in den Hintern treten würde. Aber das musste sie mit sich selbst ausmachen. Sie durfte ihrer Eskorte nicht noch mehr Zeit stehlen.

„Ich nehme an, wenn ich jetzt immer auf den Lärm zugehe, komme ich bald zur Straße."

„Ja." Amber sah sie forschend an. „Es sind noch fünf oder zehn Minuten."

Marisa blieb stehen und wischte sich den Schweiß von der Stirn. „Das werde ich wohl schaffen." Seltsamerweise spürte sie einen Kloß im Hals. „Danke, dass ihr mich hierhergebracht habt, ich weiß das sehr zu schätzen."

„Das haben wir gern gemacht." Amber sah Finn an. „Wir sollten dich aber bis zur Straße bringen."

„Und Gefahr laufen, dass euch jemand sieht? Das ist doch völlig unnötig, ich bin durchaus in der Lage, ein paar Meter alleine zu gehen."

„Ich weiß nicht …"

Marisa unterbrach sie. „Ich aber. Geht zurück und helft Coyle dabei, den Jungen zu finden. Das ist wichtiger, als mir Händchen zu halten."

Finn drehte sich um und schien zu lauschen. „Es ist niemand in der Nähe. Wenn du sicher bist, machen wir es so, wie du es möchtest."

Marisa nickte. Überrascht versteifte sie sich, als Amber sie umarmte. Nach einigen Sekunden entspannte sie sich wieder und drückte Coyles Schwester kurz an sich.

„Ich wünsche dir eine sichere Heimreise." Ambers Stimme war sanft. Langsam löste sie sich von Marisa und zog etwas aus ihrer Hosentasche. „Das Rezept von gestern, damit du dich an uns erinnerst."

Marisa lächelte, während sie gleichzeitig versuchte, die Tränen zurückzuhalten. „Danke, auch wenn ich mir ziemlich sicher bin, dass ich euch sowieso nie vergessen werde." Sie holte tief Luft und hielt Finn die Hand hin. „Es war wirklich schön bei euch. Viel Glück."

Finn zögerte, bevor er ihre Hand ergriff, und zog sie schließlich mit einem Brummen in eine feste Umarmung. Marisa schloss die Augen und genoss das Gefühl, auch wenn es ihren Kummer noch verstärkte, weil der Berglöwenmann sie an Coyle erinnerte und daran, was sie verloren hatte. Schließlich löste sie sich zögernd und wischte sich über die Augen.

Ihr gelang ein zittriges Lächeln. „Lebt wohl."

Damit drehte sie sich rasch um und strebte auf die Straße zu. Seltsamerweise konnte sie es plötzlich kaum noch erwarten, aus dem Wald herauszukommen. Fast blind setzte sie einen Fuß vor den anderen, bis sie durch die Bäume das graue Asphaltband der Straße sehen konnte. Im letzten Moment drehte sie sich noch einmal um und vergaß beinahe zu atmen. Zwei Berglöwen standen reglos auf einer Anhöhe und sahen sie direkt an. Der kleinere neigte den Kopf, als Marisa winkte, dann drehten sie sich wie auf Kommando um und liefen los. Schon nach wenigen Metern waren sie nicht mehr zu sehen.

Mit einem tiefen Seufzer setzte Marisa sich wieder in Bewegung und ließ den Wald hinter sich.

Coyle wollte Amber ansprechen, nachdem sie zurückgekehrt war, doch sie lief einfach an ihm vorbei, ohne ihn eines Blickes zu würdigen. Während er ihr hinterhersah, rieb er über seinen Nacken. Wie es schien, hatte er mit irgendetwas das Missfallen seiner Schwester erregt, und er konnte sich ungefähr vorstellen, was das gewesen war. Aber verdammt, was hätte er anderes tun können?

„Na, schon ein schlechtes Gewissen?" Finns Stimme erklang unvermittelt hinter ihm.

Coyle drehte sich zu ihm um. „Fang du nicht auch noch damit an!"

Finn hatte sich zurück in einen Menschen verwandelt, sich aber nicht die Mühe gemacht, etwas anzuziehen. „Ich darf mich doch wohl nach deinem Befinden erkundigen, oder nicht?"

„Nicht, wenn du mir eigentlich etwas anderes damit sagen willst. Ich habe heute keinerlei Interesse an Spielchen."

Finn richtete sich zu seiner vollen Größe auf, keine Spur von Humor in seinem Gesicht. „Du wirst es nicht glauben, aber es war kein Vergnügen, Marisa zur Straße zu bringen. Das Mädchen wird dir nie wieder vertrauen, ich hoffe, das ist dir klar."

Coyle versuchte, seinen Gesichtsausdruck neutral zu halten, aber er befürchtete, dass es ihm nicht gelang. „Das weiß ich, aber ich konnte nicht anders handeln. Die anderen hätten nie geglaubt, dass sie nichts mit Bowens Entführung zu tun hat. Über kurz oder lang hätten sie irgendetwas unternommen, und das konnte ich nicht zulassen."

Finn neigte den Kopf. „Und was glaubst du?"

Coyle schwieg einen Moment, dann senkte er den Kopf. „Bevor sie mich auf ihrer Veranda gefunden hat, wusste sie nichts von unserer Existenz. Sie hat mir geholfen, obwohl ich ein Fremder war und ihr genauso gut hätte schaden können. Beinahe wäre sie meinetwegen getötet worden. Ich habe ihre Angst gerochen. Das hätte sie nicht vortäuschen können." Davon, wie sich ihr Körper unter seinem angefühlt hatte, oder von dem Vertrauen, das ihm aus ihren Augen entgegengeleuchtet hatte, wollte er gar nicht reden. Oder darüber nachdenken. Er widerstand dem Drang, über seine schmerzende Brust zu reiben und verschränkte stattdessen die Arme davor. „Egal, was in New York geschehen ist, es war nicht der Grund, weswegen sie hier war."

„Ich stimme dir zu, und grundsätzlich war die Entscheidung, sie nach Hause gehen zu lassen, richtig. Was ich mich aber frage, ist, warum du nicht vernünftig mit ihr darüber geredet und ihr deine Beweggründe erklärt hast. Das hätte sie weniger verletzt."

„Ich weiß."

Als er nichts mehr sagte, senkten sich Finns Augenbrauen. „Sag mir nicht, dass sie dir nichts bedeutet. Ich konnte dich an ihr riechen."

Coyle presste die Lippen aufeinander und bemühte sich, nicht darüber nachzudenken, was er verloren hatte. „Themawechsel."

Nach einem forschenden Blick nickte Finn schließlich. „Hast du schon etwas aus den Leoparden herausbekommen?"

„Nichts. Ich rieche ihre Verzweiflung, aber sie lassen sich durch nichts überzeugen, ihre menschliche Form anzunehmen." Coyle rieb über seine Stirn. „Sie werden immer schwächer, wenn wir nicht bald etwas tun, werden sie sterben."

„Vielleicht können sie es nicht mehr, weil sie sich zu sehr von ihrer menschlichen Seite entfernt haben."

Resignation stieg in Coyle auf. „Dann haben wir keine Spur mehr zu Bowen." Er schob das Kinn vor. „Irgendwie müssen wir sie zum Reden bringen. Sollte uns das nicht gelingen, bleibt nur noch die Möglichkeit, sie freizulassen und zu verfolgen.

Wenn wir Glück haben, laufen sie direkt zu demjenigen, der sie beauftragt hat." Finn ging neben ihm her, als er zu der Höhle zurückkehrte, in der sie die Leoparden gefangen hielten. Coyle hob eine Augenbraue. „Willst du dir nichts anziehen?"

Finn zuckte mit den Schultern. „Vielleicht bringt mein Anblick die Damen zum Reden."

Coyle musste trotz der grimmigen Lage grinsen. „Unwahrscheinlich, aber wer weiß, was Leopardenmänner so zu bieten haben – oder eben nicht."

Kell und Torik, die vor dem Gefängnis Wache hielten, sahen ihnen angespannt entgegen. Auf Coyles fragenden Blick hin schüttelten sie jedoch nur stumm den Kopf.

Es wäre auch zu leicht gewesen, wenn sich die Leoparden endlich entschieden hätten, etwas für ihre Freiheit zu tun, dachte Coyle wütend. Warum deckten sie immer noch denjenigen, der ihnen befahl zu töten? Was hatten sie zu verlieren, wenn sie ihnen halfen, Bowen wiederzufinden? Aber Finn hatte recht, vielleicht konnten sie sich überhaupt nicht mehr zurückverwandeln, vielleicht hatte das Tier in ihnen die Oberhand gewonnen. Coyle beobachtete die Reaktion der Leoparden, als Finn in ihr Sichtfeld trat. Zuerst geschah nichts, die Gefangenen ignorierten den nackten Mann, doch als Finn sich umdrehte, sah Coyle, wie die schwarze Leopardin leicht den Kopf drehte und ihn einen Moment betrachtete. Ihre Nüstern weiteten sich fast unmerklich. Unglaublich, es hatte tatsächlich funktioniert. Jetzt wussten sie, dass zumindest der Panther noch genug Menschliches in sich hatte, um einen nackten Mann zu bemerken. Coyle nickte Finn unmerklich zu, der näher an die Gitterstäbe herantrat.

Unruhig bewegten sich die beiden Gefangenen in ihrem engen Gefängnis, es schien fast, als wollte die hellere Leopardin die schwarze davon abhalten, irgendeine Regung zu zeigen. Sie bleckte die Zähne und fauchte in Finns Richtung, der sich davon aber nicht beeindruckt zeigte. Im Gegenteil, er trat noch näher und blieb schließlich außer Reichweite der Krallen stehen, wie sich kurz darauf herausstellte, als eine Tatze in seine Richtung zielte. Die Pantherin hatte sich bis in die hinterste Ecke zurückgezogen, das Gesicht zur Wand gedreht. Eine sehr seltsame Reaktion, die Coyle nicht deuten konnte.

Mehr würden sie wohl erneut nicht von den beiden bekommen, deshalb trat Coyle neben seinen Freund. „Wenn ihr uns die Information gebt, die wir haben wollen, lassen wir euch frei und ihr könnt gehen, wohin ihr wollt, sofern ihr unser Gebiet verlasst." Das Angebot war mehr, als die Mörder verdienten, doch Coyle war verzweifelt darum bemüht, nicht noch mehr Zeit zu verlieren.

Die helle Leopardin starrte ihn nur an, es war keine Reaktion zu erkennen. „Ihr bekommt Nahrung, und wir versorgen eure Verletzungen." Diesmal zogen sich ihre Mundwinkel zurück, ihre Version von „Mach dich nicht lächerlich, wir brauchen nichts von euch". Er hatte den Ausdruck oft genug gesehen, um zu wissen, dass sie ihn sehr wohl verstand. Glücklicherweise, denn sonst wären all ihre Bemühungen vergeblich gewesen.

Finn hockte sich hin, um der Leopardin direkt in die Augen sehen zu können. „Sie haben einen unserer Jugendlichen entführt. Wir wollen ihn nur wiederhaben." Keine Reaktion. „Stell dir vor, es wäre jemand aus deiner Familie. Würdest du nicht auch wissen wollen, was mit ihm passiert ist?"

Finns tiefe Stimme schien zu ihr durchzudringen. Sie blickte ihn einen langen Moment an und etwas wie Trauer schien in ihren Augen zu liegen. Doch dann zuckte ihr Kopf zurück, und sie stieß ein schmerzerfülltes Fauchen aus, das Coyle durch Mark und Bein ging. Die Pantherin kam aus der Ecke und stieß die Leopardin sanft an. Sie rieb den Kopf über ihren Hals und schnurrte besänftigend. Es dauerte eine lange Zeit, bis der helle

Körper mit den dunklen Rosetten aufhörte zu zittern. Coyle wollte nicht zusehen, doch er konnte es sich nicht leisten, etwas zu übersehen, was sich als Angriffspunkt nutzen ließ. Von sich selbst angewidert sah er zu Finn hinüber. Auch seinem Freund war anzusehen, dass er sich nicht wohlfühlte, aber er bewegte sich nicht, sondern behielt die Gefangenen im Auge.

„Es sollte auch in eurem Interesse sein, wenn niemand beweisen kann, dass es so etwas wie uns oder euch überhaupt gibt. Wenn wir zusammenarbeiten, können wir vielleicht das Schlimmste verhindern." Finns Stimme blieb weiterhin ruhig, fast hypnotisierend.

Einen Moment lang sah es so aus, als könnte er mit dieser Taktik Erfolg haben, doch dann warf die Leopardin sich gegen die Gitterstäbe, ihre Pranke zuckte heraus und zog breite Striemen über Finns Arm. Er sprang außer Reichweite. Ohne eine Miene zu verziehen, sah er auf die blutige Wunde herunter, bevor er sich an Coyle wandte. „Ich würde sagen, die Antwort war eindeutig."

„Ja, leider. Dann müssen wir wohl doch die Befragungsmethode ändern."

19

Wütend warf Henry das rohe blutige Fleischstück zurück in die Schüssel. Er hatte gedacht, dass der Junge, ausgehungert wie er war, sofort darauf reagieren würde, wenn er einen frisch aufgeschnittenen Hasen vor die Nase gehalten bekam. Doch es war nichts passiert, er hatte Henry nur verächtlich angesehen, die Lippen fest aufeinandergepresst. Dann hatte er die Augen geschlossen und ihn seither ignoriert. Selbst als Henry ihm mit dem blutigen Fleisch über die Lippen strich, hatte er sich nicht geregt. Wenn es nicht schlecht für seine Forschung gewesen wäre, hätte Henry ihn sogar für sein Durchhaltevermögen und seine Selbstbeherrschung bewundert. Aber so war seine Geduld am Ende.

Wenn er heute wieder kein Ergebnis erreichte, würde er den Jungen als Verlust abschreiben und sich auf andere Versuchsobjekte konzentrieren. Gowan musste inzwischen so weit sein und wartete vermutlich nur noch auf sein Kommando. Vielleicht würde es besser funktionieren, wenn er mehrere Exemplare gegeneinander ausspielen konnte. Sofort besserte sich seine Laune erheblich.

Mit einem Tuch wischte er unsanft über den Mund des Jungen, damit das Blut nicht irgendwelche möglichen Reaktionen verdeckte, wenn er sein nächstes Experiment startete. Anschließend drehte er sich um und nahm die Substanz aus der Schublade. Henry verzog den Mund. Es war überraschend einfach gewesen, an LSD zu kommen, es gab tatsächlich Leute, die es per Post verschickten. Henry füllte ein Glas halb mit Wasser und rührte das Pulver hinein. Wenn er richtig lag, hatte der Bursche so etwas noch nie genommen und würde den Halluzinationen nichts entgegenzusetzen haben. Und wenn Henry ihm dann suggerierte, dass er in Gefahr war und sich verwandeln musste, war er endlich am Ziel.

Henry erlaubte sich ein zufriedenes Lächeln, während er einen Strohhalm in das Glas steckte. Dann drehte er sich mit ausdrucksloser Miene wieder um und schob dem Jungen den Strohhalm wortlos zwischen die Lippen. Er beobachtete, wie dieser das Wasser gierig trank. Sehr gut, je mehr er von der Droge einnahm, desto stärker würde die Reaktion sein.

Henry stellte das Glas auf den Tisch zurück und setzte sich neben das Bett, um auf den Eintritt der Wirkung zu warten. Da das Objekt geschwächt war, würde sie bald einsetzen. Ein Blick auf die Kamera versicherte ihm, dass alles für den großen Moment bereit war.

Isabel blinzelte, doch die Buchstaben blieben verschwommen. Langsam ließ sie das Buch sinken und sah sich um. Auch ihre Umgebung wirkte irgendwie verschoben, unwirklich. Die Farben der Bäume und des Sandes waren intensiver als vorher, das Blau des Himmels beinahe unwirklich. Rasch setzte Isabel sich auf und bemerkte, dass sich alles um sie herum drehte. Ihr Herz raste, und sie begann zu schwitzen.

Was war mit ihr los?

Ein dumpfes Dröhnen entstand in ihrem Kopf, überlagert von Geräuschen, die viel zu laut waren. Sie glaubte, den Lärm der Klimaanlage im Haus bis hierher zu hören, aber das war über diese große Entfernung genauso unmöglich wahrzunehmen wie das Zirpen einer Grille, das ihr fast das Trommelfell sprengte. Isabel versuchte aufzustehen, doch ihre Muskeln zitterten zu sehr. Tränen liefen aus ihren Augen, ihre Sicht verschwamm zunehmend. Übelkeit stieg in ihr auf. Mühsam senkte sie die Lider, doch sie konnte noch immer farbige Streifen sehen, die sich ständig veränderten. Schwindel setzte ein, der die Übelkeit noch verstärkte. Sie wollte nach ihrem Vater rufen, aber es gelang ihr nicht mehr als ein Keuchen.

Ihre Hände krampften sich um die Armstützen der Liege, doch es fühlte sich trotzdem an, als würde sie sich im Kreis drehen. Die Äste des Baumes kamen immer näher, während ihre Füße meilenweit entfernt schienen. Furcht breitete sich in ihr aus, als sich auch andere Muskeln unkontrolliert anspannten. Schweiß ließ die Kleidung an ihrer Haut kleben, obwohl sie gleichzeitig vor Kälte zitterte. Während sie noch versuchte, ihre Gedanken zu ordnen und einen Weg zu finden, zum Haus zu kommen, überfluteten sie plötzlich Bilder von dicht stehenden riesigen Bäumen, ursprünglichen Flüssen und Bächen, grasbewachsenen Lichtungen und großen Farnen. Wo kam das her?

Sie konnte sich nicht daran erinnern, solche Gegenden schon einmal besucht zu haben. Das grelle Grün schmerzte in ihrem Kopf, doch sie konnte die Bilder nicht verdrängen. Als würde jemand anders sie sehen, und sie erlebte ein Echo davon. Dieser Gedanke half ihr dabei, ihre Glieder so weit unter Kontrolle zu bringen, dass sie sich von der Liege rollen konnte. Schmerzhaft kam sie auf dem harten Boden auf und schmeckte Sand. Aber darauf konnte sie keine Rücksicht nehmen, sie musste zum Haus, ihr Vater würde ihr helfen können.

Erschreckt zuckte sie zusammen, als sich vor ihr eine riesige Ameise aufbaute. Die Fühler schienen die Größe von Baseballschlägern zu haben, das Maul im runden Kopf sah aus, als könnte es sie mit einem Biss verschlingen. Härchen von der Dicke ihrer Finger überzogen die beweglichen Beine, mit denen das Monster rasch die Strecke zwischen ihnen überwand. Panik durchzuckte Isabel, und das Adrenalin ermöglichte ihr, schwankend in Richtung Veranda zu krabbeln.

Sie bemerkte weder die Schürfwunden, die sie sich an Steinen zuzog, noch die fast animalischen Laute, die sie von sich gab. Es war, als blickte sie durch einen langen Tunnel, der an der Haustür endete. Ihr Ziel schien unendlich weit entfernt zu sein, aber sie war nicht bereit aufzugeben. Sie hatte auch vergessen, was sie eigentlich im Haus wollte, sie wusste nur, dass sie dorthin musste. Ihre Bewegungen waren abgehackt, mehr als einmal verkrampften sich ihre Glieder und ließen sich kaum steuern.

Doch schließlich erreichte sie die Veranda. Fast in Zeitlupe kroch sie darauf und ließ sich auf den Boden fallen. Die Wange an das warme Holz gepresst versuchte sie, die Übelkeit zu unterdrücken, was jedoch unmöglich war. Nachdem sie sich übergeben hatte, fühlte sie sich etwas besser, war aber immer noch nicht in der Lage aufzustehen. Also rutschte sie weiter bis zur Tür und zog sich hinauf, bis sie den Griff erreichen konnte. Die Tür schwang auf, und Isabel fiel hinterher. Als sie aufblickte, kamen die Wände immer näher, der Raum schrumpfte, bis er sich wie ein Sarg anfühlte.

Ihr Bett im oberen Stockwerk war viel zu weit weg, als dass sie es hätte erreichen können, deshalb kroch sie mühsam zum Sofa im Wohnzimmer, schaffte es aber nur auf den Perserteppich davor. Sie ließ ihren Kopf darauf sinken und versuchte, ihren zitternden Körper zur Ruhe zu bringen. Nach scheinbar unendlich langer Zeit ließen die Krämpfe und das Schwindelgefühl etwas nach, und es flackerten kaum noch farbige Lichter hinter ihren geschlossenen Augenlidern. Mit einem Seufzer schmiegte sie sich enger an den Teppich und ließ los.

Es wirkte nicht. Der Junge schwitzte zwar und hatte auch Muskelzuckungen, aber er schien die Wirkung der Droge ansonsten erstaunlich gut zu absorbieren. Seine Augen waren geschlossen, und es gab keine Anzeichen, dass er sich in nächster Zeit verwandeln würde, egal, welche Gefahr man ihm auch suggerierte.

Verdammt! Henry blickte in das Glas, konnte aber keine Rückstände erkennen. Der Bursche hatte die Droge in einer Menge aufgenommen, die jeden anderen umgehauen hätte. Vielleicht sollte er ihn physisch stimulieren, damit er irgendeine Reaktion zeigte?

Noch einmal holte er das rohe Fleisch heraus und hielt es ihm unter die Nase. Nichts. Auch mit dem Skalpell bewirkte er nicht mehr als ein Zucken. Henry beugte sich über den Jungen und hob mit den Zeigefingern die Augenlider. Blicklos starrten ihn die Augen an, es war, als hätte sich das Gehirn des Jungen ausgeschaltet. Fantastisch, jetzt konnte er nur noch hoffen, dass dieser Zustand nicht dauerhaft war, sonst würde er mit weiteren Tests warten müssen, bis er ein anderes Exemplar geliefert bekam.

Um nicht noch mehr Zeit zu verschwenden und weil ihm vom Blutgeruch langsam schlecht wurde, warf Henry das Skalpell in eine Schüssel und verließ das Labor. Nachdem er sich am Monitor davon überzeugt hatte, dass beide Kameras einwandfrei funktionierten, zog er seinen schmutzigen Kittel aus und warf ihn in die Wäschetruhe. Langsam ging ihm die saubere Wäsche aus, er war es nicht gewöhnt, dass seine Arbeit so … schmutzig war. Und er konnte noch nicht einmal eine Haushälterin anstellen, die sich darum kümmerte. Aber was tat man nicht alles für Geld und die Gelegenheit, all den selbstgerechten Idioten, die ihn nicht ernst nahmen, zu zeigen, dass er recht hatte. Die Vorstellung verbesserte seine Laune erheblich. Jetzt musste er nur noch Gowan instruieren, und dann würde er sich den Nachmittag freinehmen. Meist fand er Städte und andere Menschen nur störend, aber manchmal brachte es ihn auch auf neue Ideen, wenn er sich für ein paar Stunden unter das gemeine Volk mischte.

Die Stimme ihres Vaters sickerte langsam in Isabels Bewusstsein. Für einen Moment lag sie still da und lauschte. Ja, eindeutig ihr Vater, aber er sprach nicht mit ihr, sondern er telefonierte. Es dauerte eine Weile, bis der Inhalt seiner Worte zu ihr durchdrang.

„... alles vorbereitet?" Stille, dann klang seine Stimme fröhlicher. „Gut, sehr gut. Ich brauche dringend Nachschub ... Ja, am besten schon morgen." Wieder eine Pause. „Achten Sie darauf, keinen zu verletzen, ich brauche sie lebend und in bestmöglichem Zustand." Isabel hörte ihren Vater auf dem Holzboden auf und ab gehen. „Es ist mir egal, wie Sie es hinkriegen, das sind die Bedingungen. Wenn Sie das nicht schaffen, kann ich auch jemand anderen ... Nein, das ist keine Drohung, sondern eine Tatsache. Sie sind nicht unersetzlich, Gowan."

Isabels Augen weiteten sich. Schon wieder dieser widerliche Kerl. Henry hatte es zwar nicht gesagt, aber sie vermutete, dass es bei dem Telefonat um die Berglöwen ging. Allmählich wurde ihr bewusst, dass sie immer noch auf dem Teppich vor dem Sofa lag und ihr Vater sie vermutlich nicht gesehen hatte, denn sonst hätte er das Telefonat nie in ihrer Gegenwart geführt. Sie dachte kurz darüber nach, sich zu erkennen zu geben, doch dann würde sie ihm ihren Zustand erklären müssen – und das konnte sie nicht. Noch immer fiel es ihr schwer, ihre Gedanken zu ordnen und mehr als ihre Augenlider zu bewegen. Ihre Zunge lag wie ein trockenes Stück Holz in ihrem Mund, und sie war sich nicht sicher, ob sie durch ihre zusammengeschnürte Kehle überhaupt einen Ton herausbringen konnte.

„Ja, ich weiß, dass Sie das Geld nicht von mir bekommen, aber Sie sind engagiert worden, um mich bei meiner Arbeit zu unterstützen. Und zwar genau auf diese Art und Weise. Also machen Sie Ihren Job, damit ich meinen tun kann. Rufen Sie mich an, wenn Sie alle haben." Ein Scheppern ertönte, als er das Telefon auf die Kommode warf. „Verdammtes Arschloch."

Isabel zuckte zusammen und versuchte automatisch, tiefer in den Teppich zu kriechen. Was natürlich nicht möglich war. Wenn ihr Vater sie jetzt entdeckte, würde er sie ganz sicher nach Hause schicken.

„Isabel?" Zuerst dachte sie, er habe sie gesehen, aber dann hörte sie ihn die Treppe zum Obergeschoss hinaufgehen. „Isabel, bist du hier?" Seine Stimme wurde leiser. Türen wurden geöffnet und geschlossen.

Isabel nutzte die Gelegenheit, sich hinter das Sofa zu robben. Schwer atmend blieb sie auf dem harten Boden liegen und bemühte sich, ihren rasenden Herzschlag zu beruhigen.

„Wo steckt sie schon wieder? Noch schlimmer als ihre Mutter." Seine Stimme wurde wieder lauter, als er die Treppe herunterkam.

Isabel bemühte sich, die Bemerkung zu überhören und den Schmerz darüber auszublenden. Im Moment hatte sie andere Probleme. Warum hatte ihr Vater am Telefon nicht wenigstens gesagt, wo die Jagd stattfinden sollte? Sie wusste zwar nicht, was sie mit der Information angefangen hätte, aber so konnte sie nur tatenlos zusehen und sich fragen, ob sie ihren Vater jemals richtig gekannt hatte.

Mit angehaltenem Atem lag Isabel da und hörte, wie er durch das Haus lief. Irgendwann fiel die Haustür ins Schloss, und wenig später startete der Motor des Wagens. Erst jetzt atmete sie tief durch und setzte sich mühsam auf.

Sie unterdrückte einen Aufschrei, als ihre Muskeln schmerzhaft gegen die Bewegung protestierten. Nie zuvor hatte sie sich so schlecht gefühlt. Was immer das für ein Anfall gewesen war, sie wollte so etwas nie wieder erleben. Wenn sie zurück in Los Angeles war, würde sie noch einmal zum Arzt gehen und sich untersuchen lassen. Kopfschmerzen waren eine Sache, aber diese völlige Unfähigkeit, ihren eigenen Körper zu kontrollieren, und die surrealen Bilder, die sie gesehen hatte, machten ihr wirklich Angst.

Isabel rieb über ihre kalten Arme und versuchte, den Blutfluss wieder in Gang zu bringen. Schließlich gelang es ihr, sich hinzuknien und hinter der Couch hervorzurutschen. Einige Minuten ruhte sie sich aus, bevor sie sich an der Sofalehne hochzog und schließlich auf zitternden Beinen stand. Schwarze Punkte flimmerten vor ihren Augen, und sie brauchte eine Weile, bevor sich in ihrem Kopf nichts mehr drehte. Erst dann traute sie sich loszugehen.

Ihr erster Weg führte sie in die Küche, wo sie ein Glas unter den Wasserhahn hielt und gierig trank. Ihre Kehle war völlig ausgedörrt, ein bitterer Geschmack lag auf ihrer Zunge. Isabel schnitt eine Grimasse, als sie sich daran erinnerte, dass sie sich auf der Veranda übergeben hatte. Als ihr Durst gestillt war, drehte sie sich um und bemerkte einen Zettel, der auf dem Tisch lag. Die kaum lesbare Schrift ihres Vaters weckte Kindheitserinnerungen, die sie jedoch rasch beiseiteschob.

Isabel,
ich habe dich gesucht, aber du warst verschwunden.
Ich bin in die Stadt gefahren, warte nicht auf mich.
Dad

Selbst die Nachricht war ähnlich wie frühere, nur dass sie diesmal an sie gerichtet war und nicht an ihre Mutter. Mehr denn je konnte Isabel verstehen, warum die Ehe gescheitert war. Im Moment war sie allerdings froh, dass ihr Vater weggefahren war, denn so konnte sie sich in Ruhe erholen und musste keine Erklärungen abgeben über etwas, das sie selbst nicht verstand.

Abrupt legte sie den Zettel zurück und verließ die Küche, um sich oben frisch zu machen. Sie fühlte sich schrecklich, und ihr Spiegelbild bestätigte ihre Befürchtungen: Ihr Gesicht war blass und dreckverschmiert, und auch sonst war sie in einem erbarmungswürdigen Zustand, der sich nur durch eine Dusche ändern ließ.

Und tatsächlich fühlte sie sich sehr viel besser, als sie zwanzig Minuten später sauber und in frischen Sachen die Treppe wieder hinunterging. Ihre Lebensgeister kehrten zurück – und mit ihnen die Fragen, die ihr keine Ruhe ließen.

Nachdenklich blieb Isabel stehen. Ihr Vater würde vermutlich zwei Stunden wegbleiben. Zeit genug also, um weitere Erkundungen anzustellen, ohne Gefahr zu laufen, von ihm erwischt zu werden. Vielleicht konnte sie ja doch etwas für die Berglöwen tun!

Sie holte noch einmal tief Luft, als sie vor der Tür zum Arbeitszimmer ihres Vaters ankam. Ein unangenehmes Gefühl rieselte über ihren Rücken, aber sie ignorierte es. Wenn er in dem Raum etwas tat, das nicht richtig war, dann musste sie ihn irgendwie davon abbringen. Auch oder vielleicht gerade weil er ihr Vater war. Sie war immer stolz darauf gewesen, dass er mit seiner Arbeit etwas Gutes tat, das irgendwann Kranken oder vielleicht auch allen Menschen zugutekam. Zumindest war sie bis jetzt davon ausgegangen, und es hatte seiner ständigen Abwesenheit einen höheren Sinn gegeben, auch wenn der Schmerz darüber immer geblieben war. Wenn er jedoch geschützte Tierarten für irgendwelche Experimente benutzen wollte … Sie konnte nur hoffen, dass sie die Telefonate falsch interpretierte und eigentlich etwas ganz anderes dahintersteckte.

Isabel öffnete die Bürotür und betrat das Zimmer. Diesmal

ging sie direkt zur Wand und öffnete die versteckte Tür. Sie nahm ein Buch aus dem Regal und legte es in den Spalt, bevor sie die Treppe hinunterstieg. Die Fliesen fühlten sich eiskalt unter ihren nackten Füßen an, vermutlich hätte sie doch erst ihre Sandalen holen sollen, aber sie wollte nicht noch mehr Zeit verschwenden. Alles in ihr drängte sie vorwärts, hin zu der Tür unter der Treppe. Ihr Herz raste, als sie mit zitternden Fingern den Riegel zurückschob.

Nachdem sie noch einmal tief durchgeatmet hatte, zog sie die schwere Metalltür auf. Wie erstarrt blieb sie auf der Schwelle stehen, und ihr Blick wanderte ungläubig durch den Raum.

Auf einer Liege lag ein gefesselter Mann. Sein nackter Körper war von Wunden übersät, die deutlich zeigten, was er durchgemacht haben musste. Ein entsetzter Laut verließ ihre Kehle, und sie schlug hastig ihre Hand vor den Mund. Die Lider des Gefangenen hoben sich, und sein Blick bohrte sich in ihren.

Oh Gott, was tat ihr Vater hier bloß? Isabel wollte weglaufen und vergessen, was sie gesehen hatte, doch das konnte sie nicht. Der Rest des Raumes sah aus wie ein normales Kellerlabor, mit Gerätschaften, Glasröhrchen mit Flüssigkeiten und chirurgischem Besteck. Doch irgendetwas stimmte nicht. Es wirkte unaufgeräumt, blutige Lappen und eine Spritze lagen herum, genauso wie etwas, das wie ein Stück Fleisch aussah. Ihr Blick glitt zurück zu dem Mann, und sie erkannte erleichtert, dass es zumindest nicht aus seinem Körper stammte. Dennoch bedeckten Wunden seinen Körper, die Übelkeit in ihr aufsteigen ließen. Sie musste sie verbinden und …

Als sie in den Raum treten wollte, schoss ein Schmerz durch ihren Kopf, der sie zurücktaumeln ließ. Ihre Finger krampften sich um den Türrahmen, während sie mit dem Oberkörper einknickte. Sofort ließ der Schmerz wieder nach und schwächte sich zu einem Summen ab. Verwirrt hob Isabel den Kopf und sah, wie der Mann sie beobachtete. Seine grüngoldenen Augen bewegten sich nach oben und wieder zu ihr zurück. Verwirrt strich sie sich eine Haarsträhne aus dem Gesicht. Er wiederholte die Bewegung und schließlich verstand sie, dass er ihr damit etwas sagen wollte. Sie trat wieder vor und blickte nach oben. Eine Überwachungskamera war an der Wand über der Tür befestigt, ein rotes Lämpchen zeigte, dass sie angeschaltet war. Wenn sie in den Raum getreten wäre, hätte ihr Vater es gesehen, wenn er nach Hause kam! Erst jetzt entdeckte sie, dass zudem noch eine zweite Kamera mitten im Raum stand und direkt auf die Liege gerichtet war.

Was sollte sie tun? Sie konnte den armen Mann nicht verletzt hier liegen lassen und so tun, als hätte sie nichts gesehen, so viel stand fest. Fieberhaft überlegte sie. Es gab keine Möglichkeit, an den beiden Kameras vorbeizukommen – und wenn sie sie abschaltete, würde ihr Vater das auch bemerken. Wenn sie dem armen Kerl wenigstens etwas sagen könnte, aber auch das würde bestimmt aufgezeichnet werden.

Tränen stiegen ihr in die Augen, sie kam sich so hilflos vor. Etwas strich durch ihren Kopf, und sie wurde ruhiger. Sie würde sich etwas überlegen und wiederkommen, wenn ihr Vater wieder unterwegs war. Entschlossen richtete sie sich auf und signalisierte dem Mann, dass sie wiederkommen würde. So etwas wie Erleichterung und Hoffnung flackerte in seinen Augen, bevor er sie wieder schloss. Den Blick auf sein Gesicht gerichtet, erkannte Isabel, dass er deutlich jünger war, als sie zuerst angenommen hatte. Seine Gesichtszüge hatten noch nicht die Härte eines Erwachsenen, vermutlich war er noch keine zwanzig Jahre alt. Der muskulöse Körper und der intensive Blick hatten sie zuerst getäuscht, doch jetzt war es offensichtlich.

Leise zog sie sich zurück und schloss vorsichtig die Tür hinter sich. Ihre Gedanken rasten, während sie die Treppe hinauflief.

Wenn sie die Polizei verständigte, würde ihr Vater verhaftet werden, und das wollte sie nicht, egal, was er getan hatte. Vielleicht sollte sie mit ihm darüber reden und ihn zwingen, den Jugendlichen gehen zu lassen, doch sie hatte die Befürchtung, dass er nicht auf sie hören würde. Eher würde er sie nach Los Angeles zurückschicken und mit seiner Arbeit weitermachen. Oder den Gefangenen irgendwo anders hinbringen lassen. Sie glaubte nicht, dass er einen Menschen töten würde, aber konnte sie wirklich sicher sein? Henry hatte körperliche Gewalt bisher immer verabscheut, doch der junge Mann war eindeutig gefoltert worden. Von ihrem Vater? Wann hatte er sich so verändert? Und was wollte er damit überhaupt bezwecken? Isabel trat durch die Wandtür, zog das Buch aus dem Spalt und schloss sie. Nachdem sie das Buch zurückgestellt hatte, sah sie sich im Büro um. Vielleicht gelang es ihr ja, irgendwo Informationen zu finden, die ihr helfen würden, mit dieser Situation richtig umzugehen.

Geistesabwesend rieb sie über ihre Schläfe. Sie spürte noch immer einen Druck in ihrem Kopf, doch es war kein Schmerz, sondern etwas anderes. Während sie sich vor den Schreibtisch kniete, versuchte sie herauszufinden, was es war, doch sie konnte es nicht erklären. Mit Mühe schob sie das Problem beiseite. Jetzt musste sie sich darauf konzentrieren, den Schreibtisch zu durchsuchen, ohne dass ihr Vater etwas davon merkte.

Isabel zog an dem Griff einer Schublade und atmete enttäuscht aus, als sie feststellte, dass sie verschlossen war. Natürlich ließ Henry Stammheimer seine wertvollen Forschungsergebnisse nicht offen herumliegen, das war schon früher so gewesen. Da ihr keine Möglichkeit einfiel, das Schloss zu öffnen, ohne dass ihr Vater es bemerken würde, gab sie den Versuch auf und konzentrierte sich stattdessen auf den Computer. Sie schaltete ihn an und wartete ungeduldig, als er Ewigkeiten zum Hochfahren brauchte. Endlich war es so weit, der Startbildschirm erschien, und Isabel stieß einen leisen Fluch aus. Passwortgeschützt. Sie konnte natürlich mehrere Wörter ausprobieren, aber die Wahrscheinlichkeit, das Richtige zu treffen, war mehr als gering. Vermutlich war es irgendein unaussprechliches Wissenschaftswort, von dem sie noch nie etwas gehört hatte.

Enttäuscht fuhr sie den Computer wieder herunter, schaltete den Bildschirm aus und erhob sich. Ihr Kinn schob sich vor. Auch wenn es gerade nicht so aussah, irgendetwas würde ihr einfallen, wie sie dem Jungen helfen konnte.

Isabel keuchte, als plötzlich Angst durch ihre Gehirnwindungen kroch, und ihr Körper reagierte mit einem unerwarteten Fluchtinstinkt, der sie durch das Zimmer katapultierte. Sie riss die Bürotür auf und stürzte ins Wohnzimmer. Ihr Herz klopfte so laut, dass sie beinahe das Motorengeräusch überhörte. Ihr Vater! Wie hatte sie so unvorsichtig sein können? So schnell es ihre schmerzenden Muskeln zuließen, rannte sie die Treppe hinauf und stieß die Tür zu ihrem Zimmer auf. Leise schloss sie sie hinter sich und lief zum Fenster. Sie konnte sehen, wie ihr Vater die Autotür zuwarf und auf das Haus zuging. Wenn sie nicht plötzlich das Gefühl gehabt hätte, aus dem Büro heraus zu müssen, hätte ihr Vater sie dort überrascht. Isabel lehnte sich an die Wand und schloss die Augen.

„Isabel?“ Die Stimme ihres Vaters dröhnte durch das Haus.

Sie riss die Augen wieder auf und sah sich wild im Zimmer um. Schließlich sprang sie auf das Bett und zog die Decke über sich. Es fiel ihr schwer, ihren heftigen Atem zu beruhigen. Je mehr sie sich bemühte, desto unmöglicher wurde es. Die Schritte ihres Vaters waren auf der Treppe zu hören. Vor ihrer Tür blieb er stehen. „Isabel, bist du da?“

Isabel zog die Decke über ihre Nase. „Ja, ich bin im Bett.“ Ohne dass sie sich bemühen musste, klang ihre Stimme rau.

„Geht es dir gut, mein Schatz?“

Tränen traten in ihre Augen bei dem Kosewort. Wie konnte ihr Vater einerseits so etwas wie im Keller tun und andererseits so … so normal sein.

„Ich habe Kopfschmerzen."

„Kann ich dir etwas bringen, Schätzchen?"

Die Tränen flossen über. „Nein danke, es geht bald wieder."

Ein Zögern, dann hörte sie den Boden quietschen. „Ruf mich, wenn du etwas brauchst."

20

Es war seltsam für Marisa, in ihre Einfahrt einzubiegen und ihr Haus wiederzusehen. Als wäre sie von einer langen Reise zurückgekehrt und nicht nur zwei Tage weg gewesen. Aber es hatte sich dennoch etwas verändert – sie selbst, und es fiel ihr schwer, sich vorzustellen, ihr Leben wieder aufzunehmen, als wäre nichts gewesen.

„Alles in Ordnung?"

Marisa drehte sich zu der Frau um, die sie netterweise direkt bis vor die Tür gefahren hatte, und bemühte sich um ein Lächeln. „Ja. Vielen Dank, dass Sie mich mitgenommen haben. Wahrscheinlich würde ich sonst immer noch an der Straße stehen."

Die Frau lachte, und ihre von grau durchzogenen rotblonden Locken wippten um ihren Kopf. „Das glaube ich nicht. Es war nett, Gesellschaft auf der langen Fahrt zu haben."

Marisa öffnete die Wagentür. „Ich würde Sie auf einen Kaffee hereinbitten, aber ich fürchte, ich habe überhaupt nichts im Haus."

„Das ist nett, aber ich muss sowieso weiter. Vielleicht sehen wir uns irgendwann einmal wieder."

Ihre Muskeln protestierten, als Marisa ausstieg, aber sie versuchte, sich nichts anmerken zu lassen. „Einen schönen Tag."

Sie sah dem Wagen nach, als er rückwärts aus ihrer Ausfahrt fuhr und dann verschwand. Nachdem sie einmal tief Atem geholt hatte, wandte sie sich dem Haus zu. Ein kalter Schauder lief über ihren Rücken, als sie die Veranda hinaufstieg und das mit einigen Latten notdürftig vernagelte Fenster sah. Wäre Coyle nicht zurückgekommen und hätte sie überredet, mit ihm zu fliehen, könnte sie jetzt tot sein. Noch immer standen ihr die Bilder vor Augen, wie sich die Leoparden auf sie gestürzt hatten. Nein, sie *könnte* nicht nur tot sein, sie wäre es ganz sicher.

Marisa schüttelte den Gedanken ab und griff nach dem Knauf. Die Tür war verschlossen. Stirnrunzelnd sah sie sich um. Natürlich, sie hatte sie ja abgeschlossen, nachdem Coyle sie überrascht hatte – und bei ihrem hastigen Aufbruch keinen Schlüssel mitgenommen. Sie stellte sich auf die Zehenspitzen und suchte auf dem Türrahmen nach dem Ersatzschlüssel. Er war dort deponiert, falls sie versehentlich die Tür hinter sich ins Schloss fallen ließ, wenn sie auf dem Grundstück unterwegs war oder Angus ausführte, aber sie benutzte ihn so selten, dass er ihr erst jetzt wieder einfiel. Erleichtert schloss sie die Tür auf.

Zuallererst brauchte sie eine heiße Dusche und etwas zu essen, und dann würde sie Angus abholen. Marisa schnitt eine Grimasse. Vielleicht sollte sie vorher einkaufen und dem Hund etwas mitbringen – als Entschädigung dafür, dass sie ihn allein lassen musste. Glücklicherweise hatte Coyle recht behalten und die Leoparden hatten ihm nichts getan. Verdammt, sie wollte nicht wieder an diesen elenden Berglöwenmann denken! Er hatte seine Wahl getroffen, und sie würde nicht so blöd sein und ihm auch noch hinterhertrauern. Oder sich daran erinnern, wie sich seine Haut an ihrer angefühlt hatte, sein Gewicht auf ihr, sein …

Mit einem leisen Aufschrei schlug Marisa die Tür hinter sich ins Schloss. Sie zuckte zusammen, als ein Stück Fensterscheibe klirrend zu Boden fiel. Wunderbar, genau das brauchte sie jetzt! Eine weitere Ausgabe, die sie sich eigentlich nicht leisten konnte. Wenn sie schlau wäre, würde sie genau das machen, was ihr vorgeworfen worden war: einen Artikel über die Wandler schreiben und viel Geld damit verdienen. Dummerweise konnte sie das nicht, wenn sie ihre Selbstachtung nicht verlieren wollte. Ganz abgesehen davon, dass sie es sich niemals verzeihen würde, wenn den Wandlern etwas geschah.

Amber und Finn waren sehr nett zu ihr gewesen, vielleicht hätten sie unter anderen Umständen Freunde werden können. Sagte diejenige, die sich immer bemüht hatte, niemanden zu dicht an sich herankommen zu lassen. Doch dieser Vorsatz schien irgendwo auf der Strecke geblieben zu sein, als sie mit Coyle durch die Wälder geflohen war und bei den Berglöwenmenschen Unterschlupf gefunden hatte. Jetzt musste sie für ihren Fehler bezahlen.

Wütend auf sich selbst stapfte sie durch das Wohnzimmer, nahm sich frische Kleidung aus dem Schlafzimmerschrank und schloss sich im Bad ein. Es war zwar niemand hier, aber solange das Fenster kaputt war, würde sie nicht darauf vertrauen, dass keiner eindrang. Rasch schlüpfte sie aus ihrer dreckigen zerrissenen Kleidung und stieß sie angewidert mit dem Fuß zur Seite. Noch mehr Zeug, das Coyle auf dem Gewissen hatte. Vielleicht sollte sie ihm eine Rechnung stellen über all das, was durch ihn zerstört worden war. Marisa schaltete das Wasser an und wartete, bis der Strahl heiß war, bevor sie daruntertrat. Ob Coyle auch für ihr gebrochenes Herz zahlen würde?

Unerwartet wurde sie von ihren Gefühlen übermannt und ließ ihnen unter dem auf ihren Kopf hämmernden Wasserstrahl freien Lauf. Wie hatte sie so dumm sein können, einem Mann so nahezukommen, wenn sie doch von vorneherein gewusst hatte, dass es keine gemeinsame Zukunft mit ihm gab? Von Anfang an war ihr klar gewesen, dass ihr Sex nicht reichen würde. Auch wenn sie sich immer wieder sagte, dass sie keine feste Beziehung wollte, sie war noch weniger eine Frau für eine kurze Affäre.

Marisa riss sich mühsam zusammen und begann, ihre Haare zu waschen, bevor das warme Wasser verbraucht war. Sie stockte, als ihr der viel zu intensive Geruch des Shampoos in die Nase stieg. Was gäbe sie darum, noch einmal Coyles benutzen zu können, das mit dem sanften Waldgeruch und der belebenden Wirkung. Frustriert und deprimiert beendete Marisa ihre Dusche und wickelte sich in ein Handtuch. Wie lange würde sie jeder Handgriff, jeder Geruch an ihre Zeit im Wald erinnern? Vermutlich war das normal nach dem, was sie in den letzten Tagen erlebt hatte, aber sie wollte, dass es aufhörte. Sie wollte nicht mehr daran denken, nichts mehr fühlen. Was sie wollte, war ihr normales, geordnetes, langweiliges Leben, in dem es nur Angus gab. Marisa verzog den Mund. Würde ihr das reichen, nach dem, was sie gesehen und erlebt hatte? Vermutlich nicht. Sie vermisste es bereits jetzt, sich so lebendig zu fühlen, so …

Ihr Kopf ruckte hoch, als sie das Klingeln des Telefons hörte. Mit zitternden Händen schloss sie die Badezimmertür auf und lief ins Wohnzimmer. Obwohl sie wusste, dass es nicht Coyle sein würde, schlug ihr Herz höher, als sie den Hörer an ihr Ohr hielt. „Pérèz."

„Hier ist Detective Ledbetter. Gut, dass ich Sie endlich erreiche. Wir müssen dringend mit Ihnen über den Einbruch in Ihrem Haus reden. Haben Sie jetzt Zeit?"

Marisa schloss kurz die Augen und ließ sich in den Sessel sinken. „Eigentlich bin ich gerade erst wieder zu Hause angekommen und wollte …"

„Haben Sie schon nachgesehen, ob etwas gestohlen wurde?"

Langsam stand Marisa auf und ging durch das Wohnzimmer. „Bisher habe ich noch nichts vermisst. Ich sehe gleich noch einmal genauer nach."

„Gut, informieren Sie uns, wenn Sie fertig sind." Ledbetter schwieg einen Moment. „Wo waren Sie in den vergangenen Tagen?"

„Ich war bei Freunden."

„Haben die auch einen Namen?"

Marisa richtete sich auf. „Warum wollen Sie das wissen? Liegt irgendetwas gegen mich vor? Ich dachte, bei mir wäre eingebrochen worden, nicht andersherum." Sie bemühte sich, ihre Stimme fest klingen zu lassen, auch wenn ihr Herz bis zum Hals schlug.

„Nein, nein, natürlich stehen Sie nicht unter Verdacht. Mir kam die Reise nur sehr plötzlich vor, und ich wollte mich vergewissern, dass es Ihnen gut geht."

Erleichterung durchflutete Marisa. „Mir geht es gut, danke. Haben Sie schon irgendwelche Spuren, die auf die Einbrecher hindeuten?"

Ledbetter zögerte. „Nein, nichts Eindeutiges. Wir werden die Ermittlungen wohl einstellen, wenn bei Ihnen nichts gestohlen wurde und Sie keine Anzeige erstatten."

Da die Einbrecher derzeit bei den Berglöwenmenschen im Gefängnis saßen, war sie sicher, dass sie nicht von den Behörden erwischt werden konnten. „Ich werde darüber nachdenken."

„Gut. Es wäre schön, wenn Sie sich heute noch melden würden."

„Natürlich."

Marisa beendete das Gespräch, legte das Telefon auf die Anrichte und wischte ihre feuchte Hand am Handtuch ab. Glücklicherweise schien die Polizei ihr plötzliches Verschwinden und den Diebstahl des Jeeps am Sportplatz nicht miteinander in Verbindung zu bringen, sonst säße sie vermutlich ziemlich in der Klemme. Hoffentlich war der Jeep durch die wilde Fahrt im Gelände nicht allzu sehr beschädigt und der Besitzer hatte ihn inzwischen wiederbekommen. Irgendwie musste sie eine Möglichkeit finden, für die Schäden aufzukommen, ohne sich zu erkennen zu geben. Aber auch das würde warten müssen, bis sie sich um Angus und ihre Arbeit gekümmert hatte. Und ihr Fenster. Und den Einkauf. Marisa nahm den Telefonhörer wieder hoch und wählte Kates Handynummer. Ihre Freundin war noch bei der Arbeit, aber sie verabredeten, dass sie Angus in zwei Stunden bei ihr abholen würde.

Marisa legte mit dem Gefühl auf, zwischen den Erlebnissen der letzten Tage und ihrem normalen Leben gefangen zu sein. Sie konnte weder das eine abschließen, noch das andere wieder aufnehmen, als wäre nichts gewesen. Arbeit, das war es. Wenn sie ihre Gedanken in eine andere Richtung lenkte, würde sie vielleicht wenigstens für kurze Zeit alles andere vergessen können.

Nachdem sie sich angezogen und ihre Haare getrocknet hatte, holte sie in Ermangelung des Laptops, der noch bei Kate war, Block und Stift hervor und setzte sich an den Küchentisch.

Da sie nicht mehr wusste, wie ihre alte Textversion lautete, fing sie einfach von vorne an. Viel hatte sie sowieso noch nicht fertig gehabt. Bereits nach den ersten Sätzen merkte sie, dass sich ihre Wahrnehmung der Natur gewandelt hatte. Während die Beschreibungen vorher nur Worte gewesen waren, schienen sie jetzt … lebendig. So als wäre sie selbst im Park unterwegs und würde schildern, was sie gerade beobachtete. Und als würde ihr gefallen, was sie sah. Wie besessen schrieb sie weiter, und blickte erst wieder auf, als es im Zimmer dunkel wurde. Ein Blick auf die Uhr bestätigte ihr, dass sie mehrere Stunden in ihren Text vertieft gewesen war – und zu spät zu Kate kommen würde. Marisa warf den Stift auf den Tisch und schüttelte ihre schmerzende Hand aus. Solch eine produktive Phase hatte sie schon lange nicht mehr erlebt. Das ganze letzte Jahr über war ihr das Schreiben der Artikel schwergefallen, und sie hatte die Worte mehr oder weniger aus sich herausgequält. Sie waren trotzdem gut gewesen, aber eben nicht perfekt.

Später würde sie den Text in den Laptop eingeben und daran

feilen, aber jetzt musste sie einkaufen und den armen Angus abholen. Seltsamerweise freute sie sich darauf, ihn wieder bei sich zu haben. Obwohl sie nie damit gerechnet hätte, hatte sich der alte Bloodhound in ihr Herz geschlichen. Hoffentlich nahm er ihr nicht allzu übel, dass sie ihn zurücklassen musste. Denn wenn Angus schmollte, dauerte es erfahrungsgemäß ziemlich lange, bis er sich wieder beruhigte.

Marisa lächelte traurig. Egal, es blieb ihr jetzt jede Menge Zeit, ihn zu verwöhnen, denn es wartete ja niemand auf sie. Mit einem Seufzer stand sie auf und holte ihr Portemonnaie und den Autoschlüssel aus der Garderobenschublade. Sie nahm sich eine frische Jacke aus dem Schrank und verließ rasch das Haus.

Eine halbe Stunde später hievte sie die Einkäufe mit einem Stöhnen in den Kofferraum und schloss die Klappe. Sie hatte viel zu viel eingekauft, aber es war ihr alles so lecker und verführerisch erschienen. Wahrscheinlich musste ihr Körper die ganze Energie ersetzen, die er in den letzten Tagen verbraucht hatte. Zumindest war sie so für die nächste Zeit erst einmal wieder versorgt.

Die Fahrt zu Kates Haus dauerte nur wenige Minuten, doch selbst die erschienen ihr noch zu lang. Sie brauchte dringend eine Ablenkung, sonst würde sie verrückt werden. Egal, was sie tat, alles erinnerte sie an Coyle. Wütend auf ihn und auf sich selbst schlug sie die Wagentür fester zu als nötig und rannte fast zum Haus. Trotzdem öffnete sich die Tür, bevor sie dort ankam, und Angus schoss heraus. Mit seinen fünfzig Kilo Lebendgewicht warf er sie fast um, als er sich auf sie stürzte und versuchte, ihr Gesicht zu lecken. Lachend wehrte Marisa ihn ab und schlang ihre Arme um seinen Hals.

„Was ist denn mit dem los? So habe ich ihn ja noch nie erlebt."

Marisa sah bei Kates Frage auf. „Ich habe keine Ahnung, normalerweise ist er eher träge."

Kate lächelte. „Anscheinend hat er dich vermisst." Sie hielt die Haustür auf. „Komm doch rein, es gibt keinen Grund, warum wir uns nicht wenigstens einen Kaffee gönnen sollten."

Marisa richtete sich auf und wollte ablehnen, doch dann konnte sie es nicht, als sie Kates erwartungsvollen Gesichtsausdruck sah. „Aber nur kurz, der Artikel wartet auf mich."

Kate folgte Marisa ins Haus und schloss die Tür hinter sich. „Wie lange brauchst du noch?"

„Ich denke, ich werde heute fertig." Auf Kates erstaunten Blick hin zuckte sie mit den Schultern. „Ich hatte vorhin einen kreativen Anfall und habe den gesamten Text in einem Rutsch runtergeschrieben. Eine sehr seltsame Erfahrung, fast als wollte er aus mir heraus." Verlegen strich Marisa eine Haarsträhne hinter ihr Ohr. „Jedenfalls brauche ich ihn nur noch abzutippen und ein wenig zu glätten."

„Das hört sich gut an. Erst recht ein Grund zum Feiern. Setz dich ins Wohnzimmer, ich hole den Kaffee." Kate verschwand in der Küche.

Zögernd betrat Marisa das gemütliche Wohnzimmer, das von einer riesigen Bücherwand dominiert wurde, und setzte sich auf die Couch. Das Polster war so weich, dass sie darin einsank. Angus legte seinen Kopf auf ihr Knie und himmelte sie so bedingungslos an, wie nur Hunde es können. Marisa kraulte ihn unter den Ohren. „Na komm, so lange war ich nun auch nicht weg." Angus gab ein Knurren von sich, das wie ein Protest klang. Lachend legte Marisa ihr Kinn auf seinen breiten Schädel. „Ich weiß, es war nicht richtig, dich allein zu lassen, es tut mir leid. Ich bin nur froh, dass sie dir nichts getan haben."

„Wer sie?"

Marisa schreckte hoch, als Kate ins Wohnzimmer zurückkam. „Der oder die Einbrecher."

Kate setzte sich neben sie und reichte ihr eine Kaffeetasse.

„Ja, das ist wirklich ein Glück. Vor allem, weil wir nicht wissen, wer es war, und wo doch Ted Genry gerade ermordet wurde." Sie war blasser geworden. „Und dann auch noch auf so schreckliche Weise. Stell dir vor, du wärst zu Hause gewesen!"

„Lieber nicht." Marisa erinnerte sich lebhaft daran, wie die Leoparden sie fast getötet hätten. „Kanntest du diesen Genry? Ich weiß gar nicht, ob ich ihn jemals gesehen habe."

Kate verzog den Mund. „Kennen ist zu viel gesagt, aber ich habe von ihm gehört. Er war auch Biologe und hat eine Zeit lang im Yosemite gearbeitet. Zumindest bis er dabei erwischt wurde, wie er versuchte, geschützte Tierarten aus dem Park zu schmuggeln."

„Lebendig?"

„Soweit ich weiß, ja. Keine Ahnung, was er mit den Tieren vorhatte, vielleicht wollte er sie an Zoos oder Privatleute verkaufen." Kate betrachtete Marisa genauer. „Du bist so blass, geht es dir nicht gut?"

„Alles in Ordnung, ich bin nur ein wenig müde." Rasch wechselte Marisa das Thema. „Was gibt es sonst noch Neues?"

„Du meinst, außer dem Mord, dem Einbruch bei dir und dem Diebstahl eines Jeeps?" Kate tat so, als müsste sie nachdenken. „Beim Pioneer Market sind Dosenbohnen im Angebot, hast du das gesehen?"

Marisa musste lachen. „Das muss mir entgangen sein, dabei war ich gerade erst da."

Kate grinste, wurde aber schnell wieder ernst. Sie lehnte sich vor, und ihre großen grauen Augen betrachteten Marisa prüfend. „Ich möchte nicht darüber reden, was hier passiert ist, sondern was dir in den letzten Tagen widerfahren ist." Als Marisa etwas sagen wollte, hob sie eine Hand. „Nein, erzähl mir nicht, dass da nichts war, denn das wäre gelogen. Irgendetwas ist mit dir passiert, das kann ich dir an der Nasenspitze ansehen."

„Reicht nicht der Schock darüber, dass mein Nachbar ermordet wurde?“

„Das erklärt deine Nervosität, aber nicht dieses … ich weiß gar nicht, wie ich es nennen soll … dieses neue Licht in deinen Augen. Als wärst du aus einem langen Schlaf aufgewacht.“

Marisa wollte es automatisch abstreiten, doch schließlich nickte sie. „Das trifft es ganz gut. Irgendwie fühle ich mich lebendiger, mehr *hier*, verstehst du?“

Kate nickte. „Ich hatte immer das Gefühl, dass du viel von dir zurückhältst.“ Sie trank einen Schluck Kaffee. „Wer ist er?“

Marisa, die gerade trinken wollte, verschluckte sich und begann zu husten. „Wie bitte? Wer ist wer?“

„Der Mann, der diesen Wandel bewirkt hat, natürlich.“ Kates Augen funkelten neugierig. „Kenne ich ihn?“

Marisa stellte die Tasse zurück auf den Tisch. „Wie kommst du darauf, dass ein Mann etwas damit zu tun hat? Man kann sich durchaus von selbst ändern.“

„Ja, da hast du recht.“ Kate machte eine Kunstpause. „Aber bei dir war es nicht so, dafür kam die Verwandlung zu plötzlich. Und außerdem trägst du dein Haar offen.“ Als Marisa nur schwieg, stieß sie eine Faust in die Luft. „Ha, ich wusste es!“

Marisa seufzte. „Die Logik entgeht mir irgendwie. Was hat meine Frisur damit zu tun?“

„Seit ich dich kenne, trägst du einen geflochtenen Zopf. Und eine Frisur ist immer auch Ausdruck des Inneren.“ Kate strich über ihre kurzen blonden Haare. „Du hast dich von dem befreit, was dich bedrückt und zurückgehalten hat, also kannst du auch deinem Haar mehr Freiraum geben.“

„Gib's zu, das hast du aus einer Frauenzeitschrift.“

Kate grinste. „Ganz genau und du bist das beste Beispiel dafür, dass es stimmt.“

Marisa erkannte, dass es nichts brachte, es weiter abzustreiten.

Kate würde so lange weiterbohren, bis sie etwas erfuhr. Es war besser, ihr einen kleinen Happen vorzuwerfen und die Sache dann auf sich beruhen zu lassen. „Okay, ich habe einen Mann kennengelernt, aber bevor du ganz aus dem Häuschen gerätst, es hat nicht geklappt. Wir waren zu verschieden." Die Untertreibung des Jahrhunderts.

„Oh." Die Freude wich aus Kates Gesicht. „Das ist schade. Wenn du dafür sogar verschwunden bist, ohne Angus mitzunehmen, muss es dir ernst gewesen sein. Bist du sicher …?"

„Ja." Marisa milderte das Wort mit einem kleinen Lächeln ab. „Es kann nicht funktionieren, deshalb haben wir es gleich beendet."

„Aber du magst ihn noch?"

Marisa schwieg einen Moment, unsicher, ob und wie sie darauf antworten sollte.

Kate kam ihr zuvor. „Also ja. Und er?"

„Dass es nicht funktioniert hat, lag eher an einer sehr komplizierten Situation, die für uns nicht zu lösen ist."

Kate zog die Augenbrauen hoch. „Und deswegen gebt ihr gleich auf? Ich hätte gedacht, dass du mehr Durchhaltevermögen hast."

Marisa brachte nicht die Energie auf, wütend zu werden. „Warum sollte ich für etwas kämpfen, das er so schnell aufgeben kann?" Die Erinnerung an Coyles Verhalten schmerzte mehr als alles andere. Wie konnte er sie in einer Sekunde berühren, als würde er sie lieben, und in der nächsten abschieben, als wäre sie nur ein Spielzeug?

„Was ist, wenn er auch denkt, es könnte mit euch nichts werden, und er dich deshalb gehen ließ?"

Marisa blieb still sitzen, während sie darüber nachdachte. Hatte er die Vorwürfe der anderen geglaubt und sie deshalb weggeschickt oder gab es einen anderen Grund dafür? Er war wütend geworden, als sie ihm unterstellte, es wäre ihm egal, ob ihr auf dem Weg etwas zustieß. Ein Schauder lief über ihren Rücken. Sie musste daran denken, wie er sie morgens im Bett angesehen hatte, als er sagte, dass sie ihm gehören würde, wenn ihre Situation anders wäre. Wie dunkel seine bernsteinfarbenen Augen vor Schmerz geworden waren. Vielleicht stimmte es, was Kate sagte, und Coyle hatte sie nur gehen lassen, weil er keine Möglichkeit sah, wie sie zusammen sein konnten. Sie wusste auch nicht, wie das funktionieren sollte, aber wenn sie wirklich etwas füreinander empfanden, dann wollte sie diese Beziehung nicht aufgeben, ohne alles versucht zu haben.

Sie stand so abrupt auf, dass Angus vor Schreck rückwärtssprang und gegen den Tisch stieß. Abwesend tätschelte sie ihm den Kopf. „Entschuldige."

Kate war ebenfalls aufgestanden und sah sie fragend an. „Was ist?"

„Ich denke, ich muss ganz dringend etwas in Erfahrung bringen."

Ein Lächeln breitete sich über Kates Gesicht aus. „Viel Glück dabei. Und ich will über das Ergebnis unterrichtet werden."

„Natürlich." Marisa berührte Kates Arm. „Danke."

„Wozu sind Freunde da?" Sie folgte Marisa zur Tür. „Warte, ich hole schnell den Laptop und Angus' Sachen."

Marisa wartete ungeduldig, bis Kate wieder da war, und nahm die Laptoptasche und den Beutel entgegen. „Danke."

„Soll ich den Chefs etwas sagen wegen des Artikels?"

„Nicht nötig, ich werde ihn heute Abend noch fertig machen und dann gleich an den Service mailen."

„Was? Aber ich dachte …"

Marisa grinste. „Jetzt ist es ohnehin zu spät, um noch etwas zu unternehmen. Aber gleich morgen früh fahre ich los."

„Ah, gut. Möchtest du Angus noch hier lassen?"

Angus sah zu Marisa auf, als hätte er Kate genau verstanden. „Nein, nicht nötig, ich werde ihn brauchen.“

Verwirrt sah Kate ihnen hinterher, als sie zum Auto ging. „Wofür?“

„Er soll meine Spur finden.“ Damit winkte Marisa ihr noch einmal zu, öffnete Angus die Beifahrertür und ging um den Wagen herum. „Ich melde mich, wenn ich zurück bin.“

21

Der lang gezogene Warnschrei eines Berglöwen durchdrang unvermittelt die Stille des Waldes. Coyle drehte sich rasch zu Torik und Kell um. „Seht nach, was da los ist. In Berglöwenform, falls es sich wieder um einen Eindringling handelt." Grimmig wandte er sich den Leoparden zu, die aufgeregt hinter dem Gitter entlangliefen. „Wenn ihr jemanden hierhergeführt habt, werdet ihr dafür bezahlen."

Er erhielt keine Antwort, aber er rechnete auch nicht wirklich mit einer. In jeder anderen Lage hätte er die Standhaftigkeit der Leoparden bewundert, aber hier frustrierte sie ihn nur. Sie hatten wieder einmal Stunden auf ein Verhör verschwendet, Stunden, die Bowen vielleicht nicht mehr blieben.

Weitere Schreie ertönten, dringlicher als der erste. Finn legte seine Hand auf Coyles Schulter. „Ich sehe nach." Damit verwandelte er sich und verschwand zwischen den Bäumen.

Coyle konnte den Blick der Leopardin auf sich fühlen, doch er drehte sich nicht zu ihr um, sondern hob den Kopf und nahm den Geruch der Umgebung in sich auf. Er witterte Menschen und Hunde. Wieso war kein Alarm gesendet worden? Die Fremden konnten ihr Gebiet nicht betreten haben, ohne einen der Sensoren zu aktivieren. Coyle wurde kalt. Außer sie waren auf die Hütte gestoßen und hatten das System deaktiviert – oder sie wussten, wie sie die Sensoren umgehen konnten. Vielleicht hatte Bowens Entführer ihnen die nötigen Informationen gegeben, bevor er getötet wurde. Heiße Wut strömte durch seinen Körper, ein Grollen entwich seiner Kehle, das nicht menschlich war. Als

Antwort darauf begannen die Leopardinnen zu fauchen und warfen sich gegen die Gitterstäbe.

Coyle sah sie mit kalten Augen an. „Tut mir leid, ihr habt uns nicht geholfen, jetzt werdet ihr hier drinbleiben."

Er tauchte im Wald unter und entledigte sich seiner Kleidung. Nachdem er sie versteckt hatte, verwandelte er sich und kletterte auf einen der höheren Bäume in der Nähe der Höhle. Sollte jemand hierherkommen, und versuchen, die Gefangenen mitzunehmen, war er bereit. Coyles Augen verengten sich. Nur über seine Leiche! So einfach würde er die letzte Spur zu Bowen nicht aufgeben.

Unruhig verlagerte er sein Gewicht auf dem Ast. Alles in ihm drängte danach, Amber zu suchen und sicherzustellen, dass sie in Sicherheit war. Doch so schwer es ihm auch fiel, er musste darauf vertrauen, dass sie für sich selbst sorgen konnte. Sie war erwachsen und wusste, wie sie sich wehren konnte. Ungebeten tauchte die Erinnerung an ihre Kindheit auf, als sie beinahe gestorben wäre, weil er leichtsinnig gewesen war. Damals hatte er sich geschworen, es nie wieder dazu kommen zu lassen. Aber auch Bowen war er verpflichtet. Innerlich zerrissen beobachtete Coyle den Weg, der zu den Gefangenen führte. Er konnte Stimmen und sich nähernde Schritte hören.

„Ja, ich bin sicher, dass sie hier sind, wir sind fast an der Quelle des Signals."

„Wahrscheinlich haben die Viecher hier ihren Friedhof … oder wüsstest du einen Grund, warum sie die Leoparden am Leben gelassen haben sollten?"

Die beiden Männer kamen um die Ecke und blieben vor dem Gitter stehen. „Verdammt, das ist unheimlich. Wer hat die eingesperrt?"

Sein Kumpan holte eine Pistole heraus. „Das ist mir ziemlich egal. Ich will sie bloß holen und dann abhauen. Diese

Schreie sind grauenhaft, als würden irgendwelche Frauen abgestochen."

Coyle sprang lautlos vom Baum und war mit vier großen Sätzen bei den Männern. Ohne Vorwarnung sprang er dem Bewaffneten auf den Rücken und warf ihn zu Boden. Seine Krallen gruben sich in den Arm, bis die Pistole auf die Felsen klapperte. Der Mann stieß einen jämmerlichen Schrei aus und versuchte, sich zu wehren. Sein Kumpan wirbelte herum und lief davon. Coyle beugte den Kopf hinunter und stieß ein Fauchen aus, das den Mann erbleichen ließ. Die Leoparden fielen mit ein und Coyle nahm einen strengen Uringeruch wahr. Gut so.

Wilde Genugtuung erfüllte den Berglöwen, entfernte ihn ein bisschen weiter von dem Menschen in ihm. Ein warnendes Fauchen der Leopardin ließ seinen Kopf hochrucken. Aus den Augenwinkeln sah er ein Blitzen. Der vorher geflohene Mann tauchte hinter den Felsen auf und legte ein Gewehr auf ihn an. Coyle stürzte sich mit einem Schrei auf den Angreifer, doch seine Reaktion kam zu spät. Etwas traf ihn an der Brust, und Schwärze senkte sich über ihn. *Amber*.

Genau das brauchte er überhaupt nicht. Unruhig ging Henry in seinem Büro auf und ab. Es irritierte ihn, dass Isabel krank war. Schlimm genug, dass sie so plötzlich und unpassend aufgetaucht war, und jetzt musste er sich auch noch um sie Sorgen machen. Sie hatte sich schlecht angehört, auch wenn sie behauptete, sie habe nur Kopfschmerzen. Doch was sollte er tun? Am besten lenkte er sich mit Arbeit ab und sah später noch einmal nach ihr.

Zufrieden darüber, eine Lösung gefunden zu haben, blieb er vor der Wand stehen und betätigte den Schalter, der die Geheimtür öffnete. Von der anfänglichen Euphorie, endlich ein Wandler-Exemplar in die Hände zu bekommen und bald die nötigen Forschungsergebnisse für eine Publikation zusammengetragen zu haben, war nichts übrig geblieben. Es machte ihm keinen Spaß, den Jungen zu quälen, ganz im Gegenteil. Aber es musste nun einmal sein, für große Durchbrüche in der Wissenschaft mussten schon immer Opfer gebracht werden.

Henry stieg die Treppe hinunter und schaltete den Monitor an, der das Bild von der Überwachungskamera zeigte. Der Jugendliche lag still da, die Augen geschlossen, kein Zeichen einer Veränderung sichtbar. Obwohl er nichts anderes erwartet hatte, stieg wieder Ärger in ihm hoch. Gowan hatte ihm versichert, dass es sich bei dem Jungen um ein Exemplar der unbekannten Spezies handelte. Wenn er nicht für einen kurzen Moment die Beherrschung verloren und ihn gebissen hätte, wären Henry wohl Zweifel gekommen, ob nicht ein schwerwiegender Fehler vorlag und er seit Tagen einen richtigen Menschen misshandelte.

Er schüttelte den Gedanken ab. Wenn Gowan übermorgen die anderen Exemplare lieferte, würde er schon bald Ergebnisse erzielen und niemand konnte ihn mehr aufhalten. Ein Lächeln breitete sich auf seinem Gesicht aus. Er würde bekannt werden, eine Koryphäe auf diesem Gebiet, und seine ach so geschätzten Kollegen würden vor ihm kriechen, damit er ihnen ein paar Wissensbrocken hinwarf. Diese Vorstellung hob seine Laune beträchtlich.

Fast vergnügt suchte er die Stelle der Aufzeichnung, an der er sehen konnte, wie er selbst das Labor verließ. Henry zog den Stuhl unter dem Schreibtisch heraus und ließ sich hineinsinken, während sein Blick gebannt am Monitor hing. Der Jugendliche sah ihm hinterher, als er den Raum verließ, und der Ausdruck in seinen Augen war derart mörderisch, dass Henry froh war, ihn nicht bemerkt zu haben. Er sollte beim nächsten Mal darauf achten, dem Jungen nie den Rücken zuzudrehen. Wenn er sich von den Fesseln befreite, konnte er Henry überwältigen und sogar töten, egal, wie schwach er auch sein mochte. Es gab keinen Grund, jetzt unvorsichtig zu werden, dafür stand er zu kurz vor dem Ziel. Einige Minuten ließ Henry das Band auf Normalgeschwindigkeit laufen, doch dann wurde es ihm zu langweilig, dem Jugendlichen beim Schlafen zuzusehen. Er rührte keinen Muskel, seine Augen blieben geschlossen. Schließlich schaltete Henry auf Schnelldurchlauf, bis er beim Ende ankam.

Der Moment war so kurz, dass er ihn beinahe verpasste. Er spulte noch einmal zurück und beugte sich vor, den Blick gebannt auf den Bildschirm gerichtet. Der Junge öffnete die Augen, sie weiteten sich, dann blickte er zweimal zur Kamera hinauf, bevor er die Augen wieder schloss. Enttäuscht atmete Henry aus. Wahrscheinlich hatte er einfach nur einen schlechten Traum gehabt und war aufgewacht.

Gerade wollte er das auf Pause geschaltete Bild wegklicken, als Henry etwas bemerkte, das er nicht erwartet hatte. Die Augen des Jugendlichen waren wieder geschlossen, dafür regte sich etwas in seiner Hüftregion. Wie konnte er unter solchen Bedingungen eine Erektion bekommen? Gut, es war nur die Andeutung, aber dennoch unübersehbar.

Natürlich konnte es die Folge eines Traums sein, eventuell sogar noch vom LSD ausgelöst, doch es lohnte sich vielleicht, die kurze Sequenz noch einmal abzuspielen. Das ungute Gefühl, irgendetwas Wichtiges übersehen zu haben, ließ ihn einfach nicht los. Aufmerksam verfolgte er erneut, wie sich die Augen des Jungen öffneten. Etwas wie Überraschung stand in ihnen, während er zur Tür blickte. Dann folgte ein Blick zur Kamera, und er wiederholte die Bewegung noch einmal, bevor er das Kinn senkte. Das war der Moment, in dem ihn irgendetwas zu erregen schien, nach seiner körperlichen Reaktion zu urteilen.

Henry hielt das Bild an und beugte sich vor, bis seine Nase fast den Monitor berührte. Das Blut wich aus seinem Gesicht, und er fluchte lautlos. Was hatte Isabel dort unten im Keller zu suchen?

Nur sie konnte es gewesen sein, denn er selbst trug keinen gemusterten Rock. Ein Zipfel davon war jedoch eindeutig für einige Sekunden ins Blickfeld der Kamera geraten. Und es war ja auch sonst niemand im Haus. Daher konnte es nur diese eine Erklärung dafür geben: Isabel war seinen Anweisungen nicht gefolgt, sondern hatte in seiner Abwesenheit das Büro betreten und dann irgendwie die Geheimtür und damit das Kellerlabor entdeckt.

Schweiß bildete sich auf Henrys Stirn, während er über die Konsequenzen nachdachte. Wenn seine Tochter wusste, dass er den Jungen gefangen hielt, was tat sie dann jetzt? Würde sie irgendjemanden darüber informieren? Oder hatte sie das vielleicht schon getan?

Er sprang auf und lief im Vorraum auf und ab. Krank, pah! Wahrscheinlich war ihr das schlechte Gewissen an der Nasenspitze anzusehen, und sie versuchte deshalb, ihm aus dem Weg zu gehen. Also gut, dachte er grimmig. Er würde sie in dem Glauben lassen, ihn getäuscht zu haben, und sie morgen früh nach Los Angeles zurückschicken. Danach musste der Junge verschwinden. Sollte Isabel jemanden informieren, würde Henry sich einfach dumm stellen. Ohne Beweise würde man ihm nichts anhängen können.

Etwas ruhiger blieb Henry stehen und betrachtete noch einmal das Bild auf dem Monitor. Der Jugendliche schien mehr auf Isabel reagiert zu haben als auf all seine eigenen Bemühungen, etwas aus ihm herauszubekommen. Was wäre, wenn er dafür sorgte, dass Isabel ihn noch einmal besuchen konnte? Würde sie ihm noch stärkere Reaktionen entlocken können? Nachdenklich schaltete Henry den Monitor aus und stieg die Treppe hinauf ins Büro.

Marisa blieb stehen und wischte mit dem Ärmel über ihre feuchte Stirn. Man sollte annehmen, sie hätte sich langsam an die Anstrengung gewöhnt, aber sie fühlte sich genauso kaputt wie vor zwei Tagen. Es half auch nicht wirklich, einen kräftigen Bloodhound an der Leine durch den Wald zu führen – oder sich vielmehr von ihm führen zu lassen. Die Nase am Boden lief Angus ständig hin und her und kugelte ihr dabei beinahe den Arm aus. Marisa wickelte die Schlaufe der Leine um das linke Handgelenk und schüttelte den schmerzenden rechten Arm aus, bevor sie die Wasserflasche aus dem Rucksack nahm.

Diesmal war sie wenigstens vernünftig ausgerüstet, mit Wanderschuhen, mehreren Lagen Kleidung und genug Nahrung und Wasser für ein oder zwei Tage. Sie hatte sich gestern Abend sogar von ihrem Kollegen John ein GPS-Gerät ausgeliehen, damit sie zur Not alleine den Weg zurückfand. Marisa setzte sich auf einen Baumstumpf und beschloss, sich ein paar Minuten Ruhe zu gönnen, bevor sie weitermarschierte. Angus ließ sich mit einem Seufzer zu ihren Füßen nieder und bettelte sie mit seinen Augen an. Wie immer gelang es ihr nicht, ihm zu widerstehen. Sie suchte einen Hundekuchen aus ihrem Rucksack und hielt ihn Angus hin. Lächelnd sah sie zu, wie er ihn hinunterschlang, als wäre er verhungert, während sie seine Schüssel aus dem Rucksack nahm und sie mit Wasser füllte.

Ihre Idee hatte tatsächlich funktioniert. Sie war mit ihrem Wagen zu der Stelle gefahren, an der sie aus dem Wald gekommen war, und hatte Angus dann die Spur vom Vortag suchen lassen, auf die er nach nur wenigen Minuten gestoßen war und der sie seit Sonnenaufgang folgten. Bisher war Marisa nichts bekannt vorgekommen, aber das war nicht weiter verwunderlich, denn für sie sah im Wald alles gleich aus. Wahrscheinlich hätte sie das Lager durchqueren können, ohne es wiederzuerkennen. Die etwa zwanzig Hütten lagen so versteckt zwischen und auf den Bäumen um die Lichtung herum, dass sie nur zu erkennen waren, wenn man wusste, wonach man suchte. Coyle hatte ihr erklärt, dass es ihnen nur so gelungen war, nicht von normalen Menschen entdeckt zu werden. Bis jetzt.

Sie war sich ziemlich sicher, dass sie Coyles Baum bemerken würde, wenn sie vor ihm stand, und genau dort wollte sie hin. Die Frage war, was sie tun würde, falls die anderen Berglöwenmenschen sie angriffen. Sie konnte nur hoffen, dass sie sie leben lassen würden, bis sie Coyle sah. Marisa schloss die Augen und versuchte, sich an seinen Blick zu erinnern, als er sie geliebt hatte. Es bestand die Möglichkeit, dass er sie sofort zurückschickte, aber diesmal würde sie es ihm so schwer wie möglich machen.

Sie war nach dem Fiasko in New York weggelaufen, aber außer ihrer Arbeit – die sie verloren hatte – war dort nichts gewesen, was sie hätte halten können. Sicher nicht Ben, nachdem sein Vertrauensbruch einen Mann das Leben gekostet hatte, der doch eigentlich nur verhindern wollte, dass seine Firma weiterhin verbotene Experimente durchführte. Noch jetzt, ein Jahr später, war der grausige Anblick der Leiche in Marisas Gehirn gebrannt, genauso wie das Schuldgefühl, die Identität ihres Informanten nicht besser geschützt zu haben.

Natürlich hatte sie nicht ahnen können, dass ihr Freund sie derart hintergehen würde. Und selbst wenn sie verstand, dass er als Detective beim New Yorker Police Department ein Interesse daran hatte, Beweise gegen das Biotechnologie-Unternehmen zu sammeln, damit die Verantwortlichen hinter Gitter gebracht werden konnten, hätte er niemals ihren Informanten enttarnen dürfen, ohne ihn gleichzeitig zu schützen.

Glücklicherweise hatte sie Ben nicht wirklich geliebt, denn als es wegen des Todes ihres Informanten zum Skandal kam, hatte er sie abgestreift wie ein lästiges Anhängsel. Oder eben ein Mittel zum Zweck.

Andererseits hätte sie auch nichts mehr mit ihm zu tun haben wollen, nachdem er sie so hintergangen hatte. Wie immer, wenn sie darüber nachdachte, kochte die Wut wieder in ihr hoch. Dieser arrogante selbstverliebte Scheißkerl! Hätte er eine Sekunde mal nicht nur an seine eigenen Interessen, sondern vielleicht auch an die Gefahr gedacht, in die ihr Informant durch die namentliche Nennung im Polizeibericht kommen konnte, dann wäre der Mann vielleicht noch am Leben. Aber nein, für Ben zählte nur Ben, alles andere war nebensächlich.

Seltsamerweise war in den Nachrichten nie von der moralischen Verantwortung der Polizei die Rede gewesen, sondern nur von Marisas Nachlässigkeit beim Schutz ihrer Quelle. Vor allem hatten die Anwälte des Unternehmens dafür gesorgt, dass sich keine Zeitung mehr traute, etwas über die Verfehlungen zu schreiben, und dass die Polizei ihre Ermittlungen nicht fortsetzen konnte. Die kriminellen Machenschaften der Firma und der Mord waren daher bisher ungestraft geblieben. Und es war auch ungestraft geblieben, dass Marisas Ruf als Reporterin nach dieser Geschichte völlig zerstört war. Denn es schmälerte ihre Aussichten auf eine neue Festanstellung immer noch gewaltig. Selbst wenn sie sich hier im Westen bei irgendeiner größeren Zeitung bewarb, was sie nicht vorhatte, würde ein Blick ins Internet die alten Geschichten sofort wieder hochspülen. Sogar die Wandler hatten anscheinend Zugriff darauf, anders hätten sie nicht so schnell an die Informationen über sie kommen können.

Marisa verzog den Mund, als der Ärger erneut in ihr zu brodeln begann, doch sie schob ihn beiseite. Immerhin ging es den Wandlern um den Schutz ihrer Gruppe und nicht wie Ben um einen persönlichen Vorteil. Und dabei war Bens Rechnung nicht einmal aufgegangen, dachte sie verbittert. Da der Informant tot war, kam es niemals zu einer Anklage, und obwohl jeder wusste, dass die Firma hinter dem Mord stecken musste, gab es dafür keine Beweise. Auch Ben war nicht wie von ihm erhofft befördert worden. Marisa wünschte, sie hätte wenigstens Genugtuung darüber empfinden können, aber dafür war die ganze Situation zu unangenehm gewesen, das Ergebnis zu furchtbar.

Als etwas Feuchtes ihre Hand berührte, zuckte Marisa zusammen. Angus blickte zu ihr auf und stupste sie noch einmal mit seiner Nase an. Erst jetzt wurde sie sich wieder bewusst, dass sie noch auf dem Baumstumpf im Wald saß und für einen Moment alles um sich herum vergessen hatte. Unruhig sah sie sich um, doch sie konnte keine Gefahr erkennen.

Sie strich Angus über den Kopf und stand auf. Wenn sie sich nicht irrte, konnte es nicht mehr weit bis zum Lager sein, zumindest war sie gestern Morgen mit Finn und Amber nicht wesentlich länger unterwegs gewesen. Ihr Herz schlug schneller bei dem Gedanken, Coyle bald wieder gegenüberzustehen. Ihn anzusehen und vielleicht sogar zu berühren. Ein Kribbeln zog von ihren Fingerspitzen ihre Arme hinauf, Wärme floss durch ihren Körper, als könnte sie ihn bereits spüren.

Doch sie rief sich rasch zur Ordnung. Schließlich hatte er sie bei ihrer letzten Begegnung laut und deutlich aufgefordert, ihn zu verlassen, und sie wusste nicht, wie er auf ihr Wiedersehen reagieren würde. Nur eins stand für Marisa fest: Er durfte sie nicht noch einmal wegschicken, denn allein die Vorstellung, ihn nie wieder zu sehen, schmerzte mehr, als sie sich eingestehen mochte. Energisch setzte sie den Rucksack auf und schlang die Schlaufe von Angus' Leine um ihr Handgelenk. Diesmal würde sie es Coyle nicht so leicht machen, sie wollte aus seinem Mund hören, dass er nicht mit ihr zusammen sein wollte, bevor sie ging.

Rasch zog sie das GPS-Gerät aus ihrer Jackentasche und setzte einen weiteren Wegpunkt, zuckte jedoch zusammen, als Angus den Kopf von der Spur hob und ein fast lautloses Grollen ausstieß.

Vorsichtig sah Marisa sich um, konnte aber nichts entdecken. Wahrscheinlich witterte der Bloodhound die Berglöwen. Automatisch schlang Marisa die Leine noch einmal um ihr Handgelenk. Sie konnte sich noch zu gut an den Ausflug bei ihrem Haus erinnern, als er ohne Vorwarnung losgelaufen war und sie hinter sich hergezogen hatte.

„Ganz ruhig, Angus, das sind Freunde." Hoffte sie zumindest.

Obwohl Marisa fast befürchtete, jeden Augenblick von Berglöwen umringt zu sein, blieb es völlig still. Es war unheimlich, so als halte der gesamte Wald den Atem an und warte auf etwas. Kein Vogelgezwitscher, keine raschelnden Geräusche von Mäusen oder Eichhörnchen – Totenstille. Selbst als sie von den Leoparden verfolgt worden waren, hatte sie nicht dieses Gefühl gehabt, als wäre etwas ganz und gar nicht in Ordnung.

Unruhe erfüllte sie, die nichts mehr mit der Angst vor der Reaktion der Berglöwenmenschen zu tun hatte. Sie wusste, dass sie schon längst auf ihrer Spur gewesen wären, wenn sie gekonnt hätten. Doch es gab keine Konfrontation, keine Drohungen, keine Einschüchterung. Marisa trieb Angus zur Eile an, während langsam Angst in ihr hochkroch. Nicht um sich selbst, sondern um die Wandler.

Im Laufschritt hetzte sie durch den Wald und kam bald darauf auf einer Lichtung heraus, die sie sofort erkannte. Sie befand sich mitten im Lager der Berglöwenmenschen, doch es war niemand zu sehen. Die Stille war so vollkommen, dass sie sich nicht traute zu rufen. Versteckten sie sich vor ihr und hofften, dass sie von selbst wieder verschwand? Oder waren sie bereits weitergezogen, so wie Coyle es angekündigt hatte? Tränen traten in ihre Augen, als ihr die Konsequenzen dieser Möglichkeit bewusst wurden. Sie würde ihn niemals wiederfinden, wenn die Gruppe nicht mehr hier war.

Ein dumpfes Grollen neben ihr ließ sie zu Angus hinunterblicken. Sein Nackenfell stand senkrecht, seine Lefzen waren warnend hochgezogen. Leider konnte er nicht reden und ihr sagen, ob er auf den alten Geruch der Berglöwen reagierte oder auf etwas anderes. Da sie sich nicht in so offenem Terrain aufhalten wollte, ging sie in die Richtung, in der Coyles Baumhaus lag.

„Wir suchen jetzt Coyle, Angus. Erinnerst du dich an ihn?"

Angus sah sie aufmerksam an, aber sie konnte nicht sagen, ob er sie verstanden hatte. Also verließ sie sich auf ihr eigenes, zugegebenermaßen mangelhaftes Orientierungsvermögen, um die drei Bäume am Rand des Lagers wiederzufinden, in deren Kronen sich Coyles Hütte befand. Nachdem sie sich ein paarmal verlaufen hatte, stand sie schließlich vor dem gewaltigen Baum. Sie trat zum Stamm und sah nach oben. Erleichterung machte sich in ihr breit, als sie durch die Äste die Plattform erahnen konnte, auf der das Haus gebaut war. Die Leiter war nirgends zu sehen, aber das hatte sie auch nicht erwartet, Coyle schien sie selten zu benutzen.

„Coyle?" Sie hielt ihre Stimme leise, da sie wusste, dass er sie hören würde, wenn er oben war. „Ich bin es, Marisa. Ich muss dringend mit dir reden. Bist du da?"

Es kam keine Antwort, nichts rührte sich. Wenn Coyle hier wäre, würde er sich nicht vor ihr verstecken, dessen war sie sich sicher. Ratlos drehte sie sich um. Vielleicht waren alle in der Höhle, aber ob sie den Weg dorthin finden würde, war fraglich. Aus den Augenwinkeln nahm sie eine Bewegung wahr und wirbelte herum.

„Angus!"

Der Hund hob den Kopf, ließ sich aber nicht dabei stören, sein Bein am Baum zu heben. Marisa stieß einen tiefen Seufzer aus. Coyle würde sie umbringen, wenn er das roch. Oder Angus.

Energisch zog sie an seiner Leine. „Komm, such dir einen Baum aus, der nicht bewohnt ist."

Angus zog eine Augenbraue hoch und wackelte noch einmal mit dem Hinterteil, bevor er gemächlich zu ihr schlenderte. Es war klar, was er damit sagen wollte: Die Katze ist in mein Haus gekommen und hat sich da breitgemacht, warum soll ich nicht ihr Revier markieren?

Marisa schüttelte den Kopf. In jeder anderen Situation hätte sie das lustig gefunden, aber im Moment machte sie sich dafür zu viele Sorgen. Denn selbst wenn irgendwo eine Versammlung stattfand, hätten die Berglöwenmenschen sicher Wachen aufgestellt und das Lager nicht schutzlos zurückgelassen. Angst griff nach ihrem Herzen, als ihr bewusst wurde, was das heißen musste: Sie waren tatsächlich fort. Und sie hatten ihr ganz sicher keine Landkarte mit den Koordinaten dagelassen. Außerdem gab es so viele Berglöwen- und Menschenspuren, dass Angus nicht einer einzelnen folgen konnte – zumal sie nichts von Coyle besaß, an dem er die Witterung hätte aufnehmen können.

Oder doch? Musste Coyle nicht Geruchsspuren hinterlassen haben, als er den Baum hinaufgeklettert war? Vielleicht würde Angus das reichen, um ihn zu finden. Auch wenn die Wahrscheinlichkeit eines Erfolgs gering war, musste sie alles versuchen, bevor sie aufgab und nach Hause zurückkehrte. Sonst würde sie sich immer fragen, ob sie nicht doch noch etwas hätte tun können.

Sie rief Angus zu sich heran und schlug mit der flachen Hand gegen den Baumstamm. „Wir suchen Coyle, kannst du ihn hier wittern?" Marisa hielt ihre Nase an den Stamm und atmete erleichtert auf, als Angus dasselbe tat. Seine Nackenhaare standen immer noch hoch, seine Lefzen kräuselten sich, als rieche er etwas Unangenehmes. „Genau, das ist Coyle. Such."

Auf ihr Kommando hin stieß Angus sich vom Baum ab und

rannte los, die Nase dicht am Boden. Selbst wenn er einer anderen Spur folgte, würde sie hoffentlich zumindest auf jemanden treffen, der ihr sagen konnte, wo Coyle war. Marisa beobachtete die Umgebung, während sie Angus folgte, doch nirgends rührte sich etwas. Was dafür sprach, dass die Gruppe das Lager tatsächlich verlassen hatte, nachdem sie selbst gegangen war. Doch Marisa wünschte, sie hätten damit noch etwas länger gewartet.

Sie stolperte fast über Angus, als er abrupt stehen blieb und an etwas schnüffelte. Sanft schob sie ihn beiseite und beugte sich hinunter, um zu sehen, was ihn plötzlich so interessierte. Ihre Lippen kräuselten sich, als sie den Haufen sah. Wundervoll. Doch dann stutzte sie, denn es handelte sich ziemlich eindeutig um die Hinterlassenschaft eines Hundes. Aber wo sollten Hunde herkommen? Es wäre schon ein sehr großer Zufall, wenn seit gestern Touristen mit einem Hund hier durchgekommen wären, und es erklärte auch nicht, wo die Berglöwenmenschen waren. Marisa richtete sich wieder auf und zog Angus von der Stelle weg. „Such weiter." Hätte sie vorher gewusst, dass sie so auf Angus angewiesen sein würde, hätte sie erst noch ein paar Bücher zum Thema Personensuche mit Hunden gelesen, doch so konnte sie sich nur auf den Instinkt des Tieres verlassen.

Nach einem kurzen Blick lief Angus weiter und blieb nach wenigen Metern erneut stehen. Ein tiefes Grollen ertönte, das Marisa Gänsehaut verursachte. „Was ist, hast du etwas gefunden?"

Sie kniete sich neben ihn und entdeckte einen dunklen Fleck im Gras und auf den Blättern einer Pflanze. Vorsichtig pflückte sie eine der weißen Blüten und betrachtete die Sprenkel darauf genauer. Sie waren nicht schwarz, wie sie angenommen hatte, sondern dunkelrot, fast wie … getrocknetes Blut.

Marisa ließ die Blüte fallen und wischte ihre Hände an der Jeans ab. Das Blut musste nicht zwingend von den Wandlern stammen. Doch ihr Gefühl, dass hier etwas nicht stimmte, wurde immer stärker.

Jetzt wünschte sie sich, sie hätte Verstärkung mitgenommen oder wenigstens eine Waffe dabei, selbst wenn ihr diese im Ernstfall wahrscheinlich wenig nützen würde, weil sie noch nie auf etwas geschossen hatte. Aber woher hätte sie auch wissen sollen, dass sie nicht nur mit wütenden Berglöwenmenschen konfrontiert werden würde? Sollte sie lieber wieder zum Auto zurückkehren? Wenn sie einen direkteren Weg nahm, würde sie in zwei Stunden in Sicherheit sein.

Marisa stand auf und legte ihre Hand auf Angus' Kopf. „Du möchtest auch hier weg, oder?" Seine Triefaugen waren aufmerksam auf sie gerichtet, als würde er sie verstehen. „Aber wie soll ich damit leben, nicht zu wissen, was aus Coyle und den anderen geworden ist? Vielleicht sind sie weitergezogen und es geht ihnen gut, aber ich muss es mit eigenen Augen sehen, verstehst du? Ich muss wissen, dass sie gesund und munter sind, und ob Coyle und ich eine Chance haben oder die Gefühle nur einseitig waren." Angus' Ohren hoben sich etwas, als er den bekannten Namen hörte. „Deshalb kann ich nicht umdrehen. Such Coyle, Angus, such ihn."

Nach kurzer Überlegung senkte Angus wieder den Kopf und folgte weiter der Spur, die ihn quer durch das Lager und dann auf einen schmalen Pfad führte, der an einer Felsgruppe vorbeiging. Zuerst dachte Marisa, dass sie zu der Versammlungshöhle gingen, doch diese Klippen waren niedriger und lagen mitten im Wald. Angus lief direkt zu den Felsen und schnüffelte auf dem Boden.

Dann hob er den Kopf und stieß ein Heulen aus, das Marisa durch Mark und Bein ging.

22

„Wie geht es dir heute Morgen, mein Schatz?"

Isabel fuhr zusammen und bemühte sich, das Glas auf den Tisch zurückzustellen, ohne mit ihrer zitternden Hand etwas zu verschütten. Langsam drehte sie sich zu ihrem Vater um, der im Türrahmen stand. „Besser, danke."

Henry trat in die Küche und lehnte sich gegen die Spüle. „Das ist gut, ich habe mir Sorgen gemacht." Sein Gesichtsausdruck war nicht zu deuten. „Hast du häufiger Kopfschmerzen?"

Isabel wollte nicken, überlegte es sich dann aber anders. „Hin und wieder. Ich war deswegen in Los Angeles beim Arzt, aber er hat nichts gefunden." Sie hob die Schultern. „Migräne, sagt er."

„Das ist schlimm, Schatz. Ich wünschte, ich könnte dir irgendwie helfen."

Isabels Gefühle waren eine Mischung aus Entsetzen, Verwirrung und schlechtem Gewissen, weil sie ihrem Vater etwas vorspielte. Es fiel ihr schwer, nichts davon zu zeigen, als sie antwortete. „Es hilft mir schon, dass ich hier Ruhe finde. Los Angeles ist so unruhig und hat die Migräne nur verstärkt."

Henry stieß ein Lachen aus. „Ruhe gibt es hier genug, es ist geradezu langweilig für ein junges Mädchen wie dich. Du suchst bestimmt eine Möglichkeit, dich irgendwie zu beschäftigen."

Unruhe kam in Isabel auf. Sie wusste nicht, worauf ihr Vater hinauswollte, aber sie hatte das Gefühl, dass er auf etwas anspielte. Sie erbleichte, als ihr der Gedanke kam, er könnte wissen, dass sie im Keller gewesen war. Es kostete ihre gesamte Kraft, ruhig zu antworten. „Wie gesagt, ich freue mich über die Ruhe und habe etliche Bücher dabei, die ich lesen will. Außerdem hast du hier ja auch einen Fernseher. Und dann möchte ich mir die fantastische Landschaft ansehen."

Ihr Vater sah sie so lange schweigend an, bis sie schon dachte, er würde ihre lahme Erklärung nicht gelten lassen, doch zu ihrer Überraschung nickte er. „Ich sollte auch viel öfter aus dem Büro herauskommen. Du weißt ja, wie das ist, wenn ich mitten in einer Forschungsarbeit stecke. Dann tue ich kaum etwas anderes."

Was wollte er ihr damit sagen? Dass er öfter weg sein würde – oder dass er etwas mit ihr unternehmen wollte? Hoffentlich Ersteres, denn wenn sie nach wenigen Minuten Unterhaltung bereits so fertig war, mochte sie sich gemeinsame Spaziergänge mit ihm lieber gar nicht vorstellen. „Das Leben besteht nicht nur aus Arbeit, es ist auch wichtig, sich zu erholen", bemerkte sie in einem bemüht neutralen Ton.

„Ja, ich gebe zu, das habe ich schon länger vernachlässigt. Aber das wird sich nun ändern. Ich hoffe, es macht dir nichts aus, wenn ich ab und zu mal wegfahre und dich hier alleine lasse."

Isabel bemühte sich, ihre Erleichterung nicht zu zeigen. „Natürlich nicht, schließlich habe ich mich selbst eingeladen."

Henry lächelte sie an, doch seine Augen blickten merkwürdig kalt. Aber wahrscheinlich bildete sie sich das nur ein, weil sie versuchte, irgendetwas an ihm zu entdecken, das erklärte, wie er in seinem Keller Experimente an einem Menschen durchführen konnte. „Du bist jederzeit willkommen, das solltest du wissen. Vielleicht habe ich nicht immer so viel Zeit für dich, wie ich es gerne hätte, aber wenn du einen Platz zum Erholen brauchst, bin ich immer für dich da."

„Danke, Dad." Der Begriff blieb ihr fast im Hals stecken.

„Dann will ich dich nicht länger stören. Ich bin in meinem Büro, falls du mich suchst."

„Okay." Isabel sah ihm hinterher und atmete erleichtert auf, als er die Tür des Arbeitszimmers hinter sich schloss.

Sie mochte sich gar nicht vorstellen, was geschehen wäre, wenn er entdeckt hätte, dass sie im Keller gewesen war. Er hätte sie sofort nach Hause geschickt, und wer weiß, was dann mit dem Jugendlichen passieren würde.

Auf keinen Fall handelte es sich um irgendein legales Experiment. Der Gedanke an die vielen Wunden am Körper des Jugendlichen ließ sie schaudern. Wie lange der arme Kerl wohl schon hier war und wie viel Schlimmes hatte er über sich ergehen lassen müssen? Sie musste auf jeden Fall versuchen, ihm zu helfen, und zwar so, dass ihr Vater es nicht bemerkte. Doch wie sollte sie das anstellen? Die Kameras würden jede ihrer Bewegungen aufzeichnen, sowie sie das Labor betrat. Also musste es ihr irgendwie gelingen, mit dem Jugendlichen zu kommunizieren, ohne dass es zu sehen oder zu hören war. Also schriftlich. Die Zähne in die Unterlippe gegraben begann Isabel, einen Plan zu entwickeln, wie sie ihren Vater hintergehen konnte.

Marisa hatte noch nie in ihrem Leben ein so schauriges Geräusch gehört wie Angus' Heulen. Oder vielleicht lag es daran, dass ihre Nerven zum Zerreißen gespannt waren. Sie legte Angus eine Hand auf den Nacken und versuchte, ihn zu beruhigen. Der Bloodhound verstummte augenblicklich und blieb stocksteif stehen. Jetzt erst sah Marisa, dass in den Felsen Gitter eingelassen waren, sodass die dahinterliegende kleine Höhle ein gutes Gefängnis darstellte. Wahrscheinlich waren hier die Leoparden gefangen gehalten worden, doch jetzt war die Tür geöffnet und das Schloss lag auf dem felsigen Boden. Marisa hob es auf und erkannte, dass es nicht mit einem Schlüssel geöffnet worden war. Das Metall war verbogen, als hätte jemand mit Wucht darauf eingeschlagen. Da sie keinen Grund sehen konnte, warum die

Berglöwenmenschen ihr eigenes Schloss knacken sollten, wenn sie einen Schlüssel dafür besaßen, musste jemand anders hier gewesen sein und die Leoparden mitgenommen haben.

Was war mit den Wachen geschehen? Oder hatten die Wandler das Lager vorher geräumt und die Leoparden zurückgelassen? Nein, das konnte sie sich nicht vorstellen. Coyle hatte gesagt, sie wären die einzige Spur zu dem entführten Jugendlichen.

Es sei denn, er hatte keine andere Wahl gehabt. Wenn die anderen Mitglieder der Gruppe in Gefahr geraten waren, hätte er die Leoparden zurücklassen müssen. Aber dann wäre er zurückgekommen, sowie die Luft rein war. Sofern er noch konnte.

Marisa sah sich um, aber es ging noch immer dieses seltsame tote Gefühl von der gesamten Gegend aus. Angus hatte sich ein Stück von ihr entfernt und roch am Boden. Schließlich kratzte er und stieß ein leises Winseln aus. Was sie noch schauriger fand, weil sie so etwas noch nie von ihm gehört hatte. Normalerweise war er durch nichts zu erschüttern und so phlegmatisch, dass ihm alles egal war. Vermutlich sollte sie sich bei ihm entschuldigen, weil sie ihm in seinem Alter noch so etwas zumutete. Bei ihrem Onkel hatte er sicher nur noch in seinem Korb gelegen und gedöst.

„Lass mich sehen, was du da hast."

Als er ihre Stimme hörte, sah Angus auf und zog sich ein Stück zurück. Neben seinen Kratzspuren war ein dunkler Fleck zu sehen und Marisa hatte keine Mühe, ihn als getrocknetes Blut zu identifizieren. Sie sank auf die Knie und versuchte, sich einzureden, dass nicht Coyle verletzt worden war, sondern jemand anders. Doch es funktionierte nicht. Zwar wusste sie rein rational, dass noch andere Berglöwenmenschen hier gewesen waren, aber ihr Herz sagte ihr, dass Coyle verletzt oder sogar tot war. *Nein, bitte nicht!* Ihm durfte nichts zugestoßen sein, er war so lebendig und kraftvoll gewesen, als sie ihn zuletzt gesehen hatte. Zögernd berührte Marisa mit einer Fingerspitze das Blut, doch es war in der Sonne getrocknet, und es gab nichts, das darauf hinwies, wie lange es dort schon klebte. „Bitte, Coyle …"

Unvermittelt rauschte etwas über ihren Kopf, ein Windstoß ließ ihre Haarsträhnen flattern. Marisa warf sich zu Boden und rollte herum, doch es war nichts zu sehen. Angus' wütendes Bellen überdeckte jedes andere Geräusch. „Still, Angus." Sie zog ihn an seinem Halsband neben sich und duckte sich tiefer, als sie auf den sonnenbeschienenen Felsen einen Schatten auf sich zukommen sah. Reflexartig hob sie einen Stein auf, doch bevor sie ihn werfen konnte, war der Angreifer auch schon vorbei. Es war ein Adler!

Verwirrt senkte sie die Hand und erhob sich langsam. Angus sah sie an und konnte anscheinend nicht verstehen, warum sie nichts gegen die Bedrohung tat. Marisa beschattete mit der Hand ihre Augen und blickte in den Himmel. Zuerst sah sie nichts, doch dann entdeckte sie hoch oben einen dunklen Punkt, der über den Bäumen kreiste. Es konnte unmöglich der Adler sein, der sie in Mariposa zum Jeep geführt hatte. Wie sollte er hierherkommen? Vermutlich gab es Hunderte von Raubvögeln in der Gegend.

Angespannt beobachtete sie, wie er in großen Kreisen immer tiefer sank, direkt auf sie zu. Ob sie irgendeine Zielscheibe auf dem Kopf hatte, die Adler anzog? Wieder flog er über sie hinweg, diesmal so nah, dass sie das Sirren der Federn im Luftzug hörte. Er umkreiste sie und landete dann auf den Eisenstäben der Tür. Aus der Nähe sah er gewaltig aus, die Fänge fast so groß wie ihre Hand. Das dunkelbraune Gefieder bewegte sich leicht im Wind, die braunen Augen über dem gebogenen grauen Schnabel blickten sie direkt an.

„Weißt du, wo sie sind?" Marisa zuckte zusammen, als sie ihre eigene Stimme hörte. Jetzt redete sie nicht nur mit Hunden und

Berglöwen, sondern auch noch mit Vögeln. Sie sollte dringend ihren Kopf untersuchen lassen, wenn sie wieder zu Hause war. Doch im Moment war nur wichtig, dass sie Coyle fand. Wenn sie dafür mit Adlern reden musste, dann war es eben so.

Mit einem gellenden Schrei breitete der Adler seine gewaltigen Schwingen aus und stieß sich kraftvoll vom Gitter ab. Er stieg so schnell in den Himmel, dass sie ihn bald nur noch als kleinen Fleck sah. So viel dazu. Kopfschüttelnd wandte sie sich zu Angus um, der sie skeptisch anblickte.

„Ja, ja, ich weiß. Was meinst du, kannst du Coyles Spur noch einmal aufnehmen und ihr folgen?“ Fantastisch, jetzt fehlte noch, dass Angus sich auf die Hinterbeine setzte und ihr antwortete. Sie strich über seinen Kopf. „Such Coyle.“

Der Bloodhound lief zu dem Blutfleck zurück und roch daran, rannte ein paar Schritte weiter, hob die Nase in die Luft, drehte sich um die eigene Achse und begann dann wieder von vorne. Nach einer Weile sah er sie hilfesuchend an. Verzweiflung kam in Marisa auf. Wahrscheinlich stürmten so viele unterschiedliche Gerüche von Menschen, Berglöwen und Leoparden auf ihn ein, dass er sie nicht mehr unterscheiden konnte. Aber ohne Angus bestand für sie kaum eine Möglichkeit, die Berglöwenmenschen zu finden. Sie konnte zwar nach Fußspuren suchen, nach niedergetrampeltem Gras oder irgendetwas, das auf einen Weg hindeutete, auf dem viele Menschen oder Berglöwen entlanggegangen waren. Doch sie würde Tage brauchen, um die ganze Umgebung des Lagers abzusuchen. Noch nicht einmal die Polizei oder den National Park Service konnte sie einschalten, weil sie den Wandlern nicht schaden wollte. Ganz davon abgesehen, dass ihr ohnehin niemand glauben würde.

Ein weiterer Schrei des Adlers ließ sie erstaunt aufblicken. Sie hatte geglaubt, dass er seine Neugier befriedigt hatte und weitergeflogen war, doch er saß auf einem der unteren Äste eines

Baumes und nickte mit dem Kopf in ihre Richtung, bevor er mit mehreren kräftigen Flügelschlägen abhob. Blitzschnell traf sie eine Entscheidung. Beim letzten Mal hatte ihr ein Adler geholfen, und sie würde einfach darauf vertrauen, dass es diesmal wieder so war. Sie nahm sich die Zeit, ihren derzeitigen Standpunkt im GPS-Gerät zu markieren und steckte es wieder in die Jackentasche. So würde sie wenigstens den Weg zurückfinden, wenn sich der Adler als Zeitverschwendung entpuppte.

Marisa hob Angus' Leine auf und steckte ihre Hand durch die Schlaufe. „Komm, Angus, sehen wir, wohin der Vogel uns führt."

Wenige Minuten später blieb sie nach Atem ringend auf einer kleinen Lichtung stehen. Was dachte sich der Adler eigentlich? Dass sie fliegen konnte? Oder zu Fuß über Stock und Stein jemandem in der Luft folgen könnte? Als ihr bewusst wurde, was sie da dachte, verdrehte sie die Augen. Nur weil sie gerade entdeckt hatte, dass einige Berglöwen auch Menschen waren, musste diese Eigenschaft nicht auf alle anderen Tiere zutreffen. Selbst wenn der Adler ihr half – und sie war sich darüber nicht sicher –, hieß das noch lange nicht, dass er verstehen würde, welche Probleme sie hier unten hatte. Während sie einen Schluck Wasser trank und Angus etwas in die Schüssel gab, beobachtete sie den Himmel. Ihr Freund schien sich verabschiedet zu haben. Vielleicht mochte er es nicht, so lange aufgehalten zu werden.

Resigniert ließ Marisa sich auf den Boden fallen. Sie hätte vermutlich doch besser die Gegend absuchen sollen, anstatt sich auf solch eine unsichere Sache wie einen Adler-Führer zu verlassen. Aber sie hatte das Gefühl gehabt, keine Zeit verschwenden zu dürfen, als zählte jede Sekunde, die sie hier vertrödelte.

Mit einem Seufzer setzte sie sich wieder auf. „Was machen wir jetzt, Angus? Gehen wir zurück zum Lager?" Sie deutete sein kurzes tiefes Bellen als Zustimmung und packte ihre Sachen wieder ein. „Okay, gehen wir."

Marisa zog das GPS-Gerät aus der Tasche und ließ sich die Strecke zurück zum Lager anzeigen. Waren das wirklich erst zwei Kilometer gewesen? Es kam ihr viel länger vor. Mit dem Ärmel strich sie einige Haarsträhnen aus dem Gesicht und versuchte, das bedrückende Gefühl abzuschütteln, das sie immer noch quälte. Grübeln half weder ihr noch den Berglöwen, also musste sie es auf später verschieben. Ganz davon abgesehen, dass sie auf keinen Fall auf irgendwelche Menschen stoßen wollte, die eventuell etwas mit dem Verschwinden der Gruppe zu tun hatten. Zumindest nicht ohne Vorwarnung und möglichst so, dass niemand sie sah. Als hätte sie es mit ihren Gedanken heraufbeschworen, knackte etwas nicht weit entfernt. Hektisch sah sie sich um, entdeckte aber nichts, was sie als Deckung benutzen konnte. Das Blut rauschte in ihren Ohren, das Herz hämmerte so laut, dass sie kaum noch etwas hörte.

Angus sah aufmerksam in die Richtung, aus der das Geräusch gekommen war, machte aber keine Anstalten anzugreifen. Ein kurzer Hoffnungsschimmer keimte in ihr auf, dass Coyle sie gefunden hatte, der aber zunichtegemacht wurde, als ein dunkler Schatten zu ihnen herabschwebte.

Wut keimte in Marisa auf, als der Adler um sie herumflog und dann wieder zwischen den Bäumen verschwand. Wollte er mit ihr spielen? Sie hatte noch nie viel Geduld besessen, aber auch der letzte Rest war inzwischen aufgebraucht. Sie war es leid, von allen hin und her geschubst zu werden.

Als der Adler erneut dicht an ihr vorbeiflog, platzte ihr der Kragen. „Wenn du etwas von mir willst, rede mit mir, sonst hau ab!“

Gleich danach kam sie sich lächerlich vor, was erwartete sie eigentlich von einem Vogel? Sie wollte sich umdrehen, sah aber aus den Augenwinkeln den Adler zurückkommen und erstarrte. Er kam auf sie zu, seine riesigen Flügel schienen kaum durch die Äste zu passen. Je näher er kam, desto größer wurde er, und ihr wurde bewusst, dass er sie mit den scharfen Krallen an den Fängen und dem gebogenen Schnabel durchaus verletzen könnte. Was sie jedoch wirklich gefangen hielt, war sein Blick, der fast menschlich zu sein schien. Wie hypnotisiert blieb sie einfach nur stehen und beobachtete, wie der Adler vor ihr auf dem Boden landete. Angus wollte sich vor sie schieben, doch sie zog ihn an der Leine zurück.

Der Adler faltete die Flügel an seinen Körper und senkte den Kopf. Bildete sie sich das ein oder wurde er größer? Es passierte so schnell, dass sie es kaum sah: Im einen Moment saß ein Adler vor ihr, im nächsten stand ein ausgewachsener nackter Mann da, der langsam den Kopf hob.

Mit offenem Mund starrte Marisa ihn an, ihr Gehirn wie leer gefegt. Der unbekannte Mann war um einiges größer als sie, mit kräftigen Armen und Brustmuskeln und einem scharf geschnittenen Gesicht. Tief liegende braune Augen blickten sie über einer gebogenen Nase und hohen Wangenknochen durchdringend an. Fasziniert betrachtete sie das Grübchen unter den schmalen, aber gut geformten Lippen.

„Männer mit Hunden haben die Berglöwen eingefangen." Die leicht raue Stimme passte zu seinem Aussehen. „Sie sind in Käfige eingesperrt und werden vermutlich heute Nacht weggebracht."

Seine Worte holten sie in die Realität zurück. „Wie konnten sie die Berglöwen überwältigen?"

„Zu viele Angreifer mit Waffen. Sie haben erst die Wachen mit Betäubungspfeilen ausgeschaltet und sind dann ins Lager eingedrungen."

Verzweiflung stieg in Marisa auf. Wie sollte sie ihnen alleine und ohne Waffen helfen? „Wenn du das gesehen hast, warum hast du ihnen nicht geholfen?"

Ein Muskel zuckte in der Wange des Mannes. „Was hätte ich tun sollen, ihnen etwas auf die Köpfe werfen? Ich dürfte gar nicht da sein."

Marisa biss auf ihre Lippe, um nicht zu fragen, warum er es dann war. Sie sollte froh sein, dass er ihr half. „Gibt es jemanden, den ich alarmieren könnte? Der mir hilft, die Berglöwen zu befreien?"

Der Mann legte den Kopf schräg, eine Bewegung, die sie an den Adler erinnerte. „Ich wüsste niemanden. Nur einige Mütter, die mit den Kindern und Jugendlichen in einem sicheren Versteck sind. Sie könnten nichts ausrichten."

„Bist du allein oder gibt es noch andere …?"

Er schüttelte den Kopf. „Sie sind der Meinung, dass es ein Problem der Berglöwen ist, nicht unseres. Sie befürchten, dass wir ebenfalls entdeckt werden, wenn wir uns einmischen." Etwas blitzte in seinen dunklen Augen auf. „Ich setze mich dadurch, dass ich mit dir rede, über unsere Gesetze hinweg."

„Warum tust du es dann?" Es rutschte ihr heraus, vermutlich war es die Reporterin in ihr.

Der Wandler sah sie einen langen Moment an, seine Lippen nur dünne Striche. „Sie haben Amber wehgetan."

Verwirrt sah sie ihn an. „Amber? Woher …?"

Er unterbrach sie. „Wir sollten aufbrechen. Ich bringe dich dorthin, wo sie die Berglöwen gefangen halten, wenn du das möchtest."

Marisa richtete sich gerader auf. „Ja, das will ich." Auch wenn sie nicht wusste, was sie dann machen sollte. Aber vielleicht würde ihr etwas einfallen. Sie konnte auf keinen Fall aufgeben und Coyle und die anderen ihrem Schicksal überlassen.

Der Mann nickte und verwandelte sich in einer fließenden Bewegung zum Adler. Mit einem Schrei stieg er in die Luft, mit mehreren kraftvollen Flügelschlägen hatte er sich in den Himmel katapultiert. Bewundernd sah Marisa ihm hinterher. Kein Wunder, dass sein Oberkörper so muskulös war … Energisch rief sie sich zur Ordnung. Anstatt fremde Männer zu beäugen, sollte sie sich lieber auf die vor ihr liegende Aufgabe konzentrieren.

Marisa tätschelte Angus aufmunternd. „Komm, gehen wir." Sie bemerkte die Veränderung im Verhalten des Adlers sofort. Zwar flog er noch voraus und verschwand auch häufig aus ihrem Blickfeld, aber er kehrte immer sofort wieder zurück und passte sich ihrer Geschwindigkeit an. Seine Bewegungen wirkten sparsam und zielgerichtet, wo sie vorher fast verspielt gewesen waren. Anscheinend hatte er aufgegeben, ihr einen normalen Vogel vorgaukeln zu wollen, und handelte jetzt wie ein Mensch in gefiederter Gestalt.

Während ihr Körper wie auf Autopilot durch den Wald steuerte, wanderten Marisas Gedanken zu dem Gespräch zurück. Anscheinend gab es eine ganze Gruppe von Adlermenschen, die ebenfalls unerkannt in der Wildnis lebten. Und sie wussten von den Problemen der Berglöwenmenschen, unternahmen aber nichts dagegen, weil sie Angst hatten, mit hineingezogen zu werden. Was sie einerseits verstehen konnte, andererseits aber machte sie die Kurzsichtigkeit wütend. Wie lange würde es nach der Entdeckung der Berglöwen-Wandler noch dauern, bis jemand herausfand, dass es auch eine besondere Adler-Spezies gab? Ihrer Meinung nach hatten die Wandler mehr Chancen, wenn sie zusammenarbeiteten, sei es in ihrem Bemühen, sich vor den Menschen zu verstecken, oder um sich ihren Platz unter den Menschen zu erkämpfen.

Aber sie hatte leicht reden, schließlich war sie nicht davon betroffen und wusste nicht, wie es war, so leben zu müssen. Und sie konnte sich die Reaktion der Menschen vorstellen, wenn sie erfuhren, dass solche bisher unbekannten Spezies existierten. Wenn sie Coyle nicht vorher in Menschenform kennengelernt hätte, wäre sie wahrscheinlich auch nicht so schnell bereit gewesen, ihn als Berglöwen zu akzeptieren. Oder sich sogar in ihn zu verlieben.

Marisa schloss für einen Moment die Augen, um sich zu beruhigen. Es war dumm, jetzt über ihre Gefühle nachzudenken, und gefährlich war es auch, weil es sie zu sehr ängstigte und ablenkte. Wenn Coyle und die anderen wieder frei waren, hatte sie noch genug Zeit, sich über ihre Empfindungen klar zu werden. Auch wenn sie befürchtete, dass sich daran nichts mehr ändern würde, egal wie die Sache ausging. *Verdammt!* Ihr Fuß blieb an einer Wurzel hängen, und sie riss die Augen auf. Sehr schlau, mit geschlossenen Augen durch den Wald zu laufen. Sie musste sich dringend konzentrieren, wenn sie die Sache überleben wollte.

Hoffentlich würde sie nach der Befreiung der Gefangenen noch Gelegenheit haben, sich mit dem Adler zu unterhalten, denn sie hätte zu gern gewusst, woher er Amber kannte und warum es ihn interessierte, was mit ihr passierte. Aber für den Moment würde sie ihren Kopf leeren und einen Fuß vor den anderen setzen, bis sie am Ziel angekommen war. Wo immer das auch sein mochte.

Dass sie sich dem Lager der Entführer langsam näherten, erkannte sie an der Art, wie der Adler immer häufiger vor ihr kreuzte und sein Tempo immer mehr verringerte. Marisa bemühte sich, leiser aufzutreten und sich nicht durch knackende Äste zu verraten. Nach dem Stand der Sonne zu urteilen, bewegten sie sich in weitem Bogen um etwas herum. Schon bald konnte sie den Geruch von Kaffee und Bohnen wahrnehmen und hörte Stimmen und Gebell. Jetzt verstand sie, warum der Adler sie nicht auf direktem Weg zum Lager geführt hatte – wenn die Hunde sie gewittert hätten, wäre sie sofort entdeckt worden. So war sie auf der windabgewandten Seite und brauchte nur noch aufzupassen, dass niemand über sie stolperte oder sich ihr von hinten näherte. Was schwierig und nervenaufreibend genug sein würde.

Vorsichtig schlich sie weiter vorwärts, bemüht, die Zweige rechts und links von ihr nicht zu berühren. Glücklicherweise schien Angus zu verstehen, worum es ging, denn obwohl sein Fell im Nacken gesträubt war, blieb er völlig still. Sie konnte den Adler nicht mehr sehen, dazu war die Vegetation zu dicht, doch sie spürte, dass er noch da war und sie beobachtete.

Schließlich erreichte sie den äußeren Bereich des Lagers und duckte sich hinter einen jungen Baum, der umgeben von Farnen und anderen hüfthohen Pflanzen auf einem umgestürzten Baumstamm wuchs. Es waren Zelte aufgestellt worden, vor einem befand sich eine Feuerstelle, um die sich einige Männer versammelt hatten. Andere liefen herum oder reinigten ihre Waffen. Es waren so viele, dass Marisa sich verzweifelt fragte, wie sie alleine gegen sie ankommen sollte. Sie konnte schlecht ins Lager gehen und sagen: „Seid doch so nett und gebt mir eure Gefangenen." Vermutlich würde sie sofort erschossen oder zumindest gefangen genommen werden. Das wollte sie gerne verhindern.

Unter ihrer Hand spürte sie Angus' angespannten Körper zittern. Vermutlich weil er die Hunde sah, die in der hintersten Ecke des Lagers an kurzen Pfählen angepflockt waren. Allerdings war sein Blick in eine ganz andere Richtung gerichtet. Marisa beugte sich vor und schlug die Hand vor den Mund, als sie die Käfige sah, die am Rand der Lichtung, möglichst weit von den Zelten entfernt, aufgebaut waren. In jedem waren etliche Berglöwen eingesperrt. Einige lagen auf dem Boden und rührten sich nicht, andere bewegten sich unruhig von einem Gitter zum anderen.

Ihr Herz krampfte sich zusammen, als sie die wunderschönen Tiere eingesperrt sah. Die Hand vor den Mund gepresst, um sich durch keinen Laut zu verraten, ließ sie ihren Blick über die Käfige gleiten und suchte nach Coyle. Sie hatte ihn nur das eine Mal ganz in Berglöwenform gesehen, es war schwierig, ihn auf diese Entfernung unter so vielen ähnlich aussehenden Tieren zu finden. Nach einer Weile merkte sie jedoch, dass sich die einzelnen Exemplare sehr voneinander unterschieden. Die Fellfarbe reichte von ganz hellem Beige bis zu dunkelgrauen Einsprengseln. Einige Gesichter waren rundlicher, andere lang gezogen, manche Nasen breiter. Auch die weißen Flecken an der Schnauze waren unterschiedlich groß. Wenn sie die etwas kleineren und weniger muskulösen Frauen abzog, blieben nur noch wenige Berglöwen übrig, die sie genauer betrachtete. Schließlich entdeckte sie Coyle in dem Käfig, der dem Lager am nächsten war. Er stand am Gitter und sah aufmerksam zu den Männern hinüber, sein Körper angespannt. Marisa musste einen Schrei unterdrücken, als sie das Blut auf seinem Fell sah. Er war verletzt! Hätte sie ein Gewehr gehabt, sie wäre aus der Deckung getreten und hätte die Mistkerle niedergemäht.

Dummerweise war sie aber völlig unbewaffnet und … Marisa schrak zusammen, als hinter ihr ein leises Rascheln erklang. Wie erstarrt blieb sie sitzen, nicht fähig, sich zu rühren. Dann wurde ihr bewusst, dass Angus neben ihr zwar sämtliche Muskeln angespannt hatte, aber keinen Laut von sich gab. Abrupt drehte sie sich um und sah den Adler-Mann hinter sich hocken. Erleichtert, ihn zu sehen, lehnte sie sich vor. „Gut, dass du da bist."

„Ich bleibe nicht lange. Du brauchst etwas, womit du die Schlösser an den Käfigen aufmachen kannst."

Marisa sah zu den Käfigen zurück und erkannte, dass er recht hatte. Sie waren mit dicken Vorhängeschlössern gesichert. Sofern sie nicht zufällig irgendwo einen passenden Schlüssel fand, würde sie die Berglöwen nicht befreien können. „Woher bekomme ich das passende Werkzeug?"

Er schwieg einen Moment und legte dann den Kopf schräg. „Ich hole es, warte hier."

Marisa nickte und beobachtete, wie er sich vorsichtig zurückzog. Plötzlich fiel ihr etwas ein. „Warte!" Er drehte sich um und sah sie fragend an. „Wie heißt du?"

Einen Moment lang sah es so aus, als würde er nicht antworten, doch dann hob er einen Mundwinkel. „Griffin."

„Ich bin Marisa."

Diesmal blitzten seine Zähne auf. „Ich weiß." Damit wandte er sich wieder um und verschwand im Unterholz.

Kopfschüttelnd drehte sich Marisa wieder zum Lager um. Woher kannte er ihren Namen? Hatte er etwa irgendwann in einem Baum gesessen und Coyle und sie belauscht? Das Blut schoss in ihre Wangen, als sie sich daran erinnerte, wie sie sich im Freien geliebt hatten. Beim nächsten Mal würde sie ganz sicher erst überprüfen, ob irgendwelche Tiere in der Nähe waren, die möglicherweise Wandler waren. Wenn es ein nächstes Mal gab. Angespannt beobachtete sie, wie sich die Männer die Zeit vertrieben, während die der Berglöwenmenschen langsam ablief. Zu gerne hätte sie Coyle ein Zeichen gegeben, dass sie da war und versuchen würde, ihnen zu helfen, doch sie traute sich nicht. Es wäre verhängnisvoll, wenn einer der Entführer oder die Hunde sie bemerken würde. So blieb sie bewegungslos in ihrem Versteck hocken, während die Sonne langsam unterging. Mit jeder Minute wurde es dunkler, und noch immer war der Adler nicht wieder aufgetaucht. Wie sollte sie die Käfige ohne Werkzeug öffnen?

Die einzige Möglichkeit wäre, einen Schlüssel zu stehlen, aber sie bezweifelte, dass sie dazu geschickt genug war. Mal ganz davon abgesehen, dass sie nicht wusste, welcher der Männer den Schlüssel bei sich trug. Hoffnungslosigkeit und Verzweiflung breiteten sich in Marisa aus. Irgendetwas musste ihr einfallen, sie war Journalistin, verdammt noch mal! Aber hier ging es nicht darum, halbwegs sinnvolle Sätze aneinanderzureihen, sondern um Menschenleben, und das war das Problem. Sie war hier in etwa so nützlich wie … Marisa warf sich verspätet zur Seite, als etwas mit einem dumpfen Schlag neben ihr landete. Als es nicht explodierte und sie nichts weiter hörte, richtete sie sich wieder auf. Ein Leinensack lag neben ihr. Mit zitternden Fingern öffnete sie ihn – und keuchte überrascht auf. Denn der metallene Gegenstand, den sie herauszog, war ein Bolzenschneider.

Griffin war wirklich zurückgekommen! Marisa sah nach oben, konnte ihn aber nirgends entdecken. Anscheinend meinte er es ernst, dass er sich nicht in die Sache einmischen konnte oder wollte. Auch wenn sie sich wünschte, er würde es sich noch einmal überlegen, war sie dankbar für das, was er ihr gegeben hatte. Ihre Finger schlossen sich fester um den Bolzenschneider, während ihre Augen wieder Coyle suchten. Sie würde ihn retten, egal, was es kostete. Den Gedanken, dass sie bei dem Versuch entdeckt und gefangen oder getötet werden könnte, schob sie energisch beiseite. Sie musste sich auf das Positive konzentrieren, sonst würde sie sich nur verrückt machen. Und als bibbernder Wackelpudding nützte sie niemandem.

Marisa richtete sich auf, als ihr etwas auffiel. Coyle stand bewegungslos in seinem Käfig und blickte in den Himmel. Als ein hoher Schrei ertönte, lächelte sie. Anscheinend hatte Coyle Griffin entdeckt, der über den Bäumen kreiste. Coyles Blick folgte dem Flug des Adlers und senkte sich dann, bis er ihr direkt in die Augen sah. Wie erstarrt blieb Marisa sitzen, während ihr Herz gleichzeitig schneller schlug. Hätte sie irgendwelche Zweifel gehabt, das Richtige zu tun, wären sie in diesem Moment ausgeräumt gewesen.

23

Er hörte ihre Schritte auf der Treppe und versuchte, die Aufregung zu unterdrücken. Die Kamera war weiterhin auf ihn gerichtet, und er konnte sich nicht leisten, den Folterer darauf aufmerksam zu machen, was hier vorging. Ihr Duft stieg ihm in die Nase, noch bevor sie die Tür öffnete. Bowen ballte die Hände zu Fäusten, konnte jedoch die Reaktion seines Körpers nicht verhindern. Wie war es möglich, dass er so etwas empfand, nach all dem, was er in den letzten Tagen erlebt hatte? Eigentlich hätte er nur an eine mögliche Flucht denken dürfen, daran, was ihn bewegte: die Hoffnung, dass das Mädchen ihn befreite. Zufrieden mit dieser Erklärung entspannte er sich wieder, so weit seine Lage es zuließ, und öffnete die Augen. Die Tür wurde langsam aufgezogen, und Bowen hielt den Atem an, um ihren süßen Duft abzublocken. Wieder sah sie ihn mit ihren großen blauen Augen an, die bis in seinen Kopf zu dringen schienen. Fast augenblicklich ließ der Druck nach, er empfand beinahe so etwas wie Ruhe.

Um sich davon abzulenken, dass er in einem Labor nackt auf einer Liege festgebunden war, betrachtete er die junge Frau genauer. Sie schien ungefähr in seinem Alter zu sein, ihre helle Haut war noch frisch und ohne Falten. Rotbraune Haare reichten fast bis zu ihrer Hüfte, einzelne kürzere Strähnen umgaben ihr Gesicht.

Sein Blick glitt tiefer. Diesmal trug sie ein T-Shirt und Shorts, die lange gerade Beine enthüllten. Als er die Wunden an ihren Knien sah, zuckten seine Augen wieder hoch. Wenn der Folterer sie auch verletzt hatte … Der Gedanke löste sich auf, als er den Zettel sah, den sie hochhielt.

Ich bin Isabel, ich will dir helfen.

Sie nahm das Blatt weg und steckte es hinter andere. Auf dem nächsten stand wieder etwas. Bowen blinzelte, um seine trockenen Augen zu befeuchten.

Wenn du mich verstehst, zwinkere einmal langsam.

Aufmerksam sah sie ihn an, ein kleines Lächeln spielte um ihren Mund, als er zwinkerte. Irgendetwas an ihr war heute anders. Beim ersten Mal hatte sie anscheinend nicht erwartet, ihn in dieser Lage vorzufinden, sie war kreidebleich geworden und geflohen. Jetzt gingen Energie und Entschlossenheit von ihr aus, die ihm Hoffnung gaben, sie würde das, was sie plante, auch ausführen können. Wieder zog sie einen neuen Zettel hervor.

Ja = Zwinkern, Nein = einen Finger leicht heben
Du bist nicht freiwillig hier, oder?

Bowen hob einen Finger leicht, begleitet von einem wütenden Gesichtsausdruck, er konnte gerade noch ein Knurren verhindern. Isabel wurde blasser, holte rasch ein Blatt hervor und schrieb etwas darauf. Anschließend hielt sie es hoch.

Denk an die Kameras. Du musst so tun,
als wäre ich gar nicht hier.

Bowen schloss die Augen und versuchte sich zu kontrollieren. Sie hatte recht, das wusste er, aber es war schwer, nicht heulend an den Fesseln zu zerren, wenn er die Freiheit roch, die sie mit in das Kellerverlies brachte. Nachdem er halbwegs sicher war, nach außen hin ruhig zu wirken, hob er die Lider. Isabel hielt bereits einen weiteren Zettel hoch.

Kann ich irgendjemanden für dich kontaktieren?
Eltern? Freunde?
Allerdings geht es nur per Telefon oder E-Mail,
ich komme hier nicht alleine weg.

Die Polizei hatte sie ausgelassen, seltsam. Andererseits war ihm das nur recht, schließlich existierte er offiziell nicht, was bei einer Überprüfung sicher schnell herausgekommen wäre.

Aber wie wollte sie ihm helfen, wenn sie selbst nicht von hier wegkonnte? War sie am Ende doch eine Gefangene, die nur das Glück hatte, nicht angekettet zu sein? Wieder betrachtete er ihre verschorften Knie. Nein, sie roch frisch geduscht, und wenn er sich nicht irrte, hatte sie etwas mit Knoblauch gegessen. Sein Magen krampfte sich vor Hunger schmerzhaft zusammen. Schließlich bemerkte er, dass sie immer noch auf eine Antwort wartete und zwinkerte langsam.

Sofort hielt sie den nächsten Zettel hoch. Ein Alphabet war darauf abgebildet, danach eine Zahlenreihe von Null bis Neun. Darunter stand ein Satz.

Zwinkern, wenn ich einen Treffer lande.

Seltsamerweise verspürte er den Drang zu lachen. Isabel schien sich genau überlegt zu haben, wie sie am Besten vorgehen sollte, um ihm zu helfen. Das gab ihm Hoffnung, dass es ihr dann auch wirklich gelingen würde. Bowen verfolgte die Spitze des Stifts und zwinkerte immer dann, wenn sie auf den richtigen Buchstaben tippte. Als er fertig war, schloss er die Augen. Ein leises Rascheln ertönte, die Kappe vom Stift wurde abgezogen, etwas kratzte leicht über Papier. Neugierig öffnete Bowen die Augen wieder. Isabel hockte auf dem Boden und schrieb etwas auf ein Blatt. Schließlich setzte sie die Kappe wieder auf den Stift und hielt ihm den Zettel hin.

erielhonan@yahoo.com Korrekt?

Beim Anblick der vertrauten E-Mail-Adresse traten Tränen in seine Augen. Verlegen zwinkerte er einmal und wandte dann den Kopf ab. Er konnte ihre Präsenz immer noch spüren, doch er wollte ihr seine Schwäche nicht zeigen. Es reichte schon, dass sie ihn überhaupt so sah, zerschunden und halb verhungert, gefesselt wie ein Tier. Ein Geräusch drang durch seine Wut und Scham, sein Kopf ruckte herum. Mit einem ungeduldigen Gesichtsausdruck hielt Isabel einen weiteren Zettel hoch.

Ich brauche deinen Namen und etwas wie ein Passwort, damit sie die Information ernst nehmen.

Anschließend hielt sie wieder das Alphabet hoch. Es schien ewig zu dauern, bis sie die beiden Wörter durchbuchstabiert hatte. Wie schon zuvor schrieb sie sie auf, damit er sie überprüfen konnte.

Bowen Ghostwalker Korrekt?

Bowen zwinkerte. Ghostwalker war genau wie Erielhonan ein indianischer Begriff für Berglöwe und diente als Passwort, falls jemand in Schwierigkeiten steckte. Bisher war es so gut wie nie verwendet worden, eigentlich nur von den Alten, die die

Gruppe verlassen hatten, um in der Stadt zu leben. Alle anderen lebten zusammen im Lager und brauchten daher keine E-Mails, wenn sie ein Problem hatten. Früher war es ihm dort oft zu eingeschränkt vorgekommen, aber jetzt wünschte er sich nichts anderes, als zu Hause zu sein, in den grünen Wäldern mit den federnden Böden und den frischen Gerüchen. Er wollte zurück zu seinen Freunden und seiner Mutter, die sicher vor Sorge um ihn fast umkam. In seinem Kopf entstand ein Bild von ihr in Berglöwenform, Liebe in ihren Augen. Ein Keuchen kam von der Tür her. Bowen blinzelte, um seinen Blick auf Isabel zu fokussieren. Sie blickte ihn mit geweiteten Augen an, eine Hand auf den Mund gepresst. Was war passiert? Irritiert sah er zu, wie sie erneut etwas schrieb. Als sie das Blatt hochhielt, wich das Blut aus seinem Kopf.

Hast du gerade an einen Berglöwen gedacht?
An Wald und Freiheit?

Bowen wusste nicht, was er tun sollte. Konnte er Isabel vertrauen, oder war ihre Anwesenheit nur als weitere Tortur gedacht? Und wie war es überhaupt möglich, dass sie wusste, was in seinem Kopf vor sich ging? Außer sie konnte es irgendwie sehen. Doch wie sollte das gehen? Er kannte sie ja nicht einmal.

Um sie zu testen, ließ Bowen das Bild eines Wasserfalls vor seinen Augen entstehen, den er an einer versteckten Ecke des Reviers entdeckt hatte. Gespannt, gleichzeitig aber auch nervös sah er Isabel an, deren Augen sich geschlossen hatten. Bowen stellte sich vor, wie er als Berglöwe zu dem kleinen Teich am Fuß des Wasserfalls rannte und dann in vollem Lauf hineinsprang. Das Wasser war angenehm kühl, die Bewegung beruhigte ihn, wie nichts anderes es vermochte. Isabel zuckte zusammen, als er in das Wasser eintauchte, so als könnte sie es wirklich fühlen.

Er wusste nicht, was ihn ritt, aber er ließ Isabel unvermittelt aus dem Wasser auftauchen, ihre nassen Haare dunkler, das T-Shirt klebte an ihrem Körper. Sie wandte sich dem Berglöwen zu und strich mit ihrer Hand über seinen Kopf. Ohne dass er es wollte, entschlüpfte ihm ein leises Schnurren. Von dem Geräusch aufgeschreckt verschwand das Bild aus seinem Kopf.

Isabels Augen öffneten sich langsam, sie glänzten seltsam. Einen Moment lang sahen sie sich nur an, dann schrieb sie wieder etwas auf einen Zettel und hielt ihn hoch.

Bist du der Berglöwe? Gibt es diesen Ort wirklich?

Zögernd zwinkerte Bowen schließlich zweimal. Wenn er wollte, dass sie ihm half, musste er ihr vertrauen. Sie nickte, als hätte sie nichts anderes erwartet. Vermutlich dachte sie, dass er sich nur einbildete, ein Berglöwe zu sein, um die Freiheit genießen zu können. Die Wahrheit war unglaublich für jemanden, der nicht zur Gruppe der Wandler gehörte. Manchmal wünschte er sich, er wäre nur ein Mensch, denn dann wäre sein Leben so viel einfacher gewesen. Andererseits, nie mehr den Wald mit den Sinnen des Berglöwen zu erleben, den Wind zu spüren, wenn er lief, das konnte er sich nicht vorstellen. Als er wieder aufblickte, sah er Isabel ungeduldig mit einem Zettel wedeln.

Ich muss jetzt gehen. Halt durch, ich überlege mir etwas und komme wieder, sobald er noch einmal weg ist.

Isabel sammelte die Blätter zusammen, steckte den Stift in ihre Hosentasche und sah ihn mit einem undeutbaren Blick an. Irgendetwas lag darin … Verwirrung, Angst, Aufregung, er konnte es nicht genau erkennen. Schließlich winkte sie ihm kurz zu und schloss leise die Tür. Bowens Körper spannte sich an, als er das

Geräusch des Riegels hörte, der ihn wieder im Keller einsperrte. Nicht, dass er jemals frei gewesen war, aber es hatte sich nicht ganz so einengend angefühlt, als Isabel bei ihm gewesen war. Ihre Gegenwart beruhigte ihn, hüllte ihn in einen schützenden Kokon. Ganz davon abgesehen, dass er es nicht gewöhnt war, so lange allein zu sein, er war bisher nie mehr als ein paar Stunden von seiner Familie und seinen Freunden getrennt gewesen. Ihm fehlte die Wärme und Stärke der Gemeinschaft, die Gewissheit, dass er sich bedingungslos auf sie verlassen konnte. Wenn er jemals wieder zurückkam, würde er das nie wieder als selbstverständlich ansehen oder sich darüber beschweren, dass jeder glaubte, ihm sagen zu müssen, was er tun sollte. Nach dem, was er in den letzten Tagen hatte erleben müssen, würde es ihm leichter fallen, es zu akzeptieren. Falls er jemals wieder zurückkam …

Isabel presste sich mit dem Rücken gegen die Tür und versuchte, ihr wild klopfendes Herz zu beruhigen. *Bowen*. Die ganze Sache war irgendwie noch schlimmer, nachdem sie seinen Namen kannte. Wie konnte ihr Vater so etwas tun? Immerhin hatte sie keine neuen Wunden gesehen, aber sie war sich nicht sicher, ob das ein gutes oder schlechtes Zeichen war. Wenn er keine Experimente mehr an Bowen durchführte, würde er ihn bestimmt bald wegbringen. Nur wohin? Würde er ihn freilassen?

Aber eigentlich konnte er das nicht, wenn er nicht zur Rechenschaft gezogen werden wollte. Andererseits konnte sie sich auch nicht vorstellen, dass ihr Vater jemanden töten würde, erst recht keinen Jugendlichen. Isabel stieß sich von der Tür ab und schlich die Treppe hinauf. Solange ihr Vater weg war, hatte sie genug Zeit, Claire anzurufen und sie zu bitten, die Mail an Bowens Leute zu schicken. Anschließend musste sie die Zettel verschwinden lassen, damit Henry sie nicht durch Zufall entdeckte. Erielhonan und Ghostwalker, irgendwie kamen ihr die Begriffe bekannt vor, aber sie konnte sie nicht zuordnen.

Nachdem sie sich vergewissert hatte, dass ihr Vater in der Zwischenzeit nicht zurückgekommen war, schloss Isabel die Geheimtür wieder hinter sich, stellte das Buch ins Regal zurück und durchquerte das Büro. Berglöwen. Es musste irgendwie zusammenhängen, dass ihr Vater jemandem befahl, Berglöwen einzufangen, und Bowen Bilder von den gleichen Tieren in seinem Kopf hatte.

Ein Zittern lief durch ihren Körper. Wie war es überhaupt möglich, dass sie wusste, was Bowen vor seinem geistigen Auge sah? Ganz davon zu schweigen, dass sie relativ sicher war, in den letzten Tagen seine Schmerzen gefühlt zu haben. Daher anscheinend auch die Kopfschmerzen, ihr Gehirn war mit dieser Tatsache vermutlich völlig überfordert gewesen und hatte eine Warnung ausgesandt. Nur wodurch waren sie in Los Angeles ausgelöst worden? Sie konnte sich nicht vorstellen, dass Bowen dort gewesen war. Vielleicht reagierte sie auch auf die Nähe anderer Menschen empfindlich? Im Zoo waren an dem Tag viele Besucher unterwegs gewesen. Sie dachte an die Raubkatzen, vor deren Käfig sie zusammengebrochen war. Oder „funktionierte" es auch bei Tieren? Isabels Herz schlug bei der Vorstellung schneller.

Mühsam riss sie sich zusammen. Darüber würde sie später nachdenken, erst einmal musste sie dafür sorgen, dass jemand etwas für ihn tat. Vermutlich sollte sie die Polizei anrufen, aber sie konnte sich nicht dazu durchringen, ihren Vater verhaften zu lassen. Was durchaus auch passieren konnte, wenn sie Bowens Familie einschaltete, aber dann war sie es wenigstens nicht selbst gewesen. Was eine ziemlich verquere Logik war, aber sie konnte nichts gegen ihr Gefühl tun.

Rasch verließ Isabel das Haus und schlug den Weg in Richtung der Felsen ein. Sie spürte, wie die geistige Verbindung zwischen ihr und Bowen immer schwächer wurde, je weiter sie sich vom Haus entfernte. Erst jetzt wurde ihr bewusst, dass sie tatsächlich fast durchgehend seine Anwesenheit gespürt hatte, ohne zu wissen, was es war. Einerseits war sie froh, endlich wieder für sich zu sein, andererseits fühlte sie sich seltsam … leer, als fehlte etwas. Sie verlor allmählich den Verstand.

Bei den Felsen angekommen blickte sie sich rasch um, obwohl sie sicher war, alleine zu sein. Das Haus ihres Vaters lag so weit abseits, dass sich niemand hierher verirrte. Und er war vorhin mit dem Auto weggefahren und hatte sie gewarnt, ihn nicht so schnell zurückzuerwarten. Also war sie neben Bowen der einzige Mensch weit und breit. Isabel kaute auf ihrer Unterlippe. Hätte sie ihn befreien sollen? Aber was sollte sie dann mit ihm machen? Die Stadt war in seinem geschwächten Zustand zu weit weg, und sie besaß weder ein Auto noch einen Führerschein. Nein, es war besser, jemanden zu kontaktieren, der Bowen holen kam.

Nach einem letzten Rundblick setzte sie sich auf einen Felsen und zog ihr Handy heraus. Sie klappte es auf und schnitt eine Grimasse, als sie sah, dass der Akku fast leer war. Warum vergaß sie nur immer, das Ding aufzuladen? Hoffentlich reichte es noch für das Gespräch, sie wollte nicht das Telefon ihres Vaters für den Anruf benutzen. Isabel legte sich den Zettel mit der E-Mail-Adresse auf den Schoß und wählte Claires Nummer. Ihr Magen krampfte sich bei der Vorstellung zusammen, ihren Vater so zu hintergehen, aber noch schlimmer würde sie sich fühlen, wenn sie nichts tat und Bowen seinem Schicksal überließ.

Sie atmete tief durch, während sie auf das Freizeichen lauschte. *Komm schon, Claire, geh dran!* Aber es kam nur die Ansage der Mailbox. Isabel schloss die Augen und fluchte stumm. Verdammt, normalerweise war ihre Freundin geradezu mit ihrem Handy verwachsen. Okay, dann musste eben eine Nachricht reichen. Nach dem Piepton begann sie rasch zu reden.

„Claire, hier ist Isabel. Hör gut zu, es ist wirklich wichtig. Ich möchte, dass du für mich eine E-Mail schreibst, und zwar an erielhonan@yahoo.com.“ Sie buchstabierte die Adresse und fuhr dann fort. „Schreib bitte Folgendes: Betreff: Ghostwalker. Dann im Text: Bowen braucht Ihre Hilfe. Er befindet sich an folgender Adresse: Henderson, Nevada, Red Rock Road. Bitte kommen Sie schnell, er hat nicht mehr viel Zeit.“ Isabel räusperte sich. „Ich weiß, das klingt merkwürdig, Claire, aber es ist wirklich sehr, sehr wichtig und vor allem eilig. Ich rufe dich später wieder an, wenn mein Handy aufgeladen ist.“

Isabel beendete die Verbindung und klappte das Handy zu. Hoffentlich hörte Claire ihre Nachrichten schnell ab und schrieb dann die Mail. Die Zeit drängte, und sie wusste ja nicht, wo Bowen herkam und wie lange seine Familie brauchen würde, um hierherzugelangen. Aber mehr konnte sie erst einmal nicht machen. Sollte sie mitbekommen, dass ihr Vater Bowen wegbringen wollte, würde sie sich irgendetwas anderes überlegen. Und wenn sie ihn eigenhändig befreien und zur Straße schleppen musste. Wahrscheinlich wäre es gut, sich auf alle Eventualitäten vorzubereiten und einige Dinge zusammenzusuchen, die sie in so einem Fall brauchen würde. Doch zuerst musste sie alles vernichten, was ihren Vater darauf bringen konnte, dass sie im Keller gewesen war.

Isabel zog ein Feuerzeug aus der Hosentasche und legte die Blätter auf den Felsen. Nachdem sie sich die Informationen noch einmal eingeprägt hatte, falls Claire die Nachricht nicht bekam, hielt sie die Flamme an eine Ecke des Blattes und sah zu, wie sie sich langsam durch das Papier fraß.

Als die Dunkelheit schließlich über die Lichtung sank, war Marisa nur noch ein Nervenbündel. Mehr als einmal war sie bereit gewesen, loszustürmen und die Berglöwen aus ihren Käfigen zu befreien, doch jedes Mal hatte Coyles Blick sie zurückgehalten. Er schien ihre Unruhe selbst über die Entfernung zu spüren. Diese Verbindung freute sie, machte sie aber gleichzeitig auch noch nervöser. Es musste ihr einfach gelingen, die Wandler zu retten!

Selbst der normalerweise phlegmatische Angus ließ sich von ihrer Nervosität anstecken und erhob sich immer wieder, um hinter ihr auf und ab zu laufen. Sie war nur froh, dass er dabei keinen Laut von sich gab, sondern sich damit begnügte, ab und zu die Nase zu heben, zu schnüffeln und ihr seine Meinung über den Katzengeruch durch einen mürrischen Gesichtsausdruck zu zeigen. In jeder anderen Situation hätte sie sein Verhalten lustig gefunden, doch jetzt konnte sie sich nicht einmal zu einem müden Lächeln durchringen. Es hing zu viel davon ab, dass ihr Plan funktionierte. Wobei sie immer noch nicht das Problem gelöst hatte, wo sie selbst blieb, wenn sie alle Käfige geöffnet hatte. Die Berglöwen waren schnell genug, um den Verfolgern zu entwischen, doch sie konnte weder so schnell laufen, noch auf Bäume klettern, und sie kannte hier auch keine Verstecke. Aber das war nicht zu ändern. Sie konnte die Wandler auf keinen Fall hier zurücklassen.

Marisa lockerte vorsichtig ihre verkrampften Muskeln und setzte sich auf. Inzwischen war es fast dunkel, im Lager waren Sturmlampen um die Zelte herum aufgestellt worden, die nur ein schwaches Licht abgaben. Die Feuer waren gelöscht worden, wahrscheinlich, damit niemand vom National Park Service auf die Idee kam nachzuforschen, was sie mitten im Wald zu suchen hatten. Marisa wünschte fast, dass jemand auftauchte, doch das würde auch Erklärungen bezüglich der Berglöwen erfordern, und sie befürchtete, dass Coyle und die anderen dagegen wären. Mit einem tiefen Seufzer erhob Marisa sich und beugte sich über Angus, der sofort aufgesprungen war, als er ihre Bewegung sah.

„Es tut mir leid, du musst hierbleiben. Du würdest die Berglöwen nur nervös machen, weißt du."

Angus sah sie verwirrt an und wollte dann loslaufen, doch Marisa schnappte sich die Leine und band die Schlaufe an einen Ast. Es gefiel ihr nicht, Angus angebunden hierzulassen, doch noch weniger wollte sie, dass jemand auf ihn aufmerksam wurde und damit nicht nur er selbst, sondern auch sie und die Berglöwenmenschen in Gefahr gerieten. „Sitz." Sie drückte sein Hinterteil nach unten, als er nicht gehorchte. „Du musst ganz still sein, hörst du? Ich komme so schnell wie möglich wieder."

Rasch legte sie einige Hundekuchen neben ihn, dann drückte sie ihn noch einmal heftig an sich, bevor sie sich aufrichtete und an den Rand der Lichtung trat.

Glücklicherweise trug sie dunkle Kleidung und hatte schwarzes Haar, sodass sie in der Dunkelheit kaum zu erkennen sein würde. So weit sie es überblicken konnte, waren alle Männer bei den Zelten versammelt. Also sollte ihr auf dem Weg zu den Käfigen niemand begegnen. Entschlossen trat sie aus dem Schutz der Bäume und lief geduckt über die freie Fläche. Obwohl sie am liebsten nachgeschaut hätte, ob jemand sie bemerkte, hielt sie ihr Gesicht abgewandt.

Zuerst hatte sie überlegt, bei den am weitesten vom Lager entfernten Käfigen anzufangen, doch sie konnte sich nicht darauf verlassen, dass die Berglöwen sie nicht angreifen würden. Deshalb hatte sie sich entschieden, bei Coyles Käfig zu beginnen, damit er seine Leute beruhigen und instruieren konnte.

Das Herz hämmerte in ihrer Brust, als sie ankam und die Blicke der Berglöwen auf sich fühlte, die nicht alle wohlwollend zu sein schienen. Aber das war jetzt egal, sie würde alle retten, wenn sie die Möglichkeit hatte. Sie duckte sich hinter den vordersten Käfig und atmete tief durch. Okay, die erste Hürde war genommen, jetzt musste es ihr nur noch gelingen, das Schloss zu knacken. Rasch holte sie den Bolzenschneider unter ihrer Jacke hervor und drehte sich dem Käfig zu. „Coyle?“

Eine Pfote schob sich durch die Gitterstäbe und berührte ihren Arm. Der Atem stockte in ihrer Kehle, als sie in seine Augen blickte. Sie hob ihre Hand und berührte Coyles Kopf, das Fell warm und weich unter ihren Fingerspitzen. Tränen traten in ihre Augen, als seine raue Zunge über ihre Hand fuhr. Am liebsten hätte sie sich an ihn gelehnt und alles andere vergessen, doch das musste warten. „Ich hole euch hier raus. Ihr müsst so schnell und leise wie möglich vom Lager weg, ohne dass euch die Männer sehen.“

Coyle neigte den Kopf zum Zeichen, dass er sie verstanden hatte. Widerwillig zog Marisa ihre Hand zurück und hob den Bolzenschneider wieder auf, den sie ins Gras gelegt hatte. Coyle folgte ihr im Käfig bis zur Tür, wo sie die Zange ansetzte und die Griffenden mit aller Kraft zusammendrückte. Mit einem metallischen Knacken gab das Schloss nach, sie warf es zur Seite und schob den Riegel auf. Das Quietschen kam ihr unendlich laut vor, aber ein Blick über die Schulter beruhigte sie. Im Lager blieb alles ruhig, niemand schlug Alarm. Rasch stieß sie die Tür auf und beobachtete, wie Coyle sich durch die Öffnung schob und wie ein Geist im Dunkel verschwand. Erleichtert atmete sie durch. Jetzt musste sie nur noch die anderen Käfige aufbekommen.

So schnell wie möglich schlich sie zum zweiten Käfig, knackte auch hier das Schloss und sah den Berglöwen hinterher, die in der Dunkelheit verschwanden.

Als sie sich dem nächsten Käfig zuwenden wollte, wurde ihr bewusst, dass jemand hinter ihr war. Unvermittelt wirbelte sie herum, den Bolzenschneider erhoben, bereit ihn dem Angreifer über den Schädel zu ziehen. Doch es war kein Mann, sondern ein Berglöwe – Coyle, um genau zu sein. Erleichtert ließ sie ihre zitternden Arme sinken und stieß ihren Atem aus. „Verdammt, du hast mich erschreckt", zischte sie kaum hörbar. „Was machst du noch hier? Lauf!"

Coyle sah sie nur aus seinen Berglöwenaugen an und rührte sich nicht.

„Dir ist schon klar, was passiert, wenn sie dich erwischen?" Coyle neigte den Kopf und lehnte sich an ihr Bein. „Okay, du hast es so gewollt. Ich muss die anderen Käfige öffnen, bevor uns jemand bemerkt." Damit wandte sie sich wieder zu dem Käfig um, dessen Insassen ihr schon ungeduldig entgegenblickten. Ein weiterer Blick zum Lager zeigte ihr, dass sie noch nicht entdeckt worden war. Noch einmal knackte sie ein Schloss und schob die Gittertür auf. Coyle grollte leise neben ihr und gab offenbar die nötigen Anweisungen an die Berglöwen, deshalb kümmerte sie sich nicht weiter darum. Stattdessen lief sie zum nächsten Käfig.

Obwohl nur wenige Minuten verstrichen sein konnten, kam es ihr so vor, als wäre sie bereits seit Stunden in der Dunkelheit unterwegs. Schließlich kam sie beim letzten Käfig an und knackte das Schloss. Ihre Arme schmerzten von dem schweren Bolzenschneider und den scheinbar immer härter werdenden Schlössern. Erleichtert stieß sie den Atem aus, als die letzten Berglöwen im Wald verschwanden. Ihr Blick wanderte zu Coyle, der die ganze Zeit bei ihr geblieben war. „Waren das alle?"

Er neigte den Kopf, sah dann aber in Richtung des Lagers.

„Nein, ohne Waffen können wir die Männer nicht angreifen." Marisa grub ihre Finger in sein Fell und versuchte, ihn mit sich in Richtung des Walds zu ziehen, doch Coyle war zu schwer für sie, und sie wollte auch nicht zu sehr an seinen Verletzungen zerren. „Komm schon, oder muss ich dich tragen?"

Im Dunkeln konnte sie es nicht sehen, aber sie hatte das Gefühl, dass Coyle die Vorstellung belustigte. Ohne einen Laut von sich zu geben, legte er sich auf den Boden zwischen den

Käfigen. War er vielleicht schwerer verletzt, als sie gedacht hatte? Marisa kniete sich neben ihn und fuhr mit ihren Fingern über sein Fell. Der Herzschlag schien zumindest normal zu sein, genau wie seine Atmung. Nicht dass sie irgendeine Ahnung von Berglöwen-Physiologie hatte. „Was …“ Marisa stockte, als sie plötzlich nackte Haut berührte. Ruckartig zog sie ihre Hände zurück. „Kannst du mich nächstes Mal vielleicht vorwarnen, bevor du dich verwandelst?“

„Das würde ich ja tun, aber ich kann als Berglöwe so schlecht reden.“ Seine Hände fuhren an ihren Armen hinauf. „Danke, dass du gekommen bist.“

Unbehaglich sah Marisa sich um. „Können wir das nicht auf später verschieben, wenn wir in Sicherheit sind? Wenn alle frei sind, warum willst du dann noch hierbleiben?“

Coyles Finger strichen über ihre Wangen, schoben die Haarsträhnen hinter ihre Ohren zurück. „Die Leoparden sind noch da.“

„Wo? Ich habe sie nirgends gesehen.“

„Am anderen Ende des Lagers.“ Er deutete in Richtung der Zelte. „Ich würde sie hierlassen, wenn sie nicht unsere letzte Spur zu Bowen wären.“ Ein Muskel zuckte in seiner Wange. „Wenn ich ihnen folgen kann, habe ich vielleicht die Möglichkeit herauszufinden, wo Bowen ist. Ich muss es zumindest versuchen.“

„Okay. Wo sind sie genau?“

Coyles Nasenflügel blähten sich. „Ich weiß es nicht, aber ich werde sie finden. Ich kann sie wittern.“

Marisa atmete tief durch. „Gut, führ mich hin.“

„Ich mache das alleine, geh du zu den anderen und …“

„Nein.“

Seine Brauen schoben sich zusammen. „Was meinst du damit?“

„Entweder gehen wir zusammen oder gar nicht. Du kannst es dir aussuchen."

„Es ist zu gefährlich …"

Marisa ließ ihn wieder nicht ausreden. „Eben. Deshalb machen wir es lieber zu zweit. Und außerdem: Wie willst du den Bolzenschneider transportieren? In der Hosentasche? Im Maul?" Sie hob die Hand, als er etwas sagen wollte. „Die Zeit läuft uns davon. Die Männer werden bald merken, dass ihr fort seid. Und dann möchte ich nicht mehr hier sein."

„Glaubst du ich? Zumindest nicht ohne Waffen." Coyle beugte sich vor, bis sein Gesicht fast ihres berührte. „Aber eines muss ich noch tun."

Bevor Marisa fragen konnte, was das war, senkte sich sein Mund auf ihren, und er küsste sie mit solchem Verlangen, dass sie Sterne sah. Ebenso schnell löste er sich wieder von ihr und verwandelte sich zurück in einen Berglöwen. Ihre Gefühle in Aufruhr brauchte Marisa einen Moment, bis sie wieder klar denken konnte. Die Leoparden, genau. Auf wackeligen Beinen erhob sie sich und folgte Coyle in den Wald.

24

Marisa bemühte sich, sich so leise zu bewegen wie Coyle, doch das war unmöglich. Immer wieder raschelten Blätter oder knackten Zweige unter ihren Füßen, während sie sich zwischen den Bäumen auf den hinteren Teil des Lagers zubewegten. Coyle hatte einen weiten Umweg gewählt, damit die Hunde ihre Anwesenheit nicht verrieten. Obwohl sein Fell hell war, verlor sie ihn immer wieder aus den Augen, doch als könne er ihre Gedanken lesen, tauchte er immer dann wieder neben ihr auf, wenn sie nicht mehr weiterwusste. Zuletzt robbten sie sich an den Rand der Lichtung, von wo aus sie den Käfig mit den Leoparden sehen konnten, der neben einem Zelt stand. Eine Lampe war davor angebracht, die es fast unmöglich machte, ungesehen zum Käfig zu gelangen. Marisa legte eine Hand auf Coyles Rücken und konnte die Spannung in seinem Körper fühlen. Die Muskeln bewegten sich unter ihren Fingern, als machte er sich bereit, ins Lager zu stürmen.

„Bleib du hier, ich weiß nicht, wie die Leoparden reagieren, wenn sie dich sehen."

Coyle stieß ein Grollen aus, das eindeutig nach Missbilligung klang.

Marisa brachte ihr Gesicht dicht an seines heran. „Du hältst mir den Rücken frei, in Ordnung? Ich muss nur das Schloss knacken und komme dann sofort zurück." Was sich eindeutig leichter anhörte, als es sein würde.

Coyle rieb seine fellige Wange an ihrer, was sie als Zeichen deutete, dass er ihr zustimmte. Nachdem sie ihn noch einmal umarmt hatte, richtete sie sich auf und lief geduckt zu dem Käfig. Stimmen drangen aus dem Zelt und machten Marisa bewusst, dass nur eine dünne Stoffwand sie von den Männern trennte. Wenn sie jetzt herauskamen, würden sie sie sofort entdecken, es gab nichts, hinter dem sie sich hätte verstecken können. Umso mehr Grund, die Aufgabe so schnell wie möglich zu erledigen und dann zu verschwinden. Sie eilte zu dem Käfig, in dem ihr die Leoparden entgegensahen. Ihre Körper waren angespannt, aber sie gaben keinen Laut von sich. Vermutlich hatten sie verstanden, dass ihre Situation kaum noch schlimmer werden konnte. Marisa hob die Zange und hielt inne. „Ich lasse euch frei, wenn ihr versprecht, den Berglöwen alles zu sagen, was ihr über die Entführung des Jungen wisst." Natürlich besaß sie keinerlei Druckmittel mehr, sobald der Käfig geöffnet war, aber sie musste es zumindest versuchen.

Zu ihrem Erstaunen sahen sich die beiden Leoparden an, dann nickte die hellere der beiden ihr zu. Zumindest schien es Marisa so, vielleicht war es auch nur Wunschdenken. Da sie keine Zeit hatte, noch länger zu verhandeln, wenn sie nicht entdeckt werden wollte, setzte sie den Bolzenschneider an und durchtrennte den Bügel des Schlosses. Ihre zitternden Finger legten sich auf den Riegel. „Ihr werdet weder mir noch meinem Hund oder den Berglöwen irgendetwas tun, ist das klar?"

Die Leopardin grollte tief in der Kehle, was Marisa als Zustimmung interpretierte. Mit einem Ruck öffnete sie die Tür und sprang zur Seite. Keinen Augenblick zu früh, die Leoparden waren so schnell aus dem Käfig heraus, dass sie es mit einem Zwinkern verpasst hätte. Innerhalb von Sekunden tauchten sie in den Wald ein und waren verschwunden. Zeit, den Rückzug anzutreten, bevor irgendjemand merkte, dass die Gefangenen weg waren. So leise und schnell wie möglich lief Marisa am Zelt vorbei und war beinahe am Waldrand, als sie hinter sich ein

Geräusch hörte. Es klang wie ein Feuerzeug, aber sie wusste, dass es das nicht war. Es war das Klicken einer Waffe.

„Bleiben Sie stehen.“ Die Stimme des Mannes, die plötzlich erklang, schien es todernst zu meinen. Marisa rührte sich nicht und starrte hilflos in die Dunkelheit. Sie hoffte, dass Coyle den Leoparden gefolgt war und nichts Dummes versuchen würde. Es würde ihr nicht helfen, wenn er ebenfalls in Gefangenschaft geriet.

„Lassen Sie das Ding fallen.“ Die Stimme kam näher. „Sie haben mich gerade zwei kostbare Leoparden gekostet. Was glauben Sie, was ich jetzt mit Ihnen mache?“

Marisa bemühte sich, das Zittern ihres Körpers zu unterdrücken, doch es gelang ihr nicht. Etwas strich durch ihre Haare. Sie schrie unterdrückt auf, als der Mann ihren Kopf mit einem Ruck an den Haaren nach hinten zog. Der Bolzenschneider entglitt ihren feuchten Fingern.

„Wie gut, dass ich nachgesehen habe, bevor du noch mehr Schaden anrichten konntest. Bist du eine von ihnen? Möchtest du dich verwandeln und mich angreifen?“ Der Mann schob sein Gesicht dicht an sie heran. „Versuch es, es macht viel mehr Spaß, ein Tier zu jagen und zu erlegen, als mit einem schwachen Menschen zu kämpfen.“

Eiskalte Furcht ergriff sie, als sie den hageren Mann mit dem harten Gesichtsausdruck erkannte, den sie schon vorher als den Anführer der Bande ausgemacht hatte. Ihr Gefühl sagte ihr, dass er nicht so leicht zu überrumpeln war wie die anderen.

„Ich weiß nicht, wovon Sie reden. Lassen Sie mich los!“

„Ich denke nicht daran. Du hast mir noch nichts als Ausgleich für den Verlust meiner Leoparden angeboten.“ Sein Mund näherte sich ihrem Hals. „Sie waren ganz besondere Tiere für mich, nicht zu ersetzen.“

Marisa bog ihren Oberkörper so weit nach hinten, wie sie

konnte, aber es reichte nicht. Voller Entsetzen fühlte sie seine Lippen an ihrer Kehle, Übelkeit stieg in ihr auf. „Ich habe die Polizei gerufen, sie wird gleich hier sein."

Der Mann lachte beinahe amüsiert auf. „Wohl kaum, Süße. Du würdest das Geheimnis deiner sonderbaren Freunde doch nicht einfach verraten. Was denkst du, wie lange die Berglöwen in Gefangenschaft durchhalten werden? Ich persönlich halte es für Verschwendung, was der Doc mit denen vorhat, aber solange ich mein Geld bekomme, ist es mir egal." Seine Stimme wurde leiser und klang dadurch noch gefährlicher. „Und meine Leoparden werde ich auch wiederbekommen, dein Opfer war also völlig umsonst."

„Das glaube ich nicht." Marisa wunderte sich, wie ruhig ihre Antwort klang. Am liebsten hätte sie geschrien und um sich geschlagen, aber ihr war bewusst, wie nutzlos das wäre.

Rufe wurden laut, Männer rannten durch das Lager. Einer blieb schwer atmend vor ihrem Angreifer stehen. „Die Käfige sind leer! Irgendjemand muss die Schlösser geknackt haben."

Die Hand in ihren Haaren zog stärker, Marisa hatte das Gefühl, ihr Genick würde brechen, wenn der Druck nicht nachließ.

„Du kleine Schlampe, dann warst du ja noch viel fleißiger, als ich dachte. Na los, fangt die Viecher wieder ein und achtet darauf, dass sie am Leben bleiben. Für tote Tiere werden wir nicht bezahlt."

Der Mann eilte davon, und der Anführer wandte sich wieder Marisa zu. „Unter anderen Umständen fände ich deine Tat vielleicht bewundernswert, aber so kostest du mich Zeit und Geld, und das macht mich nicht gerade glücklich." Seine Hand umfasste grob ihren Arm. „Du hättest dir vorher überlegen sollen, ob du dich wirklich mit mir anlegen willst." Er begann, sie in Richtung des Zeltes zu ziehen.

Marisa stemmte sich mit aller Kraft gegen ihn, doch er war zu stark für sie. Ihre Füße schleiften über den Boden, aber das hielt ihn nicht auf. „Nein!“

„Hör auf zu schreien, deine Freunde werden dir sowieso nicht helfen, die versuchen jetzt, ihre Haut zu retten. Und mit den Hunden auf ihrer Spur werden sie gleich genug zu tun haben. Nicht, dass es ihnen helfen wird.“

Verzweifelt versuchte Marisa, sich loszureißen, irgendwie dem eisernen Griff zu entkommen. Alles in ihr schrie ihr zu, bloß nicht in dieses Zelt zu gehen, doch welche Wahl blieb ihr, wenn er ihr eine Pistole in den Rücken presste? Er bräuchte nur den Finger einmal leicht zu krümmen und sie wäre tot. Die Vorstellung ließ sie erstarren. Vielleicht war es doch keine gute Idee, ihn dorthin zu treten, wo es wehtat, wenn er dabei eine Pistole auf sie gerichtet hielt.

Trotzdem konnte sie sich nicht überwinden, freiwillig in das Zelt zu gehen. Beinahe wie von selbst schnellte Marisas Hand vor und schlang sich um die Zeltstange, die das Vordach stützte. Der Mann schob sie weiter vorwärts und kugelte ihr dabei fast den Arm aus. Ein heiserer Schrei löste sich aus ihrer Kehle, der fast wie der eines Tieres klang. Marisa presste die Lippen zusammen, um nichts von sich preiszugeben, das der Mann als Waffe gegen sie nutzen konnte.

„Komm endlich, ich habe nicht ewig Zeit.“ Brutal riss er an ihren Haaren und drückte ihren freien Arm gegen ihren Rücken.

Tränen traten in ihre Augen, als der Schmerz durch ihr Schultergelenk fuhr. „Nein!“

„Hör zu, du kleines Miststück. Du hast mir schon genug Ärger gemacht, als du dich eingemischt und diesen verdammten Berglöwen vor den Leoparden gerettet hast. Glaub nicht, ich wüsste nicht, wer du bist und was du mich gekostet hast.“

Marisa keuchte auf. Selbst wenn sie ihm jetzt entkam, was würde ihn davon abhalten, sie später zu Hause zu erledigen?

„Ich sehe, du hast verstanden. Bist du nun bereit zu kooperieren?"

Nein, das war sie nicht, aber was blieb ihr anderes übrig? Vielleicht konnte sie später, wenn seine Aufmerksamkeit nachließ, irgendwie entkommen. „Okay."

„Das wurde aber auch Zeit. Du …" Was auch immer er sagen wollte, ging in einem Schrei unter.

Sein Griff lockerte sich, und Marisa nutzte die Gelegenheit und entwand ihm ihre Arme. Sie wirbelte herum, bereit zu fliehen, als sie Coyle sah, dessen kräftiges Gebiss sich um den Unterarm des Verbrechers geschlossen hatte. Oh nein, warum war er nicht im Wald geblieben? Einerseits war sie froh, dass er ihr zu Hilfe kam, aber es war viel zu gefährlich für ihn. Der Mann trat ihn heftig in die Seite, genau dorthin, wo bereits Blut sein Fell bedeckte.

Coyles Knurren verursachte Marisa Gänsehaut. So hatte sie ihn noch nie gesehen, wild und tödlich. Verzweifelt sah Marisa sich nach irgendetwas um, das sie als Waffe benutzen konnte. Genau, der Bolzenschneider. Allerdings lag das Werkzeug ein Stück entfernt. Auf wackeligen Beinen lief Marisa dorthin und bückte sich gerade, als sie einen Knall hörte. Ängstlich blickte sie zurück und sah, wie sich der hagere Mann über Coyle beugte.

Nein, das durfte nicht sein! Halb blind vor Wut und Tränen lief sie zurück und warf sich gegen den Anführer. Genauso gut hätte sie gegen einen Baum rennen können, so wenig Wirkung hatte der Aufprall. Er schüttelte sie ab, als wäre sie eine lästige Fliege, während er Coyle untersuchte.

Unsanft landete Marisa auf dem Boden und kroch schließlich auf Händen und Knien zu Coyle. Das Blut auf seinem Fell machte es schwierig zu sehen, wo er getroffen war. Verzweiflung überkam sie, als er sich nicht rührte. Vorsichtig strich sie mit ihren Fingern über seinen Kopf und seine Brust. Sie bemerkte kaum die Tränen, die über ihr Gesicht liefen und auf sein Fell tropften. *Nein!* Er durfte nicht tot sein! Ihr eigenes Herz klopfte so laut, dass sie nicht sicher war, ob es nur ein Echo war, das sie unter ihren Fingerspitzen spürte.

„Jetzt stell dich nicht so an, er wird schon wieder aufwachen."

Marisa hob den Kopf und sah den Verbrecher verständnislos an. „Was?"

Der Mund des Mannes verzog sich zu einem hässlichen Grinsen. „Carl hat ihn mit dem Betäubungspfeil erwischt." Er deutete auf einen weiteren Jäger, der etwas weiter entfernt stand und den Marisa erst jetzt bemerkte. „Dachtest du wirklich, wir würden so ein kostbares Gut erschießen?"

„Aber … aber das Blut!" Sie hielt ihm ihre rote Hand anklagend entgegen.

Seine Schultern hoben sich. „Seine Wunde hat sich wieder geöffnet. Er wird's überleben."

Am liebsten hätte sie ihm irgendetwas in den Leib gerammt, aber es war ihr wichtiger, Coyle weiterhin zu streicheln und sich zu vergewissern, dass er lebte. Die Vorstellung, er könnte tot sein, ließ das Blut in ihren Adern gefrieren. Wenn sie nicht schon vorher gewusst hätte, dass sie ihn liebte, wäre es spätestens jetzt offensichtlich gewesen. Der Gedanke, ihn zu verlieren, war unerträglich.

„Das ist ja nicht auszuhalten. Sperr sie weg, Carl."

Marisa bekam kaum mit, was der Anführer sagte, und reagierte erst, als grobe Hände sich unter ihre Arme schoben und sie unsanft hochzogen. Ihr fehlte die Energie, sich zu wehren, sondern sie achtete nur darauf, dass Coyle ebenfalls von Männern hochgehoben und in den Käfig der Leoparden geworfen wurde. Auch wenn sich ihre Situation verschlechtert hatte, war sie froh, bei ihm zu sein. Sie war einfach ein hoffnungsloser Fall und vor allem für diese Art von Aktivitäten völlig ungeeignet. Wie war sie nur auf den absurden Gedanken gekommen, sie könnte die Berglöwen ganz alleine befreien?

Marisa richtete sich auf und reckte trotzig das Kinn vor. Immerhin war ihr das sogar gelungen, und sie und Coyle wären jetzt vielleicht schon irgendwo in Sicherheit, wenn die Leoparden nicht gewesen wären. Sie konnte nur hoffen, dass sie ihren Teil der Abmachung einhielten und Finn oder einem der anderen sagten, was sie über Bowens Entführung wussten. Dann hätte es sich wenigstens gelohnt, sie zu befreien. Marisa zuckte zusammen, als die Käfigtür hinter ihr mit einem metallischen Knall zuschlug.

Es wurde kein Schloss verwendet, dafür beorderte der Anführer zwei Männer mit Waffen zum Käfig und wies sie an zu schießen, sobald sie eine falsche Bewegung machten. An den Gesichtern konnte sie sehen, wie wütend die Jäger waren, entweder weil die Berglöwen wieder frei herumliefen oder weil sie hier Wache schieben mussten, während die anderen sich erneut auf die Jagd machten. Sie tippte auf Ersteres, denn kein normaler Mensch konnte Spaß daran haben, im Dunkeln durch den Wald zu stolpern und Gefahr zu laufen, jederzeit auf eine wütende Raubkatze zu stoßen.

„Pass auf, wenn der Puma aufwacht, wirst du dir wünschen, du hättest ihnen nicht geholfen!“

Der zweite Wächter fiel in das Gelächter mit ein. „Ja, er wird dich vermutlich als kleinen Snack betrachten.“

Unwillkürlich wich Marisa in die hinterste Ecke des Käfigs zurück. Auch wenn ihr die gehässigen Worte der Männer wehtaten, war sie doch froh, dass sie im Gegensatz zu ihrem Anführer anscheinend nicht wussten, wen sie eingefangen hatten.

Als die Wächter sich endlich zum Lager umwandten, setzte Marisa sich im Schneidersitz auf den Boden und hob Coyles Kopf vorsichtig in ihren Schoß. Es tat ihr weh, ihn so leblos liegen zu sehen, das Maul geöffnet, die weit offenen Augen blind. Sanft schob Marisa seine Augenlider herunter, damit die Augen nicht austrockneten. Mit der Hand auf seinem weichen Fell lehnte sie ihren Rücken an die Gitterstäbe und sah in den Himmel hinauf. Wieso hatte sie nie bemerkt, wie schön der Himmel im Westen nachts war? Marisa verzog den Mund. Weil sie zu sehr mit Grübeln beschäftigt gewesen war, um viel um sich herum mitzukriegen. Jetzt war sie endlich aufgewacht, aber wer wusste, ob sie nach heute noch einmal eine Nacht genießen konnte?

Marisa setzte sich gerader auf. Natürlich würde sie das. Irgendjemand würde kommen und sie retten – oder wenn das nicht der Fall war, würde ihnen etwas einfallen, wie sie sich selbst befreien konnten. Es sei denn, die angekündigten Transporter kamen früher, um die Käfige abzuholen. Irgendwie mussten sie …

In einer anderen Ecke des Lagers entstand Unruhe, doch so sehr Marisa auch den Hals reckte, sie konnte nichts erkennen. Selbst die beiden Wachen neben dem Käfig schienen mehr daran interessiert herauszufinden, was los war, als auf sie aufzupassen, denn sie entfernten sich ein Stück vom Käfig. Wenn Coyle doch nur endlich aufwachen würde, dachte Marisa verzweifelt. Sie würde ihn auf keinen Fall hier zurücklassen, konnte ihn aber auch nicht tragen. Sie beugte sich zu ihm hinunter und rieb über seine Brust.

„Coyle, kannst du mich hören? Wach auf.“ Keine Reaktion. Wie lange wirkten Betäubungen normalerweise? Nicht zu lange, damit den Tieren kein Schaden zugefügt wurde, oder? Wenn sie hin und wieder Dokumentationen von Umsiedlungen aus Naturparks gesehen hatte, waren die Tiere höchstens für eine halbe Stunde betäubt worden, damit sie untersucht und auf Wagen geladen werden konnten. Da Coyle auch sonst immer schnell heilte, war die Wirkung bei ihm vielleicht noch kürzer. „Coyle!“ Seine Beine zuckten, als würde er die Dringlichkeit in ihrer Stimme wahrnehmen. Marisa schob ihren Mund dicht an sein Ohr, obwohl sie wusste, dass er sie auch so hören konnte. „Wir müssen hier so schnell wie möglich weg, Coyle. Irgendetwas geschieht gerade, und ich möchte nicht mehr hier sein, um herauszufinden, um was es sich handelt."

Coyles Augenlider zitterten, doch er schaffte es nicht, sie zu heben. Ein Stöhnen drang aus seinem Maul, das fast menschlich klang. Marisa biss auf ihre Lippe. Vielleicht war es gar nicht gut, wenn er so schnell aufwachte, sie wusste nicht, welche Schäden das im Körper oder Gehirn anrichten konnte. „Es ist okay, ich bin bei dir. Die anderen sind bestimmt schon in Sicherheit."

Ihr Kopf ruckte hoch, als sie lautes wütendes Bellen hörte. Angus! Sanft legte sie Coyle auf den Boden, bevor sie rasch aufstand und zum Gitter ging. Die Hände um die Eisenstangen gelegt blickte sie in Richtung der Unruhe. Sie wollte Angus rufen, doch das würde nichts bringen und ihn nur noch mehr gefährden. Wenn sie ihn doch nur nicht angebunden hätte, dann hätte er weglaufen können und eine Chance gehabt, doch sie hatte ihn dazu verdammt zu warten, bis sie ihn holte. Oder jemand anders kam …

Angst erfasste sie, als zwei andere Männer näher kamen und sie Angus in ihrer Mitte sah. Die Waffen weiterhin auf sie gerichtet, zog einer die Tür des Käfigs auf und schob den Bloodhound hinein. Marisa wartete ungeduldig, bis sie in ein paar Metern Entfernung mit den Wachen sprachen, bevor sie sich neben Angus kniete und ihn umarmte. „Ich bin so froh, dass sie dir nichts getan haben. Ich hätte dich nicht alleine lassen dürfen."

Er sah sie aus seinen triefigen Augen an und schien darüber nachzudenken, bevor er sich dazu herabließ, sein Kinn auf ihre Schulter zu legen und ihre Streicheleinheiten zu genießen. Trotz ihrer Situation musste Marisa lachen, als er ein zufriedenes Brummen von sich gab. Obwohl sie wusste, dass es falsch war, freute sie sich, Angus zu sehen. Immerhin waren so die beiden männlichen Wesen wieder bei ihr, die sie liebte – ein Hund und ein Berglöwe. Wenn ihr das jemand vor einer Woche gesagt hätte, hätte sie ihn für verrückt erklärt.

Coyle wartete ungeduldig darauf, dass endlich wieder Gefühl in seine Arme und Beine zurückkehrte. Marisas sanfte Stimme hatte ihn aus der Betäubung gerissen, ihre Hände glitten durch sein Fell und ließen ihn wünschen, sie wären woanders und vor allem alleine, damit er ihre Berührung genießen konnte. Stattdessen lag dicht neben ihm der Hund, der nicht sehr erfreut schien, in einem Käfig mit einem Berglöwen gefangen zu sein. Aber immerhin bellte er nicht, wofür Coyle sehr dankbar war, denn sein Kopf fühlte sich an, als würde er gleich explodieren. Ganz zu schweigen von der Wunde an seiner Seite, die sich durch die Tritte des Verbrechers wieder geöffnet hatte.

Vermutlich war es keine gute Idee gewesen, ihn unbewaffnet anzugreifen, aber er hatte die Angst in Marisas Stimme gehört und die groben Hände des Mannes an ihren Armen gesehen und einfach handeln müssen. Das war das Problem, wenn er zu lange in Berglöwenform blieb, die Instinkte gewannen mit der Zeit die Oberhand, und sein Verstand rannte nur hilflos hinterher. Jetzt waren sie zwar eingesperrt, aber er war dicht bei Marisa, und der Mistkerl fasste sie nicht mehr an. Ein Grollen löste sich aus seiner Kehle, und er spürte, wie Marisa sich versteifte.

Sie beugte sich über ihn, Strähnen ihrer Haare glitten über sein Gesicht. „Coyle, bist du wach?“

Mühsam schlug er die Augen auf und sah sie an. Ihr Gesicht wirkte blass und angespannt, die Lippen bleich und verletzlich. Er wünschte, er könnte ihr sagen, dass sie sich keine Sorgen zu machen brauchte und sie bald in Sicherheit wären, doch das wäre gelogen gewesen. Und außerdem würde sie ihn in seiner jetzigen

Form sowieso nicht verstehen. Stattdessen drehte er den Kopf und leckte über ihre Hand.

Tränen traten in ihre Augen, und ein zittriges Lächeln glitt über ihre Züge. „Ich bin so froh, dass es dir gut geht, ich dachte zuerst, er hätte dich erschossen."

Coyle schnitt eine Grimasse. Für einen Moment hatte er das auch gedacht, aber dann hatte der Schwindel eingesetzt, und ihm war klar geworden, dass es wieder ein Betäubungspfeil gewesen war. Da er Marisa nicht mit Worten beruhigen konnte, grub er seinen Kopf tiefer in ihren Schoß und rieb mit der Wange über ihren Oberschenkel. Tief atmete er ihren unvergleichlichen Duft ein und schloss für einen Moment die Augen.

Marisas Atem kitzelte sein Ohr, als sie sich tiefer zu ihm hinunterbeugte. „Schlaf nicht wieder ein. Wir müssen unbedingt fliehen, bevor die Transporter eintreffen." Ohne die Augen zu öffnen leckte Coyle über ihre Wange und freute sich über ihr atemloses Lachen. „Das kitzelt!" Ihre Hände gruben sich tiefer in sein Brustfell, was er mit einem Schnurren beantwortete.

Ein warnendes Knurren erklang neben ihm, das ihn daran erinnerte, dass der Hund noch da war und ihm ihre Zärtlichkeiten nicht gefielen.

„Angus, sei still, du bekommst auch deine Streicheleinheiten."

Überrascht hob Coyle den Kopf, als ihn ein eifersüchtiger Stich durchfuhr. Verdammt, es war nur ein Hund, es gab keinen Grund, sich zu fühlen, als müsste er die Konkurrenz beseitigen. Vor allem, weil er sein Anrecht auf Marisas Zuneigung verwirkt hatte, als er sie so abrupt und rüde wegschickte.

Warum war sie zurückgekommen? Er hätte das nach ihrem wütenden Abschied niemals erwartet. Aber ihre Gründe spielten auch keine Rolle. Sie schwebte jedenfalls in Lebensgefahr, weil sie ihnen geholfen hatte, trotz der Ablehnung, die ihr von den Berglöwenmenschen entgegengeschlagen war. Wenn sie diese

Sache überstanden, würde er dafür sorgen, dass sie eine angemessene Belohnung bekam – wenn sie sie annahm.

Coyle bewegte vorsichtig seine Beine, um herauszufinden, ob sie schon funktionierten. Noch ein paar Minuten, dann sollte er wieder laufen können. Da er das den Wachen nicht zeigen wollte, legte er sich wieder zurück und stieß einen Seufzer aus, als Marisa ihn weiterkraulte.

Er unterdrückte gerade noch den Impuls, sich auf den Rücken zu drehen und die Beine in die Luft zu strecken, damit sie seinen Bauch besser erreichen konnte. Unglaublich, dass Marisa solch eine Macht über ihn hatte und es ihn nicht mal störte, dass Angus' Pfoten unangenehm in seinen Rücken drückten. Absichtlich vermutlich, aber er war noch zu träge, um etwas dagegen zu unternehmen. Seine Augenlider senkten sich noch einmal, bis er die Welt nur noch durch Schlitze wahrnahm. Dafür lauschte er auf jedes noch so kleine Geräusch, das ihm einen Hinweis darauf gab, was im Lager passierte. Die meisten Männer schienen noch auf der Suche nach den Flüchtigen zu sein und würden nicht so schnell zum Lager zurückkehren. Wenn überhaupt. So wie er Finn und die anderen kannte, würden sie die Jäger erst an der Nase herumführen und sie dann in eine Falle locken. Sobald sie merkten, dass er nicht unter ihnen war, würden sie zurückkommen und ihn suchen – die Frage war nur, ob das früh genug geschah.

„Hörst du etwas?" Marisas leise Stimme kam so unerwartet, dass er zusammenzuckte. Fragend sah er sie an. „Deine Ohren sehen aus wie Radarschüsseln."

Coyle zwang sich zu einem Kopfschütteln, was in liegender Position und mit dem Körper eines Berglöwen nicht einfach war. Eine Mischung aus Enttäuschung und Erleichterung huschte über Marisas Gesicht, bevor sie die Gefühle unterdrückte. „Horch ruhig weiter, ich bin schon still."

Coyle hob den Kopf, um ihr klarzumachen, dass er ihr jederzeit gerne zuhörte, als er ein leises Rascheln wahrnahm. Es schien aus dem Gestrüpp hinter dem Zelt zu kommen, wo sie sich vor nicht allzu langer Zeit versteckt hatten. Vorsichtig spähte er hinter Marisa hervor, damit die Wachen ihn nicht bemerkten. Nach einiger Zeit sah er Zweige wackeln. Die Menschen würden das nicht bemerken, sondern die Bewegung dem Wind zuschreiben, doch für seine Berglöwenaugen war es ein Zeichen. Aufregung pulste durch seine Adern, und es fiel ihm schwer, still liegen zu bleiben. Unauffällig tappte er mit seiner Pfote an Marisas Arm und machte sie mit einer kaum sichtbaren Kopfbewegung darauf aufmerksam, dass gleich etwas passieren würde. Er spürte, wie sich die Muskeln in ihrem Körper anspannten, aber sie blieb ruhig sitzen.

Es sah ganz natürlich aus, als sie eine Hand auf Angus' Kopf legte. „Ruhig." Der Hund warf ihr einen Blick zu, bevor er sich auf den Waldrand konzentrierte. Erstaunlicherweise hoben sich seine Lefzen und seine Nase kräuselte sich, doch sonst bewegte er keinen Muskel. Coyle lächelte innerlich. Er könnte sich tatsächlich an den Hund gewöhnen. Was natürlich voraussetzte, dass sie alle heil hier herauskamen. Gedanken an die Zukunft versuchten sich in seinen Kopf zu schleichen, doch er schob sie energisch beiseite. Es würde ihn nur ablenken, darüber nachzugrübeln. Wenn sie erst in Sicherheit waren, hatte er dafür – hoffentlich – noch Zeit genug.

Schatten bewegten sich hinter den Zelten hervor, unsichtbar für menschliche Augen. Auf der anderen Seite des Lagers war ein Schrei zu hören, der abrupt abbrach. Die beiden Wächter, die jetzt wieder allein waren, sahen sich unruhig um und hoben ihre Waffen, um sich gegen eine mögliche Bedrohung zur Wehr zu setzen.

„Hast du das gehört?" Die Stimme des Mannes zitterte leicht.

„Ich bin ja nicht taub. Wahrscheinlich hat sich gerade einer selbst beglückt.“ Der zweite Wächter versuchte furchtlos zu klingen, scheiterte aber kläglich. Sein Lachen war zu hoch und schrill, um echt zu sein.

„Meinst du wirklich? Für mich hörte sich das eher an wie …“ Er brach ab, nicht in der Lage, seine Befürchtung auszusprechen.

„Unsinn, die anderen werden die Berglöwen wieder einfangen. Die Tiere haben keine Chance gegen unsere Hunde und die Betäubungsgewehre.“

Grimmig biss Coyle die Zähne zusammen. Die Männer hatten keine Ahnung, wozu Berglöwen fähig waren, wenn sie provoziert wurden. Beim ersten Angriff waren die Jäger noch im Vorteil gewesen, weil keiner aus der Gruppe damit gerechnet hatte, dass die Fremden ohne Warnung bis ins Lager vordringen konnten. Doch jetzt kannten sie ihren Gegner und würden einen Weg finden, sich zu wehren.

Anscheinend glaubten die Männer, dass sie normale Berglöwen waren. Nur der Anführer schien die Wahrheit zu kennen, und das bedeutete, dass er verschwinden musste, wenn sie jemals wieder in Frieden leben wollten. Aber das konnten sie sich immer noch überlegen, wenn es so weit war. Coyle spannte die Muskeln an, als er Finn hinter einem der Wächter auftauchen sah. Wenn sich der Kerl jetzt umdrehte oder der andere Mann genauer hinsah …

Mit einem weiten Satz sprang Finn ihn an und warf ihn zu Boden. Ein erschrockener Schrei drang durch die Nacht, der gleich darauf in einen Schmerzenslaut überging. Der zweite Wächter wirbelte herum und hob seine Waffe. Ohne weiter nachzudenken schob Coyle sich über Marisa und drückte sie nach unten, damit sie nicht von einer Kugel oder einem Betäubungspfeil getroffen wurde. Angus knurrte und wollte sich auf ihn stürzen, doch Marisa erwischte sein Halsband und zog ihn ebenfalls zu Boden.

„Es ist alles in Ordnung, lieg still, Angus.“ Ihre Stimme klang bemerkenswert ruhig dafür, dass sie in einen Käfig eingesperrt war, unter einem Berglöwen lag und in unmittelbarer Nähe Waffen abgefeuert wurden.

Ein lauter Knall ertönte, gefolgt von weiteren, etwas schlug in das Metall über ihren Köpfen ein. Coyle duckte sich noch tiefer und spürte, wie sich Marisas Finger in sein Fell gruben. Ein Zittern lief durch ihren Körper, und er wünschte, er könnte sie irgendwie mit Worten beruhigen, doch das würde erst wieder möglich sein, wenn sie in Sicherheit waren.

Coyle wartete, bis ein weiterer Berglöwe den zweiten Wächter zu Fall brachte, bevor er sich von Marisa herunterrollte. Sofort richtete sie sich auf, kroch zur Tür und streckte ihren Arm durch das Gitter, um an den Riegel zu kommen. Nach einigen Versuchen schaffte sie es schließlich, den Riegel zu öffnen und die Tür aufzuschieben.

„Angus, komm.“

Der Bloodhound gehorchte sofort. Während Marisa langsamer herauskletterte, war Angus mit einem Satz draußen, blickte sich um und schob sich zwischen sie und die mögliche Gefahr. Nicht, dass es viel brachte, weil er Marisa nur bis zur Hüfte ging, aber der Gedanke zählte. Coyle machte es genauso auf ihrer anderen Seite und führte sie durch das Lager. Wo das möglich war, nutzten sie die Deckung der Zelte, nur für den Fall, dass noch ein weiterer Jäger hier herumlief. Am Waldrand duckten sie sich hinter die Bäume, und Coyle verwandelte sich zurück.

„Ich muss sehen, ob die anderen Hilfe brauchen. Bleibt hier im Versteck, bis ich euch hole.“

Marisa sah aus, als wollte sie dazu etwas sagen, grub aber nur ihre Zähne in die Unterlippe und nickte. „Pass auf dich auf.“

„Das werde ich. Wenn irgendetwas ist, dann ruf. Es sind genug von uns in der Nähe, die dir sofort helfen werden.“

„Okay."

Coyle küsste sie flüchtig, bevor er sich verwandelte und als Berglöwe ins Lager zurücklief. Da die anderen die wenigen Männer unter Kontrolle zu haben schienen, die im Lager waren, machte Coyle sich daran, sämtliche Zelte zu durchsuchen. Wenn es irgendwo einen Hinweis gab, dass diese Aktion mit der Entführung von Bowen zusammenhing, würde er ihn finden.

25

Marisa hasste es, zurückgelassen zu werden. Aber sie verstand, dass sie nur im Weg sein würde, während die Wandler die Jäger vertrieben. Wenn sie wenigstens eine Waffe hätte, könnte sie … Marisa stockte. Als sie losgelaufen war, um die Käfige zu öffnen, hatte sie ihren Rucksack bei Angus zurückgelassen. Ob er noch neben dem Baumstamm lag? Darin befanden sich neben ihrem Portemonnaie auch Angus' Futter und vor allem Johns GPS-Gerät, das ihr vielleicht noch nützlich sein konnte. Außerdem musste sie verhindern, dass die Jäger ihren Ausweis in die Finger bekamen, auf dem ihre Anschrift stand. Schlimm genug, dass der Anführer so viel über sie zu wissen schien, auch wenn er seine Leute offenbar nicht in das Geheimnis der Berglöwen eingeweiht hatte.

Marisa hob den Kopf und sah sich um. Außer ihr war niemand mehr im Lager. In der Ferne konnte sie Berglöwen fauchen und Hunde bellen hören, vereinzelt waren Schüsse zu hören. Es schien so, als würden die Wandler die übrig gebliebenen Männer fortjagen. Nachdem sie sich vergewissert hatte, dass niemand in der Nähe war, stand sie auf und lief geduckt am Rand der Lichtung dorthin, wo sie bis zum Einbruch der Dunkelheit gesessen hatte.

Angus schien schnell zu merken, wohin sie unterwegs waren, und lief voraus, die Nase erhoben, als könnte er sein Futter bereits wittern. Sie würde sich nie wieder über ihn beschweren, er war ein schlauer Hund, mutig und loyal. Was machte es schon aus, dass er immer sabberte, sie beim Schlafen störte und ihr nur gehorchte, wenn er es gerade wollte. Wichtiger war doch, dass er immer dann bei ihr war, wenn sie ihn brauchte. Was sie von den Männern in ihrem Leben nicht behaupten konnte …

Erleichtert atmete Marisa auf, als sie endlich bei dem Baumstamm ankamen. „Such den Rucksack, Angus." Sie hätte gar nicht das Kommando geben müssen, denn der Hund hatte bereits die Nase am Boden und gab schließlich ein leises Bellen von sich, als er ihn entdeckte. Marisa hockte sich neben ihn und fuhr mit den Fingern über den Boden. Halb unter den Baumstamm geklemmt war der Rucksack zwischen den Farnen verborgen. Wegen der dunklen Farbe hätte jemand direkt danach suchen müssen, um ihn zu entdecken. Vorsichtig zog sie ihn hervor und kontrollierte, ob die Reißverschlüsse verschlossen waren. Schließlich holte sie einen Hundekuchen heraus und hielt ihn Angus hin. „Sehr gut, Angus." Während er seine Belohnung verschlang, kraulte sie ihn hinter den Ohren. „Jetzt gehen wir zu Coyle zurück und sehen, ob er fertig ist."

Bei dem vertrauten Namen hoben sich Angus' Ohren, seine Augen blickten zum Lager.

„Ganz genau. Keine Angst, es wird dir niemand mehr etwas tun."

„Da wäre ich nicht so sicher."

Marisa fuhr vor Schreck zusammen, als die Stimme des Anführers unerwartet aus der Dunkelheit hinter ihr erscholl. Angus begann zu bellen, tiefe wütende Laute, die ihren Herzschlag beschleunigten. Der Mann trat aus den Bäumen, die Pistole auf sie gerichtet. Über der Schulter trug er außerdem ein Gewehr.

„Bring ihn zum Schweigen, sofort, sonst tue ich es." Auch diesmal schien er seine Drohung sehr ernst zu meinen.

Rasch beugte Marisa sich hinunter und legte ihre Arme um Angus' Oberkörper. „Still."

Der Bloodhound sah sie verständnislos an, gehorchte aber und gab nur noch ein leises Knurren von sich. Unter ihren Händen war sein Nackenfell gesträubt, seine Muskeln zitterten, als wollte er sich auf den Mann stürzen.

Hoffentlich hatte Coyle das Bellen gehört und half ihr aus der Klemme. Oder irgendjemand sonst, es war ihr egal, solange sie nicht alleine dem Mann mit den kalten Augen gegenüberstehen musste, dessen Gesicht vor Wut verzerrt war. Zumindest sah es im Dunkeln so aus. Irgendwie teuflisch, mit tiefen Schatten und harten Kanten.

„Gut, dann kommen wir zum Geschäftlichen. Ich will die Berglöwen und du willst vermutlich weiterleben. Also schlage ich einen Handel vor: Du hilfst mir, sie in eine Falle zu locken, und ich töte dich nicht."

Marisa begann zu zittern, es dauerte eine Weile, bis sie ihre Stimme wieder kontrollieren konnte „Warum denken Sie, dass ich das könnte?"

Er sah sie verächtlich an. „Glaubst du, ich hätte nicht gesehen, wie sich der Berglöwe im Käfig an dich gedrückt hat? Ganz davon abgesehen, dass er zurückgekommen ist, um dich vor mir zu schützen. Ich würde sagen, meine Chancen stehen ganz gut, dass er das wieder tut, wenn ich mit dir zusammenarbeite."

Das Schlimme war, dass er vermutlich recht hatte. Auch wenn die anderen Wandler sie nicht mochten, würde Coyle alles tun, was in seiner Macht stand, um sie zu retten. Er würde sogar sehenden Auges in die Falle laufen. Marisa richtete sich langsam auf. Sie holte tief Luft und sah dem Anführer direkt in die Augen. „Nein."

„Nein?" Er hob die Pistole und richtete sie direkt auf ihre Brust. „Bist du sicher, dass du dir das nicht noch mal überlegen willst?"

„Nein. Was auch immer Sie mit den Berglöwen vorhaben, ich werde nicht dabei helfen." Marisas Herz hämmerte in ihrer

Brust, jeden Moment erwartete sie, eine Kugel in ihr Fleisch dringen zu spüren, die sie töten würde. *Bitte, Coyle, komm schnell!* Sie wollte nicht sterben, schon gar nicht hier und jetzt, aber sie konnte die Wandler auch nicht verraten.

„Wie du willst. Dann schieße ich dir eben ein paar Kugeln in den Körper, eine nach der anderen, in die Beine zuerst. Deine Schmerzensschreie werden sie anlocken. Es kommt also auf das gleiche Ergebnis heraus, egal, ob du mir hilfst oder nicht." Seine Mundwinkel hoben sich zu einem höhnischen Grinsen, und seine Augen glitzerten. Vielleicht ist er tatsächlich nicht mehr bei Sinnen, überlegte Marisa. Schließlich würde er kaum allein mit allen Berglöwen fertig werden, wenn sie tatsächlich kamen, auch nicht, wenn er noch ein Gewehr dabeihatte.

„Dumm gelaufen." Mit dem Daumen löste er die Sicherung der Pistole, das Geräusch hallte unendlich laut durch die Stille.

Er würde doch nicht wirklich …? Marisa sah aus den Augenwinkeln, wie Angus hochschnellte und den Mann angriff, während gleichzeitig ein Knall ertönte. Angus' Körper zuckte und fiel zu Boden. Emotionslos stieg der Anführer über ihn und kam näher. Die Waffe dicht vor ihrer Brust blieb er stehen.

„Noch einer, der sich aus Loyalität opfert. Das hättest du verhindern können, aber du spielst ja lieber die Heldin, anstatt zu erkennen, dass die Berglöwen sowieso keine Chance mehr haben. Glaubst du, ich bin der Einzige, der weiß, wo sie zu finden sind? Wenn ich sie nicht einfange, wird es jemand anderes tun."

Marisa zitterte vor Wut und Furcht, nur mit Mühe gelang es ihr, ein Wort herauszubringen. „Sie … Sie sind ein gewöhnlicher Verbrecher! Warum glauben Sie, dass Sie ein Recht darauf haben zu bestimmen, was mit den Berglöwen geschieht?"

Das Grinsen wurde noch hässlicher. „Geld regiert die Welt, Schätzchen. Wenn ich dafür bezahlt werde, dann mache ich es. Und es ist ja nicht so, als würde es irgendjemandem auffallen, wenn sie nicht mehr da sind. Sie haben sich so bemüht, nicht entdeckt zu werden, dass sie jetzt spurlos verschwinden können, ohne dass es jemand bemerkt." Er lachte hart auf. „Jedenfalls niemand, der noch davon berichten könnte."

„Sie werden damit nicht durchkommen, das muss Ihnen doch klar sein. Ihre Kumpane sind fort, und die Berglöwen werden sich nicht noch einmal von Ihnen fangen lassen."

„Lassen wir es darauf ankommen." Seine Hand mit der Pistole hob sich wieder.

Marisa schloss die Augen und versuchte, an Coyle zu denken, um nicht in ihren letzten Momenten ihren Mörder zu sehen. Rasch riss sie sie wieder auf. Nein, sie würde nicht ohne Kampf sterben. Sie wollte lieber dabei getötet werden, wenn sie ihn angriff, als ein leichtes Ziel zu bieten. Bevor sie den Gedanken beendet hatte, duckte sie sich und warf sich vorwärts. Fast zeitgleich ertönte ein Knall, und noch während sie hart gegen die Beine des Anführers prallte und ihn zu Fall brachte, erkannte sie erleichtert, dass sie nicht getroffen war. Oder vielleicht fühlte sie es nur nicht, weil Adrenalin durch ihren Körper pumpte. Hauptsache, sie lebte und war noch in der Lage, sich zu wehren.

„Du Miststück! Das wird dich nicht retten." Die Stimme kam mit jedem Wort näher. Sie konnte sehen, wie der Verbrecher sich wieder aufrappelte.

Marisa zwang ihre Gliedmaßen, sich zu bewegen. Was nicht so einfach war, weil sie durch den Sturz die Orientierung im Dunkeln verloren hatte. Aber zur Not würde sie auch auf allen vieren davonkrabbeln, wenn ihr das irgendwie half. Erschrocken schrie sie auf, als sich eine Hand in ihre Haare grub und ihren Kopf schmerzhaft nach hinten zog. Ihr Genick knackte hörbar, die Nackenmuskeln zogen sich protestierend zusammen. Marisa krallte ihre Hände in die Arme des Mannes, aber er reagierte überhaupt nicht darauf. Irgendetwas schien er auf dem Boden zu suchen, während er sie mit einer Hand festhielt.

Die Pistole! Marisa erstarrte, als ihr klar wurde, dass ihre einzige Chance darin bestand, die Waffe vor ihm zu finden. Er war kräftiger als sie und würde sie ohne Mühe auch mit seinen Händen töten können, doch wenn sie die Pistole hatte, konnte sie ihn damit in Schach halten, bis ihr jemand zu Hilfe kam.

Sie ließ sich nach hinten fallen und brachte ihn damit aus dem Gleichgewicht. Der Griff in ihren Haaren lockerte sich, was sie sofort ausnutzte. Auf Händen und Knien krabbelte sie aus seiner Reichweite, während sie gleichzeitig nach der Waffe tastete. Etwas legte sich um ihren Knöchel und zog das Bein unter ihr heraus.

Mit einem Schmerzlaut landete sie auf dem Boden, ihre Wange schrammte über etwas Hartes. Verzweifelt versuchte Marisa, sich aus der Umklammerung zu lösen oder sich irgendwo festzuhalten, aber sie wurde unaufhaltsam zurückgezogen. Sie trat mit ihrem freien Fuß zu und wurde mit einem schmerzerfüllten Grunzen belohnt. Doch die Hoffnung freizukommen, hielt nicht lange, der Verbrecher schob sich über sie und drückte sie mit seinem Körpergewicht zu Boden. Sie bekam kaum noch Luft, ein Knie presste sich in ihren Rücken, sodass sie nicht mehr atmen konnte. Helle Punkte flimmerten vor ihren Augen, ihre Kraft ließ nach. *Coyle.*

Kaltes Metall presste sich in ihren Nacken. „Das war's. Du wirst mir keinen Ärger mehr machen."

Kälte breitete sich in Marisa aus. Sie wollte nicht sterben, sie hatte noch so viel vor, nachdem sie endlich aus ihrer Starre aufgewacht war. Schon gar nicht, ohne wenigstens Coyle noch einmal gesehen zu haben, seine warmen Augen auf sich gespürt zu haben, sein Lächeln, das die Welt leuchten ließ. Tränen liefen über ihre Wangen und versickerten im Erdreich. Sie klammerte sich an die letzten Reste ihres Bewusstseins, während es immer schwärzer um sie wurde.

Abrupt wurde das Gewicht von ihrem Rücken genommen, Luft strömte schmerzhaft in ihre Lungen. Marisa glaubte, einen Schrei zu hören, aber das Blut rauschte so laut in ihren Ohren, dass sie kaum etwas außer ihren eigenen keuchenden Atemzügen wahrnahm. Dann hörte sie es – ein unheimliches Knurren, das die Haare in ihrem Nacken sträubte. Mühsam drehte sie sich um und versuchte, sich aufzusetzen. Nur langsam konnte sie wieder genug sehen, um zu erkennen, was vor sich ging. Ihr Angreifer lag auf dem Rücken, über ihm kauerte ein Berglöwe.

„Coyle?“

Der Berglöwe drehte ihr seinen Kopf zu, und sie erschrak über das Blut an seinem Maul. Kaltes Entsetzen lief durch ihren Körper, als sie erkannte, was er getan hatte. Gleichzeitig war sie erleichtert, dass der Verbrecher niemandem mehr etwas antun konnte. Der Berglöwe stieß ein Fauchen aus, und die im Mondlicht glitzernden Reißzähne machten ihr wieder bewusst, dass es Raubtiere waren und keine Hauskatzen. Aber es war nicht Coyle, dieses Exemplar hatte dunkleres Fell, und das Gesicht wirkte härter, kantiger. Vorsichtig richtete sie sich auf und kroch zu Angus, der immer noch bewegungslos dalag. Dabei behielt sie den Berglöwen im Auge, schließlich wusste sie nicht, ob er nicht zu denen gehörte, die sie für eine Verräterin hielten, und auf die Idee kam, sie auch noch zu beseitigen. Doch er sah sie nur an, eine Pfote weiterhin auf seine Beute gestützt. Beruhigt wandte Marisa sich Angus zu.

„Angus?“ Zögernd streckte sie ihre Hand aus und strich über sein Fell. Er reagierte nicht, aber sie glaubte, den Hauch eines Atemzugs zu spüren. Vielleicht war es aber nur Einbildung, weil sie es so sehr wollte. Behutsam drehte sie den Hund auf die Seite und versuchte, im Dunkeln die Verletzung zu finden. In

Höhe der Rippen war das Fell feucht, und im Licht des Mondes konnte sie das Blut an ihren Fingern erkennen. Es sah schlimm aus. Wenn die Kugel in den Brustkorb eingedrungen war, hatte sie keinerlei Möglichkeit, Angus zu retten. Bis sie in eine Stadt käme, in der es einen Tierarzt gab, wäre er verblutet. Und in dem schwachen Licht konnte sie nicht erkennen, wo und wie schwer er verletzt war.

Marisa sah auf, als nackte Beine in ihr Blickfeld kamen. Langsam hob sie den Kopf und folgte dem Verlauf des gut gebauten Körpers, bis sie beim Gesicht ankam. Schwarze lange Haare, finstere Miene, sie kannte ihn, aber wie war noch sein Name ... Torik, genau, so hieß er. Amber hatte ihn ihr bei der Versammlung gezeigt. Ohne eine offensichtliche Gefühlsregung blickte er mit seinen dunklen Augen auf sie herunter. Immerhin war von dem Blut nichts mehr in seinem Gesicht zu sehen. Marisa bemühte sich um ein Lächeln, doch es wollte ihr nicht gelingen. „Danke für deine Hilfe."

Torik neigte den Kopf, eine Geste, die sie an Coyle erinnerte.

„Ist er ...?" Sie deutete auf den still daliegenden Anführer.

„Er hat bekommen, was er verdient hat." Selbst seine tiefe Stimme klang irgendwie ... tot. „Was ist mit dem ... Hund?" Der Widerwillen, mit dem er das Wort aussprach, war offensichtlich.

„Angus ist dazwischengesprungen, als der Verbrecher auf mich geschossen hat. Er ..." Ihre Stimme versagte, sie brachte keinen Ton mehr hervor.

„Ein mutiger Kerl." Torik sah aus, als wollte er noch etwas sagen, doch dann blickte er an ihr vorbei. Etwas wie Erleichterung huschte kurz über sein Gesicht, bevor es wieder ausdruckslos wurde. „Coyle kommt. Er wird sich um euch kümmern."

Bevor sie etwas erwidern konnte, hatte er sich schon zurückverwandelt und tauchte im Wald unter. Ein Prickeln im Nacken zeigte ihr, dass sich jemand von dort näherte. Rasch drehte sie sich um und sah Coyle zwischen den Bäumen hindurch auf sie zukommen.

Obwohl er noch in Berglöwenform war, erkannte sie ihn sofort. Innerhalb von Sekunden war er bei ihr und sah aus, als würde er jeden in Stücke reißen, der ihr etwas tun wollte. Erst nachdem er sichergestellt hatte, dass der Mann keine Gefahr mehr darstellte, wandte er sich zu Marisa um und stieß sie mit seiner Schnauze an. Mit einem erleichterten Schluchzer schlang sie ihre Arme um seinen Nacken und vergrub ihr Gesicht in seinem Fell. Für einen Moment gönnte sie sich den Luxus, alles andere um sich herum zu vergessen, doch viel zu schnell drang die Wirklichkeit wieder in ihr Bewusstsein.

„Angus ist verletzt, aber ich weiß nicht wie schwer. Der Anführer wollte mich erschießen und er hat sich dazwischengeworfen. Wenn er meinetwegen stirbt …“ Wieder zog sich ihre Kehle zusammen, und die Worte verließen sie.

Noch einmal presste Coyle sich beruhigend an sie, dann beugte er sich zu Angus hinunter und untersuchte mit seiner Schnauze die Wunde. Schließlich sah er zu ihr hoch und begann, über Angus' Brustkorb zu lecken. Gleichzeitig fasziniert, angeekelt und erleichtert beobachtete Marisa ihn dabei, während sie Angus festhielt, damit er sich nicht bewegte. Wenn Coyle glaubte, dass das Lecken etwas bewirken würde, dann war die Verletzung vielleicht doch nicht so schlimm. Hoffentlich wirkte es bei einem Hund genauso wie bei Menschen.

Schließlich hob Coyle den Kopf und verwandelte sich. Sein Gesicht war verzerrt. „Hast du Wasser? Hunde schmecken einfach ekelhaft.“

Überrascht begann Marisa zu lachen und hatte Mühe, sich wieder zu beruhigen. Wahrscheinlich war die Anspannung der vergangenen Stunden zu viel für sie gewesen.

Coyle verzog den Mund. „Das war kein Scherz.“

Immer noch kichernd holte Marisa den Rucksack hervor und zog eine Wasserflasche heraus. Sie drehte den Verschluss ab und hielt sie Coyle hin. „Hier."

Nachdem er sich den Mund ausgespült hatte, trank er gierig einige Schlucke und gab ihr dann die Flasche zurück. „Danke. Was ist passiert? Wie hat dieser Kerl", er deutete auf den reglosen Anführer, „dich gefunden? Und wie …?"

Marisa hob die Hand. „Würde es dir etwas ausmachen, mich erst einmal zu umarmen? Ich könnte gerade ein wenig Nähe gebrauchen." Ein Lächeln umspielte Coyles Mundwinkel, als er aufstand, ihr hochhalf und sie in seine Arme schloss. Tief atmete sie seinen männlichen Duft ein und ließ ihre Hände über seinen Rücken gleiten. „Ich bin so froh, dass du hier bist."

„Und ich erst." Seine Stimme klang gedämpft gegen ihr Haar. Er trat einen Schritt zurück und küsste ihre Stirn.

Marisa bückte sich wieder nach dem Rucksack und zog einen Pullover hervor, den sie mit einem bedauernden Seufzer zusammenfaltete und auf Angus' Wunde presste. „Glaubst du, dass er überleben wird?"

Coyle hockte sich neben sie. „Es scheint ein Streifschuss zu sein, wenn er nicht zu viel Blut verloren hat, sollte er es überstehen."

„Gott sei Dank."

Coyle nickte. „Ich bin froh, dass er dazwischengegangen ist und dich beschützt hat. Wie hat er den Mann erwischt?"

„Das war nicht Angus, sondern Torik." Coyles Augenbrauen schossen in die Höhe, aber er sagte nichts. „Wenn er nicht gewesen wäre, würden wir jetzt nicht miteinander reden."

Coyles Augen verdunkelten sich. „Ich werde ihm ewig dankbar sein." Seine Finger glitten in ihre Haarsträhnen, als bräuchte er die Berührung, um sich zu vergewissern, dass sie noch da war. „Ich hätte merken müssen, dass du in Schwierigkeiten warst."

„Du hattest doch genug anderes zu tun und dachtest, ich wäre in Sicherheit."

„Das stimmt. Warum bist du nicht in dem Versteck geblieben?" Seine Stimme klang ruhig, aber sie konnte die Anspannung in seinem Körper erkennen.

„Weil mir einfiel, dass mein Rucksack noch hier war. Ich dachte mir, es wäre besser, wenn die Verbrecher ihn nicht finden."

Coyle neigte den Kopf. „Das verstehe ich, aber wir hätten ihn später holen können, nachdem wir die Situation unter Kontrolle hatten."

Marisa schnitt eine Grimasse. „Geduld gehört nicht zu meinen Stärken."

„Ich weiß, ich habe deine Unruhe gespürt, als du auf die Dunkelheit gewartet hast." Er lächelte leicht.

„Ich konnte es einfach nicht ertragen, euch in diesen furchtbaren Käfigen zu sehen! Wie kann jemand nur so etwas tun?"

„Geld, ganz simpel. Was glaubst du, was passieren würde, wenn jemand wüsste, dass es uns gibt? Wir wären Freiwild. Entweder würden sie uns zur Schau stellen oder mit uns experimentieren. Deshalb müssen wir uns immer weiter zurückziehen, nur wird der Raum immer knapper und die neuen Techniken gefährlicher für uns. Denk nur an Satellitenfotos. Wenn die Bilder noch etwas schärfer werden, könnte jeder Internetnutzer durch Zufall auf uns stoßen." Seine Züge waren verzerrt, fast verzweifelt.

„Aber was macht ihr, wenn es keine Rückzugsmöglichkeit mehr gibt? Ihr müsst doch irgendwie leben können!"

Coyle schwieg einen Moment, seine Stimme war leise, als er antwortete. „Ich weiß es nicht." Er blickte zur Lichtung. „Vielleicht ist es zu spät und unsere Existenz wurde bereits aufgedeckt. Es kann kein Zufall sein, dass erst Bowen entführt wurde und nun Jagd auf den Rest unserer Gruppe gemacht wird. Irgendwer weiß Bescheid und hat genug Geld, um eine dermaßen groß angelegte Jagd zu finanzieren. Trotzdem hätte es ihnen nicht so leicht fallen dürfen, uns zu fangen. Sie müssen Informationen bekommen haben, die eigentlich niemand außerhalb der Gruppe haben dürfte."

Marisa richtete sich abrupt auf. „Du denkst doch nicht, dass ich …!"

Coyle legte seine Hand auf ihre. „Natürlich nicht. Das habe ich nie von dir gedacht und das würde ich auch niemals tun." Sein Mundwinkel hob sich. „Ganz davon abgesehen, dass du nicht die nötigen Informationen hattest."

„Aber wer kann es dann gewesen sein?"

„Ich weiß es nicht, aber ich werde es herausfinden." Er stand auf und ging zu dem Toten hinüber. „Schade, dass er uns keine Fragen mehr beantworten kann."

Marisa wickelte rasch die Leine um Angus' Brustkorb, um ihren Pullover über der Wunde zu fixieren. „Ich bin mir sicher, dass er wusste, was ihr seid. Er meinte auch, dass es keiner merken würde, wenn ihr fort wärt, weil ihr euch immer bemüht habt, nicht entdeckt zu werden." Sie biss nachdenklich auf ihre Unterlippe. „Und er hatte die Leoparden dabei. Es waren seine, wenn ich das richtig verstanden habe, und er hat ihnen Befehle gegeben, die normale Leoparden nie ausgeführt hätten. Also muss er etwas gewusst haben." Sie zog die Leine so fest sie es wagte und verknotete sie dann.

„Leider können wir sie nicht mehr fragen."

Marisa verzog das Gesicht. „Eigentlich hatten sie mir versprochen, dass sie für ihre Freiheit mit euch reden würden, aber anscheinend haben sie das wieder vergessen, sobald sie draußen waren."

„Kein Wunder, sie sind frei, wer sollte sie aufhalten? Und nachdem derjenige tot ist, der sie gefangen gehalten hat, können sie tun, was sie wollen. Ich wollte ihnen folgen, aber dann habe ich gesehen, wie der Mistkerl dich angefasst hat.“ Bitterkeit war in seiner Stimme zu hören.

„Es tut mir leid.“ Marisa erhob sich, nachdem sie mit Angus fertig war, und wischte mit dem Ärmel über ihre Stirn, die trotz der kühlen Luft schweißbedeckt war.

„Es war meine Entscheidung. Auch die anderen haben sie nicht mehr gesehen, seit sie in den Wald verschwunden sind.“ Coyle legte seine Hände auf ihre Schultern. „Ich konnte es nicht ertragen zuzusehen, wie der Kerl dir wehgetan hat.“ Er zog sie an sich und legte sein Kinn auf ihren Scheitel. „Ich hatte Angst um dich.“

„Und dafür hast du noch einen Betäubungspfeil abbekommen. Das war nicht besonders schlau.“

Coyle bog ihren Kopf zurück, bis sie ihn direkt ansah. „Wer sagt, dass ich schlau handele, wenn es um dich geht?“

Darauf wusste Marisa keine Antwort. „Ich bin nur froh, dass alles halbwegs gut ausgegangen ist und wir wieder frei sind.“ Sie spürte etwas Feuchtes an seiner Seite und trat rasch zurück. „Warte, ich hole noch etwas, um deine Verletzungen zu verbinden.“

„Darum kümmern wir uns später, zuerst muss ich dafür sorgen, dass uns niemand folgen kann.“ Seine Zähne blitzten kurz auf. „Und ich möchte ungern so aussehen wie Angus.“

„Das würdest du nicht, du hast weniger Falten.“

Coyle stieß ein überraschtes Lachen aus und küsste sie schnell auf den Mund. „Ich bin froh, dass du deinen Humor nicht verloren hast.“ Er wandte sich zur Lichtung um. „Könnt ihr noch einen Moment hier warten? Ich werde Finn Bescheid sagen, dass ich euch ins Lager zurückbringe. Wir sammeln uns dort wieder und entscheiden dann, wo wir hingehen.“

„Aber ist das nicht zu gefährlich, wenn die Jäger wissen, wo ihr seid?“

„Die haben im Moment andere Probleme, es kam mir nicht so vor, als wären sie es gewohnt, sich nachts im Wald zurechtzufinden. Sollte einer versuchen, uns zu folgen, wird er nicht bis in unser Lager kommen. Noch einmal wird uns niemand überraschen."

„Gut." Zufrieden mit der Erklärung sah Marisa Coyle nach, als er sich verwandelte und als Berglöwe ins Lager zurückkehrte.

26

Die Furcht lief in Wellen durch ihren Körper, aber Isabel ließ sich dadurch nicht aufhalten. Sie musste etwas tun, wenn sie verhindern wollte, dass ihr Vater Bowen wie ein Versuchstier irgendwohin verschickte. Er war ein Mensch und trotz des kräftigen Körperbaus fast noch ein Junge. Wie konnte Henry ihm so etwas antun? Isabel schüttelte den Kopf. Ihre Gedanken drehten sich im Kreis, seit ihr Vater ihr beim Frühstück erzählt hatte, dass er im Laufe des Tages einen Transport erwartete. Kurz darauf war er aufgebrochen, um noch einmal in die Stadt zu fahren. Wenn sie Bowen helfen wollte, dann musste es jetzt geschehen, solange ihr Vater unterwegs war.

Isabel öffnete die Schranktür und nahm eine Hose und ein Hemd heraus. Die Sachen würden Bowen vermutlich zu klein sein, aber es war besser, als wenn er nackt durch die Wüste laufen musste. Zum Schluss schnappte sie sich ein Paar Sandalen und verließ das Schlafzimmer ihres Vaters. In der Küche steckte sie Brot, einige Schokoriegel und Wasserflaschen in eine Tasche, die sie Bowen mitgeben würde. Nachdem sie sich vergewissert hatte, dass Henry nicht zurückgekommen war, betrat sie sein Büro und stieg in den Keller hinab.

Mit feuchten Fingern schob sie den Riegel zurück und öffnete die Tür. Sofort nahm Bowens Blick sie gefangen, die grünen Augen wirkten riesig in seinem abgezehrten Gesicht. Isabel legte einen Finger auf die Lippen, warf die Tasche auf den Boden und ging in den Vorraum zurück. Dort nahm sie sich den Stuhl, stellte ihn direkt unter den Türrahmen und stieg darauf. Bowen sah sie irritiert an, gab aber keinen Laut von sich. Gut so, sie war schon nervös genug.

Geduckt, damit sie ihren Kopf nicht am Türrahmen stieß, richtete sie sich auf und betrachtete den Mechanismus der Überwachungskamera. Sie schien keinen Ausschalter zu haben, sondern direkt aus dem Netz gespeist zu werden. Vorsichtig, damit die Kamera nicht wackelte, umfasste sie das Kabel und zog daran. Nach kurzem Widerstand löste es sich aus dem Anschluss, das leise Surren verstummte. Zufrieden beugte Isabel sich vor und atmete auf, als das rote Lämpchen nicht mehr leuchtete. Eine Gefahrenquelle war schon mal abgestellt, jetzt fehlte noch die andere Kamera. Ebenso leise stellte sie den Stuhl zurück und betrat den Raum. In großem Bogen ging sie um die Liege herum und näherte sich der Kamera von hinten. Rasch drückte sie auf den Stopp-Schalter und beobachtete, wie die Aufnahme anhielt und der Bildschirm schwarz wurde.

Schließlich richtete sie sich auf und näherte sich dem Bett. „Die Kameras sind aus, du kannst jetzt reden."

„Wer bist du?" Die Frage klang rau, als hätte er lange nichts mehr gesagt.

Isabel runzelte die Stirn. „Isabel. Ich war gestern mit den Zetteln hier, erinnerst du dich nicht daran?"

Seine Hände ballten sich zu Fäusten. „Natürlich. Ich frage mich nur, was du hier machst."

„Ich dachte, das wäre offensichtlich. Ich versuche, dir zu helfen. Und für lange Erklärungen haben wir keine Zeit, mein Vater wird bald wiederkommen."

Isabel erkannte erst, was sie gesagt hatte, als sich sein Körper anspannte und sein Gesicht wütend verzog. „Dein Vater hat mir das angetan?"

Vorsichtig trat sie einen Schritt zurück, obwohl er ihr nichts tun konnte, solange er an die Liege gefesselt war. „Ich fürchte ja. Ich weiß nicht, was hier geschieht, ich bin erst seit ein paar Tagen zu Besuch und habe diesen Keller nur durch Zufall entdeckt." Sie holte tief Luft. „Aber ich habe gehört, dass er heute noch einen Transporter erwartet, und ich befürchte, dass er dich irgendwie loswerden will."

„Du meinst, ich komme zurück nach Hause?" Die Hoffnung in seiner Stimme tat ihr weh. Wieder glitten Bilder von tiefen Wäldern durch ihren Kopf, die eindeutig von Bowen stammten.

„Es könnte sein, aber ich bezweifle es. Trug er eine Maske, wenn er hier war?"

„Nein." An seinem Gesichtsausdruck konnte sie erkennen, dass er verstand, was das bedeutete.

„Deshalb werde ich dir helfen. Ich werde dich rausholen und dafür sorgen, dass du zu deiner Familie zurückkommst." Sie wusste zwar noch nicht genau, wie sie das anstellen würde, aber die Hauptsache war, dass er erst einmal hier herauskam.

„Hast du ihnen eine E-Mail geschickt?"

„Ich habe die Adresse und den Text an meine Freundin in Los Angeles weitergegeben, damit sie die Mail schreibt. Ich habe noch nichts von ihr gehört, aber sie ist normalerweise sehr zuverlässig."

Bowen nickte kaum merklich und schloss die Augen. Was stand sie hier noch herum und redete, während sie ihn schon längst hätte befreien können? Es musste furchtbar sein, seit Tagen in Fesseln zu liegen und sich nicht bewegen zu können.

„Ich werde dich losbinden und dann können wir gehen." Isabel trat neben ihn und blickte auf seine Arme nieder. „Oh verdammt."

„Was? Was ist?" Bowen versuchte, den Kopf zu heben, doch er fiel wieder zurück.

„Ich hatte in Erinnerung, dass es einfache Lederfesseln sind, doch diese sind aus Metall. Ohne einen Schlüssel oder größeres Werkzeug bekomme ich dich nicht da heraus."

Bowens Gesicht verdunkelte sich. „Er muss sie ausgewechselt haben, als ich schlief." Wütend zerrte er an den Fesseln, doch er bewirkte damit nur, dass seine aufgeschürften Handgelenke wieder anfingen zu bluten.

Rasch legte Isabel ihre Finger auf seinen Arm, um ihn daran zu hindern, noch weiteren Schaden anzurichten. „Das bringt nichts. Lass mich kurz überlegen." Sie beugte sich hinunter und begutachtete den Mechanismus genauer.

Die breiten Metallschellen hatten an einer Seite ein Schloss und auf der anderen ein breites Scharnier, das nicht so aussah, als wäre es leicht zu knacken. Vielleicht mit einem Schraubenzieher und einem Hammer, aber sie wusste nicht, wo ihr Vater so etwas aufbewahrte. Und sie hatte keine Zeit, lange danach zu suchen. Wenn Henry heute noch jemanden erwartete, würde er bald zurückkommen. Besorgt blickte Isabel auf ihre Uhr. Sie hatten höchstens eine halbe Stunde, vielleicht auch nur noch fünfzehn Minuten. Es war unmöglich, in dieser kurzen Zeit Werkzeug zu suchen und die Fesseln zu knacken.

Sie sah auf und begegnete Bowens aufmerksamem Blick. „Es tut mir leid, ich glaube nicht, dass ich das so schnell schaffe."

Enttäuschung flackerte in seinen Augen auf, dann Resignation. „Danke für den Versuch." Damit drehte er seinen Kopf zur anderen Seite.

Isabel starrte auf seine schwarzen, bis in den Nacken reichenden Haare und seine seltsam verletzlich wirkende nackte Schulter und traf eine Entscheidung.

„Nein."

Er wandte ihr sein Gesicht wieder zu. „Was nein?"

„Ich werde dich nicht einfach hierlassen und darauf warten, dass mein Vater dich wegbringt. Irgendwie schaffe ich es schon, dich zu befreien.“ Isabel reckte das Kinn, als er sie skeptisch ansah.

Schließlich hoben sich seine Mundwinkel zu dem Schatten eines Lächelns, das direkt in ihr Herz drang. „Ich vertraue dir.“

Isabel spürte ein Zupfen an ihren Haaren und blickte verwirrt hinunter. Bowen hatte das Ende ihres Zopfes eingefangen und ließ die Strähnen nun durch seine Finger gleiten. Die Bewegung hatte fast etwas Hypnotisches, und Isabel brauchte einige Zeit, um ihren Blick davon loszureißen. Als sie den Kopf hob, bemerkte sie, dass Bowens Augen ebenfalls auf seine Hand gerichtet waren. Ein seltsamer Ausdruck lag darin. Sehnsucht? Trauer? Er blinzelte, und der Moment war vergangen. Seine Fingerspitzen gaben ihren Zopf frei, und sie trat einen Schritt zurück.

„Ich werde versuchen, irgendwo Werkzeug zu finden, aber es könnte sein, dass mein Vater bald zurückkommt. Kann ich dir irgendetwas geben? Wasser? Essen?“

„Was glaubst du, wann er wieder da ist?“

Isabel hob unbehaglich die Schultern. „Vielleicht in einer halben Stunde, vielleicht aber auch schon eher. Jede Minute ist kostbar, denn wir müssen danach durch die Wüste bis zur Stadt.“

Seine Augen schlossen sich einen Moment, jeder Muskel in seinem Körper war angespannt. Schließlich öffnete er sie wieder und sah sie forschend an. „Es gibt eine andere Lösung.“

Verblüfft starrte sie ihn an. „Welche? Und vor allem, warum hast du das nicht schon früher gesagt?“

„Weil ich mir geschworen hatte, es hier nicht zu tun.“

„Was zu tun?“ Isabel berührte ungeduldig seinen Arm. „Herrgott noch mal, wenn du eine Möglichkeit hast, hier herauszukommen, dann nutze sie! Du willst bestimmt nicht hier sein, wenn Henry zurückkommt.“

Bowen blickte sie ernst an. „Du musst mir versprechen, niemandem zu erzählen, was du gleich siehst.“

„Ja natürlich." Es war ihr egal, ob er Houdini war oder David Copperfield, Hauptsache, er konnte sich von den Fesseln befreien. „Beeil dich."

„Sieh mir in die Augen, Isabel. Erinnerst du dich an den Berglöwen in deinem Kopf?"

Stumm nickte sie, während sie gleichzeitig in seinen beinahe goldenen Augen versank. Waren sie eben nicht noch grün gewesen? Es war fast, als wäre die Farbe verschwunden, genauso wie das Weiße immer weiter zurückwich. Wie machte er das? Oder hatte er irgendeinen Anfall? „Bowen? Geht es dir gut?"

„Ja. Hab keine Angst."

Das war die einzige Vorwarnung, die sie erhielt. Schneller als sie einatmen konnte, spürte sie unter ihren Fingern Fell. Erschrocken trat sie einen Schritt zurück und stieß mit dem Rücken gegen den Tisch. Scheppernd verteilte sich das Besteck darauf. Wie gebannt lag ihr Blick auf dem, was eben noch Bowen gewesen war. An seiner Stelle lag ein Berglöwe auf der Liege, der seine Pfoten aus den nun zu weiten Fesseln zog, während sein Blick sie immer noch gefangen hielt. Aber … wie konnte das sein? So etwas dürfte überhaupt nicht möglich sein, aber sie hatte es gerade eben mit eigenen Augen gesehen. Ohne darüber nachzudenken streckte Isabel ihre Hand aus und berührte zögernd das helle Fell. Es war dicht und weich, und sie konnte darunter seine Muskeln fühlen. Wärme drang an ihre Finger und machte ihr bewusst, dass sie gerade beinahe Nase an Nase mit einem echten lebendigen Berglöwen stand.

„Bowen?"

Er neigte den Kopf und gab ein Geräusch von sich, das fast wie ein Schnurren klang. Als hätten ihre Hände einen eigenen Willen, strichen sie langsam über seine Flanke, über die Schulter bis zu seinem Kopf. Die runden Ohren waren aufmerksam in ihre Richtung gedreht, die dunklen Zeichnungen auf seiner Stirn und um Nase und Maul schienen sich zu bewegen. Seine Augen schlossen sich halb, als sie ihn unter dem Kinn kraulte. Ja, es war eindeutig ein Schnurren, das tief in seiner Kehle vibrierte.

Ein Glücksgefühl durchströmte sie, von dem sie nicht sagen konnte, ob es ihr eigenes war oder durch die geistige Verbindung mit Bowen zu ihr gelangte. Aber das war ihr egal, es war wunderschön. Ein lautes Klirren riss sie aus ihrer Verzückung. Abrupt ließ sie Bowen los und drehte sich um. Das Geräusch war durch ein Skalpell verursacht worden, das vom Tisch auf den Boden gefallen war. Erleichtert sackte sie in sich zusammen. Für einen Moment hatte sie befürchtet, ihr Vater wäre zurückgekommen und auf dem Weg in den Keller.

Rasch wandte sie sich wieder zu Bowen um. „Wir müssen schnell von hier weg. Kannst du dich zurückverwandeln?"

Er schloss die Augen und lag innerhalb weniger Sekunden wieder als Mensch vor ihr. Plötzlich befangen wegen seiner Nacktheit wandte sie ihm den Rücken zu und deutete auf die Tasche, die sie mitgebracht hatte. „Dort sind ein paar Sachen drin, die kannst du anziehen."

Sie hörte kein Geräusch hinter sich, nicht einmal Atmen. „Bowen?"

„Einen … Moment." Seine Stimme klang schwach.

Jetzt drehte sie sich doch um und kam sich noch schäbiger vor, als sie sah, wie bleich er unter seiner natürlichen Bräune war. „Geht es dir nicht gut?"

„Es kostet … Kraft, und ich habe zu … lange nichts mehr gegessen."

Und er war dazu noch verletzt und hatte Blut verloren. „Lass dir Zeit, mein Vater dürfte noch nicht wiederkommen." Zumindest theoretisch nicht, aber wenn er etwas vergessen oder es sich anders überlegt hätte … Sie wusste nur eines, sie wollte hier weg, so schnell sie konnte. Um nicht nur herumzustehen, holte sie die Kleidung aus der Tasche und schüttelte sie aus. „Vermutlich werden die Sachen zu kurz sein, aber sie sollten dir zumindest ein wenig Schutz bieten."

„Es wird reichen. Danke."

Klang seine Stimme kräftiger? Isabel drehte sich zu ihm um und betrachtete ihn besorgt. Kurz entschlossen nahm sie die Wasserflasche heraus, drehte die Kappe ab und hielt sie Bowen hin. Auch wenn die Zeit knapp war, er brauchte etwas zu trinken, um sich zu erholen. Seine Hand zitterte, als er die Flasche wortlos entgegennahm und gierig zu trinken begann. Nachdem er die halbe Flasche fast in einem Zug getrunken hatte, legte Isabel die Hand auf seinen Arm. „Nicht so viel auf einmal. Ich habe noch mehr mit, das kannst du später haben." Sie hob die Kleidung auf und reichte sie ihm. „Kannst du dich anziehen oder soll ich dir helfen?"

Bowen nahm ihr die Sachen ab und zog wortlos die Hose über seine Beine. Wachsam blieb Isabel neben ihm stehen, um ihn notfalls aufzufangen, falls ihm schwindelig werden sollte. Er schwankte einige Male, schaffte es aber, sich aufrecht zu halten. Isabel bewunderte seine Zähigkeit – und seinen Körper, auch wenn sie sich dabei schäbig vorkam. Jetzt, wo er stand, schien er noch breiter und kräftiger zu sein, vor allem aber größer. Sie musste den Kopf in den Nacken legen, um überhaupt in sein Gesicht sehen zu können. Gut, das Problem hatte sie mit ihren ein Meter sechzig meistens, ein Umstand, der sie extrem ärgerte. Hieß es nicht immer, die Jugend würde größer werden? Bei ihr war davon jedenfalls nichts zu sehen. Kopfschüttelnd wandte Isabel sich wieder der dringenderen Aufgabe zu, Bowen endlich aus dem Haus zu bekommen. Einige der Schnitte auf seiner Brust begannen wieder zu bluten, als er sich das Hemd überstreifte. Ein Muskel zuckte in seiner Wange, als er versuchte, die Knöpfe zu schließen, seine Finger ihm aber nicht gehorchten.

„Warte, ich mache das." Bevor er protestieren konnte, hatte sie bereits den ersten Knopf geschlossen. „Du wirst dich sicher bald besser bewegen können." Bowen sagte nichts dazu, aber das hatte sie auch nicht erwartet. Rasch knöpfte sie das gesamte Hemd zu und bemühte sich, ihn dabei nicht zu berühren. „So, schon fertig." Isabel holte die Sandalen aus der Tasche und stellte sie vor ihn auf den Boden. „Wahrscheinlich sind sie nicht groß genug, aber vielleicht geht es irgendwie, damit deine Füße zumindest etwas geschützt sind." Sie schnitt eine Grimasse als sie sah, dass seine Füße mindestens zwei Nummern größer als die ihres Vaters waren.

„Es wird gehen. Ich bin es gewöhnt, barfuß zu laufen."

Isabel zog eine Augenbraue hoch. „In der Wüste?" Sie erinnerte sich noch gut an die Bilder von grünen Wäldern und saftigen Wiesen in ihrem Kopf.

„Nein." Er bückte sich und schwankte.

Sie schlang rasch ihre Arme um ihn und stabilisierte ihn. „Vorsichtig, wenn du umfällst, kriege ich dich nicht wieder hoch." Bevor er antworten konnte, bückte sie sich und öffnete die Schnalle der Sandale. Zögernd schob Bowen seinen Fuß hinein und Isabel atmete erleichtert auf. Zumindest in der Breite passte der Schuh perfekt, es schauten nur die Zehen vorne heraus. „Sehr gut. Anderer Fuß." Auch an der zweiten Sandale schloss sie die Schnalle und richtete sich wieder auf. Ein Blick auf die Uhr zeigte ihr, dass sie sich jetzt wirklich beeilen mussten. Sie schloss die Tasche und hob sie hoch. „Gehen wir."

Es war Bowen anzusehen, wie gern er dieser Aufforderung nachkam. Allerdings war sein Körper wesentlich schwächer als sein Geist, und seine ersten Schritte waren beängstigend unsicher. Isabel bezwang ihre Ungeduld und passte sich seiner Geschwindigkeit an.

Ein leises Geräusch ertönte von der Tür her. Isabels Kopf

ruckte hoch, ihr Herz begann zu hämmern. Zuerst geschah nichts, doch dann schlug plötzlich die Metalltür zu, und sie konnte hören, wie der Riegel vorgeschoben wurde. *Nein!* Isabel rannte los und drückte verzweifelt die Klinke hinunter, doch die Tür bewegte sich nicht. Bowen war neben ihr und stieß mit seiner Schulter gegen das Metall, doch er bewirkte nur, dass seine Wunden stärker bluteten.

Mit den Fäusten hämmerte Isabel gegen die Tür. „Dad, lass mich raus!" Verzweifelt presste sie ihr Ohr gegen das Metall, doch auf der anderen Seite herrschte Stille. „Dad!" Keine Reaktion. Auch von Bowen war nichts zu hören. Warum versuchte er nicht mehr, hier herauszukommen? Sie drehte sich zu ihm um und erschrak über seinen Gesichtsausdruck. Oder vielmehr das Fehlen eines solchen. Seine Miene war starr, keine Spur von Wut oder Verzweiflung, wie sie es erwartet hätte. „Warum tust du denn nichts?" Ihre Stimme klang hysterisch, doch sie konnte es nicht ändern.

Bowen verschränkte seine Arme über der Brust und lehnte sich mit der Schulter an die Wand. „Was soll ich denn tun? Es bringt sowieso nichts."

„Vielleicht ja doch, woher willst du das wissen?"

Jetzt drang doch eine Spur von Wut in sein Gesicht und seine Stimme. „Du kannst mit dem Theater aufhören, Isabel."

Mit offenem Mund starrte sie ihn an. „Wovon redest du?"

Er trat näher an sie heran und lehnte sich herunter, sodass ihre Nasen nur noch wenige Zentimeter voneinander entfernt waren. „Von deiner brillanten Vorstellung des unschuldigen Mädchens, das mir aus der Güte seines Herzens helfen will."

Vermutlich sah sie aus wie ein Fisch, aber sie schien ihre Sprache verloren zu haben.

„Ich habe dir geglaubt und deinem Vater genau das geliefert, was er die ganze Zeit haben wollte. Wahrscheinlich lacht er sich gerade tot, wie leicht er mich geknackt hat." Seine Finger fuhren in ihre Haare. „Schick ein schönes Mädchen rein und schon hängt der blöde Berglöwe sabbernd an ihren Lippen." Langsam zog er ihren Kopf nach hinten. „Ich frage mich, was er macht, wenn ich sein kleines Mädchen ein wenig anknabbere." Seine Stimme wurde härter. „Oder ihr ein paar Knochen breche."

Endlich fand Isabel ihre Sprache wieder. „Ich kann dir zumindest verraten, was *ich* dazu sagen würde: Fahr zur Hölle!" Mit einem Ruck löste sie sich von ihm und trat einen Schritt zurück. „Ich weiß zwar nicht, was in dich gefahren ist, aber ich habe diese Behandlung nicht verdient. Glaubst du wirklich, ich würde mich freiwillig einsperren lassen? Was hätte ich davon?"

„Ich glaube, dein Vater hat dich gerade für seine Forschung geopfert, und damit hattest du nicht gerechnet. Jetzt sitzt du hier fest und fragst dich, was ich mit dir machen werde."

Wahrscheinlich sollte sie sich fürchten, aber ihr Ärger überschattete alles andere. Mit der Faust schlug sie gegen seinen Arm. „Du undankbarer Idiot! Ich habe die Beziehung zu meinem Vater zerstört, um dich hier herauszuholen. Weil ich nicht zusehen konnte, wie jemand so etwas mit einem Lebewesen anstellt. Du kannst mich gerne dumm nennen, aber wenn ich noch einmal von dir höre, dass ich lüge oder mit meinem Vater in solch einer Sache zusammenarbeiten würde, dann werde ich vergessen, dass du verletzt bist, und dorthin schlagen, wo es wirklich wehtut."

Am Ende ihrer Tirade zitterte sie am ganzen Körper, Tränen der Wut standen in ihren Augen. Abrupt drehte sie sich um und legte so viel Entfernung zwischen sich und Bowen, wie es der Raum erlaubte. Isabel glaubte, das Blut in ihren Ohren rauschen zu hören. Sie konnte sich nicht erinnern, wann sie jemals so wütend gewesen war. Enttäuscht. Verzweifelt. Am liebsten hätte sie den Kopf gegen die Wand gelehnt, ihre Augen geschlossen und vergessen, was passiert war. Vielleicht würde sie dann aufwachen und feststellen, dass alles nur ein Traum gewesen war.

Bowen konnte ihre unregelmäßigen Atemzüge hören und spürte ihre Verzweiflung tief in sich. Selbst wenn sie eine begnadete Schauspielerin war, würde es ihr nicht gelingen, die automatischen Reaktionen ihres Körpers zu kontrollieren. Vor allem wusste sie nicht, dass er sie in seinem Kopf fühlen konnte, weil sie durch irgendetwas miteinander verbunden waren. Aber das war etwas, worüber er nicht nachdenken wollte.

Stattdessen sollte er sich lieber darauf konzentrieren, wie sie aus diesem Gefängnis herauskamen, und zwar bevor sich der Entführer überlegte, wie er sie am besten verschwinden lassen konnte. Bowen sah zur Decke hinauf, wo durch Schlitze frische Luft hereinströmte. Wenn diese geschlossen wurden, mussten sie langsam und qualvoll ersticken. Der einzige Hoffnungsschimmer war, dass ihr Vater Isabel sicher nicht töten wollte, und er damit nichts tun konnte, was dazu führte, dass sie beide hier starben.

„Gibt es einen anderen Ausgang?“ Seine Stimme klang immer noch ungewöhnlich rau und dünn.

Isabels Rücken versteifte sich, und sie wischte unauffällig über ihre Wangen, bevor sie sich zu ihm umdrehte. Die Tränenspuren versetzten ihm einen Stich. „Wer sagt, dass ich noch mit dir rede?“

Wider Erwarten musste er über ihre Antwort beinahe schmunzeln. „Das tust du gerade.“

Isabel sah ihn einen Moment starr an, dann nickte sie. „Es scheint so. Nicht, dass du es verdient hättest.“ Bevor er darauf reagieren konnte, redete sie schon weiter. „Nein, soweit ich weiß, hat dieser Teil des Kellers keinen anderen Ausgang.“

„Wohin führt die Tür?“

„In einen kleinen Vorraum und dann zu einer Treppe nach oben. Sie endet vor einer Geheimtür im Büro meines Vaters. Ich habe sie durch Zufall entdeckt. Der normale Keller hat einen Aufgang in die Diele, aber er ist nicht mit diesem Raum verbunden.“

Natürlich, das wäre ja auch zu einfach gewesen. „Wie ist die Tür hier unten gesichert?“

„Durch einen Metallriegel, ich glaube nicht, dass wir ihn von innen aufbekommen können.“

Bowen ging zur Wand und schlug mit den Fingerknöcheln dagegen. Sie klang massiv, niemand würde sie hören, wenn sie um Hilfe riefen. „Ist noch jemand anders im Haus?“

„Nein, nur mein Vater.“ Isabel sah so niedergeschlagen aus, wie er sich fühlte. Dann richtete sie sich abrupt auf. „Außer es kommt jemand ins Haus, wenn der Transporter gebracht wird.“ Ihre Mundwinkel bogen sich nach unten. „Aber ich weiß nicht, wann das sein wird und um wen es sich handelt. Wahrscheinlich jemand, dem es völlig egal ist, wenn wir hier unten elend verrotten.“

„Weißt du sicher, dass ich damit weggebracht werden sollte?“

Isabel schüttelte den Kopf. „Er hat es mir nicht gesagt. Allerdings könnte es auch etwas mit dem Telefongespräch zu tun haben. Es ging um …“ Ihre Augen weiteten sich alarmiert und sie starrte ihn an.

Beunruhigt ging er zu ihr und umfasste ihre Schultern. „Was ist?“

„Berglöwen. Mein Vater hat mit einem merkwürdigen Mann telefoniert, und ich habe ihn dabei belauscht. Sie haben über eine Gruppe von Berglöwen geredet, mein Vater will sie einfangen lassen. Oder vielleicht haben sie es inzwischen schon getan, das Telefonat war vorgestern Abend.“

Bowen spürte, wie ihm das Blut aus dem Kopf wich, Schwindel erfasste ihn. „Weißt du, wo sie die Gruppe einfangen wollten?"

Isabel sah ihn besorgt an. „Nein, leider nicht."

Was, wenn sie seinetwegen wussten, wo die Wandler zu finden waren, und sein Entführer noch weitere Exemplare für seine „Forschungen" brauchte? Was hinderte sie daran, zurückzugehen und sich seine ganze Familie zu holen? Bowen rieb mit den Händen über sein Gesicht, doch der Schrecken blieb, genauso wie das Schwindelgefühl. Etwas berührte seinen Arm, doch er bemerkte es kaum, zu sehr war er in seinem Entsetzen gefangen. Bisher war er davon ausgegangen, dass er nur stark genug sein musste, damit seine Familie und Freunde in Sicherheit waren. Wenn er nichts von sich preisgab und dem Entführer nicht das lieferte, was er haben wollte, dann würde er ihn entweder freilassen oder töten.

„Bowen, sag etwas!"

Die Stimme drang in sein Bewusstsein und klärte sein Gehirn. Erst jetzt bemerkte er, dass er nicht mehr stand, sondern auf dem Boden kauerte, nur noch von Isabels Händen aufrecht gehalten. Da er nicht wusste, ob er seiner Stimme trauen konnte, sah er Isabel nur an.

„Weißt du etwas über die Berglöwengruppe? Kennst du sie?"

„Vielleicht …" Er räusperte sich. „Es könnte meine Familie sein. Normalerweise leben Berglöwen als Einzelgänger, ich habe noch nie davon gehört, dass irgendwo eine Gruppe zusammen lebt. Außer es sind andere wie wir."

„Du meinst, mein Vater ist dabei, Menschen einfangen zu lassen?" Das Entsetzen in ihrer Stimme tat ihm gut.

„Wenn du uns so nennen willst, ja."

Isabel berührte seine Wange. „Wie würdest du euch denn bezeichnen? Du bist genauso ein Mensch wie ich. Und noch einiges mehr."

Bowen versank in ihren großen blauen Augen, die über sein Gesicht glitten. „Danke."

Ihr Daumen strich über seine Unterlippe und entfachte Gefühle in ihm, die er zu lange unterdrückt hatte. Schneller als sie reagieren konnte, hatte er den Mund geöffnet und nahm den Finger vorsichtig zwischen die Zähne. Ein atemloser Laut entkam ihr, der nicht gerade dazu beitrug, dass er sich zurückzog. Sie schmeckte gut, irgendwie süß und gleichzeitig kräftig. Vermutlich hatten sich seine Augen ebenso verwandelt wie seine Zähne, doch das war ihm egal. Es zählte nur Isabel und die Art, wie sie ihn ansah. Nicht voller Abscheu oder wie ein Forschungsobjekt, sondern wie sie jemanden betrachten würde, den sie interessant fand. Als Mensch.

Langsam ließ er ihren Daumen frei und lehnte sich vor. Ihr Geruch stieg in seine Nase, ließ ihn jegliche Vorsicht vergessen. Gerade als seine Lippen ihre berührten, ertönte ein schrilles Klingeln.

Erschreckt zuckten sie auseinander und sahen sich verwirrt im Raum um, als es erneut klingelte.

„Was ist das? Hast du hier ein Telefon?"

Isabel verzog den Mund. „Leider nicht, meines ist oben im Zimmer zum Aufladen."

Bowen folgte dem Geräusch zur Tür. Daneben war ein merkwürdig geriffelter Kasten mit zwei Knöpfen angebracht. „Es kommt aus diesem Ding hier."

Isabel trat neben ihn. „Oh, er hat hier auch eine Sprechanlage für die Türklingel." Ihre Augen leuchteten aufgeregt. Sie drückte auf einen Knopf und lehnte sich vor. „Hallo, wer ist da? Wir werden hier gefangen gehal..."

„Ja, das weiß ich, Isabel, gib dir keine Mühe."

Bowen fühlte ein Knurren in seiner Kehle aufsteigen, als die Stimme seines Folterers aus dem Gerät drang, doch er unterdrückte es. Kein Grund, dem Verbrecher noch mehr Befriedigung zu geben. Stattdessen legte er eine Hand auf Isabels Schulter, deren Augen sich verdunkelt hatten.

„Ich wollte euch nur darauf hinweisen, dass ich euch immer noch sehen kann, es wäre also besser, wenn ihr keine Sachen anfangt, für die ihr kein Publikum wollt. Und mein Junge, du möchtest meine Tochter garantiert nicht anfassen, denn dann werde ich dafür sorgen, dass du es bereust."

Bowen versuchte, die Wut aus seiner Stimme herauszuhalten. „Das hätten Sie sich überlegen sollen, bevor Sie sie hier bei mir eingesperrt haben. Ich fühle mich etwas einsam und gelangweilt und freue mich über die Ablenkung." Isabels Muskeln erstarrten unter seiner Hand, und er drückte ihre Schulter unauffällig, um ihr zu zeigen, dass er das nur sagte, um ihren Vater zum Handeln zu zwingen. Nach einigen Sekunden entspannte sie sich wieder.

„Du kannst uns nicht sehen, Vater, ich habe die Kameras ausgeschaltet."

Ein dumpfes Lachen drang durch den Raum. „Du glaubst doch nicht, dass ich mich nur auf die beiden offensichtlichen verlassen hätte? Ich wusste, dass du etwas planst, also habe ich noch eine versteckte Kamera installiert, damit ich auch nichts von der Show verpasse. Und ich muss sagen, du hast mich nicht enttäuscht."

„Du … du bist ein Monster! Seit ich denken kann, hast du mir immer erzählt, wie viel Gutes die Forschung bewirkt, wie kannst du da jemandem so etwas antun – und noch dazu einem Jugendlichen!"

„Man muss eben bereit sein, Opfer zu bringen, wenn man etwas erreichen will. Wer weiß, was ich alles entdecken kann, wenn ich diese neue Spezies genauer untersuche? Vielleicht finde ich etwas, womit ich Krebs heilen kann."

Bowen sah, wie Isabel mit sich kämpfte, aber schließlich schüttelte sie den Kopf. „Selbst wenn es so wäre, hast du kein Recht, Bowen gegen seinen Willen festzuhalten und ihn zu foltern! Und das ist es, was du getan hast, du brauchst es nicht zu leugnen, ich habe seine Verletzungen gesehen."

„Du enttäuschst mich, Isabel. Ich hätte gedacht, dass du mich verstehen würdest, aber ich sehe, es ist zwecklos. Du bist wie deine Mutter."

Der Schmerz in ihrem Gesicht war entsetzlich, aber sie schaffte es, ihre Stimme ruhig klingen zu lassen. „Gott sei Dank."

Einen Moment herrschte Schweigen, dann erklang ein bedauernder Seufzer. „Das ist schade. Ich fürchte, du wirst dort unten bleiben müssen. Ich kann nicht zulassen, dass etwas meine Forschungen stört."

„Mom erwartet mich irgendwann zurück, du kannst mich nicht ewig hier festhalten."

Ein hässliches Lachen drang aus dem Gerät. „Deine Mutter hat genug mit sich selbst zu tun, es können Wochen vergehen, bis sie sich daran erinnert, dass es dich überhaupt gibt."

Isabels Augen schlossen sich, es schien, als würde sie die Einschätzung ihres Vaters teilen.

„Es gibt andere, die uns helfen werden, Sie werden damit nicht durchkommen", sagte Bowen scharf.

„Meinst du deine Berglöwenfreunde?" Die Stimme seines Peinigers klang höhnisch. „Mal davon abgesehen, dass sie nicht wissen, wo du überhaupt bist, befinden sie sich inzwischen schon in Gefangenschaft. Ich habe ein Lagerhaus angemietet, in dem ich sie untersuchen kann. Vielleicht siehst du sie bald schon wieder – aber sicher anders, als du es dir vorgestellt hast."

„Das glaube ich nicht." Bowens Stimme brach.

„Glaub es ruhig, es war ganz einfach, nachdem wir wussten, wo wir euch finden konnten und wie die Vorsichtsmaßnahmen zu umgehen waren. Sie sind bereits seit vorgestern in Gefangenschaft."

Bowen stieß einen Schrei aus und schlug mit der Faust auf das Sprechgerät, als könnte er damit seinen Folterer treffen.

Isabel fiel ihm in den Arm und klemmte seine Hand zwischen ihren Körpern ein. „Nicht, das hilft uns nicht weiter." Ihre Stimme war so leise, dass er sie kaum verstehen konnte.

„Alles andere aber auch nicht. Es wird niemand kommen, um uns zu retten, wenn sie wirklich schon seit zwei Tagen in Gefangenschaft sind. Sie haben deine Nachricht nicht bekommen, und niemand weiß, wo wir sind."

27

Nur langsam erwachte Marisa aus einem totenähnlichen Schlaf. Sie öffnete die Augen und sah sich irritiert um. Sie lag in einem fremden Bett, die Matratze unter ihr war angenehm fest, Kopfkissen und Decke weich und luftig. Wo war sie, und wie war sie hierhergekommen?

„Na, bist du endlich wach?“ Coyles Stimme war fast ein Schnurren an ihrem Ohr.

Automatisch drehte sie sich zu ihm um und schmiegte sich tiefer in seine Arme. Er war angezogen, was ihr beinahe ungewohnt vorkam.

„Hmhm.“

„Hieß das ‚ja‘?“ Belustigung schwang in seiner Frage mit.

„Nein, aber tu einfach so, als wäre ich wach. Was ist passiert?“

Coyle stützte sich auf einen Ellbogen und lehnte sich über sie. Besorgnis war in seinen Augen zu erkennen. „Das weißt du nicht mehr? Hast du dich irgendwo am Kopf verletzt?“

Jetzt war Marisa ganz wach. „Das wüsstest du doch, wir waren schließlich die ganze Zeit zusammen.“ Sie runzelte die Stirn. Oder nicht? „Du hast mich mit Angus am Rand der Lichtung zurückgelassen, nachdem …“ Marisa brach ab und schluckte schwer. „Du wolltest noch etwas erledigen. Danach weiß ich nichts mehr.“

Erleichtert ließ Coyle sich zurücksinken. „Als ich zurückgekommen bin, warst du schon eingeschlafen.“ Seine Mundwinkel hoben sich. „Du hast den armen Angus als Kopfkissen benutzt.“

„Angus!“ Marisa setzte sich ruckartig auf. „Wo ist er? Wie geht es ihm?“

Coyle drückte sie sanft mit dem Arm zurück. „Es ist alles in Ordnung, er wird bald wieder völlig gesund sein. Es war glücklicherweise nur ein Streifschuss, allerdings hat die Kugel eine ziemliche Furche in seine Seite gezogen, und er hat viel Blut verloren. Aber es geht ihm schon gut genug, die Berglöwen anzuknurren.“

Erleichtert schloss Marisa die Augen. „Danke, dass du dich um ihn gekümmert hast.“

„Immerhin hat er dir geholfen, uns zu finden.“

„Das stimmt. Genauso wie der Adler.“ Stille folgte ihrer Bemerkung.

Schließlich hielt sie es nicht mehr aus und hob die Lider. Coyle sah sie merkwürdig an, seine Miene war ernst. „Welcher Adler?“

„Oh nein, zuerst erzählst du mir, wo wir sind und wie ich hierhergekommen bin.“

Coyle sah aus, als wollte er protestieren, aber dann antwortete er doch. „Wir sind zurück in unserem Lager, genauer gesagt sind wir in Ambers Hütte. Es wäre zu kompliziert gewesen, dich den Baum hinaufzuschleppen, und ich wollte dich nicht wecken.“

„Ist das nicht zu gefährlich? Die Entführer wissen doch jetzt, wo das Lager ist, sie könnten jederzeit mit Verstärkung wiederkommen.“

„Wir sind nur solange hier, bis wir uns entschieden haben, wo wir hingehen und was wir mitnehmen. Die Verbrecher sind verjagt, ich glaube nicht, dass sie sich trauen werden, uns noch einmal anzugreifen. Vor allem nicht, nachdem ihr Anführer tot ist. Ich habe das Lager nach Informationen durchsucht und alles mitgenommen, was sich um unsere Existenz und unseren Aufenthaltsort drehte.“

Mit einem Schaudern erinnerte sich Marisa daran, dass der

Anführer versucht hatte, sie umzubringen, und wie Torik ihn getötet hatte. „Was habt ihr mit ihm gemacht?"

Coyles Berglöwenaugen sahen sie an. „Wir haben ihn tief im Wald vergraben. Ich denke nicht, dass ihn jemand finden wird."

Marisa nickte. Vermutlich hätte der Verbrecher mit ihr nichts anderes gemacht. „Aber was ist, wenn doch jemand hierherkommen sollte?"

„Dann sind wir darauf vorbereitet. Noch einmal wird uns niemand überraschen können." Es war ihm anzusehen, dass er sich die Schuld dafür gab, dass es überhaupt so weit gekommen war.

„Und wie bin ich nun hierhergekommen? Hast du mich getragen?"

„Nein, das hat Finn übernommen."

Um ihn von dem ernsten Thema abzulenken, zog sie neckend die Augenbrauen hoch. „Ach, war ich dir zu schwer?"

Coyle lächelte sie an. „Nein, ich dachte mir, dass Angus mich schon kennt und deshalb weniger Angst haben wird, falls er während des Transports aufwacht." Er lachte, als er ihren Blick sah. „Hey, der Hund wiegt nicht viel weniger als du."

Marisa beugte sich vor und küsste ihn sanft auf den Mund. „Danke."

Coyle nutzte die Gelegenheit, sie auf sich zu ziehen. „Wofür?"

Ernst sah sie ihn an. „Dass du dich um Angus kümmerst, obwohl du keine Hunde magst. Kaum jemand hätte darüber nachgedacht, wie er sich fühlen würde, wenn er aufwacht und von einem Fremden getragen wird, der noch dazu nach Katze riecht."

Verlegen hob Coyle die Schultern. „Für mich sind Tiere und Menschen nicht so verschieden."

Marisa rahmte sein Gesicht mit den Händen ein. „Genau das meine ich." Der Blick aus seinen goldenen Augen raubte ihr den Atem, am liebsten hätte sie sich in ihnen verloren, aber sie wollte nicht riskieren, noch einmal abgewiesen zu werden. „Ich glaube, ich sollte von dir runtergehen, ich möchte nicht, dass deine Wunden sich wieder öffnen."

Coyles Arme schlangen sich enger um sie. „Kein Problem, sie sind versorgt worden und kaum noch zu sehen."

„Das ist gut." Vor allem fühlte es sich gut an, auf ihm zu liegen und seinen Herzschlag zu spüren. Und seine Erektion, die gegen ihren Bauch drückte. Sie wollte ihn so sehr. Marisa schloss die Augen und versuchte, ihren Körper wieder unter Kontrolle zu bringen.

„Was meintest du vorhin mit dem Adler?"

Ihre Augen flogen auf. Wie konnte Coyle in solch einem Moment an etwas anderes denken, als sich schnellstmöglich mit ihr zu vereinigen? Andererseits, vielleicht war er gar nicht so erregt, wie sie glaubte, und es war nur eine automatische Reaktion seines Körpers auf die Nähe einer Frau. Sie rollte sich von ihm hinunter und setzte sich auf. Mit einem Schrei zog sie die Bettdecke über sich, als sie erkannte, dass sie nackt war. „Wo sind meine Sachen geblieben?"

„Ich habe sie dir ausgezogen, weil sie verschmutzt und voller Blut waren."

Marisa biss sich auf die Lippe. Die Erklärung klang logisch, und sie wusste selbst nicht, wieso die Vorstellung, dass er sie nackt gesehen hatte, während sie schlief, sie verunsicherte. Wahrscheinlich war es ihm als Wandler völlig natürlich vorgekommen. „Danke."

Coyle, der ihre Zweifel nicht zu bemerken schien, lächelte. „Der Adler?"

Mit einem tiefen Seufzer konzentrierte sie sich wieder auf ihre ungewöhnliche Begegnung mit dem Raubvogel „Als ich in eurem Lager ankam und Angus mich zu der Höhle mit dem Gitter geführt hatte, tauchte plötzlich ein Adler auf. Er ist um mich herumgeflogen, und es schien, als wollte er mir etwas zeigen." Verlegen zuckte sie mit den Schultern. „Das Verhalten hat mich an den Adler erinnert, der mich zum Jeep geführt hat, deshalb bin ich ihm gefolgt."

Coyle nickte. „War es der gleiche?"

„Ich denke schon." Unsicher, ob sie ihm auch den Rest erzählen sollte, schwieg sie einen Moment.

„Und weiter?"

„Er hat Angus und mich zu euch geführt."

Coyles Augenbraue hob sich. „Und was hast du ausgelassen? Wirklich, du bist die schlechteste Lügnerin, die ich je getroffen habe."

Hitze stieg in Marisas Wangen. „Ich lüge nicht!" Sie senkte die Stimme. „Ich habe nur etwas ausgelassen, weil ich nicht weiß, ob ich es dir erzählen sollte. Du würdest ja auch nicht wollen, dass ich jedem deine Geheimnisse erzähle, oder?"

„Ich hoffe, dass du es nicht tust, denn das könnte unser Ende bedeuten."

„Ganz genau."

Coyle setze sich ebenfalls auf. „Wie wäre es, wenn ich dir erkläre, warum ich danach frage, und du dann entscheidest, ob du mir vertrauen kannst?" Als Marisa schweigend nickte, fuhr er fort. „Als ich zehn war, sollte ich ein paar Stunden auf Amber aufpassen, aber ich wollte lieber etwas mit Finn unternehmen. Also habe ich sie im Haus gelassen und bin zu Finn gegangen. Sie ist mir heimlich gefolgt." Sein Gesicht war verzerrt, seine Stimme heiser. „Amber hat sich im Wald verirrt, sie war erst sechs, und als ich Stunden später ohne sie nach Hause kam, waren meine Eltern außer sich. Mein Vater hat mir befohlen, bei meiner Mutter zu bleiben, und ist losgelaufen, um Amber zu suchen." Coyles Augen waren dunkel, fast schwarz. „Er ist nicht zurückgekommen. Ich habe es im Haus nicht mehr ausgehalten und bin seiner Spur gefolgt. Schließlich habe ich ihn gefunden, er war tot, erschossen."

Oh nein! Marisa legte ihre Hand auf seine, aber er schien es gar nicht zu spüren.

Den Blick in die Vergangenheit gerichtet, starrte Coyle vor sich hin, sein Gesicht bleich. „Amber war verschwunden. Ich habe sie überall gesucht, aber sie war nicht zu finden. Ich war schon fast bereit aufzugeben und zu akzeptieren, dass diejenigen, die meinen Vater erschossen hatten, sie mitgenommen haben, als ein Adler auftauchte." Ein humorloses Lächeln zog über Coyles Gesicht. „Er ist so lange um mich herumgeflogen, bis ich ihm folgte." Diesmal sah er Marisa direkt an. „Es schien ein junges Exemplar zu sein, er hatte noch weiße Flecken unter den Schwingen und am Schwanz."

Konnte es sein, dass es Griffin gewesen war?, überlegte Marisa. So wie er von Amber gesprochen hatte, schien es fast möglich.

„Er brachte mich zu einer Schlucht und zeigte mir, wo Amber hinuntergestürzt war. Sie war schwer verletzt und konnte dort nicht aus eigener Kraft wieder heraus." Coyles Stimme klang belegt, das Entsetzen spiegelte sich auch jetzt noch in seinem Gesicht. Genauso wie die Selbstvorwürfe, die bei jedem Wort mitschwangen. Marisas Herz zog sich zusammen, als sie sich vorstellte, wie es sein musste, mit solchen Schuldgefühlen aufzuwachsen. Jetzt verstand sie auch Ambers Bemerkung, dass Coyle sich für die ganze Gruppe verantwortlich fühlte und ihr Wohlergehen seinen eigenen Wünschen voranstellen würde. „Ich bin heruntergeklettert und habe sie herausgeholt. Der Adler war danach verschwunden."

„Was war passiert?"

„Amber hat erzählt, dass Jäger versucht hätten, sie einzufangen. Als mein Vater sie angriff, um Amber zu schützen, haben sie ihn einfach erschossen. Anscheinend hatten sie kein Interesse an einem erwachsenen Exemplar. Amber ist weggelaufen, aber sie haben sie weitergejagt, bis sie in die Schlucht stürzte." Bitterkeit war in Coyles Stimme zu hören. „Es war ihnen wohl zu viel Aufwand, sie herauszuholen. Oder sie haben sie für tot gehalten."

„Glücklicherweise waren sie schon weg, als du dorthin gekommen bist!" Bei der Vorstellung, dass sie Coyle beinahe nie kennengelernt hätte, zog sich ihr Herz schmerzhaft zusammen.

„Damals habe ich es nicht so gesehen, aber heute denke ich, dass es so tatsächlich besser war. Ich hätte meinen Vater nicht mehr lebendig machen oder Amber ihre Erinnerungen nehmen können. Es hätte meiner Mutter nur noch mehr Kummer zugefügt."

„Es war nicht deine Schuld, Coyle."

Seine Augen bohrten sich in ihre. „Wäre ich im Haus geblieben oder hätte ich Amber mitgenommen, wäre das alles nicht passiert."

„Du warst ein Kind."

„Und ich wusste genau, wie gefährdet wir waren und dass es falsch war, was ich tat."

Marisa biss sich auf die Lippen. Es war besser, zu einem anderen Zeitpunkt mit ihm darüber zu reden, wenn er bereit war zuzuhören.

„Ich habe es dir nicht erzählt, damit du mich bedauerst, sondern damit du verstehst, warum mich der Adler interessiert."

„Weil du glaubst, es könnte derselbe sein wie damals."

Coyle hob die Schultern. „Ich weiß nicht, wie alt Adler werden, er müsste jetzt vermutlich ein Greis sein, wenn er noch lebt." Diese völlig falsche Einschätzung brachte Marisa zum Lachen. „Was ist daran so lustig?"

„Der Adler, den ich gesehen habe, war etwa so alt wie du. Kräftig und gut gebaut."

„Marisa …" Es klang drohend.

Sie wurde wieder ernst. „Versprich mir, dass du es für dich behältst."

„Das kann ich erst tun, wenn ich weiß, was du mir sagen willst."

Einen Moment lang sah sie ihn schweigend an, dann nickte sie. „Der Adler ist auch ein Wandler, als ich ihm nicht mehr folgen wollte, hat er sich verwandelt und mir erzählt, dass ihr eingefangen und weggebracht wurdet." Marisa forschte in Coyles Gesicht, fand aber keine Überraschung, wie sie erwartet hatte. „Du wusstest, dass er ein Wandler ist."

„Nein, ich *wusste* es nicht, habe es nach seinem Verhalten aber fast vermutet. Die Frage ist, warum er das getan hat."

Marisa hob die Schultern. „Einerseits sicher, weil er verhindern wollte, dass die Existenz eurer Spezies bekannt wird. Wenn sie euch entdecken, wäre seine Familie vielleicht auch in Gefahr. Aber ich hatte den Eindruck, für ihn zählte etwas anderes noch mehr."

„Und was?"

„Amber." Sie hob die Hand, als Coyle etwas sagen wollte. „Er sagte zu mir, sie hätten Amber wehgetan. Es schien ihn zu belasten. So sehr, dass er dafür den Befehl seiner Leute, sich nicht einzumischen, ignorierte und mir half. Ohne ihn hätte ich euch nicht so schnell gefunden, und vor allem hätte ich auch kein Werkzeug gehabt, um euch zu befreien."

Coyle rieb mit der Hand über seinen Mund. „Erst Leoparden und jetzt auch noch Adler. Ich werde darüber nachdenken müssen, was das für uns bedeutet."

Marisa versuchte ein Lächeln. „Dass ihr nicht mehr allein seid?"

„Das wäre prinzipiell nett, aber dadurch wächst auch die Gefahr, dass irgendwo ein Wandler entdeckt wird und wir alle dadurch zum Freiwild werden. Es grenzt sowieso schon an ein Wunder, dass das noch nicht passiert ist."

„Oder die Entdecker sind zu euren Freunden geworden." Oder sogar mehr als das, aber das behielt sie für sich. „Irgendwie müssen ja solche Ehen wie die von Toriks Eltern zustande gekommen sein."

Coyle neigte den Kopf zum Zeichen, dass er ihr zustimmte. „Wir hatten sehr viel Glück bisher. Aber jetzt gibt es anscheinend Leute, die von uns wissen und bereit sind, alles dafür zu tun, uns zu fangen. Es wird nicht mehr so einfach sein, sich zu verbergen."

„Es tut mir leid. Ich wünschte, ich könnte irgendwie helfen."

Coyle strich mit einem Finger über ihre Wange. „Das hast du schon getan. Ohne dich wären wir nicht mehr hier." Sein Blick senkte sich in ihren. „Es gibt nur noch eines, was du für uns tun kannst."

Marisa hatte Mühe, die Zunge von ihrem Gaumen zu lösen, ihr Mund war plötzlich staubtrocken. „Was?"

„Erzähl niemandem von uns."

Empört starrte Marisa ihn an. „Das hatte ich auch nie vor! Was denkst du von mir?"

Coyle zog ihre Hände zu sich heran und küsste ihre Handgelenke, genau dort, wo der Puls hämmerte. „Ich meinte damit nicht, dass du es tun würdest, sondern dass dein Schweigen das Einzige ist, was du für uns tun kannst. Und gleichzeitig das Wichtigste."

Etwas besänftigt hob sie das Kinn. „Das will ich auch hoffen. Ich würde ungern einen Verletzten treten müssen."

Ein Lächeln zog über Coyles Gesicht, das sie an die Zeit erinnerte, die er in ihrem Haus verbracht hatte. Sein Blick wanderte nach unten, und sie spürte ein Ziehen in ihren Brüsten, als würde er sie mit seinen Augen liebkosen. Aber das war nicht möglich, denn … Marisa sah nach unten und stieß einen Schrei aus. Sie wollte nach der Decke greifen, die hinuntergeglitten war, doch Coyle hielt ihre Handgelenke weiterhin gefangen. „Lass mich, ich muss …“

„Du bist wunderschön, es gibt keinen Grund, dich unter einer Decke zu verstecken.“ Seine Augen glitzerten verlangend, das Lächeln verschwand. „Warum bist du zurückgekommen?“

Seltsamerweise wollte Marisa nicht darüber reden, zumindest nicht jetzt und auch nicht, wenn sie halbnackt vor ihm saß, während er komplett angezogen war. Außerdem hatte sie ihre vorbereitete Rede in der ganzen Aufregung wieder vergessen und brauchte erst einmal Zeit. „Können wir das vielleicht …“

„Coyle!“ Ein lauter Ruf unterbrach Marisas Antwort. Anspannung mischte sich mit Erleichterung über den Aufschub dieses Gesprächs, als Coyle aufsprang, zur Tür lief und sie aufriss. Im letzten Moment zog Marisa die Bettdecke hoch und verhinderte gerade noch, dass Coyles Freund mehr von ihr sah, als sie bereit war, ihm zu zeigen.

„Entschuldigt die Störung.“ Finn warf ihr nur einen kurzen Blick zu, dann wandte er sich an Coyle. „Du glaubst nicht, wer gerade ins Lager spaziert ist: die beiden Leopardinnen.“

„Was? Haben die Warnanlagen wieder nicht funktioniert?“

„Doch, wir wollten sehen, was sie vorhaben, bevor wir sie ergreifen.“ Finn strich durch sein helles Haar. „Ich habe Torik, Keira und einige andere zum Schutz abgestellt, damit unsere Hitzköpfe nichts Dummes anstellen.“

„Gut.“ Coyle drehte sich zu Marisa um. „Ich komme wieder, so schnell ich kann.“ Ein Mundwinkel hob sich. „Falls du dich anziehen willst, ich habe dir Kleidung auf den Sessel gelegt. Essen ist in der Küche.“ Damit folgte er Finn nach draußen und zog die Tür leise hinter sich zu.

Marisa saß einen Moment starr da, dann sprang sie aus dem Bett. Ihre steifen Muskeln schrien protestierend auf, doch sie ignorierte die Schmerzen. Die Leopardinnen waren zurückgekommen, das bedeutete vermutlich, dass sie ihren Teil des Handels einhielten. Und das wollte sie sehen und nicht wie ein braves Frauchen in der Hütte hocken.

Gut, vermutlich ging es eher darum, dass sie eine Fremde war, aber immerhin hatte sie den Wandlern geholfen und sollte deshalb einen etwas höheren Status errungen haben. So schnell es ihre Verfassung zuließ, streifte sie Ambers Kleidung über, spritzte sich im Bad Wasser ins Gesicht, um die Spuren der letzten Nacht zu beseitigen, kämmte sich, um nicht allzu zerzaust auszusehen, und lief hastig zur Tür.

Vor der Hütte blieb sie stehen und versuchte herauszufinden, wohin Coyle gegangen war. Der Wind trug aufgeregte Stimmen zu ihr, denen sie folgte. Selbst wenn sie dort nicht die Leoparden fand, würde ihr sicher irgendjemand sagen können, wo sie waren. Noch bevor sie in Rufweite kam, verstummten die Gespräche, und die versammelten Wandler drehten sich zu ihr um. Marisa schnitt eine Grimasse. Hoffentlich hatten sie sie nur gehört und nicht gerochen. Erleichtert atmete sie auf, als sie Amber am Rand der Gruppe entdeckte. Wenigstens eine, die ihr zumindest zuhören und sie nicht gleich wegschicken würde. Zielstrebig ging sie auf Coyles Schwester zu.

„Amber, ich freue mich, dass es dir gut geht." Sich der Zuhörer bewusst, versuchte Marisa, ihre Stimme freundlich, aber unpersönlich klingen zu lassen.

„Dank dir geht es uns allen gut. Nur ein paar Kratzer hier und da – und jede Menge schlechte Laune."

„Verständlich." Marisa reckte den Hals, konnte aber nur Körper sehen. „Finn sagte, die Leoparden wären zurückgekommen?"

Ambers Miene wurde härter. „Erstaunlicherweise, ja."

„Ich möchte sie sehen." Marisa glaubte den Ärger der umstehenden Männer zu spüren, aber vielleicht bildete sie sich das auch nur ein.

Coyles Schwester gab schließlich nach. „In Ordnung, komm mit.“ Damit bahnte sie sich einen Weg durch die Gruppe.

Marisa blieb dicht hinter ihr, sie hatte keine Lust, sich durch die dicht stehenden Wandler drängen zu müssen, die Amber bereitwillig Platz machten. Einerseits verstand sie ihre Zurückhaltung und auch Abneigung Fremden gegenüber, aber sie war nicht mehr bereit, sich davon verjagen zu lassen. Sie hatte ihren Teil getan, um sie von ihren guten Absichten zu überzeugen, jetzt lag es an ihnen, sie zu akzeptieren.

In der Mitte der Menschentraube stand Coyle, der ihr mit einem resignierten Gesichtsausdruck entgegensah. Er verzichtete darauf, sie zu fragen, was sie hier wollte, und wandte sich stattdessen wieder den beiden Leoparden zu, um die sich der Menschenkreis gebildet hatte. Marisa trat neben ihn.

„Seid ihr hier, um euer Versprechen einzulösen?“

Die Leopardin sah sie mit ihren hellgrünen Augen an und neigte schließlich den Kopf. Marisa spürte Coyles Blick auf sich, sah ihn aber nicht an. Es war wichtig, dass die Leoparden endlich redeten, wenn sie den Jungen noch lebend finden wollten. „Niemand wird euch etwas tun, wenn ihr uns alles sagt, was ihr über die Entführer wisst.“ Ein Murren drang aus der Runde, und Marisa wusste, dass nicht viel fehlte, um die Leoparden fliehen zu lassen.

Coyle schien das auch zu merken, denn er trat einen Schritt vor. „Helft uns, und wir helfen euch. Aber entscheidet euch schnell, denn wir haben keine Zeit zu verlieren.“

Einen Moment lang schienen die beiden Leopardinnen stumm miteinander zu kommunizieren, ihre Köpfe dicht beieinander, die Ohren aufmerksam in Richtung der Berglöwenmenschen gerichtet. Schließlich lösten sie sich voneinander und verwandelten sich. Marisa hielt den Atem an. Sie war sicher nicht die Einzige, die die beiden Frauen anstarrte. Während die Pantherin eine fast schwarze Hautfarbe hatte, war die der Leopardin ein helleres Braun. Die schwarzen gekräuselten Haare waren dagegen fast identisch, wenn auch bei der Pantherin deutlich länger. Am auffälligsten aber war der schlechte körperliche Zustand der beiden. Besonders die dunklere Frau war stark abgemagert, frische und ältere Wunden überzogen ihren Körper.

„Ich bin Kainda, meine Schwester Jamila." Die Leopardin schien auch in Menschenform den Ton anzugeben. Langsam stand sie auf und blickte Coyle ruhig an, obwohl sie wissen musste, dass sie von unzähligen Augen angestarrt wurde. Ihre raue Stimme hatte einen seltsamen Akzent, sie klang nicht so, als wäre sie in den USA zu Hause.

Coyle nickte Kainda zu. „Mein Name ist Coyle. Wisst ihr etwas über unseren entführten Jugendlichen?" Wenn er von dem Aussehen der Wandlerinnen bestürzt sein sollte, war es ihm nicht anzumerken.

Kaindas grüne Augen wanderten kurz zu Marisa. „Wir wissen nicht, wo er jetzt ist. Gowan, der Anführer der Jäger, stand in Kontakt mit dem Entführer, der das Mitglied eurer Familie nach Mariposa gebracht hat. Der Junge wurde dort abgeholt, bevor wir …" Sie brach ab, ein Schauder rann durch ihren Körper, während ihre Miene völlig ausdruckslos blieb.

„Wer ist dieser Gowan, und womit hat er euch in der Gewalt?" Coyles Stimme klang kalt. „Oder tötet ihr freiwillig Menschen und Wandler?"

„Gowan ist der Jäger, der uns in Afrika gefangen hat. Er ist ein Mörder." Diesmal veränderte sich ihr Gesicht, unendlicher Schmerz gewann für einen winzigen Augenblick die Oberhand, bevor sie sich wieder im Griff hatte. „Wenn wir nicht tun, was er sagt, wird er dafür sorgen, dass jeder erfährt, was wir sind. Irgendwo hat er Beweise versteckt, aber wir wissen nicht, wo."

Marisa warf Coyle einen Seitenblick zu, dann wandte sie sich an die Leopardin. „War Gowan derjenige, der die Aktion hier angeführt hat?"

Kainda nickte. „Ja."

„Das dürfte kein Problem mehr sein." Der Zwischenruf kam aus der Menge. Coyle brachte den Rufer mit einem Blick zum Schweigen.

Die Leopardenfrauen sahen sich an. „Was meint er damit? Gowan ist gefährlich und vor allem gewissenlos. Wenn er uns findet, wird er uns vermutlich töten, selbst wenn wir ihm dann nicht mehr von Nutzen sind."

Coyle strich über seine Haare. „Gowan ist tot."

Ungläubig sah Kainda ihn an. „Wie kann das sein? Er ist immer bewaffnet und den Umgang mit gefährlichen Tieren gewöhnt."

„Er wollte Marisa töten." Mehr sagte er nicht dazu, aber das brauchte er auch nicht.

Die hellgrünen Augen ruhten jetzt auf Marisa, deshalb nickte sie zustimmend. „Er ist tot, ich habe es gesehen. Ihr braucht keine Angst mehr vor ihm zu haben."

Während Jamila erleichtert wirkte, wechselten sich auf Kaindas Gesicht verschiedene Emotionen ab. Zorn, Erleichterung, etwas wie Hoffnungslosigkeit. Schließlich straffte sie die Schultern und richtete sich gerade auf. „Gut. Auch wenn er euch sicher mehr über den Aufenthaltsort eures Jugendlichen hätte sagen können."

„Habt ihr irgendetwas mitbekommen, das uns helfen könnte?"

Zum ersten Mal meldete Jamila sich zu Wort. „Er hat mehrmals mit einem Wissenschaftler telefoniert, er nannte ihn Henry oder Doc." Ihre Stimme klang wesentlich sanfter als die ihrer Schwester.

„Hast du auch einen Nachnamen gehört?"

Bedauernd schüttelte Jamila den Kopf. „Er hat ihn nicht genannt. Gowan hat mit diesem Henry die Lieferung des Jungen abgemacht, aber keine Details genannt, wohin genau er gebracht werden sollte. Ein Transporter hat ihn mitgenommen.“ Ihre Arme schlangen sich um ihren Oberkörper, als wäre ihr kalt. „Es schien, als würde er den Wissenschaftler verachten und nur mit ihm zusammenarbeiten, weil er von jemand anderem dafür Geld bekam.“ Sie atmete schwer, als wären bereits diese paar Worte zu anstrengend für sie.

Coyles Blick wurde schärfer. „Weißt du, wer der Geldgeber ist?“

„Nein, leider nicht.“

Enttäuscht atmete Marisa aus. Wieder eine Sackgasse. Es gab sicher unzählige Wissenschaftler mit dem Vornamen Henry, sie konnten unmöglich alle überprüfen. Und da Gowan nun tot war, verschwand damit die einzige Verbindung zu dem Geldgeber und zu Bowen.

„Verdammt.“ Coyle stieß den Fluch leise hervor.

„Vielleicht solltet ihr denjenigen fragen, der euch verraten hat. Er weiß vermutlich, wie ihr Kontakt aufnehmen könnt.“

Totenstille folgte Kaindas Worten.

28

Wo steckte der Kerl, verdammt noch mal? Henry legte das Telefon auf den Schreibtisch und wandte sich zum Fenster um. Gowan hatte gesagt, er würde sich melden, sobald die Berglöwen verladen und unterwegs waren. Aber jetzt wartete er schon seit Stunden und noch immer kein Wort von ihm. Dieser verdammte Kerl ging nicht mal an sein Handy.

Henry hatte ihm bereits mehrere Nachrichten auf die Mailbox gesprochen, und seine Geduld war inzwischen restlos erschöpft. Es wurde Zeit, härtere Saiten aufzuziehen und ihm zu zeigen, wer hier der Boss war. Schließlich war er derjenige, der wissenschaftlich arbeitete, und Gowan nur ein einfacher Ganove, der sich Jäger nannte. Wie viel Intelligenz war schon nötig, ein Gewehr abzufeuern und ein wehrloses Tier abzuschlachten? Er selbst dagegen hatte Genforschungen durchgeführt und DNA-Sequenzen entschlüsselt.

Wenn es ihm erst gelungen war, das Blut des Wandlers mit dem eines normalen Menschen zu vergleichen, und er entdeckte, welche Gene für die Veränderungen zuständig waren, würde er höchstwahrscheinlich den Nobelpreis bekommen! Auf keinen Fall würde er sich seine Arbeit von einem dahergelaufenen Niemand kaputt machen lassen.

Ein Blick auf seinen Monitor zeigte ihm, dass Isabel und ihr neuer Freund immer noch nach der dritten Kamera suchten. Vielleicht hätte er ihnen nichts davon sagen sollen, aber er hatte es nicht mit ansehen können, wie der Kerl sie anfasste. Trotz ihres Verrats war Isabel schließlich immer noch seine Tochter.

Wie hatte sie nur die Geheimtür entdecken können? Darüber grübelte er schon die ganze Zeit nach, und das Ergebnis, zu dem er gekommen war, hob seine Laune nicht gerade. Er war sich ganz sicher, dass kein Ton aus dem Keller in die Wohnräume gedrungen war, und es konnte auch nicht sein, dass sie die Tür durch Zufall entdeckt hatte, dazu war sie zu gut versteckt und er nicht lange genug fort gewesen. Das musste bedeuten, dass seine eigene Tochter ihn ausspioniert hatte. Wut über ihren Verrat brodelte in ihm und wurde nur dadurch etwas gedämpft, dass er durch ihre Mithilfe endlich den von der Kamera eingefangenen Beweis in den Händen hielt, dass es Geschöpfe gab, die sich von einer menschlichen Form in eine tierische verwandeln konnten.

Henry zog das Fenster auf seinem Computerbildschirm, das die beiden zeigte, etwas kleiner und öffnete daneben ein neues mit der Aufzeichnung der Verwandlung. Wie gebannt beobachtete er zum sicher zehnten Mal, wie an der vorher nackten Haut plötzlich Fell erschien und sich die Gesichtszüge zu denen eines Berglöwen veränderten. Grandios. Damit waren ihm Forschungsgelder so gut wie sicher. Ganz zu schweigen von der Anerkennung in der Fachpresse. Jeder würde seinen Namen kennen, so wie es eigentlich schon längst der Fall sein sollte.

Henry schloss das Fenster wieder und vergrößerte das aktuelle Kamerabild. Abrupt zuckte er zurück, als ein Gesicht fast den gesamten Bildschirm ausfüllte. Es wirkte fast, als könnte der Junge ihn sehen, doch er blickte nur in die Kamera, die kurz darauf zu wackeln begann, als er sie hinter dem Bücherstapel herausnahm, wo sie versteckt gewesen war. Verdammt! Die Wut in den seltsamen grüngelben Augen und den harten Gesichtszügen ließ einen Schauder über Henrys Rücken rieseln. Glücklicherweise gab es für den Wandler keine Möglichkeit, aus dem Raum zu fliehen, sonst würde er sich zweifellos an ihm rächen.

Ohne Vorwarnung wurde das Bild schwarz. Verdammt! Es

machte ihn nervös, nicht zu wissen, was im Keller vor sich ging, aber da die beiden ohnehin nicht fliehen konnten, spielte es im Grunde keine Rolle. Hauptsache, er besaß die Aufzeichnung von der Verwandlung. Den Speicher der Kamera, die im Raum stand, hatte der Junge vernichtet, was äußert ärgerlich war, da er die Verwandlung bestimmt noch viel besser gezeigt hätte. Aber man konnte eben nicht alles haben. Jetzt, wo er endlich beweisen konnte, dass Gestaltwandler existierten, würden seine Forschungen viel einfacher werden.

Wenn er nur wüsste, ob ihm noch mehr Testobjekte zur Verfügung standen! Noch einmal versuchte er es bei Gowan, doch der ging immer noch nicht an sein Handy. Es wurde eindeutig Zeit, andere Maßnahmen zu ergreifen. Sein Geldgeber war bestimmt so erfreut über seine Fortschritte, dass es ihm nichts ausmachen würde, Gowan durch einen vertrauenswürdigeren Mitarbeiter zu ersetzen.

Henry wählte die Nummer aus dem Gedächtnis – wie befohlen hatte er sie nirgends notiert, damit keine Verbindung zwischen ihnen hergestellt werden konnte, bis sein „Mäzen" dazu bereit war – und wartete angespannt, während das Freizeichen erklang.

„Ja." Es war eher ein harscher Laut als ein Wort.

Henry unterdrückte das Unbehagen, das ihn jedes Mal überfiel, wenn er mit dem Mann zu tun hatte. Was eher daran lag, dass er nichts über ihn wusste und ihn daher überhaupt nicht einschätzen konnte. Auch sein Motiv für die Finanzierung von Henrys Forschung lag völlig im Dunkeln. „Stammheimer hier. Ich habe heute einen Durchbruch erzielt." Schweigen am anderen Ende der Leitung, nicht mal Atmen war zu hören. Henry redete weiter, denn er kannte die Wortkargheit seines Geldgebers und wusste, dass er nicht wesentlich mehr sagen würde. „Der Junge hat sich vor der Kamera in einen Berglöwen verwandelt. Es ist alles wunderbar zu sehen und die Qualität sehr gut."

„Und deshalb rufen Sie an?“ Die Frage klang ungeduldig.

Henrys Begeisterung erhielt einen Dämpfer. Wie konnte der Typ etwas finanzieren, das ihn gar nicht interessierte? Eigentlich hätte er sich über diesen Durchbruch doch mindestens so sehr freuen müssen wie er, schließlich hatten sie lange genug darauf gewartet.

Verärgert richtete Henry sich auf. Wenn er nichts wissen wollte, dann würde er auch nichts erfahren. „Nein, eigentlich wollte ich fragen, ob Sie etwas von Gowan gehört haben. Er wollte sich bei mir melden, sobald der Transport auf dem Weg ist, aber bisher hat er das nicht getan. Im Gegenteil, er geht nicht an sein Telefon.“

Schweigen drang laut an sein Ohr. Schließlich ein leise klickendes Geräusch und ein tiefer Atemzug. „Ich werde mich darum kümmern. Einer meiner Männer wird bei Ihnen vorbeikommen und die Aufzeichnung abholen. Erwarten Sie ihn in einer Stunde.“

„Das ist nicht nötig, ich kann auch …“ Henry brach ab, als er erkannte, dass der mysteriöse Geldgeber bereits aufgelegt hatte. Was für eine Zeitverschwendung, wo er die Daten doch auch problemlos per Mail hätte schicken können. Wahrscheinlich wieder ein Fall von akuter Paranoia, dass jemand die Nachricht abfangen könnte. Aber ihm sollte es recht sein, er würde weiter an seinem Forschungsbericht schreiben, während er wartete. Wenn alles glattlief, würde er in ein paar Wochen in der Lage sein, damit an die Öffentlichkeit zu gehen. Er konnte es kaum erwarten.

„Was hast du gesagt?“ Mit Mühe hielt Coyle seine Stimme leise.

Kainda sah ihn an. „Ihr habt einen Verräter in eurer Gruppe. Oder was dachtet ihr, wie die Jäger euch gefunden haben?“

„Durch euch.“

Kainda legte den Kopf schräg. „Als wir euch gefolgt sind, ja, aber ich meinte davor, als euer Jugendlicher entführt wurde." Sie sah sich um. „Es würde mich wundern, wenn ihr keine Sicherheitsmaßnahmen hättet, die euch warnen, wenn sich jemand dem Lager nähert. Irgendjemand muss dem Entführer gesagt haben, wie er sie ausschalten oder umgehen kann."

Damit hatte die Leopardenfrau seine eigenen Überlegungen und Befürchtungen ausgesprochen. Trotzdem fiel es Coyle immer noch schwer zu glauben, dass jemand, den er sein Leben lang kannte, dafür verantwortlich sein sollte. „Hast du einen Namen?"

„Nein, es wurde keiner genannt."

Unruhe entstand in der Gruppe. Coyle hob eine Hand, und die Gespräche verstummten nach und nach. Sie konnten es sich nicht leisten, lange nach einem Verräter zu suchen, ihn andererseits aber auch nicht mit in ihr neues Lager nehmen, weil sie dort dann genauso gefährdet wären wie hier. „Alle bleiben, bis wir die Sache geklärt haben.

Coyle blickte in die ihm so vertrauten Gesichter und spürte den Knoten in seiner Brust enger werden. Langsam wandte er sich wieder den Leopardenfrauen zu. „Wisst ihr sonst noch etwas, das uns helfen kann?"

„Nein." Kainda hockte sich wieder auf den Boden, und Jamila folgte ihr. „Wir haben euch gesagt, was wir wissen, und jetzt können wir gehen, so war die Abmachung." Damit verwandelte sie sich zurück. Nach einem letzten Blick aus hellgrünen Augen wandte sie sich zum Gehen.

Stimmen kamen auf, die forderten, dass die Leopardenfrauen zur Rechenschaft gezogen wurden, doch nach einer Handbewegung von Coyle bildete sich eine schmale Gasse. Als hätten sie nichts anderes erwartet, liefen die beiden Leoparden langsam und mit erhobenen Köpfen durch die Menge, um dann im Wald unterzutauchen.

Coyle sah sich suchend um. „Finn?"

Sein Freund erschien neben ihm, als hätte er nur darauf gewartet. Sein Gesicht war ernst, Coyle konnte Wut in seinen Augen erkennen. „Finde heraus, wer es ist." Er hielt seine Stimme so leise, dass nur Finn und Marisa ihn verstehen konnten. Finn nickte und verschwand wieder in der Menge. Coyle nahm Marisas Arm und führte sie aus dem Kreis heraus.

Sie rieb über ihre Arme, als wäre ihr kalt. „Was machen wir jetzt?"

Rasch begann Coyle sich auszuziehen. „Ich werde den Leopardinnen folgen, bis ich sicher bin, dass sie unser Gebiet verlassen haben." Er winkte Torik zu sich heran. „Du gehst bitte ins Haus zurück und wartest dort auf mich, okay?", sagte er zu Marisa und wartete, bis sie nickte, dann wandte er sich an Torik. „Ich werde den Rückzug der Leoparden sichern."

Wortlos begann Torik, seine Kleidung abzustreifen, und verwandelte sich innerhalb weniger Sekunden zum Berglöwen. Er lief voraus, während Coyle sich noch einmal zu Marisa umdrehte, deren Mund wieder einmal offen stand. Seltsamerweise löste das eher Humor als Eifersucht in ihm aus. „Du solltest dich inzwischen daran gewöhnt haben."

Verlegen hob sie die Schultern. „Ich kann es nicht ändern, es überrascht mich immer wieder."

Coyle zog sie rasch zu einem Kuss heran. „Ich bin bald wieder da."

Er verwandelte sich und folgte Torik in den Wald. Innerhalb kürzester Zeit hatte er zu ihm aufgeschlossen und duckte sich tiefer auf den Boden, als er bemerkte, dass die Leoparden viel näher waren, als er geglaubt hatte. Hatte er sich getäuscht und sie hatten überhaupt nicht die Absicht, ihr Gebiet zu verlassen? Oder war es eine neue Strategie derjenigen, die sie einfangen wollten? Nein, das konnte er sich nicht vorstellen. Die Wachen hatten keine weiteren Eindringlinge gemeldet, und es fühlte sich auch nicht so an, als wäre noch jemand anders in der Nähe. Aber was war dann mit ihnen los? Sie wurden mit jedem Schritt langsamer, bis sie schließlich ganz anhielten.

Toriks Körper neben ihm spannte sich an, es war klar, dass er bereit war, die Leopardinnen anzugreifen, sowie sie eine falsche Bewegung machten. Doch Coyle hatte nicht den Eindruck, als würden sie überhaupt mitbekommen, dass sie nicht allein waren. Kainda bewegte sich näher an ihre Schwester heran, so als versuchte sie, sie zu stützen. Doch es half nicht, Jamila schwankte und fiel dann auf die Seite. Ihr Atem schien viel zu schnell zu kommen, die Rippen waren unter ihrem dunklen Fell deutlich sichtbar. Kainda leckte über den Hals ihrer Schwester und stieß dabei einen Laut aus, der Coyle durch Mark und Bein ging.

Er blickte Torik an und sah das gleiche Unbehagen in dessen Augen. Mit einem tiefen Seufzer verwandelte er sich zurück und näherte sich den Leopardinnen. Kainda sprang auf, als sie ihn bemerkte, ein tiefes Knurren drang aus ihrer Kehle. Coyle ließ sich davon nicht beeindrucken, sondern kniete sich rasch neben Jamila. Ihre Augen waren halb geschlossen, ihr Mund stand offen. Jeder ihrer Atemzüge klang wie ein Stöhnen. Ohne ein Wort schob er seine Arme unter ihren Körper und hob sie hoch. Ihre Schwester fauchte ihn an und bewegte sich auf ihn zu.

„Sie stirbt, wenn sie keine medizinische Hilfe bekommt. Willst du das?" Er wandte sich um und ging in Richtung des Lagers zurück. Ohne sich umzudrehen wusste er, dass Kainda ihm folgte und Torik darauf achtete, dass sie ihn nicht von hinten angriff. Wie konnte sie so starrsinnig sein, lieber das Leben ihrer Schwester zu riskieren, anstatt um Hilfe zu bitten? Auch wenn sie Feinde gewesen waren, würden die Berglöwenleute sie nicht verhungern lassen und so viel medizinische Hilfe leisten, wie ihnen möglich war.

Unter dem weichen Fell spürte Coyle Jamilas Knochen, sie hatte kein Gramm Fett mehr an ihrem Körper. Es war fast, als würde er nur noch eine lose Hülle tragen, ohne Inhalt. Überraschend versetzte ihm dieser Gedanke einen Stich. Egal, was sie getan hatten, sie waren Wandler – Menschen und Tiere –, genau wie die Berglöwen, und es tat ihm weh, sie leiden zu sehen.

Als sie auf die Lichtung zurückkamen, hatte sich die Menge ein wenig zerstreut, doch etliche Köpfe drehten sich in ihre Richtung. Marisa lief sofort auf ihn zu, als sie ihn entdeckte. „Was ist passiert?" Sie passte sich seinen Schritten an, als er weiterging.

„Wolltest du nicht zur Hütte gehen?"

Marisa verzog den Mund. „Ich *sollte* es, aber ich habe mich erst noch mit Amber unterhalten. Ich konnte ja nicht ahnen, dass ihr so schnell wieder da seid. Was ist mit Jamila?"

„Sie ist plötzlich zusammengebrochen. Ich bringe sie zu Fay."

Amber gesellte sich mit skeptischem Gesichtsausdruck zu ihnen. „Sicher, dass sie das nicht nur spielt?"

Kainda wollte auf sie losgehen, doch Torik drängte sich dazwischen.

Coyle warf der Leopardin einen harten Blick zu, bevor er sich an Amber wandte. „Ja, ich bin mir sicher."

Erleichtert atmete er auf, als kurz darauf Fays Hütte vor ihnen auftauchte. „Du solltest dich wieder verwandeln, Kainda, Fay lässt nur echte Tiere in ihr Haus – keine Wandler in Tierform." Damit ging er hinein.

„Coyle, was …?" Der vernichtende Blick der Heilerin verwandelte sich in geschäftsmäßiges Interesse. „Was hat sie?"

„Einfach zusammengebrochen. Sie ist sehr dünn, ich schätze …" Er wandte sich um, als Kainda die Hütte betrat.

„Sie ist erschöpft, sonst nichts." Der besorgte Ausdruck in Kaindas Augen sagte das Gegenteil. Ihre Finger umklammerten die Pfote ihrer Schwester.

Unerwartet ertönte ein lautes Knurren. Angus, der still in einer Ecke des Zimmers auf einer Decke gelegen hatte, begann sich aufzurappeln. Marisa lief zu ihm und schlang ihre Arme um seinen Hals. „Ganz ruhig, es ist alles in Ordnung." Entschuldigend hob sie die Schultern. „Zu viele Katzen im Raum." Das löste die Spannung etwas.

Fay richtete sich wieder auf, nachdem sie Jamila kurz untersucht hatte. „Alle raus, die hier nichts zu suchen haben, sonst kann ich sie nicht in Ruhe behandeln."

Die Männer folgten ihrem Befehl sofort, lange Erfahrung hatte sie gelehrt, mit Fay nicht zu diskutieren, wenn sie in einer solchen Stimmung war. Amber und Marisa bewegten sich auch auf die Tür zu, nur Kainda rührte sich keinen Zentimeter vom Fleck. Coyle musste sie fast für ihre Standhaftigkeit bewundern, niemand der Fay kannte, würde es wagen, ihr zu widersprechen.

„Amber, Marisa, bleibt hier." Fay blickte Kainda an und nickte schließlich. „Setz dich irgendwo hin, damit du nicht auch umkippst."

Coyle zögerte, entschied dann aber, dass Marisa hier in Sicherheit war. „Ich komme später wieder."

„Nur keine Drohungen." Fays Kommentar ließ ihn rasch nach draußen treten und die Tür hinter sich schließen.

Er sah Torik an und schüttelte den Kopf. „Wie schafft sie es nur immer, dass man sich bei ihr wie ein dummer Junge fühlt, der etwas falsch gemacht hat?"

„Naturtalent. Wenn du mich nicht mehr brauchst …"

„Im Moment nicht. Wir müssen so schnell wie möglich herausfinden, wer uns verraten hat, es geht um Bowens Leben und unsere Sicherheit."

Wie immer löste der Gedanke an den Jugendlichen Bedauern und Schuldgefühle in Coyle aus. Auch wenn wirklich ein Verräter Schuld an der Entführung war, hätte er für Bowen da sein müssen. Seine Hände ballten sich zu Fäusten. Er hasste es, sich so hilflos zu fühlen und nur darauf warten zu können, dass ihm jemand anderes Informationen lieferte. Oder ihn aus einem Käfig herausholte.

Als er Finn entdeckte, winkte er ihn zur Seite. „Hast du schon etwas herausgefunden?"

Die ernste Miene seines Freundes war Antwort genug. „Nein, nichts." Er rieb über seine Stirn. „Die Frage ist, ob wir den Leoparden überhaupt glauben sollten. Sie würden alles behaupten, um ihren Hals zu retten."

„Das mag sein, aber sie sind freiwillig zu uns gekommen und haben nichts davon, uns so etwas zu sagen, wenn es nicht stimmt. Sie wären so oder so frei gewesen."

„Vielleicht ein neuer Trick, um uns einzufangen?"

Coyle schüttelte den Kopf. „Das glaube ich nicht. Denk daran, wie einfach es für den Entführer war, Bowen mitzunehmen. Oder dass die Jäger problemlos in unser Lager eindringen konnten, ohne den Alarm zu aktivieren. Irgendjemand muss ihnen gesagt haben, wie sie daran vorbeikommen."

„Dafür kann es andere Erklärungen geben." Doch Finns Gesichtsausdruck zeigte, dass er daran auch nicht glaubte.

„Ja, aber ein Verräter innerhalb der Gruppe klingt als Begründung leider sehr plausibel." Coyle beobachtete die Umstehenden. Er konnte das Misstrauen förmlich spüren, das plötzlich zwischen ihnen herrschte. Niemand wollte daran glauben, dass einer von ihnen sie verraten hatte, aber den Kopf in den Sand zu stecken würde die Situation nicht leichter machen.

„Wir werden ihn finden, und wenn wir ihn herauswittern müssen."

Coyle verzog den Mund. „Vermutlich riechen im Moment einige von uns nervös."

Finn nickte. „Es war diesmal verdammt knapp. Wenn Marisa

nicht zurückgekommen wäre, hätten wir nichts dagegen tun können, dass unsere Existenz bekannt wird."

„Ja."

Finn sah ihn forschend an. „Was glaubst du, warum hat sie es gemacht? Sie hätte dabei sterben können."

„Warum sie zurückgekommen ist, habe ich noch nicht rausbekommen. Aber ich denke, sie hat uns geholfen, weil sie nicht tatenlos zusehen kann, wenn irgendwo ein Unrecht geschieht."

„Deshalb hat es sie auch so getroffen, als ihr vorgeworfen wurde, dass sie mit den Entführern unter einer Decke steckt." Finn schob seine Hände in die Hosentaschen. „Hat sie dir schon verziehen, dass du sie weggeschickt hast?"

„Warum sollte …?" Coyle brach ab, als ihm bewusst wurde, dass er sich dafür noch nicht angemessen bei Marisa entschuldigt hatte.

Finn schüttelte den Kopf. „Also nicht. Kein Wunder, dass sie dich vorhin so angeschaut hat."

„Du weißt, dass ich nichts anderes tun konnte, nachdem ihre Vergangenheit herauskam und die anderen offensichtlich bereit waren, sie dafür zu lynchen." Als Finn schwieg, starrte Coyle seinen Freund wütend an. „Was soll mir das jetzt sagen? Hättest du etwa anders gehandelt?"

„Ich war nicht mit ihr zusammen, sondern du. Was auch immer du zu ihr gesagt hast, hat ihr die Situation anscheinend nicht ausreichend erklärt." Nachdenklich betrachtete Finn ihn. „Oder dachtest du nur, dass es eine bequeme Lösung für dein Problem wäre?"

„Was für ein Problem sollte ich haben?"

„Dass du dich in Marisa verliebt hast und denkst, es gibt keine Möglichkeit für euch, zusammen zu sein."

Coyle sah ihn eine Weile stumm an. „Ich schätze, ich war ein Idiot, Finn."

„Ja. Und was gedenkst du dagegen zu tun?"

Müde rieb Coyle über sein Gesicht. „Ich weiß es nicht, aber ich kann sie nicht mehr gehen lassen."

Grinsend legte Finn eine Hand auf Coyles Schulter. „Das dachte ich mir. Viel Glück."

„Das werde ich brauchen, wer weiß, was Fay ihr gerade erzählt."

Marisa tätschelte abwesend Angus' Kopf, während sie beobachtete, wie Fay Jamila behandelte. Die Heilerin hatte die Leopardenfrau gründlich untersucht und anschließend ein Getränk angemischt, dass sie ihr dann mit Kaindas Hilfe eingeflößt hatte. Was auch immer darin war, schien zu helfen, denn Jamila wachte kurz darauf auf und verwandelte sich in einen Menschen zurück. Allerdings sah der Prozess sehr schmerzhaft aus, es wirkte, als müsste sie um jede einzelne Umwandlung kämpfen. Danach rang sie schwer nach Atem, und ihr Körper wirkte noch eingefallener. Während Kainda ihrer Schwester besänftigend über die Haare streichelte, rührte Fay einen Brei an, der äußerst merkwürdig aussah.

„Was ist das?" Amber schien ähnliche Bedenken zu haben.

„Ein Kraftnahrungscocktail aus konzentrierten Kohlenhydraten und Fetten." Fay sah dabei nicht von ihrer Tätigkeit auf. Schließlich wandte sie sich an Kainda. „Kannst du sie noch einmal stützen?"

„Natürlich."

Fay hob die Augenbrauen. „So natürlich ist das nicht, du bist auch fast verhungert. Noch ein oder zwei Tage und du hättest genauso dagelegen."

Kainda presste die Lippen zusammen und schwieg. Vermutlich wusste sie, dass die Heilerin recht hatte. Vorsichtig half sie ihrer Schwester in eine sitzende Position. Nachdem Jamila einige

Löffel des Breis gegessen hatte, wirkte sie tatsächlich schon etwas kräftiger. Sie warf Kainda einen entschuldigenden Blick zu. „Es tut mir leid, ich hätte nicht …"

„Sei still. Ich hätte merken müssen, dass du am Ende deiner Kräfte bist. Wenn es nicht um die Sender ginge, würde ich dir eine längere Pause gönnen, aber so müssen wir bald weiter."

Jamila nickte. „Ich weiß. Wenn ich das hier aufgegessen habe …"

Diesmal war es Fay, die sie unterbrach. „Wird sie schön hier liegen bleiben und sich ausruhen. Mindestens zwei Tage." Sie fixierte Kainda mit einem harten Blick. „Wenn du nicht willst, dass deine Schwester stirbt, solltest du auf mich hören."

Kainda wirkte, als würde sie ablehnen wollen, doch Jamila legte ihre Hand auf die ihrer Schwester. „Bitte, Kainda. Du weißt, dass wir nicht mehr weiterkönnen. Wenn du versuchst, mich mitzuschleppen, wirst du auch bald keine Kraft mehr haben. Und was wird dann aus uns?" Sie wandte sich an Fay. „Danke, wir nehmen das Angebot gern an."

Fay nickte zufrieden. „Sehr schön. Und was war das jetzt mit diesem Sender?"

Ein Muskel zuckte in Kaindas Wange. Sie drehte sich zur Seite und zeigte Fay ihren Nacken. „Sie haben uns einen Sender eingepflanzt, über den sie unseren Aufenthaltsort ermitteln können." Kainda deutete mit ihrem Zeigefinger auf eine kleine Narbe. „Wie bei einem Tier." Wut war in ihrer Stimme zu hören und Schmerz. „Kannst du uns helfen, sie zu entfernen? Wir würden es selbst machen, aber wir haben keine passenden Instrumente oder wenigstens ein Messer, und sie haben diese Dinger extra so eingesetzt, dass wir sie nicht einfach herausbeißen können." Ihr Widerwillen, die Heilerin um etwas zu bitten, war deutlich sichtbar.

„Das heißt also, es könnte jederzeit jemand euren Aufenthaltsort bestimmen?"

„Ja."

„Na, dann ist es keine Frage, dass die Dinger sofort rausmüssen. Ich werde gleich damit anfangen."

„Danke." Kainda neigte ihren Kopf.

Nachdem Fay alles vorbereitet und Jamilas Zustand stabilisiert hatte, betäubte sie beide Leopardenfrauen mit einem pflanzlichen Mittel, das Marisa unbekannt war. Mit einem Skalpell schnitt sie in Jamilas Nacken und entfernte mit einer Zange geschickt den Sender. Bei Kainda hatte es länger gedauert, weil sie noch nicht wusste, wo der Mikrochip genau steckte, und vorsichtig danach suchen musste. Amber, die ebenfalls geblieben war, hatte trotz ihrer Abneigung Decken über die beiden Frauen gebreitet und beobachtete besorgt den Fortschritt der Operation.

Nachdenklich betrachtete Marisa Coyles Schwester. Nach dem, was er ihr über das Erlebnis in ihrer Kindheit erzählt hatte, wunderte es sie nicht, dass Amber beim Anblick des Blutes nervös wurde. Sie selbst konnte es kaum mit ansehen, obwohl die Leopardenfrauen sie noch vor Kurzem beinahe getötet hätten.

Seltsamerweise taten sie ihr leid. Sie waren so weit von zu Hause fort, und es war fraglich, ob sie jemals wieder nach Afrika zurückkehren konnten. An eine derart weite Reise war ohnehin erst zu denken, wenn sie wieder zu Kräften gekommen waren.

Amber drehte sich ruckartig um und ging zur Tür.

Fay sah von ihrer Arbeit auf. „Wo willst du hin?"

Amber wirkte, als wollte sie nicht antworten, doch schließlich zuckte sie mit den Schultern. „Ich hole etwas zu essen." Sie warf den Leopardenfrauen einen abschätzenden Blick zu. „Und Kleidung, wenn sie noch länger hierbleiben." Damit ging sie nach draußen und schloss die Tür leise hinter sich.

Marisa wandte sich wieder Angus zu, der sie mit flehendem Blick ansah. „Nein, du kannst noch nicht nach Hause, erst muss deine Wunde halbwegs verheilt sein.“ Angus’ herzhaftes Stöhnen brachte sie zum Lachen. „Ach komm, du hast es doch gut hier, genug zu fressen und jede Menge Ruhe.“

„Ich glaube, er traut uns nicht. Der Geruch.“

Marisa drehte sich zu Fay um, die dabei war, Jamilas Operationswunde zu nähen. „Dann wird er sich daran gewöhnen müssen. Und ich glaube, das wird er auch, mit Coyle versteht er sich inzwischen ganz gut.“ Zumindest hoffte sie das.

Fay hob den Kopf. „Weil er spürt, dass Coyle dir nie etwas tun würde.“ Sie schnitt den Faden ab und nahm einen kleinen Tiegel vom Regal. Mit sanften Fingern strich sie eine Salbe über die frische Naht.

Marisa sah ihr dabei zu und nickte schließlich. „Ja, er würde mich nicht verletzen, im Gegenteil, er würde alles tun, um mich vor körperlichem Schaden zu bewahren.“

Fay wusch ihre Hände und drehte sich mit dem Handtuch in der Hand zu Marisa um, als sie nicht weitersprach. „Aber?“

Während sie überlegte, ob sie mit einer Fremden über Gefühle sprechen wollte, die sie sich kaum selbst eingestehen mochte, betrachtete Marisa sie.

Fay war wesentlich kleiner als sie selbst, doch die Art, wie sie sich hielt, und der sehr direkte Blick aus ihren grünen Augen ließen sie größer erscheinen. Zusammen mit dem bis zu ihrer Hüfte reichenden roten Haar, das sie für die Operationen aufgesteckt hatte, war sie die ungewöhnlichste Frau, die Marisa bisher gesehen hatte. Sie konnte nicht einmal sagen, wie alt Fay war, sie schien irgendwie alterslos zu sein, und auch wenn die Neugier sie quälte, traute Marisa sich nicht, danach zu fragen.

Schließlich gab sie mit einem Seufzer auf. „Ich habe das Gefühl, dass mich Coyle nicht an sich heranlässt. Körperlich schon …“ Hitze stieg in ihre Wangen. „… aber nicht emotional. Er wird mich wieder wegschicken, das weiß ich schon jetzt.“

„Und das möchtest du nicht?“

Hilflos hob Marisa die Schultern. „Ich weiß nicht, was ich will. Oder was überhaupt möglich ist. Ich weiß nur, wie sehr es mir wehgetan hat, als er mich beim letzten Mal weggeschickt hat.“ Sie biss auf ihre Unterlippe. „Ich dachte, das zwischen uns wäre etwas Besonderes, aber er hat mich einfach so gehen lassen. Als wäre ich nur ein Zeitvertreib für ihn gewesen.“ Marisa schlang die Arme um ihren Oberkörper, um den Schmerz zu unterdrücken, der wieder in ihrer Brust aufstieg.

Etwas glitt über Fays Gesicht, so schnell, dass Marisa es nicht identifizieren konnte, bevor es wieder verschwunden war. „Coyle lässt kaum jemanden an sich heran, eigentlich nur seine Schwester und Finn. Und selbst die hält er gerne auf Abstand.“

„Aber warum? Wegen dem, was damals mit Amber und seinem Vater passiert ist?“ Sie konnte sich noch genau daran erinnern, wie es gewesen war, ihre Mutter zu verlieren, aber da war sie schon erwachsen gewesen, und vor allem hielt sie sich nicht selbst für schuldig an ihrem Tod, so wie Coyle es anscheinend bei seinem Vater tat.

Fays Augenbrauen hoben sich. „Das hat er dir erzählt?“

„Nun ja, eher als Erklärung für eine andere Sache, die nichts mit ihm zu tun hatte. Ich verstehe immer noch nicht, warum er sich daran die Schuld gibt, er war doch noch ein Kind. Vielleicht hat er sich nicht ganz richtig verhalten, aber er sollte sich nicht so viele Jahre später noch deswegen quälen.“

Fays Augen wurden wärmer. „Genau das sagen wir ihm schon seit damals, aber es hilft nicht. Er muss selbst darauf kommen.“ Sie verzog den Mund. „Übrigens sind die Dickköpfigkeit und diese Fähigkeit zum Selbsthass unter den Berglöwenmännern weit verbreitet. Scheint fast genetisch bedingt zu sein.“

„Wie beruhigend."

„Wenn ihr jetzt fertig seid, euch über mich zu unterhalten, können wir dann gehen?"

Marisa wirbelte herum, als Coyles Stimme unerwartet hinter ihr ertönte. Eine Hand auf ihr wild klopfendes Herz gepresst starrte sie in seine verschlossene Miene. Innerlich stieß sie einen Seufzer aus. Es schien, als hätte sie sein Vertrauen gerade noch mehr verspielt.

Aber verdammt noch mal, was blieb ihr denn übrig, als mit anderen über ihn zu reden, wenn Coyle sie nicht an sich heranließ? Sie konnte natürlich auch aufgeben, aber der Gedanke, ihn für immer zu verlieren, war so schmerzhaft, dass sie kaum Luft bekam. Haltsuchend legte sie ihre Hand auf Angus' Schulter und ließ sich von seiner Wärme und dem stetigen Klopfen seines Herzens beruhigen.

„Marisa?"

Sie spürte Coyles Nähe, sah aber nicht auf. Er durfte auf keinen Fall die Tränen in ihren Augen sehen, durfte nicht wissen, wie sehr er sie verletzen konnte.

Raue Finger legten sich unter ihr Kinn und zwangen ihren Kopf nach oben. „Was ist los, geht es Angus schlechter?"

Dass er sich Sorgen um ihren Hund machte, ließ noch mehr Tränen aufsteigen. Hastig blinzelte Marisa sie zurück. „Nein, er wird sich wieder ganz erholen."

„Das ist gut." Seine Augen bohrten sich in ihre. „Wollen wir gehen, oder möchtest du noch hierbleiben?"

„Hat sich etwas wegen des Verräters ergeben?"

Ein Muskel zuckte in Coyles Wange. „Noch nicht, aber wir arbeiten daran."

„Habt ihr euch eigentlich mal gefragt, wer die Sache mit Marisas Vergangenheit ausgegraben hat? Es muss jemandem ein richtiges Bedürfnis gewesen sein, sie zu verjagen. Ich frage mich, was für einen Hintergrund das haben könnte. Vielleicht war es ein Versuch, die eigene Schuld zu verstecken?"

Marisa konnte Coyle ansehen, dass Fays Fragen etwas in ihm zum Klingen brachten. Er neigte den Kopf. „Ich werde mich darum kümmern." Damit reichte er Marisa seine Hand.

Fay hielt ihm die beiden Sender hin. „Hier. Nur falls du dich fragst, warum ich am Nacken der beiden Leopardenfrauen herumgeschnitten habe."

Röte stieg in Coyles Wangen. „Ist mir gar nicht aufgefallen." Mit zusammengezogenen Augenbrauen sah er auf die Sender hinunter. „Was soll das sein?"

„Das sind Mikrochips, die den Standort des Trägers an einen Empfänger übermitteln."

Diesmal wurde Coyle bleich. „Verdammt. An so etwas habe ich überhaupt nicht gedacht. Hast du einen Hammer?"

Wortlos ging Fay aus dem Zimmer und kam wenig später mit dem Werkzeug zurück. „Mach das bitte draußen, ich will den Dreck nicht hier drinhaben. Außerdem würde es nur meine Patienten stören."

Zögernd ließ Marisa sich zur Tür geleiten, wo sie sich zu Fay umdrehte. „Ich werde später noch einmal nach Angus sehen."

Fay nickte.

Coyle sah über ihren Kopf hinweg zu den Leopardenfrauen, die immer noch schliefen. „Haben sie alles gut überstanden?"

„Ja, kein Problem. Ich werde sie noch einige Zeit hierbehalten und aufpäppeln."

Coyle zögerte. „Eigentlich mag ich dich nicht mit ihnen alleine lassen. Wenn sie …"

Fay unterbrach ihn. „Du weißt sehr gut, dass ich auf mich aufpassen kann. Davon abgesehen glaube ich nicht, dass sie noch eine Gefahr für uns sind." Als Coyle sich immer noch nicht rührte, schüttelte sie den Kopf. „Immer noch der gleiche Dickkopf.

Amber wird gleich wieder hier sein, und die beiden Leopardenfrauen sind so geschwächt, dass sie nie gegen uns ankommen würden.“ Mit einer knappen Handbewegung fuhr sie die Krallen aus und zog sie sofort wieder ein. „Geht, ich habe noch genug zu tun, ohne dass ihr mich stört.“

Coyle hob beschwichtigend die Hand. „Wir gehen ja schon. Wenn du etwas brauchst oder etwas passiert, weißt du, wie du mich erreichst.“

„Ja, ich rufe so laut ich kann.“

Marisa musste grinsen, als sie Coyles Gesichtsausdruck sah. Bevor er Fay noch weitere Ratschläge und Ermahnungen geben konnte, zog sie ihn an der Hand aus der Hütte. Selbst als die Tür dumpf hinter ihnen ins Schloss fiel, war ihm anzusehen, dass er sich nicht entscheiden konnte, ob er zurückgehen oder sich die Haare raufen wollte. Dafür ließ er seinen Ärger an den beiden Sendern aus, er schlug so lange auf sie ein, bis nur noch winzige Stücke vorhanden waren.

29

Bowen erstarrte, als er die Geräusche wahrnahm. Laute Schritte erklangen über ihnen, das Stimmengemurmel war jedoch zu leise, als dass er einzelne Wörter hätte verstehen können. Ein Blick auf Isabel zeigte ihm, dass sie nichts davon bemerkte. Irgendwann hatte sie ihren Kopf an seine Schulter gelehnt und war eingeschlafen. Es fühlte sich seltsam an, gleichzeitig aber auch … richtig. Als gehörte sie an seine Seite.

Ihr Geruch stieg in seine Nase und machte ihm wieder bewusst, wie verschieden sie waren. Um sich abzulenken, sah er zur Decke empor und versuchte herauszufinden, wer sich dort aufhielt. Wahrscheinlich Isabels Vater mit einem Gast. Was, wenn das derjenige war, der ihn wegbringen oder dem Wissenschaftler die anderen Wandler liefern sollte? Würde seiner Familie und seinen Freunden das Gleiche bevorstehen wie ihm? Oder Schlimmeres?

Sein Herz zog sich angstvoll zusammen. Wenn er nur irgendwie hier herauskönnte, aber es gab keine Möglichkeit, solange niemand die Tür von außen öffnete. Irgendwann würde der Folterer kommen, um seine Tochter zu holen, und dann würde Bowen angreifen. Immerhin hatte Isabel ihm den Proviant gegeben, der für ihre Flucht vorgesehen gewesen war. Jetzt fühlte er sich zwar noch schwach, aber deutlich besser als vorher.

Die Geräusche änderten sich, wurden hektischer. Bowen setzte sich gerader hin, während er lauschte. Fand da oben ein Kampf statt? Aber zwischen wem? Prüfend atmete er durch die Nase ein, aber so sehr er sich das auch wünschte, es roch nicht nach Berglöwen. Eher nach einer Mischung aus kaltem Tabakrauch und einem furchtbaren Aftershave. Ein Schrei ertönte, dann krachte etwas auf den Boden.

Wieder schien Isabel nichts davon zu hören. Was auch besser war, wenn ihr Vater da oben gerade kämpfte und vielleicht verlor. Sollte jemand die Treppe herunterkommen, blieb ihm immer noch genug Zeit, sie aufzuwecken und zusammen mit ihr zur Tür zu schleichen. Wie von selbst begann seine Hand, über ihr Haar zu streicheln, während er dem Geschehen über ihnen lauschte. Es dauerte nicht lange, denn die Gegenwehr des Unterlegenen war erschreckend schwach. Mit einem Laut, der ihm eine Gänsehaut verursachte, endete der ungleiche Kampf schließlich.

Bowens Körper spannte sich an, doch es kam niemand die Treppe herunter. Anscheinend hatte Henry also nichts über den geheimen Keller gesagt, falls der Unbekannte gewonnen hatte. Und Bowen war sich sicher, dass es niemand war, der sie retten wollte: der Geruch war eindeutig nicht Wandler.

Als die Klimaanlage den Gestank von Tod in das Kellerverlies brachte, schloss Bowen die Augen und zog Isabel dichter an sich heran. Wenn es tatsächlich Isabels Vater war, den er witterte – und daran bestand für ihn fast kein Zweifel –, dann gab es jetzt niemanden mehr, der wusste, wo sie waren. Wie lange würden sie ohne Nahrung hier überleben können? Und würde er das Raubtier in sich zähmen können, wenn der Hunger zu groß wurde, und es schaffen, sich dann nicht das Fleisch zu nehmen, das sich direkt vor seiner Nase befand?

Marisa warf Coyle erneut einen Seitenblick zu. Es arbeitete in ihm, das konnte sie an seiner harten Miene erkennen. Er hatte kein Wort mit ihr gesprochen, seit sie aufgebrochen waren, sondern nur ihren Arm genommen, als er sie einholte, und sie in die richtige Richtung dirigiert.

„Glaubst du, Fay könnte recht haben?“

Coyle sah sie nicht an. „Womit?“

„Dass der Verräter meine Vergangenheit hervorgezerrt hat, um von sich selbst abzulenken.“ Ihre Stimme klang scharf.

Diesmal blieb er stehen und wandte sich ihr zu. „Es könnte sein. Ich versuche die ganze Zeit, mich daran zu erinnern, wer alles zu der Gruppe gehörte, die zu meiner Hütte kam, aber es ist irgendwie verschwommen. Einige habe ich gar nicht gesehen, weil sie mitten in der Gruppe standen. Aber Finn wird es wissen.“ Eine Falte bildete sich zwischen seinen Augenbrauen. „Oder wir werden so lange herumfragen, bis wir herausgefunden haben, wer die anderen aufgestachelt hat.“ Besonders glücklich wirkte er nicht bei der Aussicht.

„Du denkst, dass Bowen nicht mehr so viel Zeit bleibt.“

„Ihm nicht und uns auch nicht. Jemand könnte den Sendern der Leopardenfrauen gefolgt sein. Und wir wissen nicht, wem der Jäger die Koordinaten vielleicht weitergegeben hat.“ Seine Stimme wurde leiser. „Oder wem der Entführer unseren Aufenthaltsort noch verraten hat.“

Fast wie von selbst fanden Marisas Finger ihren Weg zu Coyles Hand. „Wir werden Bowen finden.“

„Ja.“ In dem einen Wort schwang so viel Entschlossenheit und Wut mit, dass Marisa beschloss, das Thema zu wechseln.

„Fay ist … ungewöhnlich.“

Nur langsam wich die Härte aus Coyles Blick. „So kann man es auch nennen.“

Neugierig sah Marisa ihn an. „Wie würdest du es denn nennen?“

Coyle öffnete den Mund, schloss ihn aber wieder. „Es gibt keine Worte für Fay“, sagte er dann.

Überrascht lachte Marisa auf. „Irgendwann musst du mir mal erzählen, was du damit meinst.“

Coyle verzog das Gesicht. „Nur wenn du versprichst, es ihr nicht weiterzusagen.“ Er sah über die Schulter zurück und senkte die Stimme. „Obwohl sie auch so immer zu wissen scheint, was vor sich geht.“

„Ich habe mich schon gefragt, warum du in ihrer Hütte an der Tür stehen geblieben bist.“

„Bei Fay sollte man sich immer einen Fluchtweg offen lassen.“ Sein Ton war ernst, aber Marisa konnte ein Funkeln in seinen Augen erkennen.

Sie stieß ihn mit dem Ellbogen an. „Du bist unmöglich.“

Coyle hob die Hände. „Du hast gefragt, und ich habe wahrheitsgemäß geantwortet. Du kannst Finn fragen, wenn du mir nicht glaubst.“

„Vielleicht werde ich das.“ Marisa konnte sich ein Grinsen nicht verkneifen. Das warme Leuchten in Coyles Augen machte es ihr unmöglich, ihm böse zu sein. Sie hatte es in den letzten vierundzwanzig Stunden viel zu selten gesehen und wünschte, es würde immer dort bleiben können.

Aber es war schon wieder verschwunden, als sie in der Mitte der Lichtung ankamen, wo Finn gerade mit einem der Männer in ein Gespräch vertieft war. Marisa kniff die Augen zusammen. War das nicht einer derjenigen, die sie hatten vertreiben wollen? Sie konnte es nicht mit Bestimmtheit sagen. „Coyle …“ Doch sie brauchte gar nicht weiterzureden, Coyle ging bereits mit großen Schritten und einem nicht gerade freundlichen Gesichtsausdruck auf Finn zu. Marisa eilte hinterher, um nichts zu verpassen.

„Hast du die Daten über Marisas Vergangenheit ausgegraben, Harmon?“

Der junge Mann warf ihr einen verächtlichen Blick zu, bevor er Coyle antwortete. „Nein. Hat sie das etwa erzählt? Auch wenn sie uns gestern geholfen hat, gibt ihr das kein Recht …“

Coyle trat näher an ihn heran. Sein Gesichtsausdruck war hart. „Wenn du es nicht warst, von wem habt ihr die Informationen bekommen?" Als Harmon den Mund öffnete, fuhr Coyle fort. „Und überleg es dir gut, bevor du mich anlügst, denn ich werde zur Not den Rat einschalten, um die Antworten zu bekommen, die ich brauche. Falls du es noch nicht begriffen hast, es geht hier um die Sicherheit der gesamten Gruppe."

Harmons Gesicht wurde blasser. „Keine Ahnung, die Zeitungsartikel waren plötzlich da. Aber einer der anderen wird es sicher wissen."

Coyles Miene veränderte sich nicht. „Sag mir, wer alles dabei war."

Harmon zählte etliche Namen auf, die Marisa nichts sagten, doch dann erkannte sie einen. „Melvin? Hieß so nicht der junge Mann, der mich auf der Versammlung angegriffen hat und danach früher gegangen ist?"

Finn und Coyle sahen erst sich an, dann Marisa. „Das stimmt. Es schadet sicher nicht, ihn zu befragen, fangen wir mit ihm an." Coyle wandte sich wieder an Harmon. „Wenn dir noch irgendetwas einfällt, sag mir oder Finn Bescheid. Und wenn du deine Kumpane warnst, werde ich es erfahren und dich zur Verantwortung ziehen, verstanden?"

Harmon neigte den Kopf und zog sich rasch zurück, bevor Coyle es sich noch einmal anders überlegen konnte.

„Ich suche Melvin." Finn wartete nicht auf Coyles Antwort.

Marisa sah ihm nach. „Glaubst du, es könnte so einfach sein? Nur weil er mich nicht mag, heißt das nicht, dass er euch verraten würde. Warum sollte er so etwas tun?"

Coyle rieb über sein Gesicht. „Ich weiß es nicht. Aber Melvin war in letzter Zeit sehr in sich zurückgezogen, hat sich von allen ferngehalten."

„Lebt sein Vater noch?"

„Ja, aber sie haben keinen Kontakt. Melvin lehnt ihn seit einem Streit ab, bei dem es darum ging, dass seine Mutter bei seiner Geburt gestorben ist."

„Wann war das?"

„Vor einigen Jahren, da war er vierzehn. Er hat seitdem nicht mehr mit seinem Vater geredet, und irgendwann waren die Spannungen so stark, dass sein Vater das Lager verließ. Er lebt jetzt als Einzelgänger. Melvins Großeltern haben ihn danach aufgezogen."

Das arme Kind. Der arme Vater. Marisa konnte sich nicht vorstellen, wie es sein musste, mit solchem Groll aufzuwachsen. „Aber es schien mir, als würde er Menschen generell ablehnen. Warum sollte er das tun, wenn er doch so um den Verlust seiner Mutter trauert und eigentlich ein Problem mit seinem Wandlervater hat?"

Coyle hob die Schultern. „Ich habe keine Ahnung, was in Melvins Kopf vor sich geht. Mir kam es immer so vor, als würde er niemanden mögen, egal, welche Spezies oder welches Geschlecht. Aber ich muss gestehen, ich habe mich nicht so viel um ihn gekümmert, wie ich es vielleicht hätte tun sollen."

Marisa stützte ihre Fäuste in die Hüften. „Warum denkst du immer, du müsstest dich um jeden Einzelnen kümmern? Das könntest du gar nicht, selbst wenn du es wolltest."

„Das denke ich gar nicht."

„Oh doch, das tust du. Genau das Gleiche hast du über Bowen gesagt. Und immer wenn du über die Gruppe sprichst, klingt es, als wärest du ihr Anführer, der für alle sorgen muss." Sie legte ihre Hand auf seinen Arm und senkte die Stimme. „Ich bewundere wirklich, wie verantwortungsbewusst du bist, aber du bist nicht allein, und es ist auch nicht deine Aufgabe, dich um alles zu kümmern. Das kann kein Mensch, auch du nicht."

Vermutlich würde Coyle ihr gleich sagen, dass sie das gar

nichts anging, aber Marisa konnte sich nicht heraushalten, wenn sie sah, wie er sich an dieser selbstauferlegten Verantwortung aufrieb.

Coyle ließ seinen Blick über das Lager schweifen, bevor er wieder auf sie herunterblickte. „Du hast recht. Es ist wie ein Reflex. Immer wenn irgendetwas geschieht, fühle ich mich dafür verantwortlich und versuche, das Problem zu lösen." Sein Mundwinkel bog sich nach unten. „Was mir in letzter Zeit immer weniger gelingt."

„Weil es überhaupt nicht möglich ist, dass du über alles die Kontrolle hast!"

„Ja, vermutlich."

Marisa unterdrückte den Impuls, die Augen zu verdrehen. „Was hält denn dieser Rat, den du vorhin erwähnt hast, davon, dass du dich ständig in seine Arbeit einmischst?"

Diesmal lächelte er sie an. „Da ich Teil des Rats bin, finden sie das völlig in Ordnung."

„Was? Aber ich dachte …"

Coyle unterbrach sie. „Später. Zuerst möchte ich hören, was Melvin zu sagen hat."

Marisa drehte sich um und erkannte Finn, der sich mit dem jungen Mann im Schlepptau näherte. Finns Gesichtsausdruck war furchterregend, kein Wunder, dass Melvin so aussah, als würde er jeden Moment vor Angst zusammenbrechen. Oder es war das schlechte Gewissen, das ihn plagte, wenn er tatsächlich seine eigenen Leute verraten hatte.

Sowie er Marisa sah, veränderte sich seine Miene. Hasserfüllt machte er einen Schritt auf sie zu. „Ich hätte mir denken können, dass du dahintersteckst! Kommst einfach reinmarschiert, treibst es mit Coyle und denkst, damit würdest du dir hier einen Platz sichern."

Finns Arm hinderte Melvin daran, sich auf sie zu stürzen, was er offensichtlich vorhatte. „Du bewegst dich nur, wenn ich dir sage, dass du es darfst, klar?"

Coyle trat näher heran und schob sich damit zwischen den Berglöwenmann und Marisa. „Glaubst du wirklich, es hilft dir, wenn du Marisa angiftest?" Seine leise Stimme drückte seine Wut aus. „Mal ganz davon abgesehen, dass sie unter meinem Schutz steht, hat sie uns allen gestern das Leben gerettet. Du solltest ihr dankbar sein."

Melvin wurde blass, dann bildeten sich hellrote Flecken auf seinen Wangen. „Dankbar? Dafür, dass ich wieder an diesem erbärmlichen Ort bin oder sogar bald noch tiefer in irgendeiner Einöde? Dass ich mich weiterhin mein ganzes Leben verstecken darf und nicht das bekommen kann, was mir eigentlich zusteht?"

„Und was glaubst du, was dir zusteht?"

Melvin schien die Gefährlichkeit der ruhigen Frage überhaupt nicht zu sehen – oder es war ihm schlicht egal. „Ein richtiges Leben, wie es andere Menschen auch haben. Ich möchte in einer Stadt leben, mir meine Freunde aussuchen können. In meinem Alter sollte ich arbeiten oder studieren, aber das kann ich nicht." Seine Hände ballten sich zu Fäusten. „Ich möchte nicht gezwungen sein, eine Wandlerin zu heiraten, damit sie nicht bei der Geburt unserer Kinder stirbt." Hatte er vorher noch fast geschrien, senkte er nun die Stimme. „Ich will eine richtige Zukunft."

Coyle schwieg so lange, dass Marisa unruhig wurde. „Glaubst du, ich möchte das alles nicht? Oder Finn? Oder die anderen Wandler? Vielleicht wird es irgendwann so weit sein, dass es keine Gefahr mehr für uns gibt, wenn wir uns zu erkennen geben, aber leider ist diese Zeit noch nicht gekommen. Du hast es selbst erlebt – sie fangen uns wie Tiere und machen dann mit uns, was sie wollen. Für sie haben wir keine Menschenrechte, keine Würde. Was glaubst du, was sie mit Bowen gemacht haben?"

Melvin senkte den Kopf und starrte zu Boden. „Ich weiß es

nicht", sagte er kleinlaut. „Ich wollte nicht, dass ihm etwas geschieht. Es war nicht geplant, dass jemand entführt wird." Er verzog den Mund. „Zumindest wusste ich nichts davon."

Marisa atmete tief durch. Also hatte Melvin tatsächlich seine eigenen Leute verraten. Seltsamerweise tat er ihr in diesem Augenblick leid, die Verzweiflung in seinem Gesicht war offensichtlich. Zum ersten Mal schien er verstanden zu haben, dass es nicht nur um ihn ging, sondern dass alles, was er getan hatte, die gesamte Gruppe betraf.

Coyles harte Miene drückte kein Verständnis aus. „Melvin, wenn du weißt, wer der Entführer ist oder wie man ihn kontaktieren kann, sag es uns. Wir können ihm Bowen nicht überlassen."

Melvin kaute unsicher auf seiner Lippe und wirkte wesentlich jünger, nachdem sein Hass für einen Moment verschwunden war. „Ich habe den Wissenschaftler, den ich aus einem Naturforum kenne, per E-Mail kontaktiert."

„Weißt du, wo er Bowen hingebracht hat?"

„Nein." Einzelne Sommersprossen stachen dunkel auf seiner bleichen Haut hervor. „Aber sofern der Wissenschaftler sich nicht anonym oder mit falscher Adresse angemeldet hat, kann ich herausfinden, wo er gemeldet ist." Diesmal klang Entschlossenheit in seiner Stimme mit. Es schien, als wollte er etwas von dem wiedergutmachen, was er angerichtet hatte.

„Hat er seinen Namen genannt?"

„Nein, er hat einen Spitznamen gewählt, wie alle anderen auch. ‚Natureguy'. Er schien sich mit Tieren auszukennen, und wir sind ins Gespräch gekommen." Melvin hob die Schultern.

„Weißt du sonst irgendwas über ihn?"

„Nein, er hat nie etwas über sich erzählt. Aber er hat angeboten, uns zu helfen, eine Möglichkeit zu finden, wie wir so leben können, wie wir möchten." Tränen stiegen in Melvins Augen. „Ich dachte wirklich, er wäre ein guter Mensch."

„Das erklärt aber noch lange nicht, warum du mir nicht schon längst davon berichtet hast. Damit hätte vieles verhindert werden können."

„Ich hatte Angst." Und das nahm Marisa ihm sofort ab. Er sah aus, als würde er gleich in Ohnmacht fallen.

Coyle schien das auch zu bemerken, denn er trat einen Schritt zurück. „Gehen wir. Wir dürfen keine Sekunde verlieren." Coyle sah Marisa einen Moment an, bevor er eine Entscheidung fällte. „Würdest du ihm eine E-Mail schicken oder ihn anrufen, falls wir herausfinden, wer er ist? Vielleicht eine Anfrage für ein Interview oder etwas ähnliches, damit wir in sein Haus kommen."

„Natürlich. Aber darauf fällt er vielleicht nicht herein."

„Einen Versuch ist es wert." Coyle sandte ihr ein kurzes Lächeln, das sie bis in ihr Innerstes spürte. „Danke." Damit führte er sie zu der Kommunikationshütte, dicht gefolgt von Finn und Melvin.

Nach einigen Schritten tauchte Torik vor ihnen auf. „Braucht ihr Hilfe?"

„Im Moment nicht. Sag den anderen Bescheid, dass sie alles zusammenpacken sollen, was sie brauchen, wir brechen heute noch in das Zwischenlager auf."

Torik nickte wortlos, warf Melvin einen scharfen Blick zu und verschwand dann.

Marisa sah Coyle fragend an. „Zwischenlager?"

„Ein weniger ausgebautes Ersatzlager, das wir vor Jahren für genau diesen Zweck eingerichtet haben. Es dauert, einen geeigneten Platz zu finden, an dem wir leben können." Coyle schnitt eine Grimasse. „Ich hatte immer gehofft, dass es in meiner Zeit nicht dazu kommen würde."

„Ist es weit von hier?"

Es schmerzte sie, dass Coyle nur zögernd antwortete. „Ja, ein ganzes Stück. Und das endgültige Lager wird dann noch weiter entfernt sein."

Ein Band legte sich um Marisas Brust, ihre Kehle wurde eng. Sie wusste, was er ihr damit sagen wollte. Coyle würde sie wieder wegschicken, diesmal für immer, weil sie seinen Aufenthaltsort nicht kennen durfte. Sie versuchte, sich damit zu trösten, dass er in Sicherheit wäre, aber es gelang ihr nicht. Vielleicht sollte sie sich damit abfinden, dass er sie nicht so liebte wie sie ihn und dass es ihm deshalb leichtfiel, sich von ihr zu trennen. Aber wenn sie dann so wie jetzt in seine Augen blickte, in denen seine Gefühle deutlich sichtbar schimmerten, konnte sie es nicht glauben.

Coyle beugte sich zu ihr herüber. „Wir werden später darüber reden, ich verspreche es."

Marisa nickte stumm und blinzelte die aufsteigenden Tränen zurück. Rasch blickte sie zur Seite, damit Coyle sie nicht bemerkte.

Der Rest des Weges verlief in angespanntem Schweigen, und Marisa atmete erleichtert auf, als sie endlich die Hütte erreichten. Obwohl sie diesmal bereits wusste, was sie erwartete, war sie wieder über den scheinbar heruntergekommenen Zustand des Holzhauses irritiert. Es war tatsächlich eine perfekte Tarnung für die darin versteckte moderne Technik. Diesmal zog Coyle an den Schubladen der Kommode und öffnete damit ein weiteres Fach, in dem ein moderner Laptop versteckt war. Er klappte den Deckel auf und ließ das System hochfahren, bevor er sich zu Melvin umdrehte. „Du bist dran."

Zögernd setzte Melvin sich auf den Hocker, doch dann rief er ohne weitere Erklärungen die Seite eines Webmail-Anbieters auf und loggte sich ein. Nachdem er sich durch einige Mails gescrollt hatte, öffnete er eine und rutschte mit dem Stuhl zur Seite. „Hier ist meine letzte Mail."

Angespannt beugten die anderen sich vor und lasen die kurze Nachricht. Sie endete mit der Angabe von Koordinaten und Tipps, wie das Sicherheitssystem umgangen werden konnte. Ein Muskel zuckte in Coyles Wange, seine Augen hatten sich verdunkelt. „Was hast du ihm sonst noch über uns erzählt?"

„Nichts." Auf ihre ungläubigen Blicke hin hob Melvin die Hände. „Wirklich, es fing ganz harmlos an. Irgendwann fragte er mich dann, ob ich wüsste, ob und wo es uns gäbe."

„Öffentlich?"

„Nein, über eine private Nachricht." Er drehte sich zu Coyle um. „Ich wollte ja nicht, dass jeder Irre uns finden kann." Melvin deutete auf den Bildschirm. „Ich habe dann eine ganze Weile mit dem Typen gechattet und ihn gefragt, wieso er sich überhaupt für Wandler interessiert und so. Er kam mir wie ein seriöser Wissenschaftler vor, und ich dachte, er könnte uns vielleicht helfen. Deshalb habe ich ihm schließlich die Koordinaten gegeben."

Finn verschränkte seine Arme über der Brust. „Wobei sollte er uns helfen können?"

„Endlich frei zu sein und uns nicht mehr verstecken zu müssen."

Coyle schüttelte den Kopf. „Dummerweise hat er anscheinend genau das Gegenteil im Sinn gehabt." Als Melvin etwas erwidern wollte, hob Coyle die Hand. „Wir werden später darüber reden. Jetzt müssen wir versuchen, den Kerl aufzustöbern."

Melvin setzte sich wieder vor den Laptop und rief eine Internetseite auf, über die Homepageadressen überprüft werden konnten. „Seine E-Mail-Adresse gehört zu einer Homepage. Normalerweise müssten seine Daten hier gespeichert sein. Allerdings geben viele gefälschte Namen und Adressen an, die auch nicht überprüft werden." Rasch tippte er die E-Mail-Adresse ein und klickte auf den Button daneben.

Marisa presste ihre Lippen zusammen, als die Suche sich immer länger hinzog. Schließlich erschien die gewünschte Information.

Ted Genry
Stockton Creek Road
Mariposa, CA

„Verdammt!"

Finn sah sie erstaunt an. „Kennst du ihn?"

Coyle antwortete für sie. „Das ist ihr Nachbar, der von den Leopardenfrauen ermordet wurde." Er atmete tief durch. „Er hat Bowen entführt, aber er kann nichts mehr mit dem Überfall auf unser Lager zu tun gehabt haben, weil er da bereits tot war. Wahrscheinlich hat er die Informationen weitergegeben – entweder freiwillig oder unter Druck."

„Oder jemand anderes hat die E-Mail geschickt und Genrys Namen verwendet." Schweigen folgte auf Finns Einwurf.

Coyle strich sich durchs Haar. „Egal, wie es war, Tatsache ist, dass wir immer noch keine Adresse haben."

„Ich kann ja trotzdem eine Mail schicken, wenn Finn recht hat, antwortet vielleicht derjenige, der dahintersteht." Marisa glaubte zwar nicht wirklich daran, dass es klappen könnte, aber etwas anderes blieb ihnen nicht übrig.

„In Ordnung." Coyle signalisierte Melvin, dass er aufstehen sollte und schob Marisa den Stuhl hin. „Aber wir nehmen unsere E-Mail-Adresse, die nicht nachzuverfolgen ist, damit du nicht noch mehr darin verstrickt wirst, als du es ohnehin schon bist."

Marisa nickte stumm und setzte sich, während Coyle ein Mailprogramm öffnete. Ihr Blick flog zu seinem Gesicht, als er scharf einatmete. „Was ist?"

„Die Mail ist gerade erst angekommen, wie es scheint." Er

klickte eine Nachricht an, und der Text erschien auf dem Bildschirm.

Von: *Claire1992*
An: *erielhonan@yahoo.com*
Vom: *21.08.2008, 9:00 Uhr*
Betreff: *Ghostwalker*

Bowen braucht Ihre Hilfe. Er befindet sich an folgender Adresse:

Henderson, Nevada, Red Rock Road

Bitte kommen Sie schnell, er hat nicht mehr viel Zeit.

(Anmerkung: Meine Freundin Isabel hat mich gebeten, diese Nachricht zu schicken, ich weiß aber nicht, was sie damit meint. Sie klang am Telefon ziemlich aufgeregt, und ich kann sie nicht erreichen. Derzeit befindet sie sich ebenfalls an der angegebenen Adresse im Haus ihres Vaters. Sein Name ist Henry Stammheimer. Bitte benachrichtigen Sie mich, wenn Sie etwas erfahren, ich mache mir Sorgen um Isabel.

Ach ja, ihre Nachricht ist schon von gestern gegen 18 Uhr, ich habe sie aber gerade erst gehört, weil ich mein Handy kurzzeitig verlegt hatte.

Claire Kincaid)

Für einen Moment herrschte Stille in der kleinen Hütte, dann begannen alle auf einmal zu reden. Coyle hob beide Hände, bis sie sich wieder beruhigt hatten.

Marisa erwähnte das Offensichtliche. „Kainda hat auch von einem Henry gesprochen, der Wissenschaftler sein soll."

„Ja, das wäre schon ein ziemlicher Zufall, wenn es ein anderer wäre. Melvin, recherchiere mal, ob du irgendetwas über ihn herausbekommst."

Während Melvin sich wieder an den Laptop setzte, trat Marisa neben Coyle.

Finn rieb über sein Kinn. „Wir dürfen keine Zeit verlieren. Die Nachricht von dieser Isabel ist schon älter, wer weiß, was inzwischen passiert ist."

„Deshalb werde ich hinfahren und überprüfen, ob Bowen dort ist." Coyles Miene war entschlossen.

„Und was machst du, wenn er es ist? Lieb fragen, ob dieser Henry ihn herausgibt?" Finn sprach weiter, bevor Coyle antworten konnte. „Oder wenn du Bowen nicht findest? Woher willst du wissen, ob er nicht irgendwo versteckt ist."

Wut stand in Coyles Augen. „Was soll ich sonst tun? Ich muss die Sache überprüfen."

„Ich komme mit." Die Worte waren heraus, bevor Marisa überhaupt wusste, dass sie sie aussprechen wollte.

„Nein." Coyles Antwort kam sofort.

„Doch." Marisa legte ihre Hand auf Coyles Arm. „Zuerst einmal darfst du gar nicht fahren, du brauchst also einen Fahrer. Und dann wird er einer Journalistin vielleicht eher die Tür öffnen als einem wütenden Berglöwen."

Coyle presste die Lippen zusammen, offensichtlich nicht einverstanden.

„Wenn ihr denkt, dass ich euch alleine dort hinfahren lasse, habt ihr euch getäuscht." Finns Stimme unterbrach ihr Blickduell.

Coyle wandte sich ihm zu. „Nein, ich brauche dich hier, du musst dafür sorgen, dass alle sicher in das Zwischenlager kommen." Finn war anzusehen, wie er zwischen seiner Pflicht und dem Wunsch schwankte, sie zu begleiten. „Wir wissen nicht, wer die Koordinaten kennt", beharrte Coyle. „Deshalb können wir nicht noch einen Mann entbehren. Du musst alle in Sicherheit bringen, Finn."

„Du erinnerst dich aber noch daran, was beim letzten Mal passiert ist, als du alleine losgezogen bist?"

Ein leichtes Lächeln erschien auf Coyles Gesicht. „Ja, Marisa hat mich gerettet."

Finn sah sie an und verdrehte die Augen. „Willst du dir das wirklich antun, Marisa?"

Es war klar, dass er nicht nur Bowens Rettung meinte. Trotzdem zögerte sie nicht bei der Antwort. „Ja."

Finn neigte den Kopf. „Dann kann ich euch nur viel Glück wünschen. Und versucht, lebend wiederzukommen."

„Das haben wir vor." In Coyles Stimme war kein Zweifel zu hören.

Melvin drehte sich zu ihnen um. „Die Adresse scheint zu stimmen, ein Henry Stammheimer ist dort gemeldet." Er zeigte auf ein Satellitenbild, das er über Google Earth aufgerufen hatte. „Es ist ein allein stehendes Haus südlich von Las Vegas, im Umkreis von Meilen nichts als Wüste."

30

Die flimmernde Hitze über dem Asphalt ließ den Horizont verschwimmen und die Gegend noch unwirklicher erscheinen. Grelles Sonnenlicht schmerzte in Coyles Augen, während er auf die vorbeifliegende Landschaft starrte. Sein Leben lang war er die grünen Wälder Kaliforniens gewöhnt, und es fiel ihm schwer zu verstehen, warum jemand freiwillig in der Wüste leben wollte. Was gab es hier außer unerträglichen Temperaturen, einzelnen vertrockneten Gräsern und dem einen oder anderen Felsbrocken? Aber es war natürlich das ideale Versteck für einen Entführer, der keine Aufmerksamkeit auf sich ziehen wollte.

„Wir sind bald da." Marisa deutete nach vorne, wo die Straße abfiel und den Blick auf eine riesige Ansammlung von Häusern und Straßen freigab. Ein grauer Schleier schien darüber zu liegen.

„Was ist das?"

Marisa schnitt eine Grimasse. „Las Vegas und die umgebenden Städte. Henderson liegt im Süden, aber die Adresse, zu der wir müssen, ist noch mal einige Meilen weiter außerhalb."

Die Vorstellung, von so vielen Menschen und Häusern umgeben zu sein, löste in Coyle einen Fluchtreflex aus. Mit beiden Händen klammerte er sich am Sitz fest und starrte geradeaus. Schweißtropfen bildeten sich auf seiner Stirn. Er spürte Marisas Blick auf sich, sah sie aber nicht an.

„Was hast du?" Besorgnis schwang in ihrer Stimme mit.

„Können wir die Stadt irgendwie umfahren?"

Marisa schüttelte den Kopf. „Nicht ohne einen Umweg von

einigen hundert Meilen. Am schnellsten geht es, wenn wir einige Wohngebiete durchfahren, aber nicht direkt durch die Stadtmitte." Sie warf ihm einen kurzen Blick zu, bevor sie sich wieder auf die Straße konzentrierte. „Ich verstehe, dass du dich nicht wohlfühlst, aber ich würde lieber nicht noch mehr Zeit verschwenden."

Mit zusammengebissenen Zähnen nickte Coyle. „Hoffentlich hält uns niemand an, ich möchte nicht erklären müssen, warum ich keine Papiere habe."

„Ich werde ihnen keinen Grund liefern, uns anzuhalten."

Er zwang sich zu einem Lächeln. „Ich weiß."

„Das Auto ist doch ordnungsgemäß zugelassen, oder? Alle Lichter funktionieren? Das Nummernschild ist nicht geklaut und wird polizeilich gesucht?"

„Der Wagen ist in Ordnung." Er war ihnen zur Straße gebracht worden, damit sie nach ihrem Querfeldeinlauf durch den Wald ohne Verzögerung losfahren konnten. „Obwohl er für Notfälle gedacht ist, wird er ständig gewartet und repariert."

„Und wenn ihr ihn anfordert, wird er euch zur Verfügung gestellt. Was ist, wenn ihr mehrere Autos bräuchtet?"

„Dann würden wir sie bekommen."

Wieder warf ihm Marisa einen Blick zu, diesmal irritiert. „Ich habe das Gefühl, dass du mir bisher sehr viel vorenthalten hast, Coyle. Es passt alles nicht zusammen. Einerseits lebt ihr abgeschieden im Wald, andererseits stehen euch Autos zur Verfügung, obwohl ihr nach deiner Aussage nicht mal Führerscheine habt. Wer kauft sie für euch? Wo werden sie gelagert? Und warum sieht man nirgends Alte? Was hat es mit diesem Rat auf sich? Und …"

„Stopp, es reicht!" Ergeben hielt Coyle die Hände hoch. „Man merkt wirklich, dass du Journalistin bist."

„Wenn das eine Beleidigung sein soll …" Ärger vibrierte in ihrer Stimme.

„Nein, natürlich nicht. Ich habe mich nur auf deine Fähigkeit bezogen, eine Frage nach der anderen zu stellen.“ Er grinste sie an. „Sehr beeindruckend.“

„Und du brauchst dich auch nicht über mich lustig zu machen.“ Marisas Gesichtsausdruck war angespannt.

Sofort wurde Coyle wieder ernst. „Das tue ich nicht. Ich würde dir sofort alles erzählen, wenn es nur um mich ginge, aber es betrifft die ganze Gruppe, und ich habe nicht das Recht, ohne eine Entscheidung des Rats diesbezüglich etwas zu sagen.“

Marisa schwieg einen Moment, dann nickte sie. „Wenn wir Bowen gerettet haben und zurück sind, möchte ich, dass du das mit dem Rat klärst und mir endlich alles über euch sagst.“ Wieder eine Pause. „Es sei denn, du hast sowieso vor, mich danach wieder abzuschieben, dann werde ich versuchen, euch so schnell wie möglich zu vergessen.“

„Marisa …“

Sie warf ihm einen kurzen Blick zu. „Nicht jetzt.“ Marisa setzte den Blinker und verließ bei der nächsten Ausfahrt den Highway.

„War das schon unsere Abfahrt?“

„Nein, aber wir müssen tanken. Und außerdem brauche ich dringend einen Kaffee und muss mir einen kurzen Moment die Beine vertreten, sonst kriege ich einen Krampf.“ Sie lenkte den Wagen durch ein Gewühl von Straßen und Gebäuden und fuhr schließlich auf das Gelände einer Tankstelle. An einer Zapfsäule blieb sie stehen und schaltete den Motor aus.

Bevor sie ausstieg, drehte sie sich noch einmal zu ihm um und betrachtete ihn eingehend. „Bleib im Wagen. Wenn du willst, halte ich später an einem normalen Parkplatz, wo wir nicht so unter Beobachtung stehen.“

„Okay.“ Coyle ließ sich tiefer in den Sitz sinken.

„Soll ich dir auch etwas mitbringen?“

Als Antwort lief ihm das Wasser im Mund zusammen. „Etwas

mit Schokolade wäre toll. Und eine Cola." Beides Dinge, die sie nicht allzu oft im Lager zu sehen bekamen und die deshalb immer hoch im Kurs standen.

Ein Lächeln erschien auf ihrem Gesicht. „Wird gemacht. Ich bin gleich zurück." Sie öffnete die Fahrertür und stieg rasch aus.

Coyle drehte sich im Wagen um, damit er beobachten konnte, wo Marisa hinging. Nachdem der Wagen vollgetankt war, ging sie in den angeschlossenen Laden, um zu bezahlen. Er würde daran denken müssen, ihr das Geld zu ersetzen, bevor sie … Sein Gehirn weigerte sich, darüber nachzudenken. Es musste eine andere Lösung geben, er konnte sich nicht vorstellen, sie gehen zu lassen und nie wieder zu sehen.

Ein Klopfen ertönte dicht neben seinem Gesicht und ließ ihn erschrocken zurückzucken. Vorsichtig schob er seinen Kopf wieder vor und unterdrückte eine Grimasse, als ein kleines Mädchen ihm zuwinkte. Mit ihren dunklen Haaren und Augen hätte sie beinahe Marisas Tochter sein können. Der Gedanke versetzte ihm einen Stich. Coyle winkte zurück, bevor er sich wieder abwandte.

Unruhig beobachtete er das Treiben an der Tankstelle und atmete erleichtert auf, als Marisa endlich aus dem Gebäude trat. In ihrer Hand hielt sie eine prall gefüllte Tüte, die sie auf den Rücksitz stellte, bevor sie sich zurück auf den Fahrersitz schwang.

Coyle zog eine Augenbraue hoch. „Großeinkauf?"

„Ich dachte mir, es ist besser, ein paar Vorräte zu haben, wir wissen ja nicht, in welchem Zustand wir Bowen vorfinden."

Coyle spürte Wärme seinen Hals hinaufkriechen. „Ich hätte selbst daran denken müssen."

Marisa lächelte ihn an. „Dafür hast du ja mich." Sie legte ihre Hand auf seine. „Ich kann mir vorstellen, wie unwohl du dich in dieser Umgebung fühlst. Da ist es doch ganz natürlich, dass du nicht an alles denkst."

Coyle hob ihre Hand und küsste sie. „Du bist sehr großzügig."

„Warte, bis ich dir sage, was dich das alles kosten wird." Ihre Antwort klang nur halb scherzhaft.

„Was denn?"

„Später." Marisa steckte den Schlüssel ins Zündschloss und startete den Motor. „Wir sprechen darüber, wenn Bowen in Sicherheit ist."

„Auf jeden Fall." Coyle beugte sich zum Rücksitz und zog eine Cola-Dose aus der Tüte. „Was möchtest du haben?"

„Wasser und einen von den Schokoriegeln." Marisa nahm die Flasche und den Riegel entgegen. „Danke." Nachdem sie einen Schluck getrunken hatte, ließ sie den Wagen vom Gelände der Tankstelle rollen und reihte sich in den Verkehr ein.

Der Rest der Fahrt verlief größtenteils schweigend. Die Unruhe in Coyle verstärkte sich, je näher sie ihrem Ziel kamen. Die Häuser zu beiden Seiten der Straße trugen auch nicht gerade dazu bei, dass er sich wohler fühlte. Obwohl es vermutlich Unsinn war, kam er sich beobachtet vor. Eingeengt und ausgeliefert. Alles wirkte grau und ausgetrocknet, nur in einigen bewässerten Vorgärten hielt sich etwas grüner Rasen. Die meisten schienen jedoch eingesehen zu haben, dass sich diese Mühe nicht lohnte, und hatten sich Wüstenpflanzen und Kies in ihre Gärten geholt. Sehnsüchtig dachte Coyle an die ungebändigte Natur, die sich rund um ihre Häuser im Wald befand. An die Ruhe und die saubere Luft …

„Was auch immer du gerade denkst, lass es besser." Marisas Stimme schnitt unsanft in seine Gedanken.

„Was?" Er konnte nicht verhindern, dass seine Stimme scharf klang.

Der Wagen stand an einer roten Ampel, und Marisa sah ihn

forschend an. „Deine Augen haben sich verändert. Es wäre besser, wenn du halbwegs normal wirkst, solange wir in der Nähe von anderen Menschen sind."

Coyle stieß hart den Atem aus. „Ich weiß. Entschuldige, ich wollte dich nicht so anfahren. Es ist nur …" Er brach ab und suchte nach den passenden Worten. „Es ist alles so tot. Ich könnte hier niemals leben."

Marisa lächelte. „Ich auch nicht. Obwohl ich einige Felsformationen und wüste Landschaften durchaus interessant finde – aber nur, wenn ich weiß, dass ich danach wieder in kühlere und grünere Gegenden komme."

„Das beruhigt mich."

Als die Ampel auf Grün schaltete, fuhr Marisa weiter. „Allerdings fürchte ich, dass dir New York auch nicht gefallen hätte. Zu viele Menschen, zu viele Autos, zu viel Lärm."

„Warum warst du dann dort?"

„Es lag einfach nah. Ich bin in einer Kleinstadt im Staat New York aufgewachsen und dann zum Studium in die Stadt gegangen. Dort habe ich auch meine ersten Jobs bekommen und mir langsam einen Namen gemacht." Marisa schnitt eine Grimasse. „Wie du ja weißt, ist all das inzwischen vorbei."

„Ich verstehe immer noch nicht, warum du so angegriffen wurdest. Du hast schließlich deinen Informanten nicht umgebracht."

„Du hast die Artikel gelesen?"

„Ja, ich wollte wissen, was dazu geführt hat, dass du nach Mariposa gegangen bist."

Marisa nickte, hielt aber ihren Blick auf die Straße gerichtet. „Es gehört zur Standesehre jedes Journalisten, die Identität eines Informanten unter allen Umständen zu wahren. Calvin – so hieß mein Informant – ist letztlich nur deshalb in Gefahr geraten und getötet worden, weil ich zu sorglos war und meinem Freund vertraut habe. Das hat ihn sein Leben gekostet und mich meinen Beruf."

„Und deinen Freund." Coyle konnte nicht verhindern, dass er eifersüchtig klang. Die Vorstellung, dass ein anderer Mann Marisa berührt hatte, machte ihn verrückt.

„Ja. Ich konnte ihm diesen Vertrauensbruch niemals verzeihen."

Der Schmerz und die Wut in ihrer Stimme ließen in Coyle den Wunsch aufkommen, ihren Exfreund aufzusuchen und ihm zu zeigen, was er mit Leuten machte, die seine Frau verletzten. „Wie ist er denn an den Namen gekommen?"

„Ich hatte auf meinem Laptop eine gesicherte Datei mit all meinen Kontakten gespeichert. Ben muss das Passwort erraten oder mich bei der Eingabe beobachtet haben. Er hat Calvins Namen und Adresse an seine Dienststelle weitergegeben, weil die Polizei ebenfalls Ermittlungen in der Sache laufen hatte und nicht weiterkam." Marisa schnaubte verächtlich. „Kein Wunder, sie waren unfähig. Und vor allem muss jemand aus ihren eigenen Reihen meinen Informanten an die Firma verraten haben, gegen deren Methoden ich Beweise suchte. Denn als ich mich das nächste Mal mit Calvin treffen wollte, konnte ich ihn nicht mehr erreichen. Ich habe mir Sorgen gemacht und bin zu seiner Wohnung gefahren." Marisa brach ab, ihre Fingerknöchel traten weiß hervor, so fest hielt sie das Lenkrad umklammert. Ihr Gesicht war bleich, ihre Augen schienen noch dunkler geworden zu sein.

„Calvin war tot, erstochen. Ich habe die Polizei gerufen, und die Beamten hatten nichts Besseres zu tun, als mich stundenlang zu befragen. Bei diesen Verhören ging es nur um Informationen zu dem Fall, überhaupt nicht darum, dass ein unschuldiger Mann getötet worden war, nur weil er die Praktiken seines Arbeitgebers nicht länger mit ansehen konnte. Obwohl jeder wusste, wer hinter dem Mord an Calvin stecken musste, konnte man dem Unternehmen nichts nachweisen. Es gab einfach keine Beweise mehr."

„Was hat dieser Ben dazu gesagt?"

Marisa lachte bitter auf. „Der hat nicht lange gezögert, mir zu versichern, dass er nur mit mir zusammen war, um an den Informanten heranzukommen."

„So ein Idiot!" Coyle biss die Zähne zusammen, um nicht noch mehr zu sagen. Wie konnte jemand Marisa nicht um ihrer selbst willen lieben?

Marisa gelang ein schiefes Lächeln. „Danke. Ich habe ihn sofort rausgeschmissen und versucht, die Sache bei der Polizei zu klären. Dummerweise haben sie sich lieber vor ihren Ermittler gestellt und mir die alleinige Schuld an der Enttarnung des Informanten gegeben. Das sickerte dann an die Presse durch, und schon war ich nicht nur meinen Job los, sondern konnte auch sicher sein, nie wieder einen in New York oder einer anderen großen Stadt zu bekommen."

„Aber es muss doch irgendeine Möglichkeit geben, die Sache klarzustellen!"

Marisa schüttelte den Kopf. „Nein. Selbst wenn man mir glaubte, könnte es sich keine seriöse Zeitung leisten, jemanden einzustellen, dessen Ruf so beschädigt ist. Davon abgesehen bleibt die Tatsache bestehen, dass durch mein Verschulden ein Informant aufgedeckt und getötet wurde."

„Das finde ich nicht logisch."

„Wer sagt, dass es logisch sein muss? Es ist so, und ich muss damit leben."

Marisa klang so verloren und niedergeschlagen, dass Coyle sie am liebsten umarmt hätte, aber das war im fahrenden Auto nicht möglich. So begnügte er sich damit, seine Hand auf ihre zu legen und sie sanft zu drücken. Es gab nichts zu sagen, das sie trösten würde, deshalb wechselte Coyle das Thema. „Und jetzt schreibst du Artikel für den National Park Service?"

„Ja, vorübergehend. Ich weiß noch nicht genau, was ich später machen werde. Es hat mir gefallen, einmal nichts über Menschen und ihre Machenschaften schreiben zu müssen, sondern über die Natur, die Parks und alles, was damit zu tun hat."

Coyle strich über ihren Handrücken und zog schließlich widerstrebend den Arm zurück. „Wenn es dir Spaß macht, warum willst du dann etwas anderes machen?"

„Ich habe nicht gesagt, dass ich es will, aber auf Dauer kann ich davon nicht leben. Meine Ersparnisse sind so gut wie aufgebraucht, und das Honorar für die Artikel reicht kaum, um Angus und mich zu ernähren, wenn ich die Miete gezahlt habe." Marisa holte tief Luft. „Außerdem weiß ich noch nicht, wie mein Leben weitergehen wird. In welche Richtung es sich entwickelt." Sie sah ihn einen Moment lang an, dann konzentrierte sie sich wieder auf die Straße.

Was meinte sie damit? Wollte sie doch wieder in den Osten gehen und versuchen, als Journalistin Fuß zu fassen? Wahrscheinlich sollte er das verstehen, schließlich war es ihr Beruf, und sie musste irgendwie ihr Geld verdienen. Aber es fiel ihm schwer, sie sich in einer größeren Stadt vorzustellen. Vor allem, weil sie dann so weit weg von ihm sein würde. Doch was konnte er ihr schon bieten außer einem Leben auf der Flucht? Nichts, dachte er verzweifelt.

Und dennoch. Er würde sie diesmal nicht gehen lassen, ohne einen Versuch zu unternehmen, sie zu halten. „Vielleicht …"

„Da ist die Abzweigung." Marisa setzte den Blinker und fuhr auf die verlassene Straße, die zum Haus des Wissenschaftlers führte.

„Wie wollen wir vorgehen? Wenn er dich sieht, könnte er Verdacht schöpfen und gar nicht erst mit mir reden."

Coyle war der abrupte Themenwechsel nicht recht, aber sie konnten das Gespräch fortsetzen, wenn sie Bowen gefunden und befreit hatten. Das war jetzt wichtiger. „Lass mich ein Stück vom Haus entfernt raus, damit er mich nicht sieht. Dann wartest du einige Minuten und fährst vor. Dadurch habe ich Zeit, mir eine günstige Position in der Nähe des Hauses zu suchen."

Marisas Stirn war sorgenvoll gerunzelt. „Glaubst du, es gibt genug Deckung? Wenn er dich dort herumlaufen sieht, wird er erst recht misstrauisch."

Ein Lächeln hob Coyles Mundwinkel. „Mach dir darüber keine Gedanken, wenn ich nicht gesehen werden will, bemerkt mich auch keiner."

„Angeber." Das Wort hatte einen liebevollen Klang. „Also du steigst unterwegs aus, und ich fahre alleine weiter. Dann klingele ich. Was sage ich, wenn er fragt, warum ich nicht vorher angerufen habe?"

„Du hattest Angst, dass das Gespräch abgehört wird. Außerdem willst du mit ihm persönlich sprechen."

„Hm. Glaubst du, ich kann ihn damit überzeugen?" Zweifelnd blickte sie ihn an.

„Eine andere Wahl haben wir nicht. Improvisiere ein wenig und schmeichele dich bei ihm ein. Vielleicht ist er begeistert, wenn sich jemand für seine Arbeit interessiert." Coyle deutete auf die Zettel, die auf der Konsole lagen. „Melvin hat alles aus dem Internet geholt, was über diesen Henry Stammheimer zu finden war. Wenn es stimmt, was dort steht, ist er vor einiger Zeit von einem Forschungsinstitut entlassen worden und seitdem mehr oder weniger untergetaucht. Ich könnte mir vorstellen, dass er sich freut, mit jemandem darüber zu reden."

„Ich werde es versuchen." Marisa lenkte den Wagen an den Straßenrand. „Hier?"

Coyle sah sich um. Das Auto war von trockenen Sträuchern

verdeckt, dahinter ragten rote Felsen auf. „Ja, die Stelle ist gut. Wie weit ist es bis zum Haus?"

Marisa rief auf dem GPS-Gerät die passende Karte auf. Ein blinkender Punkt zeigte ihren Standort an und ein Kreuz mit einem Fähnchen den des Hauses. „Etwa eine halbe Meile querfeldein. Nimm das Gerät mit, dann findest du es."

Coyle prägte sich die Karte ein und schüttelte dann den Kopf. „Das würde mich nur stören." Er zog sein T-Shirt über den Kopf.

Marisa sah ihn mit offenem Mund an. „Was tust du da?"

Grinsend legte er seine Hände an den Hosenbund. „Wonach sieht es denn aus?"

„Ein Striptease in der Wüste?"

Coyle beugte sich zu ihr hinüber und küsste sie rasch auf den Mund. „Genau." Er wurde ernst. „Ich bin schneller und vor allem unauffälliger, wenn ich als Berglöwe zum Haus laufe."

„Aber …"

Er ließ sie nicht ausreden. „Ich weiß, was ich tue. Vertrau mir."

Marisa schien mit sich zu kämpfen, bevor sie schließlich widerwillig nickte. „Okay. Lass dich nicht erwischen – und verbrenn dir keine wichtigen Körperteile."

Hitze schoss durch Coyles Körper, die nichts mit der heißen Wüstensonne zu tun hatte. „Ich werde mich bemühen." Er stieg aus und entledigte sich seiner Schuhe, Socken und Hose. Als Letztes zog er seinen Slip aus und schob das Bündel Kleidung unter den Vordersitz. „In fünf Minuten bin ich in Position."

Marisa riss ertappt ihren Kopf hoch, und er konnte noch kurz die Erregung in ihren Augen sehen. „In Ordnung. Sei vorsichtig."

„Du auch. Geh kein Risiko ein. Wenn du merkst, dass der Kerl gefährlich ist oder dir irgendetwas nicht geheuer vorkommt, kehr zum Auto zurück und fahr weg."

„Und was wird dann aus dir?"

Coyle lächelte schief. „Mach dir darüber keine Gedanken, ich komme zurecht."

„Ich werde dich ganz bestimmt nicht hierlassen!" Marisa funkelte ihn wütend an.

„Das sollst du ja auch nicht. Wir treffen uns am Anfang der Straße wieder, weit genug vom Haus entfernt, dass er dich nicht mehr sehen kann."

Marisa presste die Lippen zusammen. „Und wehe, du bist nicht da. Ich habe keine Lust, dich schon wieder zu suchen."

„So schnell wirst du mich nicht mehr los." Coyle beugte sich noch einmal vor und legte seine Hände um Marisas Wangen. Seine Lippen strichen über ihre, erst sanft, dann fordernder. Marisa erwiderte seinen Kuss mit einer Leidenschaft, die ihn noch mehr erregte. Ihr Geschmack berauschte ihn, ließ ihn beinahe alles um sich herum vergessen.

Schließlich löste sie sich schwer atmend von ihm. Ihre Hände strichen über seine Rippen. „Du solltest jetzt gehen, sonst fährt noch irgendjemand vorbei und fragt sich, warum hier einer seinen nackten Po in die Luft streckt."

Lachend richtete Coyle sich auf und trat einen Schritt zurück, weil ihre Finger sich seiner Hüfte näherten, und er sich nicht sicher war, ob er der Versuchung widerstehen konnte, wenn sie ihn erst berührte. „Bis gleich." Damit verwandelte er sich und verschwand in den Büschen.

Marisa hielt in einer Staubwolke vor dem Haus und schaltete den Motor aus. Ein anderer Wagen stand bereits dort, also war Henry Stammheimer vermutlich zu Hause. Ihr Herz hämmerte in ihrer Brust, ihre Hände waren schweißnass. Ein Blick in den Rückspiegel zeigte ihr, wie blass sie war. Die Schramme an ihrer Wange war inzwischen nur noch ein schwacher roter Strich, aber die dunklen Ringe unter ihren Augen ließen sie trotzdem krank aussehen. Aber dagegen konnte sie jetzt nichts machen und hoffte, dass es Stammheimer nicht bemerken würde.

Rasch wischte sie ihre feuchten Handflächen an der Jeans ab und öffnete die Wagentür. Die Stille war ohrenbetäubend. Obwohl es auch im Wald ruhig gewesen war, hatte doch immer irgendwo etwas geraschelt oder ein Vogel gesungen. Hier hingegen war es irgendwie … tot. Nur das Ticken des abkühlenden Motors durchbrach, abgesehen vom Knirschen ihrer Schritte auf dem Sand, das Schweigen um sie herum. Tief durchatmend stieg sie die Stufen der Veranda hinauf und sah sich nach allen Seiten um. Sie konnte Coyle nirgends entdecken. Allerdings spürte sie seine Anwesenheit, und das gab ihr die Kraft, ihren Finger nach dem Klingelknopf auszustrecken.

„Warte."

Marisas Herz setzte schmerzhaft aus, als Coyles Stimme plötzlich hinter ihr erklang. Wütend drehte sie sich zu ihm um. „Verdammt noch mal, musst du mich immer so erschrecken? Und vor allem, was machst du hier? Ich dachte, du wolltest nicht gesehen werden."

„Ich denke, das wird unser geringstes Problem sein."

Marisa betrachtete Coyle genauer. Seine Augen waren purer Berglöwe, seine Lippen fest zusammengepresst. Ein Muskel zuckte auf seiner Wange. „Was meinst du damit? Stammheimer muss zu Hause sein, sein Wagen ist da."

Coyle neigte den Kopf. „Bowen ist auch hier, ich wittere ihn."

„Na, dann klingele ich doch einfach und lenke Stammheimer ab, während du Bowen suchst."

Coyle legte seine Hand auf ihren Arm, noch bevor sie zu Ende gesprochen hatte. „Nein, es riecht noch nach etwas anderem."

Sein Tonfall in Verbindung mit seinem Gesichtsausdruck sandte einen Schauder über ihren Rücken. „Nach was?"

„Nach Tod."

Marisa schlug eine Hand vor den Mund. „Oh nein, meinst du, Bowen …?“

„Ich weiß es nicht. Die Gerüche sind zu … verwischt.“ Coyle ließ ihren Arm los. „Geh zurück zum Auto. Ich werde sehen, ob ich irgendwie ins Haus gelangen kann.“

„Und dann?“

„Werde ich Bowen finden und nach Hause bringen.“

Tot oder lebendig. Coyle sagte es nicht, aber Marisa konnte es an seiner Miene erkennen. „Aber du kannst doch nicht ohne Waffen dort hineingehen, das ist viel zu gefährlich.“

Coyle öffnete den Mund und ließ sie seine Reißzähne sehen. „Ich trage meine Waffen bei mir. Geh zum Wagen.“

„Nein. Und vergeude nicht noch mehr Zeit mit Streiten, du wirst sowieso nicht gewinnen. Du gehst links ums Haus, ich rechts, und wenn wir nirgends ein offenes Fenster oder etwas Ähnliches sehen, treffen wir uns auf der Rückseite wieder und überlegen, wie wir weiter vorgehen.“

Nach langem Zögern stimmte Coyle schließlich zu. „Aber wenn du irgendetwas siehst, ruf mich sofort, geh nicht alleine rein.“

„Natürlich.“ Als würde sie auf die Idee kommen, alleine in ein wildfremdes Haus einzusteigen, in dem ein Entführer wohnte und das nach Tod roch.

Coyle drückte kurz ihre Hand, dann überquerte er die Veranda und verschwand um die Hausecke. Nachdem sie überprüft hatte, ob die Haustür verschlossen war, verließ Marisa die Veranda und schlich seitlich an der Hauswand entlang. Ihre Fingerspitzen strichen über den rauen Putz, während sie versuchte, sich so leise wie möglich zu bewegen.

Dummerweise schien der Hausbesitzer keinen Wert auf einen gepflegten Garten zu legen, sodass sie ständig über Steine oder vertrocknete Gestrüppreste steigen musste. Mehr als einmal ertönte ein trockenes Knirschen, von dem sie sicher war, dass es jeder Mensch, der noch lebendig war, hören musste. Ein kleines Fenster tauchte auf, aber es war verschlossen und auch zu hoch und zu schmal, als dass es ihnen irgendetwas genützt hätte.

Rasch schlich Marisa weiter, bis sie zu einer offenen Terrassentür kam. Sie presste sich an die Hauswand und schob vorsichtig den Kopf vor, bis sie in den Raum hineinsehen konnte. Es schien sich um das Wohnzimmer zu handeln. Eine Couchecke mit Tisch nahm den meisten Raum ein, eine Anrichte vervollständigte die Einrichtung. Verschiedene Türen und offene Durchgänge gingen von dem Zimmer ab, doch Marisa konnte nicht erkennen, wohin sie führten.

Da sie nicht von Stammheimer dabei erwischt werden wollte, wie sie ohne Erlaubnis sein Haus betrat, huschte sie an der Terrassentür vorbei, um Coyle von ihrer Entdeckung zu berichten. Einige Meter weiter kam sie zu einem größeren Fenster, unter dem sie sich gerade hindurchducken wollte, als etwas ihre Aufmerksamkeit erregte. Marisa richtete sich auf und sah hinein.

Es schien sich um ein Büro zu handeln, jedenfalls deutete der große Schreibtisch in der Mitte des Zimmers darauf hin. Papiere waren wahllos darauf verstreut, Schubladen halb herausgezogen und auch der Boden sah nicht besser aus. Überall lagen Büroutensilien, Ordner und weitere Zettel herum.

Marisa stellte sich auf die Zehenspitzen und beschattete ihre Augen mit den Händen, um besser sehen zu können. Erst jetzt sah sie, dass das Chaos weit größer war, als auf den ersten Blick zu erkennen. Ein Regal war umgestürzt, und Bücher bedeckten den hinteren Teil des dunklen Bürobodens. Dazwischen war ein heller Fleck zu sehen, fast wie …

Marisa keuchte erschrocken auf, als sie erkannte, dass zwischen Büchern und Regalbrettern eine Hand herausragte.

31

Marisa sah sich wild um, doch sie war allein. Auf wackeligen Beinen lief sie um das Haus herum. Sie musste Coyle von ihrer Entdeckung erzählen, damit sie entscheiden konnten, wie sie weiter vorgehen wollten. Wenn dort Bowen im Büro lag …

Marisa schloss für einen Moment die Augen. Nein, das wollte sie nicht glauben. Schließlich blieb sie vor der Haustür stehen. Wo war Coyle? Sie wollte ihn rufen, hatte aber Angst, damit möglicherweise jemanden anzulocken, dem sie nicht begegnen wollte. Andererseits, wenn noch jemand hier wäre, hätte er doch sicher ihr Auto gehört und wäre herausgekommen. Unruhig warf Marisa einen Blick über die Schulter. Was sollte sie jetzt tun? Wenn derjenige, der unter dem Regal lag, noch lebte, war vielleicht jede Sekunde kostbar. Wahrscheinlich sollte sie die Polizei rufen, aber das konnte sie nicht tun, solange Coyle noch in der Nähe war – und eventuell auch Bowen.

Die Zähne in die Unterlippe gegraben, kehrte Marisa zur Terrassentür zurück. Nach der Lage der Zimmer zu urteilen musste die hintere der vom Wohnzimmer abgehenden Türen zum Büro gehören. Zögernd trat sie in das Haus, bereit, jederzeit zu fliehen, falls sie auch nur das leiseste Geräusch hörte. Ihr Herz hämmerte wild in ihrer Brust, das Blut rauschte in ihren Ohren, bis sie das Gefühl hatte, überhaupt nichts mehr hören zu können, was außerhalb ihres Körpers vor sich ging. Sehr langsam durchquerte sie das Wohnzimmer und erwartete fast, dass jeden Augenblick jemand hinter einem der Möbelstücke hervorsprang. Doch es geschah nichts.

Etwas mutiger schob sie mit einer Hand die Tür auf, hinter der sie das Arbeitszimmer vermutete, und blickte durch den Spalt. Es sah genauso aus wie durch das Fenster, doch jetzt nahm sie einen sehr unangenehmen Geruch wahr – der sie an New York erinnerte, als sie Calvin gefunden hatte. Mit einem erstickten Laut taumelte sie zurück. Unvermittelt schlangen sich Arme um ihren Oberkörper und zogen sie an eine harte Brust. Nach einer Schrecksekunde trat Marisa mit ihrem Fuß gegen das Schienbein des Angreifers. Die Arme schlangen sich jedoch nur fester um sie, während sie gegen die Übelkeit kämpfen musste, die in ihr aufstieg.

„Halt still, Kätzchen, ich bin es nur." Coyles Stimme drang fast lautlos an ihr Ohr.

Erleichtert sackte Marisa zusammen und senkte den Ellbogen, den sie gerade in seinen Magen hatte rammen wollen. „Ich dachte, es wäre Stammheimer." Sie drehte sich in seinen Armen um. „Da hinten unter dem Regal liegt jemand. Ich wollte nachsehen, ob er oder sie noch lebt."

„Und du kommst nicht auf die Idee, mir vorher Bescheid zu sagen? Ich habe beinahe einen Herzinfarkt bekommen, als du einfach ins Haus gegangen bist."

Marisa machte sich von ihm los. „Du warst nirgends zu sehen, und ich wollte nicht laut rufen, falls noch jemand in der Nähe ist. Und warten konnte ich auch nicht, falls derjenige, der dort liegt, noch am Leben ist und Hilfe benötigt." Erst jetzt bemerkte sie, dass Coyle seine Kleidung wieder übergezogen hatte. Anscheinend hatte er sie gerade aus dem Wagen geholt, als sie ihn suchte.

Coyles Augen verdunkelten sich. „Wer immer es ist, er ist bereits tot."

„Woher weißt du das?"

„Der Geruch."

Marisa spürte das Blut aus ihrem Kopf weichen, als er sie wieder daran erinnerte. Für Coyles feine Berglöwennase war er sicher sehr viel eindeutiger gewesen als für sie selbst. Im Grunde hatte sie geahnt, dass jede Hilfe zu spät kam, aber das sichere Wissen, dass ein Toter dort im Nebenzimmer lag, hob ihr den Magen, und es kostete sie alle Beherrschung, sich nicht an Ort und Stelle zu übergeben. Coyle schien das zu bemerken, denn er führte sie aus dem Haus in die gleißende Sonne. „Bleib hier, ich sehe mich um."

„Aber ich möchte bei dir sein, falls …"

Coyle ließ sie nicht ausreden. „Ich werde gleich zu dir kommen, wenn ich weiß, wer es ist."

Marisa drückte schweigend seine Hand und ließ ihn schweren Herzens gehen. Sie wusste, dass es nichts brachte, wenn sie zu zweit dem Geruch ausgesetzt waren, doch sie mochte Coyle auch nicht allein lassen. Für ihn musste es viel schlimmer sein, da sein Geruchssinn stärker ausgeprägt war und es noch dazu sein könnte, dass Bowen dort lag.

Es würde Coyle schwer treffen, wenn der Jugendliche tot war, denn er würde sich die Schuld daran geben. Marisa ballte die Hände zu Fäusten. Nein, dachte sie entschlossen, egal, was sie hier vorfanden, sie würde nicht zulassen, dass Coyle auch nur einen winzigen Anteil der Schuld bei sich suchte. Es gab nur einen einzigen Schuldigen, und das war derjenige, der Bowen entführt hatte. Und vielleicht noch Melvin, weil er ihn überhaupt erst auf die Spur gebracht und den Standort des Lagers verraten hatte.

Da sie nicht nur herumstehen wollte, ging Marisa um das Haus herum, bis sie wieder auf der Eingangsveranda stand. In einiger Entfernung befand sich ein einzelner Baum, unter dem eine Liege stand. Langsam ging Marisa darauf zu, weil ihr beides seltsam deplatziert vorkam. Genoss der Wissenschaftler hier seinen Feierabend? Irgendwie konnte sie sich das nicht so recht vorstellen. Aber möglich war es natürlich.

Einen Moment lang blickte sie auf das Buch hinunter, das auf der Liege lag, dann nahm sie es zögernd in die Hand. Es war ein Thriller mit Liebesgeschichte, kaum etwas, das sie Stammheimer als Lektüre zutraute. Marisa schlug den Buchdeckel auf und erstarrte. Unter dem Titel war eine Widmung zu lesen.

Liebe Isabel,
viel Spaß beim Lesen
und komm bald zurück!
Claire

Für einen Moment hatte Marisa ganz vergessen, dass Stammheimers Tochter auch hier sein müsste. Konnte ihr Vater ihr etwas getan haben, weil sie versucht hatte, Bowen zu helfen? Marisa ließ das Buch fallen und lief zum Haus zurück. Hoffentlich war es nicht das Mädchen unter dem Regal! Sie stürmte ins Büro und kam hinter Coyle zum Stehen. Er hatte sich über das Regal gebeugt und Bücher zur Seite geräumt. Sein Kopf war gesenkt, und er schien nicht mehr zu atmen.

Marisa legte ihre Hand auf seine Schulter. „Wer ist es?"

„Stammheimer. Er wurde erstochen." Coyle Stimme klang rau.

„Wer kann das gewesen sein?"

Coyle erhob sich mit einer fließenden Bewegung und drehte sich zu ihr um. „Ich weiß es nicht." Seinem Gesicht war anzusehen, dass er eine Befürchtung hatte, wer es gewesen sein könnte.

„Du glaubst, dass es Bowen war, oder?"

Seine Augen verdunkelten sich. „Ich kann ihn wittern, aber er ist nirgends zu sehen. Entweder versteckt er sich oder er ist nicht mehr hier." Frustriert fuhr er mit den Fingern durchs Haar.

„Hast du schon überall nachgesehen?"

Zum ersten Mal sah er sie direkt an. „Was machst du hier eigentlich? Du solltest doch draußen warten."

Marisa verzog den Mund. „Das wollte ich auch, aber dann fiel mir ein, dass irgendwo Stammheimers Tochter Isabel sein müsste. Zumindest nach Aussage dieser Claire. Ich habe draußen ein Buch gefunden, in dem ihr Name steht."

„Ich glaube nicht, dass sie ihren eigenen Vater umgebracht hat."

Ungeduldig ging Marisa zum Wohnzimmer zurück. „Ich auch nicht. Trotzdem muss ich wissen, wo sie ist. Wenn sie abgereist wäre, hätte sie wahrscheinlich ihr Buch mitgenommen. Was ist, wenn Stammheimers Mörder Isabel verschleppt hat?"

Wie erwartet kam Coyle hinter ihr her. „In Ordnung, durchsuchen wir das ganze Haus." Seine Hand schloss sich um ihren Arm. „Aber wir bleiben von jetzt ab zusammen, ich möchte dich nicht auch noch verlieren."

Marisa nickte und begann, die Treppe zum Obergeschoss hinaufzusteigen. Ohne ein Geräusch zu verursachen, folgte Coyle ihr. Es war erstaunlich, wie lautlos er auch in seiner Menschengestalt sein konnte. Oben blieb sie stehen und lauschte.

Nichts.

Vorsichtig durchquerten sie den Flur und schauten in jedes Zimmer. Nirgends eine Spur von Isabel oder Bowen. In einem Gästezimmer fanden sie Kleidung und ein Handy, die anscheinend dem Mädchen gehörten, aber keinen Hinweis darauf, wohin sie gegangen war – oder ob sie freiwillig verschwunden war. Könnte sie Bowen befreit haben und mit ihm geflohen sein? Möglich war das, aber Marisa konnte sich nicht vorstellen, dass Isabel ihren Vater getötet hatte oder mit seinem Mörder weggegangen war.

Nachdem sie den letzten Raum durchsucht hatten, drehte

Marisa sich zu Coyle um. „Es sieht nicht so aus, als wäre noch jemand hier.“

„Nein. Aber ich werde trotzdem die unteren Räume noch einmal genauer durchsuchen. Vielleicht gibt es irgendwo Hinweise auf Bowen oder den Täter.“

„Meinst du, wir sollten die Polizei benachrichtigen?“

Coyle schwieg einen Moment, dann schüttelte er den Kopf. „Stammheimer ist tot, sein Mörder anscheinend lange weg. Wenn wir den Mord melden, könnten wir unter Verdacht geraten. Man würde unsere Personalien überprüfen, und dann müsste ich erklären, wieso ich offiziell gar nicht existiere. Und auf Bowen ansetzen kann ich die Polizei auch nicht, denn für ihn gilt das Gleiche.“

Langsam begannen die Einschränkungen, denen die Wandler ausgesetzt waren, Marisa zu nerven. Es musste doch möglich sein, einen entführten Jugendlichen von den Behörden suchen zu lassen. Und die Täter mussten bestraft werden, aber das ging natürlich nicht, wenn man die Tat nirgends zur Anzeige bringen konnte. An Coyles Gesichtsausdruck erkannte sie, welche Sorgen er sich um Bowen machte. Wenn sie ihn hier nicht fanden, gab es keine Spur mehr, die sie zu ihm führen konnte.

Sie blieb ruckartig stehen, als ihr ein Gedanke kam. „Hast du eigentlich auch das Gefühl, dass irgendjemand all die Leute zum Schweigen bringt, die etwas mit euch zu tun hatten?“ Coyle sah sie nur schweigend an. „Ich meine, denk doch mal nach. Zuerst wird mein Nachbar getötet, dann waren sie hinter dir her, dann hinter uns, und jetzt ist auch noch derjenige tot, bei dem sich Bowen aufgehalten hat. Glaubst du, es will jemand verhindern, dass etwas über euch bekannt wird?“

Coyle hob die Schultern. „So habe ich das noch gar nicht gesehen.“ Er runzelte nachdenklich die Stirn. „Es sieht aus, als hätte der Täter im Büro nach etwas gesucht. Den Computer, auf dem vermutlich Stammheimers Forschungsergebnisse über uns waren, hat er anscheinend mitgenommen. Ja, du hast recht, ich glaube, es räumt jemand auf."

„Aber warum? Will er euch schützen?"

„Keine Ahnung. Möglich. Wir sollten allerdings auch die Möglichkeit in Betracht ziehen, dass derjenige, der für all das verantwortlich ist, selbst hinter uns her ist und nur eine mögliche Konkurrenz aus dem Weg schaffen wollte."

Marisa wurde blass. „Du meinst, falls er nicht auf eurer Seite ist, könnte er weiterhin hinter euch her sein?"

Ein Muskel zuckte in Coyles Wange. „Ja. Solange wir nicht wissen, aus welchem Grund wir überhaupt angegriffen wurden, müssen wir davon ausgehen."

„Und wird er auch hinter mir her sein?"

„Ich fürchte, ja."

Die Gewissheit, mit der er das sagte, ließ Marisa frösteln. „Ganz toll." Sie schlang ihre Arme um ihren Oberkörper. „Was kann ich dagegen tun?"

Coyles Lippen waren nur noch ein dünner Strich. „Außer völlig unterzutauchen? Nichts." Er richtete sich gerader auf. „Aber noch wissen wir ja nicht, ob diese These wirklich stimmt. Lass uns später darüber reden, jetzt müssen wir erst einmal hier weitermachen, damit wir nicht erwischt werden."

Die Unterhaltung trug nicht gerade dazu bei, dass Marisa sich sicherer fühlte, als sie die Treppe hinuntergingen, um die Zimmer im Erdgeschoss zu untersuchen. Außer dem Wohnzimmer und Büro gab es nur noch eine kleine Küche und ein Gästebad, das aussah, als wäre es noch nie benutzt worden. Nirgends war eine Spur von Leben, wenn man von den Resten eines Frühstücks absah, die sich noch in der Küche befanden.

Coyle stieg die Kellertreppe hinab, kam aber kurz darauf wieder hoch. „Nur Vorräte und Gerümpel, keine Spur von Bowen oder dem Mädchen."

Marisa folgte ihm in das Arbeitszimmer, wo er vor das umgekippte Regal trat und auf die Leiche hinunterblickte. „Was ist?"

„Ich frage mich, wieso ich Bowen nur in diesem Zimmer besonders deutlich wittern kann. Er ist nicht hier, und wenn er weggegangen wäre, müsste es auch in den anderen Räumen noch stärkere Geruchsspuren von ihm geben. Aber da ist nichts." Coyle ballte die Hände an seinen Seiten zu Fäusten. „Es kann einfach nicht sein. Wir können uns zwar leise bewegen, aber nicht in Luft auflösen!" Seine Stimme hallte durch den Raum.

Bowen öffnete seine Augen und blickte ins Nichts, während er angestrengt lauschte. Nach dem Kampf hatte er noch Schritte gehört und Gepolter, als offenbar Gegenstände auf den Boden gefallen waren, doch dann war Ruhe eingekehrt.

Jetzt ging jedoch erneut jemand durch das Zimmer über ihnen, leise, zögernd. Es hörte sich anders an als vorher, leichter. Langsam richtete Bowen sich auf, als er eine Witterung aufnahm, die er nicht erwartet hätte. *Berglöwe*. Vielleicht bildete er sich das aber auch nur ein, weil er so sehr hoffte, dass ihnen jemand zu Hilfe kam. Tief sog er Luft durch die Nase ein und ließ sie langsam wieder ausströmen. Eindeutig Berglöwe. So schnell es sein geschwächter Zustand zuließ, stand Bowen auf und blickte an die Decke.

„Was ist los?" Isabels Stimme ließ ihn zusammenzucken. Die Müdigkeit war aus ihren Augen verschwunden, dafür konnte er Angst darin erkennen.

„Ich höre Schritte über uns."

„Wahrscheinlich mein Vater. Er verbringt normalerweise fast den ganzen Tag im Büro." Sie strich ihre wirren Haare zurück, die sich beim Schlafen aus ihrem Zopf gelöst hatten.

Bowen mochte ihr nicht sagen, dass ihr Vater aller Wahrscheinlichkeit nach tot war. „Vielleicht. Allerdings riecht es auch nach einem Berglöwen."

Es dauerte einen Moment, bis Isabel verstand, was er damit sagen wollte. Ihre Augen weiteten sich. „Du meinst, es ist jemand von deinen Leuten da?"

Bowen neigte den Kopf. „Wenn mich nicht alles täuscht, ja."

Isabel schloss die Augen. „Dann ist die Lieferung wohl angekommen."

„Ich kann mir nicht vorstellen, dass er alle hierherbringen lassen würde. Das Haus ist doch nicht besonders groß, oder?"

„Nein, ist es nicht."

„Dann glaube ich …" Bowen verstummte, als er eine laute Stimme hörte. Coyle! Die Gewissheit, dass er hier war, um ihn zu retten, brach sich Bahn.

„Was hast du?" Isabels Frage drang kaum zu ihm durch.

„Schrei so laut du kannst!" Damit lief Bowen zur Tür und drückte den Knopf der Sprechanlage.

Isabel starrte ihn einen Moment irritiert an, dann verstand sie, was er vorhatte. Sie folgte ihm und begann, laut in das Gerät zu rufen. „Hilfe! Hört mich jemand? Ich bin im Keller gefangen! Hallo!"

Auf sein Zeichen hin stoppte sie und gemeinsam lauschten sie auf die Geräusche von oben. So sehr Bowen sich auch anstrengte, er konnte nichts mehr hören. Hoffentlich war Coyle nicht wieder gegangen, weil er dachte, Bowen wäre nicht mehr da. „Noch einmal."

Isabel schrie, bis sie heiser war.

„Hallo?" Eine Frauenstimme drang durch den Lautsprecher. „Ist da jemand?"

Bowen nickte Isabel zu, die sich räusperte. „Ja, mein Name ist Isabel, ich bin hier im Keller gefangen."

Einen Moment herrschte Stille. „Aber im Keller war niemand, da haben wir nachgesehen."

„Dieser Teil des Kellers hat nur einen Zugang durch das Büro meines Vaters. Es gibt einen Schalter an der Wand, der wie ein Lichtschalter aussieht. Damit wird eine Geheimtür geöffnet. Unten ist eine Metalltür mit einem Riegel, dort bin ich gefangen."

„Okay, wir sind gleich da." Damit herrschte wieder Stille im Raum.

Isabel sah Bowen an. „Kennst du die Frau?"

„Nein, ich habe die Stimme noch nie gehört." Er nahm ihre Hand in seine. „Aber sie sprach von ‚wir', ich hoffe, sie meint damit Coyle."

„Coyle, wer ist das?" Isabel schien gar nicht zu merken, wie fest sie seine Hand hielt.

„Ein Freund. Ich habe ihn vorhin gewittert."

Isabel runzelte die Stirn. „Ich frage mich, wo mein Vater ist, wenn diese Leute durchs Haus laufen. Glaubst du, er ist weggefahren und hat uns alleine gelassen?"

Bowen überlegte, ob er ihr von dem Kampf und dem Geruch erzählen sollte, entschied sich aber dagegen. Er konnte sich auch irren, und er wollte ihr keinen unnötigen Kummer bereiten. „Möglich ist es." Zögernd legte er seine Arme um sie und zog sie an sich. „Egal, was passiert, ich möchte dir dafür danken, dass du so viel riskiert hast, um mich zu retten."

Ihre blauen Augen wirkten riesig in ihrem blassen Gesicht. „Ich bin froh, dass ich dich gefunden habe, und es tut mir unendlich leid, was mein Vater dir angetan hat." Tränen glitzerten in ihren Augen. „Ich schäme mich für ihn."

Bowen zog sie dichter an sich und legte sein Kinn auf ihren Scheitel. Beruhigend strich er über ihren Rücken. „Das musst du nicht, dich trifft keine Schuld daran, ganz im Gegenteil." Seine

Finger gruben sich in ihre Haare. „Durch deine Anwesenheit habe ich nicht aufgegeben."

Isabel hob ihren Kopf. „Du wusstest doch gar nicht, dass ich da war."

Ein Lächeln hob seine Mundwinkel. „Doch, ich habe dich gewittert. Und ich habe gespürt, dass du da warst." Er berührte mit den Fingern ihre Stirn. „Hier." Bowen legte ihre Hand über sein Herz. „Und hier."

Isabel strich über seine Brust. „Ich bin froh, dass du es so gut überstanden hast. Was …?"

Bowens Kopf ruckte hoch. „Ich höre sie." Er hob das Stuhlbein auf, das er abgebrochen hatte, um eine Waffe zu haben, und stellte sich neben die Tür. „Geh ein Stück zurück und lass sie hereinkommen, damit ich sie sehe."

Auf zitterigen Beinen trat Isabel von der Tür zurück. Würde gleich wirklich alles vorbei sein? Sie konnte es nur hoffen, denn ihr fehlte die Kraft, gegen irgendjemanden zu kämpfen. Wie machte Bowen das nur? Als sie ihn gefunden hatte, war er so geschwächt gewesen, dass er sich kaum aufrecht halten konnte, und jetzt sah er so aus, als könnte er es mit jedem aufnehmen, der in den Raum trat.

So froh sie auch war, hier herauszukommen, tat es ihr auch leid, sich bald von Bowen trennen zu müssen. Sie wusste tief in ihrem Innern, dass er die Wahrheit gesagt hatte und sie durch irgendetwas miteinander verbunden waren. Anders konnte sie sich nicht erklären, warum sie seine Schmerzen gespürt hatte. Wäre die Situation eine andere, könnten sie sich treffen oder zumindest telefonieren oder mailen, aber so würde sie ihn vermutlich in wenigen Minuten zum letzten Mal sehen. Ein Schmerz drückte auf ihre Brust, der in keinem Verhältnis zu der kurzen Zeit stand, die sie zusammen verbracht hatten.

Spontan lief Isabel zu Bowen, ignorierte seinen überraschten Gesichtsausdruck und presste ihre Lippen auf seinen Mund. Nach einer kurzen Schrecksekunde schlang er seine Arme um sie und küsste sie, als hinge sein Leben davon ab. Isabel schloss die Augen und genoss die Gefühle, die warm durch ihren Körper strömten. Viel zu schnell schob Bowen sie von sich. Zögernd hoben sich ihre Lider, und sie blickte ihn einen Moment lang nur an.

Seine Augen hatten sich verwandelt, die Iris hatte das Weiße fast vollständig verdrängt. Bilder drängten sich in ihr Bewusstsein, die das Feuer noch weiter anfachten. Bowen dachte darüber nach, wie es wäre, die Ruhe zu haben, sie noch länger zu küssen, sie zu streicheln und langsam ihre Kleidung zu entfernen, bevor er … Ihre Wangen brannten, während Isabel ihn anstarrte. Sie konnte keinen Muskel mehr rühren, so sehr nahmen seine Gedanken und Gefühle sie gefangen.

Behutsam führte Bowen sie zu einem sicheren Platz, bevor er wieder an seinen Standort zurückkehrte. Keine Sekunde zu früh, denn schon war zu hören, wie der Riegel zurückgeschoben wurde. Isabels Körper spannte sich an, als die Tür langsam aufgestoßen wurde und ein Bein in der Öffnung erschien. Erleichtert atmete sie auf, als sie sah, dass es tatsächlich eine unbewaffnete Frau war, die den Raum betrat und ihr zulächelte.

„Hallo, ich bin Marisa. Du bist sicher Isabel."

Isabel nickte und bemühte sich, nicht zu Bowen zu blicken, um ihn nicht zu verraten.

„Es ist alles in Ordnung, du kannst jetzt herauskommen. Wir haben Claires Mail bekommen und sind so schnell gekommen, wie es ging." Die Frau sah sich um. „Bist du alleine?"

„Wer ist wir?" Auch wenn es unhöflich klang, Isabel konnte es sich nicht leisten, Marisa einfach blind zu vertrauen.

Das Lächeln verschwand. „Zuerst muss ich wissen, was mit

Bowen passiert ist. Du hast Claire gesagt, du hast ihn gesehen? War er hier?"

„Woher kennen Sie Bowen?"

Dunkle Augen bohrten sich in Isabels, eine Augenbraue hob sich. „Persönlich kenne ich ihn nicht, aber ich habe seine Freunde und auch seine Mutter kennengelernt."

„Könnt ihr jetzt endlich aufhören, Zeit zu verschwenden?" Die Stimme eines Mannes erklang von außerhalb des Raumes.

Anstatt verärgert zu sein, lächelte Marisa amüsiert. „Ich versuche gerade zu verhindern, dass uns etwas über den Schädel gezogen wird, aber wenn es dir egal ist, warum gehst du dann nicht einfach vor?"

Isabel spürte eine Welle der Erleichterung von Bowen, die sie davon überzeugte, dass er die Stimme erkannt hatte. Trotzdem sah sie nicht in seine Richtung, bis er das Stuhlbein fallen ließ und neben sie trat.

Eine Mischung aus Freude und Scham lag auf Bowens Gesicht. „Du glaubst nicht, wie ich mich freue, dich zu sehen, Coyle."

„Doch, ich glaube es." Der ältere Mann war mit wenigen Schritten bei ihnen und umarmte Bowen. Auch sein Körperbau war kräftig, aber sonst gab es kaum Ähnlichkeiten zwischen ihnen. Während Bowen ein dunkler Typ war und seine Augen mehr grün als braun, war Coyle blond und seine Augen eher golden. „Geht es dir gut?"

Isabel konnte Bowens Gesicht nicht sehen, doch sein Rücken versteifte sich. „Ich lebe noch." Er löste sich von Coyle und wandte sich zu ihr um. „Dank Isabel, sie hat mich gerettet."

„Eigentlich habe ich nur erreicht, dass wir beide eingesperrt wurden. Aber ich freue mich, dass meine Nachricht angekommen ist."

Bowen sah Coyle fragend an. „Geht es den anderen gut?

Isabels Vater sagte, er hätte eine Gruppe Berglöwen einfangen lassen, und wir dachten, er meinte euch damit."

Coyles Miene wurde hart. „Er meinte uns. Wir waren gefangen, aber Marisa hat uns befreit. Im Moment sind wir gerade dabei, ins Zwischenlager zu ziehen, bevor wir uns einen neuen Standort suchen."

Bowen wurde noch bleicher. „Das war meine Schuld, ich hätte nie ..."

Coyle legte seine Hand auf Bowens Schulter. „Du warst vielleicht etwas leichtsinnig, aber wenn jemand die Schuld trägt, dann Melvin."

„Melvin? Was ...?"

Marisa unterbrach ihn. „Könnten wir das später besprechen? Wir sollten aufbrechen."

Sie warf Coyle einen Blick zu, den Isabel nicht deuten konnte, der sie aber nervös machte. Auch Bowen schien sich unwohl zu fühlen, seine Augen wanderten unruhig zur Treppe. Irgendetwas ging hier vor, das außer ihr alle wussten, über das aber niemand redete. Da sie endlich aus dem Keller herauswollte, hob sie ihren Rucksack vom Boden auf und schlang ihn über ihre Schulter. „Ich bin bereit."

Die beiden Männer gingen voraus, während Marisa an ihrer Seite blieb. „Isabel ..."

„Ja?" Isabel trat durch die Türöffnung und hielt inne, als sie einen seltsamen Geruch wahrnahm. „Was ist das?"

Marisa presste ihre Lippen zusammen. „Darüber wollte ich mit dir reden."

Isabels Herz begann zu hämmern, als sie Marisas mitleidigen Gesichtsausdruck sah.

„Nein!"

Bevor jemand sie aufhalten konnte, stürzte sie die Treppe hinauf. Unerwartet stolperte sie über etwas, das vor der Geheimtür lag. Sie verlor ihr Gleichgewicht und fiel hart auf die Knie. Ihre Hand berührte etwas Weiches, Nachgiebiges. Ein bleicher Arm ragte aus einem Berg von Büchern heraus. Mit einem erstickten Aufschrei krabbelte Isabel rückwärts, bis ihr Rücken an den Schreibtisch stieß. Sie konnte den Blick nicht vom Gesicht ihres Vaters abwenden, die weit aufgerissenen Augen leer, der Mund offen, als hätte er versucht zu schreien.

Tränen schossen in ihre Augen, während der Schmerz ihr den Atem nahm. Wie konnte ihr Vater tot sein? Sie hätte es spüren müssen, irgendetwas tun müssen, um ihm zu helfen! Hastig rappelte sie sich auf und rannte aus dem Zimmer. Sie hielt nicht an, bis sie draußen auf dem heißen Sandboden in die Knie sank.

„Isabel …“

Die Stimme der Frau drang kaum in ihr Bewusstsein. Jemand berührte sie sanft an der Schulter, aber auch das nahm sie nur wie durch einen Nebel wahr. Ein Gesicht schob sich in ihr Blickfeld, warme Finger strichen über ihre Wange.

„Isabel, sieh mich an.“ Sie kannte diese leicht raue Stimme, aber ihr fehlte die Energie, darüber nachzudenken. Noch immer sah sie vor ihrem geistigen Auge das geschundene Gesicht ihres Vaters.

„Isabel!“

Diesmal konnte sie den Befehl nicht ignorieren, genauso wenig wie den festeren Druck der Finger an ihrem Kinn. Sie blinzelte, bis sich ihre Sicht klärte, und erkannte Bowen, der vor ihr hockte und sie mit seinen Berglöwenaugen besorgt anblickte. Hinter ihm standen Marisa und Coyle, die sie aus dem Keller befreit hatten. Vor dessen Eingang ihr ermordeter Vater lag. Mit einem Schrei sprang Isabel auf und stürzte sich auf Coyle.

„Ihr habt ihn umgebracht! Wie konntet ihr das tun?“ Mit jedem Wort hieb sie mit ihrer Faust gegen seine Brust. „Mörder!“ Dass er sich überhaupt nicht wehrte, machte sie noch wütender.

Arme schlangen sich von hinten um sie und zogen sie zurück. „Nicht, Isabel." Bowens Stimme erklang dicht an ihrem Ohr.

Sie wehrte sich heftig gegen ihn und spürte ihn zusammenzucken, doch er ließ sie nicht los, egal, was sie auch versuchte. Ein roter Schleier lag vor ihren Augen, die Luft ging ihr aus.

Schließlich sackte sie in sich zusammen, und Bowen sank gemeinsam mit ihr zu Boden. Seine Umarmung wurde sanfter, er legte seine Hand um ihren Hinterkopf und zog ihr Gesicht an seine Schulter. Die Geste war so liebevoll, dass Isabels Tränen noch stärker flossen. Ihre Finger gruben sich in sein Hemd, während sie ihre Wange gegen seine Brust presste.

Eine Weile lang ließ sie alles um sich herum versinken und konzentrierte sich nur darauf, den Schmerz so weit zu unterdrücken, dass sie wieder atmen konnte. Schließlich wich die Anspannung aus ihrem Körper und hinterließ ein bleiernes Gefühl. Sie musste die Polizei rufen und auch ihre Mutter benachrichtigen, aber im Moment überstiegen diese Aufgaben ihre Kraft. Es war viel einfacher und auch verlockender, sich an Bowen zu lehnen und die Augen zu schließen.

„Dein Verlust tut mir sehr leid, Isabel, aber wir hatten nichts damit zu tun. Als wir hierherkamen, war dein Vater bereits tot." Die Stimme der Frau erklang hinter ihr.

Isabel öffnete die Augen, als eine Hand zaghaft ihre Schulter berührte. „Warum sollte ich Ihnen glauben?"

„Weil ich die Wahrheit sage. Wir haben nicht einmal Waffen dabei."

Isabel sah von Marisa zu Coyle, der schweigend hinter ihr stand und keine Anstalten machte, sich zu verteidigen. Wahrscheinlich weil er es nicht konnte. Er hätte jeden Grund gehabt, ihren Vater zu töten, nach dem, was er Bowen angetan hatte. Ganz davon zu schweigen, welchen Schaden Henry angerichtet hätte, wenn die Existenz der Gestaltwandler bekannt geworden wäre. Ja, das klang alles durchaus logisch, aber sie konnte es trotzdem nicht glauben.

„Dein Vater war schon tot, bevor die beiden hier eingetroffen sind, Isabel." Bowens Worte rissen sie aus ihren Gedanken.

Langsam drehte sie sich wieder zu ihm um. „Was meinst du damit?" Seine Bemerkung ergab keinen Sinn. Er war die ganze Zeit bei ihr gewesen, woher sollte er wissen, was mit ihrem Vater passiert war? Außer … Seine schuldbewusste Miene ließ sie das Schlimmste vermuten.

„Als du geschlafen hast, habe ich von oben Geräusche gehört, Schritte, dann Poltern. Zuerst dachte ich, dein Vater hätte Besuch und etwas heruntergeworfen, doch dann …"

„Was?" Isabels Inneres krampfte sich zusammen.

„Der Geruch. Er ist durch die Klimaanlage in den Keller gekommen."

„Ich habe nichts gerochen!"

„Du hast keine Berglöwennase."

Isabel spürte die Wut erneut in sich aufsteigen. „Warum hast du mir dann nichts gesagt? Oder erzählst du das nur, um deine Freunde zu schützen?"

Bowens Augen wurden dunkler, der Druck seiner Finger an ihren Armen verstärkte sich. „Ich würde dich nie anlügen." Er wandte den Blick ab und ließ sie los. „Solange wir dort unten gefangen waren, wollte ich dich nicht mit etwas belasten, das wir sowieso nicht ändern konnten. Außerdem wusste ich nicht, wer dort gestorben ist, es hätte auch jemand anders sein können."

„Die Wahrscheinlichkeit dafür war nicht sehr hoch." Isabel brachte die Worte kaum heraus.

„Nein."

Bowens schlichtes Eingeständnis trieb wieder Tränen in ihre Augen. Obwohl sie wusste, dass er recht hatte und sie aus ihrem Kellergefängnis heraus nichts hätten unternehmen können, fühlte sie sich, als hätte sie ihren Vater im Stich gelassen. Sie wollte wütend auf ihn sein, doch dafür war sie zu erschöpft.

Isabel rieb über ihr Gesicht, während sie zu entscheiden versuchte, was sie unternehmen sollte.

„Wir müssen los, denn wir sollten weit genug weg sein, wenn die Polizei hier eintrifft."

Coyles leise Worte drangen in ihre Gedanken. Es war klar, dass sie Bowen und seine Leute sowieso nicht aufhalten konnte, selbst wenn sie es wollte. Wahrscheinlich waren sie ohnehin nur noch aus Höflichkeit da.

Glaubte sie wirklich, dass Bowens Freunde etwas mit dem Tod ihres Vaters zu tun hatten? Ihr Verstand zog die Möglichkeit in Betracht, aber ihr Herz sagte etwas anderes. Sie konnte einfach nicht glauben, dass Bowen etwas mit Mördern zu tun hatte. Und auch Coyle und Marisa wirkten nicht wie kaltherzige Verbrecher. Aber es gab nur eine Möglichkeit, ihre Aussagen zu überprüfen.

Langsam stand sie auf und ging auf steifen Beinen in das Haus zurück. Mit angehaltenem Atem betrat sie das Büro und ging zögernd auf ihren Vater zu. Sein schrecklicher Anblick drohte, den letzten Rest ihrer Beherrschung zu zerbrechen, doch sie zwang sich, sich neben ihn zu knien. Mit zitternden Fingern berührte sie seine Wange und zuckte zurück. Er fühlte sich leblos an, aber nicht so kalt, wie sie erwartet hätte.

„Isabel …"

Sie reagierte nicht auf Bowen, sondern begann damit, weitere Bücher zur Seite zu schieben, bis sie eine Wunde auf seiner Brust freigelegt hatte. Dunkelrotes Blut hob sich gespenstisch vom ehemals weißen Hemd ab, Spritzer befleckten zahlreiche Bucheinbände und Teile des Holzfußbodens. Obwohl die Übelkeit immer stärker wurde, beugte Isabel sich tiefer hinunter und fuhr mit dem Finger über einen der Tropfen. Er war bereits getrocknet. Auch das Hemd war nur noch leicht feucht, was darauf schließen ließ, dass ihr Vater bereits vor einiger Zeit getötet worden war und nicht erst in der letzten halben Stunde. Wahrscheinlich erklärte das auch den unangenehmen Geruch, der aufgrund der Hitze, die hier herrschte, schon etwas Verwesung enthielt … Isabel atmete scharf aus und erhob sich rasch. Ihre wackeligen Beine gaben nach und sie wäre gestürzt, wenn Bowen sie nicht aufgefangen hätte. Nachdem sie wieder sicher stand, nickte sie Bowen dankend zu, verließ das Büro und setzte sich im Wohnzimmer auf das Sofa. Die anderen waren ihr gefolgt und blickten sie nun besorgt an.

Isabel verschränkte ihre eiskalten Finger ineinander, um zu verhindern, dass sie zitterten. „Fahrt jetzt, ich rufe in zehn Minuten die Polizei."

„Aber …"

Isabel unterbrach Bowens Protest. „Ich bezweifle, dass ihr den Polizisten begegnen wollt. Ich werde nichts von euch erzählen, ihr könnt ganz beruhigt sein."

Marisa setzte sich neben sie. „Und was willst du ihnen sagen? Dass du im Haus warst und nichts davon mitbekommen hast? Das wird dir niemand glauben."

„Ich war wandern, und als ich wiederkam, habe ich …" Isabel brach ab und versuchte, die Übelkeit zurückzudrängen. „… ich habe ihn so vorgefunden und sofort die Polizei gerufen."

„Das könnte funktionieren, aber es würde die Reifenspuren nicht erklären. Beziehungsweise, die Polizei würde annehmen, dass unsere Spuren zu dem Mörder gehören und wenn irgendjemand in der Nachbarschaft unser Kennzeichen bemerkt oder uns gesehen hat …"

Coyle unterbrach sie. „Sie werden das Auto nicht mehr finden, dafür werde ich sorgen."

„Du bist sicher, dass es nicht zu euren Freunden zurückzuverfolgen ist? Willst du das Risiko wirklich eingehen? Wenn ich hierbleibe und sage, dass ich es mir geliehen habe und den Fahrzeugschein vorzeige, können sie mir nicht das Gegenteil beweisen. Außerdem sind die Spuren vom Fahrzeug des Mörders deutlich sichtbar und unterscheiden sich von unseren. Würde ich wegfahren, würde ich mich viel verdächtiger machen, als wenn ich hierbleibe." Marisa fuhr sich mit der Hand durch die Haare und sah zu Coyle. „Würdet ihr es schaffen, zu Fuß von hier wegzukommen?"

Er legte den Kopf schräg. „Ja." Mehr nicht.

Isabel konnte das Vertrauen sehen, das zwischen ihnen herrschte, und spürte einen eifersüchtigen Stich. In ihrer Familie hatte es so etwas nie gegeben.

„Dann bleibe ich bei Isabel, bis die Polizei kommt."

„Marisa ..." Es war eindeutig, dass Coyle der Plan nicht gefiel. „Sie werden dich verdächtigen, vielleicht sogar verhaften. Wie willst du ihnen erklären, warum du überhaupt hier warst?"

Ihr Lächeln glich eher einer Grimasse. „Das lass meine Sorge sein, ich werde mich schon irgendwie herausreden." Sie stand auf und legte ihre Hand an seine Wange. „Ich habe nichts getan, es gibt keine Spuren hier, die darauf hinweisen würden, dass ich Stammheimer getötet hätte, und wenn Isabel sagt, dass wir ihn zusammen entdeckt haben, können sie mir nichts anhaben. Ganz davon zu schweigen, dass sie bei mir kein Motiv finden werden, ihm etwas anzutun." Ihre Stimme sank zu einem Flüstern, das Isabel kaum noch verstehen konnte. „Bitte, Coyle, bring dich und Bowen so schnell wie möglich in Sicherheit."

Coyle lehnte seine Stirn an ihre. „Mir gefällt das nicht."

„Glaubst du, mir? Aber ich möchte Isabel nicht alleine lassen, sie hat schon genug durchgemacht. Ich weiß genau, wie sie sich im Moment fühlen muss, ich kann sie nicht einfach ohne Unterstützung der Polizei überlassen."

Isabel wollte sagen, dass sie keine Gesellschaft brauchte, aber die Vorstellung, mit der Leiche ihres Vaters alleine im Haus zu sein, hielt sie davon ab. Ihr Blick fiel auf Bowen, der seinen Freund mit einem seltsamen Gesichtsausdruck beobachtete.

„In Ordnung. Gehen wir, Bowen." Coyles Stimme klang tiefer als vorher, sein Gesicht war eine starre Maske.

„Wartet, ich hole noch schnell die Tüte mit dem Essen aus dem Wagen." Marisa wandte sich zur Tür und winkte Coyle, ihr zu folgen.

Isabel beobachtete, wie sie das Wohnzimmer verließen, und drehte sich dann zu Bowen um. Sein intensiver Blick lag direkt auf ihr, und er wirkte, als wollte er etwas sagen, wüsste aber nicht, wie. Das konnte sie gut nachvollziehen, denn es ging ihr genauso. „Möchtest du Wasser haben? Es sind noch einige Flaschen in der Küche."

„Gerne." Bowen folgte ihr in die Küche, die Hände in die Hosentaschen gestopft. Während sie die Flaschen aus der Abstellkammer holte, spürte sie seinen Blick auf sich. „Ich möchte dich nicht hier zurücklassen."

Isabel sah ihn rasch an. „Ich muss hierbleiben, es ist sonst niemand da, der sich um alles kümmern kann. Und danach muss ich nach Los Angeles zurück."

Bowens Kinn schob sich vor. „Ich weiß das, aber trotzdem gefällt es mir nicht." Er räusperte sich. „Wenn es irgendwie ginge, würde ich dich bitten, mit uns zu kommen."

Ein Prickeln bildete sich in ihrem Magen. „Wenn es irgendwie ginge, würde ich mitkommen." Sie hielt ihm einige Flaschen hin. „Leider ist es weder für dich noch für mich möglich."

Bowen nahm das Wasser entgegen und hielt ihre Hand fest. „Ich …" Bei dem Geräusch von Schritten brach er ab. „Danke für alles, ich stehe in deiner Schuld. Wenn du jemals etwas brauchst, schick mir eine Nachricht. Ich werde sofort kommen."

Isabel nickte wortlos, sie brachte keinen Ton mehr durch ihre zugeschnürte Kehle.

Bowen sah mit ausdruckslosem Gesicht über ihren Kopf hinweg. „Ich komme, Coyle." Isabels Augen schlossen sich, als er ihre Hand losließ. „Leb wohl, Isabel."

Sie wusste nicht, ob der Schmerz aus ihrem Innern kam oder von Bowen auf sie übertragen wurde, aber er war so entsetzlich, dass sie ihn kaum aushalten konnte. Blind sank sie zu Boden, nicht mehr in der Lage, etwas anderes wahrzunehmen.

32

Auf dem Weg durch den Wald warf Coyle Bowen einen besorgten Seitenblick zu. Der Junge war erschöpft, der lange Marsch durch die gleißende Sonne Nevadas hatte ihm die letzten Kräfte geraubt, die auch die anschließende Fahrt nach Kalifornien nicht vollständig wieder hatte aufbauen können, und Coyle machte sich Sorgen, ob Bowen es noch bis ins Lager schaffen würde.

Von Marisas Handy aus hatte er seine Mutter in Incline angerufen, ihr die Situation erklärt und sie gebeten, sie einige Meilen vom Haus entfernt abzuholen. Allerdings war die mehrstündige Wartezeit auf einem verlassenen Rastplatz hart gewesen. Besonders weil er am liebsten zu Marisa zurückgekehrt wäre. Bei ihrer Abneigung gegen Polizisten musste sie wirklich davon überzeugt sein, dass Isabel ihre Hilfe brauchte, sonst wäre sie niemals geblieben. Genau diese Uneigennützigkeit liebte er sonst an ihr, aber im Moment machte sie ihn verrückt.

Nach der beinahe verzweifelten Weise zu urteilen, mit der Bowen über die Vorräte hergefallen war, hatte er lange nichts zu essen bekommen. Das, zusammen mit seinen Verletzungen, war ein deutlicher Hinweis darauf, dass Stammheimer ihn schwer misshandelt haben musste und er ohne Isabels Einmischung gestorben wäre.

Coyle verzog den Mund. Als Dank dafür hatte das Mädchen seinen Vater verloren und durfte sich jetzt mit der Polizei herumschlagen. Hoffentlich machten sie ihr nicht zu viel Ärger und sie konnte bald ihr normales Leben fortsetzen. Obwohl das nach dem gewaltsamen Tod ihres Vaters wohl kaum möglich sein würde. Und vermutlich war es auch kein Trost, dass Stammheimer ein Verbrecher gewesen war, der sie völlig gewissenlos im Keller eingesperrt und anscheinend nicht darüber nachgedacht hatte, was Bowen ihr hätte antun können.

„Müssen wir wirklich in ein neues Lager ziehen?" Bowens Frage riss Coyle aus seinen Gedanken. Es war das erste Mal, dass er von sich aus eine Unterhaltung begann.

„Ja, es ist nicht mehr sicher an der alten Stelle."

Er hatte extra eine andere Route von der Straße aus gewählt, falls immer noch Jäger unterwegs waren, die versuchten, sie wieder einzufangen. Bisher waren sie niemandem begegnet, und da sie sich bereits in unmittelbarer Nähe des Zwischenlagers befanden, ging er davon aus, dass sie endlich sicher waren. „Das Lager wurde überfallen, und da wir nicht wissen, wer die Koordinaten noch kennt, haben wir beschlossen, ein neues an einem anderen Ort zu bauen."

Bowen nickte ruckhaft. „Ich verstehe." Eine Weile schien er in seine Gedanken versunken zu sein, bevor er Coyle anblickte. „Du sagtest vorhin etwas von Melvin. Was hat er damit zu tun?"

Coyle spürte wieder Wut in sich hochsteigen. „Er hat Stammheimer oder einen seiner Kumpane kontaktiert und ihnen verraten, wo sie uns finden und wie sie die Sicherheitsmaßnahmen umgehen können."

Fassungslos sah Bowen ihn an. „Warum sollte er das tun? Er lebt doch bei uns, alles was uns geschieht, betrifft auch ihn."

„Ich glaube nicht, dass er wirklich darüber nachgedacht hat. Wenn du möchtest, kannst du dabei sein, wenn wir ihn deswegen noch einmal zur Rede stellen."

Bowen schwieg einen Moment. „Ich weiß nicht, ob ich das will."

„Das kann ich verstehen. Du hast noch genug Zeit, dich zu

entscheiden, zuerst musst du dich ausruhen und deine Verletzungen auskurieren. Fay wird sich um dich kümmern."

Bowens Grimasse erinnerte an den unbeschwerten Jugendlichen, der er vor der Entführung gewesen war. „Muss das sein?"

Grinsend legte Coyle seine Hand auf Bowens Schulter. „Trag es wie ein Mann. Und keine Angst, deine Mutter wird dich beschützen." Ein Stöhnen war die einzige Antwort. „Ich werde auch dafür sorgen, dass die Leopardenfrauen weg sind, bevor du dorthin gehst."

Diesmal blieb Bowen stehen. „Welche Leopardenfrauen? Ich war doch nur ein paar Tage weg, aber irgendwie scheint sich alles verändert zu haben."

Ungebeten tauchte Marisas Gesicht vor Coyles innerem Auge auf. „Ja, das hat es."

„Wer ist Marisa?"

Wunderbar, jetzt konnte schon ein Jugendlicher seine Gedanken erraten. „Eine Freundin, die mir sehr geholfen hat."

„Wobei?"

„Sie hat mich vor den Leoparden gerettet, die auf mich gehetzt wurden, als ich zu dicht auf deiner Spur war. Dadurch ist sie selbst in Gefahr geraten, und wir sind gemeinsam zum Lager geflohen."

„Und dort wurdet ihr dann wieder angegriffen?"

Coyle hob den Kopf und sog tief die Luft ein. „Das erzähle ich dir alles später, wir sind gleich im Lager."

Er hatte es kaum ausgesprochen, als Amira schon auf sie zulief. „Bowen!" Mit einem Freudenschrei stürzte sie sich auf ihren Sohn und umarmte ihn so heftig, dass er zusammenzuckte. Doch er sagte nichts, und seine Mutter schien es nicht zu bemerken. Tränen strömten über ihre Wangen während sie ihn eingehend betrachtete. „Du lebst."

„Es geht mir gut, Mom. Ich bin wieder zu Hause.“ Seine Stimme war rau vor unterdrückten Gefühlen.

Coyle wandte sich ab und ging weiter, um ihnen ein wenig Privatsphäre zu geben. Wenigstens eine Sache war glücklich ausgegangen, jetzt musste er nur noch dafür sorgen, dass der Umzug gut verlief. Im Rat würde entschieden werden, was mit Melvin geschehen sollte. Sie konnten ihn kaum für sein restliches Leben einsperren oder ihn den Behörden übergeben. Genauso wenig konnten sie aber darauf vertrauen, dass er sie nicht noch einmal verraten würde. Frustriert fuhr sich Coyle mit der Hand durchs Haar. Es gab keine vernünftige oder gerechte Strafe für Melvin.

„Wo hast du Marisa gelassen?“ Ambers Stimme drang durch die Bäume, bevor er sie sehen konnte.

Mit einem stummen Seufzer gestand er sich ein, dass er nicht um die Diskussion herumkommen würde, wie er es gehofft hatte. „Hallo, Schwesterherz, es ist schön, dich zu sehen.“

Sie küsste ihn auf die Wange und hängte sich dann bei ihm ein. „Ich bin froh, dass du in einem Stück zurückgekommen bist. Geht es Bowen gut?“

„Den Umständen entsprechend. Er wird sich eine Weile körperlich schonen müssen und braucht Zeit, um die Geschehnisse zu verarbeiten.“

„Und diese Isabel? Es muss furchtbar sein, den eigenen Vater ermordet aufzufinden – auch wenn er ein mieser Verbrecher war.“

Offenbar hatte sie schon mit ihrer Mutter telefoniert und sich alles berichten lassen. „Es hat sie ziemlich getroffen, deshalb ist Marisa bei ihr geblieben, um ihr die Sache zu erleichtern.“ Unruhig rieb er über sein Gesicht. „Ich habe versucht, es ihr auszureden, vor allem weil die Polizei sie verdächtigen wird, aber sie hat sich nicht umstimmen lassen.“

Amber neigte den Kopf. „Aus Angst, dass ihr beide entdeckt

werdet.“ Als er nicht antwortete, blieb Amber stehen und sah ihm in die Augen. „Du weißt es also. Gut, ich dachte schon, ich müsste dir erklären, dass man so etwas nur für jemanden tut, den man liebt.“

„Daran habe ich keinen Zweifel.“

Zufrieden nickte sie. „Sehr gut. Dann gehst du gleich zu ihr?“

„Nein.“ Damit drehte er sich um und ging weiter auf das Lager zu.

Amber zog an seinem Arm. „Was meinst du damit? Ihr liebt euch, also tu etwas!“

Wütend blickte Coyle sie an. „Wir befinden uns gerade mitten in einem Umzug, haben einen Verräter unter uns, und es gibt offenbar einen oder mehrere Menschen, die von uns wissen und die vermutlich alles daran setzen werden, uns zu finden. Ich habe im Moment keine Zeit, mich um andere Dinge zu kümmern.“

„Du hast also immer noch nicht gelernt, die richtigen Prioritäten zu setzen.“

Coyle beugte sich so weit zu ihr hinüber, dass ihre Nasen sich fast berührten. „Diese Leute dort sind meine oberste Priorität, Amber!“ Mit dem Finger deutete er in Richtung des Lagers. Mit Mühe senkte er seine Stimme. „Ich kann es mir nicht leisten, mich auf etwas anderes zu konzentrieren, das mich ablenken wird. Nicht, wenn nur eine Unaufmerksamkeit dazu führen kann, dass wir alle gefangen werden oder sterben.“

Amber nickte langsam. „Ich weiß. Aber ich weiß nicht, ob dir klar ist, dass es hier genug andere gibt, die ihren Teil der Verantwortung tragen würden, wenn du sie endlich ließest. Du musst nicht alles auf deine Schultern laden, Coyle, und du musst ganz sicher nicht auf dein eigenes Glück verzichten, nur damit wir in Ruhe leben können.“ Sie hob die Hand, als er etwas erwidern wollte. „Nein, sag nichts und denk einfach darüber nach.“ Damit wandte sie sich ab und ging zum Lager zurück.

Mit einem tiefen Seufzer wartete Coyle, bis Bowen und Amira zu ihm aufgeschlossen hatten. „Alles in Ordnung?"

Amira lächelte ihn durch ihre Tränen an. „Jetzt ja. Danke, dass du ihn mir zurückgebracht hast, Coyle."

Sein antwortendes Lächeln fühlte sich seltsam steif an. „Gern geschehen."

Nachdem er Bowen und seine Mutter umringt von den anderen Wandlern zurückgelassen hatte, suchte er Finn. Er fand ihn vor Fays Hütte, zusammen mit dem Ratsmitglied Kearne und den beiden Leopardenfrauen, die schon deutlich besser aussahen als bei ihrem letzten Treffen. Als sie ihn sahen, konnte er in den Gesichtern der beiden Männer Erleichterung erkennen.

„Hallo, Coyle, gut, dass ihr wieder da seid."

„Was ist denn hier los?"

Finn hob unbehaglich die Schultern. „Die beiden Damen weigern sich, das Lager zu verlassen."

„Das stimmt nicht ganz." Kainda ignorierte die anderen beiden Männer und wandte sich direkt an Coyle. „Ich gehe, sobald ich weiß, dass meine Schwester in Sicherheit ist." Jamila sah bei dieser Ankündigung ungefähr so unglücklich aus wie Finn und Kearne.

„Und wo soll das sein?" Coyle befürchtete, die Antwort bereits zu kennen, bevor Kainda den Mund öffnete.

„Bei euch." Sie hob die Hand, als er etwas sagen wollte. „Ich muss einen Weg finden, wie wir wieder nach Hause kommen, aber das kann ich schneller alleine. Jamila ist im Moment zu schwach, um weite Strecken zu laufen. Bitte!" Bei dem Wort sah sie aus, als würde sie auf Zitronen beißen.

Coyle sah sie nachdenklich an. „Das müssen wir im Rat besprechen. Aber dir ist klar, dass wir uns momentan in einer etwas schwierigen Lage befinden. Wir können nicht garantieren, dass Jamila bei uns in Sicherheit ist."

„Das weiß ich. Andererseits wäre sie für eure Gruppe eine Bereicherung, wenn sie erst wieder ganz gesund ist."

Wut malte sich auf Jamilas dunklem Gesicht ab. „Ich bin kein Stück Vieh, Kainda! Willst du den Berglöwen auch noch mein Gebiss zeigen?"

Kainda verzog keine Miene, als sie Coyle anblickte. „Würde das helfen?"

Einen Moment lang starrte er sie nur an, dann begann er zu lachen. „Wohl eher nicht."

Ein kurzes Grinsen blitzte auf, dann wurde Kainda wieder ernst. „Entschuldige, Jamila. Ich muss nur wissen, dass du in Sicherheit bist, während ich einen Rückweg für uns suche."

Jamilas Miene wurde sanfter. „Ich weiß, aber es gefällt mir trotzdem nicht, dass du alleine losziehen willst. Was ist, wenn dir etwas passiert?" Sie wandte sich Finn zu. „Wenn ich hierbleiben kann, verspreche ich, mich euren Gesetzen unterzuordnen und zu versuchen, etwas zur Gemeinschaft beizutragen."

Finn nickte. „Davon gehen wir aus, sonst würden wir gar nicht darüber nachdenken."

„Wenn es euch wirklich ernst ist, erwarte ich aber auch, dass ihr uns vorher noch einige Fragen beantwortet."

Kainda sah Coyle wachsam an. „Welche?"

„Zum Beispiel, warum ihr mich in Mariposa nicht getötet habt, als ihr die Gelegenheit dazu hattet." Allein der Gedanke daran ließ Coyles Mund trocken werden.

„Als du beim Haus des Entführers aufgetaucht bist, erhielten wir den Befehl, dafür zu sorgen, dass du dem Jungen nicht weiter folgen kannst. Wir wussten sofort, was du warst, deshalb haben wir es wörtlich genommen. Du warst nach der Betäubung nicht mehr in der Lage, ihm zu folgen, deshalb haben wir dich nicht getötet." Kainda stieß ein freudloses Lachen aus. „Aber du hast nicht aufgegeben und darüber war Gowan nicht erfreut. Er hat gesagt, wenn wir dich nicht einfangen können, sollen wir dich töten, und deine Freundin gleich mit."

Coyle schob die Augenbrauen zusammen. „Das ist es, was ich nicht verstehe: Warum habt ihr überhaupt darauf gehört, was dieser Gowan gesagt hat? Ihr hättet es nicht tun müssen."

Wut blitzte in Kaindas Augen auf. „Glaubst du, es hat uns Spaß gemacht? Oder dass wir nicht längst geflohen wären, wenn wir die Möglichkeit dazu gehabt hätten?" Sie legte ihre Hand auf den Verband in ihrem Nacken. „Wir haben es versucht, mehrmals, aber durch die Sender konnte er uns immer wieder aufspüren." Ihre Stimme wurde brüchig.

Jamila legte ihrer Schwester beruhigend eine Hand auf den Arm. „Wir wussten, dass es ohne seine Hilfe sehr schwierig sein würde, wieder nach Hause zu kommen. Wir haben keine Papiere und kennen niemanden hier, der uns helfen würde. Zuerst haben wir geglaubt, dass er uns gehen lässt, wenn wir tun, was er sagt, doch irgendwann wurde uns klar, dass er das nie vorhatte."

Kainda übernahm wieder. „Einige Dinge, die wir in den letzten Monaten gesehen und getan haben, werden uns den Rest unseres Lebens verfolgen." Ein humorloses Lächeln huschte über ihr Gesicht. „Was glaubt ihr, warum wir euch vor dem Lager angegriffen und nicht gewartet haben, bis ihr dort ward? Wir haben versucht, Gowan nicht dorthin zu führen." Sie blickte Coyle direkt an. „Ihr könnt sicher sein, dass wir nichts mehr tun werden, das eurer Gruppe in irgendeiner Weise schaden würde."

Coyle konnte in ihrem Gesicht sehen, dass sie es ernst meinte, und nickte schließlich. „In Ordnung. Bereitest du alles für eine Sitzung vor, Kearne? Ich muss nach Angus sehen."

Der Bloodhound war in Fays Obhut geblieben, weil er nicht kräftig genug gewesen war, die lange Reise nach Nevada anzutreten. Davon abgesehen war eigentlich geplant gewesen, dass Marisa mit zurückkam. Coyle schob die Tür der Hütte auf und wurde fast von dem großen Hund umgerannt. Geistesgegenwärtig zog er die Tür hinter sich zu, damit Angus nicht entwischen konnte.

„Es tut mir leid, alter Junge, Marisa ist nicht hier."

Angus legte den Kopf schräg, als könnte er ihn verstehen, und sah ihn mit seinen Triefaugen derart mitleiderregend an, dass Coyle sich gleich noch schlechter fühlte.

„Sie hat noch etwas anderes zu erledigen, aber ich werde dafür sorgen, dass du zu ihr zurückkommst." Damit würde er die letzte Verbindung zu Marisa verlieren, aber sie konnten Angus nicht mit in ihr neues Lager nehmen.

Trotzdem war die Vorstellung, sie nicht sofort wiederzusehen, mehr als er ertragen konnte. Coyle strich über den Kopf des Hundes, als er zu winseln begann. „Ich weiß, sie fehlt dir auch." Als er sich dabei ertappte, wie er sich zu Angus hinunterbeugte, schnitt er eine Grimasse und richtete sich rasch wieder auf.

„Ich werde es nicht weitersagen." Fay trat aus dem hinteren Teil der Hütte ins Licht. Ein amüsiertes Lächeln spielte um ihre Mundwinkel.

Coyle spürte, wie Hitze in seine Wangen stieg. Natürlich musste ihn ausgerechnet Fay dabei beobachten, wie er sich mit einem Hund verbündete. „Danke."

Der Humor verließ Fays Gesicht. „Bist du sicher, dass du das Richtige vorhast?"

„Nein, aber ich werde es trotzdem tun." Damit drehte Coyle sich um und verließ die Hütte, bevor Fay anfing, ihn so zu bearbeiten wie Finn und Amber.

Marisa sah erschrocken von ihrem Laptop auf, als es unerwartet an der Tür klingelte. Erst vor Kurzem war sie nach Hause zurückgekommen. Die Polizei hatte sie stundenlang befragt, und sie war anschließend bei Isabel geblieben, bis ihre Mutter aus

Los Angeles eintraf. Danach war sie so müde gewesen, dass sie sich ein Hotelzimmer genommen und bis zum späten Morgen durchgeschlafen hatte.

Bei der Erinnerung an Felicia Kerrilyan schüttelte Marisa den Kopf. Isabel tat ihr wirklich leid, der Vater ein Verbrecher und die Mutter ein Murmelgehirn.

Marisa schob die Gardine zur Seite und sah aus dem Fenster. Als sie die Frau erkannte, die auf der Veranda stand, öffnete sie rasch die Tür. Es war die rotblond gelockte Frau, die sie damals nach ihrem Abenteuer im Wald mitgenommen und bis direkt vor die Haustür gefahren hatte.

„Hallo, was führt Sie denn hierher?" Bevor die Frau antworten konnte, schoss etwas hinter ihr hervor und warf sich gegen Marisa. Angus!

Tränen ließen ihren Blick verschwimmen, als sie ihren Hund in die Arme schloss. Es tat gut, ihn gesund und munter zu sehen, und es schien ihm ähnlich zu gehen. Hingebungsvoll leckte er über ihr Gesicht, bis sie ihn lachend zur Seite schob. „Lass das, ich habe mich heute schon gewaschen."

„Angus scheint froh zu sein, Sie wiederzusehen."

Nur langsam drangen die Worte der unerwarteten Besucherin in Marisas Bewusstsein. Woher kannte sie den Namen ihres Hundes? Und vor allem, wie kam sie eigentlich an das Tier? Coyle hatte versprochen, dass Angus bei den Berglöwenleuten in Sicherheit wäre, bis sie ihn abholen konnte. Während sie ihn weiterstreichelte, sah sie zu der Frau auf. „Wahrscheinlich ist es unhöflich, aber könnten Sie mir sagen, wie Sie an meinen Hund gekommen sind?"

Die Frau lachte auf. „Ich bin immer dafür, gleich zur Sache zu kommen. Coyle hat mich gebeten, Ihnen Angus zu bringen."

Für einen Moment betrachtete Marisa sie schweigend. Dann atmete sie tief durch. „Er wollte nicht selbst kommen." Die Enttäuschung war deutlich in ihrer Stimme zu hören, aber das war ihr egal. Verdammt, er hatte sie schon wieder ausgeschlossen! Diesmal vermutlich für immer, da sie nicht wusste, wo sich das neue Lager befand.

„Er wäre gerne gekommen, aber derzeit kann er nicht weg, und er wollte nicht, dass Sie alleine hier wohnen." Die Augenbrauen der Frau schoben sich zusammen. „Wenn ich vorher gewusst hätte, was er Ihnen alles zugemutet hat ..."

„Woher kennen Sie Coyle?" Er hatte doch behauptet, dass die Berglöwenleute keine Kontakte zu normalen Menschen unterhielten. Aber diese Frau kannte nicht nur seinen Namen, sie schien auch zu wissen, was in den letzten Tagen geschehen war. Langsam dämmerte es Marisa und Zorn erfasste sie. „Ich verstehe. Dann war es vermutlich auch kein Zufall, dass Sie mich neulich an der Straße aufgesammelt und nach Hause gefahren haben, oder?"

Ein Lächeln huschte über das Gesicht der Frau. „Mein Sohn wollte nicht, dass Ihnen etwas geschieht." Sie streckte ihre Hand aus. „Vielleicht sollte ich mich vorstellen, ich bin Aliyah, Coyles und Ambers Mutter."

Wie betäubt schüttelte Marisa die angebotene Hand. „Aber ..." Sämtliche Gedanken wirbelten in ihrem Kopf durcheinander. „Ich wusste nicht, dass Sie ..."

„Noch leben?" Aliyah lachte.

„Ja, ich meine, nein." Marisa strich eine Haarsträhne hinter ihr Ohr. „Ich habe Sie im Lager nicht gesehen, und Coyle sagte, dass alle Wandler versteckt leben müssen."

„Ich sehe schon, mein Sohn hat Ihnen nicht viel von uns erzählt. Grundsätzlich ist seine Verschwiegenheit gut, aber manchmal weiß er einfach nicht, wann er einem Menschen vertrauen sollte."

Marisa verzog das Gesicht. „Das ist mir aufgefallen." Sie blickte zu Angus hinunter, als er auffordernd gegen ihr Bein stieß. „Wo sind meine Manieren? Kommen Sie bitte herein." Sie hielt die Tür auf und beobachtete, wie Angus zielstrebig in die Küche lief.

„Er scheint Hunger zu haben." Aliyah betrat das Haus und sah sich neugierig um.

„Den hat er immer", erwiderte Marisa. Seltsamerweise war ihr die Kargheit der Hütte plötzlich unangenehm. Mit einem Anflug von Ärger wischte sie das Gefühl beiseite. Warum sollte es sie stören, was Coyles Mutter von ihr hielt? Er hatte es ja nicht mal für nötig befunden, Marisa zu sagen, dass es sie überhaupt gab. „Bitte setzen Sie sich." Marisa deutete auf den Sessel und holte sich einen Hocker aus der Küche. „Möchten Sie einen Kaffee?"

„Danke, gerne." Anstatt sich zu setzen, folgte Coyles Mutter ihr und lehnte sich gegen den Türrahmen.

Mit der Kanne in der Hand starrte Marisa sie an. Genau so hatte Coyle dort an jenem Morgen gestanden. Jetzt bemerkte sie auch die anderen Ähnlichkeiten wie die grau melierten rotblonden Haare, die sie an Amber erinnerten, oder die bernsteinfarbenen Augen, die Coyles so ähnelten.

„Was ist?"

Marisa schüttelte den Kopf und drehte sich zum Waschbecken um. „Ich habe mich nur gerade daran erinnert, als Coyle hier war."

Aliyahs Augen verdunkelten sich. „Es war sehr mutig, dass Sie ihn ins Haus geholt haben."

Verlegen zuckte Marisa mit den Schultern. „Was sollte ich machen, er war verletzt und hilflos. Und vor allem nackt." Ihre Wangen wurden heiß. „Ich meine …"

Lachend winkte Aliyah ab. „Ich verstehe schon." Sie wurde wieder ernst. „Danke, dass Sie ihm und auch den anderen geholfen haben. Wir stehen alle in Ihrer Schuld."

„Das habe ich gerne getan, nur …“
„Was?“
„Ich hätte mir gewünscht, dass ich mehr als nur eine Fremde bin, die man wegschickt, wenn sie nicht mehr gebraucht wird.“ Abrupt drehte Marisa den Wasserhahn auf und hielt die Kanne darunter. „Ich verstehe die Vorsicht, aber es tut mir weh, für nicht vertrauenswürdig gehalten zu werden.“
Eine Hand legte sich auf ihre Schulter. „Coyle vertraut Ihnen, sonst hätte er Sie nie so nah herangelassen. Er zieht sich zurück, weil er glaubt, er müsste zuerst an die Gruppe denken.“
„Und was kann ich dagegen machen?“
Aliyah seufzte. „Nichts. Aber ich glaube, dass mein Sohn sehr bald erkennen wird, wo seine wahren Prioritäten liegen.“
Das warme Lächeln auf Aliyahs Gesicht ließ Marisa verlegen werden, deshalb wechselte sie rasch das Thema. „Wie kommt es, dass Sie nicht im Lager leben?“
Ein sehnsüchtiger Ausdruck glitt über Aliyahs Gesicht. „Wenn wir ein bestimmtes Alter erreicht haben, ziehen sich die Berglöwen in uns zurück, wir können uns nicht mehr verwandeln. Und damit erhalten wir die Freiheit, uns in den Städten anzusiedeln und ein normales Leben zu führen.“ Ihre Mundwinkel hoben sich. „Wir lernen sogar, Autos zu fahren.“
„Ich dachte, Sie hätten keine Papiere?“ Marisa schob Angus zur Seite, der sich an ihr vorbeidrängen wollte.
„Es gibt Mittel und Wege, welche zu bekommen. Und wenn man einmal offiziell registriert ist, kann man auch seinen Führerschein machen, einen Job annehmen, reisen, alles, wozu man Lust hat.“
Marisa gab Kaffeepulver in den Filter und schaltete die Maschine an, bevor sie sich wieder zu Coyles Mutter umdrehte. „Und es will niemand im Lager bleiben?“
Aliyah schwieg einen Moment und neigte dann den Kopf in

einer Geste, die Marisa an Coyle erinnerte. „Das hat nichts mit wollen zu tun. Wenn wir älter und krankheitsanfälliger werden, sind wir eine Bürde für die anderen. Es ist einfacher und vor allem bequemer, in einer Stadt zu leben. Allerdings ziehen nur wenige in eine größere Stadt, die meisten leben in Gruppen am Rand von Kleinstädten, möglichst nah am Wald."

„Damit sie sich heimischer fühlen?"

„Damit die Verwandtschaft zu Besuch kommen kann, ohne größeres Aufsehen zu erregen." Aliyahs Lachen war ansteckend.

Als der Kaffee durchgelaufen war, goss Marisa ihn in zwei Becher und trug sie in das Wohnzimmer. Aliyah setzte sich auf das Sofa, und Angus legte sich ihr zu Füßen. Auf Marisas fragenden Blick hin zuckte sie nur die Schultern. Eine Weile schwiegen sie, während sie den ersten Schluck Kaffee genossen.

„Was ist mit den Kindern?"

Fragend sah Aliyah auf. „Was soll mit ihnen sein?"

„Ich habe im Lager nirgends Kinder gesehen. Leben sie auch in der Stadt?"

„Nein, das würde nicht gehen, weil sie noch nicht wirklich steuern können, welche Gestalt sie gerade haben. Nach Bowens Entführung wurden sie an einen sicheren Ort gebracht. Einige der Mütter passen dort auf sie auf. Wahrscheinlich ist die Gruppe inzwischen wieder zusammen, nachdem sie umgezogen sind."

Marisa nickte schweigend.

„Genug über uns, wie ist es Ihnen ergangen, nachdem Coyle und Bowen weg waren? Bowen hat mich eindringlich gebeten, Sie danach zu fragen, wie es Isabel geht."

Marisa biss sich auf die Lippen, um nicht zu fragen, ob Coyle auch etwas über sie hatte wissen wollen. „Isabel geht es den Umständen entsprechend. Sie steht noch unter Schock, aber ihre Mutter kümmert sich um sie, so gut sie kann. Inzwischen werden sie schon wieder in Los Angeles sein."

Aliyah nickte. „In ihrer vertrauten Umgebung wird es ihr hoffentlich bald besser gehen. Wurden Sie von der Polizei sehr drangsaliert?"

„Sie haben sich redlich bemüht, etwas zu finden, was mich mit dem Mord in Verbindung bringt, aber es ist ihnen nicht gelungen. Und da Isabel ausgesagt hat, ich wäre mit ihr unterwegs gewesen, konnten sie mich nicht länger festhalten." Marisa verzog den Mund, als sie sich an die bohrenden Fragen des Detectives erinnerte. „Besonders, da vor dem Haus die Reifenspuren eines anderen Wagens gefunden wurden." Marisas Griff um ihre Tasse wurde fester. „Ich wünschte nur, wir wären früher da gewesen, dann wäre Henry Stammheimer noch am Leben."

„Oder ihr wärt auch tot." Versonnen nippte Aliyah an ihrem Kaffee. „Ich weiß, es klingt kalt, aber ich bin froh, dass er tot ist und meiner Familie und meinen Freunden nicht mehr schaden kann. Würde er noch leben, hätten wir ihn nicht einmal anzeigen können, er hätte alle Trümpfe in der Hand gehalten."

Nachdenklich kaute Marisa an ihrer Unterlippe. „Ich frage mich nur, wer außer euch noch ein so großes Interesse daran haben kann, dass Henrys Arbeit geheim bleibt. Schließlich wurde sein Computer gestohlen, und jemand hat seine Schubladen durchwühlt."

„Ich habe keine Ahnung, und ich hoffe auch, dass ich nie wieder etwas über diesen Verbrecher hören muss. Was er dem armen Bowen angetan hat …"

Marisa legte ihre Hand auf Aliyahs. „Bowen ist stark, ich bin mir sicher, dass er es schafft. Die Art, wie er mit Isabel umgegangen ist, hat mich beeindruckt."

Interesse leuchtete in Aliyahs Augen auf. „Ach ja? Was hat er getan?"

„Obwohl ihr Vater derjenige war, der ihn gefangen hielt und

folterte, war er es, der sie getröstet hat, als sie entdeckte, dass Stammheimer tot ist. Und er hat sie davon abgehalten, auf Coyle und mich loszugehen, als sie uns noch für die Täter hielt." Ein trauriges Lächeln spielte um ihre Lippen, als sie sich an den Zeitpunkt des Abschieds erinnerte. „Sie wirkten so vertraut miteinander, obwohl sie sich erst kurze Zeit kannten."

„Manchmal reicht ein Blick."

Marisa unterdrückte einen Seufzer und wechselte erneut das Thema. „Ziehen Sie auch um, wenn das neue Lager steht? Oder ist es von Ihnen aus noch genauso gut zu erreichen?"

Aliyahs Lächeln zeigte, dass sie die Frage durchschaut hatte. „Das weiß ich noch nicht."

Es war klar, dass sie nicht mehr dazu sagen würde. „Ist schon entschieden worden, was mit Melvin passiert?"

Aliyahs Augen verdunkelten sich. „Er war so ein lieber Junge, bevor er sich in den Kopf setzte, dass es etwas Schlechtes ist, ein Wandler zu sein. Ich habe nie herausfinden können, warum er sich so verändert hat."

„Anscheinend hat es niemand vorhersehen können."

„Vielleicht." Aliyah schüttelte den Kopf. „Um zu Ihrer Frage zurückzukommen, es wurde entschieden, dass er nicht bei der Gruppe bleiben kann."

Marisas Herz zog sich vor Mitleid zusammen. Melvin war ein wütender junger Mann, der großen Schaden angerichtet hatte, aber sie war sich nicht sicher, ob das die richtige Strafe für ihn war. Welche Perspektiven hatte er, wenn er nicht mit seinen Artgenossen zusammenleben durfte? „Ist das nicht gefährlich? Was ist, wenn er in falsche Gesellschaft gerät?"

„Sein Vater wird dafür sorgen, dass das nicht geschieht."

Überrascht lehnte Marisa sich vor. „Ich dachte, sein Vater wäre schon lange nicht mehr bei der Gruppe."

„Ganz genau. Er lebt seit acht Jahren als Einzelgänger in der

Wildnis, wir haben ihn benachrichtigt, und er ist bereit, sich um Melvin zu kümmern."

„Ich dachte, Melvin hasst ihn."

Aliyah verzog den Mund. „Ja, es wird nicht einfach für die beiden. Aber vielleicht ist es auch eine Chance, Vergangenes wiedergutzumachen." Sie trank ihren Kaffee aus und erhob sich. „Ich muss langsam wieder zurück, ich kann den Laden nicht so lange allein lassen."

Marisa begleitete sie zur Tür. „Was für einen Laden haben Sie denn?"

Nach einigem Kramen in ihrer Handtasche förderte Coyles Mutter eine Visitenkarte zutage. „Naturprodukte. Besonders unsere Seife ist sehr beliebt." Mit einem Augenzwinkern trat sie aus der Hütte. „Wenn irgendetwas sein sollte oder Sie einfach nur reden möchten, wissen Sie, wo Sie mich finden."

„Ja." Marisa wedelte mit der Visitenkarte. „Vielleicht komme ich auch irgendwann vorbei und hole mir einen Jahresvorrat."

„Machen Sie das." Aliyah winkte ihr zu und stieg in ihren Wagen.

Während Marisa beobachtete, wie das Auto zurücksetzte, spürte sie etwas Feuchtes an ihrer Hand. „Jetzt sind wir wieder ganz allein, Angus." Sein Winseln ließ sie hinunterblicken. „Ach komm schon, früher haben wir uns doch auch gut amüsiert, nur wir beide."

Sein Blick sagte das, was sie selbst auch fühlte: Nein, sie hatte nicht wirklich gelebt, sondern nur die Zeit abgesessen und vergessen, was es überhaupt bedeutete zu leben. Coyle hatte sie aus dieser inneren Erstarrung geweckt, und sie musste jetzt damit fertig werden, wieder etwas zu spüren, wieder ein Ziel zu haben, auch wenn sie wusste, dass es schmerzen würde.

Epilog

Müde schleppte sich Marisa die Treppe zu ihrem Haus hinauf. Sie wollte nur noch ins Bett und möglichst ein paar Tage durchschlafen. Seit sie begonnen hatte, Aufträge für Zeitungen und andere Parks anzunehmen, hatte sie zwar endlich genug Geld, sich alles zu kaufen, was sie zum Leben brauchte, doch keine Zeit mehr, es auszugeben.

Aber die viele Arbeit hatte auch Vorteile, weil sie dadurch nicht über das nachgrübeln musste, was in ihrem Leben fehlte. Sie schnitt eine Grimasse, als ihr klar wurde, dass das nicht stimmte. Genau genommen dachte sie fast ununterbrochen darüber nach, was sie hätte anders machen können. Hätte es irgendeine Möglichkeit gegeben, mit Coyle zusammen zu sein? Gut, sie konnte seine Mutter kontaktieren und ihr sagen, dass Coyle sich gefälligst bei ihr melden sollte, aber dann würde sie sich noch schlechter fühlen. Sie wollte keinem Mann hinterherlaufen und sich zum Narren machen, sie hatte Besseres verdient.

Toll, jetzt war ihre Laune wieder im Keller, wie so oft, wenn sie abends nach Hause kam. Der arme Angus wusste schon gar nicht mehr, was er noch mit ihr machen sollte. Marisa verdrehte die Augen und kramte ihren Schlüssel aus der Hosentasche. Während sie ihre Einkäufe auf einer Hüfte balancierte, schloss sie die Tür auf. Seltsam, normalerweise konnte sie Angus schon winseln hören, wenn sie auf die Veranda trat. Wahrscheinlich hatte er endlich verstanden, dass sie erst hereinkommen musste, bevor sie ihm etwas zu essen geben konnte.

Marisa zog die Tür auf und schlängelte sich durch die Öffnung.

Tiefe Dunkelheit herrschte in der Hütte. Automatisch tastete sie nach dem Lichtschalter neben der Tür und erstarrte, als sie eine Bewegung wahrnahm.

„Angus?"

Keine Antwort. Etwas stimmte hier ganz und gar nicht, der Bloodhound wäre inzwischen längst aus dem Schlafzimmer gekommen und hätte sie begrüßt.

Mit wild klopfendem Herzen stellte sie die Tüte auf den Boden und bewegte sich zur Kommode, wo sie inzwischen eine richtige Pistole aufbewahrte. Sie hatte sich dagegen entschieden umzuziehen, einerseits, weil sie ziemlich sicher war, dass es nichts gebracht hätte, und andererseits, weil sie Coyle ermöglichen wollte, sie wiederzufinden. Sie hatte sich neue Schlösser angeschafft und eine Waffe. Die erste Zeit war sie bei jedem Geräusch aufgeschreckt, doch als nichts passierte, hatten ihre Ängste ein wenig nachgelassen. Bis jetzt.

Ihre Fingerspitzen ertasteten gerade den Griff der Schublade, als sie etwas hörte. Es klang wie Flötenmusik, erst kaum mehr als ein Wispern, bevor es anschwoll und den Raum erfüllte. Sie konnte keinen Muskel rühren, als sie die Melodie erkannte: Es war die Musik, zu der sie mit Coyle bei der Versammlung getanzt hatte. Schmerzerfüllt atmete sie ein und roch etwas, das seit drei Monaten in ihrem Leben gefehlt hatte. Freude, dicht gefolgt von Wut und Schmerz schossen durch ihren Körper und ließen sie zitternd zurück.

Unerwartet flammte das Licht auf, und sie blinzelte. Als sie die Augen wieder öffnete, stand Coyle vor ihr. Er bewegte sich anscheinend immer noch schneller, als sie reagieren konnte – und er sah noch genauso gut aus wie bei ihrem Abschied in Nevada. Er war so nah, dass sie seinen Duft wahrnahm, den sie unter Tausenden erkannt hätte.

„Was willst du hier?" Sie zuckte bei dem harten Klang ihrer

Frage zusammen, entschied dann aber, dass Coyle es verdient hatte. Kein einziges Wort seit ihrem Abschied, nicht mal eine kurze E-Mail oder eine Postkarte. „Und was hast du mit Angus gemacht?“ Wie auf Befehl begann der Hund, an der Schlafzimmertür zu kratzen.

Rasch ging sie zur Tür und öffnete sie, um Angus herauszulassen. Der Hund stürzte an ihr vorbei und kam dicht vor Coyle schlitternd zum Stehen. Nach einem vorwurfsvollen Blick in ihre Richtung reckte er ihm seinen Kopf auffordernd entgegen. Während Coyle seine wulstigen Falten kraulte, blickte Angus Marisa triumphierend an. Verräter! Wütend stapfte sie in das Schlafzimmer und zog die Tür hinter sich zu. Bevor sie ins Schloss fallen konnte, schob sich jedoch ein Fuß dazwischen.

„Ich bin gekommen, um mit dir zu reden, Marisa.“ Coyles sanfte Stimme presste ihr die Kehle zu.

„Und ich dachte schon, du bist hier, um mit Angus zu spielen.“ Wie immer, wenn sie sich unsicher fühlte, brach sich der Sarkasmus Bahn. Aber wenn ihn jemand verdient hatte, dann Coyle. „Wie bist du überhaupt ins Haus gekommen? Ich weiß genau, dass ich es abgeschlossen habe.“

„Mit dem Ersatzschlüssel.“

„Woher hast du den?“ Sie war dazu übergegangen, alle paar Tage ein neues Versteck dafür zu suchen.

„Es war immer jemand hier, der auf dich aufgepasst hat.“

Einen Moment lang starrte Marisa ihn mit offenem Mund an, dann formten ihre Lippen ein Wort. „Was?“

Coyle trat näher. „Ich hatte Angst, dass jemand versuchen könnte, dir etwas anzutun, deshalb hat immer ein Wandler dein Haus beobachtet.“

Sie war monatelang bespitzelt worden, ohne dass sie es bemerkt hatte? Ein Schauder rann durch ihren Körper. Sie erstarrte, als ihr ein Gedanke kam. „Du auch?“

Sein Schweigen sagte alles. Schmerz stieg in ihr auf, und sie wandte Coyle hastig den Rücken zu.

„Es tut mir leid, ich wollte dich nie verletzen", sagte Coyle hinter ihr.

Der lange aufgestaute Ärger platzte aus ihr heraus. „Nein? Wie nennst du es denn, wenn du mich ohne Erklärung aus deinem Leben streichst, als wäre ich unwichtig?"

„Marisa …"

„Weißt du, ich habe verstanden, dass du dich erst um eure Sicherheit kümmern musstest. Das ist völlig in Ordnung. Aber ihr habt ein Satellitentelefon und einen Computer, von dem aus du eine E-Mail hättest schreiben können. Wenn ich drei Monate lang nichts von dir höre, ist das für mich ein ziemlich deutliches Zeichen, wie viel ich dir bedeute. Nämlich gar nichts." Sie lachte bitter auf. „Von deiner Mutter – die du mir auch vorenthalten hattest, wie ich hinzufügen möchte – weiß ich, wie eure Arbeit vorangeht, nicht von dir." Sie drehte sich um, damit er die Tränen der Enttäuschung nicht sah, die in ihren Augen schwammen. „Nein danke, solche Freunde brauche ich nicht. Und auch keine Entschuldigung, die sowieso nicht ernst gemeint ist. Geh einfach wieder und lass mich in Ruhe."

Marisa hielt den Atem an, konnte aber keine Schritte hören. Allerdings hieß das nicht, dass Coyle noch da war. Schließlich konnte er sehr leise sein, wenn er wollte. Als sie sich umdrehte, stand er so dicht hinter ihr, dass er sie fast berührte. Sie versuchte zurückzutreten, doch er umfasste ihre Oberarme. Seine Augen schimmerten golden im Schein der Lampe.

„Das kann ich nicht. Ich habe versucht, mir einzureden, dass ich ohne dich leben könnte, dass ich mit meinem Leben in der Gruppe zufrieden bin. Doch das bin ich nicht." Er atmete unsicher aus. „Es fehlt etwas, von dem ich vorher nie gewusst habe, dass ich es brauche."

„Ein Führerschein?"

Coyle ging nicht auf ihren Scherz ein, sondern trat noch näher. Sein Oberkörper streifte ihre Brüste, ein Prickeln schoss durch ihren Körper. „Eine Frau, die sich nichts sagen lässt und mich fordert."

Marisa verzog den Mund. „Das klingt nicht sehr erstrebenswert."

Die goldenen Augen veränderten sich. „Für mich schon. Besonders wenn sie gleichzeitig auch noch mutig und bereit ist, ihr Leben für andere zu riskieren."

„Schade, dass Mutter Teresa nicht mehr lebt."

Seine Mundwinkel hoben sich. „Die wäre mir auch ein wenig zu alt gewesen. Außerdem ist meine Traumfrau nicht nur klug und neigt zu Ironie und Sarkasmus, sondern zudem auch noch wunderschön. Loyal und liebevoll, wenn sie jemanden erst in ihr Herz geschlossen hat."

Marisa zwang sich, ihre Finger nicht in seinen Pullover zu graben und ihn zu schütteln. Lange würde sie ihm nicht zuhören können, ohne schwach zu werden, und das konnte sie sich nicht leisten, wenn er es nicht ernst meinte. Zweimal hatte sie ihm alles gegeben, und er hatte sie beide Male zurückgestoßen. Noch einmal würde sie das nicht zulassen. „Hat deine schöne Rede auch irgendeinen Punkt?"

Etwas flackerte in seinen Augen auf, das sie nicht definieren konnte. Er legte seine Hände um ihr Gesicht und zwang sie, ihn anzusehen. „Der *Punkt* ist, dass mir klar geworden ist, wie sehr ich dich brauche."

„Als Leibwächter?" Marisas Mund war so trocken, dass sie kaum die Worte hervorbringen konnte.

Wie gefährlich es war, ein Raubtier zu reizen, merkte sie, als Coyle sie mit einem tiefen Grollen in seine Arme zog. Sein Mund presste sich mit einer Wildheit auf ihre Lippen, die ihr zeigte, dass sie zu weit gegangen war. Das Tier in ihm war entfesselt und forderte sein Recht. Zuerst wehrte sie sich noch dagegen, doch das Gefühl, ihm wieder so nahe zu sein, ließ ihren Widerstand schneller zusammenbrechen, als ihr lieb war.

Atemlos küsste sie ihn, ließ ihre Zunge gierig seinen Mund erkunden. Wie von selbst wanderten ihre Hände unter seinen Pullover. Muskeln spannten sich unter warmer Haut an, ganz wie in ihrer Erinnerung. Mit den Fingernägeln zog sie eine Spur über seinen Rücken und nahm befriedigt wahr, wie er erschauderte. Was auch immer mit ihm nicht stimmte, mangelnde Leidenschaft war jedenfalls nicht sein Problem. Marisas Lider schlossen sich und sie gab sich ganz dem Kuss hin.

Coyle versuchte, sich zu beherrschen, doch die Tatsache, dass er Marisa nach so langer Zeit endlich wieder in den Armen hielt, untergrub seine Vorsätze. Mit allerletzter Kraft löste er sich von ihr und hielt sie auf Armeslänge von sich entfernt. Jeder engere Körperkontakt würde nur dazu führen, dass er nicht mehr das sagen konnte, was er sagen musste, um sie zurückzugewinnen.

Mit ihren dunklen Augen blickte sie ihn einige Sekunden verlangend an, bevor sie sich wieder bewusst wurde, dass sie eigentlich sauer auf ihn war. Coyle unterdrückte einen Seufzer, als sie seine Hände abschüttelte und sich gerader aufrichtete. Er liebte es, wie sie ihr Kinn in die Luft reckte und ihn störrisch ansah, doch das sagte er nicht, denn er wusste, dass sie ihn dann aus dem Haus werfen würde. So fuhr er nur mit der Hand über seine zerzausten Haare und versuchte, die Worte wiederzufinden, die er in den langen drei Monaten eingeübt hatte.

„Ich möchte einfach nur bei dir sein, Marisa, mit dir reden, dich berühren können, wann immer mir danach ist. Mir ist klar geworden, dass mein Leben ohne dich leer ist und ich nicht mein ganzes Leben lang nur für die Gruppe da sein kann. Du hattest recht damit, dass ich nicht für alles die Verantwortung trage und sie auch mal an andere abgeben kann." Er atmete tief durch. „Ich habe meinen Sitz im Rat weitergegeben und bin jetzt frei, das zu tun, was ich möchte."

Die Erinnerung daran, wie Finn sich mit Händen und Füßen dagegen gewehrt hatte, sein Nachfolger im Rat zu werden, letztlich aber doch nachgeben musste, hob kurzzeitig seine Stimmung.

Marisa starrte ihn erstaunt an. „Warum hast du das getan? Hast du nicht immer gesagt, dass dich die Gruppe braucht? Und gerade jetzt sind die Zeiten schwieriger als je zuvor."

Coyle schnitt eine Grimasse. „Danke, dass du mich daran erinnerst." Er hob die Hand, als sie etwas sagen wollte. „Ich habe meine Pflicht für die Gruppe lange genug erfüllt. Es sind andere da, die meinen Platz einnehmen können und werden. Und es ist ja nicht so, als würde ich die Wandler im Stich lassen wollen, ich werde sie auch weiterhin oft sehen und bei Problemen jederzeit zur Verfügung stehen."

„Was willst du denn stattdessen machen?" Sie versuchte, ihren Gesichtsausdruck normal zu halten, aber es gelang ihr nicht ganz. Er konnte einen Hoffnungsschimmer erkennen, der ihm den Mut gab weiterzureden.

Er fing ihre Hand ein und verschränkte seine Finger mit ihren. „Ich möchte mir ein eigenes Leben aufbauen, zusammen mit der Frau, die ich … liebe." Trotz der ganzen Proben stolperte er immer noch über das Wort. Hitze stieg in seine Wangen. „Ich weiß, dass ich dich nicht bitten kann, mitten im Wald zu leben und alles andere aufzugeben. Deshalb habe ich mir das hier überlegt." Coyle zog einige Fotos aus seiner Jackentasche und hielt sie ihr hin. Nervös beobachtete er, wie sie das oberste Foto lange betrachtete, bevor sie zu ihm aufblickte.

„Das Haus ist wunderschön. Wo steht es?"

Coyle stellte sich neben sie und sah ebenfalls auf das Foto hinunter. „Das zeige ich dir gleich. Sieh dir erst die anderen Bilder an." Während sie das tat, begann er zu erzählen. „Es steht am Waldrand und hat eine eigene Zufahrt, es fährt also niemand vorbei, der nicht dorthin will. Die nächsten Nachbarn sind etliche Meilen entfernt, aber im Notfall mit dem Auto schnell erreichbar. Außerdem kann man relativ einfach zum Lager der Wandler kommen. Es gibt Strom und fließend Wasser, Internet, Fernsehen über Satellit. Die Küche hat alles, was man braucht, inklusive Geschirrspüler. Es gibt ein großes Wohnzimmer mit angeschlossenem Esszimmer, zwei Schlafzimmer und ein voll ausgestattetes Büro für dich. Das Badezimmer …"

„Stopp, das reicht! Du hörst dich an wie ein Immobilienmakler."

„Ich bin nervös, entschuldige."

Marisas Augenbraue hob sich. „Warum solltest du nervös sein? Du hast doch alles perfekt geplant."

„Ja, aber du hast noch nicht gesagt, dass du mir verzeihst und mit mir in das Haus ziehst."

„Sag nicht, du hast es schon gekauft?"

Coyle lächelte sie schief an. „Nein."

„Gott sei Dank!"

„Ich habe es für uns gebaut." Als er ihren fassungslosen Blick sah, sprach er rasch weiter. „Okay, nicht alleine, Finn, Torik und einige andere haben mir geholfen. Und die Möbel sind zum Teil aus meiner alten Hütte, weil ich noch keine Zeit hatte, neue …"

Marisa bedeckte seinen Mund mit ihrer Hand. „Genug. Noch mal ganz langsam und von vorne: Du hast ein Haus gebaut – für uns beide –, ohne vorher mit mir darüber zu sprechen? Noch nicht mal deine Mutter hat mir irgendetwas davon gesagt, dabei weiß ich inzwischen sogar, dass Jamila im Lager geblieben ist und Kainda einen Heimweg sucht." Sie brach ab und schüttelte den

Kopf. „Dir ist aber schon klar, dass ich genauso gut sagen könnte, ich will dich nie wieder sehen?"

Allein die Vorstellung reichte, das Blut in seinen Adern gefrieren zu lassen. „Ja. Ich wollte dir etwas bieten, damit du ja sagst."

Kopfschüttelnd gab Marisa ihm die Bilder zurück. „Du bist ein Idiot, weißt du das?" Als er etwas sagen wollte, schnitt sie ihm das Wort ab. „Nein, jetzt rede ich, du hast schon genug gesagt – wenn auch nicht das Richtige."

Schmerz wühlte in seiner Brust. Er hatte verloren, sie würde ihn abweisen. Es war zu viel Zeit vergangen, sicher hatte sie gemerkt, dass sie ohne ihn leben konnte, wahrscheinlich sogar besser. Warum sollte sie sich mit so einer Kreatur wie ihm belasten? Irgendwann würde ein normaler Mann kommen und sie für sich gewinnen, jemand, mit dem sie offen leben konnte, den sie ihren Freunden vorstellen konnte.

„Könntest du mich vielleicht ansehen, wenn ich mit dir rede?"

Coyles Augenlider flogen auf, er war sich gar nicht bewusst gewesen, dass er sie geschlossen hatte. „Entschuldige."

Marisa verschränkte die Arme vor der Brust und sah ihn von oben bis unten an. „Glaubst du wirklich, ich würde Wert darauf legen, dass ein Mann mir etwas bietet? Dass er mir große Geschenke macht? Mich auf Händen trägt? Wenn ja, dann kannst du gleich wieder gehen, denn dann hast du dir nicht die Mühe gemacht herauszufinden, wie ich ticke. Wenn ich mich auf eine Beziehung einlasse, dann nur mit einem Mann, der mich versteht. Der meine Fehler kennt und mich trotzdem liebt. Der gemeinsam mit mir etwas aufbauen möchte. Verstehst du, was ich meine?" Coyle nickte stumm. „Gut. Denn ich will nicht, dass du denkst, du hättest wegen des Hauses gewonnen."

„Was …?"

Marisa unterbrach ihn. „So, sagst du mir jetzt endlich, wo unser Haus steht?"

Verwirrt starrte er sie an. Hieß das, sie wollte mit ihm zusammenleben? Dass sie ihn noch liebte? Da er zu keinen Worten mehr fähig war, tat er das, was jeder Berglöwenmann in solchen Momenten tat: Er riss sie in seine Arme und küsste sie, bis sie beide keine Luft mehr bekamen.

„Hm, ein guter Anfang." Marisa strich mit den Fingerspitzen über ihre Lippen. Ihre Wangen waren gerötet, ihre Augen glitzerten erwartungsvoll. „Ich hoffe, du hast ein großes Schlafzimmer gebaut, ich habe vor, viel Zeit darin zu verbringen."

Er ließ sie seine Reißzähne sehen. „Keine Angst, dafür ist gesorgt. Und wenn es nicht reichen sollte, probieren wir alle anderen Räume im Haus aus. Und danach gehen wir in den Wald. Ich kann mich daran erinnern, dass dich das beim letzten Mal ziemlich stimuliert hat." Und das war noch harmlos ausgedrückt. Sie waren tatsächlich fast wie Tiere übereinander hergefallen, und Marisa hatte bewiesen, dass sie dem Berglöwen in ihm in keiner Weise nachstand.

„Ich glaube, diese These müssen wir noch einmal testen." Sie schüttelte sich. „Allerdings erst wieder im Sommer, ich bin es nicht gewöhnt, unbekleidet in der Kälte herumzulaufen."

Coyle grinste sie an. „Das wird sich garantiert bald ändern."

„Vermutlich." Sie wurde ernst. „Bist du wirklich sicher, Coyle? Ich möchte nicht irgendwann feststellen müssen, dass du es dir anders überlegt hast."

Sanft zog er sie an sich und sah tief in ihre Augen. „Du bist die Frau meiner Träume, Marisa Pérèz. Ich möchte mein Leben mit dir verbringen." Etwas schabte an seinem Bein. „Und mit Angus, natürlich, auch wenn er gerade seine Zähne an mir schärft."

Marisa lachte auf. „Jetzt glaube ich es dir wirklich." Sie legte ihre Hand an seine Wange. „Ich liebe dich."